De laatste zucht van de Moor

Van dezelfde auteur

Middernachtskinderen
Schaamte
De glimlach van een jaguar
Is er dan niets meer heilig?
De duivelsverzen
Haroen en de zee van verhalen
Vaderland in de verbeelding
Oost, West

Salman Rushdie

De laatste zucht van de Moor

Vertaald door Eugène Dabekaussen en Tilly Maters

1995 *Uitgeverij* Contact Amsterdam / Antwerpen

De vertalers ontvingen voor deze vertaling een werkbeurs van de
Stichting Fonds voor de Letteren.
Zij danken Jacobien en Peter van der Veer voor hun hulp en
advies bij de Indiase aspecten van het
boek en de samenstelling van de
verklarende woordenlijst, en
Donald Gardner voor
zijn hulp in het
algemeen.

Oorspronkelijke titel *The Moor's Last Sigh*
Oorspronkelijke uitgave Jonathan Cape, Londen
Omslagontwerp Wim ten Brinke BNO, Hilversum
Omslagillustratie Dennis Leigh
Typografie S.J. Boland
D/1995/0108/683
ISBN 90-254-1071-5
NUGI 301
CIP

Voor E.J.W.

De Da Gama-Zogoiby familiestamboom

Francisco Da Gama = Epifania Menezes
1876-1922 1877-1938
[h. 1900]

Camoens Da Gama = Isabella Souza
1903-1939 1904-1937
[h. 1923]

Aires Da Gama = Carmen Lobo
1902-1977 1904-1974
[h. 1921]
kinderloos

Solomon Castile = Flory Zogoiby
1857-(?) 1917 1877-1945
[h. 1900]

Aurora Da Gama – Abraham Zogoiby
1924-1987 1903-1993
[*kennismaking* 1939]

'Jimmy Cash' = 'Ina' (Christina) Zogoiby
[h. 1975] 1947-1977

'Minnie' (Inamorata) Zogoiby
1948-19(8/9)3
gewijd
1977

'Mynah' (Philomina) Zogoiby
1949-1981

'Moor' (Moraes) Zogoiby
1957-

Inhoud

I
EEN VERDEELD HUIS

I

Ik ben de tel kwijt van de dagen die zijn verstreken sinds ik de verschrikkingen van Vasco Miranda's waanzinnige burcht in het Andalusische bergdorp Benengeli ontvluchtte; voor mijn leven rende onder dekking van de duisternis en een op de deur genagelde boodschap achterliet. En sindsdien waren er op mijn hongerige, zinderend hete weg nog meer pakken volgepende vellen, hamerslagen, schrille uitroeptekens van tweeduims spijkers. Lang geleden, toen ik nog een groentje was, zei mijn geliefde teder tegen me: 'O, jij Moor, jij vreemde zwarte man, altijd zo vol stellingen, nooit een kerkdeur om ze op te spijkeren.' (Zij, een verklaard gelovige onchristelijke Indiase, stak de draak met Luthers aanklacht in Wittenberg om haar pertinent goddeloze Indiase christelijke minnaar te plagen: hoe verhalen niet rondgaan, in welke monden ze niet eindigen!) Helaas had mijn moeder het gehoord en beet, snel als een slang: ' Zo vol kwellingen, zul je bedoelen.' Ja, moeder, ook over dat onderwerp had jij het laatste woord: zoals over ongeveer alles.

'Amrika' en 'Moskva' noemde iemand hen ooit, Aurora mijn moeder en Uma mijn geliefde, naar de twee grote supermachten. En mensen zeiden dat ze op elkaar leken, maar dat heb ik nooit gezien, absoluut niet. Allebei gestorven, een onnatuurlijke dood, en ik in een ver land met de dood op mijn hielen en hun verhaal onder mijn arm, een verhaal dat ik heb gekruisigd aan een poort, een hek, een olijfboom, verspreid over dit landschap van mijn laatste reis, het verhaal dat leidt naar mij. Op de vlucht heb ik van de wereld mijn zeeroverskaart gemaakt, compleet met aanwijzingen, kruisjes die naar de schat, mijzelf, voeren. Als mijn achtervolgers het spoor hebben gevolgd , zal ik hen opwachten, gelaten, buiten adem, gereed. *Hier sta ik. Kon niet anders.*

(Hier zit ik, lijkt er meer op. In dit donkere bos – dat wil zeggen op deze olijfberg, tussen dit groepje bomen, bekeken door de komisch overhellende stenen kruisen van een kleine, overwoekerde begraafplaats, en een stukje het pad op vanaf het Ultimo Súspiro-benzinestation – zonder hulp of behoefte aan hulp van Vergiliussen, in wat het midden van mijn levensweg had moeten zijn, maar om ingewikkelde redenen, het eindpunt is geworden, stort ik goddomme zowat in van uitputting.)

En ja, dames, er wordt heel wat genageld. Spijkers op de kop bijvoorbeeld. Maar na een niet-zo-lang (zij het met rake klappen gevuld) leven ben ik door mijn stellingen heen. Het leven zelf is al kruisiging genoeg.

≈

Als je geen puf meer hebt, als de asem die je voortdrijft bijna op is, wordt het tijd om te biechten. Noem het testament of (wat je) wil; Café De Laatste Snik. Vandaar dit hier-sta-ik-of-zit-ik met de uitspraken over mijn leven op het landschap genageld en de sleutels van een rode burcht in mijn zak, deze ogenblikken van wachten vóór een definitieve overgave.

Het is nu dus tijd om van einden te zingen, van wat was en wellicht niet langer zal zijn, van wat er goed aan was en wat fout. Een laatste zucht voor een verloren wereld, een traan voor haar teloorgang. Maar ook een laatste hoera, een finaal, lasterlijk lang aap-uit-de-mouwverhaal (woorden moeten volstaan, een video is niet voorhanden) en een stel lawaaierige liedjes voor de dodenwake. Het verhaal van een Moor, compleet met geraas en gebral. Wilt u dat? Trouwens, wat dan nog. Maar eerst, geef de peper eens door.

– *Wat zegt u daar?* –

Zelfs de bomen zijn aan het praten geslagen. (Hebt u in eenzaamheid en wanhoop dan nooit tegen de muren gepraat, tegen uw stomme fikkie, tegen lege lucht?)

Ik herhaal: de peper, graag; want zonder peperkorrels zou wat nu eindigt in Oost en West misschien nooit zijn begonnen. Peper bracht Vasco da Gama's schepen over de oceaan, van Lissabons Toren van Belém naar de Kust van Malabar: eerst naar Calicut en later, vanwege z'n beschutte haven, naar Cochin. Engelsen en Fransen zeilden in het kielzog van die eerst-aangekomen Portugezen, zodat we in de periode genaamd Ontdekking-van-India – maar hoe konden we worden ontdekt terwijl we nooit bedekt waren? – 'niet zozeer sub-continent als wel sub-condiment' waren, zoals mijn beroemde moeder het noemde. 'Van het begin af aan was het glasklaar wat de wereld van loedermoeder India wilde,' zei ze. 'Ze kwamen voor het hete spul, zoals de mannen bij de hoeren.'

≈

Mijn verhaal gaat over een een hooggeboren bastaard die uit de gratie raakt: ik, Moraes Zogoiby, 'Moor' genaamd, bijna mijn hele leven de enige mannelijke erfgenaam van de miljoenen uit het specerijen- en zakenimperium van de Da Gama-Zogoiby-dynastie uit Cochin, en over mijn verstoting uit wat ik met alle recht beschouwde als mijn natuurlijke leven, door mijn moeder Aurora, geboren Da Gama, onze meest illustere moderne kunstenaar, een grote schoonheid die ook de scherpst gebekte vrouw van haar generatie was en iedereen in haar buurt op haar gepeperde taal trakteerde. Haar kinderen werden niet ontzien. 'Wij rozenkrans-kruisiging-beatnik-meiden, we hebben rode pepers in onze aderen,' zei ze altijd. 'Geen uitzondering voor vlees-en-bloedverwanten! Schatten, we verorberen vlees, en bloed is ons lievelingsdrankje.'

'Een kind van onze demonische Aurora ,' zei de schilder V. (voor Vasco) Miranda uit Goa toen ik klein was tegen me, 'moet wel een moderne Lucifer zijn. Je weet wel: zoon van de tierende morgen.' Tegen die tijd was mijn familie naar Bombay verhuisd, en dit soort dingen ging in het paradijs van Aurora Zogoiby's legendarische salon door voor een compliment; maar in mijn herinnering is het een voorspelling, want er kwam een dag dat ik inderdaad uit die mythische tuin werd verstoten en naar het pandemonium stortte. (Wat restte mij, verbannen uit mijn natuurlijke omgeving, anders dan het tegendeel te omarmen? Dat wil zeggen: *onnaturalisme*, het enige reële isme in deze omgekeerde en kolderieke tijd. Zoudt u, als u werd verstoten, de Duisternis niet licht opvatten? Nou dan. Moraes Zogoiby, verdreven uit wat hem geschied is, tuimelde naar de geschiedenis.

– En dit alles door een peperbus! –

Niet alleen peper, maar ook kardemom, cashewnoten, kaneel, gember, pistaches, kruidnagelen; en behalve noten & specerijen waren er koffiebonen en het machtige theeblad zelf. Maar het blijft een feit dat het, om met Aurora te spreken, 'eerst en vooreen peper was – ja, ja, vooreen, want waarom "vooral" zeggen? Waarom een voor allen, als het allen voor een kan zijn?' Wat gold voor de geschiedenis in het algemeen, gold ook voor de lotgevallen van onze familie in het bijzonder – peper, het begeerde Zwarte Goud van Malabar, was de oorspronkelijke handelswaar van mijn stinkrijke ouwelui, de vermogendste handelaars in specerijen, noten, bonen en thee van Cochin, die zonder enig ander bewijs dan eeuwen van overlevering beweerden buitenechtelijk af te stammen van de grote Vasco da Gama zelf...

Geen geheimen meer. Ik heb ze al opgenageld.

2

Op dertienjarige leeftijd begon mijn moeder Aurora da Gama in de nachten van slapeloosheid waaraan ze een tijdlang zou lijden, blootsvoets rond te waren door het ruime geurige huis van haar grootouders op het eiland Cabral, en op deze nachtelijke odyssees gooide ze steevast alle ramen open – eerste de binnenste vensterhorren met het fijnmazige raster dat het huis beschermde tegen muggen muskieten vliegen, dan de glas-in-lood-ramen zelf en ten slotte de jaloezieluiken daarachter. De zestig jaar oude matriarch Epifania – wier eigen klamboe door de jaren heen een aantal kleine maar onmiskenbare gaten was gaan vertonen die ze uit bijziendheid of krenterigheid niet opmerkte – werd iedere ochtend gewekt door jeukende beten op haar knokige blauwe onderarmen en ze slaakte vervolgens een schrille kreet bij het zien van de vliegen die zoemden rond het blad met bed-thee en kaakjes, naast haar gezet door Tereza de meid (die zich snel uit de voeten maakte). Epifania ontstak dan in een nutteloze krab- en mepwoede, sloeg om zich heen in het weelderige teakhouten empire-bed, vaak thee morsend op het kanten beddegoed van katoen of op haar witte mousselinen nachtjapon met het hoge roesjeskraagje dat haar ooit zwaanachtige maar nu gerimpelde hals aan het oog onttrok. En terwijl de vliegenmepper in haar rechterhand heen en weer zwiepte en klapte, terwijl de lange nagels aan haar linkerhand over haar rug harkten op zoek naar steeds onbereikbaarder muggebeten, gleed Epifania da Gama's nachtmuts van haar hoofd en onthulde een wirwar van piekerig wit haar waar vlekkerige plekjes schedel (helaas!) overduidelijk doorheen schemerden. Wanneer de jonge Aurora, luisterend aan de deur, oordeelde dat de woedende geluiden (vloeken, brekend porselein, de machteloze klappen van de vliegenmepper, het honende gezoem van insekten) van haar gehate grootmoeder bijna op volle sterkte waren, zette ze haar liefste lachje op en kwam de kamer van de matriarch binnenwaaien met een vrolijk 'goedemorgen', in de wetenschap dat de moeder van alle Da Gama's van Cochin helemaal buiten zinnen zou raken door de komst van deze jeugdige getuige van haar bejaarde hulpeloosheid. Epifania, met haar dat alle kanten op stond, knielend op gevlekte lakens, geheven vliegenmepper wapperend als een kapotte toverstaf, een uitweg voor haar woede zoekend, krijste als een heks, *rakshasa* of *banshee* tegen de binnendringster, tot heimelijk genoegen van de jeugdige Aurora.

'Oho-ho, meisje, wat een schok geef je me, op een dag bezorgificeer je me nog een hartstilstand.'

Aurora da Gama had het idee haar grootmoeder te vermoorden dus uit de mond van het beoogde slachtoffer zelf. Daarna begon ze plannen te maken, maar aan deze steeds macaberder fantasieën van vergif en ravijnranden kleefden onveranderlijk praktische bezwaren, zoals het probleem om een cobra te bemachtigen en tussen Epifania's beddelakens te leggen, of de botte weigering van de oude feeks om terrein te betreden dat, zoals zij het formuleerde, 'op- of afhello-de'. En al wist Aurora drommels goed hoe ze aan een goed scherp keukenmes kon komen en was ze er zeker van dat ze al sterk genoeg was om Epifania te wurgen, ook deze mogelijkheden verwierp ze, want ze had geen zin om tegen de lamp te lopen, en een al te doorzichtige aanslag zou tot vervelende vragen kunnen leiden. Omdat de aard van de volmaakte misdaad zich nog niet aan haar had geopenbaard, bleef Aurora de volmaakte kleindochter spelen; maar ze broedde in stilte voort, al kwam het nooit bij haar op dat haar broeden veel weghad van Epifania's eigen meedogenloosheid:

'Geduld is een deugd,' zei ze tegen zichzelf. 'Ik beid mijn tijd.'

Intussen bleef ze ramen openzetten in die klamme nachten, en soms gooide ze kleine waardevolle siervoorwerpen naar buiten, houten beeldjes met slurfneuzen die wegdeinden op het tij van de lagune die tegen de muren van de eilandvilla kabbelde, of fijn bewerkte ivoren slagtanden die meteen zonken zonder een spoor achter te laten. Een aantal dagen kon de familie deze gang van zaken maar niet begrijpen. De zonen van Epifania da Gama, Aurora's oom Aires-spreek-uit-Aiwrisj, en haar vader Camoens-spreek-uit-Camonsj-door-de-neus, merkten bij het ontwaken dat boze nachtbriezen tropenjasjes uit hun kasten en zakelijke papieren uit hun bakken 'onafgehandeld' hadden geblazen. Vingervlugge tochtvlagen hadden hun monsterzakken opengemaakt, juten zakken vol grote en kleine kardemoms, kerriebladeren en cashews die altijd als wachters langs de wanden van de schaduwrijke gangen van de kantoorvleugel stonden, met als gevolg dat fenegriekzaden en pistaches in het wilde weg over de afgesleten oude vloer van kalksteen, houtskool, eiwit en andere vergeten ingrediënten rolden en de geur van specerijen in de lucht de matriarch, die met de jaren steeds allergischer was geworden voor de basis van het familiefortuin, tot een kwelling werd.

En als de vliegen naar binnen konden zoemen door de geopende gaashorren en de ondeugende windstoten door de openstaande glas-in-lood-ramen, dan kon door de open luiken ook al het andere naar binnen: het stof, het rumoer van de boten in de haven van Cochin, het toeten van vrachtschepen en het puffen van sleepboten, de schuine moppen van de vissers en de pijnkreten van hun kwallebeten, het zonlicht zo scherp als een mes, de hitte die je kon verstikken als een strak om je hoofd getrokken doek, de roep van varende venters, de op de wind meegedragen treurigheid van de ongetrouwde joden aan de overkant in Mattancherri, de dreigementen van smaragdensmokkelaars, de machinaties van concurrenten, de groeiende nervositeit van de Britse kolonie in Fort Cochin, de looneisen van het personeel en de plantagearbeiders in de Spice Mountains, de verhalen over communistische agitatie en de politiek van Congrespartijwallahs, de namen *Gandhi* en *Nehru*, de geruchten van hongersnood in het oosten en hongerstakingen in het noorden, de liedjes en het tromgeroffel van verhalenvertellers en het zware rollende geluid van het opkomende tij der geschiedenis (brekend tegen de gammele steiger van Cabral). 'Dit ordinaire land, Jezus Christus,' vloekte Aires-oom aan het ontbijt op zijn best geslobkouste en gehoede manier. 'Buitenwereld is niet smeursmerig genoeg, hè, hè? Wat voor vreselijke konterina, wat voor lefgozer van een flikkerjongen heeft haar dan weer binnengelaten? Is dit een fatsoenlijke woning, verdomme, of een of ander kakhuis *excusez le mot* in de bazaar?'

Die ochtend begreep Aurora dat ze te ver was gegaan, want haar dierbare vader Camoens, een schriel mannetje met een sik in een opzichtig tropenjasje die nu al een kop kleiner was dan zijn bonestaak van een dochter, nam haar mee naar het steigertje en, letterlijk huppelend van emotie en opwinding, zodat zijn silhouet tegen de onwaarschijnlijke schoonheid en drukke bedrijvigheid van de lagune een figuur uit een sprookje leek, een kabouter dansend op een open plek in het bos misschien of een goede djinn, ontsnapt uit een lamp, vertrouwde hij haar met een geheimzinnig sissende stem zijn grote en hartverscheurende nieuws toe. Genoemd naar een dichter en in het bezit van een dromerige natuur (maar niet het talent) opperde Camoens voorzichtig de mogelijkheid dat het spookte.

'Het is mijn overtuiging,' zei hij tegen zijn met stomheid geslagen dochter, 'dat je lieve mammie naar ons is teruggekomen. Je weet hoe ze hield van een fris windje, hoe ze met je grootmoeder vocht om lucht; en nu vliegen door een wonder de ramen open. En mijn dochter, kijk eens wat-wat allemaal weg is! Alleen de dingen waaraan zij altijd een hekel had, zie je het niet? *Aires' olifantsgoden*, zei ze altijd. Het is je ooms collectietje Ganesha's die is verdwenen. Dat en ivoor.'

Epifania's olifantstanden. Er zitten te veel olifanten op dit huis. Wijlen Belle da Gama had van haar hart nooit een moordkuil gemaakt. 'Ik denk zo, als ik vannacht opblijf, kan ik misschien haar lieve gezicht nog eens zien,' vertrouwde Camoens haar vol verlangen toe. 'Wat vind je? Boodschap is zonneklaar. Waarom niet samen met mij wachten? Jij en je vader zijn in een zelfde gemoedstoestand: hij is in rouw om zijn vrouw, jij kannie zonder je mammie.'

Blozend van verwarring gilde Aurora: 'Maar ik geloof tenminste niet in stomme spoken,' en rende naar binnen, niet bij machte de waarheid te vertellen, namelijk dat zij haar dode moeders schim was, haar dingen deed, met haar ontslapen stem sprak; dat de nachtwandelende dochter de moeder levend hield, haar eigen lichaam opofferde om de ontslapene erin te laten wonen, zich vastklampte aan de dood, hem ontkende, overtuigd dat liefde voortleefde na de dood – dat ze haar moeders nieuwe dageraad was geworden, lichaam voor haar geest, twee *belles* in één.

(Vele jaren later zou ze haar eigen huis *Elephanta* noemen; dus niet alleen het schimmige, maar ook het olifanteske bleven uiteindelijk een rol spelen in onze sage.)

≈

Belle was pas twee maanden dood. 'Helle-Belle', noemde Aurora's Airesoom haar (maar hij gaf mensen altijd bijnamen, legde als een bullebak zijn eigen denktrant op aan de wereld): Isabella Ximena da Gama, de grootmoeder die ik nooit heb gekend. Tussen haar en Epifania was het van het begin af aan oorlog. Op haar vijfenveertigste weduwe geworden begon Epifania meteen de matriarch te spelen en zat met een schoot vol pistaches in de ochtendschaduw van haar favoriete binnenplaats zichzelf koelte toe te wuiven, noten te kraken tussen haar tanden in een luidruchtige, indrukwekkende demonstratie van kracht, onderwijl met hoge, genadeloze stem zingend:

Boebie Shafto ging naar zee-hee
Balen vol boeken nam-ie mee-hee

Ker-rik! Ker-rak! gingen de notedoppen in haar mond.

Hij komt terug om me te berouwee-hee
Baardige Boebie Shafto

Haar hele leven was Belle de enige die weigerde bang voor haar te zijn. 'Vier b-negatiefs' zei de negentienjarige Isabella vrolijk tegen haar schoonmoeder op de dag nadat ze in huis was gekomen als een afgekeurde, maar node aanvaarde bruid. 'Niet boebie, niet boeken, niet berouwen, niet baardig. Wat zingt u dat liefdesliedje mooi op uw leeftijd, maar foute woorden maken er onzin van, toch?'

'Camoens,' zei Epifania ijzig, 'zeg je vrouw uit een ander kraantje te tappificeren. Er lekt een heet-water-probleem uit haar gezicht.' In de daaropvolgende dagen barstte ze los in een onstuitbare potpourri van eigen variaties op zeemansliedjes: *What shall we do with the shrunken tailor,* met de gekrompen kleermaker in plaats van dronken zeeman, bezorgde haar nieuwe schoondochter heel wat slechtverhulde pret, waarop Epifania fronsend een andere toontje aansloeg: *Row, row, row your beau, gently down istream* zong ze, misschien om Belle aan te raden haar echtelijke plichten niet te veronachtzamen, met daarna de nogal metafysische schimpscheut: *Morally, morally, morally, morally...* ker-runsj!... *wife is not a queen, je vrouw is geen koningin.*

Ach, de legenden van de strijdende Da Gama's van Cochin! Ik vertel ze zoals ze tot mij zijn gekomen, opgepoetst en aangedikt door het vele hervertellen. Dit zijn oude spoken, verre schimmen, en ik vertel hun verhalen om er vanaf te zijn: ze zijn alles wat ik nog heb en dus laat ik ze los. Van de haven van Cochin tot de haven van Bombay, van de Malabar Coast tot de Malabar Hill: het verhaal van onze verbroederingen, scheuringen, onze opkomsten, ondergangen, ons *op-en afhello-den.* En daarna is het ajuus Mattancherri, vaarwel Marine Drive... hoe dan ook, in de tijd dat mijn moeder Aurora arriveerde in dat babyhongerige huis en opgroeide tot een grote en rebelse dertienjarige, waren er duidelijke grenzen getrokken.

'Te lang voor een meisje,' was Epifania's negatieve oordeel over haar kleindochter toen Aurora haar tienerjaren inging. 'Ondeugd in haar ogen betekent duivel in haar hart. Haar voorgevel is ook een schandaal, zoals ieder oog kan zien. Hij steekificeert te ver uit.' Waarop Belle kwaad antwoordde: 'En wat voor zo-zo-volmaakt kind heeft uw lieveling Aires dan geproduceerd? Hier is tenminste één jonge Da Gama, springlevend, en wie maalt er om haar grote boebies. Bij Aires-broer en zuster Sahara geen spoortje van kroost: boebies noch baby's.' Aires' vrouw heette Carmen, maar Belle noemde haar, in navolging van haar zwagers bijnamenmanie, naar de woestijn, 'omdat ze dor-plat is als zand en in die hele woestenij zie ik nergens een plek waar je iets kunt drinken.'

Aires da Gama, met zijn moeizaam met brillantine tegen het hoofd geplakte dikke, golvende witte haar (vroegtijdig wit worden is sinds lang een familietrek; mijn moeder Aurora was op haar twintigste sneeuwwit, en welk een sprookjesachtige betovering, welk een ijzige *gravitas* voegden de zachte gletsjers die van haar hoofd naar beneden golfden, niet toe aan haar schoonheid!): wat een ijdeltuit was die oudoom van me! Ik herinner me nog het belachelijke figuur dat hij sloeg op de zwart-witfototjes van vijf bij vijf centimeter, met zijn monocle, stijve boord en driedelig kostuum van de fijnste gabardine. In de ene hand hield hij een stok met ivoren knop *(het was een degenstok*, fluistert de familiegeschiedenis me in het oor) en in zijn andere een lang sigarettepijpje; en tot mijn spijt moet ik meedelen dat hij ook altijd slobkousen droeg. Voeg daar lengte en een krulsnor aan toe en het beeld van een schurk uit een komische opera zou compleet zijn; maar Aires was al even klein van stuk als zijn broer, gladgeschoren en ietwat glimmend van gezicht, waardoor zijn namaak-dandy-uiterlijk misschien eerder medelijden dan spotlust wekte.

Ook is daar, op een andere bladzijde van het fotoalbum van de herinnering, de gekromde boosaardige oudtante Sahara, de Vrouw Zonder Oases, kauwend op betelnoot met die kamelige kaken en eruitziend alsof ze haar de bult op kunnen. Carmen da Gama was Aires' volle nicht, het verweesde kind van Epifania's zuster Blimunda en een onbeduidende drukker genaamd Lobo. Beide ouders waren ten offer gevallen aan een malaria-epidemie en Carmens huwelijksvooruitzichten waren tot onder het nulpunt gedaald, vastgevroren totdat Aires zijn moeder verbaasde toe te stemmen in een gearrangeerd huwelijk. In martelende besluiteloosheid maakte Epifania een week van slapeloze nachten door, waarin ze niet wist te kiezen tussen haar droom voor Aires een vette vis aan de haak te slaan en de steeds dringender noodzaak Carmen iemand aan te smeren voor het te laat was. Uiteindelijk telde haar plicht ten opzichte van haar overleden zuster zwaarder dan haar verwachtingen voor haar zoon.

Carmen heeft er nooit jong uitgezien, nooit kinderen gehad, nooit ervan gedroomd Camoens' kant van de familie de erfenis te ontfutselen met welke middelen dan ook, geoorloofd of ongeoorloofd, en heeft nooit een levend wezen verteld dat haar echtgenoot in haar huwelijksnacht laat naar haar slaapkamer was gekomen, zijn doodsbange en broodmagere jonge bruid, die maagdelijk in het bed lag te beven, geen blik waardig keurde, zich uitkleedde met trage zorgvuldigheid, vervolgens met dezelfde nauwgezetheid zijn naakte lichaam (in proporties zo overeenkomstig aan het hare) hulde in de bruidsjurk, die haar meid op een paspop had gehangen als een symbool van hun vereniging, en het vertrek verliet via de buitendeur van de latrine. Carmen hoorde gefluit van over het water komen, en gehuld in een laken stond ze op terwijl het zware besef van de toekomst op haar schouders terechtkwam en ze neerdrukte, en ze zag het bruidskleed oplichten in het maanlicht terwijl een jongeman het kleed en zijn drager wegroeide, op zoek naar wat het ook was dat bij dergelijke duistere wezens doorging voor gelukzaligheid.

Het verhaal van Aires' gejurkte avontuur, dat oudtante Sahara eenzaam achterliet in de kille zandheuvels van haar onbebloede lakens, is tot mij gekomen ondanks haar zwijgen. De meeste gewone families kunnen geen geheimen bewaren; en in onze allerminst gewone clan eindigden onze diepste mysteries doorgaans in olieverf-op-doek, aan een wand in een galerie... maar misschien was het hele voorval wel weer verzonnen, een fabel door de familie bedacht om te choqueren-maar-niet-te-veel, om Aires' homoseksualiteit verteerbaarder – want exotischer, *mooier* – te maken? Hoewel Aurora da Gama het tafereel ooit nog zou schilderen – op haar doek zit de man in de maanbeschenen jurk ingetogen tegenover een blote, zwetende roeierstorso –, zou je kunnen stellen dat dit dubbelportret, haar hele bohémienreputatie ten spijt, een domesticatiefantasie was, en alleen schokkend in conventionele zin: dat het verhaal, zoals verteld en geschilderd, Aires' geheime wildheid in een mooi jurkje stak dat alle pik en kont en bloed en geil verhulde, de dappere vastberaden vrees van de ondermaatse dandy op zoek naar stoere maten tussen de havenratten, de verrukkelijke angst van gekochte omhelzingen, zoete liefkozingen van dik-vuistige stuwadoors in stegen en kroegen, de liefde van zwaar-gespierde billen van fietsriksjajongens en de ondervoede monden van bazaarboefjes; dat het voorbijging aan de *amour fou*-werkelijkheid vol irritaties en ruzies in zijn lange, maar geenszins trouwe verhouding met de in de huwelijksnacht-boot gezeten figuur, die Aires 'Prins Hendrik de Zeevaarder' had gedoopt... dat het de waarheid in opwindende kleren van het toneel had gestuurd en toen de ogen had afgewend.

Geen sprake van. Het gezag van het schilderij staat niet ter discussie. Wat zich verder ook mag hebben afgespeeld tussen deze drie – de onwaarschijnlijke vertrouwelijkheid tussen Prins Hendrik en Carmen da Gama op latere leeftijd zal te zijner tijd aan de orde komen –, het begon allemaal bij de gedeelde bruidsjurk.

De naaktheid onder het geleende bruidskleed, het gezicht van de bruidegom onder de bruidssluier, dat is wat mijn hart verbindt met de herinnering aan deze vreemde man. Veel aan hem interesseert me niet; maar in het beeld van zijn nichterigheid, waarin velen thuis (en niet alleen thuis) verwording zien, zie ik zijn moed, zijn vermogen te, jazeker, gloriëren.

'Maar als het geen angel in de kont was,' zei mijn dierbare moeder, erfgename van haar eigen moeders geduchte tong, altijd over het leven met haar ongeliefde Aires-oom, 'dan, lieverd, was het zeker een nagel aan mijn doodskist.'

≈

En op dit punt aangekomen, de oorsprong van alle breuken in de familie, voortijdige doden en gedwarsboomde liefdes en wilde passies en zwakke longen en macht en geld en alle moreel nog twijfelachtiger verlokkingen en mysteries van de kunst, mogen we niet vergeten wie er allemaal mee begon, wie als eerste zijn element verliet en verdronk, wiens waterdood de hoeksteen, het fundament wegnam en de opmaat was tot mijn familie's diepe val, die ermee eindigde dat ik in de afgrond belandde: Francisco da Gama, Epifania's overleden echtgenoot.

Ja, ook Epifania was ooit een bruid geweest. Ze was afkomstig uit een oud, maar inmiddels sterk verarmd koopmansgeslacht, de Menezes-clan van Mangalore, en de jaloezie was groot toen ze na een toevallige ontmoeting op een trouwerij in Calicut de vetste buit binnenhaalde, tegen iedere logica in volgens veel teleurgestelde moeders, want een man die zo rijk was, had een gepaste weerzin moeten hebben tegen de lege bankrekeningen, de namaakjuwelen en het goedkope kleermakerswerk van het inhalige vrouwtje en haar clan van armoedzaaiers. Aan het begin van de eeuw kwam ze aan de arm van overgrootvader Francisco naar Cabral, de eerste van mijn vier verschillende, verslangde paradijselijk-helse persoonlijke werelden. (Mijn moeders salon op de Malabar Hill was de tweede; mijn vaders luchttuin de derde; en Vasco Miranda's bizarre redoute, zijn 'Klein Alhambra' in Benengeli in Spanje, was, is en wordt in dit verhaal mijn laatste.) Daar trof ze een grote oude villa aan in traditionele stijl, met vele prachtig in elkaar overlopende binnenplaatsen, met groenige vijvers en bemoste fonteinen, omringd door galerijen, rijk aan houtsnijwerk, waaraan labyrinten van hoge kamers lagen, hun puntdaken bedekt met pannen. Het huis lag in een rijkeluisparadijs van tropisch gebladerte; precies wat ze nodig had, volgens Epifania, want ze mocht in haar jonge jaren dan betrekkelijke armoede hebben gekend, ze wist altijd al dat ze voor weelde in de wieg was gelegd.

Een paar jaar na de geboorte van hun twee zoons kwam Francisco da Gama echter op een dag thuis met een ongelooflijk jonge en verdacht charmante Fransman, een zekere M. Charles Jeanneret, die, nauwelijks twintig jaar oud, het achitectonische genie uithing. Voor Epifania het wist, had haar goedgelovige echtgenoot de snotaap de opdracht gegeven om in haar dierbare tuinen niet één, maar twee nieuwe huizen te bouwen. En wat een krankzinnige bouwsels werden het! – Het ene een vreemd hoekig platig geval waarbij de tuin zo diep in het interieur doordrong dat je vaak nauwelijks wist of je binnen of buiten was, en met meubilair dat gemaakt leek voor een ziekenhuis of meetkundelokaal, je kon er niet op zitten zonder je te stoten aan een scherpe hoek; het andere een kaartenhuis van hout en papier – 'naar de stijl *japonais*', zei hij tegen een verbijsterde Epifania –, een fragiel brandgevaarlijk bouwwerk met als wanden verschuifbare perkamenten schermen en met kamers waarin je niet werd geacht te zitten maar te knielen, en 's nachts moest je er slapen op een mat op de vloer met je hoofd op een houten blok, als een bediende, terwijl het gebrek aan privacy Epifania de opmerking ontlokte dat 'tenminste kennis van buiktoestand van medebewoners geen probleem is in een huis met toiletpapier in plaats van wc-muren'.

Erger nog, Epifania kwam er al snel achter dat toen deze gekkenhuizen eenmaal klaar waren, haar man regelmatig genoeg kreeg van hun mooie huis, met zijn hand op de ontbijttafel sloeg en aankondigde dat ze 'naar het Oosten verhuisden' of 'naar het Westen gingen'; waarop de huisbewoners niets restte dan met hun hele hebben en houden naar een van de follies van de Fransman te verhuizen, en hoe ze ook protesteerden, het haalde niets uit. En na een paar weken verhuisden ze opnieuw.

Behalve dat Francisco da Gama niet in staat was een geregeld leven als normale mensen te leiden, was hij ook, zoals Epifania tot haar wanhoop ontdekte, een beschermheer der kunsten. Rum-en-whisky-drinkende hasjiesj-kauwende personen van lage komaf en stuitende kleedgewoonten werden voor lange perioden in huis gehaald en vulden de bouwwerken van de Fransoos met hun schettermuziek, poëziemarathons, naaktmodellen, marihuanapeuken, nachtelijke kaartsessies en andere manifestaties van hun in-alle-opzichten-incorrect gedrag. Buitenlandse kunstenaars kwamen logeren en lieten vreemde mobiles achter die eruitzagen als gigantische ijzeren kleerhangers wentelend in de wind, en schilderijen van duivelinnen met beide ogen aan dezelfde kant van hun neus en gigantische doeken waarop een ongeluk leek gebeurd met de verf, en al deze rampen moest Epifania een plaats geven aan de wanden en op de binnenplaatsen van haar eigen geliefde huis en er iedere dag naar kijken alsof het ordentelijke spullen waren.

'Die kunst-sjunst van jou, Francisco,' zei ze giftig tegen haar man, 'die zal me nog eens blind slanificeren met lelijkheid.' Maar hij was immuun voor haar gif. 'Oude schoonheid is niet genoeg,' zei hij tegen haar. 'Oude paleizen, oude gewoonten, oude goden. De wereld zit tegenwoordig vol vragen en er zijn nieuwe manieren om mooi te zijn.'

Francisco was een geboren heldenfiguur, voorbestemd voor kwesties en queestes, met al even weinig zin voor huiselijkheid als Don Quichot.

Hij was mooi als de hel maar dubbel zo rechtschapen, en toen hij jong was, betoonde hij zich op de toenmalige kokosmatten van de cricketpitchen een duivelse linkshandige langzame werper en elegante vierde slagman. Op de universiteit was hij de beste natuurkundestudent van zijn jaar, maar hij werd al vroeg wees en verkoos, na ampele overweging, het academische leven te laten voor wat het was, zijn plicht te doen en in het familiebedrijf te gaan. Hij groeide op tot een expert in de eeuwenoude Da Gama-kunst, het omzetten van specerijen en noten in goud. Hij rook geld tegen de wind in, voelde aan het weer of het winst of verlies bracht; maar hij was ook een filantroop, stichtte weeshuizen, opende gratis klinieken, bouwde scholen voor de dorpen langs de binnenwaterwegen, zette instituten op om onderzoek te doen naar de kokosboomziekte, nam het initiatief tot een olifantenreservaat in de bergen achter zijn specerijenvelden en sponsorde de jaarlijkse wedstrijd tijdens het Onam-bloemenfeest om de beste verhalenvertellers van het gebied te vinden en bekronen; was zelfs zo gul met zijn filantropie dat Epifania (tevergeefs) jammerde: 'En als het kapitaal dan verkwist is en de kinderen met de-pet-in-de-hand staan? Etificeren we dan soms jouw dinges, jouw *antropologie?*'

Ze vocht met hem om iedere centimeter, en verloor iedere slag, behalve de laatste. Francisco de modernist, zijn ogen gericht op de toekomst, werd eerst een volgeling van Bertrand Russell – *Religion and Science* en *A Free Man's Worship* waren zijn profane bijbels – en toen van de steeds ferventer nationalistische politiek van de Theosofische Beweging van Annie Besant. Vergeet niet: Cochin, Travancore, Mysore en Hyderabad waren officieel geen onderdeel van Brits-India; het waren Indiase staten met eigen vorstenhuizen. Sommige – zoals Cochin – konden op het gebied van onderwijs en geletterdheid, bijvoorbeeld, bogen op een veel hoger niveau dan dat van gebieden onder direct Brits bestuur, terwijl in andere (Hyderabad) een toestand van 'volmaakt feodalisme' heerste, zoals Nehru het noemde, en in Travancore de Congrespartij zelfs onwettig was; maar we moeten schijn niet verwarren met werkelijkheid (dat deed Francisco althans niet); het vijgeblad is niet de vijg. Toen Nehru de nationale vlag hees in Mysore, vernietigden de plaatselijke (Indiase) autoriteiten zodra hij de stad had verlaten niet alleen de vlag, maar ook de vlaggestok, opdat de ware heersers zich niet zouden ergeren aan de gebeurtenis... Niet lang na het uitbreken van de

Eerste Wereldoorlog, op zijn achtendertigste verjaardag, knapte er iets in Francisco.

'De Britten moeten gaan,' verkondigde hij plechtig tijdens een diner onder de olieverfportretten van zijn gelaarsde en gekostumeerde voorouders.

'O God, waar gaan ze heen?' vroeg Epifania, die het niet begreep. 'Op zo'n ongelukkig moment laten ze ons over aan ons lot en die boeman, Kaiser Wil?'

Francisco sprong uit zijn vel, en de twaalfjarige Aires en de elfjarige Camoens verstijfden in hun stoel. 'Die Kaiser die wil wat,' bulderde hij. 'Belastingen verdubbeld! Onze jeugd sneuvelt in Brits uniform! De rijkdom van de natie verdwijnt overzee, mevrouw: thuis lijden onze mensen honger, maar de Britse Tommy maakt gebruik van onze tarwe, rijst, jute en kokosprodukten. Ik zelf ben verplicht goederen onder de kostprijs te versturen. Onze mijnen worden leeggehaald: salpeter, mangaan, mica. Let op mijn woorden! Bombay-*wallahs* worden rijk en natie gaat op de fles.'

'Je hebt te veel met je neus in de vloeken en boeken gezeten,' protesteerde Epifania. 'Wat zijn we anders dan kinderen van het Britse Rijk? We hebben toch alles van de Britten? Beschaving, recht, orde, te veel. Zelfs je specerijen, waar het hele huis van stinkt, kopen ze uit de goedheid van hun hart, ze geven kleren aan het lijf en vullen kinderborden. Waarom dan zo pratificeren als een verrader en de oren van mijn kinderen vervuilen met al die goddeloze troep.'

Na die dag hadden ze elkaar nog maar weinig te zeggen. Aires trotseerde zijn vader en koos de kant van zijn moeder; Epifania en hij waren voor Engeland, God, filisterij, de oude normen, een rustig leven. Francisco was een en al bedrijvigheid en energie, en dus cultiveerde Aires indolentie, leerde hoe zijn vader op stang te jagen met zijn luxueuze gelanterfanter. (In mijn jeugd was ik ook geneigd te lanterfanten, maar om andere redenen. Het was niet mijn bedoeling te ergeren; ik heb vergeefs gepoogd mijn traagheid tegenover de versnelling van de Tijd zelf te stellen. Ook op dit verhaal zal ik bij gelegenheid terugkomen.) Het was in de jongere zoon, Camoens, dat Francisco een bondgenoot vond, hij doordrong hem van de merites van nationalisme, rede, kunst, vernieuwing en bovenal, in die dagen, protest. Francisco deelde Nehru's aanvankelijke minachting voor de Indiase Nationale Congrespartij –

'alleen een praatclub voor bruinjoekels' – en Camoens was het daar hartgrondig mee eens. 'Annie zus en Gandhi zo,' voer Epifania tegen hem uit. 'Nehru, Tilak, al die schurkeboeven uit het noorden. Luister maar niet naar je moeder! Ga zo door! Dan eindig je nog in de gevangenis, hop-hop.'

In 1916 sloot Francisco da Gama zich aan bij de Beweging voor Zelfbestuur van Annie Besant en Bal Gangadhar Tilak, verbond zijn ziel en zaligheid met de eis van een onafhankelijk Indiaas parlement dat de toekomst van het land zou bepalen. Toen mevrouw Besant hem vroeg een Liga voor Zelfbestuur in Cochin op te richten en hij het bestond behalve de plaatselijke bourgeoisie havenarbeiders, theeplukkers, bazaarkoelies en zijn eigen arbeiders uit te nodigen, wist Epifania niet meer hoe ze het had. 'Massa en klasse in dezelfde club! Schande en schandaal! De man is zijn verstand kwijt,' protesteerde ze zwakjes, zich koelte toewuivend, en verviel vervolgens in een stuurs zwijgen.

Een paar dagen na de oprichting van de Liga was er een schermutseling in de straten van de havenwijk Ernakulam: enkele tientallen militante Ligaleden wisten een klein detachement lichtbewapende soldaten te overmeesteren en te verjagen, beroofd van hun wapens. De volgende dag werd de Liga officieel verboden en arriveerde er een motorboot op Cabral om Francesco da Gama te arresteren.

De volgende zes maanden bracht hij meer tijd in de gevangenis door dan erbuiten, wat hem de minachting van zijn oudste zoon en de eeuwige bewondering van de jongste opleverde. Ja, een held, absoluut. Tijdens die perioden van opsluiting en zijn felle politieke acties daartussenin, toen hij in opdracht van Tilak bij allerlei gelegenheden zijn arrestatie uitlokte, profileerde hij zich als een toekomstig voorman, iemand die je in de gaten moest houden, een vent met volgelingen: een ster.

Sterren kunnen vallen; helden kunnen falen; Francisco da Gama maakte zijn belofte niet waar.

≈

In de gevangenis vond hij tijd voor het werk dat hem uiteindelijk fataal werd. Niemand heeft ooit gesnapt waar, in welk ramsj-magazijn van de geest, overgrootvader Francisco de wetenschappelijke theorie opduikelde die hem van een opkomende held veranderde in de risee van de natie, maar in die jaren nam de theorie steeds meer bezit van hem en uiteindelijk streed ze met de nationalistische beweging om voorrang in zijn hart. Misschien was zijn oude belangstelling voor theoretische natuurkunde verknoopt geraakt met zijn nieuwere passies, mevrouw Besants theosofie, Mahatma's nadruk op de eenheid van India's zo sterk uiteenlopende miljoenenbevolking, de zoektocht van moderne Indiase intellectuelen uit die tijd naar een wereldlijke definitie van het geestelijke leven, van dat sleetse woord, de ziel; hoe dan ook, tegen het einde van 1916 publiceerde Francisco in eigen beheer een verhandeling – die hij ter kennisneming naar alle toonaangevende kranten stuurde – getiteld *Betreffende een voorlopige theorie van de transformationele gewetensvelden,* waarin hij stelde dat er overal om ons heen onzichtbare 'dynamische netwerken van geestelijke energie, vergelijkbaar met elektromagnetische velden' bestonden en betoogde dat deze 'gewetensvelden' niets minder waren dan de bewaarplaatsen van het geheugen – zowel praktisch als moreel – van de menselijke soort, dat ze in feite waren wat Stephen van Joyce (zoals hij in het tijdschrift *Egoist* opmerkte) in de smidse van zijn ziel had willen smeden: het ongeschapen geweten van onze soort.

Op het laagste operationele niveau zouden deze zogenaamde TGV's het leerproces vergemakkelijken, zodat iets wat wie dan ook waar dan ook ter wereld leerde, overal elders door iemand anders direct gemakkelijker te leren was; maar er werd ook gesuggereerd dat de velden op het allerhoogste plan, het plan dat weliswaar het moeilijkst te observeren was, ethisch werkten: ze bepaalden en werden bepaald door onze morele mogelijkheden, werden versterkt door iedere morele keuze op de planeet en, omgekeerd, verzwakt door onrechtmatige handelingen, zodat in theorie te veel euveldaden de gewetensvelden onherstelbaar zouden beschadigen en 'de mensheid dan te maken kreeg met de afschuwelijke werkelijkheid van een universum dat amoreel en daarmee zinloos werd gemaakt door de vernietiging van de ethische nexus, het vangnet, zou je zelfs kunnen zeggen, waarin we altijd hebben geleefd'.

In feite hield Francisco in zijn verhandeling alleen met enige overtuiging een pleidooi voor de lagere, educatieve functies van de velden, terwijl hij de morele dimensies extrapoleerde in één betrekkelijk korte en, zoals hij zelf ronduit toegaf, speculatieve passage. Maar de hoon die hij oogstte, was overweldigend. In een hoofdartikel in de te Madras gevestigde krant *The Hindu,* met de kop 'Bliksemschichten van Goed en

Kwaad', werd hij onbarmhartig neergesabeld: 'Dr. Da Gama's angst voor onze morele toekomst is te vergelijken met die van een geschifte weerman die gelooft dat het weer wordt bepaald door onze daden: als we ons niet "mild" gedragen, om zo te zeggen, staat ons alleen maar slecht weer te wachten.' De satirische columnist 'Waspyjee' vroeg zich in de *Bombay Chronicle* – waarvan hoofdredacteur Horniman, een vriend van mevrouw Besant en de nationalistische beweging, Francisco dringend had verzocht niet te publiceren – malicieus af of de beroemde Gewetensvelden alleen voor menselijk gebruik waren, of dat ook andere levende wezens – kakkerlakken bijvoorbeeld, of gifslangen – zouden kunnen leren er hun voordeel mee te doen; en anders of iedere soort een eigen vergelijkbare vortex rond de planeet had zweven. 'Moeten we bang zijn voor waardenvervuiling – noem het Gama-straling – door onbedoelde veldbotsingen? Zouden onze eigen arme psyches niet dodelijk besmet worden door de seksuele gewoonten van de bidsprinkhaan, de esthetica van de baviaan of gorilla, de politiek van de schorpioen? Of, de hemel verhoede het – *misschien is dat al gebeurd!!*'

Het waren de 'Gama-stralen' die Francisco de das omdeden: hij werd een mikpunt van spot, die zorgde voor wat afwisseling in een tijd van de bloederige oorlog, economische ellende en strijd voor de onafhankelijkheid. Aanvankelijk liet hij zich niet van zijn stuk brengen en bleef verwoed experimenten bedenken om de eerste, minder omvattende hypothese te bewijzen. Hij schreef in een tweede verhandeling dat de theorie misschien kon worden getoetst aan de hand van 'bols', de lange reeksen onzinwoorden die *kathak*-dansleraren gebruikten om bewegingen van voeten armen hals aan te geven. Eén zo'n serie (*tat-tat-taa dree-gay-thun-thun jee-jee-kathay to, talang, taka-thun-thun, tai! Tai tai! &c.)* kon gebruikt worden naast vier nieuw bedachte ketens nietszeggende nonsens met hetzelfde ritmische patroon als de 'controlereeks'. Leerlingen in een ander land dan India, die niets wisten van Indiase danslessen, zou worden gevraagd ze alle vijf te leren; en als Francisco's veldentheorie klopte, zou de danslesriedel veel gemakkelijker te leren moeten zijn.

De proef werd nooit uitgevoerd. En al snel werd hem verzocht zich terug te trekken uit de verboden Liga voor Zelfbestuur, en de leiders, onder wie nu Motilal Nehru zelf, beantwoordden de steeds verongelijkter brieven waarmee mijn overgrootvader hen bombardeerde, niet langer. Er arriveerden geen bootladingen artistieke types meer om de beest uit te hangen in een van de follies op Cabral, opium te roken in het papieren Oosten of whisky te drinken in het scherphoekige Westen, al werd Francisco, toen de ster van de Fransoos steeg, zo nu en dan gevraagd of hij inderdaad de eerste Indiase opdrachtgever was geweest van de jongeman die zichzelf nu 'Le Corbusier' noemde. Op zo'n vraag bitste de verguisde held bondig ten antwoord: 'Nooit gehoord van de vent.' Na een poosje hielden ook deze vragen op.

Epifania was opgetogen. Terwijl Francisco verzonk in melancholie en vertwijfeling, zijn gezicht de verongelijkte trek kreeg van mannen die vinden dat de wereld hun een groot onrecht heeft aangedaan, nam zij de kans waar hem de genadeklap toe te brengen. (Letterlijk, zo bleek.) Ik ben tot de slotsom gekomen dat de jaren van onderdrukte ergernis een wraakzuchtige woede in haar hadden gekweekt – woede, mijn ware erfenis! – die vaak niet te onderscheiden was van ware, moordzuchtige haat; maar als je haar ooit gevraagd zou hebben of ze van haar man hield, zou die vraag haar hebben geschokt. 'Wij zijn getrouwd uit liefde,' zei ze tegen haar sombere echtgenoot tijdens een eindeloze eilandavond met de radio als enig gezelschap. 'Want uit wat anders dan liefde ben ik gezwicht voor je grillen? Maar kijk waar die je hebben gebracht. Nu moet jij uit liefde zwichten voor de mijne.'

De verfoeide follies in de tuin werden vergrendeld. Ook mocht er in haar aanwezigheid niet meer over politiek worden gesproken: toen de Revolutie de wereld op haar grondvesten deed schudden, toen de Eerste Wereldoorlog afgelopen was, toen nieuws over het bloedbad van Amritsar doordrong uit het noorden en de anglofilie van haast iedere Indiër doodde (de nobelprijswinnaar Rabindranath Tagore stuurde zijn ridderorde terug naar de koning), stopte Epifania da Gama op Cabral haar oren dicht en bleef, in een welhaast godslasterlijke mate, geloven in de almachtige goedheid van de Britten; en haar oudste zoon Aires geloofde met haar mee.

Met Kerstmis 1921 bracht Camoens, achttien jaar, verlegen de zeventienjarige wees Isabella Ximena Souza mee naar huis om kennis te laten maken met zijn ouders (op Epifania's vraag waar ze elkaar hadden leren kennen, vertelden ze haar onder veel gebloos van een korte ontmoeting in de St. Franciscuskerk, en met een dédain dat voortkwam uit haar grote gave alles over haar achtergrond dat haar niet van pas kwam te vergeten, snoof ze: 'Zomaar een of andere sloerie!', maar Francisco gaf het meisje zijn zegen, strekte een vermoeide hand uit over een eerlijk-gezegd niet al te feestelijke dis en legde die op het mooie hoofd van Isabella Souza). Camoens' toekomstige bruid was iemand die van haar hart geen moordkuil maakte. Met ogen die schitterden van opwinding doorbrak ze Epifania's vijf jaar oude taboe en sprak opgetogen over de feitelijke boycot in Calcutta van en de grote demonstraties in Bombay tegen het bezoek van de Prins van Wales (de toekomstige Edward VIII), prees de Nehru's, vader en zoon, om hun weigering mee te werken met een rechtbank die hen allebei naar de gevangenis had gestuurd. 'Nu weet de onderkoning tenminste waar ie aan toe is,' zei ze. 'Motilal houdt van Engeland, maar zelfs hij ging liever de nor in.'

Francisco veerde op, een oud licht daagde in die sinds lang doffe ogen. Maar Epifania sprak als eerste. 'In dit godvrezende christelijke huis is Brits nog steeds best, modder-mezelle,' snauwde ze. 'Als je aspiraties hebt in de richting van onze jongen, moet je op je woorden lettificeren. Wil je pootje of borst? Zeg het eens. Glas geïmporteerde Dão-wijn, lekker koel? Wat je wilt. Pastei-sjastei? Waarom niet. Dit zijn kerstdingen, frouwlijn. Wil je vulling?'

Later, op de steiger, was Belle al even openhartig over haar bevindingen en beklaagde ze zich bitter bij Camoens dat hij het niet voor haar had opgenomen. 'Jouw familiehuis is net een plek in de mist,' zei ze tegen haar verloofde. 'Je kunt er nauwelijks ademhalen. Iemand heeft het behekst en zuigt het leven uit jou en je arme vader. En wat je broer betreft, wat zou het nog, arme drommel is een hopeloos geval. Haat me haat me niet maar het is zo duidelijk als de kleuren van je overigens-vergeef-me te-afzichtelijke tropenjasje dat er hier snel iets naars aan het groeien is.'

'Dus je komt niet meer?' vroeg Camoens ongelukkig.

Belle stapte in de wachtende boot. 'Domme jongen,' zei ze. 'Je bent een lieve en aandoenlijke jongen. En je hebt geen idee wat ik wil en niet wil doen voor de liefde: waar ik wil of niet wil komen, met wie ik wil of niet wil vechten, wiens magie ik met de mijne wil demagificeren.'

In de maanden daarop was het Belle die Camoens op de hoogte hield van de wereld, die hem Nehru's toespraak bij diens hernieuwde veroordeling tot de gevangenis in mei 1922 voordroeg. *Intimidatie en terreur zijn de belangrijkste instrumenten van de regering geworden. Denken ze dat ze zich daarmee geliefd maken? Liefde en loyaliteit zijn zaken van het hart. Ze kunnen niet worden afgedwongen met de punt van een bajonet.* 'Lijkt wel het huwelijk van je ouders,' zei Isabella vrolijk; en Camoens, zijn nationalistische vuur weer aangewakkerd door zijn adoratie voor zijn mooie, rondborstige meisje, was zo beleefd te blozen.

Belle had hem onder haar hoede genomen. In die dagen begon hij last te krijgen van slapeloosheid en te piepen van de astma. 'Het is al die slechte lucht,' zei ze tegen hem. 'Nou, nou. Ik moet ten minste één Da Gama redden.'

Ze stelde veranderingen in. Op haar aanwijzing – en tot Epifania's woede: 'Denk geen moment dat ik kip laat vallen in dit huis omdat jouw kippetje, die kleine del-fanterel, jou armeluispot wil laten eten' – werd hij vegetariër en leerde hij op zijn hoofd staan. Bovendien forceerde hij stiekem een venster van het West-huis, klom tussen de spinraggen waar zijn vaders bibliotheek verkwijnde en begon de boekenwormen te helpen met het verslinden van de boeken. Attar, Khayyam, Tagore, Carlyle, Ruskin, Wells, Poe, Shelley, Raja Rammohun Roy. 'Zie je wel?' moedigde Belle hem aan. 'Je kunt het wel; jij kunt ook iemand worden in plaats van een voetveeg in een tropenkolderjasje.'

Ze konden Francisco niet redden. Op een nacht na de regentijd dook hij van het eiland en zwom weg; misschien zocht hij wat lucht voorbij de betoverde horizon van het eiland. De getijstroom kreeg hem te pakken; vijf dagen later vonden ze zijn opgezwollen lichaam, botsend tegen een roestige havenboei. Hij zou in de herinnering moeten voortleven om zijn aandeel in de revolutie, om zijn goede werken, om zijn vooruitstrevendheid, om zijn geest; maar zijn echte erfenis bestond uit moeilijkheden in de zaak (zwaar verwaarloosd die laatste jaren), plotselinge dood en astma.

Epifania slikte het nieuws van zijn dood zonder een spier te vertrekken. Ze verorberde zijn dood zoals ze zijn leven had verorberd; en gedijde.

3

Aan de overloop van de brede, steile trap naar Epifania's slaapkamer lag de familiekapel, die Francisco in vroeger dagen door een van zijn 'Fransozen' had laten herinrichten in weerwil van Epifania's heftige protesten. Verdwenen waren het vergulde altaarstuk met de kleine schilderingen waarop Jezus zijn wonderen verrichtte tegen een achtergrond van kokospalmen en theeplantages, de porseleinen poppen van de apostelen, de gouden engeltjes die op teakhouten piëdestals hun trompetten bliezen, de kaarsen in hun glazen kommen, die de vorm van reusachtige cognacglazen hadden, de uit Portugal geïmporteerde kant op het altaar en zelfs het kruis, 'alle kwaliteitsspullen' klaagde Epifania, 'en Jezus en Maria daarbij opgeslotificeerd in het berghok', en nog niet tevreden met deze heiligschennis had die verdomde vent ook nog eens alles wit geschilderd, als een ziekenhuiszaal, er de oncomfortabelste houten kerkbanken van Cochin in gezet, en toen in die raamloze binnenruimte gigantische papieren knipsels op de wanden aangebracht, imitaties van gebrandschilderd glas, 'alsof we er geen echte ramen in kunnen zetten als we dat willen,' jammerde Epifania, 'moet je kijken hoe goedkoop we nu lijken, papieren ramen in het huis van God,' en de ramen hadden niet eens fatsoenlijke voorstellingen, maar alleen blokken kleur in rare fantasiebestratingspatronen, 'als het decor van een kinderpartijtje,' snoof Epifania. 'In zo'n ruimte horen geen lichaam en bloed van Onze Verlosser, maar hoort alleen verjaardagstaart.'

Ter verdediging van het werk van zijn beschermeling had Francisco aangevoerd dat vorm en kleur hier niet alleen de plaats van inhoud innamen maar ook aantoonden dat ze, indien goed toegepast, juist inhoud konden zíjn; wat Epifania het minachtende antwoord ontlokte: 'Dus misschien hebben we Jezus Christus niet nodig, want alleen vorm van kruis is genoeg, waarom dan nog moeilijk doen over een kruisiging? Wat een godslastering van je Fransozenfiguur: een kerk die de Zoon van God niet laat sterficeren voor onze zonden.'

De dag na de begrafenis van haar man had Epifania het allemaal laten verbranden, en terug kwamen engeltjes, kant en glas, de zwaar gecapitonneerde kapelstoelen, bekleed met donkerrode zijde, en de bijbehorende kussens, afgezet met goudgalon, waarop een vrouw van haar positie in de wereld fatsoenlijk voor haar Heer kon knielen. Antieke tapijten uit Italië met afbeeldingen van gekebabde heiligen en getandoorde martelaren werden teruggehangen aan de wanden en omlijst door draperieën met ruches en plooien, en al snel was de storende herinnering aan de strakke noviteiten van de Fransoos uitgewist door de vertrouwde mufheid van de devotie. 'God is in zijn hemel,' verklaarde de gloednieuwe weduwe. 'Alles is tiptop met de wereld.'

'Van nu af aan,' bepaalde Epifania, 'is het voor ons het eenvoudige leven. De Verlossing komt niet van de Kleine Lendendoekman en zijn soort.' En de eenvoud die zij zocht, was inderdaad allesbehalve gandhiaans, het was de eenvoud van laat opstaan bij een blad met sterke, zoete thee op bed, in haar handen klappen om de kok en de maaltijden van de dag bestellen, een meid laten komen om haar nog steeds lange, maar snel grijs en dun wordende haar te oliën en te borstelen, en de meid de schuld kunnen geven van de steeds grotere hoeveelheid haren die iedere ochtend in de borstel bleef zitten; de eenvoud van hele ochtenden schelden tegen de kleermaker, die met nieuwe jurken naar het huis kwam en aan haar voeten knielde met een mond vol spelden, die hij van tijd tot tijd wegnam om zijn vleierstong ruimte te geven; en dan van lange middagen in de stoffenwinkels, waar voor haar plezier rollen prachtige zijde over een met witte lakens bedekte vloer werden uitgerold, stof na stof die opwindend door de lucht golfde om neer te komen in zachte plooibergen van stralende schoonheid; de eenvoud van geroddel met haar weinige sociaal gelijken en van uitnodigingen voor de 'partijen' van de Britten in het fortdistrict, hun zondagse cricketwedstrijden, hun *thé dansants*, het periodieke gekweel van hun lelijke, door de hitte bevangen kinderen, want tenslotte waren het christenen, zij het anglicanen, wat zou het, de Britten hadden haar achting, al zouden ze nooit haar hart hebben, dat natuurlijk Portugal toebehoorde en dat ervan droomde langs de Taag, de Douro te wandelen, door de straten van Lissabon te flaneren aan de arm van een grande. Het was de eenvoud van schoondochters die haar meeste wensen vervulden terwijl zij hun leven tot een ware hel maakte, en van zonen die het geld lieten stromen, zoveel ze maar wilde; van alles-op-zijn-plaats, van ten langen leste in het midden van het web zitten, aan het roer staan, als een draak op een stapel goud liggen en naar believen een zuiverende, angstaanjagende vlam uitstoten. 'Het zal een fortuin kosten om je mama's eenvoud te betalen,' klaagde Belle da Gama tegen haar echtgenoot (ze trouwde begin 1923 met Camoens), vooruitlopend op een opmerking die vaak werd gemaakt over M.K. Gandhi. 'En als ze haar zin krijgt, kost het ons ook nog onze jeugd.'

Wat Epifania's dromen verwoestte: Francisco liet haar niets na dan haar kleren, haar juwelen en een bescheiden toelage. Voor de rest, zo vernam ze tot haar woede, zou ze afhankelijk zijn van de welwillendheid van haar zonen, aan wie alles was nagelaten op fifty-fifty-basis, met de voorwaarde dat het Handelshuis Da Gama niet uit elkaar mocht vallen 'tenzij zakelijke omstandigheden anders voorschreven', en dat Aires en Camoens 'moesten proberen in liefde samen te werken opdat het familiebezit geen schade zou lijden door twist en tweedracht'.

'Zelfs na zijn dood,' lamenteerde overgrootmoeder Epifania bij het voorlezen van het testament, 'slaat hij me op beide kanten van mijn gezicht.'

Ook dit maakt deel uit van mijn erfenis: het graf beslecht geen twisten.

De advocaten van de familie Menezes wisten tot grote wanhoop van de weduwe geen ontsnappingsclausule te vinden. Ze huilde, trok haar haar uit, sloeg zich op de miezerige boezem en knarste met haar tanden, wat een vreselijk doordringend geluid veroorzaakte; maar de advocaten bleven haar geduldig uitleggen dat het matrilineaire principe, waar Cochin, Travancore en Quilon beroemd om waren en dat de verdeling van familiebezit tot een zaak van Mme Epifania in plaats van wijlen dr. Da Gama zou hebben gemaakt, door geen enkel maasje in de wet kon gelden voor de christelijke gemeenschap, omdat het alleen tot de hindoetraditie behoorde.

'Breng me dan een *Shiva-lingam* en een waterkan,' moet Epifania volgens de overlevering hebben gezegd, al ontkende ze het later. 'Breng me naar de Ganges en ik zal er prompt in springen. *Hai Ram!*'

(Ik moet hierbij opmerken dat Epifania's bereidheid tot *puja* en pelgrimage me erg onwaarschijnlijk, apocrief, voorkomt; maar jammeren, tandenknarsen, haren uittrekken en tegen de borst slaan, dat was er ongetwijfeld.)

Toegegeven, de zonen van de overleden magnaat verwaarloosden hun zakelijke taken, werden te vaak afgeleid door wereldse besognes. Aires da Gama, meer aangegrepen door zijn vaders zelfmoord dan hij wilde laten blijken, zocht troost in de promiscuïteit, wat een vloed aan correspondentie teweegbracht – brieven, geschreven op goedkoop papier in een nauwelijks leesbaar, halfgeletterd handschrift. Liefdesbrieven, boodschappen van lust en woede, bedreigingen met geweld als de geliefde zou volharden in zijn te kwetsende gedrag. De schrijver van deze gekwelde correspondentie was niemand anders dan de jongen in de huwelijksnacht-boot: Prins Hendrik de Zeevaarder zelf. *Denk niet dat ik niet hoor wat allemaal je doet. Geef me hart of ik snij het uit je lichaam. Als liefde niet hele wereld en hemel erboven is dan is het niks, erger dan stront.*

Als liefde niet alles is, dan is ze niets: dit principe en het tegendeel (ik bedoel: ontrouw) botsen met elkaar in alle jaren van mijn adembenemende verhaal.

Aires, die hele nachten op vrijersvoeten was, bracht de uren overdag vaak door met het uitslapen van zijn hasjiesj- of opiumroes, bijkomend van zijn inspanningen, waarbij niet zelden allerlei kleine wondjes verzorgd moesten worden; zonder een woord ontfermde Carmen zich over hem en liet hete baden vollopen om de pijn van zijn kneuzingen te verzachten; en wanneer hij dan snurkend in slaap viel in dat badwater, geput uit de diepe bron van haar verdriet, gaf ze niet toe aan de verleiding als het al bij haar opkwam zijn hoofd onder te duwen. Ze zou al snel een andere uitlaatklep voor haar woede krijgen.

En Camoens, op zijn verlegen, ingetogen manier was hij de zoon van zijn vader. Door Belle kwam hij in aanraking met een groep jonge radicale nationalisten die, het gepraat over geweldloosheid en passief verzet beu, in de ban waren gekomen van de grootse gebeurtenissen in Rusland. Hij begon lezingen bij te wonen, en later te geven, met titels als *Voorwaarts!* en *Terrorisme: rechtvaardigt het doel dit middel?*

'Camoens, die zo bangski als een ezelski is,' lachte Belle. 'Wat een gemene rooie rakkerski zul je zijn.'

Het was grootvader Camoens die met het plan van de nep-Oeljanovs kwam. Eind 1923 vertelde hij Belle en haar vrienden dat een elitegroep van sovjetacteurs het alleenrecht had gekregen op de rol van V.I. Lenin: niet alleen in speciaal opgezette reisprodukties die het sovjetvolk moesten vertellen over hun roemvolle revolutie, maar ook bij de duizenden en duizenden openbare bijeenkomsten waar de leider wegens tijdgebrek niet aanwezig kon zijn. De Lenin-spelers leerden de toespraken van de grote man uit hun hoofd en droegen ze voor, en als ze volledig geschminkt en gekostumeerd opkwamen, schreeuwden, juichten, bogen en beefden de mensen, alsof het origineel zelf aanwezig was. 'En nu,' besloot Camoens opgewonden, 'wordt toneelspelers die vreemde talen spreken gevraagd te solliciteren. We kunnen hier onze eigen Lenins hebben, officieel erkend, die Malayalam spreken of Tulu of Kannada of wat we verdomme maar willen.'

'Dus ze reproduceren de grote baas van de See See See Pee,' zei Belle tegen hem terwijl ze zijn hand op haar buik legde, 'maar echtgenoot van me, es vee pee, je bent al een reproduktietje van jezelf begonnen.'

Het is een staaltje van de lachwekkende – ja! ik durf dat woord te gebruiken – de *lachwekkende* en *belachelijke* perversiteit van mijn familie dat – in een periode waarin zich dergelijke gedenkwaardige gebeurtenissen afspeelden in het land en zelfs op de hele planeet en waarin alle aandacht moest uitgaan naar het familiebedrijf omdat zich na Francisco's dood een zorgwekkend gebrek aan leiderschap manifesteerde, er ontevredenheid heerste op de plantages en lijntrekkerij in de twee *goedangs* in Ernakulam en zelfs oude klanten van het Handelshuis Da Gama waren begonnen te luisteren naar de lokstem van de concurrenten, en waarin als klap op de vuurpijl zijn eigen vrouw haar zwangerschap had aangekondigd en in verwachting was van wat niet alleen hun eersteling, maar ook hun enige kind zou blijken, het enige kind bovendien van haar generatie, mijn moeder Aurora, de laatste der Da Gama's – mijn grootvader steeds meer geobsedeerd raakte door deze kwestie van de valse Lenins. Hoe geestdriftig kamde hij de plaats uit op mannen met het benodigde acteertalent, geheugen en enthousiasme voor zijn plan! Hoe ijverig ging hij aan het werk, bemachtigde kopieën van de jongste uitspraken van de illustere leider, vond vertalers, huurde de diensten in van grimeurs en costumiers en repeteerde met zijn groepje van zeven dat Belle, bot als altijd, doopte 'de Te-Lange Lenin', 'de Te-Kleine Lenin', 'de Te-Dikke Lenin', 'de Te-Magere Lenin', 'de Te-Manke Lenin', 'de Te-

Kale Lenin' en (dit betrof een ongelukkige kerel met een bochel) 'Lenin de Te-Rug'... Camoens correspondeerde koortsachtig met contacten in Moskou, vleide en overreedde; bepaalde gezagsdragers van Cochin, zowel licht- als donkerhuidig, werden eveneens overreed en gevleid; en ten slotte, in het warme seizoen van 1924, werd hij beloond. Toen Belle hoogzwanger was, arriveerde in Cochin een echt lid van de Speciale Lenin-troep, een partijlid en Lenin Eerste Klasse, met de bevoegdheid de leden van de nieuwe, Cochinse Tak van de Troep goed te keuren en verder op te leiden.

Hij kwam per schip uit Bombay en toen hij in zijn rol van Lenin de loopbrug afliep, gingen er op de kade zuchtjes en gilletjes op, die hij beantwoordde met een serie minzame buigingen en wuivende gebaren. Camoens zag dat hij overvloedig transpireerde in de hitte; stroompjes donkere haarverf liepen langs zijn voorhoofd en nek naar beneden en moesten voortdurend worden weggewist.

'Hoe mag ik u aanspreken?' vroeg Camoens, beleefd blozend toen hij kennismaakte met zijn gast, die met een tolk reisde.

'Geen vormelijkheid, kameraad,' zei de tolk. 'Geen beleefdheidsfrasen! Gewoon Vladimir Iljitsj volstaat.'

Op de kade had zich een menigte verzameld om getuige te zijn van de aankomst van de Wereldleider, en nu klapte Camoens, met een eigen klein theatraal gebaar, in zijn handen en uit de aankomstloods kwamen de zeven plaatselijke Lenins met hun baarden. Ze stonden te schuifelen op de kade, vriendelijk grijnzend naar hun sovjetcollega; die echter in een langdurig spervuur van Russisch uitbarstte.

'Vladimir Iljitsj vraagt wat de betekenis van deze blamage is,' zei de tolk tegen Camoens, terwijl de menigte om hen heen groeide. 'Deze personen hebben een donkere huid en ander uiterlijk. Te groot, te klein, te dik, te mager, te mank, te kaal en die daar heeft een bochel.'

'Mij is meegedeeld,' zei Camoens ongelukkig, 'dat we het beeld van de Leider mochten aanpassen aan de plaatselijke behoefte.'

Weer een salvo Russisch. 'Vladimir Iljitsj is van mening dat dit geen aanpassing is maar een satirische karikatuur,' zei de tolk. 'Het is belediging en smaad. Kijk, zeker twee baarden zijn niet goed bevestigd ondanks de stichtende aanwezigheid van het proletariaat. Er zal een rapport worden opgemaakt op het hoogste niveau. U krijgt onder geen beding toestemming om door te gaan.'

Camoens' gezicht betrok; en toen zijn acteurs – zijn *kader* – zagen dat het huilen hem nader stond dan het lachen, dat zijn droom aan stukken lag, schoten ze te hulp; brandend van verlangen te tonen hoe grondig ze hun rol hadden ingestudeerd begonnen ze allerlei poses aan te nemen en te declameren. In het Malayalam, Kannada, Tulu, Konkani, Tamil, Telugu en Engels riepen ze de de revolutie uit, eisten het onmiddellijke vertrek van de revanchistische poedels van het kolonialisme, de bloedzuigende kakkerlakken van het imperialisme, waarna het bezit aan het volk zou vervallen en de jaarlijkse rijstquota makkelijk gehaald zouden worden; hun rechter wijsvinger priemde naar de toekomst, terwijl hun linker vuist gebiedend op hun heup rustte. Babelende Lenins met baarden die in de hitte losraakten, spraken tot de inmiddels gigantische menigte, die eerst beetje bij beetje en toen in een grote aanzwellende golf begon te bulderen van het lachen.

Vladimir Iljitsj liep paars aan. Leninistische scheldkanonnades rolden van zijn lippen en hingen in cyrillisch schrift in de lucht boven zijn hoofd. Toen draaide hij zich abrupt om, beende over de loopbrug terug en verdween benedendeks.

'Wat zei hij?' vroeg Camoens terneergeslagen aan de Russische tolk.

'Dit land van jullie,' antwoordde de tolk, ' Vladimir Iljitsj zegt ronduit dat hij er de schijt van krijgt.'

Een kleine vrouw baande zich een weg door de euforische vrolijkheid van het Volk, en door het vochtige gordijn van zijn ellende herkende grootvader Camoens zijn vrouws meid Maria. 'Beter dat u meekomt, mijnheer,' schreeuwde ze boven het gejoel van het Volk uit. 'Uw goede mevrouw heeft u een meisje geschonken.'

≈

Na zijn vernedering op de kade keerde Camoens zich af van het communisme en zei hij te pas en te onpas dat hij door schade en schande had geleerd dat het niet 'de Indiase stijl' was. Hij werd een Congreswallah, een Nehru-man, en volgde alle grote gebeurtenissen in de jaren daarna van een afstand: van een afstand, omdat hij zich weliswaar iedere dag bijna met niets anders meer bezighield, en er uitgebreid over las, praatte en schreef, maar nooit actief deelnam aan de beweging, nooit een woord van zijn gepassioneerde schrijfsels publiceerde... laten we een moment stilstaan van mijn grootvader van moederskant. Hoe gemakkelijk is het niet om hem af te doen als een vlinder, een lichtgewicht, een dilettant! Een miljonair die flirt met het marxisme, een bange geest die alleen een revolutionaire stokebrand kon zijn in gezelschap van een paar vrienden of in de beslotenheid van zijn studeerkamer, in het schrijven van geheime artikelen die hij – misschien uit angst voor een herhaling van de hoon die Francisco de das had omgedaan – niet durfde te laten afdrukken; een nationalist wiens favoriete dichters allemaal Engelsen waren, een verklaard atheïst en rationalist die wel in spoken geloofde en die uit zijn hoofd en met diep pathos Marvells *On a Drop of Dew* helemaal kon reciteren:

So the Soul, that Drop, that Ray
Of the clear Fountain of Eternal Day,
Could it within the humane flow'r be seen,
Remembering still its former height,
Shuns the sweet leaves and blossoms green;
And, recollecting its own Light,
Does, in its pure and circling thoughts, express
The greater Heaven in an Heaven less.

Epifania, de meest strenge en minst vergevingsgezinde van alle moeders, deed hem af als een verwarde gek van een jongen; maar ik, beïnvloed als ik ben door het liefdevollere beeld van hem dat me bereikte via Belle en Aurora, heb een ander oordeel. Voor mij komt in grootvader Camoens' dubbelheden zijn schoonheid tot uiting; zijn bereidheid strijdige impulsen in zichzelf naast elkaar te laten bestaan, is de bron van zijn grote, nobele menselijkheid. Als je hem wees op de tegenstrijdigheden tussen bijvoorbeeld zijn gelijkheidsideeën en de olympische werkelijkheid van zijn maatschappelijke positie, antwoordde hij slechts met een schuldbewuste glimlach en een ontwapenend schouderophalen. 'Iedereen zou goed moeten leven, nietwaar?' mocht hij graag zeggen. 'Cabral voor allen, dat is mijn devies.' En in zijn hartstochtelijke liefde voor de Engelse literatuur, zijn hechte vriendschap met veel Engelse families in Cochin en zijn al even hartstochtelijke overtuiging dat er een eind moest komen aan het Britse *imperium* en daarmee aan de heerschappij van de vorsten, zie ik die haat-de-zonde-en-hou-van-de-zondaar-zachtaardigheid, die historische grootmoedigheid, die een van de ware wonderen van India is. Toen de zon van het Britse Rijk onderging, hebben we onze eertijdse meesters niet afgeslacht, maar dat privilege voor elkaar bewaard... maar zo'n gruwelijk idee kon niet opkomen bij Camoens, die kwaad ondoorgrondelijk vond, het 'onmenselijk' noemde, een absurd idee, zoals zijn liefhebbende Belle opmerkte; en het was een geluk bij een ongeluk dat hij de bloedbaden bij de Deling in de Punjab niet meer meemaakte. (Helaas stierf hij ook lang voor de verkiezing – na de onafhankelijkheid, in de nieuwe staat Kerala, gesmeed uit het oude Cochin-Travancore-Quillon – van de eerste marxistische regering op het subcontinent, de rechtvaardiging van al zijn in rook vervlogen hoop.)

Hij maakte nog genoeg ellende mee, want de familie had zich al in dat catastrofale conflict gestort, de zogenaamde 'strijd der aangetrouwden', die menig minder geslacht zou hebben weggevaagd en die onze familie pas na tien jaar te boven kwam.

De vrouwen bewegen zich nu naar het midden van mijn kleine toneel. Epifania, Carmen, Belle en de pas gearriveerde Aurora – zij, en niet de mannen, waren de hoofdrolspelers van de strijd; en onvermijdelijk was overgrootmoeder Epifania de grootste onruststookster.

Ze verklaarde de oorlog op de dag dat ze Francisco's testament hoorde en Carmen naar haar boudoir liet komen voor een beraad. 'Mijn zoons zijn nutteloze playboys,' verklaarde ze met een zwaai van haar waaier. 'Van nu af moeten wij vrouwen maar eens de toon aangeven.' Zij zou de opperbevelhebber zijn en Carmen, zowel haar nicht als schoondochter, zou haar luitenant, haar manusje-van-alles en duvelstoejager zijn. 'Het is je plicht, niet alleen tegenover dit huis maar ook tegenover familie Menezes. Vergeet nooit dat je tot ik je huid reddificeerde een winkeldochter was en zou hebben liggen rotten tot sint-juttemis.'

Epifania's eerste bevel was de alleroudste wens van iedere dynast: dat Carmen een mannelijk kind moest krijgen, een koning in spe, via wie zijn liefhebbende moeder en grootmoeder zouden heersen. Carmen, die tot haar ontzetting besefte dat deze allereerste order niet kon worden opgevolgd, sloeg haar ogen neer en mompelde: 'Goed, Epifania-tantetje, wens is mijn bevel,' en vluchtte de kamer uit.

(Toen Aurora werd geboren, hadden de dokters gezegd dat Belle door een ongelukkige samenloop van omstandigheden geen kinderen meer kon krijgen. Die avond las Epifania Carmen en Aires de levieten. 'Moet je die Belle zien, waar die mee op de proppen gekomen is! Maar een meisje en geen kindjes meer, dat is me nog een godsgeluk voor jullie. Kom aan! Maak een jongen, of zij krijgt nog eens de hele rataplankraam: de hele bendebups.'

≈

Op de tiende verjaardag van Aurora da Gama voer een schuit de haven van Cabral binnen, met een man uit het Noorden, een Uttar Pradeshtype met een grote stapel planken waarvan hij een simpel reuzenrad maakte, met houten stoeltjes aan de vier armen van een houten X. Uit een groenfluwelen kist haalde hij een accordeon te voorschijn en begon een vrolijke potpourri van kermisliedjes te spelen. Toen Aurora en haar vriendinnen genoeg door de lucht hadden gewerveld op wat de accordeonist een *charrakh-choo* noemde, deed hij een rode cape om en liet vissen uit de monden van de meisjes zwemmen en trok hij levende slangen onder hun rokken vandaan, tot afgrijzen van Epifania, nuffige verbazing van de nog steeds kinderloze Carmen en Aires en giechelende verrukking van Belle en Camoens. Toen Aurora de noorderling eenmaal had gezien, begreep ze dat een privé-goochelaar haar grootste levensbehoefte was, iemand die haar wensen kon vervullen, die haar grootmoeder voor altijd kon wegtoveren, zorgen dat cobra's Aires-oom en Carmen-tante doodbeten en dat Camoens nog lang en gelukkig leefde; want dit was in de tijd van het verdeelde huis, met krijtlijnen als grenzen op de vloer en op de binnenplaatsen gestapelde specerijenzakken die muurtjes vormden als waren het verdedigingswerken tegen overstromingen of sluipschutters.

Het was allemaal begonnen met Epifania, die, de onbestendige aandacht van haar zoons als excuus, haar familieleden uitnodigde naar Cochin te komen. Ze koos een uitstekend ogenblik voor haar coup; het was in de tijd van Aires' post-Francisco-promiscuïteit, Camoens' jacht op Lenins en Belles zwangerschap, dus waren er weinig protesten. De heftigste bezwaren kwamen zelfs van Carmen, die door haar 'moeders kant' nooit vriendelijk was bejegend en die merkte dat haar Lobo-nekharen recht overeind gingen staan bij de komst van zoveel Menezesen. Toen ze Epifania op de hoogte bracht van haar gevoelens, hakkelend en met veel omhaal, antwoordde die dame met weloverwogen grofheid: 'Juffie, je toekomstige vooruitzichten zitten daar tussen je benen, dus wees zo goed te proberen je man te interesseren en je neus niet meer te stekificeren in zaken van je meerderen.'

Als bijen op de honing kwamen Menezes-mannen bij bootladingen tegelijk uit Mangalore, en hun vrouwvolk en kinderen lieten niet lang op zich wachten. Meer Menezesen stroomden uit het busstation en nog meer leden van de clan zouden met de trein proberen te komen, maar waren verlaat door de grillen van de spoorwegen. Tegen de tijd dat Belle was hersteld van Aurora's geboorte en Camoens van zijn Lenin-fiasco, zaten Epifania's mensen overal, ze slingerden zich rond Handelshuis Da Gama als peperranken rond kokospalmen, koeioneerden de plantage-opzichters, neusden in rekeningen, bemoeiden zich met de gang van zaken in de goedangs; het was weliswaar een invasie, maar voor veroveraars blijft het moeilijk zich geliefd te maken, en Epifania was nog niet zeker van haar macht of ze beging fouten. Haar eerste vergissing was machiavellisme, want al was Aires haar favoriete zoon, ze kon niet ontkennen dat Camoens de enige erfgenaam had geleverd en derhalve niet helemaal buiten haar berekeningen kon worden gehouden. Ze begon onhandig te flirten met Belle, die dit niet beantwoordde omdat ze zich steeds meer stoorde aan het gedrag van de talloze Menezesen; maar met haar doorzichtige pogingen Belle te verleiden, vervreemdde ze Carmen sterk van haar. Toen maakte Epifania een nog grotere fout: wegens haar toenemende allergie voor de specerijen, die de pijler van de familierijkdom vormden – ja zelfs voor peper, vooral voor peper! –, liet ze weten dat het Handelshuis Da Gama in de toekomst een parfumbedrijf zou opzetten, 'zodat binnenkort een goed geurtje de plaats kan innemen van deze spullen die mijn neus maltraitificeren'.

Carmen verloor haar geduld. 'De Menezesen waren altijd klein grut,' voer ze uit tegen Aires. 'Laat je je moeder grote commercie veranderen in gebottelde geuren?' Maar in die tijd hadden Aires da Gama's uitspattingen een apathie veroorzaakt die Carmen niet kon verjagen, hoe ze ook op hem inpraatte. 'Als je dan niet je rechtmatige positie in dit huis wilt opeisen,' gilde ze, 'wees dan zo goed toe te staan dat leden van de familie Lobo ons helpen in plaats van die Menezes-kerels die overal rondkruipen als witte mieren en ons geld opvreten.' Oudoom Aires stemde grif toe. Belle, al even boos, had minder succes (en geen familieleden); Camoens was geen vechter en vond dat hij, omdat hij geen aanleg voor zaken had, zijn moeder niet in de weg mocht staan. Maar toen arriveerden de Lobo's.

≈

Wat begon met parfum, eindigde bepaald met een grote stank... Er is een ding dat zo nu en dan uit ons barst, een ding dat in ons leeft, ons eten eet, onze lucht ademt, door onze ogen kijkt, en als het buiten komt spelen, is niemand immuun; bezeten keren we ons moordzuchtig tegen elkaar, ding-duisternis in onze ogen en echte wapens in onze handen, buur tegen ding-bezeten buur, neef tegen ding-gedreven neef, broederding tegen broeder-ding, ding-kind tegen ding-kind. Carmen Lobos was op weg naar de Da Gama-plantages in de Spice Mountains en de dingen begonnen zich te roeren.

De Jeepweg naar de Spice Mountains hobbelt & kronkelt langs de rijstvelden, pisangbomen, bermtapijten van rode en groene pepers die liggen te drogen in de zon; door bongerds van cashewbomen en betelpalmen (Quilon is cashewstad, zoals Kottayam rubberville is); en omhoog, omhoog naar de koninkrijken van kardemom en komijn, naar de schaduw van jonge koffieplanten in bloei, naar de theeterrassen die eruitzien als enorme daken met groene pannen en vooral naar het rijk van de Malabarpeper. Vroeg in de morgen zingen de buulbuuls, sjokken werkolifanten voorbij, gemoedelijk knabbelend aan de vegetatie, cirkelt een adelaar in de lucht. Er komen fietsers aan, vier op een rij, de armen op elkaars schouders, ze trotseren de denderende vrachtwagens. Kijk: één fietser heeft zijn voet tegen de achterkant van zijn vriends zadel gezet. Idyllisch niet? Maar al snel na de komst van de Lobo's gingen er geruchten dat er problemen in de bergen waren, dat Lobo's en Menezesen vochten om de macht, waren er verhalen over ruzies en klappen.

En het huis op Cabral, dat was berstensvol; je viel er op de trap over de Lobo's en de toiletten werden geblokkeerd door Menezesen. De Lobo's weigerden kwaad opzij te gaan als Menezesen 'hun' trap op of af wilden en de Menezesen bezaten zo'n volstrekt monopolie over de hygiënische voorzieningen dat de mensen van Carmen gedwongen waren hun natuurlijke behoeften in de open lucht te doen, in het volle zicht van de inwoners van het nabijgelegen eiland Vypeen, met zijn vissersdorpen en ruïne van een Portugees fort ('o-oe, aa-aa,' zong het vissersvolk dat langs Cabral voer, en Lobo-vrouwen bloosden diep en vochten met elkaar om de beschutting van de bosjes), van de arbeiders op de niet-zo-ver-afgelegen kokosmattenfabriek op het eiland Gundu en van verlopen vorstjes die jolig voorbijvoeren in hun plezierboten. Er was veel geduw en gedrang in de rijen die zich vormden rond etenstijd en er vielen harde woorden op de binnenplaatsen onder de neutrale blik van de gebeeldhouwde houten griffioenen.

Er braken gevechten uit. De twee Corbusier-follies werden geopend om het probleem van de overbevolking op te lossen, maar ze bleken impopulair bij de aangetrouwden; het kwam tot een handgemeen over de steeds neteliger kwestie welke familieleden het vermeende voorrecht toekwam om in het hoofdhuis te slapen. Lobo-vrouwen begonnen aan de haarvlechten van Menezesen te trekken en Menezes-kinderen begonnen de poppen van de Lobo-peuters af te pakken en uit elkaar te rukken. De bedienden van het Da Gama-huishouden beklaagden zich over de bazige houding van de aangetrouwden, over grove taal en anderen krenkingen van de personeelstrots.

De toestand werd kritiek. Op een nacht kwam het in de tuinen van Cabral tot een heftig handgemeen tussen rivaliserende tienerbenden van Menezesen en Lobo's; er waren gebroken armen, kapotte koppen en steekwonden, waarvan twee ernstig. De benden hadden de papieren wanden van Corbusiers Oost-folly-in-stijl-Japonais gescheurd en het houten skelet zo zwaar beschadigd dat het kort daarna moest worden gesloopt; ze hadden ingebroken in de West-folly en veel meubilair en boeken vernield. In de nacht van de gewelddadigheden tussen de benden van aangetrouwden schudde Belle Camoens wakker en zei: 'Het wordt tijd dat je je ermee bemoeit, anders gaat alles verloren.' Op dat moment fladderde een vliegende kakkerlak tegen haar gezicht en ze gaf een gil. Dit bracht Camoens bij zijn positieven. Hij sprong uit bed, sloeg de kakkerlak dood met een opgerolde krant en toen hij het raam ging dichtdoen, vertelde de geur van de bries hem dat de echte problemen al waren begonnen: de onmiskenbare lucht van brandende specerijen, komijn koriander geelwortel rode-peperkorrels-zwarte-peperkorrels, rode-peper-groene-peper, een beetje knoflook, een beetje gember, wat pijpjes kaneel. Het was alsof een of andere bergreus in een monstrueuze pan het grootste, heetste kerriegerecht ooit gemaakt aan het bereiden was.

We kunnen allemaal zo niet langer bij elkaar wonen,' zei Camoens. 'Belle, we branden ons eigen huis plat.'

Ja, de grote stank kwam van de Spice Mountains omlaag naar de zee gerold, *de Da Gama-aangetrouwden steken de specerijenvelden in brand,* en die nacht, toen Belle Carmen, geboren Lobo, voor de eerste keer van haar leven in opstand zag komen tegen haar schoonmoeder Epifania, geboren Menezes, toen ze hen zag in hun nachtponnen, hun haren los als heksen, beschuldigingen schreeuwend en elkaar de ramp van de brandende plantages verwijtend, toen legde ze de kleine Aurora met grote behoedzaamheid in haar ledikant, vulde een kom met koud water, droeg die naar de maanverlichte binnenplaats waar Epifania en Carmen als razenden tekeergingen, mikte zorgvuldig en doorweekte hen allebei tot op de huid. 'Aangezien jullie deze kwade vuren zijn begonnen met jullie geïntrigeer,' zei ze tegen hen, 'zullen we ook met jullie moeten beginnen om ze te blussen.'

Daarna werden het schandaal en de schande voor de familie nog groter. De onheilsvlammen trokken niet alleen brandweerlieden. Er kwamen politiemannen naar Cabral, en na de politie kwamen soldaten, en toen werden Aires en Camoens geboeid en met een bewapend escorte weggevoerd, niet direct naar de gevangenis, maar naar het prachtige Bolgatty-paleis op het eiland met dezelfde naam, waar ze in een hoge, koele kamer moesten knielen op de vloer met een pistool op hen gericht, terwijl een kalende Engelsman in een crèmekleurig pak en met een uilebril en een walrussnor, zijn handen losjes gevouwen achter zijn rug, door het raam naar de haven van Cochin keek en schijnbaar tegen zichzelf praatte.

'Niemand, zelfs niet het Hoogste Gezag, weet alles van het bestuur van het Rijk. Jaar na jaar stuurt Engeland nieuwe lichtingen voor de voorste gevechtslinie, die officieel de *Indian Civil Service* heet. Die sterven of werken zich kapot of piekeren zich dood of verliezen hun hoop en gezondheid opdat het land gevrijwaard blijft van dood en ziekte, honger en oorlog en het misschien uiteindelijk op eigen benen kan staan. Het zal nooit op eigen benen kunnen staan, maar het idee is mooi, en mannen zijn bereid ervoor te sterven, en jaar na jaar wordt druk uitgeoefend, verleid, gescholden en geflikflooid om het land het goede leven in te drijven. Als er vooruitgang is, gaat alle eer naar de inlander, terwijl de Engelsen zich op de achtergrond houden en hun voorhoofd afwissen. Als er iets misgaat, stappen de Engelsen naar voren en nemen zij de schuld op zich. Dit soort overdreven omzichtigheid heeft bij veel inlanders de stellige overtuiging gewekt dat ze in staat zijn het land te besturen, en vele oprechte Engelsen zijn daar ook van overtuigd, want de theorie is gesteld in prachtig Engels dat alle jongste politieke kleuren weerspiegelt.'

'Mijnheer, weest u verzekerd van mijn persoonlijke dankbaarheid,' begon Aires, maar een *sepoy*, een gewone Malayali, gaf hem een klap in zijn gezicht en hij hield zijn mond.

'We zullen het land besturen, wat u nu ook zegt,' schreeuwde Camoens opstandig. Ook hij kreeg een klap: eenmaal, tweemaal, driemaal. Bloed druppelde uit zijn mond.

'Er zijn andere mannen die hopen het land op hun eigen manier te besturen,' zei de man bij het raam, zijn opmerkingen nog steeds tot de haven richtend. 'Dat wil zeggen, overgoten met Rode Saus. Onder de driehonderd miljoen mensen moeten er dergelijke mannen zijn, en als ze niet in de gaten worden gehouden, kunnen ze een hoop ellende veroorzaken en zelfs het grote idool genaamd *Pax Britannica* stukslaan, dat, zoals de kranten beweren, leeft tussen Peshawar en Kaap Comorin.'

De man keerde zijn gezicht naar hen toe en natuurlijk bleek het iemand die ze goed kenden: een belezen man met wie Camoens graag had gediscussieerd over Wordsworths visie op de Franse Revolutie, Coleridges *Kubla Khan* en Kiplings bijna schizofrene verhalen over de strijd tussen het Indiase en Engelse in hem; met wiens dochters Aires had gedanst in de Malabar Club op het eiland Willingdon; die gastvrijheid had genoten aan Epifania's tafel; maar die nu een vreemd afwezige blik had.

Hij zei: 'Deze resident, deze Engelsman althans, is in dit geval niet bereid de schuld op zich te nemen. Jullie clans zijn schuldig aan brandstichting, ordeverstoring, moord en bloedige rellen en daarom zijn jullie dat naar mijn mening ook, al hebben jullie er niet direct aan deelgenomen. Wij – met welk voornaamwoord, zo zullen jullie vast begrijpen, ik naar jullie eigen plaatselijke gezagsdragers verwijs – zullen ervoor zorgen dat jullie ervoor boeten. Jullie zullen de volgende vele jaren heel weinig tijd bij jullie gezinnen doorbrengen.'

≈

In juni 1925 werden de gebroeders Da Gama veroordeeld tot vijftien jaar gevangenisstraf. De ongewoon zware straf wekte wel het vermoeden dat de familie de rekening gepresenteerd kreeg voor Francisco's bemoeienis met de Beweging voor Zelfbestuur of zelfs voor Camoens' groteske pogingen de sovjetrevolutie te importeren; maar voor de meeste mensen waren deze vermoedens overbodig, zelfs onfatsoenlijk geworden wegens de afgrijselijke ontdekkingen op de plantages van het Handelshuis Da Gama in de Spice Mountains, het onomstotelijke bewijs dat de benden van de Menezesen en Lobo's volledig buiten zinnen waren. Op een met fakkels aangestoken cashewboomgaard werden de lichamen van de (Lobo-)opzichter, zijn vrouw en dochters gevonden, met prikkeldraad aan bomen vastgebonden: als ketters aan de brandpaal. En in de smeulende resten van een ooit vruchtbaar kardemombosje werden de verkoolde lijken van drie Menezes-broers eveneens aan door het vuur verteerde bomen gevonden. Hun armen waren gespreid en midden door hun handpalmen was een ijzeren spijker geslagen.

Ik zeg deze dingen onomwonden omdat ze me doen beven van schaamte.

Mijn familie is vaak in diskrediet geweest. Wat voor familie is dit? Is dit *normaal*? Zijn we allemaal zo?

We zijn zo; niet altijd, maar in potentie. We zijn zo ook.

Vijftien jaar: Epifania viel flauw in de rechtszaal, Carmen huilde, maar Belles ogen bleven droog en haar gezicht bleef onbewogen, met op haar schoot een al even stille en ernstige Aurora. Veel Menezes- en Lobomannen en enkele vrouwen werden gevangen gezet of ter dood veroordeeld; de overlevenden dropen af, keerden vol asvlekken terug naar Mangalore. Na hun vertrek werd het heel stil in het huis op Cabral, maar de wanden, de meubels, de tapijten knetterden nog steeds van de elektriciteit die was opgewekt door de pas vertrokkenen; delen van het huis stonden zo onder spanning dat je haar overeind ging staan als je er alleen al naar binnen ging. Het oude huis liet de herinnering aan de meute maar langzaam los, langzaam, alsof het half verwachtte dat de slechte tijden zouden weerkeren. Maar ten slotte ontspande het zich en overwogen vrede en rust terug te keren.

Belle had zo haar eigen ideeën over de manier waarop de beschaving in ere moest worden hersteld, en ze verloor geen tijd. Tien dagen na de gevangenneming van Aires en Camoens lieten de autoriteiten alsnog Epifania en Carmen arresteren; maar een week later lieten ze hen even willekeurig weer vrij. In de loop van die zeven dagen ging Belle met een geschreven machtiging van Camoens – als geprivilegieerde gevangene mocht hij dagelijks maaltijden van thuis ontvangen, evenals schrijfmateriaal, boeken, kranten, zeep, handdoeken en schone kleren, en kon hij vuile was en brieven naar buiten sturen – naar de advocaten van het Handelshuis Da Gama, aangewezen als executeurs van Francisco da Gama's testament, en wist hen ervan te overtuigen dat de zaak onmiddellijk moest worden gesplitst. 'Er is duidelijk voldaan aan de voorwaarden van het testament,' zei ze. 'Twist en tweedracht zijn overal gezaaid door mensen die Aires heeft aangesteld, direct of indirect, dat doet er niet toe; zakelijke omstandigheden schrijven duidelijk voor dat de integriteit van het bedrijf in het geding is. Als het Handelshuis Da Gama één enkele cel blijft, dan zal de schande van deze gewelddaden het de kop kosten. Verdeel, en misschien kan de ziekte beperkt blijven tot maar één helft. Als we niet apart gaan leven, zullen we samen sterven.'

Terwijl de advocaten werkten aan een voorstel tot splitsing van het familiebedrijf, keerde Belle terug naar Cabral en verdeelde ze het grote oude huis zelf, van helemaal onder tot helemaal boven: de inhoud van de familielinnenkast, bestek en servies werden allemaal op staande voet gescheiden, tot op het laatste theelepeltje, vaatdoekje en schaaltje. Met de eenjarige Aurora op haar heup dirigeerde ze het huispersoneel; kasten, ladenkasten, poefs, rotanstoelen met lange armleuningen, bamboestokken voor klamboes, zomer*charpoys* voor degenen die in het hete seizoen in de open lucht wilden slapen, kwispedoors, kletterpotten, hangmatten, wijnglazen, ze werden allemaal verplaatst; zelfs de hagedissen op de muren werden gevangen en gelijkelijk verdeeld over beide zijden van de grote waterscheiding. Ze bestudeerde uiteenvallende oude plattegronden van het huis grondig voor een exacte bepaling van vloeroppervlak ramen balkons, en verdeelde het gebouw, de inhoud, de binnenplaatsen en tuinen precies doormidden. Ze liet zakkenvol specerijen hoog opeenstapelen langs haar nieuwe grenzen, en waar dergelijke barrières lastig waren – bijvoorbeeld op de hoofdtrap – trok ze witte lijnen over het midden en eiste dat deze demarcaties werden geëerbiedigd. In de keuken verdeelde ze de potten en pannen en hing aan de muur een uurtabel die de week dag voor dag in tweeën splitste. Ook het huispersoneel werd verdeeld, en al smeekten de bedienden haast allemaal om bij haar in dienst te mogen blijven, ze bleef angstvallig eerlijk, het ene dienstmeisje hier, het andere daar, de ene keukenknecht aan deze kant, de andere aan de overkant van de staakt-het-vurengrens. 'En de kapel,' vertelde ze de verblufte Epifania en Carmen toen die terugkeerden naar het *fait accompli* van een pas gesegregeerde wereld, 'die mogen jullie hebben, samen met ivoren slagtanden en Ganesha-goden. Wij van onze kant zijn niet van plan olifanten te verzamelen of te bidden.'

≈

Epifania noch Carmen had na de recente gebeurtenissen de kracht zich te verzetten tegen de furie van Belles ontketende wil. 'Jullie twee hebben hellevuur over deze familie gebracht,' zei ze tegen hen. 'Nu wil ik jullie lelijke smoelen niet meer zien. Blijf in jullie vijftig procent! Stel je eigen bedrijfsleiders aan, of laat het hele zootje op de fles gaan, of verkoop het, het kan me niet schelen. Ik zal er wel voor zorgen dat de vijftig van mijn Camoens zullen groeien en bloeien.'

'Je kwam uit het niets,' zei Epifania niezend over een muur van kardemomzakken, 'en, juffie, het niets is je lot,' maar het klonk niet erg overtuigend, en zij noch Carmen maakte bezwaar toen Belle hun vertelde dat de vernietigde velden tot hun toegewezen vijftig behoorden, en Aires da Gama zond een verslagen briefje uit de gevangenis: 'Hak het aan stukken, naar de hel ermee. Zet het mes maar in de hele verdemde zaak, waarom ook niet.'

Zo kwam het dat Belle da Gama op de leeftijd van eenentwintig jaar de zorg voor de rijkdommen van haar gevangen echtgenoot op zich nam en die, hoewel er in de jaren daarop veel gebeurde, voortreffelijk beheerde. Na de gevangenneming van Camoens en Aires kwamen de plantages en goedangs van de firma Da Gama onder overheidsbeheer: terwijl advocaten de scheidingsakten opstelden, was de werkelijkheid dat er gewapende sepoys in de Spice Mountains patrouilleerden en ambtenaren de hoge posten van de firma bezetten. Het kostte Belle maandenlang zeuren, stroopsmeren, omkopen en koketteren om de zaak terug te krijgen. Tegen die tijd waren veel klanten, geschrokken door het schandaal, vertrokken of hadden ze, toen ze hoorden dat nu een *jong wicht* de scepter zwaaide, nieuwe voorwaarden gesteld, die de toch al wankele financiële positie van het bedrijf verder onder druk zetten. Er waren veel aanbiedingen om haar uit te kopen voor een tiende of op zijn hoogst een achtste van de werkelijke waarde van de zaak.

Ze verkocht niet. Ze begon mannenbroeken, witte katoenen overhemden en Camoens' crèmekleurige gleufhoed te dragen. Ze bezocht iedere veld, iedere boomgaard, iedere plantage die onder haar verantwoording viel en herwon het vertrouwen van de doodsbange werknemers, van wie er velen hadden moeten vluchten voor hun leven. Ze vond betrouwbare bedrijfsleiders die door het werkvolk respectvol maar zonder angst zouden worden gehoorzaamd. Met charme wist ze banken over te halen haar geld te lenen, met dreigementen wist ze vertrokken klanten te bewegen terug te keren en ze werd een meesteres in de kleine lettertjes. En de redding van haar vijftig procent van het Handelshuis Da Gama leverde haar een respectabele bijnaam op: van de salons in Fort Cochin tot de haven van Ernakulam, van de Britse residentie in het oude Bolgatty-paleis tot de Spice Mountains was er slechts één Koningin Isabella van Cochin. Ze hield niet van de bijnaam, al deed de bewondering die eruit sprak haar gloeien van trots. 'Noem me Belle,' drong ze aan. 'Gewoon Belle vind ik prima.' Maar ze was nooit gewoon; en meer dan enige plaatselijke prinses had ze haar koninklijkheid verdiend.

Na drie jaar gaven Aires en Carmen het op, want tegen die tijd stond hun vijftig procent op instorten. Belle had hen voor bijna niets kunnen uitkopen, maar omdat Camoens zijn broer zoiets niet wilde aandoen, betaalde ze twee maal zoveel. En in de jaren daarop werkte ze even koortsachtig om de Aires Vijftig te redden als ze had gedaan voor haar eigen Vijftig. Maar de naam van het bedrijf werd veranderd: het Handelshuis Da Gama was voorgoed verleden tijd. Daarvoor in de plaats stond het herstelde gebouw van de zogenaamde C-50, de Camoens Fifty Percent Corp. (Private) Limited. 'Daaruit blijkt maar weer eens,' mocht ze graag zeggen, 'dat in dit leven vijftig plus vijftig samen vijftig is.' Wat zoveel betekende dat Koningin Isabella's *reconquista* de zaak dan weer mocht hebben samengevoegd, maar dat de kloof in de familie onoverbrugbaar bleef; de zakbarricaden bleven op hun plaats. En zouden dat nog vele lange jaren blijven.

≈

Ze was niet volmaakt; het is misschien tijd om dat te zeggen. Ze was groot, mooi, briljant, moedig, vlijtig, sterk, zegevierend, maar, dames en heren, Koningin Isabella was geen engel, geen vleugels of nimbus in haar garderobe, geen sprake van. In die jaren van Camoens' gevangenisstraf rookte ze als een vulkaan, werd steeds groffer in de mond en lette niet op haar woorden in aanwezigheid van haar opgroeiende kind, gaf zich zo nu en dan over aan drankorgies tot ze laveloos was, onderuitgezakt als een del op een mat in een of andere louche kroeg; ze werd bikkelhard, en er waren aanwijzingen dat ze in zaken soms niet vies was van een beetje intimidatie, een beetje afknijpen van leveranciers, zetbazen en concurrenten; en ze was vaak, vluchtig, schaamteloos ontrouw, ontrouw zonder onderscheid of reserve. Ze verwisselde dan haar werkkleding voor een met kralen bestikte charlestonjurk en een clochehoed, oefende met onschuldige ogen en pruilmondje de charleston voor de spiegel in de kleedkamer en liet Aurora bij haar *ayah* achter om naar de Malabar Club te gaan. 'Tot straks, schattebout,' zei ze dan met haar diepe rokersstem. 'Mammie gaat vanavond op tijgerjacht.' Of ook, terwijl ze een luchtsprongetje maakte en hevig hoestte: 'Droom maar zacht, pimpelmees, mammie heeft trek in leeuwevlees.'

In later jaren vertelde mijn moeder, Aurora da Gama, dit verhaal aan haar kring bohémienvrienden. 'Je moet weten dat ik vijf-zes-zeven-acht jaar oud was, een echt dametje. Als de telefoon ging, nam ik op en zei: "Het spijt me zeer, maar pappie en Aires-oom zijn allebei in de gevangenis. Carmen-tantetje en oma zijn aan de andere kant van de stinkende zakken en mogen hier niet komen en mammie is de hele nacht op tijgerjacht; kan ik een boodschap aannemen?"'

Terwijl Belle aan de boemel was, keerde de kleine Aurora, dat eenzame, aan haar lot overgelaten kind in haar surrealistisch gespleten huis, zich tot dat innerlijke oog dat de zegen van de eenzaamheid is; en, zo wil de overlevering, ontdekte haar talent. Toen ze volwassen was en opgesloten zat in de cultus van zichzelf, stonden haar bewonderaars graag stil bij het beeld van het kleine meisje alleen in dat grote huis, dat de ramen opengooide en door de overstelpende werkelijkheid van India haar ziel liet wekken. (Het zal u opvallen dat twee episoden in Aurora's jeugd zijn samengesmolten tot dit beeld.) Er werd vol ontzag van haar gezegd dat ze zelfs als kind nooit kinderachtig tekende; dat haar figuren en landschappen van het begin af aan volwassen waren. Deze mythe heeft ze allerminst weersproken, en misschien zelfs wel gevoed door bepaalde tekeningen te antedateren en andere jeugdwerken te vernietigen. Vermoedelijk is het wel waar dat Aurora haar leven in de kunst begon tijdens die lange moederloze uren; dat ze een tekentalent en kleurgevoel bezat die een kennersoog misschien zou hebben herkend; en dat ze haar nieuwe interesse in het diepste geheim uitleefde, en haar tekenspullen en werk verstopte, zodat Belle het nooit van haar leven heeft geweten.

Ze kreeg haar materialen van school, gaf al haar zakgeld uit aan krijt, papier, kalligrafeerpennen, Oostindische inkt en waterverfdozen, ze gebruikte houtskool uit de keuken, en haar ayah Josy, die alles wist en haar hielp haar schetsblokken te verstoppen, heeft nooit haar vertrouwen beschaamd. Pas nadat ze werd opgesloten door Epifania... maar ik loop vooruit op mijn verhaal. En er zijn trouwens geesten die geschikter zijn om mijn moeders genie te beschrijven, ogen die scherper zien wat ze heeft bereikt. Wat mij niet loslaat als ik het nabeeld voor me zie van het kleine, eenzame meisje dat opgroeide tot mijn onsterfelijke moeder, mijn Nemesis, mijn vijand over het graf heen, is dat ze haar vader die haar hele jeugd afwezig was, opgesloten in de gevangenis, of haar moeder die overdag een bedrijf leidde en 's nachts op wild joeg, haar isolement schijnbaar nooit heeft verweten; integendeel, ze vereerde hen en wilde, van mij bijvoorbeeld, geen woord van kritiek horen over hun kwaliteiten als ouders.

(Maar ze hield haar ware aard voor hen verborgen. Ze koesterde die; tot hij eruit barstte, zoals een dergelijke waarheid altijd doet: omdat het moet.)

≈

Epifania, biddend,

en ouder wordend, want toen haar zonen de gevangenis ingingen, was ze achtenveertig, maar ze was zevenenvijftig bij hun vrijlating, nadat ze negen jaar van hun straf hadden uitgezeten, *de jaren drijven voorbij als verloren gegane boten, Heer, alsof we tijd te verliezen hadden*, ze raakte in een soort extase, een apocalyptische waan waarin schuld en God en ijdelheid en het einde van de wereld, de vernietiging van het oude door de gehate komst van het nieuwe, één verwarde kluwen vormden, *het had niet zo moeten zijn, Heer, het had niet zo moeten zijn dat ik in mijn eigen huis werd verbannen achter een stapel zakken, dat me verboden werd de witte lijnen van die gekkin te overschrijden,* ze krabde aan de wonden van het heden en het verleden, *mijn eigen bedienden, Heer, die zorgen-o dat ik op mijn plaats blijf, want ik zit ook gevangen en zij zijn mijn bewaarders, ik kan ze niet ontslaan want ik betaal hun lonen niet, zij zij zij, overal en eeuwig zij, maar ik kan wachten, ziet U, geduld is een deugd, ik beid gewoon mijn tijd,* Epifania riep in haar gebeden vloeken over Lobo's af, *en waarom kwellificeert U mij zo, lieve Jezus, heilige Maria, door me te laten wonen bij de dochter van dat vervloekte geslacht, dat onvruchtbare wezen over wie ik me in mijn goedheid heb ontfermd, zie hoe ze me betaald zet, hoe dat geslacht van drukkers kwam en mijn leven kapotmaakte,* maar op andere momenten kwam de herinnering aan de doden boven en beschuldigde deze haar, *Heer, ik heb gezondigd, ik zou me moeten schroeien aan hete oliën en branden aan koud ijs, wees mij genadig, Moeder Gods, want ik ben het minste van het minste, red mij, als U dat wilt, van de afgrond, de bodemloze put, want in mijn naam en door mijn toedoen is groot en moordend kwaad over de aarde gestort,* ze bedacht straffen voor zichzelf, *Heer, vandaag heb ik besloten zonder klamboe te slapen, laat ze maar komen, Heer, de steken van Uw straf, laat ze me prikken in de nacht en mijn bloed zuigificeren, laat ze me infecteren, Moeder van God, met de koortsen van Uw gramschap,* en deze straf zou voortduren na de vrijlating van haar zoons, toen ze zichzelf haar zonden vergaf en zich weer hulde in die beschermende deken van nachtelijke mist, blind weigerend toe te geven dat de al kapotte klamboes in de jaren dat ze niet werden gebruikt, vol mottegaten waren gevreten, *Heer, mijn haar valt uit, de wereld is kapot, Heer, en ik ben oud.*

≈

En Carmen, in haar eenzame bed,

haar vingers troost zoekend onder haar taille, verstrengelde zich met zichzelf, dronk haar eigen bitterheid in en noemde die zoet, wandelde in haar eigen woestijn en noemde die welig, bracht zichzelf in staat van opwinding met fantasieën over verleidingen door donkere matrozen op de achterbank van hun zwart-gouden Lagonda met houten dashboard, over het verleiden van Aires' minnaars in hun Hispano-Suiza, *o God, bedenk hoeveel nieuwe mannen hij zal vinden vindt heeft gevonden in de gevangenis*, en nacht na slapeloze nacht streelde ze haar magere lichaam terwijl haar jeugd wegglipte, eenentwintig toen Aires naar de gevangenis ging, dertig toen hij eruit kwam, *en nog steeds onaangeraakt, onaanraakbaar, en ze zou ook nooit worden aangeraakt, niet door anderen, maar deze vingers weten het, oh, ze weten het oh oh*; en glad van de zeep in het bad en vochtig van het zweet in de bazaar zocht ze haar dagelijkse genot, *het had niet zo moeten zijn, Aires-echtgenoot, Epifania-schoonmoeder, het had mooi moeten zijn; en er is overal schoonheid om me heen, de oneindige macht van Belle, de grilligheid en mogelijkheden van haar schoonheid. Maar ik, ik, ik ben de* onschoonheid. *In dit huis in de ban van de schoonheid ben ik met mijzelf geconfronteerd, en ziet, mijne heren, ik ben beestachtig, ohoho, dames en heren, jazeker*, en terwijl ze haar ongelukkige ogen sloot en haar rug kromde, gaf ze zich over aan de genietingen van de walging, *vil me vil mijn huid van mijn hele lichaam en laat me opnieuw beginnen laat me zijn zonder ras zonder naam zonder geslacht oh laat de noten rotten in hun doppen oh oh de specerijen verdorren in de zon oh laat het branden laat het branden laat het branden, ohh*, en naderhand in tranen uitbarstend kroop ze weg in haar lakens terwijl de in woede ontstoken doden haar omsingelden en om *wraak* brulden.

≈

Op haar tiende verjaardag vroeg de noorderling met de *charrakh-choo*, de accordeon, het Uttar Pradesh-accent en de goocheltrucs aan Aurora da Gama: 'Wat wil je het liefst in de wereld?' – en voor ze antwoordde, had hij haar wens vervuld. Een motorbarkas liet zijn misthoorn horen in de haven en meerde aan bij de aanlegsteiger op Cabral, en daar op het dek, zes jaar voor het einde van hun straf voorwaardelijk vrijgelaten, waren Aires en Camoens, *een en al vel en been,* zoals hun moeder verrukt uitriep. Thuis kwamen ze, zwakjes wuivend, identiek lachend: de onzekere, gretige lach van de pas vrijgekomen gevangene.

Grootvader Camoens en grootmoeder Belle omhelsden elkaar op de steiger. 'Ik heb je afzichtelijkste tropenjasje voor je gestreken en klaargelegd,' zei ze. 'Ga je als een cadeautje inpakken en geef jezelf dan aan dat jarige meisje met die grote grijns over haar hele gezicht. Zie je haar, al zo lang als een boom, hoe ze probeert haar vader te herkennen.'

Ik voel hun liefde naar mij toevloeien door de jaren; hoe groot die was, hoe weinig tijd ze samen hadden. (Ja, ondanks al haar rondhoereren houd ik staande: wat tussen Belle en Camoens bestond, was je ware.) Ik hoor Belle hoesten op het moment dat ze Camoens naar Aurora bracht, ik voel de diepe, rauwe hoest door me heen scheuren, alsof ik hem zelf produceerde. 'Te veel sigaretten,' zei ze, naar adem happend. 'Slechte gewoonte.' En om geen schaduw over de thuiskomst te laten vallen, loog ze: 'Ik stop ermee.'

Op Camoens' vriendelijke verzoek – 'deze familie heeft te veel meegemaakt, nu moeten we het bijleggen' – stemde ze erin toe de barricaden af te breken die Epifania en Carmen uit het zicht hadden gehouden. Voor Camoens gaf ze van de ene op de andere dag en voor altijd haar losbandige, lichtzinnige levenswijze op. Omdat Camoens het vroeg, liet ze Aires ook zitting nemen in het bestuur van het familiebedrijf, al was er geen sprake van dat hij aandelen kon terugkopen wegens zijn onbemiddelde situatie. Ik denk, ik hoop, dat ze geweldige minnaars waren, Belle en Camoens, dat zijn verlegen zachtaardigheid en haar wellustige honger een volmaakte combinatie vormden; dat ze elkaar in die zo-korte-te-korte drie jaren nadat Camoens was vrijgekomen, bevrediging boden en gelukkig in elkaars armen lagen.

Maar ze bleef drie jaar hoesten, en hoewel iedereen in het herenigde huis op zijn woorden lette na alles wat er gebeurd was, liet haar opgroeiende dochter zich niet om de tuin leiden. 'En nog voor ik de dood in Belles longen hoorde, wisten ze het, die heksen,' vertelde mijn moeder me. 'Ik wist dat die krengen gewoon afwachtten. Eenmaal verdeeld, altijd verdeeld; in dat huis was het een gevecht tot het bittere eind.'

Toen de familie op een avond niet lang na de terugkeer van de broers op verzoek van Camoens in de al lang niet meer gebruikte grote eetzaal onder de portretten van de voorouders bijeenkwam voor een verzoeningsmaal, was het Belle's borst die het allemaal verpestte, was het Belle die rochelend bloederig sputum in een verchroomde kwispedoor spoog, wat Epifania, gezeten aan het hoofd van de tafel in een zwarte kanten mantilla, de opmerking ontlokte: 'Ik denk zo dat je, nu je het geld hebt bemachtigd, de manieren niet meer nodig hebt,' en er volgden beschuldigingen over en weer, slaande deuren en dan weer een wankele wapenstilstand, maar het was gedaan met de gezamenlijke maaltijden.

Ze werd hoestend wakker en hoestte vreselijk voor het slapen gaan. Ze werd 's nachts wakker van het hoesten en zwierf dan door het oude huis, ramen opengooiend... Maar twee maanden na zijn terugkeer was het Camoens die wakker werd en zag dat ze hoestte in een koortsachtige slaap en dat er bloed uit haar mond drupte. Er werd tuberculose geconstateerd in beide longen, dat was in die tijd veel gevaarlijker dan nu, en de dokters zeiden haar dat het een zwaar gevecht zou worden en dat ze haar zakelijke activiteiten drastisch zou moeten beperken. 'Verdomme, Camoens,' grauwde ze, 'als jij gaat verknallen wat ik één keer voor je heb ontknald, mag je hopen dat ik er nog ben om het voor de tweede keer voor je te ontknallen.' Waarop die zachtmoedige ziel, buiten zichzelf van bezorgdheid, uitbarstte in van liefde kokende tranen.

En Aires had bij zijn terugkomst eveneens een veranderde vrouw aangetroffen. De avond van zijn vrijlating kwam ze naar zijn slaapkamer en zei: 'Als jij je zonde en schande niet opgeeft, dan, Aires, zal ik je doden in je slaap.' Hij antwoordde met de diepe buiging van een zeventiende-eeuwse dandy, de rechterhand fatterig naar buiten draaiend, de rechtervoet uitgestrekt, de teen elegant omhoog stekend, en ze verliet de kamer. Hij gaf zijn avonturen niet op; maar werd wel voorzichtiger, bracht gestolen middaguurtjes door in een gehuurd appartement in Ernakulam met een traag draaiende plafondventilator, kobaltblauwe wanden, kaal en bladderend, een aangrenzende badkamer waarin een douche met pompzwengel en een hurktoilet, en een grote charpoy waarvan hij uit oogpunt van hygiëne en stevigheid de linten had laten vernieuwen. Door de jaloezieën vielen smalle stroken daglicht over zijn lichaam en dat van een ander, en het geschreeuw van de markt steeg omhoog en vermengde zich met het gekreun van zijn minnaar.

's Avonds speelde hij bridge in de Malabar Club, waar hij getuigen had om zijn aanwezigheid te bevestigen, of bleef eerbaar thuis. Hij kocht hangsloten voor de grendels op zijn deur en schafte een buldog aan, die hij om Camoens te pesten Jawaharlal noemde. Toen hij uit de gevangenis kwam, was hij nog steeds gekant tegen de Congrespartij en haar onafhankelijkheidseisen, en nu werd hij een hartstochtelijk brievenschrijver, die krantekolommen vulde met zijn pleidooi voor het zogenaamde liberale alternatief. 'Deze misplaatste tactiek om onze heersers te verdrijven,' ging hij tekeer. 'Stel dat het lukt; wat krijgen we dan? Waar in dit India zijn de democratische instellingen ter vervanging van de Britse Hand, die, daar kan ik persoonlijk voor instaan, het beste met ons voor heeft, zelfs al kastijdt ze ons voor onze kinderlijke wandaden.' Toen de liberale redacteur van de krant *Leader*, de heer Chintamani, opperde dat India 'zich beter kon onderwerpen aan de huidige ongrondwettige regering dan aan de meer reactionaire en bovendien ongrondwettige regering van de toekomst', schreef oudoom Aires 'Bravo!' en toen een andere liberaal, de heer P.S. Sivaswamy Iyer, betoogde dat 'de Congrespartij met haar pleidooi voor het bijeenroepen van een constituerende vergadering te veel vertrouwen stelt in de wijsheid van de massa en te weinig recht doet aan de oprechtheid en kunde van de mannen die hebben deelgenomen aan verschillende Ronde Tafel-conferenties. Ik betwijfel ten zeerste of de constituerende vergadering het beter zou hebben gedaan,' pende Aires da Gama zijn steunbetuiging: 'Ik ben het daar *hartgrondig* mee eens! De gewone man in India heeft altijd gebogen voor de raad van zijn meerderen – van ontwikkelde en beschaafde mensen!'

De volgende ochtend op de steiger sprak Belle hem daarover aan. Met een bleek gezicht en rode ogen, gewikkeld in omslagdoeken, wilde ze niettemin Camoens uitzwaaien naar zijn werk. Toen de broers in de familieboot stapten, wuifde ze de ochtendkrant voor Aires gezicht. 'In dit huis is ontwikkeling en beschaving,' zei Belle luid, 'en we hebben ons als honden gedragen.'

'Niet wij,' zei Aires da Gama. 'Onze oliedomme arme familieleden, voor wie ik genoeg heb geleden, nondeju, en voor wie ik niet langer de schuld op me wil nemen. O, hou nou op met blaffen, Jawaharlal; af, jongen, af.'

Camoens liep rood aan, maar zei niets, denkend aan Nehru in de gevangenis van Alipore, aan zovele goede mannen en vrouwen in afgelegen cachotten. 's Nachts zat hij bij Belle en haar gehoest, veegde haar ogen en lippen af, legde koude kompressen op haar voorhoofd en fluisterde dan tegen haar over *het aanbreken van een nieuwe wereld, Belle, een vrij land, Belle, boven religie verheven want het is seculier, boven klassen verheven want het is socialistisch, boven kasten verheven want het is verlicht, boven haat verheven want het is liefdevol, boven wraak verheven want het is vergevingsgezind, boven de stam verheven want het is verenigend, boven taal verheven want het is veeltongig, boven kleur verheven want het is veelkleurig, boven armoede verheven want die overwint het, boven onwetendheid verheven want het is geletterd, boven domheid verheven want het is geniaal, vrijheid, Belle, de vrijheidstrein, gauw gauw zullen we op dat perron de komst van de trein toejuichen*, en terwijl hij haar zijn dromen vertelde, viel zij in slaap om bezocht te worden door schrikbeelden van verwoesting en oorlog.

Als zij in slaap viel, reciteerde hij gedichten voor haar slapende gedaante,

Zo wijk nog niet naar zaal'ger oord, maar lijd,
Een wijl noch 's werelds smart,

en hij fluisterde al evenzeer tegen de gevangenen als tegen zijn vrouw, tegen het hele geketende land, hij boog zich in angst over haar verzwakte, slapende lichaam en zond zijn gekwelde hoop en liefde mee met de wind,

De leugen, klaar met zijn werk, vergaat;
De waarheid is machtiger en triomfeert,
Als ieder haar triomf onverschillig laat.

Het was geen tuberculose, althans niet alleen tuberculose. In 1937 bleek dat Isabella Ximena da Gama, geboren Souza, nog maar drieëndertig jaar oud, leed aan longkanker in een vergevorderd – terminaal – stadium. Ze ging snel, met veel pijn, tierend tegen de vijand in haar lichaam, razend dat de dood te vroeg kwam en zich zo slecht gedroeg. Op een zondagochtend, toen het geluid van kerkklokken over het water kwam en er houtrook in de lucht was en toen Aurora en Camoens bij haar zaten, zei ze, terwijl ze haar gezicht naar de zonnestralen keerde: *Weet je nog het verhaal van El Cid Campeador in Spanje, hij hield ook van een vrouw die Ximena heette.*

Ja dat weten we nog.

En toen hij dodelijk gewond was, zei hij haar dat ze zijn lijk op zijn paard moest binden en hem moest terugsturen naar het slagveld, zodat de vijand zou zien dat hij nog leefde.

Ja moeder. Mijn schat ja.

Bind mijn lichaam dan aan een kloteriksja of wat voor verdomd vervoermiddel je maar kunt vinden, kamelekar ezelskar stierekar fiets, maar in godsnaam geen kloteolifant; goed? Want de vijand is nabij en in dit trieste verhaal is Ximena de Cid.

Moeder, ik zal het doen.

[*Sterft.*]

4

In mijn familie hebben we altijd moeite gehad om de lucht van de wereld in te ademen; we arriveren in de hoop op een betere plek.

Hoe het mij is, op dit late uur? Het gaat wel, dank u; zij het oud, oud, oud voor mijn tijd. Je zou kunnen zeggen dat ik te snel heb geleefd, en als een marathonloper die instort omdat hij zijn krachten niet wist te verdelen, als een stikkende astronaut die te vrolijk op de maan heeft gedanst, heb ik in mijn oververhitte jaren een luchtvoorraad voor een heel leven verbruikt. O misbaksel van een Moor! Om in amper zesendertig jaar je toegewezen deel van tweënzeventig op te maken. (Maar als verzachtende omstandigheid moet ik aanvoeren dat ik weinig keuze had.)

Dus: er is een probleem, maar ik kom het te boven. De meeste nachten zijn er geluiden, het gezucht en gesteun van denkbeeldige dieren, afkomstig uit het oerwoud van mijn longen. Ik ontwaak hijgend en slaapdronken, graai mijn vuisten vol lucht en prop die vergeefs in mijn mond. Toch is inademen gemakkelijker dan uitademen. Zoals het gemakkelijker is in je op te nemen wat het leven biedt dan het produkt daarvan af te staan. Zoals het gemakkelijker is een klap te krijgen dan terug te slaan. Niettemin, piepend en ratelend, adem ik ten slotte uit, overwin ik. Daar kan ik trots op zijn; ik gun mezelf een klopje op mijn pijnlijke rug.

Op zulke momenten word ik mijn ademhaling. De levenskracht die ik nog bezit, richt zich op de gebrekkige werking van mijn borst: het hoesten, het lucht happen als een vis. Ik ben wat ademt. Ik ben wat lang geleden begon met een uitgeademde schreeuw, wat zal ophouden als een bij mijn lippen gehouden spiegel niet meer beslaat. Wij zijn dus niet door denken maar door lucht. *Suspiro ergo sum.* Ik zucht, dus ik ben. Zoals gewoonlijk zegt het Latijn weer de waarheid: *suspirare* = *sub*, onder, + *spirare*, werkwoord, ademen.

Suspiro: ik onder-adem.

In den beginne en tot het einde was en is de long: goddelijke inblazing, baby's eerste krijsen, gemodelleerde lucht van spraak, gierende lachsalvo's, aria's op ademsteun, gelukkige minnaarskreun, ongelukkige minnaarsklacht, vrekkengejengel, geriatrisch gereutel, ziektestank, stervensgefluister en aan gene zijde de luchtloze geluidloze leegte.

Een zucht is niet slechts een zucht. We ademen de wereld in en ademen betekenis uit. Zolang we kunnen. Zolang we kunnen.

– *Wij ademen licht* – heffen de bomen aan. Hier aan het einde van de reis in dit oord vol olijfbomen en grafstenen heeft de vegetatie besloten een gesprek te beginnen. *Wij ademen licht*, ja; heel interessant. Het is de variëteit die El Greco heet, deze babbelzieke olivieren; treffend genaamd, zou je kunnen zeggen, naar die licht-ademende, van God vergeven Griek.

Voortaan houd ik me doof voor babbelend gebladerte met zijn arboreale metafysica, zijn chlorofylosofie. Mijn stamboom zegt alles wat ik moet horen.

≈

Ik heb geleefd in een folly: Vasco Miranda's vesting met torens in Benengeli-dorp, dat vanaf een bruine heuvel uitkijkt over een vlakte die in glinsterende luchtspiegelingen droomt dat ze een medi-terrane zee is. Ook ik heb gedroomd, en door een smalle raamspleet van mijn behuizing zag ik niet het Zuiden van Spanje maar dat van India; in een poging om ondanks de afstand in ruimte en tijd terug te keren naar die Donkere Tijd tussen Belles dood en mijn vaders verschijning op het toneel. Daar, schemerend door deze nauwe doorgang, deze smalle reet in de tijd, zat Epifania Menezes da Gama geknield te bidden, haar kapel als een gouden poel in de duisternis van het grote trappenhuis. Ik knipperde met mijn ogen, en daar was een herinnering aan Belle. Op een dag niet lang na zijn ontslag uit de gevangenis verscheen Camoens in eenvoudige *khaddar* kleren aan het ontbijt; Aires, weer helemaal de fat, lachte in zijn *kedgeree*. Na het ontbijt nam Belle Camoens apart. 'Schat, trek kostuum uit,' zei ze. 'Het is onze nationale plicht een goed bedrijf te leiden en voor onze arbeiders te zorgen, en ons niet als loopjongens te kleden.' Maar ditmaal was Camoens niet te vermurwen. Net als zij was hij voor Nehru, niet voor Gandhi – voor handel, technologie, vooruitgang en moderniteit, voor de stad en tegen al dat sentimentele geklets over je eigen katoen spinnen en derde klas met de trein reizen. Maar hij droeg nu eenmaal graag eenvoudige kleren. Wie van baas wisselt, wisselt van kleren. 'Oké, *Bapuji*,' plaagde zij hem. 'Maar denk nou niet dat je me uit de broek krijgt, behalve in een sexy dansjurk.'

Ik keek toe hoe Epifania bad en zegde dank dat mijn ouders op de een of andere manier, door een stom geluk dat destijds de gewoonste zaak van de wereld had geleken, waren genezen van de godsdienst. (Waar is hun medicijn, hun tegengif voor giftige priesters? Bottel het, in godsnaam, en stuur het de wereld rond!) Ik keek naar Camoens in zijn *khaddar jibba* en herinnerde me dat hij ooit, zonder Belle, helemaal de bergen over was gegaan naar het stadje Malgudi aan de rivier de Sarayu, alleen omdat Mahatma Gandhi daar zou spreken, en dat terwijl hij een aanhanger van Nehru was. Hij schreef erover in zijn dagboek:

In die enorme menigte was ik, gezeten op het zand van de Sarayu, een minuscule vlek. Er waren een hoop in witte khaddar gestoken vrijwilligers rond het podium. De verchroomde standaard van de microfoon schitterde in de zon. Hier en daar stonden politiemensen. Regelneven liepen mensen te vragen kalm en stil te blijven. De mensen deden wat ze zeiden... De rivier stroomde, de bladeren van de reusachtige banyan- en vijgebomen op de oevers ritselden; uit de wachtende menigte klonk een geroezemoes, voortdurend geaccentueerd door het geplop van flesjes gazeuse; langwerpige plakken komkommer, in de vorm van een halvemaan en op smaak gebracht met in zout gedoopte citroenschilletjes, verdwenen van het houten blad van een venter die op gedempte toon (als een concessie aan de grote man die in aantocht was) riep: 'Komkommer voor dorst, het beste voor dorst.' Als bescherming tegen de zon had hij een groene badhanddoek om zijn hoofd gewonden.

Toen kwam Gandhi, waardoor alle mensen ritmisch in hun handen gingen klappen boven hun hoofd en zijn favoriete *dhun* scanderen:

Raghupati Raghava Raja Ram
Patitha pavana Sita Ram
Ishwara Allah tera nam
Sabko Sanmati dé Bhagwan.

En daar was *Jai Krishna, Hare Krishna, Jai Govind, Hare Govind*, daar was *Samb Sadashiv Samb Sadashiv Samb Sadashiv Samb Shiva Har Har Har Har*. 'Na dat alles,' zei Camoens tegen Belle bij zijn terugkeer, 'hoorde ik niets meer. Ik had India's schoonheid gezien in die menigte met zijn gazeuse en komkommer, maar bij dat gedoe met God werd ik bang. In de stad zijn we voor een werelds India, maar het dorp is voor Ram. En ze zeggen *Ishwar en Allah is uw naam*, maar ze bedoelen dat niet, ze bedoelen alleen Ram zelf, koning van de Raghu-clan, louteraar der zondaars, samen met Sita. Ik ben bang dat de dorpelingen uiteindelijk zullen opmarcheren naar de steden en dat mensen als wij onze deuren moeten vergrendelen en dat er een Storm-Ram komt.'

5

Een paar weken na de dood van zijn vrouw begonnen in Camoens da Gama's slaap mysterieuze schrammen op zijn lichaam te verschijnen. Eerst zat er een achter op zijn nek, waar hij attent op gemaakt moest worden door nota bene zijn dochter, toen drie schuine krassen over zijn rechterbil en daarna een op zijn wang precies langs de rand van zijn sik. In dezelfde tijd begon Belle hem te bezoeken in zijn dromen, naakt en verlangend, waardoor hij huilend wakker werd, want terwijl hij de liefde bedreef met haar droomgestalte, wist hij al dat ze niet echt was. Maar de krabben waren wel degelijk echt en ook al zei hij het niet tegen Aurora, zijn gevoel dat Belle was teruggekeerd had evenveel te maken met deze liefdestekens als met de open ramen en de verdwenen olifantspullen.

Zijn broer Aires had een eenvoudiger oplossing voor het raadsel van de vermiste ivoren slagtanden en Ganesha's. Hij verzamelde het personeel op de grootste binnenplaats onder de vijgeboom waarvan het onderste deel van de stam wit geschilderd was, en in de middaghitte beende hij voor hen heen en weer, met een panamahoed op en een kraagloos overhemd en een door rode bretels opgehouden witte linnen broek aan, ijskoud bulderend dat wis-en-zeker een van hen een dief was. De huisbedienden, tuinlieden, schuitevoerders, vegers, latrineschoonmakers, allemaal stonden ze voor hem in een zwetende, sidderende rij, met op hun gezicht de kruiperige glimlach van hun angst, terwijl Jawaharlal de buldog een laag, dreigend gegrom liet horen en zijn baas Aires hun bijnamen naar het hoofd slingerde.

'Wie doet zijn mond open?' vroeg hij. '*Schrokkerde*gokhale, jij? Nallappa*boemdijee?* Karampal*steeltje*? Voor de dag ermee, en snel!' En de huisknechten waren *Tiedeldom en Tiedeldie* toen hij ze allebei een klap in het gezicht gaf, en de tuinlieden waren noten en specerijen toen hij ze in hun borst porde, *Cashew, Pistache, Grote en Kleine Kardemom*, en de latrineschoonmakers, die hij natuurlijk niet aanraakte, waren *Kleine Boodschap en Grote Boodschap.*

Aurora kwam aangerend toen ze hoorde wat er gebeurde, en voor het eerst in haar leven vervulde de aanwezigheid van de bedienden haar met schaamte, ze kon hun niet in de ogen kijken, ze keerde zich tot de verzamelde familie (want de hardvochtige Epifania, Carmen met de ijssplinter in haar hart en zelfs Camoens – opgelaten, maar, het moet gezegd, zonder in te grijpen – waren naar buiten gekomen om Aires' verhoortechniek te bestuderen) en bekende met een hoge, schrille gil: *zij-waren-het-niet-IK-was-het.*

'Wat?' schreeuwde Aires terug, honend, geërgerd: een kwelgeest beroofd van zijn plezier. 'Zeg op, kan geen woord verstaan.'

'Houd op met ze af te blaffen,' krijste Aurora. 'Ze hebben niets gedaan, ze hebben uw verdulde olifanten met hun verdikkense tanden niet aangeraakt. Ik heb het gedaan.'

Haar vader verbleekte. 'Lieverd, waarom?' De buldog liet grommend zijn tandvlees zien.

'Noem me geen lieverd,' antwoordde ze, zich zelfs tegen hem kerend. 'Dat wilde mijn moeder ook altijd. Jullie zullen zien: van nu af ben ik er in haar plaats. En Aires-oom, u moet die dolle hond opsluiten, overigens heb ik een troetelnaam voor hem die hij pas echt verdient: noem hem *Harrewar,* dat veel-blaffen-niet-bijtenmormel.' En keerde zich om, met opgeheven hoofd, en marcheerde weg, haar familie met open monden van verbazing achterlatend: alsof ze echt een avatar hadden gezien, een reïncarnatie, haar moeders levende geest.

≈

Maar het was Aurora die werd opgesloten; voor straf werd ze een week verbannen naar haar kamer op een dieet van rijst en water. Eten en drinken – *idli* en *sambar,* maar ook 'koteletjes' van gehakt-met-aardappelpuree, gebakken gepaneerde braam, schalen pikante garnalen, bananenpudding, *crème caramel,* limonadegazeuse – werden echter voor haar naar boven gesmokkeld door Josy, die haar adoreerde; en de oude ayah bracht haar in het geheim ook haar tekenspullen – houtskool, penselen en verf –, waarmee Aurora op dit ware moment van haar volwassenwording verkoos haar diepste wezen kenbaar te maken. Die hele week werkte ze en nam ze nauwelijks tijd om te slapen. Toen Camoens aan haar deur kwam, zei ze hem dat hij weg moest gaan, ze zou haar straf in stilte dragen en had geen behoefte aan een ex-bajesklant van een vader die geen poot uitstak om zijn eigen dochter uit gevangenschap te houden, en hij liet zijn hoofd hangen en gehoorzaamde.

Maar aan het eind van haar huisarrest vroeg Aurora Camoens binnen te komen en daarmee werd hij de tweede persoon op aarde die haar werk zag. Iedere centimeter van de wanden en zelfs het plafond van de kamer wemelde van de figuren, menselijke en dierlijke, echte en gefantaseerde, getekend in een vloeiende zwarte lijn die zich voortdurend transformeerde, hier en daar uitdijde tot enorme kleurvlakken, het rood van de aarde, het paars en vermiljoen van de lucht, de veertig tinten groen; een lijn zo krachtig en vrij, zo weelderig, zo heftig, dat Camoens zichzelf met een hart dat barstte van vadertrots hoorde zeggen: 'Maar het is de grote zwerm van het zijn zelf.' Langzaam wennend aan zijn dochters pas geopenbaarde universum, begon hij haar visioenen te zien: ze had de geschiedenis op de wanden gezet, koning Gondofares die de heilige apostel Thomas naar India uitnodigt; en uit het noorden keizer Asoka met zijn Pilaren van de Wet, en de rijen mensen die wachten om met hun rug tegen de pilaren te gaan staan en te zien of ze hun armen er helemaal omheen kunnen slaan, wat geluk brengt; en haar versies van erotisch beeldhouwwerk in tempels, waarvan de nietsverhullende details Camoens van kleur deden verschieten, en van de bouw van de Taj Mahal, waarna de grote steenhouwers, zoals ze onomwonden toonde, werden verminkt, hun handen afgehakt, zodat ze nooit meer iets mooiers konden bouwen; en uit haar eigen zuiden had ze gekozen voor de slag bij Srirangapatnam, het zwaard van Tipu Sultan, de betoverde vesting Golconda waar iemand die met gewone stem praat in het poortgebouw duidelijk te horen is in de citadel, en de komst, lang geleden, van de joden. De moderne geschiedenis was er ook, er waren gevangenissen vol gedreven mannen, de Congrespartij en de Islamitische Liga, Nehru Gandhi Jinnah Patel Bose Azad, en Engelse soldaten die fluisterden van een naderende oorlog; en voorbij de geschiedenis waren de schepselen van haar verbeelding, de hybriden, half-vrouw half-tijger, half-man half-slang, er waren zeemonsters en berggeesten. Op een ereplaats was Vasco da Gama zelf, die voor het eerst voet op Indiase bodem zette, de lucht opsnoof en op zoek ging naar alles wat kruidig en heet was en geld opbracht.

Camoens begon familieportretten te ontdekken, niet alleen portretten van de dode en levende, maar ook van de nooit geboren familieleden – van bijvoorbeeld haar ongeboren broers en zussen, die ernstig rond haar dode moeder naast een vleugel waren gegroepeerd. Hij was verbaasd een portret van Aires da Gama aan te treffen, spiernaakt op een werf, met licht dat van hem afstraalde terwijl donkere gedaanten hem van alle kanten insloten, en geschokt door de parodie op het Laatste Avondmaal waarin de bedienden van de familie zaten te slempen aan de eettafel terwijl van portretten aan de wand hun haveloze voorouders op hen neerkeken en de Da Gama's hen bedienden, eten aandroegen, wijn schonken en slecht behandeld werden, Carmen in haar billen geknepen, Epifania onder haar kont geschopt door een dronken tuinman; maar toen trok de vaart van de compositie hem weer verder, weg van het persoonlijke naar de massa, want achter en rondom en boven en onder en tussen de familie was de menigte zelf, de dichte menigte, de menigte zonder grenzen; Aurora had haar gigantische werk zo gecomponeerd dat de figuren van haar eigen familie zich een weg moesten banen door deze overvloed aan beelden, ze suggereerde dat de beslotenheid van Cabral een illusie was en dat deze berg, deze bijenkorf, deze eindeloze reeks menselijke metamorfosen de waarheid was; en waar Camoens ook keek, zag hij de razernij van de vrouwen, de gekwelde zwakheid en onderworpenheid in de gezichten van de mannen, de seksuele ambivalentie van de kinderen, de passieve, lijdzame gezichten van de doden. Hij wilde weten hoe ze deze dingen wist, met op zijn tong de bittere smaak van zijn eigen falen als vader verbaasde hij zich erover dat zij op haar prille leeftijd zoveel had gehoord van de wrok, pijn en teleurstelling van de wereld en zo weinig had geproefd van haar heerlijkheid, *als je de vreugde hebt leren kennen*, wilde hij zeggen, *dan en slechts dan zal je gave volledig zijn*, maar ze wist al zoveel dat het de woorden afschrikte en hij niet durfde te spreken.

Alleen God ontbrak, want hoe zorgvuldig Camoens de wanden ook afspeurde, en zelfs nadat hij een trapladder had beklommen om het plafond te bekijken, hij kon de figuur van Christus, al dan niet aan het kruis, niet vinden, of ook maar enige andere weergave van een godheid, boomgeest, watergeest, engel, duivel of heilige.

En het was allemaal geplaatst in een landschap dat Camoens met huivering bezag, want het was Moeder India zelf, Moeder India in al haar schittering en onvermoeibare beweging, Moeder India die haar kinderen liefhad en verraadde en opat en vernietigde en weer liefhad, en met wie de kinderen een hartstochtelijke band en eeuwigdurende ruzie hadden, tot ver voorbij het graf; die zich uitstrekte tot grote bergen als uitroeptekens van de ziel, langs onmetelijke rivieren vol genade en ziekte en over ruwe, door droogte geteisterde plateaus waarop mensen met pikhouwelen in de dorre, onvruchtbare aarde hakten; Moeder India met haar oceanen en kokospalmen en rijstvelden en ossen bij de waterput, haar kraanvogels op boomtoppen met halzen als kleerhangers, en hoog cirkelende vliegers en het napraten van beo's en de geelgebekte brutaliteit van kraaien, een proteïsche Moeder India die monsterlijk kon worden, een uit de zee oprijzende worm met het gezicht van Epifania op een lange en geschubde hals; die moordzuchtig kon worden, met schele ogen en de tong uit de mond als Kali dansend terwijl duizenden stierven; maar boven alles uit, precies in het midden van het plafond, op de plek waar al de hoorn-des-overvloedslijnen samenkwamen, Moeder India met het gezicht van Belle. Koningin Isabella was hier de enige moedergodin, en ze was dood; in het hart van deze eerste gigantische uitbarsting van Aurora's kunst bevond zich de simpele tragedie van haar verlies, de niet gelenigde pijn een moederloos kind te worden. De kamer was haar rouwklacht.

Camoens omarmde haar vol begrip, en ze huilden.

≈

Ja, moeder; ooit was ook jij een dochter. Je kreeg het leven en nam het ... Mijn verhaal is een verhaal van veel geweld, veel plotselinge doden, van handen geslagen aan anderen en zichzelf. Vuur, water en ziekte moeten hun rol naast – nee, *rond en in* – de mensen spelen.

Op kerstavond 1938, zeventien kerstmissen nadat de jonge Camoens de zeventien jaar oude Isabella Souza mee naar huis had genomen om kennis te maken met zijn familie, werd hun dochter, mijn moeder Aurora da Gama, wakker van de menstruatiepijnen en kon niet meer in slaap komen. Ze ging naar de badkamer en verzorgde zich, zoals de oude Josy haar had geleerd, met watten, gaas en een lang pyjamakoord om alles op zijn plaats te houden... Aldus verbonden ging ze ineengerold op de witbetegelde vloer liggen en vocht tegen de pijn. Na een poosje zakte die. Ze besloot de tuin in te gaan en haar gepijnigde lichaam te baden in het schijnsel, het onverschillige wonder van de melkweg. *Star light, star bright...* we kijken omhoog en we hopen dat de sterren omlaag kijken, we bidden dat er sterren zijn die we kunnen volgen, sterren die langs het firmament bewegen en ons naar onze lotsbestemming voeren, maar het is slechts onze ijdelheid. We kijken naar de sterrenhemel en worden verliefd, maar het heelal geeft minder om ons dan wij om het heelal, en de sterren blijven in hun baan, hoe graag we ook anders van ze willen. Het is waar dat je als je een tijdje naar het draaien van het hemelrad kijkt, een meteoor ziet vallen, opvlammen en doven. Die ster is het niet waard om te volgen; het is slechts een ongelukkig brok steen. Ons lot is hier op aarde. Er zijn geen leidsterren.

Er was meer dan een jaar verstreken sinds het incident met de open ramen, en het huis op Cabral sluimerde die nacht onder een soort bestand. Aurora, te oud voor de kerstman, sloeg een lichte omslagdoek om haar nachtpon, stapte om de slapende figuur van Josy-ayah op haar mat bij de deur heen en liep blootsvoets de gang door.

(Kerstmis, die noordelijke uitvinding, dat verhaal van sneeuw en sokken, van vrolijke haardvuren en rendieren, Latijnse kerstliedjes en *O Tannenbaum,* van altijd groene bomen en de kerstman, is dankzij de tropische hitte weer wat het oorspronkelijk min of meer was, want wat het Kindeke Jezus ook geweest moge zijn, hij was een warm-weerbaby; hoe armoedig zijn kribje ook was, het was niet koud; en als er Wijzen kwamen, gindse ster volgend (wat, zoals ik heb aangegeven, onverstandig is), dan kwamen ze, laten we dat niet vergeten, uit het Oosten. Aan de overkant in Fort Cochin hebben Engelse families kerstbomen opgezet met watten op de takken; in de St. Franciscuskerk – in die tijd anglicaans, maar nu niet meer – heeft de jonge Eerw. Morris D'Ode de jaarlijkse kerstzangdienst al gehouden; en er wachten de kerstman pasteitjes en glazen melk, en op de een of andere manier zal er morgen kalkoen op tafel staan, jazeker, met twee soorten vulling, en zelfs spruitjes. Maar er zijn vele soorten christendom hier in Cochin: katholiek, Syrisch-orthodox en nestoriaans, er zijn nachtmissen met wierook die de longen verstikt, er zijn priesters met dertien kruisen op hun hoofddeksels die Jezus en de twaalf apostelen symboliseren, er zijn oorlogen tussen de geloofsrichtingen, rk versus Syrisch, en iedereen vindt dat de nestorianen helemaal geen christenen zijn; en ook al deze strijdige kerstmissen worden voorbereid. In het huis op het eiland Cabral regeert de paus. Er zijn hier geen bomen; maar er is wel een kribbe. Jozef kon een timmerman uit Ernakulam zijn geweest en Maria een vrouw van de theevelden, het vee bestaat uit karbouwen en de huid van de Heilige Familie (nee maar!) is tamelijk donker. Er zijn geen geschenken. Voor Epifania da Gama is Kerstmis een dag voor Jezus. Geschenken – en zelfs deze enigszins liefdeloze familie wisselt cadeautjes uit – horen bij Driekoningenavond, de avond van wierook mirre goud. Niemand klautert door een schoorsteen omlaag in dít huis...)

Aurora kwam boven aan de grote trap en zag dat de kapeldeuren open stonden; de kapel zelf was verlicht en het licht dat uit de deuropening naar buiten viel, vormde een kleine gouden zon in de duisternis van het trappenhuis. Aurora liep op haar tenen naar voren en gluurde naar binnen. Een kleine gedaante, het hoofd bedekt met een zwarte kanten mantilla, zat geknield bij het altaar. Aurora kon het lichte getik van Epifania's robijnen rozenkranssnoer horen. Het jonge meisje wilde niet dat de matriarch haar aanwezigheid zou opmerken en begon achterwaarts de ruimte uit te lopen. Op dat moment, in volmaakte stilte, viel Epifania Menezes da Gama opzij en bleef roerloos liggen.

'Op een dag bezorgificeer je me nog een hartstilstand.'

'Geduld is een deugd. Ik beid gewoon mijn tijd.'

Hoe ging Aurora naar haar gevallen grootmoeder toe? Rende ze als een liefhebbend kind naar voren, een verslagen hand naar haar mond brengend?

Ze ging langzaam naar haar toe, in een omtrekkende beweging langs de wanden van de kapel, liep met afgemeten, weloverwogen stappen naar die onbeweeglijke gestalte.

Gaf ze een gil, sloeg ze op een gong (er was een gong in de kapel) of probeerde ze op een andere manier alarm te slaan?

Dat deed ze niet.

Misschien had dat geen zin; misschien was het duidelijk dat hulp voor Epifania te laat kwam: dat de dood snel en genadig was geweest?

Toen Aurora bij Epifania kwam, zag ze dat de hand die de rozenkrans vasthield, nog steeds zwakjes aan kralen trok; dat de ogen van de oude vrouw open waren en haar met een blik van herkenning aankeken;

dat de lippen van de oude vrouw licht bewogen, al was er geen woord te horen.

En toen ze zag dat haar grootmoeder nog leefde, greep ze toen in om haar leven te redden?

Ze wachtte even.

En daarna? Toegegeven, ze was jong; een zekere verlamming kan worden toegeschreven aan jeugdige paniek en kan worden vergeven; maar nadat ze even had gewacht, ging ze snel de anderen waarschuwen, zodat er hulp kon worden geboden... toch?

Nadat ze even had gewacht, deed ze twee passen achteruit; en ging met gekruiste benen op de vloer zitten; en keek toe.

Voelde ze geen medelijden, geen schaamte, geen angst?

Ze maakte zich zorgen, dat is zo. Als Epifania's attaque niet fataal zou blijken, zou haar gedrag tegen haar pleiten; zelfs haar vader zou kwaad zijn. Dat wist ze.

Alleen daarover?

Ze maakte zich zorgen dat het ontdekt zou worden; en dus ging ze de kapeldeuren dichtdoen.

Waarom het dan niet grondig gedaan: waarom niet de kaarsen uitgeblazen en het elektrisch licht uitgedaan?

Alles moest worden achtergelaten zoals Epifania het had achtergelaten.

Dit was dus moord in koelen bloede. Er was sprake van voorbedachten rade.

Als een moord gepleegd kan worden door niet te handelen, dan wel. Als Epifania zo'n zware aanval had gehad dat ze het niet zou hebben overleefd, dan niet. Het is een onuitgemaakte zaak.

Stierf Epifania?

Na een uur bewoog haar mond nog één laatste keer; haar ogen gingen weer naar haar kleinkind. Wier oor, gehouden tegen stervende lippen, haar grootmoeders vervloeking hoorde.

En de moordenares? Of, in billijkheid, de mogelijke moordenares?

Liet de kapeldeuren wijd open, zoals ze ze had aangetroffen; en ging weer slapen...

... Maar ze kon toch niet...?

... en sliep, zo vast als een kind. En werd wakker op kerstochtend.

≈

Een harde waarheid moet gezegd worden: nadat Epifania was overleden, werd het leven beter. Een geest die zich lang niet had laten zien, van de vrolijkheid misschien, keerde terug naar het eiland. Het was iedereen duidelijk dat de kwaliteit van het licht was veranderd, alsof er een filter uit de lucht was gehaald; de helderheid barstte naar buiten, als een geboorte. In het nieuwe jaar meldden de tuinlieden een ongekende groei, naast een duidelijke achteruitgang in ziekten, en zelfs het minst geoefende tuiniersoog kon de watervallen van bougainvillea zien, zelfs de minst gevoelige neus kon de sinds kort schitterende aanwas van jasmijn, lelietjes-van-dalen en orchideeën ruiken. Het oude huis zelf leek te bruisen van een nieuwe opwinding, een nieuw gevoel van mogelijkheden; een zekere morbiditeit was uit de binnenplaatsen verdwenen. Zelfs Jawaharlal de buldog leek toeschietelijker te worden in deze nieuwe tijd.

Bezoekers kwamen weer even regelmatig als in de glorietijd van Francisco. Bootladingen jonge mensen staken over om Aurora's kamer te bewonderen en de avond door te brengen in het overgebleven Le Corbusier-huis, dat ze met het enthousiasme van de jeugd weer snel op orde brachten; er was weer muziek op het eiland, en er waren de nieuwste dansrages. Zelfs oudtante Sahara, Carmen da Gama, raakte in de stemming, en onder het voorwendsel dat ze chaperonne speelde voor de jongelui, kwam ze naar deze bijeenkomsten, tot ze uiteindelijk door een knappe jongen werd verleid om een tegenstribbelend, maar verrassend lenig figuur op de dansvloer te slaan. Het bleek dat Carmen ritme had. En in de avonden die volgden zag je, terwijl Aurora's jonge kerels in de rij stonden om haar ten dans te vragen, het masker van ouderdom van mevrouw Aires da Gama wegvallen, haar gebogen rug recht worden, de ogen niet langer loensen en de bangelijke blik plaatsmaken voor een aarzelende zweem van plezier. Ze was nog geen vijfendertig jaar en voor het eerst sinds een eeuwigheid zag ze er jonger uit dan ze was.

Toen Carmen de shimmy begon te dansen, ging Aires haar met iets van belangstelling bekijken, en hij zei: 'Het wordt tijd dat wij volwassenen eens wat mensen uitnodigen zodat we een ietsepietsie met je kunnen pronken.' Het was het aardigste dat hij ooit tegen haar had gezegd, en Carmen was de volgende weken druk in de weer met uitnodigingen, lampionnen voor de tuinen, menu's, schragentafels en de zoete, zoete zielestrijd over wat ze moest dragen. Op de avond van het feest was er een orkest op het grote gazon en een grammofoon in het tuinhuis van Le Corbusier, en vrouwen behangen met juwelen en mannen uitgedost in avondkleding kwamen met botenvol, en als sommigen van die mannen haar echtgenoot te diep in de ogen keken, was Carmen op haar avond der avonden genegen de andere kant op te kijken.

Eén lid van de familie had geen deel aan de algemene opleving: te midden van het bal op Cabral kon Camoens slechts denken aan Belle, wier schoonheid op zo'n feestelijke avond de sterren zou hebben doen verbleken. Hij werd niet langer wakker met liefdeskrabben op zijn lichaam, en nu hij zich niet langer kon vastklampen aan het zweempje hoop dat ze naar hem zou terugkeren uit het graf, was er iets losgeraakt dat hem aan het leven had gebonden; er waren dagen en nachten dat hij de aanblik van zijn dochter niet kon verdragen, zo sterk was haar moeder in haar aanwezig. Soms voelde hij zelfs iets van kwaadheid, omdat ze meer van Belle bezat dan hij ooit weer zou bezitten.

Hij stond alleen op de aanlegsteiger met een glas granaatappelsap in zijn hand. Een jonge vrouw, meer dan licht beneveld, met zwart krulletjeshaar en te veel vuurrode lippenstift op haar mond, leunde naar hem over in een wijd uitstaande japon met pofmouwen. 'Sneeuwwitje!' verklaarde ze aangeschoten.

Camoens, ver weg met zijn gedachten, antwoordde niet.

'Heb je die film niet gezien?' lalde de jonge vrouw verbolgen. 'Eindelijk draait ie in de stad, ik heb hem elf-twaalf keer gezien.' Toen, op haar jurk wijzend: 'Precies als in de fillum! Ik heb mijn kleermaker haar jurk laten namaken, exact hetzelfde. Ik kan de zeven dwergen opnoemen,' ging ze voort zonder op antwoord te wachten. 'Niezerdslaperdblijerdsuffiebrompotbleutjedok. Welke ben jij, als ik vragen mag?'

De arme Camoens wist geen antwoord te bedenken; schudde eenvoudigweg zijn hoofd.

Zatte Sneeuwwitje liet zich niet uit het veld slaan door zijn zwijgen. 'Niet Niezerd, niet Blijerd, niet Dok,' zei ze. 'Dus Slaperdsuffiebrompotbleutje wie? – Je wilt het niet zeggen, dus raad ik maar. Slaperd niet, Suffie, denk van niet, Brompot misschien, maar Bleutje, ja. Hi ha Bleutje! Fluit onder het werk!'

'Juffrouw,' probeerde Camoens, 'misschien is het beter als u weer naar het feest gaat. Ik ben helaas niet in een feeststemming.'

Sneeuwwitje versteende, teleurgesteld. 'Bobo Bajesklant Camoens da Gama,' snauwde ze. 'Kan geen enkele vrouw fatsoenlijk te woord staan, treurt nog steeds om wijlen je vrouw, nietwaar, en wat zou het dat ze het aanlegde met de halve stad, edelman, bedelman, dokter, pastoor. O God hoor mij nou zeggen wat ik niet mag zeggen.' Ze maakte aanstalten om te gaan; Camoens greep haar bij haar bovenarm. 'God, *men*, laat los, je bezorgt me nog een blauwe plek!' riep Sneeuwwitje. Maar de dwingende vraag in Camoens gezicht viel niet te negeren. 'Je maakt me bang,' zei Sneeuwwitje, haar arm loswringend. 'Je lijkt wel stapelgek of zo. Ben je dronken? Misschien ben je te dronken. Nou. Het spijt me wat ik gezegd heb, maar iedereen weet het, en het moest toch eens gezegd worden, nietwaar? Dus basta, *tata-bata*, je bent niet Bleutje, maar Brompot en ik denk zo dat er wel een andere dwerg voor me is.'

De volgende morgen kreeg Sneeuwwitje met een moordende koppijn bezoek van twee politiemannen die haar vroegen het bovengenoemde tafereel te reconstrueren. 'Waar hebben jullie het over, men, ik heb hem achtergelaten op de steiger, meer niet, punt uit, niets meer aan toe te voegen.' Ze was de laatste persoon die mijn grootvader in leven zag.

Het water eist ons op. Het eiste Francisco en Camoens op, vader en zoon. Ze doken in de zwarte nachtelijke haven en zwommen naar de moeder-oceaan. Haar getijdestroom voerde hen mee.

6

In augustus 1939 zag Aurora da Gama dat het vrachtschip Marco Polo nog steeds voor anker lag in de haven van Cochin en ontstak in woede over dit teken dat haar onzakelijke oom Aires, in dit interregnum tussen de dood van haar ouders en haar eigen meerderjarigheid, de teugels van de handel uit zijn indolente vingers liet glippen. Ze liet haar chauffeur 'als de bliksem' naar C-50 (Pvt) Ltd Goedang Nr. 1 in de haven van Ernakulam rijden en stormde dat spelonkachtige pakhuis binnen; waar ze even tot stilstand kwam, overvallen door de koele sereniteit van de met lichtbundels doorsneden duisternis en door de godslasterlijke atmosfeer van een gonjezakken-kathedraal, waarin de geuren van patchoeli-olie en kruidnagelen, van geelwortel en fenegriek, van komijn en kardemom hingen als de herinnering aan muziek, terwijl de in de schemering vervagende nauwe gangen tussen hoge stapels exportklare goederen wegen naar de hel en terug, of zelfs naar de verlossing, hadden kunnen zijn.

(Grote stambomen uit kleine zaadkorreltjes: is het niet toepasselijk dat mijn eigen geschiedenis, de geschiedenis van Moraes Zogoiby's conceptie, wortelt in een vertraagd pepertransport?)

Er waren in deze tempel ook priesters: over klemborden gebogen expeditieklerken die druk heen en weer schoten tussen de koelies die hun karren laadden en de angstwekkend uitgemergelde drieëenheid van controleurs – mijnheer Elaichipillai Kalonjee, mijnheer V.S. Mirchandalchini en mijnheer Karipattam Tejpattam – als een inquisitie gezeten op hoge krukken in poelen dreigend lamplicht en met veren pennen krassend in reusachtige grootboeken die op lessenaars met hoge poten als ooievaarsstelten naar hen overhelden. Aan de voet van deze majestueuze figuren zat, aan een gewone schrijftafel met een eigen lampje, de magazijnchef van de goedang, en op hem stortte Aurora zich, nadat ze haar zelfbeheersing had herwonnen, om een verklaring te eisen voor de vertraging van het pepertransport.

'Wat denkt oom wel?' schreeuwde ze, onredelijk, want hoe kon zo'n lage worm de gedachten kennen van de grote mijnheer Aires zelf? 'Wil-o hij ondergang van familiefortuin of zo?'

De nabije aanblik van de mooiste der Da Gama's en enige erfgename van de familiemiljoenen – het was algemeen bekend dat mijnheer Aires en mevrouw Carmen weliswaar voorlopig de leiding hadden, maar dat wijlen mijnheer Camoens hun slechts een toelage had nagelaten, zij het een royale – trof de magazijnchef als een speer in het hart, zodat hij tijdelijk met stomheid geslagen was. De jonge erfgename boog zich dichter naar hem toe, pakte zijn kin tussen duim en wijsvinger, doorboorde hem met haar felste blik, en was op slag verliefd. Tegen de tijd dat de man zijn donderslag-verlegenheid te boven was en stamelend meedeelde dat Engeland en Duitsland elkaar de oorlog hadden verklaard en dat de kapitein van de *Marco Polo* weigerde naar Engeland te varen – 'Kans dat de koopvaardijvloot wordt aangevallen, weet u' – besefte Aurora, een beetje boos over het verraad van haar gevoelens, dat het belachelijke en ongepaste oplaaien van de hartstocht haar dwong klasse en conventie aan haar laars te lappen om onmiddellijk te trouwen met deze onbeschrijflijk knappe werknemer van de familie. 'Het is als trouwen met de gesjochten chauffeur,' hield ze zichzelf voor in verzaligde misère, en een moment lang ging ze zo op in de zoete huiver van haar situatie dat de naam die op het houten bordje op zijn tafel was geschilderd, niet tot haar doordrong.

'Mijn God,' barstte ze uit toen de witte kapitalen zich ten slotte niet meer lieten negeren, 'of het niet al erg genoeg is dat je geen cent in je beurs en geen tong in je kop hebt, ben je nog een jood ook.' En vervolgens terzijde: 'Geef maar toe, Aurora. Denkificeer na. Ben je verdomme gevallen voor een goedang-Mozes.'

Pedante witte kapitalen corrigeerden haar (het voorwerp van haar affectie, overdonderd, overstuur, met droge mond, bonzend hart en een beginnende kruisbrand, was daartoe niet in staat, want het ontluiken van gevoelens die bij personeelsleden doorgaans niet worden aangemoedigd, had hem opnieuw beroofd van zijn spraakvermogen): de voornaam van de magazijnchef Zogoiby was niet Moses maar Abraham. Als het waar is dat ons lot besloten ligt in onze naam, dan gaven zeven kapitalen aan dat hij geen overwinnaar van farao's, ontvanger van geboden of splitser van wateren zou zijn; hij zou geen volk naar het beloofde land leiden. Integendeel, hij zou zijn zoon levend offeren op het altaar van een verschrikkelijke liefde.

En 'Zogoiby'?

≈

'Ongelukkig'. In het Arabisch, althans volgens Cohen de kruidenier en Abrahams familieoverlevering van moederszijde. Niet dat iemand ook maar enige kennis van die verre taal bezat. De gedachte alleen al was angstaanjagend. 'Kijk maar naar hun schrift,' had Abrahams moeder Flory ooit opgemerkt. 'Zelfs dat is gewelddadig, als meshouwen en steekwonden. Maar al met al: wij stammen ook af van krijgshaftige joden. Misschien hebben we daarom die kromtongige Andalusische naam gehouden.'

(U vraagt: Maar als zijn moeder zo heette, hoe komt het dan dat de zoon...? Ik antwoord: Niet zo ongeduldig, alstublieft.)

'Je bent oud genoeg om haar vader te zijn.' Abraham Zogoiby, geboren in hetzelfde jaar als wijlen mijnheer Camoens, stond koppig voor de blauwbetegelde synagoge van Cochin – *Tegels uit Kanton & Geen Twee Gelijk*, volgens het ingelijste borduurwerkje op de wand in de voorhof – en liet, sterk naar specerijen en iets anders ruikend, de toorn van zijn moeder over zich komen. De oude Flory Zogoiby, in een vale calicotjurk, zoog op haar tandvlees en luisterde naar haar zoon, die hakkelend zijn verboden liefde biechtte. Met haar wandelstok trok ze een lijn in het stof. Aan de ene kant de synagoge, Flory en het verleden; aan de andere Abraham, zijn rijke meisje, het universum, de toekomst – alle onreine zaken. Ze sloot haar ogen, Abrahams geur en gestamel buitensluitend, en riep het verleden op, gebruikte herinneringen om het moment waarop ze haar enige kind moest verstoten, uit te stellen, want het was iets ongehoords dat een Cochinse jood buiten de gemeenschap zou trouwen; ja, haar herinnering en daarachter en daaronder de oudere herinnering van de stam... de Blanke Joden van India, de sefardim uit Palestina, waren in groten getale (ong. tienduizend) gekomen in het jaar 72 van de Christelijke Jaartelling, op de vlucht voor de Romeinse vervolging. Ze vestigden zich in Cranganore en verhuurden zich als soldaten aan de plaatselijke vorsten. Er was eens een veldslag tussen de heerser van Cochin en zijn vijand de Zamorin van Calicut, de Heer van de Zee, die moest worden opgeschort omdat de joodse soldaten niet wilden vechten op de sabbat.

O welvarende gemeenschap! Waarlijk, ze floreerde. En in het jaar 379 van de Christelijke Jaartelling schonk koning Bhaskara Ravi Varman I aan Joseph Rabban het koninkrijkje, bestaande uit het dorp Anjuvannam bij Cranganore. De koperplaten met de inscriptie waarin het geschenk was gememoreerd, kwamen terecht in de betegelde synagoge, onder Flory's hoede; want al heel wat jaren en in weerwil van haar sekse bekleedde ze de eervolle positie van tempelbewaarster. De platen lagen weggeborgen in een kist onder de ark en van tijd tot tijd poetste ze ze met veel vlijt en verve.

'Alsof een christinnetje niet erg genoeg was, moest je ook nog de allerbelabberdste van het zootje kiezen,' mopperde Flory. Maar haar blik was nog steeds in een ver verleden, gericht op joodse cashew- en betelnoten en broodvruchtbomen, op de wuivende velden joods koolzaad uit vroeger tijden, het oogsten van joodse kardemom, want had de gemeenschap daar niet haar voorspoed aan te danken? 'Nu pikken deze nieuwkomers onze handel in,' mompelde ze. 'En trots dat ze bastaarden en al zijn. Vasco-da-Gama-*fils*! Niet meer dan een zootje Moren.'

Was Abraham niet hoteldebotel geweest door de liefde, was de blikseminslag minder recent geweest, dan had hij naar alle waarschijnlijkheid zijn mond gehouden omdat een zoon zijn moeder eerbied verschuldigd is en hij toch al wist dat tegen Flory's vooroordelen niet te praten viel. 'Ik heb je een te moderne opvoeding gegeven,' vervolgde ze. 'Christinnen en Moren, tjonge. Je mag hopen dat ze je nooit komen halen.'

Maar Abraham was verliefd en toen hij de aantijgingen tegen zijn geliefde hoorde, barstte hij in woede uit: 'Als u nu eens begint de dingen niet met scheve ogen te bekijken, zult u zien dat u ook een nieuwkomer bent', waarmee hij zeggen wilde dat er lang voor de Blanke Joden Zwarte Joden in India waren aangekomen, vijfhonderdzevenentachtig jaar voor de Christelijke Jaartelling uit Jeruzalem gevlucht voor de legers van Nebukadnezar, en zelfs als je die niet meerekende omdat ze zich hadden vermengd met de plaatselijke bevolking en daar lang geleden in waren opgegaan, had je bijvoorbeeld nog de joden die van 490 tot 518, volgens de Christelijke Jaartelling, uit Babylon en Perzië kwamen: en er waren heel wat eeuwen verstreken voordat de joden handel begonnen te drijven in Cranganore en vervolgens in de stad Cochin (een zekere Joseph

Azaar was daar in 1344 met zijn familie naartoe getrokken, zoals iedereen wist), en zelfs uit Spanje begonnen na hun verdrijving in 1492 joden te komen, met in de eerste groep de familie van Solomon Castile...

Flory Zogoiby schreeuwde het uit bij het horen van de naam, schreeuwde en schudde haar hoofd heen en weer.

'Solomon Solomon Castile Castile,' tergde de zesendertigjarige Abraham zijn moeder met kinderlijke wraakzucht. 'Van wie in ieder geval déze *infant* van Castilië afstamt. Moet ik de gewinningen opsommen? Helemaal van Señor Leon Castile de zwaardenmaker van Toledo, die gek werd op de een of andere Spaanse prinses Olifant-en-Kasteel, tot mijn pappaji, die ook stapel geweest moet zijn, maar waar het om gaat is dat de Castiles tweeëntwintig jaar eerder in Cochin zijn gekomen dan enige Zogoiby, dus *quod erat demonstrandum*... En in de tweede plaats moeten joden met Arabische namen en verborgen geheimen uitkijken met wie ze een Moor noemen.'

Mannen op leeftijd met opgerolde broekspijpen en vrouwen met grijzende knotjes verschenen in de schaduwrijke joodse steeg waaraan de synagoge van Mattancherri gelegen was en waren plechtige getuigen van de ruzie. Boven boze moeder en riposterende zoon vlogen blauwe luiken open en verschenen hoofden in ramen. Op de nabijgelegen begraafplaats wapperden Hebreeuwse opschriften op grafstenen als vlaggen halfstok in de schemering. Vis en specerij in de avondlucht. En bij het horen van geheimen waarover ze nooit had gesproken, begon Flory Zogoiby abrupt te stotteren en te beven.

'Vervloekt zijn alle Moren,' sloeg ze terug. 'Wie hebben de synagoge van Cranganore verwoest? Moren, wie anders. Plaatselijk gefabriceerde en Made-in-India Othello-lui. De duivel hale ze met huis en muis.' In 1524, tien jaar nadat de Zogoiby's uit Spanje waren gearriveerd, had er in deze streken een mohammedaans-joodse oorlog gewoed. Het waren oude koeien die Flory uit de sloot haalde, en ze deed het in de hoop haar zoons gedachten af te leiden van zaken die verborgen moesten blijven. Maar een vloek moet niet lichtvaardig worden uitgesproken, vooral niet in aanwezigheid van getuigen. Flory's vervloeking vloog de lucht in als een opgeschrikte kip en bleef daar lange tijd fladderen, alsof ze niet zeker was van haar doel. Haar kleinzoon Moraes zou pas achttien jaar later geboren worden; tegen die tijd kwam de kip thuis om op stok te gaan.

(En waar vochten de moslims en de joden om in het *cinquecento*? – Wat anders dan de peperhandel.)

'De joden en Moren trokken ten strijde,' gromde de oude Flory, door verdriet gedreven een zin te veel te zeggen, 'en nu hebben jouw christelijke Vasco-*fils* de markt van ons beiden ingepikt.'

'U bent me een mooie om over bastaards te praten,' schreeuwde Abraham Zogoiby, die zijn moeders naam droeg. '*Fils* zegt ze,' sprak hij tot de groeiende menigte. 'Ik zal haar leren wat een *Fils* is. Waarop hij met kwade bedoelingen de synagoge in beende terwijl zijn moeder achter hem aan dribbelde en in droge, gierende tranen uitbarstte.

≈

Over mijn grootmoeder Flory Zogoiby, de tegenhangster van Epifania da Gama, haar gelijke in jaren, maar een generatie dichter bij mij: tien jaar voor de eeuwwisseling hing Flory Zonder Vrees altijd rond op het speelplein van de jongensschool, provoceerde halfwassen mannen met opwaaiende rokken en jennend gejouw en kraste met een tak provocaties in de grond – *stap over deze lijn*. (Lijnen trekken kwam aan beide kanten van de familie voor.) Ze tartte hen met onzinnige, enge bezweringen, 'net een heks':

Obeah, pokus, pro, praals,
kippedarmen, hiernamaals.
Fetish, voodoo, pree, praan,
Glaasje pies, tijd om dood te gaan.

Als de jongens op haar af kwamen, ging ze hen zo fel te lijf dat ze hun ondanks hun theoretische voordeel van kracht en lengte gemakkelijk de baas was. Haar vechterstalenten had ze van de een of andere onbekende voorouder; en al grepen haar tegenstanders haar bij het haar en scholden ze haar uit voor jodin, ze kregen haar nooit klein. Soms liet ze hun letterlijk in het stof bijten. Andere keren bleef ze staan, stakerige armen triomfantelijk over haar borst gekruist, om haar verblufte slachtoffers een struikelende aftocht te gunnen. 'Neem de volgende keer iemand van je eigen maat.' Flory maakte het nog een graadje erger door de betekenis van de uitdrukking om te draaien: 'Wij ondermaatse jodinnetjes zijn te heet voor jullie.' Ja, ze peperde het hun in, maar zelfs deze poging haar overwinningen in metaforen om te zetten, zich op te werpen als de kampioen van de kleinen, van de Minderheid, van *meisjes*, maakte haar niet populair. Vlotte Flory, Flory-de-Herrie: ze kreeg een Reputatie.

Er kwam een tijd dat niemand meer de lijnen overstak die ze met vervaarlijke precisie bleef trekken over de greppels en landjes van haar kinderjaren. Ze werd humeurig en in zichzelf gekeerd en bleef zitten achter haar stof-lijnen, belegerd binnen haar eigen vestingen. Tegen haar achttiende verjaardag was ze opgehouden met vechten, omdat ze iets had geleerd over het winnen van veldslagen en het verliezen van oorlogen.

Wat ik wil zeggen, is dat in Flory's ogen de christenen meer van haar hadden gestolen dan alleen haar voorouderlijke specerijenvelden. Wat ze namen, was toen al schaars aan het worden, en voor een meisje met een Reputatie was het nog schaarser... Op haar drieëntwintigste was Solomon Castile, de bewaarder van de synagoge, over de lijnen van juffrouw Flory gestapt om haar ten huwelijk te vragen. Dit werd algemeen beschouwd als een daad van grote naastenliefde, of domheid, of beide. In die tijd al werd de gemeenschap kleiner. Er woonden misschien vierduizend mensen in de jodenbuurt van Mattancherri, en als je verwanten, zeer jeugdigen en zeer ouden, zieken en gekken niet meetelde, viel er weinig te kiezen voor de jongeren van huwbare leeftijd. Oude vrijgezellen wuifden zich koelte toe bij de klokketoren en wandelden hand in hand langs de waterkant; tandeloze oude vrijsters zaten in deuropeningen kleertjes te naaien voor niet-bestaande baby's. Een huwelijk wekte evenveel jaloezie als vreugde en het roddelcircuit schreef Flory's huwelijk met de tempelbewaarder toe aan de lelijkheid van beide partijen. 'Als de nacht,' zeiden de scherpe tongen. 'Wee de kindertjes, mijn God.'

(*Oud genoeg om je vader te zijn*, tierde Flory tegen Abraham; maar Solomon Castile, geboren in het jaar van de Sepoy-opstand, 1857, was twintig jaar ouder dan zij geweest, *arme kerel zal wel hebben willen trouwen zolang hij het nog kon*, veronderstelden boze tongen... en er moet nog iets over hun huwelijk worden gezegd. Het vond plaats op dezelfde dag in 1900 als een veel voornamere gebeurtenis; geen enkele krant besteedde aandacht aan de Castile-Zogoiby-bruiloft in het societynieuws, maar er waren vele foto's van de heer Francisco da Gama en zijn stralende bruid uit Mangalore.)

De wraakgier van de gadelozen werd uiteindelijk bevredigd: want na een explosieve huwelijke staat van zeven jaren en zeven dagen, waarin Flory één kind ter wereld bracht, een jongen die eigenwijs genoeg opgroeide tot een van de knapste jongemannen van zijn slinkende generatie, liep tempelbewaarder Castile tegen het vallen van de avond op zijn vijftigste verjaardag naar de waterkant, sprong met een vijftal dronken Portugeze matrozen in een roeiboot en vluchtte naar zee. 'Had ie maar niet met Herrie-Flory moeten trouwen,' ging het tevreden geroddel van oude vrijgezellen en vrijsters, 'maar naar een wijze heten, betekent nog niet een wijze zijn.' Het stukgelopen huwelijk stond in Mattancherri bekend als de Salomonsvergissing; maar Flory gaf de schuld aan christelijke schepen, de handelsarmada van het almachtige westen die haar man had weggelokt om te zoeken naar straten van goud. En op zevenjarige leeftijd moest haar zoon zijn vaders naam opgeven; ongelukkig wat vaders betreft nam hij zijn moeders ongelukkige naam Zogoiby als de zijne aan.

Na Solomons desertie nam Flory zijn taak over als bewaarder van de blauwe ceramische tegels en Joseph Rabbans koperplaten, de functie zo fel en dwingend opeisend dat alle gemor tegen haar aanstelling werd gesmoord. Onder haar hoede: behalve de kleine Abraham het perkamenten Oude Testament, met zijn rafelige leerachtige bladzijden met de golvende Hebreeuwse letters en de holle gouden kroon (in 1805 Christelijke Jaartelling), geschonken door de maharadja van Travancore. Ze stelde hervormingen in. Als de gelovigen naar de dienst kwamen, moesten ze hun schoenen uittrekken. Er kwamen bezwaren tegen deze onmiskenbaar Moorse praktijk; Flory beantwoordde die met een bulderend vreugdeloos gelach.

'Bidden, hoezo!' blies ze. 'Bewaren moet ik van jullie, dan moeten jullie ook je fatsoen bewaren. Schoenen uit! Hop-hop! Behoud Chinategels.'

Geen twee gelijk. De tegels uit Kanton, ongeveer twaalf bij twaalf duim, geïmporteerd door Ezechiël Rabhi in het jaar 1100 Christelijke Jaartelling, bedekten vloer, wanden en plafond van de kleine synagoge. Legenden hadden zich erop vastgezet. Sommigen zeiden dat je als je maar lang genoeg zocht, je je eigen geschiedenis in een van de blauw met witte vierkanten vond, want de voorstellingen op de tegels konden veranderen, veranderden generatie na generatie, om de geschiedenis van de Cochinse joden te vertellen. Weer anderen waren ervan overtuigd dat de tegels profetieën waren, met betekenissen waarvan de sleutels in de loop der jaren waren kwijtgeraakt.

Als jongetje kroop Abraham rond in de synagoge, kont-in-de-lucht, met zijn neus tegen het antieke Chinese blauw gedrukt. Hij had zijn moeder nooit verteld dat zijn vader een jaar na zijn aftocht weer was teruggekeerd in ceramische vorm op de vloer van de synagoge, in een blauw roeibootje samen met blauwhuidige buitenlands ogende types, koers zettend naar een al even blauwe horizon. Na deze ontdekking vernam Abraham regelmatig van Solomon Castile dankzij de metamorfosetegels. De volgende keer zag hij zijn vader in een hemelsblauw rankentafereel van Dionysisch vertier te midden van gevelde draken en rommelende vulkanen. Solomon was aan het dansen in een open zeshoekig paviljoen met een zorgeloze vrolijkheid op zijn blauwe-tegelgezicht, zo anders dan het gekwelde gelaat dat Abraham zich herinnerde. Als hij gelukkig is, dacht de jongen, ben ik blij dat hij is weggegaan. Vanaf zijn vroegste jeugd wist Abraham instinctief dat geluk het allerhoogste was, en dankzij ditzelfde instinct wist de volwassen magazijnchef jaren later dat hij met beide handen de liefde moest grijpen die Aurora da Gama hem met veel gebloos en gespot aanbood in het clair-obscur van de goedang in Ernakulam.

In de loop der jaren vond Abraham zijn vader rijk en dik op een tegel, op kussens gezeten in de Positie van Koninklijke Rust en omringd door eunuchen en danseressen; maar een paar maanden later al was hij in een ander scenario van twaalf bij twaalf een broodmagere bedelaar. Nu begreep Abraham dat de voormalige tempelbewaarder alle remmen had losgegooid en wild door een leven zwalkte dat hij bewust uit de hand had laten lopen. Hij was een Sindbad die zijn fortuin zocht in de oceaan van aardse kansen. Hij was een hemellichaam dat zich door een daad van wilskracht uit zijn vaste baan had weten los te rukken en nu door de melkwegstelsels doolde, aanvaardend wat het lot hem zou brengen. Het scheen Abraham toe dat zijn vaders ontsnapping aan de gravitas van alledag zijn hele reserve aan wilskracht had verbruikt, zodat hij na die eerste en drastische daad van transformatie stuurloos was, overgeleverd aan de grillen van wind en tij.

Toen Abraham Zogoiby in zijn puberteit kwam, begon Solomon Castile te verschijnen in enigszins pornografische tableaus, waarvan de geschiktheid voor een synagoge tot veel discussie zou hebben geleid als iemand anders dan Abraham ze had opgemerkt. Deze tegels hielden zich schuil in de stoffigste en donkerste hoeken van het gebouw en Abraham stelde ze veilig door schimmel en spinnewebben te laten woekeren over de onfatsoenlijkste gedeelten waarin zijn vader zich met verbazingwekkende aantallen individuen van beiderlei kunne vermaakte op een wijze die zijn verblufte zoon alleen als educatief kon beschouwen. Maar in weerwil van deze geile gymnastiekoefeningen had de ouder wordende zwerver weer zijn vroegere droefgeestige gezichtsuitdrukking, dus al zijn reizen hadden hem misschien alleen maar doen aanspoelem op dezelfde kusten van onvrede die hij ooit had achtergelaten. Op de dag dat Abraham Zogoiby's stem brak, had hij ineens het idee dat zijn vader weldra zou terugkeren. Hij holde door de stegen van de jodenbuurt naar de waterkant waar de Chinese visnetten aan staken zich aftekenden tegen de hemel; maar de vis die hij zocht, sprong niet uit de golven. Toen hij vertwijfeld terugkeerde naar de synagoge, waren alle tegels met zijn vaders odyssee veranderd in anonieme en alledaagse taferelen. Urenlang kroop Abraham in koortsige drift over de vloer op zoek naar magie. Tevergeefs: voor de tweede maal in zijn leven was zijn dwaze vader Solomon *ins Blaue hinein* gegaan.

≈

Ik herinner me niet meer wanneer ik voor het eerst het familieverhaal hoorde waaraan ik mijn bijnaam dankte en mijn moeder het thema van haar beroemdste serie schilderijen, de 'Moor-cyclus', met als glorieuze hoogtepunt het onvoltooide en naderhand gestolen meesterwerk *De laatste zucht van de Moor*. Ik lijk haar mijn hele leven gekend te hebben, deze lugubere sage waaraan, zo moet ik nog vermelden, de heer Vasco Miranda een eigen vroeg werk ontleende; maar al ken ik het al jaren, ik twijfel sterk aan de letterlijke waarheid van het verhaal, met zijn enigszins overspannen *masala* verteltrant à la Bombay-film, zijn haast wanhopige terugvallen op een soort bekrachtiging, op bewíjzen... Ik geloof, en anderen hebben inmiddels beaamd, dat er eenvoudiger verklaringen zijn voor de transactie tussen Abraham Zogoiby en zijn moeder, in het bijzonder voor wat hij al dan niet aantrof in een oude kist onder de ark; één zo'n alternatieve versie zal ik nog wel eens geven. Voorlopig houd ik het bij de officiële, en opgepoetste, familieoverlevering; die omdat ze zo bepalend is voor het zelfbeeld van mijn ouders en zo belangrijk voor de geschiedenis van de moderne Indiase kunst, alleen al om die redenen een gewicht en kracht heeft die ik niet zal proberen te ontkennen.

We zijn beland bij een cruciaal moment in de vertelling. Laat ons even terugkeren naar de jonge Abraham, op handen en knieën verwoed de synagoge afzoekend naar de vader (die hem zojuist opnieuw had verlaten) en hem roepend met een schorre stem, overslaand van buulbuul naar kraai; totdat hij, een onuitgesproken taboe overwinnend, zich ten slotte voor het eerst in zijn leven waagde achter & onder het lichtblauwe gordijn met de gouden rand dat de ark sierde... Solomon Castile was daar niet; het zaklantaarnlicht van de tiener viel in plaats daarvan op een oude kist gemerkt met een Z en afgesloten met een goedkoop hangslot, dat al snel was opengestoken; want schooljongens bezitten vaardigheden die volwassenen even onvermijdelijk vergeten als van buiten geleerde lessen. En zo, wanhopig zoekend naar zijn verdwenen vader, vond hij de geheimen van zijn moeder.

Wat zat er in de kist? – De enige schat van waarde, natuurlijk: het verleden en de toekomst. Maar ook smaragden.

≈

En zo komen we bij de dag van de crisis, toen de volwassen Abraham Zogoiby de synagoge in stormde – *Ik zal haar leren wat een Fils is*, schreeuwde hij – en de kist uit de bergplaats haalde. Zijn moeder, die hem achterna liep, zag hoe haar geheimen aan het licht kwamen, en voelde haar benen onder zich wegzakken. Ze ging met een bons op de blauwe tegels zitten, terwijl Abraham de kist openmaakte en een zilveren dolk te voorschijn haalde, die hij achter zijn broekriem stak; toen zag Flory, sneller ademhalend, hoe hij een oude, gehavende kroon pakte en op zijn hoofd zette.

Niet de negentiende-eeuwse gouden diadeem, geschonken door de maharadja van Travancore, maar iets veel ouders, is mij verteld. Een donkergroene tulband, gedraaid uit stof die onwerkelijk leek van ouderdom, zo teer dat zelfs het in de synagoge sijpelende oranje avondlicht te fel leek, zo vergankelijk dat hij haast uiteenviel onder Flory Zogoiby's brandende blik...

En aan dit fantasma van een tulband, zo wilde de familielegende, hingen kettingen van massief goud, dof van ouderdom, en aan deze kettingen bungelden smaragden zo groot en groen dat ze namaakjuwelen leken. *Hij was viereneenhalve eeuw oud, de laatste kroon die van het hoofd van de laatste vorst van al-Andalus viel; niets minder dan de kroon van Granada, zoals die was gedragen door Abu Abdallah, de laatste der Nasriden, bekend als 'Boabdil'.*

'Maar hoe is die daar gekomen?' vroeg ik mijn vader dan. Ja, hoe? Deze kostelijke hoofdtooi – deze koninklijke Moorse hoed – hoe kwam die uit de kist van een tandeloze vrouw terecht op het hoofd van Abraham, toekomstige vader, afvallige jood?

'Het waren,' antwoordde mijn vader, 'de pijnlijke juwelen van de schande.'

Ik ga voorlopig door zonder commentaar op zijn versie van de gebeurtenissen: toen Abraham Zogoiby als jongen de verborgen kroon en dolk voor het eerst zag, legde hij de schatten weer terug in hun schuilplaats, maakte het hangslot dicht en vreesde een nacht en een dag lang zijn moeders toorn. Maar toen bleek dat zijn interesse onopgemerkt was gebleven, werd zijn nieuwsgierigheid weer wakker, en opnieuw haalde hij het kistje te voorschijn en opnieuw stak hij het slot open. Ditmaal vond hij, in jute gewikkeld in de tulbanddoos, een boekje van handgeschreven perkamenten vellen, met grove steken aan elkaar genaaid en gebonden in huid. Het was geschreven in het Spaans, dat de jonge Abraham niet begreep, maar een aantal van de namen in dat boek schreef hij over, en in de jaren die volgden achterhaalde hij hun betekenis, bijvoorbeeld door onschuldige vragen te stellen aan de norse en teruggetrokken kruidenier Moshe Cohen, destijds de officiële leider van de gemeenschap en hoeder van haar overleveringen. De oude heer Cohen was zo verbaasd dat een lid van de jongere generatie zich interesseerde voor vroeger tijden dat hij honderduit praatte, wijzend naar verre horizonten terwijl de knappe jongeman met grote ogen aan zijn voeten zat te luisteren.

Zo hoorde Abraham dat sultan Boabdil van Granada in januari 1492, onder de verbaasde en minachtende blik van Christoffel Columbus, de sleutels van het versterkte paleis Alhambra, het laatste en grootste van alle Moorse forten, had overhandigd aan de allesbedwingende Katholieke Koningen Ferdinand en Isabella en daarmee zonder slag of stoot zijn vorstendom opgaf. Hij ging met zijn moeder en gevolg in ballingschap, waarmee er een einde kwam aan de eeuwen van Moors Spanje; en zijn paard intomend op de Heuvel der Tranen draaide hij zich om voor een laatste blik op wat hij had verloren, op het paleis en de vruchtbare vlakten en alle voorbije glorie van al-Andalus... bij het zien waarvan de sultan zuchtte en hete tranen schreide – waarop zijn moeder, de verschrikkelijke Ayxa de Deugdzame, de spot dreef met zijn verdriet. Na zijn gedwongen knieval voor een almachtige koningin moest Boabdil zich een nieuwe vernedering laten welgevallen van een onmachtige (maar formidabele) douairière. *Huil maar als een vrouw om wat je niet kon verdedigen als een man*, hoonde ze hem: waarmee ze natuurlijk het tegendeel bedoelde. Waarmee ze bedoelde dat ze deze snotterende vent, haar zoon, verachtte omdat hij had opgegeven waarvoor zij zich zou hebben doodgevochten, als ze de kans had gehad. Ze was koningin Isabella's gelijke en tegenhangster; *reina Isabel* had geluk gehad dat ze het had moeten opnemen tegen die stomme huilebalk van een Boabdil...

Plotseling, terwijl de kruidenier praatte, voelde Abraham, die zich op een tros touw had genesteld, de hele treurige last van Boabdils einde, hij voelde het als was het zijn eigen einde. De adem verliet zijn lichaam gierend en daarna moest hij naar lucht happen. De astma-aanval (alweer astma! Het mag een wonder heten dat ik nog kan ademen!) was als een omen, dat levens over de eeuwen heen met elkaar verbond, althans zo verbeeldde Abraham zich toen hij volwassen werd en de kwaal verergerde. *Deze piepende zuchten, niet alleen van mij, maar ook van hem. Deze ogen, heet van zijn eeuwenoude smart. Boabdil, ook ik ben de zoon van uw moeder.*

Was huilen dan zo'n zwakte? vroeg hij zich af. Was verdedigen-tot-de-dood dan zo'n kracht?

Nadat Boabdil de sleutels van het Alhambra had overhandigd, trok hij zich terug naar het zuiden. De Katholieke Koningen hadden hem een landgoed gelaten, maar ook dat werd onder zijn voeten wegverkocht door de hoveling die hij het meest had vertrouwd. Boabdil, de vorst die in een nar veranderde. Uiteindelijk stierf hij op het slagveld, vechtend onder de vlag van een ander koninkje.

Ook joden trokken in 1492 naar het zuiden. De haven van Cádiz lag vol schepen met verdreven joden, waardoor de andere wereldreiziger van dat jaar gedwongen was scheep te gaan in Palos de Moguer. Joden hielden op met het smeden van Toledo-ijzer; Castiles zetten koers naar India. Maar niet alle joden vertrokken meteen. De Zogoiby's kwamen immers tweeëntwintig jaar later dan die oude Castiles. Wat was er gebeurd? Waar hielden ze zich schuil?

'Je zult alles te weten komen op zijn tijd, mijn zoon; alles op zijn tijd.'

Na zijn twintigste leerde Abraham van zijn moeder zich afzijdig te houden, en tot ergernis van de kleine kliek huwbare vrouwen van zijn generatie zonderde hij zich af, begroef zich in het hart van de stad en vermeed de jodenbuurt zoveel mogelijk, vooral de synagoge. Hij werkte eerst bij Moshe Cohen en daarna als jongste bediende bij de Da Gama's, en hoewel hij een harde werker was en al snel promotie maakte, leek hij iemand die ergens op wachtte, en door zijn eenzelvigheid en schoonheid ging men hem zien als een genie in wording, misschien zelfs de grote dichter die de joden van Cochin zich altijd hadden gewenst maar nooit weten voort te brengen. Moshe Cohens ietwat overbehaarde nicht Sara, een zwaarlijvige meid die als een onontdekt subcontinent wachtte tot Abrahams schip haar haven zou binnenvaren, was de bron van veel van deze speculatieve bewieroking. Maar de waarheid was dat Abraham iedere artistieke vonk ontbeerde; zijn wereld was er een van cijfers, vooral van cijfers in actie – zijn literatuur een balans, zijn muziek de broze harmonieën van produktie en verkoop, zijn tempel een pakhuis vol geuren. Over de kroon en dolk in de houten kist sprak hij nooit, dus niemand wist dat hij daarom de air van een koning in ballingschap had, en in alle stilte achterhaalde hij in die jaren de geheimen van zijn afstamming door Spaans te leren uit boeken en zo te ontcijferen wat een met twijn gebonden aantekenboek hem te vertellen had; totdat hij ten slotte op een oranje avond, kroon-op-het-hoofd voor zijn moeder stond en haar confronteerde met de verborgen schande van zijn familie.

≈

Buiten, in de steeg in Mattancherri, begon de groeiende menigte te morren. Als leider van de gemeenschap nam Moshe Cohen het op zich de synagoge in te gaan en te bemiddelen tussen de strijdende moeder en zoon, want een synagoge was geen plek voor zo'n ruzie; zijn dochter Sara volgde hem naar binnen, haar hart langzaam brekend onder de last van de wetenschap dat het grote land van haar liefde maagdelijke grond moest blijven, dat Abrahams verraderlijke bevlieging voor Aurora de ongelovige haar voor eeuwig had veroordeeld tot het verschrikkelijke inferno van het oude-vrijsterschap, het breien van nutteloze sokjes en truitjes, blauw en roze, voor de kinderen die nooit haar schoot zouden vullen.

'Van plan ervandoor te gaan met een christenkind, Abe,' zei ze, haar stem luid en scherp in de blauwbetegelde lucht, 'en nu al opgetuigd als een kerstboom.'

Maar Abraham kwelde zijn moeder met oude documenten, gebonden in twijn en huid. 'Wie heeft ze geschreven?' vroeg hij, en toen ze zweeg, gaf hij zelf het antwoord: 'Een vrouw.' En zijn kruisverhoor voortzettend: 'Wat was haar naam? – Niet vermeld. – Wat was ze? – Een jodin; die toevlucht zocht bij de verbannen sultan; onder zijn dak, en vervolgens tussen zijn lakens. Rassenvermenging,' verklaarde Abraham botweg, 'was het gevolg.' En hoewel je zonder moeite medelijden zou kunnen hebben met dit paar, de verdreven Spaanse Arabier en de verstoten Spaanse jodin – twee machteloze minnaars die gemene zaak maakten tegen de macht van de Katholieke Koningen –, vroeg Abraham slechts om mededogen voor de Moor alleen. 'Zijn hovelingen verkochten zijn landerijen en zijn geliefde stal zijn kroon.' Na jaren aan zijn zijde te hebben geleefd verliet deze anonieme voorouder de berooide Boabdil en ging zij scheep naar India, met een grote schat in haar bagage en een mannelijk kind in haar buik; waaruit na vele gewinningen Abraham zelf voortkwam. *Mijn moeder die beweert dat we raszuiver zijn, wat zegt u van uw voorvader de Moor?*

'De vrouw heeft geen naam,' onderbrak Sara hem. 'En toch beweer je dat haar bezoedelde bloed het jouwe is. Schaam je je niet om je mammie zo aan het huilen te maken? En dat allemaal voor de liefde van een rijk meisje, Abraham, echt waar. Het riekt, en jij trouwens ook.'

Aan Flory Zogoiby ontsnapte een schril instemmend gejammer. Maar Abraham was nog niet klaar met zijn betoog. *Zie deze gestolen kroon, in lappen gewikkeld en meer dan vierhonderd jaar in een kist opgeborgen. Als ze gewoon was gestolen om het geld, zou ze toch al lang geleden zijn verkocht?*

'Uit heimelijke trots op de koninklijke verwantschap is de kroon bewaard; uit heimelijke schaamte is ze verborgen. Moeder, wie is erger? Mijn Aurora die de band met Vasco niet verbergt, maar er trots op is; of ikzelf, geboren uit de laatste zuchten die de dikke oude Moor van Granada slaakte in de armen van zijn stelende maîtresse – Boabdils bastaardjood?'

'Bewijzen,' antwoordde Flory fluisterend, een dodelijk gewonde tegenstander die om de doodsklap smeekt. 'Dat waren alleen vermoedens; waar zijn hard-vaste feiten?' De meedogenloze Abraham stelde zijn op een na laatste vraag.

'Moeder, wat is onze familienaam?'

Toen Flory dit hoorde, wist ze dat de genadeslag nabij was. Stom schudde ze haar hoofd. Moshe Cohen, wiens oude vriendschap Abraham die dag voorgoed zou verliezen, stelde hij voor het blok. 'De sultan Boabdil had na zijn val een bepaalde bijnaam, en zij die zijn kroon en juwelen nam, nam met sinistere ironie ook de naam. Boabdil de Ongelukkige, dat was het. Kan iemand hier dat in de taal van de Moor zeggen?'

En de oude kruidenier was gedwongen het bewijs te voltooien. *'El-zogoybi.'*

Voorzichtig zette Abraham de kroon naast de verslagen Flory; het bewijs was geleverd.

'Hij is tenminste gevallen voor een meid met pit,' zei Flory uitgeput tegen de muren. 'Zoveel invloed had ik wel toen hij nog mijn zoon was.'

'Ga nu maar,' zei Sara tegen de peper-geurige Abraham. 'Misschien moet je de naam van het meisje aannemen als je trouwt, waarom niet? Dan kunnen we je vergeten, en is er verschil tussen een bastaard-Moor en een bastaard-Portugees?'

'Een grote vergissing, Abie,' was het commentaar van de oude Moshe Cohen. 'Om je moeder tot vijand te maken; want vijanden zijn er te over, maar moeders zijn moeilijk te vinden.'

≈

Flory Zogoiby, alleen achtergebleven na die rampzalige openbaring, kreeg er nog een te verwerken. In de vermiljoene nagloed van de zonsondergang zag ze de Kantonese tegels een voor een haar ogen passeren, want was zij niet hun verzorger en onderzoeker geweest, al die jaren had ze ze schoongemaakt en geboend; had ze niet vele malen geprobeerd hun ontelbare werelden binnen te gaan, die universums die besloten lagen in het uniforme twaalf-bij-twaalf en gevangen waren in zo keurig gevoegde wanden? Flory, die zo graag lijnen trok, was gefascineerd door de aaneengesloten rijen tegels, maar tot dat moment hadden ze nog niet tot haar gesproken, ze had er verdwenen echtgenoten noch toekomstige bewonderaars in gevonden, voorspellingen van de toekomst noch verklaringen van het verleden. Raad, betekenis, geluk, vriendschap, liefde, alles was haar ontzegd. Nu, in het uur van haar smart, openbaarden ze een geheim.

Tafereel na blauw tafereel passeerde haar ogen. Er waren drukke marktpleinen, ommuurde versterkte paleizen, in cultuur gebrachte akkers en dieven in de gevangenis, er waren hoge, getande bergkammen en grote vissen in de zee. Lusthoven waren aangelegd in het blauw en blauw-bloedige veldslagen werden verbitterd uitgevochten; blauwe ruiters paradeerden onder verlichte vensters en blauw-gemaskerde dames bezwijmden in priëlen. O, en gekonkel van hovelingen en dromen van boeren en ladingmeesters met vlechten bij hun telramen en benevelde dichters. Op wanden vloer plafond van de kleine synagoge, en nu voor Flory Zogoiby's geestesoog, marcheerde de ceramische encyclopedie van de materiële wereld die tevens bestiarium, reisverhaal, synthese en lied was, en voor het eerst in al haar bewaardersjaren zag Flory wat er ontbrak aan de superbonte stoet. 'Niet zozeer wàt als wel wíe,' dacht ze, en de tranen droogden op in haar ogen. 'Nergens een spoor te bekennen.' Het oranje licht van de avond viel op haar als een stortbui die haar blindheid wegspoelde, haar ogen opende. Achthonderdnegenendertig jaar nadat de tegels naar Cochin waren gekomen en aan het begin van een periode van oorlog en bloedbaden, brachten ze hun boodschap over aan een gekwelde vrouw.

'Wat je ziet is wat er is,' prevelde Flory. 'Er is geen wereld dan de wereld.' En toen, iets luider: 'Er bestaat geen God. Hocus-pocus! Abacadabra! *Er bestaat geen geestelijk leven.*'

≈

Het is niet moeilijk om Abrahams argumenten te ontkrachten. Wat zegt een naam? De Da Gama's beweerden af te stammen van Vasco de ontdekkingsreiziger, maar beweren is nog niet bewijzen, en zelfs over die afkomst heb ik zo mijn twijfels. Maar dat Moor-gedoe, die Granadablabla, die ongelooflijk zwakke schakel – een achternaam die klinkt als een bijnaam, in godsnaam! – het stort in nog voor je ertegen blaast. Oud, in leer gebonden aantekenboek? Kul! Nog nooit gezien. Geen spoor. En de kroon vol smaragden, daar trap ik ook niet in; het is een sprookje dat ons soort mensen onszelf graag vertelt over onszelf, en, heren & herinnen, 't is te mooi om waar te zijn. Abrahams familie is nooit rijk geweest en als u gelooft dat een kist vol edelstenen vier eeuwen lang onaangeroerd zou blijven, dan, makkers en makkerina's, kunnen ze u alles wijsmaken. O, waren het *familie-nukken*? Goh, rol mijn ogen en sla me voor de kop! Wat een in- en inflauwe grap! Wie in heel India geeft er nu twee *paisa* voor familiestukken als hij kan kiezen tussen ouwe troep en geld in het handje?

Aurora Zogoiby maakte enkele beroemde schilderijen en stierf een gruwelijke dood. De redelijkheid gebiedt dat we de rest toeschrijven aan de neiging van de kunstenaar zijn eigen mythe te scheppen, waaraan in dit geval mijn dierbare vader meer dan een steentje heeft bijgedragen... Wilt u weten wat er in de kist zat? Luister: vergeet de tulbanden met juwelen; maar smaragden, ja. Soms meer, soms minder. – Maar geen familiestukken. – Wat dan? – Linke juwelensoep, dat was het. Gestolen goed! Smokkelwaar! Buit! Wilt u een familieschandaal, dan vertel ik u het ware verhaal: mijn grootje, Flory Zogoiby, was een boef. Jarenlang was ze een gewaardeerd lid van een succesvolle bende smaragdensmokkelaars; want wie zou ooit onder de ark in de synagoge naar poet zoeken? Ze nam haar deel van de opbrengst, borg dat veilig op en was nooit zo dom om het achter elkaar uit te geven. Niemand heeft haar ooit verdacht; en er kwam een tijd dat haar zoon Abraham zijn onwettige erfenis opeiste... u wilt onwettigheid? Vergeet de afstamming; ga gewoon af op de contanten.

Het bovenstaande is mijn interpretatie van de verhalen die ik te horen kreeg; maar ik moet u ook iets bekennen. In wat volgt zult u nog veel vreemdere verhalen tegenkomen dan het verhaal dat ik zojuist heb proberen te ontzenuwen; en ik verzeker u, ik zeg tegen iedereen die het wil horen dat de waarheid van deze verhalen die hier volgen, boven iedere twijfel verheven is. Dus uiteindelijk is het niet aan mij om te oordelen, maar aan u.

En wat de vertelling van de Moor betreft: als ik moest kiezen tussen logica en jeugdherinnering, tussen hoofd en hart, dan wist ik het wel: in weerwil van al het voorgaande zou ik doorgaan met het verhaal.

≈

Abraham Zogoiby verliet de jodenbuurt en liep naar de St. Franciscuskerk, waar Aurora da Gama bij Vasco's graftombe op hem wachtte, met zijn toekomst in de palm van haar hand. Toen hij bij de waterkant kwam, keek hij even om; en dacht dat hij, afgetekend tegen de schemerende lucht, de onwerkelijke gedaante van een jong meisje zag dansen op het in bonte horizontale strepen beschilderde dak van een pakhuis, cancannend met haar rok en onderrok en bekende toverformules uitsprekend terwijl ze hem uitdaagde tot een gevecht: *Stap over deze lijn.*

Obeah, pokus, pro, praals,
kippedarmen, hiernamaals.

Tranen vulden zijn ogen; hij veegde ze weg. Ze was verdwenen.

7

Christenen, Portugezen en joden; Chinese tegels die goddeloze dingen propageren; vrijpostige dames, rokken-geen-sari's, Spaanse schelmenstreken, Moorse kronen... is dit wel India? *Bharat-mata, Hindustan-hamara,* is dat hier? De oorlog is net verklaard. Nehru en de All-India-Congrespartij eisen dat de Britten hun onafhankelijkheidsstreven aanvaarden als voorwaarde voor Indiase steun bij de oorlogsinspanningen; Jinnah en de Moslimliga weigeren het streven te ondersteunen; de heer Jinnah is druk doende het geschiedveranderende denkbeeld te verwoorden dat er twee naties zijn op het subcontinent, de ene hindoe, de andere muzelman. Weldra zal de deling onherroepelijk zijn; weldra zal Nehru weer gevangen zitten in Dehra Dun en zullen de Britten, nadat ze de leiding van de Congrespartij hebben opgesloten, zich tot de Moslimliga wenden voor steun. Is dit in een tijd van beroering, van het rampzalige hoogtepunt van verdeel-en-heers, niet het zonderlingste stukje uit al dat leven gegrepen: een rare blonde haar geplukt uit een gitzwarte (en zich gruwelijk ontrafelende) vlecht?

Nee, *sahibzadas.* Dames-o: mooi niet. Meerderheid, die machtige olifant, en haar boezemvriend, Grootste Minderheid, zullen mijn verhaal niet onder hun poten vermorzelen. Zijn mijn personages niet Indiaas, stuk voor stuk? Nou dan: ook dit is een Indiase geschiedenis. Dat is één antwoord; maar er is nog een ander: *alles op zijn tijd.* Olifanten zullen later opdraven. Meerderheid en Grootste Minderheid komen nog aan hun trekken, en veel wat mooi was, zal vermorzeld en vertrapt worden door hun flaporige trompetterende kudden. Tot dan zal ik doorgaan met het verzwelgen van dit laatste avondmaal, dit souper; met het uitademen, zij het piepend, van deze voornoemde *dernier soupir.* De pot op met belangrijke staatszaken! Ik heb een liefdesverhaal te vertellen.

≈

In het geurige halfduister van de C-50 Goedang Nr. 1 greep Aurora da Gama Abraham Zogoiby bij de kin en keek hem diep in de ogen... nee, men, dit is niks voor mij. Ik heb het over mijn moeder en vader, en ook al was Aurora de Grote de minst schroomvallige vrouw ter wereld, in dit geval denk ik dat ik zowel haar deel aan schroom als het mijne bezit. Hebt u ooit uw vaders pik gezien, uw moeders kut? Ja of nee, doet er niet toe, het punt is dat dit mythische plekken zijn, omgeven door taboe, doe uw schoenen van uw voeten, want de plaats waarop gij staat, is heilige grond, zoals de Stem op de berg Sinaï zei, en als Abraham Zogoiby de rol van Mozes speelde, dan was mijn moeder Aurora wis en drie het Brandende Braambos. Geboden doorgeven, vuurkolom, *Ik ben die Ik ben...* jawel, ze had een studie gemaakt van de oudtestamentische god. Soms denk ik dat ze in bad oefende om de wateren te splijten.

'Ik kon niet wachto-en,' zo vertelde Aurora het zelf altijd. In haar goud-met-oranje salon vol sigaretterook – waar jonge schoonheden uitgestrekt op sofa's lagen en mannen op Perzische tapijten gezeten hun voeten met enkelringen en mauvekleurige nagels drukten, en waar haar ouder wordende man in kostuum in een hoek geleund stond, de mond vertrokken in een verlegen gegeneerde glimlach, de handen hulpeloos fladderend totdat ze ten slotte neerstreken op mijn jonge oren – dronk Aurora champagne uit een opalen glas dat eruitzag als een ontluikende bloem en was onbekommerd openhartig over haar eigen defloratie, luchtig lachend over haar jeugdige overmoed. 'Bij de kin, echt waar. Ik trok gewoon aan hem en hij gaf mee, schoot omhoog uit zijn stoel als een kurk uit een fles, en ik heb hem verleid. Mijn eigenste *yahoody*. Mijn in-die-dagen beminde jood.'

In die dagen... er valt nog het een en ander te zeggen over de wreedheid van die zinsnede, zo achteloos eruitgeflapt, met een wuivend gebaartje van haar hand, een laatdunkend rinkeltje met de enkelring. Maar op dit moment zijn we nog in die dagen, zijn we *op precies die dag*, en dus: bij de kin voerde ze hem mee, en hij volgde; hij verliet zijn post en, ongetwijfeld met afkeuring bekeken door de hoge drieëenheid van grootboek-bijhoudende klerken, Kalonjee, Mirchandalchini en Tejpattam, liep hij zijn kin achterna, gaf zich over aan zijn lotsbestemming. Schoonheid is een soort lot, schoonheid spreekt schoonheid aan, ze herkent en aanvaardt, ze gelooft dat ze alles kan goedpraten, zodat zij beiden, zelfs toen ze nog niets meer van elkaar wisten dan de woorden *christelijke erfgename* en *joodse werknemer,* al de allerbelangrijkste beslissingen hadden genomen. Haar hele leven lang was Aurora duidelijk over de reden waarom ze haar magazijnchef naar de donkere krochten van de goedang had gevoerd en waarom ze, hem gebarend te volgen, een lange en wiebelende ladder opklom tot de bovenste laag van de verste stapels. In haar verzet tegen iedere poging tot psychologische interpretatie verwierp ze kwaad de theorie dat ze in de nasleep van te-veel-doden-in-de-familie ontvankelijk was voor de charmes van een oudere man, dat ze eerst was getroffen, daarna geboeid geraakt door Abrahams blik van gekwetste zachtmoedigheid: dat het een simpel geval van onschuld aangetrokken door ervaring was geweest. 'Ten eerste,' betoogde ze dan, onder bijval en applaus, terwijl pappie Abraham mijn minachting oogstte door vol gêne weg te kijken, 'neem me niet kwalijk, maar wie trokkificeerde wie waarheen? Ik dacht toch dat ik de trekker was, en niet andersom. Ik dacht toch dat Abie de weetniet was en ik een hartstikke slimme griet van vijftien. En ten tweede, ik ben altijd al gek geweest op een *held,* een *adonis,* een stuk.'

Daar hoog boven bij het dak van Goedang Nr. 1 vlijde de vijftienjarige Aurora zich achterover op peperzakken, ademde de hete, van specerijen doortrokken lucht in en wachtte op Abraham. Hij kwam naar haar toe als een man die zijn ondergang tegemoet gaat, trillend maar vastberaden, en ongeveer op dit punt laten de woorden me in de steek, dus ik ga u niet in bloedige ernst de details vertellen van wat er gebeurde toen zij, en toen hij, en toen zij beiden, en daarna zij, en waarop hij, en waarna zij, en daarmee, en daarbij, en even, en toen lange tijd, en stil, en rumoerig, en aan het eind van hun Latijn, en ten slotte, en daarna, totdat... oef! Sjonge! Over en punt uit! – Nee, er is meer. Alles moet verteld worden.

Zoveel wil ik wel zeggen: wat zij hadden, was zeker heet & hongerig. Onstuimige liefde! Ze dreef Abraham terug om Flory Zogoiby het hoofd te bieden en haalde hem vervolgens weg van zijn volk, waarbij hij slechts één maal omkeek. *Dat, voor deze gunst, hij van dit ogenblik een christen worde,* stelde de Koopman van Venetië op het moment dat hij zegevierde over Shylock, waaruit blijkt dat hij niet veel begreep van de genade; en de hertog stemde toe, *Dit zal hij doen, of anders trek ik in wat ik reeds van genade heb gerept...* Wat Shylock werd opgedrongen, zou Abraham uit vrije wil hebben verkozen, Abraham, die mijn moeders liefde boven die van God stelde. Hij was bereid met haar te trouwen volgens de wetten van Rome – en o, wat een turbulentie gaat er schuil achter die uitspraak! Maar hun liefde was sterk genoeg om alle stormen te weerstaan, de volle kracht van het schandaal te overleven; en mijn kennis van hun kracht zou mij de kracht geven toen ik, op mijn beurt – toen mijn geliefde en ik – maar bij die gelegenheid keerde zij, mijn moeder – in plaats van – toen ik er helemaal op rekende – zich tegen mij, en juist toen ik haar het meest nodig had, deed ze, – tegen haar eigen vlees en bloed... u ziet dat ik ook nog niet in staat ben dit verhaal te vertellen. Opnieuw laten me de woorden in de steek.

Peperliefde: dat denk ik ervan. Abraham en Aurora vatten een peperliefde voor elkaar op, daar boven op het Malabargoud. Toen ze van die hoge stapels naar beneden kwamen, roken niet alleen hun kleren naar specerijen. Zo hartstochtelijk hadden ze zich aan elkaar gelaafd, zo sterk hadden zweet en bloed en lichaamsafscheidingen zich met elkaar vermengd, in die stinkende, van kardemom en komijn bezwangerde atmosfeer, zo intiem hadden ze zich verenigd, niet alleen met elkaar, maar ook met wat-in-de-lucht-hing, ja, en met de specerijenzakken zelf – waarvan sommige, het moet gezegd, waren gescheurd, zodat de peperkorrels en *elaichees* eruit rolden en werden vermalen tussen benen en buiken en dijen – dat ze sindsdien voor altijd peper-en-specerijenzweet zweetten en ook hun lichaamssappen roken en zelfs smaakten naar wat in hun huid was gewreven, wat zich had vermengd met hun liefdesvochten, wat uit de lucht was ingeademd tijdens die bovenaardse wip.

Voilà: als je maar lang genoeg ergens over piekert, komen er uiteindelijk wel wat woorden. Maar over datzelfde onderwerp zat Aurora nooit om woorden verlegen. 'Sindsdien, moeten jullie weten, heb ik die ouwe Abie hier altijd uit de keuken vandaan moeten houden, want van die stank van vermalen specerijen, *schatten van me*, wordt hij zo bronstig als een stier. Maar wat mijzelf betreft, ik baddificeer, ik boenificeer, ik borstel, ik bezem, ik vul de kamer met heerlijke parfum, en daarom ben ik wat iedereen kan zien, zo zoet als maar kan.' O, vader, vader, waarom liet je je dat aandoen, waarom was je dag-en-nacht haar mikpunt? Waarom waren we dat allemaal? Hield je echt nog zoveel van haar? Hielden we eigenlijk wel van haar in die tijd, of zagen we haar langdurige overheersing van ons en onze passieve aanvaarding van onze knechting gewoon voor liefde aan?

≈

'Van nu af aan zal ik altijd voor je zorgen,' zei mijn vader tegen mijn moeder na de eerste keer dat ze de liefde bedreven. Maar zij werd kunstenaar, antwoordde ze, en dus 'kan ik zelf voor het belangrijkste deel van mij zorgen'.

'Dan,' zei Abraham nederig, 'zal ik voor het minder belangrijke deel zorgen, het deel dat moet eten, genieten en rusten.'

≈

Mannen met kegelvormige Chinese mutsen op punterden traag over de schemerende lagune. Rood-met-gele veerboten maakten hun laatste vaarten van de dag, bewogen onverstoorbaar tussen de eilanden. Een baggeraar hield op met werken, en met het stoppen van zijn *boem-jakka-jakka-jakka-boem* viel er een stilte over de haven. Er lagen jachten voor anker en bootjes met opgelapte leren zeilen waren voor de nacht op weg naar huis, het dorp Vypeen; er waren roeiboten, motorboten en sleepboten. Abraham Zogoiby had het spookbeeld van zijn moeders capriolen op een dak in de jodenbuurt achter zich gelaten en was op weg naar zijn geliefde in de St. Franciscuskerk. De Chinese visnetten waren opgehaald voor de nacht. Cochin, stad van netten, dacht hij, en ik zit gevangen in een net, als een vis. Stoomschepen met twee schoorstenen, het vrachtschip *Marco Polo* en zelfs een Britse kanonneerboot hielden zich daar op in het laatste licht, als spoken. Alles lijkt normaal, verwonderde Abraham zich. Hoe weet de wereld deze illusie dat alles hetzelfde is te bewaren, terwijl in feite alles is veranderd, onomkeerbaar getransformeerd, door de liefde?

Misschien, dacht hij, omdat andersheid, het idee van verschil, iets is wat ons onzeker maakt. Iemand die pas verliefd is doet ons huiveren, als we eerlijk zijn; hij is als de stoepslaper die praat met een onzichtbare lotgenoot in een lege deuropening, de zonderlinge vrouw die naar de zee staart met in haar schoot een enorme bol garen; we zien hen en gaan voorbij. En de collega op het werk van wie we bij toeval horen dat hij ongebruikelijke seksuele voorkeuren heeft, en het kind dat voortdurend klankreeksen zonder duidelijke betekenis herhaalt, en de mooie vrouw bij toeval gezien in een verlicht raam die haar tepels laat likken door haar schoothondje; o, en de briljante geleerde die op feesten in een hoek aan zijn achterwerk staat te krabben en dan zorgvuldig zijn vingernagels bestudeert, en de eenbenige zwemmer, en... Abraham bleef abrupt staan en bloosde. Hoe zijn gedachten met hem op de loop gingen! Tot vanmorgen was hij de meest systematische en ordelijke man ter wereld geweest, een man van grootboeken en kolommen, en nu, Abie, moet je jezelf eens horen, al die zweverige lariekoek, schiet op, de dame is vast al in de kerk, de rest van je leven moet je je best doen je jonge vrouw niet te laten wachten...

...Vijftien jaar! Oké, oké. In ons deel van de wereld is dat niet zo jong.

≈

In de St. Franciscus: wie jammert daar zo zachtjes in de kerk? Die zenuwlijder van een rossige bleekscheet die als een razende de rug van zijn handen krabt? Die cherubijn met vooruitstekende tanden en zweet dat door zijn broekspijp naar beneden loopt? – Een priester, mijne heren. Wat kun je anders verwachten in kerkachtige omgevingen dan een herder? In dit geval, de Eerwaarde Morris D'Ode, een jonge hond met een keurige anglicaanse stamboom, nog niet lang van de boot en lijdend, in de Indiase hitte, aan fotofobie.

Net als een weerwolf schuwde hij het licht. Maar de zonnestralen vonden hem wel; ze volgden hem met hondetrouw, hoe terriërachtig hij ook op schaduw joeg. Tropische hondsdagen kregen hem onverhoeds te pakken, ze besprongen hem, ze likten hem overal terwijl hij vergeefs protesteerde; waarop de minuscule champagnebelletjes van zijn allergie door zijn huid barstten, en als een schurftige hond kreeg hij een onbedwingbare jeuk. Een bange hond van een priester, ja, opgejaagd door de niet aflatende stralen van de dagen. 's Nachts droomde hij van wolken, van zijn verre vaderland, waar de hemel behaaglijk en in zachte grijstinten net boven zijn hoofd bleef hangen; van wolken, maar ook – want al werd het donker, de tropische hitte zat nog steeds in zijn lendenen – van meisjes. Of, om precies te zijn, van een lang meisje dat de St. Franciscuskerk binnenkwam in een rode fluwelen rok tot op de enkels, haar hoofd gehuld in een duidelijk on-anglicaanse wit kanten mantilla, een meisje om een eenzame jonge priester te doen transpireren als een gebarsten watertank, zijn gezicht een zeer kerkelijke tint paars van verlangen te doen aannemen.

≈

Ze kwam een of twee maal per week een poosje bij de lege graftombe van Da Gama zitten. De allereerste keer dat ze langs D'Ode schreed, als een keizerin of een beroemde tragédienne, was hij verloren. Nog voor hij haar gezicht had gezien, was het zijne al flink paars aangelopen. Toen keerde ze zich naar hem toe en het was alsof hij verdronk in zonlicht. Meteen werd hij overvallen door een heftige transpiratie en jeuk; rode plekken verschenen op zijn hals en handen, ondanks de koele vlagen van de grote *punga*-ventilatoren, die de kerkelijke atmosfeer borstelden met lange, trage halen, alsof het vrouwenhaar was. Toen Aurora dichter bij hem kwam, werd het erger: de vreselijke allergie van de begeerte. 'U ziet eruit,' zei ze poeslief, 'als een kreeftenquadrille. U ziet eruit als een vlooientheater nadat alle vlooien zijn ontsnapt. En wat een waterwerken, mijnheer! Bombay kan zijn Flora Fountain houden, want wij, Eerwaarde, wij hebben u.'

Ze had hem inderdaad. In haar macht. Vanaf die dag was de pijn van zijn allergie niets vergeleken bij de pijn van zijn onuitgesproken, onmogelijke liefde. Hij wachtte op haar verachting, verlangde ernaar, want het was alles wat ze hem gaf. Maar langzaam veranderde er iets in hem. De ernstige, smeltende, zwijgzame en Engelsige schooljongen die hij was, een schertsfiguur zelfs voor zijn eigen soort, geplaagd om zijn gehakkel door Emily Elphinstone, de weduwe van de kokoshandelaar die hem donderdags steak & kidney-pudding gaf en er iets voor terug hoopte te krijgen (maar nog niet had ontvangen), veranderde achter zijn façade van een kwezelkop in iets heel anders: zijn fixatie vertroebelde geleidelijk tot haat.

Misschien kwam het door haar gehechtheid aan het lege graf van de Portugese ontdekkingsreiziger dat hij haar ging haten, door zijn eigen angst voor de dood, want hoe kon ze nu alleen maar komen om naast de graftombe van Vasco da Gama te zitten en er zachtjes tegen te praten, hoe kon ze, terwijl de levenden zich vastklampten aan ieder gebaar van haar, iedere beweging en syllabe, de voorkeur geven aan een morbide verbondenheid met een gat in de grond waaruit Vasco, al veertien jaar nadat hij erin was gelegd, was weggehaald om als dode terug te keren naar het Lissabon dat hij zo lang daarvoor had verlaten? Slechts één keer maakte D'Ode de vergissing naar Aurora toe te gaan en te vragen: heb je hulp nodig, mijn dochter; waarop ze zich naar hem draaide met al de arrogante woede van de immens rijke en zei: 'Dit is een familieaangelegenheid; ga toch je hoofd kokificeren.' Toen, wat minder fel, vertelde ze hem dat ze kwam biechten, en de Eerwaarde D'Ode was geschokt door de blasfemie dat iemand absolutie zocht bij een leeg graf. 'Dit is de Anglicaanse Kerk,' zei hij zwakjes, waarop ze overeind kwam, zich in haar volle lengte uitstrekte en hem begoochelde, Venus verrijzend in rood fluweel, waarna za hem ineen deed krimpen met haar hoon. 'Binnenkort,' zei ze, 'drijven we jullie de zee in, en jullie kunnen deze kerk meenemen, die er alleen maar gekomen is omdat een of andere Tom Pies van een ouwe koning een sexy jongere vrouw wilde.'

Ten slotte vroeg ze hem hoe hij heette. Toen hij het zei, lachte ze en klapte in haar handen. 'O, hou op,' zei ze. 'Eerwaarde Mors Dood.' Daarna kon hij niets meer tegen haar zeggen, omdat ze een gevoelige plek had geraakt. India had Morris D'Ode uit het lood geslagen; zijn dromen waren erotische fantasieën van naakte theevisites bij de weduwe Elphinstone op prikkende bruine gazons van kokosmatten, of martelnachtmerries waarin hij zich op een plek bevond waar hij steevast werd geslagen, als een vloerkleed, als een muilezel; en ook geschopt. Mannen met hoeden die van achteren plat waren zodat ze met hun rug tegen muren konden staan en hun vijanden hen niet van achteren konden besluipen, hoeden gemaakt van een stijf, glimmend materiaal, deze mannen overvielen hem op rotsachtige paden in de heuvels. Ze ranselden hem af, maar zeiden niets. Hij echter schreeuwde het uit, vergat zijn trots. Het was vernederend om het uit te moeten schreeuwen, maar hij kon de schreeuwen niet tegenhouden. Toch wist hij in zijn dromen dat deze plek zijn huis was en zou blijven; hij zou blijven lopen over dit pad in de heuvels.

Nadat hij Aurora had gezien in de St. Franciscuskerk, begon zij in deze verschrikkelijke ranseldromen te verschijnen. *De voorkeuren van een man zijn ondoorgrondelijk*, zei ze eens tegen hem, toen ze zag hoe hij zich voortsleepte na een flink pak rammel. Veroordeelde ze hem? Soms dacht hij dat ze hem verachtelijk moest vinden omdat hij zo'n vernedering slikte. Maar op andere momenten bespeurde hij een begin van wijsheid in haar ogen, in de stevige spieren van haar bovenarmen, in de vogelachtige stand van haar hoofd. Als de voorkeuren van een man ondoorgrondelijk zijn, leek ze te zeggen, kun je ze ook niet veroordelen, niet verachten. 'Ik word gevild,' vertelde hij haar in zijn droom.'Het is mijn heilige roeping. We verdienen onze menselijkheid pas als we onze huid verliezen.' Als hij ontwaakte, wist hij niet of de droom was ingegeven door zijn geloof in de eenheid van de mensheid of door de fotofobie waardoor zijn huid hem zo kwelde: of het een heroïsch visioen was of een banaliteit.

India was onzekerheid. Het was bedrog en illusie. Hier in Fort Cochin hadden de Engelsen vreselijk hun best gedaan een luchtspiegeling van Engelsheid te bouwen, met Engelse bungalows gegroepeerd rond een Engels grasveld, met Rotaryleden, golfers en *thé dansants*, cricket en een vrijmetselaarsloge. Maar D'Ode kon het niet helpen dat hij deze goocheltruc doorzag, kon het niet helpen dat hij de grote woorden hoorde van de kokoshandelaren die logen over hun opleiding, of terugschrok voor het lompe dansen van hun om-eerlijk-te-zijn-vaak-nogal-gewone vrouwen, of onder de Engelse heggen de bloedzuigerhagedissen zag, de papegaaien die over de nogal on-Angelsaksische palissanderbomen vlogen. En als hij uitkeek over zee, vervaagde de illusie van Engeland volledig; want de haven was niet te vermommen, en hoe verengelst het land ook mocht zijn, het water loochende dat; alsof een vreemde zee tegen Engeland aansloeg. Vreemd en dreigend, want Morris D'Ode wist genoeg om er zeker van te zijn dat de grens tussen de Engelse enclaves en de exotische omgeving poreus was geworden, begon te verdwijnen. India zou alles weer opeisen. Zij, de Britten, zouden – zoals Aurora had voorspeld – de Indische Oceaan – de zee die door een Indiase perversie plaatselijk bekend stond als de Arabische Zee – worden ingedreven.

Toch, vond hij, moesten de normen hooggehouden worden, de continuïteit gewaarborgd. Je had de juiste weg en de foute, Gods weg en het Linker Pad. Al waren dat duidelijk slechts metaforen en ging het niet aan om ze te letterlijk te interpreteren, om te luid het paradijs te bezingen of te veel zondaars tot de hel te verdoemen. Hij voegde dit laatste eraan toe met een soort wreedheid, want India had aan zijn milde kantjes geknaagd; India, waar de OngelovigeThomas toch, zou je denken, een Christendom van de Twijfel had gevestigd, trad de zachtmoedige redelijkheid van de Anglicaanse Kerk tegemoet met enorme wolken brandende wierook en golven religieus vuur... hij keek naar de wanden van de St. Franciscus, naar de gedenktekens voor de jonge Engelse doden, en werd bang. Achttienjarige meisjes kwamen over met de mannenjagende 'vissersvloot', zetten voet op Indiase bodem en leken rechtstreeks de grond in te duiken. Bij negentienjarige telgen van vooraanstaande families roffelde binnen enkele maanden na aankomst de aarde op hun doodskistdeksels. Morris D'Ode, die zich dagelijks afvroeg wanneer de mond van India ook hem zou verzwelgen, vond Aurora's grap over zijn naam even smakeloos als haar gepraat met Da Gama's lege graf. Dat zei hij natuurlijk niet. Zou niet passen. Bovendien leek haar schoonheid zijn tong zwaar te maken en zijn verhitte verwarring te vergroten – want toen ze hem doorboorde met haar smalende, geamuseerde blik, *wilde hij dat de aarde hem zou verzwelgen* – en hij kreeg er ook de kriebels van.

≈

Aurora, haar hoofd in kant gehuld en sterk ruikend naar seks en peper, wachtte op haar minnaar bij de graftombe van Vasco; Morris D'Ode, barstend van wrok en lust, hield zich schuil in de schaduwen. De enige andere aanwezigen in de schemerende kerk, waar een paar gele wandlampen nauwelijks licht brachten in de duisternis, waren drie Engelse *mem-sahibs*, de gezusters Aspinwall, die afkeurende klokgeluidjes hadden laten horen toen de katholieke Aurora in het vuurrood langs hen paradeerde – een van hen ging zover een geparfumeerde zakdoek naar haar neus te brengen – en kregen meteen lik op stuk. 'Voor wie zijn die kippengeluiden bedoeld?' had Aurora gevraagd. 'Als kippen ziet u er niet uit. Meer als vissen met een graat in hun keel.'

En de jonge priester, niet in staat naar haar toe te gaan, niet in staat haar met rust te laten, half gek van haar sterke geur, voelde hoe de weduwe Elphinstone naar de achtergrond van zijn gedachten verdween, terwijl ze toch pas eenentwintig was en een knappe vrouw, zeker niet zonder bewonderaars. *We hebben misschien niet veel maar we zijn kieskeurig*, had ze hem gezegd. Veel mannen klopten op de deur van de jonge weduwe, niet allemaal met even fatsoenlijke bedoelingen. *Velen kloppen maar weinigen wordt opengedaan*, zei ze. *Er moet een lijn getrokken worden die niet gemakkelijk te overschrijden is.* Emily Elphinstone, een struise jonge vrouw en een misselijkmakend miserabele kokkin, zou bij haar fornuis zitten wachten tot Morris D'Ode toevallig voorbijkwam; en dat zou hij ook, dat zou hij ook. Maar intussen bleef hij waar hij was, al ervoer hij zijn verstolen blikken op de vrouw van zijn dromen als een soort ontrouw.

Abraham kwam haastig binnen en rende zowat naar Vasco's graf. Toen Aurora zijn handen tussen de hare klemde en ze samen druk begonnen te fluisteren, voelde Morris D'Ode een golf van woede in zich opkomen. Hij draaide zich abrupt om en liep weg, waarbij de hielen van zijn zwarte schoenen op de stenen vloer tikten en de gele poelen licht de toekijkende gezusters Aspinwall onthulden dat de vuisten van de jonge man gebald waren. Ze stonden op en onderschepten hem bij de deur: had hij geroken wat, de kerk ingeblazen door de lange, trage *punga's*, onmiskenbaar en niet te ontkennen was? – Dames, dat had hij. – En had hij gezien dat die paapse sloerie onder hun ogen zat te vrijen? En misschien wist hij niet, omdat hij er nog maar zo kort was, dat de kerel die in Gods huis aan haar zat te friemelen, niet alleen een eenvoudige werknemer van haar familie was, maar bovendien, het moet gezegd, van het joodse geloof? – Dat kon toch niet worden getolereerd, hij mocht het niet over zijn kant laten gaan, en was hij van plan er iets aan te doen? – Dames, dat was hij; niet op dit moment, een onverkwikkelijke scène was hier niet gewenst, maar er zouden zeker maatregelen genomen worden, zeer zeker, daar hoefden ze niet bang voor te zijn. – Nou! Daar zou hij persoonlijk voor zorgen. Ze gingen morgen terug naar Ooty, maar als ze de volgende keer afdaalden zouden ze graag vooruitgang zien. 'U moet dat *baysharram* stel *samjao-en*,' zei de oudste zus Aspinwall, 'dat dit soort *tamasha* gewoonweg niet je dat is.' – Dames, uw nederige dienaar.

Later die avond vertelde Morris D'Ode, onder een glaasje port met de weduwe en bijkomend van de volgestouwde borden met aangebrande en leerachtige lijken die ze hem had voorgezet, wat er die middag in de St. Franciscuskerk was voorgevallen. Maar hij had Aurora da Gama's naam nog niet uitgesproken of het zweten en jeuken keerden terug, haar naam alleen al bezorgde hem de kriebels, en Emily barstte uit in een schokkende en voor haar ongewone woedeaanval: 'Die mensen horen hier net zomin als wij, maar wij kunnen tenminste nog naar huis gaan. Op een dag zal India zich ook tegen hen keren, en dan zullen ze moeten zwemmen of verzuipen.' Nee, nee, wierp D'Ode tegen, hier in het zuiden waren weinig van dat soort communale moeilijkheden, maar ze viel woedend tegen hem uit. Het waren *verstotenen,* schreeuwde ze, deze rare christenen met hun onherkenbare bastaarddiensten, om niet te spreken van die uitstervende joden, ze waren het minst belangrijke volk ter wereld, het kleinste van het kleinste, en als ze wilden, wilden *geilen,* was dat het minst interessante op aarde, zeker niet iets waar ze zo'n aangename avond mee wenste te bederven, en ook al maakten die ouwe waterspuwsters uit het bekakte Ootacamund, die theetantes, zich nog zo druk, ze was niet van plan nog één seconde aan het onderwerp te spenderen, en ze voelde zich verplicht te zeggen dat hij, Morris, was gedaald in haar achting, ze had gedacht dat hij zo fijnzinnig zou zijn niet over zoiets te beginnen, laat staan dat hij vuurrood werd en begon te *druipen* als hij de naam van die persoon noemde. Wijlen mijnheer Elphinstone,' zei ze met onvaste stem, 'had een zwak voor *chhi-chhi*-vrouwen. Maar hij was zo beleefd zijn bevlieging voor *nautch*-meisjes voor zich te houden; terwijl jij, Morris – een geestelijke! – aan mijn tafel zit te *kwijlen.'*

Morris D'Ode, door de weduwe Elphinstone geïnformeerd dat hij haar niet meer hoefde te bezoeken, vertrok; en zwoer wraak. Emily had gelijk. Aurora da Gama en haar jood waren slechts vliegen op de grote diamant India; hoe durfden ze de natuurlijke orde der dingen zo schaamteloos te tarten? Ze vroegen erom doodgemept te worden.

≈

Bij het lege graf van de legendarische Portugees legde Abraham Zogoiby zijn handen in die van zijn jonge geliefde en bekende: ruzie, het huis uitgezet, dakloos. Opnieuw schoten zijn ogen vol. Maar hij had zijn moeder verlaten voor een nog hardere tante; Aurora nam meteen het heft in handen. Ze moffelde Abraham weg in de heringerichte Le Corbusier-folly in westerse stijl op Cabral. 'Helaas ben je te groot en breedgeschouderd,' zei ze hem, 'en dus passo-en de pakken van mijn arme gestorven vader je niet. Maar vannacht zul je geen pakken nodig hebben.' Allebei mijn ouders zouden dit naderhand hun echte huwelijksnacht noemen, in weerwil van eerdere voorvallen hoog boven op de zakken Malabar Goud, om wat er gebeurde, nadat de vijftien jaar jonge erfgename van de specerijenhandel de slaapkamer van haar eenentwintig jaar oudere magazijnchef had betreden, gekleed in niets dan maanlicht, met slingers van jasmijn en lelietjes-van-dalen gevlochten (door de oude Josy) in het loshangende zwarte haar dat over haar rug viel als de mantel van een vorst en bijna reikte tot op de koude stenen vloer waarover haar blote voeten zo licht bewogen dat de geïmponeerde Abraham even dacht dat ze zweefde;

nadat ze voor de tweede keer hadden genoten van een aromatische vrijpartij, waarin de oudere man zich volledig onderwierp aan de wil van de jongere vrouw, alsof zijn vermogen keuzen te maken was uitgeput door zijn keuze van haar;

nadat Aurora haar geheimen in zijn oor had gepreveld, *want jarenlang heb ik alleen maar tegen een gat zitten biechten, maar nu, mijn man, kan ik jou alles vertellen*, de moord op haar grootmoeder, de vervloeking door de stervende oude vrouw, alles, en Abraham aanvaardde zijn lot manmoedig; beroofd van het gezelschap van zijn eigen mensen nam hij de laatste vervloeking van de matriarch op zich, de vervloeking die Epifania in Aurora's oor had gefluisterd en waarvan de jonge vrouw het zoete gif nu in zijn oor liet druppelen: *een huis dat onderling verdeeld is, kan niet standhouden*, dat zei ze, mijn echtgenoot, *moge je huis voor eeuwig verdeeld zijn, moge de funderingen in stof veranderen, moge je kinderen zich tegen je keren, moge je val diep zijn;*

nadat Abraham Aurora had getroost met de belofte dat hij de vloek zou logenstraffen, naast haar zou staan, schouder aan schouder, bij het ergste dat het leven te bieden had;

en nadat hij had gezegd, ja, om met haar te trouwen zou hij de grote stap doen, hij zou zich laten onderwijzen in de leer en toetreden tot de Kerk van Rome, en in de nabijheid van haar naakte lichaam dat hem vervulde van een soort religieus ontzag, leek het niet zo moeilijk om dit te zeggen, ook in deze kwestie zou hij zich onderwerpen aan haar wil, haar culturele conventies, ook al bezat ze minder geloof dan een mug, ook al was er een stem in hem die een bevel uitsprak dat hij niet hardop herhaalde, een stem die hem zei dat hij zijn joodsheid moest bewaren in de geheimste kamer van zijn ziel, dat hij in de kern van zijn wezen een ruimte moest bouwen die niemand kon binnengaan en daar zijn waarheid moest bewaren, zijn geheime identiteit, dat hij dan pas de rest van zichzelf kon opgeven voor de liefde:

toen,

vloog de deur van hun bruidskamer open, en daar, in zijn pyjama, met een lantaarn en een slaapmuts op, stond Aires da Gama, die eruitzag als een plaatje uit een sprookjesboek, op zijn uitdrukking van geveinsde toorn na; en in een van Epifania's oude nachtponnen met roesjeskraagjes en met mousselinen mopmuts op deed Carmen Lobo da Gama haar best om er geschokt uit te zien, maar ze slaagde er niet in de afgunst van haar gezicht te verdrijven; en iets achter hen stond de engel der wrake, de verrader, knalroze en hevig zwetend: Morris D'Ode. Maar Aurora kon zich niet beheersen, wilde zich niet gedragen volgens de regels van dit Victoriaanse melodrama in tropenuitvoering. 'Aires-oom! Tantetje Sahara!' riep ze vrolijk. 'Maar waar hebben jullie die lieve Harrewar gelaten? Is ie niet boos dat jullie vanavond een herdershond uitlaten?' Waarop Morris D'Ode nog roder werd.

'Hoer van Babylon,' brulde Carmen, om te voorkomen dat het gesprek een andere wending zou nemen. 'Het kind van een hoer aardt naar haar moer!' Aurora strekte haar lange lichaam onder het witte linnen laken om zoveel mogelijk te provoceren; een borst kwam te voorschijn, veroorzaakte een hevig kerkelijk gehijg en dwong Aires zijn opmerkingen tot de Telefunken-radiogrammofoon te richten. 'Zogoiby, in godsnaam. Waar is je fatsoen gebleven, man?'

'"*Dat, mijnheer, is mijn nicht!*" Blaf-blaf-blaf! Wat een aanmatiging, en met zíjn levenswandel!' zei mijn moeder bulderend van het lachen toen het verhaal werd verteld op de Malabar Hill. 'Mensen, ik bescheur me. "*Wat heeft dit te betekenen?*" Stomme ezel. Ik heb het hem recht in het gezicht gezegd. Dit betekent een huwelijk, zei ik hem. "Kijk," zei ik, "Daar staat een priester en er zijn naaste verwanten aanwezig, en u geeft me sjo sjarmant ten huwelijk. Zet de radio maar aan en misschien spelen ze een huwelijksmars."'

Aires beval Abraham zich aan te kleden en te vertrekken; Aurora herriep het bevel. Aires dreigde de geliefden met de politie; Aurora antwoordde: 'Maar Aires-oom, hebt u dan niets te vrezen van nieuwsgierige dienders?' Aires werd vuurrood, en met een gemompeld *we bespreken dit morgenochtend nog wel* blies hij de aftocht, haastig gevolgd door Morris D'Ode. Carmen stond een moment lang met openhangende mond in de deuropening. Toen voerde ook zij haar afgang op: ze sloeg de deur dicht. Aurora rolde naar Abraham, die zijn gezicht had bedekt met zijn handen. 'Daar kom ik, klaar of niet,' fluisterde ze. 'Mijnheer, daar komt de bruid.'

≈

Abraham Zogoiby bedekte zijn gezicht die nacht in augustus 1939 omdat hij was overvallen door angst; geen angst voor Aires of Carmen of de fotofobische priester, maar een plotseling verschrikkelijk voorgevoel dat de lelijkheid van het leven de schoonheid ervan misschien zou verslaan; dat de liefde geliefden niet onkwetsbaar maakte. Maar al konden de schoonheid en liefde van de wereld ieder moment te gronde gaan, zo dacht hij, je kon niet anders dan hun kant kiezen; verslagen liefde was nog steeds liefde, de zege van de haat zou daaraan niets veranderen. 'Maar het is beter te winnen.' Hij had Aurora beloofd voor haar te zorgen, en hij zou woord houden.

≈

Mijn moeder schilderde *Het schandaal*, wat ik kunstminnaars niet hoef te vertellen, want het enorme doek hangt in de National Gallery of Modern Art in New Delhi, waar het een hele wand in beslag neemt. Ga voorbij Raja Ravi Verma's *Vrouw met een stuk fruit,* die jonge met juwelen getooide verleidster wier zijdelingse blik vol onverholen sensualiteit me herinnert aan foto's van de jonge Aurora zelf; ga de hoek om bij Gaganendranath Tagores griezelige aquarel *Jadoogar (Tovenaar),* met een monochrome Indiase versie van de vertekende wereld van *Het kabinet van dr. Caligari* op een knaloranje vloerkleed (en de harde schaduwen, sluipende figuren en verschuivende perspectieven van dit schilderij herinneren me, zo moet ik bekennen, aan het huis op Cabral, om nog maar te zwijgen van de vreemde, half verscholen figuur, in het midden, van een reuzin met kroon en avondjurk); en – nu snel omdraaien! Dit is niet het ogenblik om in te gaan op het geringschattende oordeel van de aartscosmopolitische Aurora Zogoiby over het werk van haar oudere en categorisch dorpsgerichte rivale voor het predikaat Grootste Vrouwelijke Schilder! – tegenover het meesterwerk van Amrita Sher-Gil, *De oude verhalenverteller*, daar hangt het: Aurora op haar best, volgens mijn bescheiden of misschien wel niet-zo-bescheiden mening in kleur en beweging niet onderdoend voor welke dans van Matisse dan ook, alleen wordt er op dit boordevolle schilderij met zijn bewust felle magenta's, zijn aanstootgevende neongroenen, niet door lichamen maar door tongen gedanst en zijn alle tongen van de bonte figuren, die *lik-lik-lik* in elkaars oren fluisteren, zwart, zwart, zwart.

Ik wil het hier niet hebben over de schilderkundige kwaliteiten van het werk, maar slechts wijzen op enkele van de duizend en één anekdoten erover, want zoals we weten had Aurora veel geleerd van de verhalende-schilderkunsttraditie van het Zuiden: zie, hier is de herhaaldelijk voorkomende en cryptische figuur van een rossige, zwetende priester met de kop van een hond, en we zijn het er hopelijk over eens dat deze figuur in velerlei opzichten de handeling van het schilderij bepaalt. Kijk! Daar is hij, een klodder roodbruin verscholen in de blauwe tegels van de synagoge; en daar weer, in de kathedraal van Santa Cruz, van onder tot boven beschilderd met valse balkons, valse guirlandes en natuurlijk de kruiswegstaties, daar! Je ziet de hond-pastoor iets fluisteren in het oor van een geschokte katholieke bisschop, weergegeven als een vis, in vol ornaat.

Het schandaal – ik moet zeggen *Het schandaal* – is een groot spiraalvormig tafereel, waarin Aurora beide schandalen van de Da Gama's van Cochin verwerkte, zowel de brandende specerijenvelden als de minnaars die zich verraadden omdat ze naar specerijen roken. Vechtende Lobo- en Menezes-clans zijn te zien op de bergen die de achtergrond vormen van de spiraalvormige menigte; de Menezes-mensen hebben allemaal slangekoppen en staarten en de Lobo's zijn natuurlijk wolven. Maar in de voorgrond zijn de straten en waterwegen van Cochin en die wemelen van de geschandaliseerde geloofsgemeenschappen: vis-katholieken, hond-anglicanen en de joden allemaal geschilderd in Delfts blauw, als figuurtjes op Chinese tegels. De maharadja, de resident, verschillende gerechtsdienaren ontvangen verzoekschriften; er worden allerlei maatregelen geëist. *Lik-lik-lik!* Leuzen worden meegedragen, brandende fakkels geheven. Er zijn gewapende mannen die goedangs verdedigen tegen de fanatieke brandstichters. Ja, de gemoederen zijn verhit in dit schilderij: net als in het leven. Aurora zei altijd dat het schilderij wortelde in haar familiegeschiedenis, tot ergernis van de critici die bezwaar maakten tegen deze historisering die de kunst reduceerde tot louter 'roddel'... maar ze heeft nooit ontkend dat de figuren in het midden van de woest kolkende spiraal gebaseerd waren op Abraham en haarzelf. Ze vormen het stille hart van de wervelwind, slapend op een vredig eiland in het centrum van de storm; ze liggen met verstrengelde lichamen in een open paviljoen, omgeven door een formele tuin van watervallen, wilgen en bloemen, en wie ze van dichtbij bekijkt, want ze zijn klein, zal zien dat ze geen huid maar veren hebben: en hun hoofden zijn arendskoppen en hun gretig likkende tongen zijn niet zwart, maar vochtig, vlezig en rood. 'De storm was gaan liggen,' vertelde mijn vader me toen hij me als jongen meenam om het schilderij te bekijken. 'Maar wij zweefden erboven, we trotseerden het hele zootje, en we hielden stand.'

≈

Ik wil nu – eindelijk! – iets goeds zeggen over oudoom Aires en zijn vrouw, Carmen/Sahara. Ik wil argumenten aandragen om hun gedrag te vergoelijken: dat ze echt bezorgd waren om Aurora toen ze haar liefdesnestje kwamen binnenstormen, dat het tenslotte maar niet niks is wanneer een straatarme zesendertigjarige man een vijftienjarige miljonaire ontmaagdt. Ik wil zeggen dat Aires en Carmen een bitter en verwrongen leven leidden, omdat het op een leugen was gebaseerd, en ze zich soms dus ook verwrongen gedroegen. Net als Harrewar-Jawaharlal maakten ze veel kabaal maar lieten ze weinig bloed vloeien. Bovenal wil ik erop wijzen dat ze al snel spijt hadden van hun kortstondige verbond met de Engel Mors-Dood, en toen het schandaal op zijn hoogtepunt was, toen de meute bijna hun pakhuizen had verwoest, toen het gerucht ging dat de jood en zijn kindhoer zouden worden gelyncht, toen de slinkende bevolking van de jodenbuurt in Mattancherri een paar dagen lang moest vrezen voor haar leven en het nieuws uit Duitsland niet van zo heel ver weg leek te komen, stonden Aires en Carmen achter de geliefden: ze sloten de rijen, verdedigden het familiebelang. En als Aires de menigte die de goedang bedreigde, niet had getrotseerd en de leiders het zwijgen opgelegd – een daad van immense persoonlijke moed – en als Carmen niet persoonlijk alle kerkelijke en wereldlijke autoriteiten van de stad had bezocht en had verklaard dat wat zich tussen Abraham en Aurora had afgespeeld een huwelijk uit liefde was, en dat zij er als haar wettelijke voogden geen bezwaar tegen hadden, dan zouden de dingen misschien uit de hand zijn gelopen. Nu bloedde het schandaal al na een paar dagen dood. In de vrijmetselaarsloge (Aires was kort tevoren vrijmetselaar geworden) feliciteerden plaatselijke notabelen de heer Da Gama met zijn subtiele aanpak van de affaire. De gezusters Aspinwall, die te laat terugkeerden van 'Snobbige Ooty', liepen het hele feest mis.

Geen overwinning is ooit totaal. De bisschop van Cochin kon zich niet verenigen met Abrahams bekering, en Moshe Cohen, de leider van de joden in Cochin, verklaarde dat een joodse huwelijkssluiting absoluut uitgesloten was. Dat is de reden waarom – ik onthul dit hierbij voor de eerste keer – mijn ouders de gebeurtenis in het Le Corbusier-chalet zo graag als hun huwelijksnacht beschouwden. Als ze naar Bombay gingen, noemden ze zich mijnheer en mevrouw, en Aurora nam de naam Zogoiby aan en maakte die beroemd; maar, dames en heren, er luidden geen huwelijksklokken.

Ik loof hun ongetrouwde rebellie; en merk op dat het Lot de zaken zo regelde dat uiteindelijk geen van beiden – ongelovig als ze waren – de confessionele banden met het verleden hoefden te verbreken. (Ik echter werd als katholiek noch als jood opgevoed. Ik was allebei en niets: een anonieme joodholiek, een cashewjood, een hutspot, een bastaardhond. Ik was een – hoe heet dat tegenwoordig? – *genencocktail.* Jawel: een echte Bombaymix.

Bastaard: ik hou van de klank van dat woord. *Bah,* een uitroep van afkeer. *Staart,* vertaling onnodig. Kortom, *Bastaard,* een walgelijk aanhangsel; zoals, bijvoorbeeld, ik.

≈

Twee weken na het schandaal dat Morris D'Ode had afgeroepen over mijn toekomstige ouders, werd hij bezocht door een bijzonder gemene malariamug, die tijdens zijn slaap door een gaatje in zijn klamboe kroop. Kort na dit bezoek van de mug der gerechtigheid kreeg hij de malaria van zijn verdiende loon, en hoewel hij dag en nacht werd verpleegd door de weduwe Elphinstone, die zijn voorhoofd afveegde met de koude compressen van vervlogen hoop, zweette hij hevig en stierf.

Man, ben ik in een barmhartig soort bui vandaag. Wat zeg je me daarvan? Ik heb nog medelijden met die arme drommel ook.

8

Het derde, en schokkendste, familieschandaal werd nooit algemeen bekend, maar nu mijn vader Abraham Zogoiby de geest heeft gegeven op de leeftijd van negentig jaar, voel ik me vrij om zijn vuile was buiten te hangen... *Het is beter te winnen* was onveranderlijk zijn devies, en vanaf het moment dat hij in Aurora's leven kwam, begreep ze dat hij meende wat hij zei; want de heibel over hun liefdesaffaire was nog niet voorbij of met rookpluimen uit de schoorstenen en een luid *toet toet toet* uit de scheepstoeter zette het vrachtschip *Marco Polo* koers naar de Londense haven.

Die avond keerde Abraham terug naar Cabral na een hele dag afwezig te zijn geweest, en toen hij zelfs de buldog Jawaharlal een klopje op de kop gaf, was het duidelijk dat hij in zijn nopjes was. Aurora eiste op haar dwingendste toon dat hij zou zeggen waar hij geweest was. Als antwoord wees hij naar de vertrekkende boot en maakte voor de eerste van de vele keren in hun leven samen het gebaar dat *vraag me niets* betekende: hij reeg een denkbeeldige draad door zijn lippen, alsof hij ze met een naald dichtnaaide. 'Ik heb je gezegd,' zei hij, 'dat ik voor de onbelangrijke dingen zou zorgen: maar daarvoor is mondje-dicht het parool.'

In die tijd spraken de kranten, de radio, de geruchten op straat over niets anders dan over oorlog – en om eerlijk te zijn droegen Hitler en Churchill het hunne ertoe bij om de schandaleuze praktijken van mijn ouders in de doofpot te houden; het uitbreken van de Tweede Wereldoorlog was een prima afleidingsmanoeuvre – en de prijs van peper en specerijen was instabiel geworden door het verdwijnen van de Duitse markt en het groeiende aantal verhalen over de risico's voor transportschepen. Vooral hardnekkig waren de geruchten over Duitse plannen om het Britse Rijk te verlammen door oorlogsschepen en onderzeeërs – mensen begonnen het woord 'U-Boot' te leren – naar de vaarroutes van niet alleen de Atlantische maar ook de Indische Oceaan te sturen, en koopvaardijschepen zouden (zo geloofde iedereen) een even belangrijk doelwit vormen als de Britse marine; en daar kwamen de mijnen nog bij. Desondanks had Abraham zijn goocheltruc uitgevoerd, en op dit moment verliet de *Marco Polo* de haven van Cochin om koers te zetten naar het Westen. *Vraag me niets*, waarschuwden zijn lip-naaiende vingers; en Aurora, mijn keizerin van een moeder, stak haar handen omhoog, bracht ze samen voor een applausje en vroeg niet verder. 'Ik heb altijd al een goochelaar gewild,' was alles wat ze zei. 'Schijn ik er nog een gevonden te hebben ook.'

Ik verwonder me over mijn moeder als ik eraan denk. Hoe heeft ze haar nieuwsgierigheid bedwongen? Abraham had het onmogelijke klaargespeeld en ze hoefde niet te weten hoe: ze was bereid in het ongewisse te blijven: mondje-dicht-oogjes-toe was het parool. En in de daaropvolgende jaren, toen het familiebedrijf zich glorieus uitbreidde in duizend en één richtingen, toen de geldbergen groeiden van louter Gama-Ghats tot de Zogoiby-Himalaya, heeft ze toen nooit gedacht – heeft ze niet één ogenblik verondersteld – maar natuurlijk, dat moet haast wel; haar blindheid was haar eigen keuze, haar medeplichtigheid de medeplichtigheid van het zwijgen, van vertel-me-geen-dingen-die-ik-niet-wil-weten, van stil-ik-ben-bezig-aan-mijn-Grote-Werk. En haar niet-kijken had zo'n grote invloed dat wij allemaal niet keken. Wat een volmaakte dekmantel was ze voor Abraham Zogoiby's activiteiten! Wat een prachtige façade van legitimiteit... maar laat ik niet op mijn verhaal vooruitlopen. Voorlopig hoeft alleen te worden onthuld – nee, het is hoog tijd dat iemand het onthult! – dat mijn vader, Abraham Zogoiby, een waar talent bleek te bezitten om weerbarstige mensen van mening te doen veranderen.

Ik heb het uit de eerste hand: de meeste uren dat hij weg was, bracht hij door tussen de havenarbeiders: van degenen die hij kende, nam hij de grootste en sterkste apart en hij maakte hun duidelijk dat als de blokkade van de nazi's slaagde, als bedrijven als Camoens Da Gama's Fifty Per Cent Corp (Private) Limited ten onder zouden gaan, ook zij, de stuwadoors en hun gezinnen, snel tot armoede zouden vervallen. 'Die kapitein van de *Marco Polo*,' mompelde hij minachtend, 'omdat hij te laf is om uit te varen, pikt hij jullie kindertjes het eten van hun bord.'

Toen Abraham een leger op de been had gebracht dat sterk genoeg was om de bemanning van het schip zo nodig te overmeesteren, ging hij in eigen persoon op bezoek bij de controleurs. De heren Tejpattam, Kalonjee en Mirchandalchini ontvingen hem met nauw verholen weerzin, want was hij zeer kort geleden niet nog hun nederige slaaf geweest, hun dienaar die ze naar believen konden bevelen? En nu had hij – omdat hij die ordinaire del, de Eigenaresse, had verleid – de brutaliteit hun de wet voor te schrijven als baas der bazen... maar aangezien ze geen keuze hadden, volgden ze zijn orders op. Er werden dringende en dwingende boodschappen naar de eigenaars en de kapitein van de *Marco Polo* geseind, en kort daarna werd Abraham Zogoiby, nog steeds zonder begeleiding, door de havenloods zelf naar de vrachtboot gebracht.

De bespreking met de kapitein duurde niet lang. 'Ik heb open kaart gespeeld,' vertelde mijn vader me op hoogbejaarde leeftijd. 'Noodzaak van direct handelen om monopolie op de Britse markt te verwerven ter compensatie van inkomstenderving in Duitsland, enzovoort enzovoort. Ik was royaal, dat is altijd verstandig bij onderhandelingen. We zouden zijn moed belonen, zei ik, en een rijk man van hem maken zodra hij het East India Dock bereikte. Dat stond hem wel aan. Dat maakte hem bereidwillig.' Hij stopte even met praten, naar adem happend om de gehavende restanten van zijn longen te vullen. 'Natuurlijk was er niet alleen deze kom wortel-*halva* maar ook een grote *bumboo*-stok. Ik deelde de schipper mee dat ik, als tegen de avond mijn wensen niet waren ingewilligd, zijn schip tot mijn grote spijt – en dan sprak ik als collega – naar de bodem van de haven zou sturen, waarbij ik hemzelf helaas moest verplichten het voornoemde schip te vergezellen.'

Zou hij zijn dreigement ten uitvoer hebben gebracht? vroeg ik hem. Even dacht ik dat hij naar zijn onzichtbare naald en draad reikte; maar toen kreeg hij een hoestbui, hij baste en blafte, zijn melkige oude ogen traanden. Pas toen het schokken enigszins afnam, begreep ik dat mijn vader had gelachen. 'Tjonge, tjonge,' reutelde Abraham Zogoiby, 'stel nooit een ultimatum tenzij en totdat je in staat en bereid bent je bluf waar te maken.'

De kapitein van de *Marco Polo* durfde de gok niet aan; maar iemand anders wel. Het vrachtschip voer over de oceaan, onbereikbaar voor alle geruchten, onbereikbaar voor alle speculaties totdat de Duitse kruiser Medea het lek schoot op slechts enkele uren varen van het eiland Socotra bij de punt van de Hoorn van Afrika. Het zonk snel; de hele bemanning en de complete lading gingen verloren.

'Ik speelde mijn troef,' mijmerde mijn stokoude vader. 'Maar ik werd verdomme overtroefd.'

≈

Wie kon het Flory Zogoiby kwalijk nemen dat ze een beetje getikt werd toen haar enige zoon haar had verlaten? Wie misgunde haar de uren en uren die ze, op haar tandvlees zuigend en met een strohoed op, was gaan doorbrengen op een bank in het ingangsportaal van de synagoge, terwijl ze patiencekaarten neerkwakte of met mahjongstenen klikte en een onafgebroken tirade afstak tegen 'Moren', een begrip dat inmiddels zo ongeveer iedereen omvatte? En wie zou haar niet vergeven dat ze meende spoken te zien toen de verloren zoon Abraham op een mooie dag in het voorjaar van 1940 zonder blikken of blozen op haar af beende, met een zoetige grijns over zijn hele gezicht, alsof hij zojuist een pot met goud aan het einde van de regenboog had gezien?

'Zo, Abie,' zei ze langzaam, met afgewende blik voor het geval ze ontdekte dat ze door hem heen kon kijken, wat zou bewijzen dat ze eindelijk in stukjes uiteen was gevallen. 'Wil je een spelletje spelen?'

Zijn lach werd nog breder. Hij was zo knap dat ze er kwaad van werd. Wat had hij hier te zoeken, haar zonder enige waarschuwing te overdonderen met zijn knappe uiterlijk? 'Ik ken jou, Abie jongen,' zei ze, nog steeds naar haar kaarten starend. 'Als je zo lacht, zit je in de problemen, en hoe breder de lach, hoe dieper de modder. Ziet ernaar uit dat je niet aankunt wat je hebt, dus kwam je maar naar moeder gerend. Zo breed heb ik je nog nooit van mijn leven zien lachen. Ga zitten! Speel een-twee spelletjes.'

'Geen spelletjes, moeder,' zei Abraham, met een lach die bijna zijn oorlellen raakte. 'Kunnen we naar binnen of moet de hele jodenbuurt weten wat we te bespreken hebben?'

Nu keek ze hem aan. 'Ga zitten,' zei ze. Hij ging zitten; ze deelde voor rummy met negen kaarten. 'Denk je dat je van me kunt winnen? Vergeet het maar, zoon. Je hebt nooit een kans gehad.'

Een schip was gezonken. Het fortuin van Abrahams nieuwe handelsfamilie stond opnieuw op het spel. Gelukkig kan ik zeggen dat dit niet leidde tot onverkwikkelijk gekrakeel op Cabral – het bestand tussen de oude en nieuwe leden van de clan bleef overeind. Maar er was een echte crisis; na veel aandringen en ander, minder oirbare mondje-dicht-tactieken werd een tweede en vervolgens een derde Da Gama-vracht op weg gestuurd, langs de omweg via Kaap de Goede Hoop om de Noord-afrikaanse gevaren te omzeilen. Ondanks deze voorzorgsmaatregel en de inspanningen van de Britse marine om alle vitale zeeroutes te bewaken – al moet worden gezegd, en Pandit Nehru zei het ook vanuit de gevangenis, dat de Britse houding ten opzichte van de Indiase scheepvaart zacht gezegd niet zo'n beetje laks was – kruidden ook deze schepen uiteindelijk de zeebodem; en het condiment-imperium C-50 (en wie weet misschien ook het hart van het Britse Imperium zelf, zo zonder gepeperde inspiratie) begon te wankelen en zwaaien. De bedrijfsuitgaven – lonen, onderhoudskosten, rente op leningen – stegen. Maar dit is geen jaarverslag en dus moet u het maar gewoon van me aannemen: de zaken zagen er niet rooskleurig uit toen de stralende Abraham, sinds kort een machtig koopman in Cochin, naar de jodenbuurt terugkeerde. *Is alles dan mislukt, is niets gelukt?* – Niets. Nu goed? We gaan door. Ik wil u een sprookje vertellen.

Uiteindelijk zijn verhalen het enige dat er van ons rest, we zijn niet meer dan de paar vertellingen die overblijven. En in de beste oude legenden, die we steeds weer willen horen, komen geliefden voor, dat klopt, maar het mooist vinden we de delen waar schaduwen over het pad der geliefden vallen. Vergiftigde appel, betoverde spoel, gemene stiefmoeder, boze heks, kobolden die kindertjes stelen, van die dingen. Dus er was eens mijn vader, Abraham Zogoiby, die zwaar gokte en verloor. Maar hij had een gelofte afgelegd: *Ik zal voor alles zorgen.* En toen alle andere oplossingen faalden, was hij zo wanhopig dat hij, met een enorme grijns op zijn gezicht, bij zijn gek geworden moeder moest gaan smeken. – Om wat? – Wat anders? Haar schatkist.

≈

Abraham slikte zijn trots in en kwam bedelen, iets wat Flory al precies vertelde hoe haar kaarten lagen. Hij had te hoog ingezet en kon het niet waar maken; goud-spinnen-van-stro, dat soort dingen uit de oude doos; en was te trots om zijn mislukking toe te geven aan zijn schoonfamilie, te zeggen dat ze al hun bezittingen moest verpanden of verkopen. *Zij gaven je je hoofd, Abie, en zie, hier ligt het op een schaal.* Ze liet hem even wachten, maar niet te lang; ging toen akkoord. Kapitaal had hij nodig? Juwelen uit een oude kist? Prima, hij kon het krijgen. Alle woorden van dank, verklaringen over tijdelijke liquiditeitsproblemen, uitweidingen over de bijzondere overtuigingskracht van juwelen voor zeelieden aan wie werd gevraagd hun leven te riskeren, alle aanbiedingen van rente en geldelijk gewin werden weggewuifd. 'Juwelen geef ik,' zei Flory Zogoiby. 'Een groter juweel moet mijn beloning zijn.'

Haar zoon begreep niet wat ze bedoelde. Ze zou, zo beloofde hij stralend, zeker volledig schadeloos worden gesteld voor haar lening als hun schip eenmaal binnen was; en als ze haar deel liever in de vorm van smaragden ontving, zou hij het op zich nemen de mooiste stenen uit te kiezen. Zo kletste hij; maar hij begaf zich in gevaarlijker vaarwater dan hij besefte, en daarachter lag een zwart woud waarin op een open plek een dwergje danste en zong *Repelsteeltje is mijn naam...* 'Dit tussen twee haakjes,' onderbrak Flory hem. 'Aan terugbetaling van lening twijfel ik niet. Maar voor zo'n riskante investering kan alleen het grootste juweel mijn beloning zijn. Geef me je eerstgeboren zoon.'

(Voor Flory's kist met smaragden zijn twee herkomsten geopperd: familiestuk en smokkelaarsbuit. Als we ons gevoel even vergeten, spreken verstand en logica voor het laatste; en in dat geval, als Flory speculeerde met de boevenpot, was ze haar leven niet zeker. Maakt het haar eis minder schokkend als we weten dat ze haar eigen leven op het spel zette voor het menselijke leven dat ze vroeg? Was het in feite *heroïsch*?)

Geef me je eerstgeborene... Een regel uit sprookjes stond tussen deze moeder en deze zoon. Abraham, ontdaan, zei haar dat daar absoluut geen sprake van kon zijn, dat het zondig was, ondenkbaar. 'Heb die domme lach van je gezicht geveegd, hè, Abie?' vroeg Flory meedogenloos. 'En denk maar niet dat je er met de kist vandoor kunt gaan. Hij is ergens anders verstopt. Wil je mijn stenen? Geef me dan je oudste zoon, zijn vel en been.'

O moeder u bent gek, moeder. O mijn voorouder ik ben zeer bevreesd dat gij hopeloos totaal geschift zijt. 'Aurora is nog niet in verwachting,' pruttelde Abraham zwakjes.

'Oho-ho, Abie,' giechelde Flory. 'Denk je dat ik gek ben, jongen? Dat ik hem zal vermoorden en opeten, zijn bloed drinken of zo? Ik ben geen rijke vrouw, kind, maar ik heb genoeg eten op mijn tafel en hoef geen familieleden te verorberen.' Ze werd serieus. 'Hoor eens: je kunt hem zien wanneer je maar wilt. Zelfs de moeder kan komen. Uitstapjes, vakanties, dat is ook prima. Je hoeft hem alleen maar bij mij te laten wonen, zodat ik de kans krijg hem op te voeden tot wat jij niet meer bent, dat wil zeggen een mannelijke Cochinse jood. Ik heb een zoon verloren; ik zal in ieder geval een kleinzoon redden.' Ze voegde daar niet haar geheime bede aan toe: *En door hem te redden, ontdek ik misschien weer een eigen God.*

Toen alles weer op zijn plaats viel, gaf Abraham in de verdwazing van zijn opluchting, de diepe drang van zijn nood en het besef dat er van zwangerschap nog geen sprake was, zijn toestemming. Maar Flory was onverbiddelijk, wilde het op schrift. 'Hierbij beloof ik aan mijn moeder, Flory Zogoiby, mijn eerstgeboren mannelijke kind, om het te laten opvoeden op de joodse manier.' En de zaak was beklonken. Flory griste het stuk papier weg, zwaaide het boven haar hoofd heen en weer, tilde haar rok op en danste in het rond bij de deur van de synagoge. *Een eed, een eed, ik heb een eed ten hemel gezonden! Ik sta hier op mijn schuldbrief.* En voor dit beloofde volle pond aan ongeboren kind overhandigde ze Abraham haar rijkdom; en betaald en omgekocht met juwelen voer de vrachtvaarder van zijn laatste hoop uit.

Over deze geheime zaken werd Aurora echter niet ingelicht.

≈

En het geschiedde dat het schip veilig de haven bereikte, en daarna nog een en nog een en nog een. Terwijl het de wereld steeds slechter ging, ging het de as Da Gama-Zogoiby voor de wind. (Hoe wist mijn vader zich te verzekeren van bescherming door de Britse marine? U suggereert toch zeker niet dat smaragden, contrabande of erfstukken hun weg naar Britse zakken vonden? Wat een waagstuk zou dat zijn geweest, wat een alles-of-niets-gok! En wat vergezocht om te suggereren dat een dergelijk aanbod zou zijn aanvaard! Nee, nee, we moeten het gebeurde maar toeschrijven aan de inspanningen van de marine – want de dood en verderf zaaiende *Medea* werd ten slotte tot zinken gebracht – of aan het feit dat de nazi's elders op het oorlogstoneel meer te doen hadden; of noem het een wonder; of blind, stom geluk.) Zodra Abraham kon, betaalde hij het van zijn moeder geleende juwelengeld terug en bood haar daarbovenop een royale som bij wijze van winst. Maar hij vertrok bruusk, zonder te antwoorden, toen zij het extraatje weigerde en klaaglijk uitriep: 'En het juweel dan, de beloning waar ik recht op heb? Wanneer wordt die betaald?' *Ik eisch de wet, de boete, de voldoening van mijn schuldbrief.*

Aurora was nog steeds kinderloos: maar wist niets van een ondertekend document. De maanden regen zich aaneen tot een jaar. Abraham bleef zijn mond houden. Intussen was de leiding van het familiebedrijf volledig in zijn handen; Aires had er nooit echt hart voor gehad en na de glorieuze reddingsoperatie van de kersverse aangetroude neef trok de overlevende Da Gama-broer zich dankbaar terug in – zoals dat heet – zijn privé-leven... Op de eerste van iedere maand stuurde Flory haar zoon de grote koopman een boodschap. 'Ik hoop niet dat je het laat afweten; ik wil mijn edelsteen.' (Wat vreemd, wat *voorbeschikt*, dat Aurora in die vurige tijd van hun hete-peperliefde niet zwanger werd! Want was er een jongen gekomen, en ik spreek hier als de enige mannelijke nakomeling van mijn ouders, dan zou ik het betwiste been – *vlees en vel en been* – geweest kunnen zijn.)

Opnieuw bood hij haar geld; opnieuw weigerde zij. Op een gegeven moment smeekte hij haar; hoe kon hij zijn jonge vrouw vragen een pasgeboren zoon op te geven, toe te vertrouwen aan de zorgen van iemand die haar haatte? Flory bleef onvermurwbaar. 'Had je eerder moeten bedenken.' Ten slotte kreeg zijn boosheid de overhand en hij tartte haar. 'Dat stuk papier van u, daar koopt u niets voor,' schreeuwde hij door de telefoon. 'Wacht maar eens af wie de rechter meer kan betalen.' Flory's groene stenen wogen niet op tegen de nieuwe rijkdom van de familie; en als het inderdaad linke juwelensoep was, zou ze zich wel twee keer bedenken voor ze die aan rechtbankfunctionarissen liet zien, ook al waren het nog zulke zakkenvullers. Wat had ze voor keuze? Ze had haar geloof in de straffe Gods verloren. Wraak was voor deze wereld.

Nog een wreker! Nog een rossige herder of moordzuchtige mug! Wat een epidemie van wraakoefeningen woedt er in mijn verhaal, wat een malaria cholera tyfus van oog-om-tand en leer-om-leer! Geen wonder dat ik ben geëindigd... Maar mijn einde moet niet worden verteld voordat ik ben begonnen. Daar is Aurora op haar zeventiende verjaardag in de lente van 1941, alleen bij Vasco's graftombe; en daar, wachtend in het schemerdonker, is een oud vrouwtje...

Toen Aurora uit het schemerdonker van de kerk Flory op zich af zag schieten, dacht ze een verbaasd moment lang dat haar grootmoeder Epifania uit het graf was opgestaan. Maar ze herstelde zich met een lachje, zich herinnerend hoe ze ooit had gespot met haar grootvaders ideeën over spoken; nee, nee, dit was gewoon een of andere oude feeks, en wat was dat voor papier dat ze daar naar voren stak? Soms gaven bedelvrouwen je dat soort briefjes: *Heb meelij in de naam van God, kan niet praten en moet twaalf kindermonden voeden.* 'Het spijt me, pardon,' zei Aurora werktuiglijk en maakte aanstalten zich om te draaien. Toen sprak de vrouw haar naam. 'Mevrouw Aurora!' (Luid.) 'De roomse hoer van mijn Abie! Je moet dit papier lezen.'

Ze draaide zich weer terug, nam het document dat Abrahams moeder aanreikte en las.

≈

Portia, een rijk meisje, vermoedelijk intelligent, dat berust in de laatste wil van wijlen haar vader – ze moet trouwen met een man die het raadsel van de drie kastjes, goud zilver lood, oplost – wordt door Shakespeare opgevoerd als het archetype van de rechtvaardigheid. Maar luister goed; als haar vrijer, de prins van Marokko, de proef niet doorstaat, zucht ze:

O, heuglijk eind! – Trek weer den voorhang toe; –
Dat elk die hem gelijkt, die keuze doe.

Geen liefhebster van Moren, dus! Nee, nee; ze houdt van Bassanio, die door een gelukkig toeval het juiste kistje kiest, dat waarin het portret van Portia zit (*U, gij glansloos lood*). Hoort, derhalve, hoe dit toonbeeld zijn keuze verklaart.

Zoo is dan sieraad slechts 't bedrieglijk strand
Van zeeën vol gevaars, de schoone sluier,
Een spookgestalte omhullend, in één woord,
Schijnwaarheid, tooisel van den sluwen tijd.

Ach ja: voor Bassanio is Indiase schoonheid als 'zeeën vol gevaars'; of te vergelijken met 'den sluwen tijd'! Moren, Indiërs, en natuurlijk 'de jood' (Portia kan zich er slechts twee maal toe brengen Shylocks naam uit te spreken; de rest van de tijd duidt ze hem alleen aan met zijn ras), worden op die manier afgedaan. Voorwaar een rechtschapen koppel; een stel Daniëls die rechtspreken... Met al dit bewijsmateriaal wil ik aantonen dat ik, als ik zeg dat de Aurora van onze vertelling geen Portia was, dit niet alleen als kritiek bedoel. Ze was rijk (als Portia), maar koos zelf haar echtgenoot (niet als Portia); ze was ongetwijfeld intelligent (als Portia) en op haar zeventiende bijna op het toppunt van haar zeer Indiase schoonheid (absoluut niet als Portia). Haar echtgenoot was – wat die van Portia nooit had kunnen zijn – een jood. Maar zoals de maagd van Belmont Shylock zijn volle bloedige pond onthield, zo vond mijn moeder, met recht, een manier om Flory het kind te onthouden.

'Zeg je moeder,' beval Aurora Abraham die avond, 'dat er in dit huis geen kinderen geboren zullen worden zolang zij leeft.' Ze zette hem de slaapkamer uit. 'Jij doet jouw werk, dan doe ik het mijne,' zei ze. 'Maar het werk waarop Flory wacht, dat zal ze nooit aanschouwen.'

≈

Ook zij had een lijn getrokken. Die nacht boende ze haar lichaam tot de huid rauw was en er geen spoortje van peperig liefdesparfum over was. (*Ik baddificeer en boenificeer...*) Daarna sloot en vergrendelde ze de slaapkamerdeur en viel ze in een diepe en droomloze slaap. Maar in de maanden daarop was haar werk – tekeningen, schilderijen en enge aan een spies gestoken poppetjes van rode klei – vol heksen, vuur, apocalypse. Later zou ze dit 'Rode' materiaal grotendeels vernietigen, met als gevolg dat de overgebleven stukken zeer in waarde gestegen zijn; ze kwamen slechts zelden terecht op veilingen en veroorzaakten dan grote opwinding.

Een aantal nachten stond Abraham zielig voor haar gesloten deur te janken, maar hij werd niet toegelaten. Uiteindelijk huurde hij als een Cyrano een plaatselijke accordeonist en liedjeszanger, die haar op de binnenplaats onder haar raam een serenade bracht, terwijl hij, Abraham, als een idioot naast de muzikant stond en met zijn mond de woorden van oude liefdesliedjes vormde. Aurora opende haar luiken en gooide bloemen; toen het water uit de bloemenvaas; en ten slotte de vaas zelf. Het waren alledrie voltreffers. De vaas, een zwaar exemplaar van steengoed, raakte Abraham op zijn linkerenkel, die brak. Nat en kermend werd hij naar het ziekenhuis gebracht, en daarna probeerde hij haar niet meer op andere gedachten te brengen. Ze gingen voortaan ieder hun eigen weg.

Na het voorval met de vaas van steengoed is Abraham altijd enigszins mank blijven lopen. Misère stond in iedere lijn van zijn gezicht geëtst, misère trok zijn mondhoeken omlaag en deed afbreuk aan zijn schoonheid. Aurora, daarentegen, bleef floreren. Het genie in haar werd geboren, vulde de lege plek in haar bed, haar hart, haar schoot. Ze had genoeg aan zichzelf.

≈

Het grootste deel van de oorlogsjaren was ze niet in Cochin, maar – aanvankelijk voor lange bezoeken – in Bombay, waar ze kennismaakte en bevriend raakte met een parsi, Kekoo Mody, die in zijn huis aan de Cuff Parade een handel in eigentijdse Indiase kunst was begonnen – destijds geen erg lucratieve bezigheid. Manke Abraham vergezelde haar niet op deze reisjes; en als ze vertrok, waren haar afscheidswoorden steevast: 'Oké, prima, Abie! Pasificeer op de winkel.' Dus in zijn afwezigheid, weg van zijn lamme, slaafse uitdrukking van ondraaglijk verlangen, groeide Aurora Zogoiby uit tot de reusachtige publieke persoonlijkheid die we allemaal kennen, de grote schoonheid in de kern van de nationalistische beweging, de bohémienne met de wapperende haren die tijdens demonstraties onverschrokken opmarcheerde naast Vallabhbhai Patel en Abdul Kalam Azad, de vertrouwelinge – en, volgens sommige hardnekkige geruchten, maîtresse – van Pandit Nehru, zijn 'liefste vriendin,' die later met Edwina Mountbatten zou wedijveren om zijn hart. Gewantrouwd door Gandhiji, verafschuwd door Indira Gandhi, werd zij door haar arrestatie na de Verlaat-India-actie van 1942 een nationale heldin. Ook Jawaharlal Nehru werd gevangengezet, in het Ahmadnagar Fort, waar de zestiende-eeuwse krijgsvorstin Chand Bibi de legers van het mogolrijk – van grootmogol Akbar zelf – had weerstaan. Mensen begonnen te zeggen dat Aurora Zogoiby de nieuwe Chand Bibi was die in opstand kwam tegen een ander, nog machtiger rijk, en overal begon haar gezicht te verschijnen. Als muurschildering, als karikatuur in de kranten, werd de beeldenschepster zelf een beeld. Ze zat twee jaar in de gevangenis van Dehra Dun. Toen ze vrijkwam, was ze twintig jaar en haar haar wit. Ze keerde terug naar Cochin, veranderd in een mythe.

Abrahams eerste woorden tot haar waren: 'Het gaat goed met de winkel.' Ze gaf een kort knikje en ging weer aan het werk.

Sommige dingen op Cabral waren veranderd. In Aurora's gevangenistijd was Aires da Gama's oude minnaar, de man die we kennen als Prins Hendrik de Zeevaarder, ernstig ziek geworden. Hij bleek te lijden aan een bijzonder kwaadaardige vorm van syfilis, en al snel werd duidelijk dat ook Aires was besmet. De syfilitische huiduitslag maakte het hem onmogelijk het huis te verlaten; hij werd broodmager en hologig en leek twintig jaar ouder dan zijn iets meer dan veertig jaren. Zijn vrouw Carmen, die lang geleden had gedreigd hem te vermoorden voor zijn ontrouw, kwam in plaats daarvan aan zijn bed zitten. 'Kijk toch eens wat er met je gebeurd is, mijn Aiwrisj-man,' zei ze. 'Je gaat me toch niet dood of zo?' Hij draaide zijn hoofd op het kussen en zag slechts medeleven in haar ogen. 'We moeten zorgen dat je beter wordt,' zei ze, 'met wie moet ik anders de rest van mijn leven dansen. Met jou toch,' en hier pauzeerde ze heel eventjes en bloosde hevig, 'en ook met je Prins Hendrik.'

Prins Hendrik de Zeevaarder kreeg een kamer in het huis op Cabral, en in de daaropvolgende maanden hield Carmen vastberaden en onvermoeibaar toezicht op de behandeling van de twee mannen door de beste en discreetste – want hoogst betaalde – specialisten in de stad. Beide patiënten kwamen er langzaam bovenop; en de dag kwam dat Aires, in een zijden kamerjas in de tuin gezeten met Jawaharlal de buldog en vers citroenwater drinkend, bezoek kreeg van zijn vrouw, die doodkalm opperde dat Prins Hendrik kon blijven. 'Te veel oorlogen in dit huis en erbuiten,' zei ze tegen hem. 'Laten we dan ten minste deze ene driehoeksvrede sluiten.'

Halverwege 1945 werd Aurora Zogoiby volwassen. Ze bracht haar eenentwintigste verjaardag door in Bombay, zonder Abraham, op een feestje voor haar gegeven door Kekoo Mody en opgeluisterd door de meeste artistieke en politieke kopstukken van de stad. Tegen die tijd hadden de Britten de gevangenen van de Congrespartij vrijgelaten omdat er nieuwe onderhandelingen in de lucht hingen; ook Nehru zelf was in vrijheid gesteld en vanuit een huis in Simla dat Armsdell heette, stuurde hij Aurora een lange brief waarin hij zich excuseerde voor zijn afwezigheid op haar feest. 'Mijn stem is erg schor,' schreef hij. 'Ik snap niet wat mijn aantrekkingskracht is voor die massa's. Ongetwijfeld heel vleiend, maar ook heel afmattend en vaak irritant. Hier in Simla moest ik dikwijls het balkon en de veranda op om *darshan* te geven. Ik denk niet dat ik ooit nog naar buiten kan om een wandelingetje te maken, want de massa volgt me overal, behalve in het holst van de nacht... Je moet me dankbaar zijn dat ik je deze ervaring heb bespaard door weg te blijven.' Als verjaarscadeau stuurde hij haar Hogbens *Science for the Citizen* en *Mathematics for the Million*, 'om je artistieke ziel te inspireren met iets van de andere kant van de hersenen'.

Ze gaf de boeken direct aan Kekoo Mody, met een kleine grimas. 'Jawahar is dol op al die bèta-sjèta. Maar ik ben een eenzijdig meisje.'

≈

Wat Flory Zogoiby betreft, die leefde nog, maar deed de laatste tijd wat vreemd. Toen werd ze op een dag aan het einde van juli in de synagoge van Mattancherri aangetroffen, op handen en voeten rondkruipend over de vloer, bewerend dat ze de toekomst kon zien in de blauwe Chinese tegels en voorspellend dat binnen zeer korte tijd een land niet ver van China zou worden opgegeten door reusachtige mensenetende paddestoelen. De oude Moshe Cohen had de droeve taak haar te ontheffen van haar taken. Zijn dochter Sara – nog steeds een oude vrijster – had gehoord van een kerk bij de zee in Travancore waar sinds kort geestelijk gestoorde mensen van alle gezindten naartoe gingen om genezing voor hun krankzinnigheid te zoeken; ze zei tegen Moshe dat ze Flory erheen wilde brengen, en de kruidenier beloofde alle reiskosten te betalen.

Flory bracht haar hele eerste dag door in het stof van het plein voor de magische kerk, trok met een takje lijnen in de grond en praatte honderduit tegen de onzichtbare, want niet-bestaande, kleinzoon aan haar zijde. Op de tweede dag van haar verblijf liet Sara Flory een uurtje alleen om een strandwandeling te maken en toe te kijken hoe de vissers aan en af voeren in hun barkassen. Toen ze terugkwam, heerste er een pandemonium op het plein bij de kerk. Een van de daar verzamelde gekken had een vuurdood gekozen door zich aan de voet van het levensgrote beeld van de gekruisigde Christus te overgieten met benzine. Toen hij de fatale lucifer afstreek, had de moordende steekvlam van het vuur de zoom van de bloemetjesjurk van een oude dame geraakt en ook haar verzwolgen. Het was mijn grootmoeder. Sara nam het lichaam mee naar huis, en het werd ter aarde besteld op de joodse begraafplaats. Na de begrafenis bleef Abraham lange tijd aan de rand van het graf staan, en toen Sara Cohen zijn hand pakte, trok hij die niet weg.

Enkele dagen later werd de Japanse stad Hiroshima opgegeten door een reusachtige paddestoel, en toen Moshe Cohen de kruidenier het nieuws hoorde, barstte hij uit in hete, bittere tranen.

≈

Ze zijn nu haast allemaal verdwenen, de joden van Cochin. Nog geen vijftig over en de jonge vertrokken naar Israël. Het is de laatste generatie; de synagoge zal worden overgenomen door de staat Kerala, die er een museum van zal maken. De laatste vrijgezellen en oude vrijsters zitten tandeloos te zonnen in de kinderloze stegen van Mattancherri. Ook dit uitsterven stemt triest; geen uitroeiing, zoals elders, maar niettemin het einde van een verhaal dat tweeduizend jaar duurde voor het was verteld.

Eind 1945 hadden Aurora en Abraham Cochin verlaten en een riante bungalow gekocht, gelegen tussen tamarinden, platanen en *nangka*-bomen op de hellingen van de Malabar Hill in Bombay, met een steile terrassentuin die uitkeek over de Chowpatty Beach, Back Bay en Marine Drive. 'Cochin heeft trouwens zijn tijd gehad,' redeneerde Abraham. 'Zuiver zakelijk gezien is de verhuizing volmaakt logisch.' Hij liet een uitgelezen groep mannen achter om de werkzaamheden in het zuiden te leiden en zou in de volgende jaren regelmatig inspectiereizen maken... maar Aurora had geen logische argumenten nodig. Op de dag dat ze verhuisden, ging ze naar het uitkijkpunt waar de tuinterrassen eindigden in een duizelingwekkende afgrond boven zwarte rotsen en schuimende zee; en zo hard ze kon krijste ze het uit van vreugde.

Abraham stond een paar meter achter haar verlegen te wachten, de handen voor zich ineengevouwen, typisch de magazijnchef die hij ooit was. 'Ik hoop zo dat de nieuwe omgeving gunstig zal zijn voor je creatieve ontwikkeling,' zei hij pijnlijk formeel. Aurora kwam op hem af hollen en stortte zich in zijn armen.

'Creatieve ontwikkeling, is dat waar je op uit bent?' vroeg ze, naar hem kijkend zoals ze in jaren niet had gekeken. 'Kom op dan, meneer, laten we naar binnen gaan en creëren.'

II
MALABAR MASALA

9

Eénmaal per jaar wilde mijn moeder Aurora Zogoiby hoger dansen dan de goden. Eénmaal per jaar kwamen de goden naar Chowpatty Beach om er te baden in de smerige zee: dikbuikige idolen bij duizenden tegelijk, papier-maché beeltenissen van de god Ganesha of Ganpati Bappa met de olifantskop zwermden uit naar het water, schrijlings gezeten op ratten van papier-maché – want Indiase ratten dragen zoals bekend zowel goden als plagen. Sommige van deze slagtand&staart-duo's waren klein genoeg om op menselijke schouders te torsen of in menselijke armen te houden; andere waren zo groot als kleine huizen en werden door honderden volgelingen voortgetrokken op houten karren met grote wielen. Ook waren er vele Dansende Ganesha's, en met deze heupwiegende Ganpati's met hun vetrollen en bolle pensen wedijverde Aurora, haar profane wervelingen tegenover het dartele deinen van de veelgekopieerde god stellend. Eenmaal per jaar was de hemel bezaaid met Color-by-DeLuxe-wolken: roze en paars, magenta en vermiljoen, saffraan en groen, deze poederwolken, verstoven uit hergebruikte flitspuiten of neerdwarrelend uit een tros knappende ballonnen die door de lucht zweefden, hingen aan de hemel boven de godheden 'als aurora-niet-borealis-maar-bombayalis', zoals de schilder Vasco Miranda altijd zei. Eveneens hemelhoog boven menigte en goden, jaar na jaar – alles bijeen eenenveertig – onvervaard op de steile borstweringen van onze bungalow op de Malabar Hill, die ze in een vlaag van ironische spotternij of perversiteit zo nodig *Elephanta* moest noemen, wervelde de bijna goddelijke gedaante van onze eigen Aurora Bombayalis, uitgedost in een reeks oogverblindende spiegeltjeskostuums, nog schitterender zelfs dan de feestelijke hemel met zijn hangende tuinen van poederkleur. Met haar witte haar dat naar alle kanten uitwaaierde in lange losse uitroeptekens (O profetisch prematuur wit haar van mijn voorouders!), haar naakte buik niet oude-heksen-vet, maar rappe-katten-plat, haar blote voeten stampend, haar enkels rinkelend van de zilveren *jhunjhunna*-belletjesringen, haar hals van links naar rechts zwaaiend, met haar handen onbegrijpelijke boekdelen sprekend, danste de beroemde schilderes haar rebellie, danste ze haar minachting voor de perversie van de mensheid die deze enorme massa ertoe bracht een vertrappingsdood te riskeren 'alleen maar om hun poppetjes in de plomp te pleurificeren', zoals ze zo graag ongelovig en met veel blikken ten hemel en bekkengetrek smaalde.

'De menselijke perversie is groter dan de menselijke heldenmoed' – rinkel-*tinkel!* – 'of lafheid' – *baf!* – 'of kunst,' oreerde mijn dansende moeder. 'Want die dingen kennen beperkingen, er zijn grenzen die we overschrijden in hun naam; maar de perversie is geen limiet gesteld, niemand heeft er ooit een grens van gevonden. Wat vandaag het exces ook is, dat van morgen zal het overtreffo-en.'

Als om haar geloof in de veelvormige macht van het perverse te bewijzen werd de dansende Aurora met de jaren een topattractie van het evenement dat ze verafschuwde, een deel van dat waartegen zij had gedanst. De massa's godvruchtigen zagen – ten onrechte maar onverbeterlijk – hun eigen godsvrucht weerspiegeld in haar wervelende (en goddeloze) rokken; ze dachten dat ook zij de god eer bewees. *Ganpati Bappa morya,* scandeerden ze hossend, onder het geschetter van goedkope trompetten en reusachtige tritonshorens en de hamerslagen van door roesmiddelen opgezweepte trommelaars met eiwitogen en monden volgepropt met de dankbare bankbiljetten van de gelovigen, en hoe honender de legendarische dame danste op haar hoge muurtje, hoe hoger ze voor zichzelf boven alles verheven leek, des te gretiger de massa haar naar zich toezoog, haar niet beschouwend als rebel maar als tempeldanseres: niet de gesel, maar veeleer de *groupie* van de goden.

(Abraham Zogoiby deed, zoals we zullen zien, andere dingen met tempeldanseressen.)

Eens, tijdens een familieruzie, herinnerde ik haar boos aan de vele kranteberichten over haar inlijving bij het feest. Tegen die tijd gebruikten jonge schurken met gebalde vuisten en saffraankleurige hoofdbanden Ganesha Chaturthi om hun hindoe-fundamentalistische triomfalisme te demonstreren, opgehitst door brullende partijpolitici en demagogen van 'Mumbai's As' als Raman Fielding, ook wel bekend als *Mainduck* ('Kikker'). 'U bent nu niet alleen meer een toeristische attractie,' schimpte ik. 'U bent een wandelende reclame voor de Schoonmaakactie. Dit M.A.-beleid, zoals het zo mooi heette, hield eenvoudig gezegd in dat de armen uit de straten verwijderd zouden worden, maar Aurora Zogoiby's harnas was te sterk om door zo'n botte uitval doorboord te worden.

'Je denkt dat ik kan worden gemangeld door de schandaalpers?' krijste ze schamper. 'Je denkt dat jouw zwarte tong me kan bezoedelificeren? Ik heb lak aan die malle fundo-fratsen. Ik-tho neem het op tegen een grotere tegenstander: Shiva Nataraja zelf, ja, en ook tegen zijn moddervrome discokind met de lange neus – al jaren dans ik ze van het podium. Pas maar op, zwarte. Misschien ga zelfs jij nog leren hoe je een wervelwind moet opwervelen, een windhoos op moet winden – jawel! Hoe je een storm moet losdansen.' Een donderslag rolde precies op het juiste moment door de hemel, boven ons hoofd. Weldra zou dikke regen uit de lucht komen vallen.

Eenenveertig jaar van dansen op de dag van Ganpati: ze danste zonder acht te slaan op het gevaar, zonder een benedenwaartse blik naar de bemosselde, geduldige rotsen die onder haar knarsten als zwarte tanden. De allereerste keer dat ze in vol ornaat uit *Elephanta* te voorschijn kwam en haar afgrondelijke pirouettes begon, smeekte Jawaharlal Nehru zelf haar op te houden. Dat was niet lang nadat de anti-Britse marinestaking in de haven van Bombay en de ondersteunende winkelsluiting in de stad, de *hartal*, op gezamenlijk verzoek van Gandhiji en Vallabhbhai Patel waren beëindigd, en Aurora liet niet na hem haar speldeprikjes toe te dienen. 'Panditji, de Congrespartij-tho knijpt er altijd tussenuit bij radicale acties. We kiezificeren hier niet voor de gemakkelijkste weg.' Toen hij bleef aandringen, stelde ze hem een voorwaarde, en zei dat ze alleen naar beneden zou komen als hij de hele *'De walrus en de timmerman'* uit zijn hoofd zou opzeggen; wat hij tot ieders bewondering deed. Toen hij haar van de duizelingwekkende balustrade af hielp, zei hij: 'De staking was een ingewikkelde zaak.'

'Ik weet wat ik denk van die staking,' repliceerde ze. 'Vertel me eens iets over het gedicht.' Waarop de heer Nehru diep bloosde en zwaar slikte.

'Het is een triest gedicht,' zei hij na een ogenblik, 'want de oesters zijn zo jong; een gedicht, zou je kunnen zeggen, over het eten van kinderen.'

'We eten allemaal kinderen,' antwoordde mijn moeder. Dit was zo'n tien jaar voor mijn geboorte. 'Zo niet die van anderen, dan wel onze eigen.'

Ze kreeg er vier. Ina, Minnie, Mynah, Moor; een vier-gangenmaaltijd van magische eigenschappen, want hoe vaak en gretig ze zich ook te goed deed, het eten leek nooit op te raken.

Veertig jaar lang liet ze het zich goed smaken. Toen, terwijl ze op drieënzestigjarige leeftijd voor de tweeënveertigste maal haar Ganpatidans danste, viel ze. Een miezerige, kwijlerige golf spoelde over haar lichaam, terwijl de zwarte kaken aan het werk gingen. Tegen die tijd echter was zij weliswaar nog steeds mijn moeder, maar ik niet langer haar zoon.

≈

Bij de poort van *Elephanta* stond een man met een houten been tegen een kruk geleund. Als ik mijn ogen sluit, zie ik hem weer zo voor me: die onnozele Petrus bij de deuren van een aards paradijs, die mijn persoonlijke goedkope Vergilius werd en me naar de hel voerde – naar de grote Hellestad, het Pandemonium, die schaduwzijde, de boze aan-de-andere-kant-van-de-spiegel-tweelingbroer van mijn eigen gouden stad: niet het Nette, maar Onnette Bombay. Geliefde eenbenige wachter! De ouders noemden hem in hun haspeltaal Lambajan Chandiwala. (Ze waren kennelijk aangestoken door Aires da Gama's gewoonte de wereld bijnamen te geven.) In die tijd zouden veel meer mensen het intertalige grapje hebben begrepen: lamba, lang; jan, klinkt als John; chandi is zilver, dus Long John Silvervent, met zijn vervaarlijk harig gezicht, maar hij kon letterlijk en figuurlijk even weinig tanden laten zien als de dag dat hij was geboren, *paans* vermalend tussen zijn betel- of bloedrode tandvlees. 'Onze privé-piraat,' noemde Aurora hem, en ja hoor, u raadt het al, gewoonlijk zat er op zijn schouder een groene gekortwiekte Totah obsceniteiten te krijsen. Mijn moeder, perfectioniste in alles, had voor de vogel gezorgd; deed het niet voor minder.

'Wat is nou een piraat zonder papegaai?' informeerde ze dan, haar wenkbrauwen optrekkend en met haar rechterhand draaiend alsof ze een onzichtbare deurknop vasthield; er luchtigjes en op roddeltoon (want het gaf geen pas om schunnige grapjes over de Mahatma te maken) aan toevoegend: 'Dat is zoiets als de kleine man zonder de lendedoek.' Ze deed haar best de papegaai piratentaal bij te brengen, maar het was een koppige oude Bombayse vogel. 'Kies zee! Alle hens!' krijste mijn moeder, maar haar leerling bleef balsturig zwijgen. Na jaren zo gesard te zijn gaf Totah echter toe en snauwde slechtgehumeurd: 'Peesay – saf'éd – hathi !' Deze opmerkelijke uitlating, ongeveer te vertalen als *gestampte witte olifanten,* werd de standaardvloek van de familie. Ik was niet aanwezig bij Aurora Zogoiby's laatste dans, maar velen die wel aanwezig waren, getuigden later dat de prachtvloek van de papegaai achter haar wegstierf, *diminuendo,* toen ze haar ondergang tegemoet stortte: 'Aahhh... *Gestampte witte olifanten,*' krijste mijn moeder voor ze tegen de rotsen sloeg. Naast haar lichaam lag, op het tij naar haar toegedreven, een kapotte beeltenis van de Dansende Ganesha. Maar dat had ze helemaal niet bedoeld.

Totah's uitlating had ook diepe indruk gemaakt op Lambajan Chandiwala, want – zoals zovelen van ons – was hij een man die olifanten zag; nadat de papegaai had gesproken, herkende Lamba de aanwezigheid van een verwante geest op zijn schouder en luchtte daarna zijn hart voor de soms orakelende, maar vaker zwijgende en (om de waarheid te zeggen) opvliegende rotvogel.

Van welke schateilanden droomde onze papegaaiepiraat? Meestal en vooral sprak hij van het echte Elephanta. Voor de kinderen Zogoiby, die te veel onderwijs hadden genoten om nog visioenen te kunnen zien, betekende Elephanta Island niets, een heuvelachtige klomp in de haven. Vóór de Onafhankelijkheid – vóór Ina, Minnie en Mynah – konden mensen erheen als ze een boot wisten te bemachtigen en bereid waren mogelijke slangen &c. te trotseren; tegen de tijd dat ik kwam, was het eiland echter allang getemd en was er een geregelde verbinding per motorboot vanaf de Gateway of India. Mijn drie grote zussen vonden het maar een vervelend oord. Dus voor mijn kinder-ik dat neerhurkte naast Lambajan in de middaghitte van Elephanta, was het allesbehalve een fantasie-eiland; maar als je Lambajan erover hoorde praten, was het het land van melk en honing zelf.

'Ooit waren daar olifantenkoningen, *baba,*' vertrouwde hij me toe. 'Waarom denk je zo dat de god Ganesha zo populair is in de stad Bombay? Omdat er in de tijd vóór de mens olifanten op tronen zaten en discussieerden over filosofie, en de apen waren hun bedienden. Het heet dat de mensen die in de tijd na de val van de olifanten naar Elephanta kwamen, standbeelden van mammoeten vonden hoger dan de Qutb Minar in Delhi, en ze waren zó bang, dat ze de hele zooi verwoestten. Ja, de mens wiste de herinnering aan de machtige olifanten uit, maar we zijn het niet allemaal vergeten. Daar op Elephanta in de heuvels is de plek waar ze hun doden begroeven. Nee? Hoofd schudt? Kijk, hij gelooft ons niet, Totah. Oké, baba. Voorhoofd fronst? Kijk dan eens hiernaar!'

En onder veel papegaaielawaai haalde hij dan – wat anders, wat anders, o nostalgisch hart van mij? – een vodje goedkoop papier te voorschijn, waarvan zelfs de jongen-Moor kon zien dat het absoluut niet oud was. Het was natuurlijk een kaart.

'Eén grote olifant, misschien wel dé Grote Olifant, houdt zich daar nog steeds schuil, baba. Ik heb gezien wat ik gezien heb! Wie anders denk je dat mijn been heeft afgebeten? En toen liet hij me grootmoedig en vol minachting bloedend de dichtbegroeide heuvel af kruipen naar mijn bootje. Wat-wat ik niet zag! Juwelen bewaakt hij, baba, een schat groter dan de *khazana* van de Nizam van Hyderabad zelf.'

Lambajan schikte zich in onze piratenfantasie over hem – want natuurlijk had mijn moeder, de grote uitlegster, ervoor gezorgd dat hij zijn bijnaam begreep – en daarmee schiep hij zijn eigen droom, een Elephanta voor *Elephanta*, waarin hij in de loop der jaren steeds vaster leek te geloven. Zonder het te weten verbond hij zich met de legenden van de Da Gama-Zogoiby's, waarin verborgen juwelenkistjes een belangrijke rol speelden. En zo kreeg de *masala* van de Malabar Coast zijn nog legendarischer tegenhanger op de Malabar Hill, wat misschien onvermijdelijk was, want wat voor peper&specerijengebeurtenissen zich ook hadden voorgedaan in Cochin, deze grote wereldstad van ons was en is het Centrale Knooppunt van al dergelijke *tamasha's*, en de pikantste verhalen, de sappigste, smerigste geschiedenissen, de meest schreeuwerige en sensationele geen-stuiver-maar-*paisa*-romans, bevolken onze straten. In Bombay word je vermalen in deze malende menigte, raak je verdoofd door de schetterende hoorns van overvloed, en – net als de figuren van familieleden in Aurora's wandschildering op Cabral – moet je eigen verhaal zich een weg banen door het gedrang. Wat Aurora Zogoiby prima vond; ze was niet iemand voor een rustig leven, ze zoog de hete stank van de stad in, slorpte de pikante sausen naar binnen, schrokte de gerechten in hun geheel op. Aurora ging zichzelf zien als een boekanier, als de bandietenkoningin van de stad. 'In dit huis laten we de piratenvlag wapperificeren,' verklaarde ze herhaaldelijk, tot schaamte en verveling van haar kinderen. Ze liet er zowaar een maken door haar kleermaker en overhandigde die aan de *chowkidar*. 'Kom snel, mijnheer Lambajan! Hijs hem aan de vlaggestok en laten we eens kijken wie-wie er groet.'

En ik, ik groette Aurora's doodskop-met-gekruiste-knekels niet; was in die tijd allerminst het piratentype. Bovendien wist ik hoe Lambajan in werkelijkheid zijn been had verloren.

≈

Eerst moet gezegd worden dat mensen destijds hun ledematen gemakkelijker kwijtraakten. De banieren van de Britse overheersing hingen over het land als repen vliegenpapier, en in onze pogingen ons los te trekken van die fatale vlaggen, moesten wij vliegen – als ik het woord 'wij' mag gebruiken voor een tijd waarin ik nog niet geboren was – vaak poten of vleugels achterlaten, omdat we vrijheid verkozen boven heelheid. Nu dat kleefpapier tot een grijs verleden is gaan behoren, weten we onze ledematen natuurlijk te verliezen in de strijd tegen andere, even fatale, even verouderde, even kleverige normen van eigen makelij. – Genoeg, genoeg; weg met deze zeepkist! Schakel deze megafoon uit en vinger, hou op met vermanen! – Om verder te gaan: het tweede essentiële stuk informatie inzake Lambajans been betreft mijn moeders gordijnen; het feit, bedoel ik, dat er permanent gesloten groen-met-gouden gordijnen voor de achterruit en achterraampjes van haar Amerikaanse auto hingen...

In februari 1946, toen Bombay, die super-epische bewegende beelden van een stad, van de ene dag op de andere werd veranderd in een roerloos tableau door de grote zeelieden- en landrottenstakingen, toen schepen niet uitvoeren, geen staal werd gewalst, weefgetouwen scheerden noch insloegen en er in de filmstudio's de commando's *action* noch *cut* klonken – toen begon de eenentwintigjarige Aurora door de verlamde stad rond te zoeven in haar befaamde Buick met gordijnen, liet haar chauffeur Hanuman naar het centrum van de activiteit of, liever gezegd, van al die grootscheepse inactiviteit, rijden en zich afzetten bij fabriekspoorten en werven, om zich in haar eentje te wagen in de sloppenwijk van Dharavi, de rumholen van Dhobi Talao en de neon-hoerenkasten van de Falkland Road, slechts gewapend met een houten klapstoel en een schetsboek. Ze sloeg ze allebei open en begon de geschiedenis in houtskool vast te leggen. 'Negeer me maar,' beval ze de met open mond toekijkende stakers die ze vliegensvlug schetste terwijl ze postten, hoereerden en dronken. 'Ik-tho ben hier gewoon; als een hagedis op een muur; of noem me een teken-teek.'

'Gekke vrouw,' verwonderde Abraham Zogoiby zich vele jaren later. 'Je moeder, mijn jongen. Gek als een aap in een apenverdrietboom. Alleen God weet wat ze dacht. Zelfs in Bombay is het niet niks voor een vrouw om zonder begeleiding op de openbare weg te zitten en de mannen aan te staren, naar speelholen in achterbuurten te gaan en een portretblok te voorschijn te halen. En denk eraan, een tekenbeet is geen pretje.'

Het was niet niks. Potige stuwadoors met gouden tanden verweten haar dat ze hun ziel probeerde te stelen door die letterlijk *uit hun lichamen over te trekken* en stakende mannen van staal dachten dat ze in een andere, geheime identiteit wel eens een politiespion kon zijn. Kunst was zoiets vreemds voor hen, dat alleen dat haar al verdacht maakte; zoals overal; zoals altijd en misschien wel voor eeuwig. Dit alles en meer wist ze te overwinnen: het geduw, de seksuele intimidatie, de lichamelijke bedreiging, het werd allemaal gesmoord door die strakke, onverzettelijke blik. Mijn moeder heeft altijd de mysterieuze kracht bezeten om zichzelf onzichtbaar te maken tijdens haar werk. Met haar lange witte haar in een knotje gedraaid, gekleed in een goedkope bloemetjesjurk van de Crawford Market, keerde ze dag na dag stil en onverstoorbaar terug naar haar uitverkoren taferelen, en geleidelijk aan ging de magie werken, namen de mensen geen notie meer van haar; ze vergaten dat ze een deftige dame was die uit een auto stapte zo groot als een huis met voor de raampjes zelfs gordijnen, en lieten de waarheid van hun leven weer op hun gezicht komen, en daarom kon het houtskool in haar rappe vingers er zoveel van vastleggen, de slaande ruzies tussen naakte kinderen bij een kraan van een woonkazerne, de grauwe wanhoop van de niksende arbeiders die *beedis* zaten te roken op de stoep van gesloten apotheken, de stille fabrieken, het gevoel dat het bloed in de ogen van de mannen ieder moment kon doorbreken en de straten overspoelen, de onverzettelijkheid van vrouwen die met sari's over hun hoofd getrokken, gehurkt bij piepkleine primusbranders in *jopadpatti*-hutjes van stoepslapers, een maaltijd uit lucht probeerden te toveren, de paniek in de ogen van de politieagenten die erop los sloegen met *lathi's* en bang waren dat ze binnen niet al te lange tijd, als de vrijheid kwam, beschouwd zouden worden als handlangers van de onderdrukkers, de verrukte spanning van de stakende zeelieden bij de poorten van de marinewerven, de stoute-kinderentrots op hun gezicht terwijl ze *channa* kauwden op de Apollo Bunder en naar de platgelegde schepen keken die met de rode vlaggen van de revolutie in top voor anker lagen in de haven, de gehavende arrogantie van de Engelse officieren wier macht wegebde als de golven en hen gestrand achterliet met niet meer dan de paradepas en houding van hun oude onoverwinnelijkheid, de vodden van hun koloniale gewaden; en onder dit alles lag haar eigen gevoel over de ontoereikendheid van de wereld, die niet beantwoordde aan haar verwachtingen, zodat haar eigen ontgoocheling over de realiteit, haar boosheid over het onrecht, die van haar onderwerpen weerspiegelde en haar schetsen niet alleen reportages waren maar ook persoonlijke verslagen, met een heftige, wilde hartstocht van lijn die de kracht had van een fysieke aanval.

Kekoo Mody huurde haastig een zaal in de Fortbuurt en exposeerde deze schetsen, die bekend werden als haar 'Chipkali'- of hagediswerken, want op Mody's advies – de werken waren duidelijk subversief, duidelijk pro-staking en derhalve een provocatie van het Britse gezag – signeerde Aurora ze niet maar tekende ze eenvoudigweg een piepkleine hagedis in een hoek van elke schets. Kekoo zelf, ervan overtuigd dat hij gearresteerd zou worden, had besloten dat hij zich graag in plaats van Aurora zou laten oppakken (want al vanaf hun eerste ontmoeting was hij in haar ban), en toen dat niet gebeurde – toen de Britten integendeel verkozen de tentoonstelling volledig te negeren – zag hij dat als een aanwijzing te meer dat niet alleen hun macht, maar ook hun wil tanende was. Lang, bleek, schutterig en grandioos bijziend, zijn ronde brilleglazen bijna dik genoeg om kogelvrij te zijn, beende hij rond op de Chipkali-tentoonstelling in afwachting van de arrestatie die nooit kwam, nam te veel slokken uit een onschuldig ogende thermoskan die hij had gevuld met goedkope rum van dezelfde kleur als sterke thee en onderhield bezoekers van de galerie overdreven lang over het naderende einde van het Britse Rijk. Abraham Zogoiby – die de tentoonstelling op een middag in zijn eentje bezocht, achter Aurora's rug om – zag het anders. 'Jullie kunst-wallah's,' zei hij tegen Kekoo. 'Altijd zo wis en zeker van jullie invloed. Sinds wanneer komen de massa's naar deze tentoonstellingen? En wat de Britten betreft, op dit moment, zo mag ik je mededelen, zijn schilderijen niet hun probleem.'

Een tijdlang was Aurora trots op haar pseudoniem, want ze had van zichzelf inderdaad gemaakt wat ze wilde zijn, een hagedis op de muur van de geschiedenis, die maar kijkt en kijkt zonder met de ogen te knipperen; maar toen haar pionierswerk navolgers voortbracht, toen andere jonge kunstenaars begonnen op te treden als verslaggevers en zich zelfs de 'Chipkalistische Beweging' gingen noemen, toen nam mijn moeder, karakteristiek genoeg, afstand van haar volgelingen. In een kranteartikel getiteld 'Ik ben de hagedis' maakte ze zich bekend als de schepper van de schetsen, de Britten uitdagend stappen tegen haar te ondernemen (wat ze nalieten) en haar imitators afdoend als 'striptekenaars en fotografen'.

'Die grandeur is allemaal goed en wel,' verklaarde mijn vader op zijn oude dag toen hij deze herinneringen ophaalde. 'Maar het leidt tot een eenzaam leven.'

≈

Toen Aurora Zogoiby hoorde dat het Marine Stakings Comité door de leiding van de Congrespartij was overgehaald om de actie af te blazen, en het een vergadering van de zeelieden had belegd om hen op te roepen weer aan het werk te gaan, werd de teleurstelling over de wereld haar te veel. Zonder na te denken, zonder te wachten op haar chauffeur Hanuman, sprong ze in de Buick met de gordijntjes en reed naar de marinebasis. Tegen de tijd dat ze de Afghaanse Kerk in de legerplaats Colaba had bereikt, was de zeepbel van haar onkwetsbaarheid echter geklapt en begon ze te twijfelen of ze er wijs aan had gedaan te gaan. De weg naar de basis zag zwart van de verslagen matrozen, gefrustreerde jonge mannen in een schoon uniform en een smerige bui, jonge mannen die lusteloos ronddwarrelden als gevallen bladeren. In een plataan zaten kraaien te jouwen; een matroos pakte een steen en gooide die in de richting van het kabaal. Zwarte gedaanten fladderden minachtend op, cirkelden rond, streken neer, begonnen weer te schimpen. Politieagenten in korte broek stonden in kleine groepjes angstig tegen elkaar te mompelen, als kinderen die bang zijn voor straf, en zelfs mijn moeder begon in te zien dat dit geen plaats was voor een dame met een schetsboek en een klapstoel, laat staan een glanzende Buick zonder zelfs maar de beschermende aanwezigheid van een chauffeur. Het was een hete, klamme, chagrijnige middag. Een lila vlieger van een kind, de staart kwijtgeraakt in een andere verloren strijd, kwam melodramatisch uit de lucht tuimelen.

Aurora hoefde haar raampje niet omlaag te draaien om te vragen waarop de zeelieden broedden, want zij dacht hetzelfde – dat de Congrespartij zich gedroeg als *chamcha's*, als kontlikkers; dat zelfs nu de Britten te onzeker van het leger waren om het op de matrozen af te sturen, ze er zeker van konden zijn dat de Congreswallah's hun die moeite zouden besparen. Als de massa's echt in opstand komen, dacht ze, zouden de bazen maken dat ze wegkwamen. Bruine bazen, blanke bazen, het was om het even. 'Deze staking heeft onze groep net zo afgeschro-ikt als de hunne.' Ook Aurora was in een stemming om te muiten; maar ze was geen matroos en wist dat ze in de ogen van die boze jongens een rijke trut in een mooie wagen was – misschien wel de vijand.

De langzame, doelloze samenklontering van de massa dwong haar de Buick stapvoets laten rijden. Toen, met een snelle terloopse beweging waarin een angstwekkende kracht schuilging, een grimmige jonge reus de verchroomde houder van de zijspiegel verdraaide zodat die nutteloos, als een gebroken arm, langs de auto naar beneden hing, begon haar hart te bonzen en besloot ze dat het tijd was te vertrekken. Omdat ze niet kon keren, zette ze de auto in zijn achteruit; en terwijl ze het gaspedaal indrukte, realiseerde ze zich dat ze zonder de zijspiegel niet achteruit kon kijken vanwege de groen-met-gouden stof; dat enkele matrozen in een laatste gebaar van verzet plotseling hadden besloten op de weg te gaan zitten; en dat ze door haar groeiende, bonkende gevoel van paniek meer gas had gegeven dan ze bedoelde, en veel, veel te snel ging.

Toen ze remde, voelde ze een hobbel.

Verhalen van een in paniek geraakte Aurora Zogoiby zijn zeldzaam, maar dit is er zo een: toen ze de hobbel voelde, zette mijn geschokte moeder, die meteen had begrepen dat iemand achter haar auto een *sit-down*-protest hield, de Buick in de eerste versnelling. De wagen sprong een meter vooruit, waarmee hij voor de tweede maal met een hobbel over het uitgestrekte been van de getroffen matroos reed. Op dat moment renden verschillende politiemannen met stokken zwaaiend en op fluitjes blazend in de richting van de Buick, en Aurora, die nu handelde in een soort droom, gedreven door een verward gevoel van schuld en de drang tot vluchten, zette de auto met een ruk weer in zijn achteruit. Een derde hobbel volgde, zij het ditmaal minder duidelijk dan de vorige keren. Achter haar ging een geschreeuw van woede op, en volledig van de kaart schoot ze in een wilde reactie op het geschreeuw weer naar voren – waarbij ze de de vierde hobbel nauwelijks meer voelde – en reed op zijn minst één politieman omver. Op dat moment sloeg de Buick gelukkig af.

Wat me het meest verwonderde toen ik het verhaal als jongen hoorde, en wat me nog steeds verbijstert, is hoe ze, terwijl ze een man min of meer in tweeën had gesneden, daar heelhuids vandaan wist te komen. Aurora zelf had iedere keer dat ze het verhaal vertelde, een andere verklaring en schreef haar ontsnapping afwisselend toe aan de verwarring van die ongelukkige matrozen; aan een rudiment van marinediscipline waardoor ze niet veranderden in een lynchende meute; of aan de ingeboren hoffelijkheid en zin voor hiërarchie van Indiase mannen, die hen ervan weerhield een dame iets aan te doen, vooral een voorname dame. Of misschien was het wel wegens haar diepe en ongeveinsde bezorgdheid – geen sprake van grandeur – voor de gewonde man wiens been een verontrustende gelijkenis met haar bungelende zijspiegel was gaan vertonen; of het resultaat van de snelheid en vanzelfsprekendheid waarmee ze hem liet oprapen en op de achterbank van de Buick liet leggen, waar hij werd afgeschermd van boze ogen door groen-met-gouden stof, terwijl ze de verzamelde menigte duidelijk maakte dat de gewonde man vervoerd moest worden en dat dat nu eenmaal het snelst met haar auto kon. De waarheid was dat ze geen idee had waarom ze gespaard werd door die steeds dreigender meute, maar in haar somberste ogenblikken kwam ze misschien wel het dichtst bij de waarheid en gaf ze toe dat ze was gered door de roem; want haar beeltenis hing nog overal en met haar mooie jonge gezicht en lange witte haar was ze niet moeilijk te herkennen. 'Zeg tegen je vrienden van de Congrespartij dat ze ons hebben laten stikken,' riep iemand, en zij riep terug: 'Dat zal ik doen'; en toen lieten ze haar gaan. (Enkele maanden later, dansend op het muurtje van haar huis, deed ze haar woord gestand en zei Jawaharlal Nehru in niet mis te verstane bewoordingen waar het op stond. Kort daarna arriveerden de Mountbattens in India en werden Nehru en Edwina verliefd. Gaat het te ver te veronderstellen dat door Aurora's klare taal over de marinestaking Pandiji zich van haar afkeerde en zijn heil zocht bij de mogelijk minder twistzieke *mamasan* van de Laatste Onderkoning?)

Abrahams versie – Abraham die had beloofd altijd voor haar te zorgen – was anders. Lang na haar dood nam hij me in vertrouwen. 'In die tijd liet ik haar heimelijk volgen door een stelletje topmensen, en ze heeft ons flink naar haar pijpen laten dansen. Ik zeg niet dat het zo moeilijk was je dwaze mammie te beschermen op haar roekeloze tochten, maar ik moest op mijn qui-vive blijven. Waar die Buick ook opdook, mijn jongens waren erbij. Hoe kon ik het haar zeggen. Als ze het geweten had, had ze me uitgekafferd.'

Ik weet na al die jaren niet wat ik moet geloven. Hoe kon Abraham weten wanneer Aurora er vandoor zou gaan? – Maar misschien is haar versie wel twijfelachtig – misschien vertrok ze helemaal niet op stel en sprong. Het oude probleem van de biograaf: zelfs mensen die hun eigen levensgeschiedenis vertellen, zullen altijd de feiten mooier maken, hun verhalen herschrijven of ze gewoon verzinnen. Aurora wilde onafhankelijk lijken; haar versie kwam voort uit die wens, zoals die van Abraham voortkwam uit zijn behoefte de wereld te laten denken – míj te laten denken – dat haar veiligheid van hem afhing. De waarheid bij dergelijke verhalen ligt in wat ze onthullen over de harten van de helden en niet over hun daden. In het geval van de geamputeerde matroos is de waarheid echter eenvoudiger vast te stellen: de arme kerel verloor zijn been.

≈

Ze bracht hem naar huis en veranderde zijn leven. Ze had hem kleiner gemaakt, een been en daarmee zijn toekomst bij de marine ontnomen; en nu probeerde ze hem uit alle macht groter te maken, verschafte hem een nieuw uniform, een nieuwe baan, een nieuw been, een nieuwe identiteit en een kankerende papegaai op de koop toe. Ze had zijn leven verwoest, maar redde hem van de ergste gevolgen – de goot, bedelnap – van die verwoesting. Het gevolg was dat hij verliefd op haar werd, hoe kan het ook anders; hij werd Lambajan Chandiwala, zoals ze wenste, en de fantastische olifantenverhalen die hij vertelde, waren zijn manier om uiting te geven aan zijn liefde, die de onmogelijke hondstrouwe liefde van een slaaf voor zijn koningin was en de afschuw wekte van onze zure en knokige ayah en huishoudster juffrouw Jaya Hé, die zijn bruid en de nagel aan zijn doodskist werd. '*Baap-ré!*' foeterde ze tegen hem. 'Waarom ga je niet op zoutmars zonder te stoppen als je de zee bereikt?'

Lambajan aan Aurora's poort – aan de poort van de dageraad, zoals Vasco Miranda het noemde – beschermde zijn meesteres tegen de boze buitenwereld, maar hij beschermde in zekere zin ook anderen tegen haar. Niemand kwam binnen zonder dat hij wist met welk doel, maar het was Lamba's doel de bezoekers te laten profiteren van zijn raad. 'Vandaag alleen zacht praten,' zei hij wel eens. 'Vandaag zit haar hoofd vol gefluister.' Of: 'Ze heeft sombere gedachten. U moet goede mop vertellen.' Aldus gewaarschuwd konden mijn moeders gasten (als ze verstandig genoeg waren om Lambajans tips ter harte te nemen) de supernova-explosies van haar legendarische – en uiterst artistieke – woede voorkomen.

≈

Mijn moeder Aurora Zogoiby was een te heldere ster: als je te intens naar haar keek, werd je blind. Nu nog, in de herinnering, begoochelt ze, kun je alleen maar om haar heen draaien. We kunnen haar indirect waarnemen, in haar uitwerking op anderen – hoe ze het licht van andere mensen afboog, haar aantrekkingskracht die ons iedere hoop op ontsnapping ontnam, de steeds kleinere banen van degenen die te zwak waren om haar te weerstaan, die naar haar zon en haar verterende vlammen vielen. Ach, de doden, de ongeëindigde, eindeloos eindigende doden: hoe lang, hoe fascinerend is hun verhaal. Wij, de levenden, moeten een plaatsje naast hen zien te veroveren; de reusachtige doden die we niet kunnen vastbinden, al grijpen we naar hun haar, al boeien we ze met touwen terwijl ze slapen.

Moeten wij ook sterven voordat onze ziel, die zo lang onderdrukt is, zich kan uiten – voordat onze geheime aard gekend kan worden? Tegen wie het maar wil horen, zeg ik: nee, en opnieuw zeg ik: geen denken aan. Toen ik jong was, droomde ik altijd – als Carmen da Gama, maar om minder masochistische, masturbatoire redenen; zoals de fotofobische, godgeplaagde Morris D'Ode – dat ik mijn huid als een pisang afpelde, dat ik naakt door de wereld ging, als een anatomische illustratie in de *Encyclopædia Britannica,* alle zenuwknopen, pezen, zenuwbanen en aderen bevrijd van de anders onontkoombare kerkers van kleur, ras en clan. (In een andere versie van de droom kon ik meer wegpellen dan huid, zweefde ik vrij van vlees, huid en beenderen en was ik eenvoudigweg een in de wereld losgelaten denken of voelen, dat vrij spel heeft in haar krachtvelden, als een science-fictiongloed die geen materiële vorm behoeft.)

Dus al schrijvende moet ik de geschiedenis afpellen, de gevangenis van het verleden. Het is tijd voor een soort einde, het is tijd dat de waarheid over mijzelf zich eindelijk ontworstelt aan mijn ouders' verstikkende macht; aan mijn eigen zwarte huid. Deze woorden zijn een droom die in vervulling is gegaan. Een pijnlijke droom, dat ontken ik niet; want in de wakende wereld kun je iemand niet zo maar afstropen als een banaan, hoe rijp hij ook is. En er is heel wat voor nodig om Aurora en Abraham af te schudden.

Moederschap – neem me niet kwalijk dat ik er op wijs – is een belangrijke zaak in India, misschien wel de belangrijkste: het land als moeder, de moeder als land, als de vaste grond onder onze voeten. Dames, heren: ik heb het over het *grote* moederland. In het jaar dat ik werd geboren, kwam de alles-overtreffende film *Moeder India* van Mehboob Productions uit – drie jaar voorbereidingstijd, driehonderd opnamedagen, in de topdrie aller tijden van de megakassuccessen onder de Bollywoodfilms. Niemand die hem zag, vergat ooit die slijmerige sage van boerenheldinnendom, die supersentimentele ode aan de onverwoestbaarheid van het Indiase dorp, gemaakt door de meest cynische stadsbewoners ter wereld. En wat de hoofdrolspeelster betreft – o Nargis met je schop over je schouder en je sliert zwart haar over je voorhoofd! – zij werd, tot Indira-Mata haar verdrong, de levende moedergodin van ons allen. Aurora kende haar natuurlijk; zoals iedere andere ster in die tijd werd de actrice aangetrokken door mijn moeders felle vlam. Maar ze lagen elkaar niet, misschien omdat Aurora het niet kon nalaten het onderwerp – hoe na aan mijn eigen hart! – van de moeder-zoonverhoudingen aan te roeren.

'De eerste keer dat ik die film zag', vertrouwde ze de beroemde filmster toe op het hooggelegen terras van *Elephanta*, 'wierp ik één blik op je Slechte Zoon, Birju, en dacht: O jee, wat een knappe vent – te veel gespetter, te veel peper, breng water. Hij mag een dief en een proleet zijn, maar dit is je reinste Adonis-materiaal. En kijk eens – je bent met hem getrouw-ood! Wat een sexy leven leidificeren jullie filmlui: met je eigen zoon trouwen, te gek, wowie.'

De filmster in kwestie, Sunil Dutt, stond stijfjes naast zijn vrouw limonade te nippen en bloosde. (In die tijd was Bombay 'drooggelegd', en al was er whisky-soda in overvloed op *Elephanta*, de acteur gaf het goede voorbeeld.) 'Auroraji, je verwart schijn en werkelijkheid,' zei hij gewichtig, alsof het een zonde was. 'Birju en zijn moeder Radha zijn slechts verzinsels, in twee dimensies op het witte doek; maar wij zijn van vlees en bloed, driedimensionaal voorhanden – als gasten in je mooie huis.' Nargis, die nipte aan haar *nimbu-pani*, lachte een zuinig lachje om het verwijt dat schuilging in de laatste zinsnede,

'Zelfs in de film,' ging Aurora meedogenloos voort, 'wist ik direct dat de slechte Birju geilde op zijn verrukkelijke ma.'

Nargis was met stomheid geslagen, haar mond viel open. Vasco Miranda, nooit te beroerd om onrust te stoken, zag dat er storm op til was en haastte zich een duit in het zakje te doen. 'Sublimatie,' opperde hij, 'van wederzijdse ouder-kindverlangens is diep geworteld in de nationale psyche. De namen in de film maken de betekenis duidelijk. Die bijnaam "Birju" wordt ook gebruikt door de God Krishna, nietwaar, en we weten dat melkige "Radha" de ware liefde van die blauwe kerel is. In de film, Sunil, ben je zo opgemaakt dat je op de god lijkt en je flirt zelfs met alle meisjes, werpt je stenen om hun buikige waterkannen te breken; wat, zo moet je toegeven, Krishna-achtig gedrag is. In deze interpretatie,' en hier probeerde de grappende Vasco tevergeefs een zekere geleerde *gravitas* uit te stralen, 'is *Moeder India* de donkere kant van het Rhada-Krishnaverhaal, met het bijkomstige thema van de verboden liefde. Maar wat zou het: Oedipus-schmoedipus! Neem nog een *chhota*.'

'Smerige taal,' zei de Levende Moedergodin. 'Vies-vuil, *chhi*. Ik heb horen vertellen dat ontaarde kunstenaars en beatnik-intellectuelen hier kwamen, maar ik gaf jullie allemaal het voordeel van de twijfel. Nu merk ik dat ik me onder het godlasterende schuim der aarde bevind. Hoe jullie soort zich wentellebentelt in negatieve beelden! Onze film gaat over de positieve kant. Over moed van de massa's, en ook over dammen.'

'Verdamme? Grove taal, hè?' mijmerde Vasco onschuldig. 'Dat is mooi! Maar de censor moet dat in de laatste montage hebben verwijderd.'

'Bewaqoof!' schreeuwde Sunil Dutt, tot het uiterste getergd. 'Verdemde stomkop! Bedoeld is niet vloekerij, maar nieuwe technologie: namelijk het hydro-elektrische project dat in de beginscène feestelijk wordt geopend door mijn waarde vrouw.'

‘En als je “mijn vrouw” zegt,’ legde de altijd behulpzame Vasco uit, ‘bedoel je natuurlijk je moeder.’

‘Kom, Sunil,’ zei de legende terwijl ze wegstevende. ‘Als deze goddeloze antinationale bende de wereld van de kunst is, dan ben ik-tho blij dat ik in aan de commerciële kant zit.’

In *Moeder India,* een stuk hindoe-mythevorming geregisseerd door een islamitische socialist, Mehboob Khan, wordt de Indiase boerenvrouw geïdealiseerd als bruid, moeder en voortbrengster van zonen; als lankmoedig, stoïcijns, liefdevol, verlossend en conservatief vasthoudend aan de sociale status-quo. Maar voor Slechte Birju, die het zonder zijn moeders liefde moet doen, wordt ze, zoals één criticus het noemde, ‘die belichaming van een agressieve, trouweloze, vernietigende moeder die het fantasieleven van Indiase mannen beheerst’.

Ook ik weet iets over deze belichaming; heb op mijn beurt de rol van Slechte Zoon gekregen. Mijn moeder was geen Nargis Dutt – ze was het recht-voor-je-raaptype, niet sereen. Zie haar maar eens te betrappen met een schop over haar schouder! *Ik kan gelukkig zeggen dat ik nog nooit een spade heb gezien.* Aurora was een stadsmeisje, misschien wel hèt stadsmeisje, evenzeer de verpersoonlijking van de wijsneuzige metropool als Moeder India de vleesgeworden dorpsaarde was. Desondanks bleek het leerzaam onze families te vergelijken. Moeder India’s filmechtgenoot werd impotent, zijn armen verbrijzeld door een rotsblok; en geschonden ledematen spelen ook in onze sage een centrale rol. (Oordeelt u zelf maar of Abraham een potente vent was of im-.) En wat Birju en Moor betreft: een donkere huid en gebreken waren niet de enige dingen die we gemeen hadden.

Ik heb mijn geheim te lang bewaard. Hoog tijd dat ik mijn kaarten op tafel leg.

≈

Mijn drie zusters werden kort na elkaar geboren, en Aurora droeg en wierp elk van hen met zo’n oppervlakkige aandacht voor hun aanwezigheid dat ze al lang voor hun geboorte wisten dat ze weinig consideratie zou hebben met hun post-partumbehoeften. De namen die ze hun gaf, bevestigden dit vermoeden. De naam van de oudste, oorspronkelijk Christina geheten ondanks de protesten van haar joodse vader, werd op den duur gehalveerd. 'Niet zeuren, Abie,' beval Aurora. 'Voortaan heet ze gewoon Ina, zonder Christ.' Zo groeide de arme Ina op met slechts een halve naam, en toen een jaar later het tweede kind kwam, werd het alleen maar erger, want ditmaal stond Aurora op 'Inamorata'. Abraham protesteerde opnieuw. 'De mensen raken in de war,' zei hij klagerig. 'En dat *Ina-moor* klinkt een beetje als Ina-meer...' Aurora haalde haar schouders op. 'Ina was een tienpondskind, de kleine je-weet-wel,' herinnerde ze Abraham. 'Hoofd als een kanonskogel, heupen als een achtersteven. Hoe kan dit kleine dwergmuisje iets anders zijn dan Ina-minder?' Binnen een week had ze besloten dat baby Inamorata, de vijfpondsmuis, een sterke gelijkenis vertoonde met een beroemd stripknaagdier – 'een en al oor, grote ogen en stippen' – en mijn middelste zus heette sindsdien Minnie. Toen Aurora achttien maanden later aankondigde dat haar pasgeboren derde dochter Philomina zou heten, trok Abraham zich de haren uit het hoofd. 'Nu krijg je die *Minnie-miena*-verwarring,' kreunde hij. 'En weer een *-ina* ook nog.' Philomina, die dit gekibbel aanhoorde, begon te huilen, een sloom, toonloos, loeiend geluid waardoor iedereen behalve haar moeder besefte hoe komisch het was dat ze naar een nachtegaal was genoemd. Maar toen het kind drie maanden was, hoorde juffrouw Jaya Hé, de ayah, een verontrustende reeks krassende geluiden en snerpende trillers uit de kinderkamer komen en ze snelde naar binnen, waar ze de baby tevreden in haar wieg aantrof, terwijl vogelgezang van haar lippen kwam. Ina en Minnie staarden met een uitdrukking van angst en ontzag door de spijlen van de wieg naar hun zusje. Aurora werd geroepen en met een onverstoorbare nonchalance die het wonder meteen normaal maakte, knikte ze kortaf en oordeelde: 'Als ze zoiets kan nabootsen, is ze geen buulbuul maar een *mynah*,' en van toen af aan was het Ina, Minnie en Mynah, behalve dat ze op de Walsingham House School aan de Nepean Sea Road Eeny Meeny Miney werden – driekwart van een onvoltooide regel van het aftelrijmpje Eeny Meeny Miney Moo – gevolgd door een holle slag, een lege ruimte waar een vierde woord hoorde. Drie zusjes die zaten te wachten – en ze moesten nog lang wachten, want tussen Mynah en mij zat een gat van acht jaar.

Het mannelijke kind dat de oude Flory Zogoiby met haar vervloeking vergeefs had geprobeerd in handen te krijgen, kwam maar niet, en ter ere van mijn vaders nagedachtenis moet vermeld worden dat hij altijd verklaarde tevreden te zijn met zijn dochters. Toen de meisjes opgroeiden, toonde hij zich de liefste vader ter wereld; tot hij op een dag – het was in 1956 tijdens de lange schoolvakantie na de regentijd –, toen het gezin een tochtje maakte naar de tweeduizend jaar oude boeddhistische grottempels in Lonavla, halverwege de in de heuvel uitgehouwen steile trap die naar de donkere ingang van de grootste grot voerde, hijgend naar zijn hart greep, en met rochelende adem en vertroebelende ogen zijn hand uitstak naar de drie meisjes, toen negen, acht en bijna zeven jaar, die zijn ontreddering niet opmerkten en giechelend van hem vandaan naar boven renden, met al de onbekommerde snelheid en onsterfelijkheid van de jeugd.

Aurora ving hem op voor hij kon vallen. Een oude paddestoelenverkoopster was naast hen opgedoken en hielp Aurora om Abraham met zijn rug tegen de rots te zetten; zijn strooien hoed viel over zijn voorhoofd en het koude zweet liep langs zijn hals.

'Ga niet de pijp uit, verdomme,' gilde Aurora, haar handen om zijn gezicht. 'Ademen! Je mag niet doodgaan.' En Abraham, die haar als altijd gehoorzaamde, bleef leven. Hij ging weer gemakkelijker ademen, de ogen werden helderder en hij bleef enkele lange minuten met gebogen hoofd zitten rusten. De meisjes kwamen met uitpuilende ogen de trap afgerend, hun vingers in hun mond gepropt.

'Dat heb je als je een oude vader bent,' prevelde de drieënvijftig jaar oude Abraham tegen Aurora voordat hun dochters binnen gehoorsafstand waren. 'Kijk eens hoe snel ze groot worden en hoe snel het bergafwaarts met mij gaat, bovendien. Als het aan mij lag zou al dit grootworden – en ook oud worden – hier ter plekke voor altijd stoppen.'

Aurora dwong zichzelf op luchtige toon te spreken toen de bezorgde kinderen arriveerden. 'Jij zult er altijd zijn,' zei ze tegen Abraham. 'Over jou maak ik me geen zorgen. En wat deze wilde schepselen betreft, ze kunnen voor mij niet snel genoeg groot wordificeren. God! Wat duurt dat jeugdgedoe lang! Waarom heb ik geen kinderen – waarom zelfs niet één – die echt snel groot worden.'

Een stem achter haar zei een paar woorden, bijna onhoorbaar. *Obeah, pokus, pro, praals.* Aurora draaide zich met een ruk om. 'Wie zei dat?'

Er waren alleen drie kinderen. Andere bezoekers, sommige in draagstoelen (Abraham had dit gemakkelijk alternatief verworpen), waren boven en onder hen, op weg naar en vanaf de grotten, maar ze waren allemaal te ver weg.

'Waar is die vrouw?' vroeg Aurora haar kinderen. 'De paddestoelenvrouw die me heeft geholpen. Waar is ze gebleven?'

'We hebben niemand gezien,' antwoordde Ina. 'Alleen jullie twee.'

≈

Mahabaleshwar, Lonavla, Khandala, Matheran... O koele, geliefde vakantieoorden in de bergen die ik nooit meer zal terugzien, namen die mensen uit Bombay doen denken aan kindergelach, zoete liefdesliedjes en dagen en nachten van wandelen en rusten in koele, groene bossen! In het droge seizoen vóór de regentijd leken deze gezegende heuveltoppen licht te zweven op een glinsterende magische nevel; als na de moesson de lucht helder is, kun je bijvoorbeeld op de Matheran's Heart Point of op de One Tree Hill staan en soms in die bovennatuurlijke helderheid zo niet oneindig, dan op zijn minst een aardig stuk in de toekomst zien, misschien een of twee dagen vooruit.

Op de dag van Abrahams instorting waren de moeizame, trage wegen in de berg echter niet bepaald wat ze nodig hadden. De familie had voor het seizoen geboekt in het Lord's Central House in Matheran, wat betekende dat ze na de instorting van Abraham meer dan dertig kilometer moesten rijden over een trage verwaarloosde weg, en daarna, op het punt waar de weg ophield, de Buick onder de hoede van Hanuman achterlaten en de speelgoedtrein bergopwaarts moesten nemen, van Neral door de One Kiss Tunnel en verder, een slakkegang van twee uur waarin Aurora haar gewone ijzeren regels versoepelde en de meisjes volstopte met stukken *chikki*-toffee van suiker en noten om hen rustig te houden, terwijl juffrouw Jaya zakdoeken natmaakte in een water-*surahi*, die Aurora op Abrahams verzwakte voorhoofd kon leggen. 'Duurt langer om bij dit Lord's House te komificeren,' klaagde Aurora, 'dan in het Paradijs zelf.'

Maar het Lord's Central House bestond tenminste echt, het had zelfs een empirisch toetsbaar fundament, terwijl het hemelse Paradijs iets was waar mijn familie nooit veel geloof aan hechtte... De smalspoortrein pufte de heuvel op, roze gordijnen wapperden uit de eerste-klasramen, en ten slotte stopte hij, apen zwaaiden van het dak van de trein naar beneden en probeerden de chikki uit de verbijsterde handen van de Zogoiby-meisjes te stelen. Het was het einde van de lijn; en die nacht, in een kamer van het Lord's House, nu doortrokken van specerijengeuren terwijl hagedissen op de wand toekeken, liefkoosde Aurora Zogoiby op een lawaaiig springveren bed onder een langzaam draaiende plafondventilator haar mans lichaam tot hij weer springlevend was; en *vierenhalve maand later*, op nieuwjaarsdag 1957, schonk ze het leven aan hun vierde en laatste kind.

Ina, Minnie, Mynah, en ten slotte Moor. Dat ben ik: het einde van de lijn. En nog iets anders. Ik ben ook nog iets anders: noem het een wens die in vervulling is gegaan. Noem het de vloek van een dode vrouw. Ik ben het kind dat Aurora Zogoiby wenste op de trappen naar de grotten van Lonavla. Dit is mijn geheim, en na al die jaren moet ik het maar eerlijk vertellen, en het kan me niet schelen hoe het klinkt.

Ik ga sneller door de tijd dan zou moeten. Begrijpt u me? Ergens heeft iemand de knop 'versneld vooruit' ingedrukt, of preciezer gezegd, '×2'. Lezer, luister goed, neem ieder woord in u op, want wat ik nu schrijf is de simpele en letterlijke waarheid. Ik, Moraes Zogoiby, bekend als Moor, ben – door mijn zonden, mijn vele, vele zonden, door mijn schuld, mijn zeer grote schuld – een man die twee keer zo snel leeft.

En de paddestoelenverkoopster? Aurora, die de volgende morgen naar haar informeerde, kreeg van de receptionist te horen dat er bij zijn weten nog nooit paddestoelen waren gekweekt of verkocht in het gebied van de Lonavla-grotten. En de oude vrouw – *kippedarmen, hiernamaals* – is nooit meer gezien.

(*Ik zie de morgen komen; en ik zwijg, discreet.*)

10

Laat me het nog eens zeggen: vanaf het moment van mijn conceptie ben ik, als een bezoeker uit een andere dimensie, een andere tijdrekening, twee keer zo snel verouderd als de aarde zelf en alles en iedereen daarop. Vierenhalve maand van conceptie tot geboorte: kan mijn dubbelsnelle ontwikkeling mijn moeder iets anders dan de zwaarste zwangerschap hebben bezorgd? In mijn verbeelding lijkt de versnelde zwelling van haar schoot nog het meest op filmtrucage, alsof haar biochemische pixels door een twee maal ingedrukte genetische knop op hol waren geslagen en haar protesterende lichaam zo ingrijpend veranderden dat de versnelde uiterlijke gevolgen van mijn draagtijd voor het blote oog zichtbaar werden. Verwekt op de ene heuvel en geboren op de andere kreeg ik bergachtige afmetingen toen ik nog in het minuscule molshoopstadium behoorde te verkeren... Wat ik wil zeggen is dat ik weliswaar onmiskenbaar ben geconcipieerd in het Lord's Central House te Matheran, maar dat het ook onomstotelijk vaststaat dat toen baby Gargantua Zogoiby zijn verrassende eerste ademteug haalde in de particuliere elitekliniek annex nonnenklooster van de zusters van Maria Gratiaplena aan de Altamount Road, hij lichamelijk al zover ontwikkeld was – zijn passage door het geboortekanaal werd enigszins belemmerd door een royale erectie – dat geen weldenkend mens hem halfgevormd zou noemen.

Prematuur? Postmatuur zou een beter woord zijn. Vierenhalve maand in het vocht en het slijm was mij veel te lang. Vanaf het begin – van vóór het begin – wist ik dat ik geen tijd te verliezen had. In de overgang van gebroken water naar onontbeerlijke lucht, vastzittend in Aurora's lagere kanalen doordat mijn soo-soo het nogal militaire besluit had genomen het moment te begroeten door in de houding te springen, besloot ik de mensheid in te lichten over de dringende aard van mijn probleem en brulde als een rund. Aurora, die mijn eerste geluid uit haar lichaam hoorde komen (en meteen ook begreep dat er iets gigantisch geboren ging worden), was ontzet en geïmponeerd tegelijk; maar natuurlijk niet met stomheid geslagen. 'Na onze Eeny-Meeny-Miney,' hijgde ze tegen de geschrokken religieuze vroedvrouw, die eruitzag alsof ze een hellehond had gehoord, 'denk ik, zuster, dat dit Moo is.' Van Moo tot Moor, van eerste kreun tot laatste zucht: dat zijn de haken waaraan mijn verhalen zijn opgehangen.

Hoevelen van ons voelen tegenwoordig niet dat iets ten einde loopt wat te snel voorbij is gegaan: een moment van het leven, een periode in de geschiedenis, een beschavingsgedachte, een wending van de ongeïnteresseerd doordraaiende wereld. *En duizend jaar gaan als de dag van gist'ren voor U heen,* zingen ze in de kathedraal van St. Thomas tot hun ongetwijfeld-niet-bestaande God; ik wil alleen maar zeggen, O mijn almachtige lezer, dat ik ook te snel ben geweest. Een bestaan op dubbele snelheid levert slechts een half leven op. *Een schaduw, een gedachte vaag, een nachtwaak, die verdween.*

Bovennatuurlijke verklaringen zijn niet nodig: we kunnen volstaan met een foutje in het DNA. Een vroegtijdige-verouderingsstoornis in het kernprogramma die leidt tot de produktie van te veel kort-levencellen. In Bombay, mijn oude hut-en-hoogbouw-woonplaats, denken we dat we de moderne tijd in de hand hebben, staan we ons erop voor dat we geboren turbotechneuten zijn, maar dat geldt alleen in de hoogbouw van onze geest. Beneden in de sloppen van ons lichaam zijn we nog steeds gevoelig voor de storendste stoornissen, de verscheurendste scheurbuiken, de pesterigste pesten. Er mogen dan poezen rondstappen in onze kraakheldere, hemelhoge dakappartementen, maar dat heft de van ratten vergeven verloedering in de riolen van het bloed nog niet op.

Als een geboorte de fall-out is van de explosie die is veroorzaakt door de vereniging van twee instabiele elementen, dan mogen we misschien niet meer verwachten dan een leven in halfwaardetijd. Van een nonnenklooster in Bombay tot een folly in Benengeli heeft mijn levensreis slechts zesendertig kalenderjaren geduurd. Wat is er over van de prille jonge reus van mijn jeugd? De spiegels van Benengeli tonen een uitgeputte heer, met haar zo wit, zo dun, zo sliertig als de al lang verdwenen haardos van zijn overgrootmoeder Epifania. Zijn holle gezicht, en in zijn langgerekte lichaam nog slechts een herinnering aan een oude, trage gracieuze beweging. Van het adelaarsprofiel rest niet meer dan een haakneus en de vrouwelijk volle lippen zijn dunner geworden, net als de wijkende krans van haar. Een oude bruinleren overjas, met daaronder een geruit hemd vol verfspatten en een slobberige ribbroek, fladdert achter hem aan als een gebroken vleugel. Dit knokige, stoffige oudje met zijn kalkoenehals en kippeborst heeft nog steeds een bewonderenswaardig rechte houding (ik heb altijd moeiteloos met een kan melk op mijn hoofd kunnen lopen); maar als u hem zou zien en zijn leeftijd moest raden, zou u zeggen dat hij toe was aan een schommelstoel, zacht voedsel en opgerolde broekspijpen, u zou hem een mooie oude dag gunnen of – als u toevallig niet in India was – hem in een bejaardenhuis stoppen. Tweeënzeventig jaar oud, zou u zeggen, met een mismaakte, knotsvormige rechterhand.

≈

'Iets wat zo snel is groei-o-de, kan niet normaal zijn,' dacht Aurora (en zei ze later, toen onze problemen kwamen, hardop en recht in mijn gezicht). Vervuld van walging bij de aanblik van mijn misvorming probeerde ze zich vergeefs moed in te spreken: 'Het is gelukkig maar een hand.' De vroedvrouw, zuster Johannes, bejammerde de tragedie namens mijn moeder, want in haar zienswijze (die niet zoveel verschilde van die van mijn moeder) was een lichamelijke afwijking op de schaal van familieschande slechts één graadje minder erg dan een geestesziekte. Ze bakerde het kind in het wit, waardoor niet alleen de slechte maar ook de goede hand aan het oog werd onttrokken; en toen mijn vader binnenkwam, overhandigde ze hem de verbazend grote bundel met een onderdrukte – en misschien slechts half-schijnheilige – snik. 'Wat een mooie baby uit een zo-goede familie,' snotterde ze. 'Verheug u in ootmoed, meneer Abraham, dat de Almachtige God uw zoon Zijn hard-harde wond van liefde heeft toegebracht.'

Dat ging Aurora natuurlijk te ver; mijn rechterhand, hoe stuitend ook, was iets waar niet-familieleden of goden zich buiten moesten houden. 'Stuur die vrouw weg, Abie,' tierde mijn moeder uit haar bed, 'voor ik zelf een paar hard-harde wonden toebrengificeer.'

Mijn rechterhand: de vingers tot een vormloze klomp versmolten, de duim een platte wrat. (Tot op de dag van vandaag steek ik bij het handenschudden mijn normale linkerhand naar voren, omgekeerd, met de duim naar de grond.) 'Hallo, bokser,' begroette Abraham me bedrukt toen hij de gehavende hand bekeek. 'Hiya, kampioen. Neem van mij aan: met die vuist ga je de hele wereld tegen de grond slaan.' Welke vaderlijke poging er het beste van te maken, uitgesproken door een smartelijk vertrokken mond, niets minder dan een profetie zou blijken, niets meer dan de simpele waarheid.

De in zonzijde-zienerij onovertroffen Aurora – niet van plan haar allereerste moeilijke zwangerschap in minder dan een triomf te laten eindigen – zette haar afgrijzen opzij, stopte het weg in een bedompte kelder van haar ziel tot de dag van onze laatste ruzie, toen ze het, monsterlijk en kwijlend geworden, vrijliet en eindelijk het beest-in-het-binnenste zijn gang liet gaan... Maar voorlopig verkoos ze zich te richten op het wonder van mijn leven, van mijn uitzonderlijke, meer-dan-voldragen formaat, van de verbluffend snelle draagtijd die haar zo had 'verneukt', maar ook bewees dat ik een kind uit duizenden moest zijn. 'Die imbeciel van een zuster Johannes had in één ding gelijk, verdomme,' zei ze terwijl ze me in haar armen nam. 'Hij is ons mooiste kind. En dit, wat is dit? Niets, na? Zelfs meesterwerken hebben wel eens een smetje.'

Met deze woorden nam ze de artistieke verantwoordelijkheid voor het werk van haar handen; mijn verknoeide knuist, deze knobbel zo misvormd als de moderne kunst zelf, was niet meer dan een verschildering van het genie. Toen, in een volgende daad van grootmoedigheid – of was het een kastijding van het vlees, een zelfopgelegde straf voor haar instinctieve afkeer? – gaf Aurora me een nog groter geschenk. 'Juffrouw Jaya's fles was prima voor de meisjes,' verklaarde ze. 'Maar mijn zoon, die zal ik zelf voedo-en.' Ik stribbelde niet tegen; en klemde me stevig vast aan haar borst.

'Zie toch, hoe mooi,' spinde Aurora stellig. 'Ja, drink je maar lekker rond, mijn pauwtje, mijn *mór*.'

≈

Op een dag in het begin van 1947 stond een uitgeteerde noodlijdende jongeman, een zekere Vasco Miranda uit Loutulim in Goa, voor Aurora's poort, hij noemde zich schilder en eiste te worden toegelaten tot 'de enige Kunstenaar in dit kunstarme Troepistan die mijn grootheid benadert'. Lambajan Chandiwala wierp één blik op het dunne, slappe snorstreepje boven de charlatangrijns, het dorpse kapsel met spuuglok en bakkebaarden druipend van de kokosolie, de goedkope tropenjas, broek en sandalen, en begon te lachen. Vasco lachte prompt terug, en algauw was het een dolle pret daar aan de poort van de dageraad, de twee mannen wreven zich de ogen uit en sloegen zich op de dijen – alleen de papegaai Totah zag er de pret niet van in en moest zich uit alle macht vastklauwen aan de schokkende schouders van de *chowkidar* – totdat Lambajan ten langen leste proestte: 'Weet je wel wiens huis dit is?' en tot Totahs ongenoegen uitbarstte in een nieuwe schouderbeving van gegiechel. 'Ja,' snikte Vasco door zijn lachtranen heen, waarop Lambajan zo hard moest gieren dat de papegaai wegvloog en gemelijk boven op de poort zelf ging zitten. 'Nee,' huilde Lambajan en begon woest op Vasco in te timmeren met een lange houten kruk, 'nee, meneer de *badmash*, je weet niet wiens huis dit is. Begrepen? Je hebt het nooit geweten, je weet het nu niet en morgen weet je het nog minder.'

Daarop rende Vasco de Malabar Hill af naar het krot waar hij destijds woonde – een of andere gammele *chawl* in de wijk Mazagaon, dacht ik – waar hij, gekneusd maar niet ontmoedigd, Aurora meteen een brief ging zitten schrijven, die bereikte wat hem in persoon niet was gelukt: de brief glipte langs de chowkidar en kwam in handen van de vermaarde dame. Deze brief was een vroeg voorbeeld van de Nieuwe Ondeugd – *Nayi Badmashi* – waarmee Vasco later naam zou maken, ook al was het weinig meer dan een gekruid aftreksel van de Europese surrealisten; hij maakte zelfs een korte film getiteld *Kutta Kashmir Ka* ('Een Kashmirse' – in plaats van Andalusische – 'hond'). Maar Vasco's carrière zou niet lang blijven hangen op deze maffe, weinig oorspronkelijke kusten; hij ontdekte al snel dat zijn ware talent lag in het bedenken van het soort middelmatige, vrijblijvende ontwerpen waarvoor de eigenaars van openbare gebouwen waarlijk surrealistische sommen betaalden, en daarna daalde zijn reputatie – toch al nooit groot – even snel als zijn banksaldo steeg.

In de brief stelde hij zich voor als Aurora's onvermoede zielsverwant. Beiden 'Zuidelijke Sterren', beiden 'Anti-Christenen', beiden exponenten van een 'Epico-Mythico-Tragico-Comico-Super-Sexy-Hoge-Masala-Kunst' met als bindend principe de 'Technicolor-Verhaal-Lijn', zouden ze elkaars werk versterken '... als de Franse Georges en de Spaanse

Pablo, alleen beter, wegens het verschil in Sekse. Ook begrijp ik dat u Geëngageerd bent en geïnteresseerd in vele Actuele Zaken; terwijl ik, naar ik vrees, volslagen Frivool ben – als mij de Politieke Bal wordt toegespeeld, word ik een boosaardig en onhandelbaar kind, en met een fikse harde trap schop ik de voornoemde Bal uit mijn Operatieveld. U bent een Held en ik ben een Kwal zonder ruggegraat; we moeten wel gigantische successen boeken. Het zal een vereniging van dromen zijn – want u bent Goed en ik helaas Fout.'

Toen Lambajan Chandiwala aan de poort van *Elephanta* de lachsalvo's van zijn meesteres hoorde, haar *banshee*-kreten van plezier die op de bries naar hem toe dreven, begreep hij dat Vasco hem te slim af was geweest, dat komedie het gewonnen had van bewaking, en de volgende keer dat die ordinaire grappenmaker de heuvel op kwam, zou hij in de houding moeten springen en salueren. 'Ik hou hem in de gaten, reken maar,' mopperde de chowdikar tegen zijn eeuwig-zwijgende papegaai. 'Op een dag zal de stomme *lafanga* zich vergissen en als ik hem pak, zullen we wel eens zien of de lach hem is vergaan.'

Op een Perzisch tapijt onder de *chhatri* in de hoek van het hoge terras lag Aurora Zogoiby achterover in de houding van de geklede Maja toen Vasco tegen de avond van de volgende dag bij haar werd gebracht. Ze nipte aan Franse champagne en rookte een geïmporteerde sigaret in een lang barnstenen pijpje, haar van Ina gezwollen buik ondersteund door zijden kussens. Nog voor ze iets had gezegd, werd hij verliefd op haar, viel voor haar zoals hij nooit voor een vrouw had willen vallen, en in zijn val zette hij veel van wat zou volgen in beweging. Als afgewezen minnaar werd hij een kwaaiere man.

'Ik ben op zoek naar een schilder,' zei Aurora tegen hem.

'Hier is hij,' begon Vasco theatraal, maar Aurora onderbrak hem.

'Huisschilder,' zei ze ietwat bot. 'Kinderkamer moet worden opgeknapt in een wip van tijd. Durf je het aan? Luider! Er wordt goed betaald in dit huis.'

Vasco Miranda was op zijn nummer gezet, maar ook platzak. Na enkele seconden lachte hij haar toe met zijn stralendste lach en vroeg: 'Uw favoriete onderwerpen, mevrouw?'

'Strips,' zei ze, met een vage blik. 'Ga je wel eens naar de film? Lees je beeldverhalen? Nou, die muis, die eend en hoe heet dat konijn. Ook nog die matroos en zijn *saag saga*. Misschien de kat die nooit de muis vangt, de andere kat die nooit de vogel vangt, of de andere vogel die te snel is voor de koo-joot. Doe me rotsblokken die je maar tijdelijk plettificeren als ze op je hoofd vallen, bommen die alleen gezichten zwart maken en hollen-over-lege-lucht-tot-je-naar-beneden-kijkt. Doe me geweerlopen met een knoop erin en badkuipen vol grote goudstukken. Laat de harpen en engelen maar zitten, vergeet al die stinkende tuinen; dit is het paradijs dat ik voor mijn kindertjes wil.'

De autodidact Vasco, vers uit Goa, wist zo goed als niets over boze spechten of pesterige konijnen. Hoewel hij geen idee had waarover Aurora het had, grijnsde hij en boog. 'Mevrouw, geld opent alle deuren. U hebt het raak-fortuin u te richten tot de absoluut grootste nummer-één-in-de-rij paradijsschilder in Bombay.'

'Raak-fortuin?'

'Als in raak-daad, raak-oogst, raak-slag, raak-terieus,' legde Vasco uit. 'Tegengestelde van mis-.'

≈

Binnen enkele dagen woonde hij in het huis; een officiële uitnodiging had hij nooit gekregen, maar op de een of andere manier bleef hij er vijfendertig jaar hangen. Aurora behandelde hem aanvankelijk als een soort huisdier. Ze ontboerde zijn kapsel en wist hem zover te krijgen dat hij zijn snor niet meer bijknipte en, toen hij lang en weelderig werd, opstreek met was tot hij eruitzag als een harige Cupidoboog. Ze liet haar kleermaker kostuums voor hem in elkaar flansen: zijden pakken met brede strepen en een enorme slappe lavallière waardoor *tout* Bombay dacht dat Aurora Zogoiby's nieuwe ontdekking een geheide nicht was (in werkelijkheid was hij een onvervalste half-om-half-biseksueel, zoals menige jonge man en vrouw in de *Elephanta*-kring in de loop der jaren zou ontdekken). Zij werd aangetrokken door zijn geweldige honger naar kennis, eten, werk en bovenal plezier; en door de onbeschaamdheid waarmee hij met zijn tandpasta-lach recht op zijn doel afging. 'Laat hem toch blijven,' verklaarde ze toen Abraham zich voorzichtig afvroeg of de kerel ooit zou ophoepelen. 'Ik heb hem graag om me heen. Tenslotte is hij, zoals hij het noemde, mijn raak-fortuin; je moet hem maar zien als een geluksamulet.' Toen hij de kinderkamer af had, gaf ze hem een eigen atelier, dat ze voorzag van ezels, tekenkrijt, een chaise-longue, penselen, verf. Abraham Zogoiby trok als een sceptische papegaai zijn hoofd tussen zijn twijfelende schouders, maar liet het er verder bij. Vasco Miranda hield zijn atelier nog aan lang nadat hij rijk was geworden en een Amerikaanse kunsthandelaar had en werkplaatsen overal in de westerse wereld. Hij noemde het zijn 'wortels'; en Aurora's besluit hem te ontwortelen heeft hem uiteindelijk over de rand gedreven...

Vasco-taal werd al snel Zogoiby-praat. Ina, Minnie en Mynah verdeelden in hun jeugd hun onderwijzers aan de Walshingham House School in 'raaks' en 'missen'. Thuis in *Elephanta* werd niets meer aan- of uitgezet; telefoons, lichtschakelaars, radiogrammofoons werden altijd 'geopend' en 'gesloten'. Onverklaarbare lacunes in de taal werden opgevuld: als de tegengestelde antwoord-en-vraag-paren *daar/waar*, *dat/wat*, *daarheen/waarheen*, *daardoor/waardoor*, *daarom/waarom* allemaal bestonden, dan, zo redeneerde Vasco, 'moet ieder *dit* ook zijn *wit* hebben, ieder *deze* zijn *weze*, ieder *diegene* zijn *wiegene*'.

Wat de kinderkamer betreft, deed hij zijn woord gestand. In een grote lichte kamer met uitzicht op zee schiep hij iets wat voor mijn zusters en mij ons leven lang een aards (zij het gelukkig niet-horticultureel) Eden zou zijn. Want ondanks al zijn komische-oom-met-zwiependstokje-capriolen à la Bombayfilm was hij een harde werker, en binnen enkele dagen na zijn aanstelling wist hij veel meer van zijn onderwerp dan Aurora van hem eiste. Op de wanden van de kinderkamer schilderde hij eerst een serie trompe-l'oeil-ramen, mogolpaleisachtige, Andalusisch Moorse, in Portugese Manuelstijl, gotische roosvensterachtige ramen groot en klein; en daarna toonde hij ons door deze magische ramen die vensters van en op de fantasiewereld waren, glimpen van zijn fabelmenigten. Een Mickey uit de vroege periode op zijn stoomboot, Donald die vecht tegen de wijzers van de tijd, Oom Dagobert met $-tekens in zijn ogen. Kwik-Kwek-Kwak. Willie Wortel, Goofy, Pluto. Kraaien, eekhoorns en andere koppels waarvan me de namen ontschoten zijn, zoals Knabbel en Babbel. Hij gaf ons ook Looney Tunes: Daffy, Porky, Bugs en Fudd; en in de lucht boven deze tweedimensionale portrettengalerij hing hij hun kakofonische kreten: *hahahaHAha*, *thuffering thuccotash*, *tawt-I-taw*, *beep-beep*, *what's-up-Doc* en *wak*. Er waren sprekende hanen, gelaarsde katers en Wonder-vleermuizen met rode cape; ook lange galerijen met plaatselijke helden, want hij gaf ons meer dan was bedongen, zoals djinns op tapijten, dieven in reusachtige kruiken en een man in de klauwen van een reuzenvogel. Hij gaf ons verhalenzeeën, Panchatantra-fabels en nieuwe lampen. Maar het allerbelangrijkst was het besef dat hij ons allemaal bijbracht met de voorstellingen op onze wanden: het besef van de geheime identiteit.

Wie was die gemaskerde man? Dankzij de wanden uit mijn jeugd maakte ik kennis met de rijke societyfiguur Bruce Wayne en zijn pupil Dick Grayson, onder wiens luxueuze woning de geheimen van de Batgrot verborgen lagen, met de zachtaardige Clark Kent, de immigrant uit de ruimte, Kal-El van de planeet Krypton die Superman was, met John Jones die de Marsman J'onn J'onzz was en met Diana King die Wondervrouw de Amazonekoningin was. Dankzij deze wanden wist ik hoe diep een superheld ernaar kon verlangen normaal te zijn, dat Superman, die moedig als een leeuw was en door alles heen kon kijken behalve door lood, er zelfs zijn leven voor wilde geven als Lois Lane kon houden van hem in de gedaante van het bebrilde doetje. Begrijp me goed, ik heb mezelf nooit als een superheld beschouwd; maar met mijn knots van een hand en mijn persoonlijke kalender die in supertempo bladzijden verloor, was ik wel degelijk anders, iets wat ik helemaal niet wilde. Van de Phantom and the Flash, de Green Arrow en Batman en Robin leerde ik mijn eigen geheime identiteit te bedenken. (Net als mijn zusters vóór mij, mijn arme, gekwelde zusters.)

Toen ik zevenenhalf was, begon mijn puberteit en kreeg ik dons op mijn gezicht, een adamsappel, een diepe basstem en de geslachtsorganen en seksuele lusten van een volwassen man; op mijn tiende was ik een kind, gevangen in het één-meter-vijfennegentig grote lichaam van een twintigjarige reus en, vanaf deze eerste momenten dat ik me bewust was van mezelf, bezeten door de angst tijd te kort te komen. Gestraft met snelheid mat ik me traagheid aan zoals de Lone Ranger een masker droeg. Vastbesloten mijn ontwikkeling af te remmen met pure wilskracht maakte ik mijn lichaam steeds lomer en leerden mijn woorden zich uit te strekken in lange sensuele geeuwen. Een tijdlang cultiveerde ik de spraakmaniërismen van Billy Bunters Indiase kompaan Hurree Jamset Ram Singh, de Donkere Nabob van Bhanipur: ik had in die tijd nooit gewoon dorst, maar 'mijn dorstigheid was onlesbaar'. Mijn zuster Mynah de mimica genas me van wat zij mijn 'Hurree-stemming' noemde door mijn spottende echo te worden, maar ook nadat ik de Donkere Nabob achter me had gelaten, bleef ze de familie de lachstuipen bezorgen met maanwandelende slow-motion-imitaties van mijn halve-snelheidmaniërismen; maar deze 'Slomo' – haar naam voor mij – was slechts één van mijn geheime identiteiten, slechts de meest zichtbare van mijn lagen van vermomming.

Linksheid, twee linkerhanden, slinks, linkse manieren, linkse streken, averechts, linkse rakker: wat een schat aan negatieve begrippen omringen linkshandigheid! Wat een oneindige hoeveelheid vernederingen wacht de onrechtshandige om iedere hoek! Waar vind je linkshandige broekritsen, chequeboekjes, kurketrekkers of strijkbouten (jawel, strijkbouten; stelt u zich eens voor hoe lastig het voor een linkshandige is dat het snoer altijd rechts zit)? Een linkshandige cricketspeler zal, als gewaardeerd lid van een cricketteam, zonder enige moeite een slaghout vinden dat hem aanstaat; maar in gans het hockeygekke land India bestaat er niet zoiets als een hockeystick-verkeerd. En dan wil ik het nog niet eens hebben over aardappelschillers en camera's... En als het leven al hard is voor linkshandigen 'van nature', hoeveel harder was het dan niet voor mij – want ik bleek een rechtshandige wiens rechterhand toevallig een wrak was. Het was voor mij even moeilijk links te leren schrijven als voor iedere andere rechtserd. Toen ik tien was en eruitzag als twintig, was mijn handschrift niet beter dan de eerste krabbels van een peuter. Ook hier kwam ik overheen.

Waar ik moeilijk overheen kon komen, was het besef dat in dat huis van de kunst, waar ik leefde te midden van scheppers van schoonheid, zowel bewoners als gasten, dit scheppen voor mij altijd een gesloten boek zou blijven; dat ik mijn moeder, en ook Vasco, niet kon volgen waar ze hun grootste vreugde vonden. Nog moeilijker was het besef lelijk, misvormd, verkeerd te zijn, de wetenschap dat het leven me een slechte hand had gegeven en dat ik die door een gril van de natuur te snel uit moest spelen. Maar het allermoeilijkst was het idee iets gênants te zijn, een schande.

Ook dit hield ik allemaal verborgen. De eerste lessen van mijn paradijs waren oefeningen in gedaanteverwisseling en vermomming.

Toen ik nog heel jong was (zij het niet zo klein), kwam Vasco Miranda als ik sliep wel eens mijn kamer binnengeslopen om de taferelen op de wanden te veranderen. Sommige ramen gingen dicht, andere open; muis of eend of kat of konijn wisselde van plaats, verhuisde van de ene wand met het ene avontuur naar de volgende. Lange tijd geloofde ik dat ik een heuse toverkamer had, dat de fantastische wezens op de wanden tot leven kwamen als ik in slaap was gevallen. Toen gaf Vasco me een andere verklaring.

'Jij verandert de kamer,' fluisterde hij me op een avond toe. 'Jij bent het. Je doet het in je slaap, met deze derde hand.' Hij wees in de richting van mijn hart.

'Weze derde hand?'

'Deze hier, natuurlijk, deze onzichtbare hand, met deze onzichtbare vingers met die ruw-ruwe, vreselijk afgekloven nagels...'

'Wit? Wiegene?'

'... de hand die je alleen in je dromen goed kunt zien.'

Geen wonder dat ik van hem hield. Alleen al om het geschenk van de droomhand zou ik van hem gehouden hebben; maar zodra ik oud genoeg was om het te begrijpen, fluisterde hij een nog groter geheim in mijn oor. Hij vertelde me dat er na een slordige blindedarmoperatie van jaren geleden een naald in zijn lichaam was blijven zitten. Hij had er geen last van, maar op een dag zou de naald zijn hart bereiken en hij zou ter plekke sterven, doorboord van binnenuit. Dat was het geheim van zijn hyperactieve aard – hij sliep niet meer dan drie uur per nacht en eenmaal wakker kon hij niet langer dan drie minuten stilzitten. 'Tot de dag van de naald heb ik nog veel te doen,' vertrouwde hij me toe. 'Leef tot je sterft, dat is mijn credo.'

Ik ben net als jij. Dat was zijn vriendelijke, broederlijke boodschap. *Ik heb ook te weinig tijd.* En misschien probeerde hij me slechts het gevoel te geven dat ik niet alleen op de wereld was, want naarmate ik ouder werd, vond ik zijn verhaal moeilijker te geloven, begreep ik minder dat zo'n extravagante en onconventionele man als de beroemde V. Miranda een dergelijk verschrikkelijk lot zo passief kon accepteren, waarom hij de naald niet liet opsporen en verwijderen; dus ging ik de naald zien als een metafoor – als de prikkel van zijn ambities wellicht. Maar die avond in mijn kindertijd, toen Vasco zich op zijn borst sloeg en zijn gezicht vertrok, toen hij met zijn ogen rolde en omviel met zijn benen in de lucht, deed alsof hij dood was om mij te vermaken – toen, ja toen geloofde ik hem volkomen; en als ik in latere jaren aan dit absolute geloof terugdacht (eraan denk op dit moment, nu ik hem heb teruggevonden in Benengeli, in de ban van andere naalden, zijn jeugdige slankheid gezwollen tot de dikte van de ouderdom, zijn lichtheid verduisterd, zijn openheid dichtgeslagen, de wijn van de liefde lang geleden in hem verschaald en veranderd in de azijn van de haat), kon ik – kan ik – een andere betekenis in zijn geheim zien. Misschien was de naald, als die echt bestond, verloren in de hooiberg van zijn lichaam, in werkelijkheid de bron van zijn hele zelf – misschien was ze zijn ziel. De naald verliezen betekende dat hij zijn leven zou verliezen, althans de zin ervan. Hij koos voor werken en wachten. 'De zwakte van een man is zijn kracht, en andersom,' zei hij me ooit. 'Zou Achilles zonder zijn hiel een groot krijgsman zijn geweest?' en als ik me dat herinner, benijd ik hem bijna zijn scherpe, zwervende, stimulerende engel des doods.

In het bekende sprookje van Hans Andersen houdt de jonge Kaj na zijn ontsnapping aan de Sneeuwkoningin een ijssplinter in zijn aderen, die hem de rest van zijn leven pijn doet. Mijn witharige moeder was Vasco's Sneeuwkoningin geweest, van wie hij hield en van wie hij uiteindelijk, in de macht van een gekmakende vernedering, wegvluchtte, met de koude splinter van bitterheid in zijn bloed; die bleef schrijnen, zijn lichaamstemperatuur verlagen en dat ooit warme hart verkillen.

≈

Vasco met zijn dwaze kleren en verbale vondsten, met zijn lichtzinnige lak aan alle sjibbolets, conventies, heilige koeien, pretenties en goden, en met, bovenal, zijn legendarische onvermoeibaarheid, even effectief in de jacht op opdrachten, bedgenoten en squashballen als in de jacht op liefde, werd mijn eerste held. Toen ik vier jaar was, trok het Indiase leger Goa binnen, waarmee een einde kwam aan 451 jaar Portugese koloniale overheersing, en Vasco werd gedompeld in een van zijn wekenlange melancholische depressies. Aurora moedigde hem aan de gebeurtenis als een bevrijding te beschouwen, zoals veel inwoners van Goa, maar hij was ontroostbaar. 'Tot nog toe had ik maar drie goden plus de Maagd Maria om niet in te geloven,' klaagde hij. 'Nu heb ik er driehonderdmiljoen. En wat voor goden! Naar mijn smaak hebben ze te veel hoofden en handen.' Maar hij kwam er algauw weer overheen en bracht hele dagen door in de keukens van *Elephanta*, waar hij het hart won van onze aanvankelijk verbolgen kok Ezechiël door hem de geheimen van Goa's keuken te leren en die op te schrijven in een nieuw groen aantekenboek voor recepten dat hij naast de keukendeur ophing aan een stuk ijzerdraad; en daarna was het wekenlang varkensvlees wat de klok sloeg, moesten we Goanese chorizoworst, sarpotel van varkenslever en curries van varkensvlees met kokosmelk eten, totdat Aurora klaagde dat we allemaal in varkens begonnen te veranderen; waarna Vasco grijnzend van de markt terugkeerde met gigantische manden vol schaar-klakkende schaaldieren en hopen vinnig-tandige haaien, en toen onze veegvrouw hem in de gaten kreeg, gooide ze haar rijsbezem neer en rende de poort uit, Lambajan mededelend dat ze pas zou terugkeren naar haar veegtaak als die 'onreine' monsters uit huis waren.

En zijn contrarevolutie beperkte zich niet tot de eettafel. Onze dagen waren vervuld van verhalen over de heldendaden van Alfonso de Albuquerque die in 1510 op het feest van de H. Catharina Goa veroverde op de sultan van Bijapur, een zekere Yusuf Adilshah; en ook over Vasco da Gama. 'Een peper-specerijen-familie als die van jullie zou moeten begrijpen hoe ik me voel,' zei hij op klaaglijke toon tegen Aurora. 'We hebben dezelfde geschiedenis; wat weten die Indiase soldaten daar nou van?' Hij zong *mando*-liefdesliedjes voor ons en serveerde de volwassenen illegale sterkedrank van cashews en *kokosfeni*, en 's avonds zat ik dan met hem in de kamer van de toverramen terwijl hij me zijn onwaarschijnlijke Goanese verhalen vertelde. 'Weg met Moeder India,' smaalde hij theatraal, terwijl ik onder mijn laken lag te giechelen. 'Viva Moeder de Portugans!'

Na veertig dagen maakte Aurora een eind aan onze eigen invasie van Goa. 'Rouwperiode is voorbij,' verklaarde zij. 'Voortaan zal de geschiedenis haar loop hebben.'

'Kolonialist,' protesteerde Vasco verdrietig. 'Cultuurchauvinist bovendien.' Maar – net als wij allemaal wanneer Aurora een bevel uitvaardigde – hij gehoorzaamde onderdanig.

Ik hield van hem; maar lange tijd zag ik niet – hoe kon ik het ook zien? – het kruisvuur dat in hem woedde, de strijd tussen zijn geldingsdrang en zijn oppervlakkigheid, tussen trouw en ambitie, tussen kunnen en willen. Ik begreep niet welke prijs hij had moeten betalen voor zijn gang naar onze poort.

Hij had geen vrienden van voor de tijd dat wij hem leerden kennen; er werd althans niemand genoemd of meegebracht. Hij sprak nooit over zijn familie en zelden over zijn vroegere leven. Zelfs over zijn dorp van herkomst, Loutulim met zijn huizen van rode laterietsteen en zijn vensters met ruiten van oesterschelpen, moesten we hem op zijn woord geloven. Hij sprak er niet over, al liet hij iets vallen over zijn tijd als marktkruier in de Noordgoanese stad Mapusa, en een andere keer was er sprake van een tijdelijk baantje in de haven van Marmagoa. Het was alsof hij in zijn streven naar zijn uitverkoren toekomst alle banden met familie en geboorteplaats had verbroken, een besluit dat een zekere hardheid impliceerde, maar ook wees op instabiliteit. Hij was zijn eigen uitvinding, en Aurora had moeten bedenken – zoals Abraham en veel mensen uit haar kring, zoals mijn zusters maar ik niet – dat de uitvinding misschien niet zou werken, uiteindelijk uiteen zou vallen. Maar lange tijd wilde Aurora geen woord van kritiek over haar favoriet horen; en net als later in de kwestie van Uma Sarasvati, een andere zelf-uitvinder, wilde ik dat ook niet. Wanneer een dwaling van het hart zich openbaart als een dwaasheid, vinden we onszelf dwaas en vragen we onze vrienden en dierbaren waarom ze ons niet hebben beschermd tegen onszelf. Maar dat is een vijand tegen wie niemand ons kan verdedigen. Niemand kon Vasco beschermen tegen zichzelf; wat dat ook was, wie hij ook mocht zijn geweest of geworden. Niemand kon mij redden.

≈

In april 1947, toen mijn zuster Ina net drie maanden oud was en vaststond dat Aurora in verwachting was van de toekomstige Minnie-demuis, richtte Abraham Zogoiby, trotse echtgenoot en vader, zich tot Vasco Miranda in een barse, onhandige poging vriendelijk te zijn. 'Nou, als je dan een echte schilder bent, waarom maak je dan geen portret van mijn zwangere vrouw en kind?'

Dit portret was Vasco's eerste werk op doek, een doek dat Abraham voor hem kocht en Aurora hem leerde te gronden. Zijn vroege werk was gemaakt op karton of papier, uit zuinigheid; en kort nadat hij zijn atelier in *Elephanta* betrok, vernietigde hij alles wat hij vóór die tijd had gemaakt, zich uitroepend tot een nieuwe mens wiens leven nu pas echt begon; die, zoals hij het formuleerde, nu pas geboren werd. Het portret van Aurora was dat nieuwe begin.

Ik zeg 'het portret van Aurora', want toen Vasco het uiteindelijk onthulde (niemand had het werk in wording mogen zien) ontdekte Abraham tot zijn woede dat Baby Ina volkomen was genegeerd. Mijn arme oudste zuster, die al de helft van haar naam had verloren, had compleet weten te verdwijnen uit het werk waarvan zij het hoofdonderwerp was en waarvan de opdracht direct voortvloeide uit haar recente verschijning op het toneel. (Nieuwe Minnie-de-bult was ook weggelaten, maar in dit vroege stadium van Aurora's tweede zwangerschap was dat vergeeflijker.) Vasco had mijn moeder weergegeven in kleermakerszit op een reusachtige hagedis onder haar *chhatri*, in haar armen lege lucht wiegend. Haar hele linkerborst, zwaar van het moederschap, was ontbloot. 'Wat krijgen we verdomme nou?' bulderde Abraham. 'Miranda, men, heb je ogen in je kop of stenen?' Maar Vasco wuifde alle naturalistische kritiek weg; toen Abraham opmerkte dat zijn vrouw nooit met onbedekte boezem had geposeerd en dat de weggelaten Ina helemaal geen borstvoeding kreeg, werd Vasco's gezicht een en al minachting. 'Straks ga je me nog vertellen dat er hier geen buitenmaatse *chipkali* rondloopt als huisdier,' verzuchtte hij. Maar toen Abraham Vasco nijdig eraan herinnerde wie de rekeningen betaalde, haalde de kunstenaar hooghartig zijn neus op. 'Het genie is niet de slaaf van de rijke,' verkondigde hij. 'Een doek is geen spiegel die een smeltende lach weerspiegelt. Ik heb gezien wat ik heb gezien: een aanwezigheid en een afwezigheid. Een volheid en een leegheid. Had je een dubbelportret gewild? Zie. Hij die ogen heeft om te zien, laat hem zien.'

'Zo, als je klaar bent met je bespiegelingen,' zei Abraham met een stem als een mes, 'dan hebben wij ook het een en ander te bespiegelen.'

Werd Vasco terstond het huis uitgezet omdat hij de persoon van Baby Ina schandelijk had beledigd? Stortte de moeder van de zuigeling zich op hem om hem te bijten en te krabben? Lezer, het antwoord op beide vragen is 'nee'. Aurora Zogoiby was als moeder altijd een aanhanger van de Harde Leerschool en voelde zich niet gedwongen haar kinderen te beschermen tegen de klappen van het leven (was het, zo vraag ik me af, omdat Aurora moest samenwerken met Abraham om ons te scheppen dat zij, een geboren individualist, ons zonder meer rangschikte onder haar mindere werken?)... Twee dagen na de onthulling van mijn moeders portret ontbood Abraham echter de schilder op zijn kantoor aan het Cashondeliveri Terrace – genaamd naar de negentiende-eeuwse parsi grande en genadeloze geldschieter Sir Duljee Duljeebhoy Cashondeliveri – om hem mee te delen dat het schilderij 'niet aan de eisen voldeed' en dat hij alleen dankzij de buitengewone goedheid en vriendelijkheid van mevrouw Zogoiby niet weer op straat geschopt werd, 'waar je,' eindigde Abraham onheilspellend, 'volgens mij thuishoort'.

Na de afwijzing van zijn portret van mijn moeder stopte Vasco met het opstrijken van zijn snor en sloot hij zich drie dagen op in zijn atelier, waaruit hij uitgemergeld en uitgedroogd te voorschijn kwam met het doek, verpakt in een gonjezak, onder zijn arm. Hij liep *Elephanta* uit, voorbij de vijandige blikken van chowkidar en papegaai, en liet zich een week niet meer zien. Lambajan Chandiwala durfde net te gaan geloven dat de schurk voorgoed weg was toen hij terugkwam in een zwartgele taxi, in een chic nieuw pak en weer helemaal in het bezit van zijn flamboyante goede humeur. Hij bleek tijdens zijn driedaagse afzondering de beeltenis van mijn moeder te hebben overschilderd, die te hebben verborgen onder een nieuw werk, een ruiterportret van de kunstenaar in Arabische kledij, dat Kekoo Mody – die niets wist van het afgewezen schilderij onder deze vreemde nieuwe weergave van een gekostumeerde, wenende Vasco Miranda op een groot wit paard – bijna onmiddellijk en voor een verrassend hoge som had weten te verkopen aan niemand minder dan de staalmiljardair, de *crorepati* C.J. Bhabha, waardoor Vasco Abraham het doek kon terugbetalen en nog enkele andere kon bestellen. Vasco had ontdekt dat zijn werk goed in de markt lag. Het was het begin van die uitzonderlijke – en in veel opzichten voze – carrière waarbij het soms leek dat een nieuwe hotellobby of luchthavenhal pas compleet was met een gigantische V. Miranda-wandschildering die op de een of andere manier briljant en banaal tegelijk was... En er was geen schilderij van Vasco, geen drieluik, wandschildering en fresco, of het vertoonde een klein, vlekkeloos figuurtje van een vrouw in kleermakerszit, één borst ontbloot, op een hagedis, met armen die niets wiegden, tenzij dat niets natuurlijk de onzichtbare Vasco of zelfs de hele wereld was; tenzij ze door niemands moeder te lijken de moeder van ons allen werd; en eenmaal klaar met dit kleine detail, waaraan hij vaak meer zorg leek te besteden dan aan de rest van het werk, overschilderde hij het steevast in de brede, vloeiende penseelstreken die steeds meer het handelsmerk van zijn werk werden – die befaamde bedrieglijke vlekken die er zo flamboyant uitzagen en waarin hij zo snel en produktief kon werken.

'Hatificeerde je me zo erg dat je me moest wegvervo-en?' gilde Aurora, terwijl ze berouwvol en razend tegelijk zijn atelier binnenstormde. 'Kon je niet vijf minuten wachto-en tot ik ouwe Abie had gekalmeerd?'

Vasco deed alsof zijn neus bloedde. 'Maar het ging natuurlijk niet om Inaatje,' vervolgde Aurora. 'Je hebt me te-veel sexy gemaakt, en Abraham was jaloers.'

'Dan heeft hij nu niets meer om jaloers over te zijn,' zei Vasco met een bitter, maar ook flirtziek lachje. 'Of misschien heeft hij een reden te meer; want nu, Auroraji, moet je voor altijd onder me begraven liggen. Mijnheer Bhabha hangt ons aan zijn slaapkamerwand, zichtbare Vasco met onzichtbare Aurora eronder en nog onzichtbaardere Ina in je armen. Eigenlijk is het een soort familieportret geworden.'

Aurora schudde haar hoofd. 'Wat een verdomde onzin. Jullie mannen. Van begin tot eind onzinnig. En een huilende Arabier op een paard! Daar kan die wansmaak-Bhabha het mee doen. Zelfs een bazaarschilder maakt nog niet zo'n stom schilderij.'

'Ik heb het "De kunstenaar als Boabdil, de Ongelukkige (el-Zogoybi), de laatste sultan van Granada, bij zijn vertrek uit het Alhambra" genoemd,' zei Vasco met uitgestreken gezicht. 'Of: "De laatste zucht van de Moor".' Ik hoop dat Abie-ji nu niet weer iets tegen deze titel heeft. Gebruik van achternaam en sterke familieverhalen en zulke zaken meer. Helaas zonder toestemming te vragen.'

Aurora Zogoiby staarde hem vol verbazing aan; begon toen met luide en mogelijk Moorse uithalen te lachen. 'O jij stoute Vasco,' zei ze ten slotte, haar ogen afvegend. 'O jij slechte zwarte man. Hoe moet ik voorkomo-en dat mijn man je gemene nek breekificeert, daar moet ik over nadenken.'

'En jij?' vroeg Vasco. 'Vond je het ongelukkige, afgewezen schilderij wat?'

'Ik vond de ongelukkige, afgewezen schilder wat,' zei ze zachtjes, kuste zijn wang en was verdwenen.

≈

Tien jaar later vond de Moor zijn volgende incarnatie in mij; en er kwam een tijd dat Aurora Zogoiby in navolging van V. Miranda ook een schilderij maakte dat ze *De laatste zucht van de Moor* noemde... Ik heb zo lang stilgestaan bij deze oude verhalen over Vasco, omdat het vertellen van mijn eigen verhaal me dwingt mijn angst opnieuw onder ogen te zien en te overwinnen. Hoe verklaar ik de waanzinnige, maag-tuimelende, witte-knokkels-roetsj van angst te moeten leven in een versneld tempo – de metaforen te moeten belichamen die zo vaak voor mijn moeder en haar kring zijn gebruikt? In sneltreinvaart, mijn tijd vooruit, als een komeet, een snelle jongen tot in mijn genen, nam ik – aangezien ik geen keus had – veel te veel hooi op mijn vork, al behoorde ik van nature tot de zuinig-met-hooi-brigade. Hoe kan ik de weerwolffilm-achtige paniek overbrengen als ik mijn snelgroeiende voeten tegen de binnenkant van mijn schoenen voelde drukken, besefte dat je mijn haar bijna kon zien groeien; hoe kan ik u een idee geven van de groeipijnen in mijn knieën waardoor ik vaak niet kon rennen? Het was nog een soort wonder dat mijn ruggegraat niet scheefgroeide. Ik ben een kasplant geweest, een soldaat op een permanente geforceerde mars, een reiziger gevangen in een tijdmachine van vlees en bloed, permanent buiten adem omdat ik ondanks pijnlijke knieën harder heb gerend dan de jaren.

Begrijpt u me goed, ik beweer niet dat ik een soort wonderkind was. Ik had geen vroegrijp talent voor schaken of wiskunde of de sitar. Toch ben ik altijd een wonder geweest, al was het alleen maar in mijn onbeheerste wasdom. Net als de stad zelf, het Bombay van mijn vreugde en verdriet, dijde ik uit tot een gigantische metropool van een kerel, zonder tijd voor behoorlijke planning, zonder pauzes om te leren van mijn ervaringen of mijn vergissingen of mijn tijdgenoten, zonder tijd voor bespiegeling. Zo kon ik toch alleen maar uitgroeien tot een puinhoop?

Veel van mij wat kon worden verpest, is verpest; veel wat kon worden verbeterd, maar ook gesloopt, is verloren gegaan.

Zie hoe mooi, mijn pauw, mijn mór... zong mijn moeder als ze me de borst gaf, en ik kan zonder valse bescheidenheid zeggen dat ik, ondanks mijn donkere Zuidindiase huid (zo onaantrekkelijk voor de huwelijksmakelaars van de elite!) en met uitzondering van mijn verminkte hand, wel degelijk opgroeide tot een knappe jongen; maar door die rechterhand kon ik lange tijd alleen maar lelijkheid in me zien. En opbloeien tot een mooie jongeman terwijl ik in werkelijkheid nog een kind was, betekende in feite een dubbele straf. Eerst ontnam het me de natuurlijke voordelen van de jeugd, de kleinheid, de *kinderlijkheid* van het kindzijn, en daarna verdween het, waardoor ik tegen de tijd dat ik echt een man werd, niet langer de gouden-appel-schoonheid van de jeugd bezat. (Tegen mijn drieëntwintigste was mijn baard wit; en ook andere zaken werkten minder goed dan voorheen.)

Mijn innerlijk en uiterlijk hebben nooit synchroon gelopen; u zult dan ook begrijpen dat ik niet veel had aan wat Vasco Miranda ooit mijn 'raak-vormdheid van een filmster' noemde.

Ik zal u de dokters besparen; mijn medische geschiedenis zou een half dozijn boekdelen vullen. De stronk-hand, de supersnelle veroudering, mijn verbluffende lengte, een-meter-vijfennegentig in een land waar de gemiddelde man zelden groter dan een-meter-negenenvijftig wordt: dit alles werd herhaaldelijk onderworpen aan onderzoek. (Tot op de dag van vandaag roept de naam 'Breach Candy Hospital' de herinnering bij me op aan een soort tuchtschool, een heilzame martelkamer, een domein van helse kwellingen door goedbedoelende demonen die me kastijdden – die me *roosterden* – die me *tikka-kababden en Bombay-eendden* – voor mijn bestwil.) En ten slotte, na elke poging, het langzame onvermijdelijk schudden van het eminente stethoscoophoofd van de een of andere directeur-duivel, de hulpeloos met de palmen omhoog geheven handen, het geprevel over karma, kismet, noodlot. Behalve naar medici moest ik naar *ayurvedische* specialisten, Tibia College-professoren, gebedsgenezers, heilige mannen. Aurora was een doortastende en eigengereide vrouw en derhalve bereid me – ook nu weer voor mijn bestwil! – bloot te stellen aan allerhande goeroe-charlatannerie die ze zelf verachtte en verafschuwde. 'Je weet maar nooit,' heb ik haar meer dan eens tegen Abraham horen zeggen. 'Verdomd waar, als een van deze fetisj-types de klok van de arme jongen kan repareren, dan zal ik me in een wip van een mum bekerificeren.'

Niets hielp. Het was de tijd dat de kind-mahagoeroe Lord Khusro Khusrovani Bhagwan miljoenen aanhangers kreeg, ondanks hardnekkige geruchten dat hij helemaal bedacht was door zijn moeder, een zekere mevrouw Dubash. Op een dag, toen ik ongeveer vijf was (en eruitzag als tien), regelde Aurora een privé-audiëntie bij het wonderkind. We bezochten hem aan boord van een luxejacht dat in de haven van Bombay voor anker lag, en met zijn chooridar pajamas, gouden rok en tulband maakte hij op mijn ouders de indruk van een bang kind dat gedwongen werd zijn hele leven gekleed te gaan als voor een trouwpartij; niettemin legde mijn moeder knarsetandend mijn problemen uit en vroeg ze om hulp. De jongen Khusro nam me op met ernstige, droeve, intelligente ogen.

'Aanvaard je lot,' zei hij. 'Verblijd je over je verdriet. Dat waarvoor je wilt vluchten, draai je om en omarm het met heel je hart. Alleen door je ongeluk te worden, zul je het overstijgen.'

'Te veel wijsheid,' verkondigde mevrouw Dubash, die knoeiend op een canapé mango's lag te kauwen. 'Wah-wah! Robijnen, diamanten, parels! Nu, alstublieft,' zei ze tot slot van onze audiëntie, 'gaarne afrekenen. Alleen contante roepies, tenzij vreemde valuta voorhanden zijn, in welk geval vijftien procent korting kan worden gegeven voor contante dollars of ponden sterling.'

Nog lang had ik bittere herinneringen aan die tijd, de waardeloze dokters, de nog waardelozere kwakzalvers. Ik nam het mijn moeder kwalijk dat ze me door die hel liet gaan, dat ze zich met deze knieval voor de goeroe-industrie leek te ontpoppen als een hypocriet. Ik neem het haar niet meer kwalijk; ik heb ingezien dat ze het uit liefde deed, dat haar vernedering door alle mango-plakkerige mevrouwen Dubash die we bezochten, minstens zo groot was als de mijne. Ook moet ik toegeven dat Lord Khusro me een les leerde die ik in mijn leven heel wat keren opnieuw heb moeten leren. En telkens voor een hoge prijs en zonder vreemde-valutakorting.

≈

Door het onontkoombare te aanvaarden verloor ik mijn angst ervoor. Ik zal u een geheim vertellen over angst: het is een absolutist. Bij angst is het alles of niets. Ofwel hij overheerst je leven met een domme verblindende almacht als de eerste de beste gemene tiran, ofwel je overwint hem en zijn macht gaat in rook op. En nog een geheim: de opstand tegen de angst, het ten val brengen van die gemene despoot, heeft eigenlijk niets te maken met 'moed'. Er zit iets veel concreters achter: de simpele noodzaak dat je verder moet leven. Ik hield op met bang zijn omdat ik, met mijn beperkte tijd op aarde, geen seconde mocht verliezen aan lafheid. In het gebod van Lord Khusro weerklonk Vasco's motto, waarvan ik jaren later nog een versie vond in een verhaal van J. Conrad. *Ik moet leven tot ik sterf.*

Ik had mijn familie's slaaptalent geërfd. We sliepen allemaal als baby's wanneer we verdriet of zorg hadden. (Niet altijd, dat is waar: de dertienjarige Aurora die in haar slapeloosheid ramen opende en ornamenten wegwierp, was een oude, maar belangrijke uitzondering op deze regel.) Dus op dagen dat ik me niet goed voelde, ging ik liggen en schakelde mezelf uit, 'sloot' me, zoals Vasco het uitdrukte, als een lamp; in de hoop dat ik zou 'openen' in een betere bui. Dat lukte niet altijd. Soms werd ik midden in de nacht wakker en huilde, schreeuwde zielig om liefde. De schokken, de snikken kwamen zo diep uit mijn binnenste dat ik ze niet kon verwoorden. Mettertijd leerde ik deze nachtelijke tranen ook te aanvaarden als de straf voor mijn anderszijn; hoewel ik, zoals ik al zei, helemaal niet anders wilde zijn – ik wilde Clark Kent zijn, niet een soort Superman. In onze mooie villa zou ik mijn dagen gelukkig hebben gesleten, als de rijke societyfiguur Bruce Wayne bijvoorbeeld, met of zonder de hulp van een 'pupil'. Maar hoezeer ik daar ook naar verlangde, mijn geheime, diepere Batman-aard viel niet te ontkennen.

≈

Sta me toe iets uit te leggen over Vasco Miranda: vanaf het allereerste begin waren er angstaanjagende tekenen dat niet alle klappen van zijn molenwieken ongevaarlijk waren. Wij die van hem hielden, verbloemden de keren dat hij in agressieve woede uitbarstte, dat hij leek te knetteren van een duistere, negatieve elektrische lading zo groot dat we hem niet durfden aan te raken uit angst aan hem te blijven vastzitten en te verbranden. Hij kon verschrikkelijk aan de boemel gaan, en net als Aires (en Belle) da Gama in een andere tijd en plaats eindigde hij dan bewusteloos in een goot in Kamathipura of doolde hij versuft rond in de Sassoon-vishaven, dronken, onder de drugs, bont en blauw, bebloed, beroofd en een verschrikkelijke vislucht verspreidend die pas na dagen wassen wegging. Toen hij succes kreeg, de lieveling van de internationale geldadel werd, was er heel wat zwijggeld nodig om die escapades uit de kranten te houden, vooral omdat er aanwijzingen waren dat veel partners die hij op deze biseksuele orfische orgies opdook, naderhand allerminst gelukkig waren met hun ervaringen. Er school een hel in Vasco, het gevolg van het duivelspact dat hij had moeten sluiten om zijn verleden af te schudden en door ons herboren te worden, en soms was het of hij vlam vatte. 'Ik ben de Oude Hertog van York,' zei hij altijd wanneer hij weer beter was. 'Als ik boven ben ben ik boven, en als ik beneden ben ben ik beneden. Trouwens, ik heb tienduizend mannen gehad; en ook tienduizend vrouwen.'

Op de avond van India's onafhankelijkheid kwam er een rood waas over hem. Hij werd verscheurd door de tegenstrijdigheden van dat verheven ogenblik. De viering van de vrijheid, met alle overweldigende emoties waaraan hij zich niet kon onttrekken, al stond hij er als Goanees feitelijk buiten, een viering die tot zijn ontzetting plaatsvond terwijl in de Punjab nog brede rivieren van bloed stroomden, verstoorde het wankele evenwicht dat ten grondslag lag aan zijn verzonnen zelf en ontketende de krankzinnige in hem. Althans, zo vertelde mijn moeder het, en ongetwijfeld bevatte die versie een kern van waarheid, maar ik weet dat er ook nog zijn liefde voor haar was, de liefde die hij niet openlijk kon verklaren, die hem vervulde en die overkookte, in razernij verkeerde. Hij zat aan het uiteinde van Aurora's en Abrahams lange en luisterrijke tafel te staren naar alle voorname en uitgelaten gasten en dronk sloten *vinho verde*, in somberte verzonken. Toen te middernacht de hemel uiteenspatte in fonteinen van licht, werd zijn stemming alleen maar grimmiger, totdat hij zwaar beschonken wankelend overeind kwam en een spuugregen van wazige scheldwoorden over de gasten uitstortte.

'Waar zijn jullie allemaal zo blij mee?' schreeuwde hij zwaaiend. 'Dit is jullie nacht niet. Verdemde notabelui van Macaulay! Snappen jullie 't niet? Stelletje Engels mummelende misbaksels, jullie allemaal. Jullie zijn een minderheid. Vreemde snijbonen. *Jullie horen hier niet.* 't Land is voor jullie even vreemd als voor hoe-heet-het-ook-weer, *maanzieken. Maan-mannetjes.* Jullie lezen de verkeerde boeken, kiezen de verkeerde kant in iedere discussie, denken de verkeerde gedachten. Zelfs jullie verdemde dromen hebben buitenlandse wortels.'

'Doe niet zo idioot, Vasco,' zei Aurora. 'We zijn allemaal geschokt door de slachtpartijen tussen hindoes en moslims. Je hebt geen monopolie op dat verdriet; alleen op de vinho verde en op het feit dat je een arrogante klootzak bent.'

Wat de meeste mensen de mond zou hebben gesnoerd; maar niet de arme, bezeten Vasco, verdwaasd door de geschiedenis, de liefde en de kwelling om de schijn van zijn eigen grootheid op te houden. 'Waardeloze koleregladakkers van een kunstkevers,' smaalde hij, gevaarlijk overhellend. 'Circulair seksualistisch India me *reet.* Wacht. Verdemd struikelwoord kwam er verkeerd uit. Seculair-socialistisch. Dat is 't. Verdemd *gelul.* Panditji heeft jullie die troep verkocht als een horlogeventer, en jullie hebben er allemaal een gekocht en nu zijn jullie verbaasd dat het niet loopt. Verdemde Congrespartij vol verdemde verkopers van nep-Rolexen. Jullie denken dat India 'm gewoon smeert, al die bloeddorstige bloeddoordrenkte goden smeren 'm gewoon en gaan *dood*. Onze fantastische gastvrouw Aurora, fantastische dame, fantastische kunstenaar, denkt dat ze de goden weg kan dansen. *Dansen*! Tat-tat-taa-driegee-dun-dun! Tai! Tat-tai! Tat-tai! Jezus Christus.'

'Miranda,' zei Abraham, terwijl hij opstond, 'zo is het genoeg.'

'En ik zal jou eens iets zeggen, meneer Grote Zakenman Abie,' zei Vasco, die begon te giechelen. 'Laat ik je een raad geven. Maar één macht in dit kloteland is sterk genoeg om het op te nemen tegen die goden en dat is niet het verrekte zakkulair specialisme. Het is niet die verrekte Pandit Nehru en zijn verrekte bescherming van minderheden. Congres-horloge-wallahs. Weet je wat het is? Ik zal je zeggen wat het is. Corruptie. Hoor je me? Smeergeld en.'

Hij verloor zijn evenwicht en viel achterover. Twee bedienden in witte Nehru-jasjes met gouden knopen grepen hem vast, klaar om hem op een teken van Abraham van het feest te verwijderen. Maar Abraham Zogoiby liet de scène uitspelen.

'Goeie ouwe verdomd fijne smeergeld en omkoping,' zei Vasco op huilerige toon, alsof hij het had over een oude en geliefde hond. 'Steekpenningen, gesmeerde handen, douceurtjes. Kun je me volgen? Abie-ji: snap je het? V. Miranda's definitie van democratie: één man één steekpenning. Zo gaat het. Dat is het grote geheim. Dat is het.' Zijn handen schoten in paniek naar zijn mond. 'O jee. O jee. Stomme ik. Stomme, stomme Vasco. Het is geen geheim. Abie-ji is zo'n verdemde hotemetoot, die weet het natuurlijk allemaal al. Verdemd dikke knol voor verdemd dikke citroen gekocht. Excuses. Neem me alsjeblieft niet kwalijk.'

Abraham gaf een knikje; de witte jasjes haakten hun armen onder zijn oksels en begonnen hem weg te slepen.

'Nog één ding,' brulde Vasco, zo hard dat de bedienden inhielden. Hij hing als een lappenpop in hun armen, zwaaiend met een krankzinnige vinger. 'Een goede raad voor jullie allemaal. Stap op de boten met de Britten! Stap gewoon op de verdemde boten en *rot op*. Dit land kan jullie niet gebruiken. Het zal jullie verslaan en verslinden. Maak dat je wegkomt nu er nog een weg is.'

'En jij,' vroeg Abraham, ijzig beleefd in de geschokte stilte staand. 'Jij, Vasco. Welke raad heb je voor jezelf?'

'O, *ik*,' riep hij terwijl de witte jassen hem wegdroegen, 'maak je over *mij* geen zorgen. Ik ben *Portugees*.'

II

Niemand heeft ooit een film gemaakt die *Vader India* heette. 'Bharat-pita?' Klinkt helemaal fout. 'Hindoestan-ké-Bapuji?' Te specifiek gandhiaans. 'Valid-e-Azam?' Overdreven mogols. Maar 'Mijnheer India', misschien wel de grofste van al die nationalistische formuleringen, die hebben we sinds kort wel. De held was een gladde jonge Adonis die ons probeerde te overtuigen van zijn superheldhaftige krachten: hier geen paternalistische bijbedoelingen, levenslustige India-Abba-man of patriarchale Indo-pappie. Gewoon een ondermaatse imitatie-Bond *made in India*. De grote Sridevi, een weelderige sirene op haar best, in de allernatste sari, stal de film met superieur gemak... maar ik herinner me de film om een andere reden. Ik heb het gevoel dat de makers ons met dit kitscherige spektakelstuk, even waardeloos in zijn schreeuwerige kleuren als het oude moedervehikel met Nargis somber en braaf was, ons onbedoeld toch een beeld van de Nationale Vader hebben gegeven. Daar zit hij, als een draak in zijn hol, als een duizendvingerige poppenspeler, als het hart van het hart der duisternis; commandant van met uzi's bewapende legioenen, de vinger aan de knop van kolommen diabolisch vuur, orkestrator van alle geheime muziek der ondersferen: de aartsschurk, de donkere capo, Moriartyer dan Moriarty, Blofelder dan Blofeld, niet alleen Peetvader maar Pestvader, de *dada* aller *dada's*: *Mogambo*. Zijn naam, gegapt van de titel van een Ava-Gardnervehikel, een waardeloos staaltje Afrikaans klatergoud, is speciaal gekozen om geen enkele gemeenschap in het land te beledigen; hij is islamitisch noch hindoestaans, parsi noch christelijk, jain noch sikh, en als er al iets in zou doorklinken van de bongo-bongo-karikaturen à la *Sanders-of-the-River* die het naoorlogse Hollywood de mensen van het 'Donkere Werelddeel' opdrong, tja, dat is een soort xenofobie dat in het huidige India weinig vijanden zal maken.

In de strijd van Mijnheer India tegen Mogambo herken ik de strijd op leven en dood van veel filmvaders en hun zonen. Het gaat hier om een tragisch duplicaat van *Blade Runner* die de schedel van zijn schepper verbrijzelt in een dodelijke omhelzing; en Luke Skywalker uit *Star Wars* in zijn finale duel met Darth Vader, als kampioenen van de lichte en donkere kant van de Force. En in dit flutdrama met zijn karikaturale en miezerige held zie ik een luguber spiegelbeeld van wat nooit een film was en nooit een film zal zijn: het verhaal van Abraham Zogoiby en mij.

≈

Op het eerste gezicht was hij precies het tegendeel van een duivelse koning. De Abraham Zogoiby die ik leerde kennen, in de zestig, met zijn stenen-vaas-mankheid die werd geaccentueerd door de leeftijd, leek een slappe, verzwakte figuur, wiens adem rochelend kwam en wiens rechterhand licht op zijn borst rustte, in een gebaar dat afwerend en onderdanig tegelijk was. Er was niet veel over (behalve de magazijnchefachtige serviliteit) van de vent voor wie de erfgename Aurora zo'n plotselinge en diepe peperverliefdheid had opgevat! In mijn jeugdherinnering is hij een nogal kleurloze schim in de periferie van Aurora's bonte hofhouding, licht gebogen, met de vage frons waarmee bedienden te kennen geven dat ze voor je klaarstaan. Het vooroverhellen van zijn lichaam leek iets onaangenaam gretigs te hebben, iets kruiperigs. 'Hier is een tautologie,' zei de scherpgebekte Aurora altijd om de lachers op haar hand te krijgen. '"*Zwakke man.*"' En ik, Abrahams zoon, verachtte hem dan omdat hij het mikpunt van de grap was en had het gevoel dat zijn zwakheid ons allemaal vernederde – waarmee ik natuurlijk alle mannen bedoelde.

Overeenkomstig een of andere vreemde logica van het hart was Aurora's grote passie voor 'haar jood' na mijn geboorte snel bekoeld. Karakteristiek genoeg liet ze iedereen binnen gehoorafstand weten dat haar vuur was gedoofd. 'Als ik hem naar me toe zie komen, geil en stinkificerend naar kerrie,' lachte ze, '*Baap-ré!* Dan verstop ik me achter mijn kinderen en knijp mijn neus dicht.' Ook deze vernederingen onderging hij zonder morren. 'Mannen in ons deel van de wereld!' oreerde Aurora in de befaamde oranje-met-gouden salons. 'Het zijn allemaal pauwen of sjofelaars. Maar zelfs een pauw als mijn *mór* is niets vergeleken met ons dames, die levo-en in een gloed van glorie. Kijk uit voor de sjofelaars, zeg ik! Het-tho zijn onze cipiers. Zij zijn het die de kasboeken en de sleutels van de vergulde kooien dragen.'

Dit was haar manier om Abraham te bedanken voor de geduldige onuitputtelijkheid van zijn cheques, voor de stad van goud die hij zo snel had weten op te bouwen uit haar familievermogen, dat ondanks al de oud-geld-deftigheid niet meer was geweest dan bij wijze van spreken een dorp, een landgoed of een kleine provinciestad, vergeleken bij de metropool van hun huidige fortuin. Aurora was zich niet onbewust van het feit dat haar weelderige staat geld vereiste, zodat ze gebonden was aan Abie door haar eigen behoeften. Soms gaf ze dit vrijwel toe, maakte ze zich zelfs bijna zorgen dat de schaal van haar uitgaven of haar losse tong de poppen aan het dansen zou brengen. Altijd dol op macabere verhaaltjes voor het slapengaan vertelde ze me de parabel van de schorpioen en de kikker, waarin de schorpioen in ruil voor een lift over het water belooft zijn voertuig niet aan vallen, zijn belofte niet houdt en de kikker een krachtige, dodelijke steek toebrengt. Terwijl de kikker en de schorpioen allebei verdrinken, verontschuldigt de moordenaar zich bij zijn slachtoffer. 'Ik kon er niets aan doen,' zegt de schorpioen. 'Het ligt in mijn aard.'

Het heeft lang geduurd voor ik het begreep, maar Abraham was taaier dan de kikker; zij stak hem, want dat lag in haar aard, maar hij verdronk niet. Hoe kortzichtig was mijn minachting voor hem, hoe lang duurde het niet voor ik zijn smart begreep! Want hij hield nog even vurig van haar als op de dag dat ze elkaar voor het eerst hadden ontmoet; en alles wat hij deed, deed hij voor haar. Hoe groter, hoe openlijker haar verraad, des te omvattender, en geheimer, zijn liefde werd.

(En toen ik erachter kwam wat hij allemaal had gedaan, dingen waarvoor verachting misschien de juiste reactie was, kon ik die jeugdige weerzin nog maar moeilijk oproepen; want inmiddels had een kikker uit ander water mij in zijn macht en hadden mijn eigen daden me het recht ontnomen om over mijn vader te oordelen.)

Als ze hem in het openbaar schoffeerde, deed ze dat met een diamanten glimlach die suggereerde dat ze alleen maar plaagde, dat haar voortdurende kleinering niets anders was dan een manier om een liefde te groot voor woorden uit te drukken; een ironische glimlach probeerde haar gedrag tussen aanhalingstekens te plaatsen. Deze komedie was nooit echt overtuigend. Ze dronk vaak – de alcoholverboden kwamen en gingen, al naar gelang de politieke lotgevallen van Morarji Desai, en na de opsplitsing van de staat Bombay in Maharashtra en Gujarat verdwenen ze voorgoed uit de stad – en als ze dronk, vloekte ze. Zeker van haar genie, gewapend met een tong even genadeloos als haar schoonheid en gewelddadig als haar werk, zonderde ze niemand uit van haar coloratuurverwensingen, van de havik-duikvluchten en rococoriedels en groots opgezette *ghazals* van haar gevloek, alles met die opgewekte keiharde glimlach die haar slachtoffers moest verdoven terwijl ze hun ingewanden uitrukte. (Vraag me hoe het voelde! Ik was haar enige zoon. Hoe dichter je bij de stier komt, hoe meer kans je loopt op de horens te worden genomen.)

Het was Belle, dunnetjes overgedaan, natuurlijk; Belle, die zoals was voorspeld, terugkeerde om bezit te nemen van haar dochters lichaam. *Je zult het zien*, had Aurora gezegd. *Van nu af aan besta ik in haar plaats.*

Stel u voor: in een crèmekleurige zijden sari omrand met een gouden geometrisch patroon, bedoeld om te doen denken aan de toga van een Romeinse senator – of misschien, als haar ego erg opspeelt, in een nog schitterender keizerlijk purperen sari – hangt ze op een chaise-longue, vult haar salons met stinkende drakewolken van goedkope *beedi*-rook en heerst over een van haar periodieke beruchte nachten, opgewarmd met whisky en erger, nachten waarvan de jet-set-losbandigheid de vele roddelende tongen van de stad in beweging zet, hoewel zij zelf nooit is betrapt op onfatsoenlijk gedrag, met mannen noch met vrouwen noch, zo moet gezegd, met naalden... En in de kleine uurtjes van de orgie schrijdt zij rond als een benevelde zieneres en barst ze los in een meedogenloze parodie op wat de drank bij Vasco Miranda ontketende, die avond van Onafhankelijkheidsdag; zonder de moeite te nemen zijn copyright te vermelden, zodat het verzamelde gezelschap geen idee heeft dat ze een bijtende satire opvoert, weidt ze uit over de komende ondergang van haar gasten – schilders, modellen, B-film-regisseurs, acteurs, dansers, beeldhouwers, dichters, playboys, sporthelden, schaakmeesters, journalisten, gokkers, antieksmokkelaars, Amerikanen, Zweden, zonderlingen, *demi-mondaines*, en de mooiste en wildste rijkeluiskinderen van de stad – en de parodie is zo overtuigend, zo overtuigd, de ironie zo goed verhuld, dat het onmogelijk is niet te geloven in haar verlekkerde leedvermaak of – want haar buien wisselen snel – in haar olympisch, onsterfelijke onverschilligheid.

'Imitaties van het leven! Historische anomalieën! Centaurs!' verkondigt ze. 'Zullen jullie niet aan flarden worden geblazificeerd door naderende orkanen? Kruisingen, bastaards, geestenbezweerders, schimmen! Vissen op het droge! Er komen slechte tijden, lieverds, heus, en dan verdwijnen alle geesten naar de hel, de nacht zal de schimmen uitwissen en er zal bastaardbloed vloeien, zo dun en overvloedig als water. Ik, echter, zal overleven' – dit alles gebracht op het hoogtepunt van haar redevoering, met gekromde rug en een vinger in de lucht priemend als de fakkel van het Vrijheidsbeeld – 'dankzij, stelletje ellendige stumpers, mijn Kunst.' Haar gasten liggen als zoutzakken, te ver heen om te luisteren of zich er iets van aan te trekken.

Ook haar kroost voorspelt ze tragedies. 'Arme kinderen, zulke draken, ziet ernaar uit dat ze een buiteling gaan maken.'

... En ons leven lang leefden we voor, onder en naast haar voorspellingen... heb ik verteld dat ze onweerstaanbaar was? U moet weten: ze was het licht van ons leven, de prikkel van onze verbeelding, de geliefde van onze dromen. We hielden van haar hoewel ze ons vernietigde. Ze maakte een liefde in ons los die te groot leek voor onze lichamen, alsof zij het gevoel had gemaakt en het ons toen liet voelen – alsof het haar werk was. Als ze over ons liep, was dat omdat we uit vrije wil aan haar bespoorde-en-belaarsde voeten gingen liggen, als zij 's avonds tegen ons van leer trok, was dat omdat we genoten van de zoete geselingen van haar tong.Toen ik dit ten slotte besefte, vergaf ik mijn vader; want wij waren allemaal haar slaaf, en ze maakte dat deze slavernij voelde als het paradijs. Wat, zo zegt men, godinnen kunnen bewerkstelligen.

En na haar dodelijke duik in de rotsachtige zee kwam het me voor dat de val die zij had voorspeld, met die ongenaakbare en ijskoude glimlach, met de ironie die iedereen ontging, misschien altijd haar eigen val was geweest.

≈

Ik vergaf ook Abraham, want ik zag nu in dat voor beiden, al sliepen ze niet meer met elkaar, de waardering van de ander het belangrijkst was; dat mijn moeder Abrahams goedkeuring evenzeer nodig had als dat hij naar de hare verlangde.

Hij was altijd de eerste die haar werk zag (direct gevolgd door Vasco

Miranda, die steevast het tegendeel beweerde van wat mijn vader zei). In de tien jaar na de Onafhankelijkheid was Aurora ten prooi gevallen aan een diepe creatieve verwarring, een toestand van halve verlamming, voortkomend uit een onzekerheid die niet alleen het realisme gold, maar ook de aard van de realiteit zelf. Haar kleine produktie uit die periode is gekweld, onzeker, en achteraf zie je in deze doeken duidelijk de spanning tussen Vasco Miranda's speelse invloed, zijn voorkeur voor fantasiewerelden met als enige natuurwet zijn eigen autonome grilligheid, en Abrahams dogmatische nadruk op het belang, in dat historische tijdsgewricht, van een helder naturalisme dat India zou helpen zichzelf voor zichzelf te beschrijven. De Aurora van die dagen – en dit was er deels de oorzaak van dat ze zich soms overgaf aan nachten van beneveld, oppervlakkig georakel – zigzagde moeizaam heen en weer, van stuntelig revisionistische mythologische schilderijen naar een geforceerde, zelfs stijve terugkeer tot de met een hagedis gesigneerde documentaire schilderijen van haar Chipkali-werk. Een kunstenaar verloor gemakkelijk zijn identiteit in een tijd waarin zovele denkers geloofden dat het pathos en de passie van het immense leven van het land slechts konden worden weergegeven door een soort onbaatzuchtige, toegewijde – zelfs patriottische – mimesis. Abraham was zeker niet de enige die dit soort ideeën voorstond. De beroemde Bengaalse filmregisseur Sukumar Sen, Aurora's vriend en, van al haar tijdgenoten, in artistiek opzicht misschien wel haar enige gelijke, was de beste van deze realisten, en in een reeks hallucinerende, humane films schonk hij de Indiase cinema – de Indiase cinema, die opgetutte oude sloerie – een versmelting van hart en hersenen die zijn esthetiek min of meer rechtvaardigde. Maar deze realistische films waren nooit populair – Nargis Dutt, Moeder India zelf, hekelde ze, o bittere ironie, om hun westerse elitarisme – en Vasco (openlijk) en Aurora (heimelijk) gaven de voorkeur aan de serie kinderfilms waarin Sen zijn fantasie de vrije loop liet, waarin vissen praatten, tapijten vlogen en jonge jongens droomden van vroegere incarnaties in burchten van goud.

En behalve Sen was er de groep vooraanstaande schrijvers die zich een tijdlang onder Aurora's vleugel hadden geschaard, Premchand, Sadat Hasan Manto, Mulk Raj Anand en Ismat Chughtai, allemaal overtuigde realisten; maar zelfs hun werk vertoonde elementen van het fantastische, zoals *Toba Tek Singh*, Manto's prachtige verhaal over de gespletenheid van de krankzinnigen in het subcontinent ten tijde van de grotere splitsing. Een van de gekken, voorheen een rijke huisbaas, zat gevangen in het niemandsland van de ziel, niet in staat te zeggen of zijn Punjabi geboortestad in India of Pakistan lag, en in zijn waanzin, die eveneens de waanzin van de tijd was, zocht hij zijn toevlucht tot een soort hemels koeterwaals, waarop Aurora Zogoiby verliefd werd. Haar schilderij van de tragische laatste scène van Manto's verhaal, waarin de ongelukkige zot is gestrand tussen twee gebieden, afgezet met prikkeldraad, waarachter India en Pakistan liggen, is misschien wel haar mooiste werk uit die periode, en zijn zielige koeterwaals, dat niet alleen staat voor de storing in zijn persoonlijke communicatie, maar ook voor de onze, vormt de lange, prachtige titel van het schilderij: *Uper de gur gur de annexe de baai dhayana de mung de dal van de laltain.*

De geest van de tijd en Abrahams eigen voorkeuren trokken Aurora naar het naturalisme; maar Vasco herinnerde haar aan haar instinctieve afkeer van het zuiver mimetische, de reden dat ze haar chipkalistische volgelingen had afgewezen, en probeerde haar weer te doen terugkeren naar de episch-fantastische stijl die haar ware aard tot uitdrukking bracht, stimuleerde haar om niet alleen aandacht te schenken aan haar dromen, maar ook aan het droomachtige wonder van de wakende wereld. 'Wij zijn geen natie van "middelmatigen",' betoogde hij, 'maar een magisch ras. Wil je de rest van je leven schoenpoetsjongens en stewardessen en een paar hectaren land schilderen? Zijn het voortaan alleen maar koelies en tractorbestuurders en Nargissige hydro-elektrische projecten? In je eigen familie zie je het tegenbewijs van een dergelijk wereldbeeld. Vergeet die idiote realisten! De realiteit is altijd verborgen – nietwaar? – in een wonderbaarlijk brandend braambos! Het leven is fantastisch! Schilder dat – je bent het verschuldigd aan je fantastische, onrealistische zoon. Wat een reus is hij niet, deze prachtige kindman, je menselijke tijdraket! "Chipko" aan zijn ongelooflijke waarheid – hou je daaraan, aan hem, niet aan die afgezaagde hagedissetroep.'

Omdat Aurora zo verlangde naar Abrahams waardering, droeg ze een tijdlang artistieke kleren die haar niet stonden; omdat Vasco de stem was van haar geheime identiteit, vergaf ze hem iedere uitspatting. En omdat ze in de war was, dronk ze, werd ze ruw, chagrijnig en obsceen. Maar ten slotte volgde ze Vasco's advies op; en maakte mij lange tijd tot talisman en middelpunt van haar kunst.

En wat Abraham betreft, vaak zag ik een melancholische schaduw van verwarring over zijn gezicht komen. Ik stelde hem voor een raadsel. De realiteit ontglipte hem, waardoor hij na een van zijn lange perioden van afwezigheid bij zijn terugkomst van een zakenreis naar Delhi of Cochin of andere bestemmingen die vele jaren geheim bleven, absurd kleine kleren voor me meebracht, geschikt voor een kind van mijn leeftijd, maar veel te klein voor mij; of boeken die een jongeman van mijn lengte misschien mooi zou vinden, maar veel te hoog gegrepen waren voor het kind dat huisde in al mijn buitenmaatse vlees. En hij was ook verbijsterd door zijn vrouw, door de verandering in haar gevoelens jegens hem, door de steeds grimmiger verharding in haar, en door haar talent voor zelfvernietiging, dat zich nooit duidelijker had gemanifesteerd dan tijdens haar laatste ontmoeting met de premier van India, negen maanden voor mijn geboorte...

≈

... Negen maanden voor mijn geboorte reisde Aurora Zogoiby naar Delhi om uit de handen van de president en in aanwezigheid van haar goede vriend de premier, een staatsprijs – de zogenaamde 'Esteemed Lotus' – in ontvangst te nemen voor haar verdiensten voor de kunst. Het ongelukkige toeval wilde echter dat de heer Nehru net terug was van een reis naar Engeland, waar hij zijn vrije tijd voornamelijk had doorgebracht in het gezelschap van Edwina Mountbatten. Nu was het een vaak opgemerkt (zij het weinig becommentarieerd) feit in ons gezinsleven dat Aurora alleen al bij het horen van de naam van die befaamde dame stikte van woede. De intieme details van de vriendschap tussen Pandit Nehru en de vrouw van de laatste onderkoning zijn lange tijd onderwerp van speculatie geweest; zelf speculeer ik meer en meer over soortgelijke geruchten met betrekking tot de premier en mijn moeder. Bepaalde chronologische waarheden zijn niet te ontkennen. Zet de klok terug naar vierenhalve maand voor mijn geboorte, en u keert weer naar de gebeurtenissen in het Lord's Central House te Matheran en wat misschien wel de laatste keer was dat mijn ouders de liefde bedreven. Maar zet de klok dan nog eens vierenhalve maand terug en daar is Aurora Zogoiby in Delhi, ze betreedt een ontvangstzaal in het Rashtrapati Bhavan en wordt ontvangen door Panditji zelf; daar veroorzaakt Aurora Zogoiby een schandaal door toe te geven aan wat de kranten 'een ongepast vertoon van artistiek temperament' zouden noemen en zegt hardop in Nehru's ontstelde gezicht: 'Die kippeborst-*mamasam!* Edwientje Mountientje! Dickie is misschien de Onderkoning maar zij, mijn beste, is ongetwijfeld een Onderkruipsel. God mag weten waarom jij als een bedelaar aan haar poort blijft hangen. Als het je om wit vlees gaat, ji, dan zul je weinig op haar vinden.'

Waarna ze het verzamelde gezelschap met open mond en de president wachtend met de 'Esteemed Lotus' in zijn hand achterliet, de prijs versmadend, zich abrupt omdraaide en terugging naar Bombay. Dat was althans de versie die de volgende dag werd gepubliceerd in de geschokte pers van het land; maar er zijn twee details die me niet loslaten: het eerste is het interessante feit dat toen Aurora naar het noorden ging, Abraham naar het zuiden ging. Om mysterieuze redenen kon hij zijn beminde vrouw niet vergezellen naar dit ogenblik van opperste erkenning, maar ging hij weg om thuis zijn zaken te behartigen. Op sommige dagen kan ik dit alleen maar zien – hoe moeilijk ook te geloven! – als het gedrag van een inschikkelijke echtgenoot... en het tweede detail heeft te maken met de aantekenboeken van Ezechiël, onze kok.

Ezechiël, mijn Ezechiël: eeuwig oud, zo kaal als een ei, zijn drie kanariegele tanden ontbloot in een voortdurend kakelend gegrinnik, zat hij gehurkt naast een traditioneel open fornuis, de houtskoolwalmen wegwuivend met een schelpvormige waaier van stro. Hij was op zijn manier een kunstenaar en werd als zodanig erkend door iedereen die het eten at waarvan hij de recepten met een trage, beverige hand optekende in de groen gekafte aantekenboeken die hij bewaarde in een doos met hangslot: als smaragden. Een hele archivaris, onze Ezechiël; want zijn verzameling aantekenboeken bevatte niet alleen recepten, maar ook verslagen van maaltijden – een volledig overzicht, gemaakt in al de lange jaren dat hij bij ons in dienst was, van wat er geserveerd was aan wie en bij welke gelegenheid. In mijn eenzame jeugdjaren (waarover aanstonds meer) bracht ik vele uren aan zijn zijde door, ik leerde hoe met één hand te doen wat hij met twee deed; en leerde bovendien de eetgeschiedenis van onze familie, vermoedde momenten van spanning bij de opmerkingen in de marge die me vertelden dat er zeer weinig was gegeten, giste naar de ruziescènes achter de laconieke aantekening 'gemorst'. Er waren ook suggesties van gelukkige momenten; door de nuchtere verwijzingen naar wijn of taart of andere speciale verzoeken – favoriete gerechten voor een kind dat goede cijfers had gehaald op school, feestbanketten ter ere van de een of andere zakelijke of artistieke triomf. Het is natuurlijk waar dat in eten, net als in andere zaken, veel van onze persoonlijkheid zit dat ondoorzichtig blijft. Wat te denken van de eensgezinde afkeer van mijn zusters voor aubergines of van mijn passie voor precies hetzelfde, *brinjal*? Wat onthult mijn vaders voorkeur voor kip of lamsvlees met bot, en mijn moeders afkeer van vlees met botten? Ik laat dergelijke mysteries voor wat ze zijn om vast te stellen dat bij raadpleging van het aantekenboek voor de betreffende periode bleek dat Aurora na de opschudding in Delhi drie nachten niet naar Bombay terugkeerde. Ik ben zo goed op de hoogte van de Frontier Mail-trein van Delhi naar Bombay dat ik het niet hoef na te kijken: de reis kostte twee nachten en een dag, waarmee één nacht onverklaard bleef. 'Mevrouw is waarschijnlijk langer in Bombay gebleven om een ander *khansama*-gerecht te eten,' was Ezechiëls verdrietige commentaar op haar afwezigheid. Hij klonk als een bedrogen echtgenoot die probeert zijn zondige, ontrouwe minnares te vergeven.

Een ander khansama-gerecht... welk pikant gerecht hield Aurora weg van huis? Wat, om het ronduit te zeggen, werd er bekokstoofd? Een van mijn moeders zwakheden was dat haar verdriet en pijn zich zo vaak uitten als kwaadheid; een andere zwakheid van haar was in mijn ogen dat ze, wanneer ze zich weer eens had laten gaan, werd overweldigd door een schuldbewuste genegenheid voor de mensen die ze had gekwetst. Alsof sympathiegevoelens pas in haar opwelden in het kielzog van een verwoestende golf gal.

Negen maanden voor de dag dat ik kwam, ontbrak er een nacht. Maar onschuldig-tot-het-tegendeel-is-bewezen is een uitstekende regel, en Aurora noch wijlen die grote leider kan onzedelijk gedrag ten laste worden gelegd. Waarschijnlijk zijn er volmaakt sluitende verklaringen voor al deze dingen. Kinderen begrijpen nooit waarom ouders doen wat ze doen.

Het zou toch ijdel van me zijn om zonder enige grond te veronderstellen dat ik afstamde – al was het maar onwettig – van zo'n beroemd geslacht! Lezer: ik heb slechts geprobeerd uitdrukking te geven aan een bepaalde, hoofdschuddende verbazing, maar wees gerust, ik doe geen aantijgingen. Ik blijf bij mijn verhaal, namelijk dat ik werd geconcipieerd in het het vakantieoord in de bergen dat ik hierboven heb beschreven en dat nadien werd afgeweken van bepaalde biologische regels. Sta me toe te benadrukken: ik wil niets verheimelijken.

Jawaharlal Nehru was in 1957 zevenenzestig jaar oud; mijn moeder was tweeëndertig. Ze hebben elkaar nooit meer ontmoet; en de grote man is ook nooit meer naar Engeland gereisd om de vrouw van een andere grote man te ontmoeten.

De publieke opinie keerde zich – niet de laatste maal – tegen Aurora. Tussen Delhi-volk en Bombay-types heeft altijd een zekere mate van wederzijdse minachting bestaan (ik heb het natuurlijk over de bourgeoisie); Bombay-wallah's waren geneigd Delhiërs af te doen als de kruiperige lakeien van de macht, als glibberige-mastklimmers en verpolitiekte ambtenaren, terwijl de burgers van de hoofdstad altijd hebben afgegeven op de oppervlakkigheid, de boosaardigheid, de cosmopolitische 'Westoxicatie' van de zaken-*babus* en gelakte hoogglansdames van mijn geboortestad. Maar in de opwinding over Aurora's weigering van de Lotus toonde Bombay zich even geschokt als Delhi. Nu zagen de vele vijanden die ze met haar eigengereide stijl had gekweekt, hun kans schoon en sloegen toe. Patriotten noemden haar vilein een verraadster, de godvruchtigen noemden haar goddeloos, zogenaamde woordvoerders van de armen hekelden haar om haar rijkdom. Veel kunstenaars lieten haar vallen: de chipkalisten herinnerden zich hoe ze hen had aangevallen en zwegen; de kunstenaars die echt aan de leiband van het Westen liepen en hun hele loopbaan in de stijl van de grote Amerikaanse en Franse namen hadden gewerkt, met een vreselijk resultaat, verweten haar nu haar 'kleinsteedsheid', terwijl de andere kunstenaars – en dat waren er vele – die het hoofd boven water probeerden te houden in de dode zee van 's lands oude erfgoed en twintigste-eeuwse versies van de oude miniatuurkunst maakten (en vaak stiekem pornografische namaak van mogolse of Kashmirse kunst), haar al even luid beschimpten omdat ze 'haar wortels verloochende'. Alle oude familieschandalen werden opgerakeld, behalve de Repelsteeltjekwestie van de eerstgeboren zoon tussen Abraham en zijn moeder Flory, die nooit openbaar was geworden; de kranten publiceerden smullend ieder detail van de afgang van de oude Francisco met zijn 'Gama-stralen' dat ze te pakken konden krijgen, de absurde pogingen van Camoens da Gama om een groep Zuidindiase Lenins op te leiden, de bloedige oorlog tussen de Lobo's en Menezesen die tot gevolg had dat de gebroeders Da Gama de gevangenis in gingen, de verdrinkingszelfmoord van de arme, door verdriet overmande Camoens, en natuurlijk het grote schandaal van de buitenechtelijke verbintenis van de arme, onbeduidende jood en zijn stinkrijke christelijke hoer. Maar toen er werd gezinspeeld op een mogelijke onwettigheid van de kinderen Zogoiby, kregen de redacteuren van alle belangrijke kranten naar het schijnt op zekere dag geheime bezoeken van afgezanten van Abraham Zogoiby, die woorden voor de goede verstaander in hun oor fluisterden; en daarna hield de perscampagne prompt op, alsof ze een hartaanval had gehad en van angst was gestorven.

Aurora trok zich enigszins terug uit het openbare leven. Haar salon bleef schitteren, maar de conservatievere elementen in de elite en het artistieke en intellectuele milieu van het land lieten haar voorgoed vallen. Zijzelf bleef steeds meer binnen de muren van haar persoonlijke paradijs, en sloeg eens en voor altijd de richting in waartoe Vasco Miranda haar had aangespoord, de ware richting van haar hart: dat wil zeggen, de realiteit van dromen.

(Het was in die tijd, toen taaloproeren de tweedeling van de staat aankondigden, dat ze aankondigde dat binnen haar muren Marathi noch Gujarati gesproken mocht worden; de taal van haar koninkrijk was Engels en niets anders. 'Al die verschillende taaltjes snijdificeren ons van elkaar af,' legde ze uit, 'Alleen Engels brengt ons samen.' En om haar argument kracht bij te zetten declameerde ze met een melancholieke uitdrukking waardoor haar gehoor vanzelf op slechte gedachten kwam, het populaire rijmpje van die dagen: 'A-B-C-D-E-F-G-H-I, daaruit kwam Panditji.' Waarop alleen haar vertrouwde bondgenoot V. Miranda durfde te antwoorden: 'J-K-L-M-N-O-P-Q, en eindelijk is-ie opgerot nu.'

Ook ik ontkwam er niet aan een betrekkelijk afgeschermd leven te leiden; en het moet gezegd dat wij tweeën meer op elkaar waren aangewezen dan de meeste moeders en zonen, want niet lang na mijn geboorte begon ze aan de belangrijke reeks doeken waarmee ze het vaakst wordt geassocieerd: de werken met de naam ('de Moor-schilderijen') die overeenkomt met de mijne, die mijn opgroeien op zinvollere wijze hebben vastgelegd dan enig fotoalbum en die ons voor eeuwig en altijd met elkaar zullen verbinden, hoe ver en hoe gewelddadig onze levens ons ook uiteendreven.

≈

De waarheid over Abraham Zogoiby was dat hij zich had vermomd; zich een zachtaardige geheime identiteit had aangemeten om zijn verholen supernatuur te maskeren. Hij had met opzet een zo saai mogelijk portret van zichzelf geschilderd – voor hem niet de kitscherige overdrijving van Vasco Miranda's larmoyante zelfportret *en arabe*! – over de opwindende, maar onaanvaardbare realiteit heen. De eerbiedige gedienstige oppervlakte was wat Vasco zijn 'bovenhuids' zou hebben genoemd; onderhuids heerste hij over een Mogambo-achtige onderwereld, sensationeler dan welke masala-filmfantasie ook.

Kort nadat hij in Bombay was gaan wonen, had hij uit respect een pelgrimage gemaakt naar de oude man Sassoon, hoofd van de grote Baghdads-joodse familie die op voet van vriendschap was omgegaan met Engelse koningen, trouwde met Rothschilds en de stad honderd jaar had gedomineerd. De patriarch wilde hem wel ontvangen, maar alleen op de kantoren van Sassoon & Co in het Fort; niet thuis, niet als gelijke, maar als om gunsten bedelende nieuwkomer uit de provincie kwam Abraham in zijn Nabijheid. 'Het land kan ieder moment vrij worden,' zei de oude man met een minzame glimlach tegen hem, 'maar je moet beseffen, Zogoiby, dat Bombay een gesloten stad is.'

Sassoon, Tata, Birla, Readymoney, Jeejeebhoy, Cama, Wadia, Bhabha, Goculdas, Wacha, Cashondeliveri – deze grote geslachten hadden de stad in hun macht, haar edele en industriële metalen, haar chemische produkten, haar textiel en specerijen, en waren niet van plan die af te staan. De Da Gama-Zogoiby-onderneming had vaste voet in de laatste twee domeinen; en overal waar Abraham ging kreeg hij thee of 'frisse drank', versnaperingen, warme ontvangsten en ten slotte een reeks steevast hoffelijke, maar ijzige waarschuwingen zich verre te houden van andere terreinen waarop hij zijn ondernemende oog had laten vallen. Maar nauwelijks vijftien jaar later, toen officiële bronnen onthulden dat slechts anderhalf procent van de bedrijven van het land meer dan de helft van alle particuliere kapitaal in handen had, en dat zelfs anderhalf procent binnen deze toplaag, slechts twintig bedrijven, de rest domineerde, en dat er onder deze twintig bedrijven vier supergroepen waren die te zamen een kwart van al het aandelenkapitaal in India bezaten, was de Da Gama-Zogoiby C-50 Corporation al gestegen tot nummer vijf.

Abraham was begonnen met het bestuderen van de geschiedenis. Er heerst in Bombay een zekere endemische vaagheid over de voorbije tijd; vraag iemand hoe lang hij in zaken zit en hij zal zeggen: 'Lang.' – Prima, meneer, en hoe oud is uw huis? – 'Oud. Uit de Oude Tijd.' 'O; en uw overgrootvader, wanneer is die geboren? – 'Lang geleden. Waarom vraagt u dat toch? Die dode letters zijn verloren in de nevelen des tijds.' Met linten bijeengebonden documenten worden bewaard in stoffige opslagruimten en niemand die ze ooit inkijkt. Bombay, een betrekkelijk jonge stad in een verschrikkelijk oud land, heeft geen belangstelling voor de dag van gisteren. 'Dus als vandaag en morgen concurrentiegebieden zijn,' redeneerde Abraham, 'investeer ik om te beginnen in wat niemand waardeert: dat wat verdwenen is.' Hij besteedde veel tijd en middelen aan een grondige bestudering van de belangrijke geslachten, diepte hun geheimen op. Van de geschiedenis van de Katoenmanie, de Windhandel uit de jaren zestig van de vorige eeuw, leerde hij dat veel grandes bijna geruïneerd waren door die periode van wilde speculaties en dat ze daarna uiterst voorzichtig en behoudend te werk waren gegaan. 'Daarom bestaat er misschien een lacune,' veronderstelde Abraham, 'als het op risico's nemen aankomt. Wie niet waagt, die niet wint.' Hij achterhaalde de netwerken van connecties van de grote handelshuizen en hoe ze aan de touwtjes trokken; en hij ontdekte ook welke imperiums op zand waren gebouwd. Dus zijn spectaculaire overname halverwege de jaren vijftig van het Huis Cashondeliveri (oftewel Handjecontantje), dat was begonnen als een firma in kredietverlening en in de loop van een eeuw was uitgegroeid tot een gigantische onderneming met grote belangen in bankwezen, land, schepen, chemische industrie en visserij, was mogelijk omdat hij had ontdekt dat de parsi familie in het hart ervan op sterven na dood was, 'en als het verval zo ver gevorderd is,' schreef hij in zijn dagboek, 'dan moet de rotte kies zo snel mogelijk worden getrokken, of het hele lichaam raakt geïnfecteerd en sterft'. Iedere nieuwe generatie Cashondeliveri's had ingeboet aan zakelijke slagvaardigheid en de huidige generatie van playboybroers had kolossale bedragen verloren in de casino's van Europa, en was bovendien zo stom geweest betrokken te raken bij een in de doofpot gestopt omkopingsschandaal dat het gevolg was van hun pogingen Indiase zakenmethoden ietwat te bruut in te voeren op westerse financiële markten, die een veel subtielere aanpak vereisten. Al deze familiegeheimen haalde Abrahams personeel boven water; en toen, op een mooie ochtend, wandelde Abraham gewoon het heilige der heilige van het Huis van Cashondeliveri binnen en dwong op klaarlichte dag de twee bleke niet-zo-heel-jeugdigen die hij daar aantrof, ter plekke zijn vele gepreciseerde eisen in te willigen. De weke telgen van de ooit-voorname clan, Lowjee Lowerjee Cashondeliveri en Jamibhoy Lifebhoy Cashondeliveri, leken toen ze hun geboorterecht verkochten bijna blij dat ze waren verlost van de verantwoordelijkheden die ze nauwelijks konden dragen, 'zoals de decadente Perzische keizers zich gevoeld moeten hebben toen de legers van de islam binnendenderden,' placht Abraham te zeggen.

Maar Abraham was geen heilige-oorlogvoerder, mooi niet. Die man, die in zijn gezinsleven incompetentie, zelfs zwakheid, uitstraalde, ontpopte zich als een echte tsaar, een mogol van de menselijke tekortkomingen. Zou het u schokken als ik u vertelde dat hij binnen een paar maanden na zijn aankomst in Bombay al handelde in mensenvlees? Lezer: ik was geschokt. Mijn vader, Abraham Zogoiby? – Abraham, wiens liefdesgeschiedenis getuigde van zoveel hartstocht, zoveel romantiek? – Ik ben bang van wel; diezelfde Abraham. Mijn onvergeeflijke vader, die ik vergaf... Ik heb al vele malen gezegd dat er behalve de liefhebbende echtgenoot, de lijdzame beschermer van onze grootste moderne kunstenares, van het begin af aan een duisterder Abraham is geweest: een man die zijn doel bereikte door middel van dreigementen en dwang, ook tegenover weerspannige scheepskapiteins en persmagnaten. Deze Abraham zocht altijd contact en kwam dan tot wederzijds bevredigende afspraken met die personages – noem het *zwarte koopmannen* – die even betrouwbare leveranciers waren van afpersing, illegale whisky en ook seks als de Tatas en Sassoons handelaars in meer respectabele 'witte waar'. Bombay was in die dagen, zo ontdekte Abraham, zeker niet de 'gesloten stad' die de oude man Sassoon had beschreven. Voor iemand die durfde risico's te nemen, zijn scrupules opzij te zetten – kortom, voor een zwarte koopman – stond ze wijd, wijd open, en de enige limiet aan wat je kon verdienen was de grens van je eigen verbeeldingskracht.

Later volgt meer over de gevreesde moslim bendeleider 'Scar' (ofwel Litteken), wiens echte naam ik hier niet zal opschrijven, me tevredenstellend met dat verschrikkelijke cliché van een bijnaam waaronder hij bekend stond in de hele onderwereld van de stad en uiteindelijk – zoals we nog zullen zien – ook daarbuiten. Voorlopig vertel ik alleen dat

Abraham dankzij een verbond met deze heer de 'bescherming' verwierf die van het begin af aan zijn favoriete werkwijze kenmerkte; en in ruil voor die bescherming werd mijn vader, en bleef dat heimelijk zijn hele, slechte leven lang, de voornaamste leverancier van verse jonge meisjes aan de huizen die de mensen van Scar zo efficiënt exploiteerden, de Bombayse hoerenkasten aan de Grant Road-Falkland Road-Foras Road-Kamathipura.

– Wat nu? – 'Waar haalde hij ze vandaan?' Uit de tempels van Zuid-India natuurlijk, moet ik jammer genoeg zeggen, vooral uit de heiligdommen, gewijd aan de verering van een bepaalde Karnataka-godin, Kellamma, die niet in staat leek haar arme jonge 'discipelen' te beschermen... Het staat vast dat in onze treurige eeuw met zijn voorkeur voor mannelijke kinderen veel arme gezinnen de dochters die ze niet konden uithuwelijken of voeden, aan hun favoriete cultustempel schonken, in de hoop dat hun een leven in heiligheid als bediende of, als ze geluk hadden, als danseres was beschoren; ijdele hoop, helaas, want in veel gevallen waren de priesters die in deze tempels de dienst uitmaakten, mannen die mysterieus genoeg niet voldeden aan de hoogste standaard van rechtschapenheid, waardoor ze niet vies waren van contant geld in ruil voor de jonge maagden en bijna-maagden en opnieuw-maagden onder hun hoede. Op die manier kon Abraham de specerijenkoopman zijn wijdverbreide connecties in het Zuiden gebruiken voor het oogsten van een nieuw gewas, in zijn allergeheimste grootboeken opgetekend als 'Garam Masala Superkwaliteit' en ook, constateer ik met enige schaamte, als 'Extra Hete Chilipepers: Groen'.

En eveneens met 'Scar' als geheime partner ging Abraham Zogoiby in de talkpoederindustrie.

≈

Gekristalliseerd hydromagnesiumsilicaat, $Mg_3Si_4O_{10}(OH)_2$: talk. Toen Aurora hem aan het ontbijt vroeg waarom hij in de babybillen-business ging, noemde hij het dubbele voordeel van een protectionistische economie, die prohibitieve tarieven oplegde voor geïmporteerde talkmerken en een bevolkingsexplosie die een 'gatjesgolf' garandeerde. Hij praatte enthousiast over de mondiale mogelijkheden van het produkt, waarbij hij India kenschetste als de enige derde-wereldeconomie die in ontwikkeling en groei kon concurreren met de Eerste Wereld zonder de slaaf te worden van de almachtige Amerikaanse dollar, en suggereerde dat weer andere derde-wereldlanden maar al te graag kwaliteitstalkpoeder zouden kopen waarvoor geen US-dollars nodig waren. Tegen de tijd dat hij was gaan speculeren over de zeer reële mogelijkheid dat zijn 'Baby Softo' op zeer korte termijn Johnson & Johnson op hun eigen markt kon beconcurreren, luisterde Aurora niet meer. Toen hij de reclameriedel begon te zingen waarmee hij zijn nieuwe kindje wilde lanceren, met zelfgemaakte teksten en op de gekmakende wijs van *Bobby Shafto,* stopte mijn moeder haar oren dicht.

'Baby Softo, zing het luid/Softo-pofto voor iedere huid,' kweelde Abraham.

'Talk maak je of maak je niet,' gilde Aurora, 'maar deze herrie moet stoppo pronto. Het breekificeert mijn oor.'

Terwijl ik dit schrijf, verbaas ik me opnieuw over Aurora's onwil in te zien hoe vaak en vanzelfsprekend Abraham haar bedroog, verwonder ik me over de dingen die ze kritiekloos accepteerde, omdat hij natuurlijk loog en het witte poeder waarin hij geïnteresseerd was, kwam niet uit groeven in de Westelijke Ghats, maar zijn weg vond naar bepaalde bussen Baby Softo via een uiterst ongebruikelijke route waaraan nachtelijke vrachtwagenkonvooien van onbekende herkomst te pas kwamen, en uitgebreide en systematische omkoping van politieagenten en andere ambtenaren die accijnskantoren langs de hoofdwegen van het subcontinent bemanden; en een aantal jaren bracht deze betrekkelijk kleine hoeveelheid bussen op export gebaseerde inkomsten die de andere bedrijfswinsten ver overtroffen en een brede diversificatie mogelijk maakten – inkomsten die echter nooit werden opgegeven, die in geen enkel grootboek voorkwamen, behalve in het boek der boeken met geheime codes dat Abraham diep had weggestopt, misschien in een donkere uithoek van zijn verdorven ziel.

De stad zelf, misschien wel het hele land, was een palimpsest, Onderwereld onder Bovenwereld, zwarte markt onder witte; als het hele leven zo was, als een onzichtbare werkelijkheid zich als een spook onder een zichtbare fictie bewoog, al haar betekenissen ondermijnde, hoe had Abrahams carrière dan anders kunnen lopen? Hoe had iemand van ons aan die fatale gelaagdheid kunnen ontkomen? Hoe hadden we, gevangen als we waren in de totale vervalsing van de werkelijkheid, in de gekostumeerde wenende-Arabier-kitsch van het oppervlakkige, kunnen doordringen tot de volle, zinnelijke waarheid van de verloren moeder daaronder? Hoe hadden we geloofwaardige levens kunnen leiden? Hoe hadden we anders dan grotesk kunnen zijn?

Nu ik terugblik, is me duidelijk dat het enige verkeerde aan Vasco Miranda's tirade op de Onafhankelijkheidsavond over de macht van corruptie die gelijk is aan die van de goden, de uitzonderlijk milde bewoording was. En natuurlijk moet Abraham Zogoiby zeer goed geweten hebben dat de dronken poging van de schilder tot vlammend cynisme in feite een zwakke weergave van de zaak was.

'Je moeder en haar kunstkliek waren altijd aan het klagen hoe zwaar het was om *iets te maken uit niets*,' herinnerde Abraham zich, op zijn stokoude dag zijn wandaden opbiechtend met meer dan een beetje plezier. 'Wat maakten ze? Schilderijen! Maar ik, ik, ik-tho stampte een hele nieuwe stad uit het niets! Zeg nou zelf: wat is het moeilijkste toverkunstje? Uit je moeders goochelhoed zijn vele mooie scheppingen gekomen; maar uit de mijne, meneer – King Kong!'

In de eerste twintig jaar of daaromtrent van mijn leven werden nieuwe stukken land – 'iets uit niets' – gewonnen uit de Arabische Zee aan de zuidpunt van de Back Bay op het schiereiland Bombay, en Abraham investeerde zwaar in dit omgekeerde Atlantis dat uit de golven oprees. In die tijd werd er veel gepraat over het wegnemen van de druk op de overbevolkte stad door omvang en hoogte van de nieuwe gebouwen in het gebied van de landwinning aan banden te leggen en vervolgens een tweede stadscentrum te bouwen op het vasteland aan de overkant van het water. Het was belangrijk voor Abraham dat dit plan zou mislukken – 'hoe kon ik er anders voor zorgen dat het onroerend goed waarin ik zoveel geld had gestoken, zijn waarde behield?' vroeg hij me, zijn knokige armen spreidend en zijn tanden ontblotend in wat ooit een ontwapenende glimlach was, maar mijn negentigjarige vader nu, in het halfduister van zijn kantoor hoog boven de straten van de stad, een gulzige doodskop gaf.

Hij vond een bondgenoot toen Kiran ('K.K.' of 'Kéké') Kolatkar, een kleine zwarte kanonskogel van een politicus met uitpuilende ogen, afkomstig uit Aurangabad en de hardste van alle harde mannen die door de jaren heen de baas over Bombay hebben gespeeld, de macht kreeg in het gemeentebestuur. Kolatkar was een man aan wie Abraham Zogoiby de principes van onzichtbaarheid kon uitleggen, die verborgen natuurwetten die niet omvergeworpen konden worden door de zichtbare wetten van de mens. Abraham legde uit hoe onzichtbare geldstromen hun weg konden vinden via een reeks onzichtbare bankrekeningen en zichtbaar en hagelwit op de rekening van een vriend belanden. Hij demonstreerde hoe de blijvende onzichtbaarheid van de droomstad aan de overkant van het water voordelig was voor die vrienden die een belang hadden, of toevallig verkregen, in wat tot voor kort onzichtbaar was, maar nu als een Bombay Venus uit de zee was verrezen. Hij liet zien hoe gemakkelijk het was om de brave ambtenaren die aantal en hoogte van de nieuwe gebouwen in de landwinning moesten controleren, ervan te overtuigen dat ze er veel baat bij zouden hebben wanneer ze hun gezichtsvermogen zouden verliezen – 'overdrachtelijk natuurlijk, jongen – het was alleen beeldspraak; denk niet dat we iemands ogen wilden uitsteken, niet zoals Shah Jehan met die gluurder die stiekem vast even wilde kijken naar de Taj' – zodat massa's nieuwe gebouwen ook werkelijk onzichtbaar bleven voor het oog van de overheid en de hoogte in rezen, zo hoog als je maar kon wensen. En opnieuw zouden, hocus-pocus-pas!, de onzichtbare gebouwen hopen geld opbrengen, ze zouden tot het duurste onroerend goed ter wereld gaan behoren; iets uit niets, een wonder, en alle vrienden die hun steentje hadden bijgedragen, zouden rijkelijk worden beloond voor hun moeite.

Kolatkar was een snelle leerling en kwam zelfs met een eigen vondst. Stel dat die onzichtbare gebouwen werden gebouwd door een onzichtbaar arbeidsleger? Zou dat niet de elegantste en zuinigste oplossing zijn? 'Natuurlijk was ik het daarmee eens,' bekende de oude Abraham. 'Die kleine kogelkop Kéké kreeg de smaak te pakken.' Kort nadien bepaalde het stadsbestuur dat iedereen die zich na de laatste volkstelling in Bombay had gevestigd, als niet-bestaand zou moeten worden beschouwd. Omdat ze waren geschrapt, droeg de stad ook geen verantwoordelijkheid voor hun huisvesting of welzijn, een welkome ontlasting voor de eerlijke en wèl bestaande burgers die belasting betaalden voor het onderhoud van de rommelige, dynamische veste. Het kan echter niet worden ontkend dat voor de miljoen of meer schimmen die de wet zojuist had gecreëerd, het leven zwaarder werd. Nu was het de beurt aan Abraham Zogoiby en alle participanten in de grote landwinning om genereus zoveel mogelijk schimmen te laten werken in de immense bouwputten die op iedere centimeter nieuw land ontstonden en hun zelfs – o filantropen! – kleine bedragen voor hun werk te betalen. 'Niemand had ooit gehoord van het betalen van schimmen totdat wij ermee begonnen,' zei de stokoude Abraham, piepend giechelend. 'Maar we aanvaardden natuurlijk geen verantwoordelijkheid in geval van ziekte of ongeval. Dat zou onlogisch zijn, als je begrijpt wat ik bedoel. Tenslotte waren deze personen niet gewoon onzichtbaar, maar volgens officiële verklaringen daar niet eens aanwezig.'

We zaten in het schemerdonker op de eenendertigste verdieping van de parel van het Nieuwe Bombay, I.M. Pei's meesterwerk, Cashondeliveri Tower. Door het raam zag ik de glanzende lans van K.K. Chambers de nacht in steken. Nu stond Abraham op en opende een deur. Licht viel naar binnen, en hoge arpeggio's van muziek klonken. Hij ging me voor naar een gigantisch atrium vol bomen en planten uit mildere klimaten dan het onze – er waren boomgaarden met appelbomen en *poiriers*, en ook zware wijnstokken – alles onder glas, op een ideale temperatuur en vochtigheidsgraad gehouden dankzij een klimaatbeheersingsinstallatie waarvan de kosten onvoorstelbaar zouden zijn geweest, waren ze niet onzichtbaar; want door een of ander gelukkig toeval had Abraham nog nooit een elektriciteitsrekening hoeven betalen. Uit dit atrium stamt mijn laatste herinnering aan hem – aan mijn oude-oude vader op wie ik, met mijn uiterlijk van een zesendertigjarige die tegen de tweeënzeventig liep, steeds meer begon te lijken; mijn onberouwvolle slang van een vader die de Hof van Eden had overgenomen bij afwezigheid van Aurora en God.

'Maar nu is het met mij gedaan,' zuchtte hij. 'Het valt allemaal uiteen onder mijn handen. De magie werkt niet meer als de mensen de touwtjes beginnen te zien. Naar de hel ermee! Ik heb een verdomd mooie reis gehad. Neem een appel.'

12

Ik groeide alle kanten op, tegen wil en dank. Mijn vader was een grote man, maar op mijn tiende waren mijn schouders te breed voor zijn jassen. Ik was een wolkenkrabber waarvoor geen wettelijke regels meer golden, een eenmansbevolkingsexplosie, een megalopolis, een hemd-scheurende, knopen-knallende Hulk. 'Moet je zien,' verwonderde mijn grote zus Ina zich toen ik mijn volle gewicht en grootte had bereikt. 'Je bent mijnheer Gullivers-Reis geworden en wij zijn je Lilliputters.' Wat waar was, althans in dit opzicht: als ons Bombay mijn persoonlijke niet-Raj-maar-Lilli-putana was, dan wist mijn grote afmeting me inderdaad vast te binden.

Hoe verder mijn lichamelijke grenzen uitdijden, hoe beperkter mijn horizon scheen te worden. Onderwijs was een probleem. Veel jongens 'van goeden huize' op de Malabar Hill, in Scandal Point en Breach Candy begonnen hun schooltijd op Miss Gunnery's Walsingham House School, coëducatief wat kleuterschool en lagere school betrof, voor ze naar het Campion, Cathedral of een van de andere destijds-alleen-voor-jongens-toegankelijke elite-instellingen in de stad gingen. Maar de legendarische 'Gunner' met haar hoornen bril met Batmobiel-vinnen wilde de waarheid over mijn toestand niet geloven. 'Te oud voor de kleuterschool,' snoof ze aan het eind van een onderhoud waarin ze mijn drieënhalfjarige ik voortdurend behandelde als de zevenjarige die ze nu eenmaal in mijn stoel zag zitten, 'en voor de lagere school, zo moet ik tot mijn spijt mededelen, onder het niveau.' Mijn moeder was razend. 'Wie-zoal hebt u in uw klas?' brieste ze. 'Einsteins soms? Kleine Alberts en Albertientjes zeker? Een hele schoolvol emcee-kwadraten?'

Maar La Gunnery was niet te vermurwen, en dus werd het onderwijs-aan-huis voor mij. Een stoet privé-leraren volgde, van wie slechts weinigen het langer dan een paar maanden uithielden. Ik verwijt hun niets. Het was begrijpelijk dat ze, geconfronteerd met een achtjarige die bijvoorbeeld ter ere van zijn vriendschap met de schilder V. Miranda had besloten een complete, met was opgestreken en van opgedraaide punten voorziende knevel te cultiveren, op de vlucht sloegen. Hoe ik ook mijn best deed om door te gaan voor een keurig nette, gehoorzame, bescheiden, *normale* persoon, ik was gewoon te zonderling voor hen; dat wil zeggen, totdat mijn eerste privé-lerares werd aangesteld. O Dilly Hormuz, zoete herinnering! Net als de bril van juffrouw Gunnery had haar dikglazige bril vinnen, of vleugels; maar dit waren engelenvleugels. Toen ze begin 1967 arriveerde in een witte jurk en sokjes, het haar samengebonden in dunne vlechtjes, boeken tegen haar boezem geklemd, bijziend met haar ogen knipperend en nerveus babbelend, had ze op het eerste gezicht meer weg van een kind dan ondergetekende. Maar Dilly verdiende een tweede blik, want ook zij was in vermomming. Ze liep op platte schoenen en had de geforceerde gebogen houding waarmee lange meisjes leren hun lengte te maskeren; maar toen we alleen waren, vouwde ze zich al snel open – o, die rijzige prachtige lengte van haar, van haar tamelijk kleine hoofd tot haar fraaie maar gigantische voeten! Ook begon ze – en zelfs na al die jaren veroorzaakt de herinnering een warme gloed van nostalgisch verlangen – zich uit te rekken. Als Dilly zich uitrekte – onder het voorwendsel een boek, een liniaal, een pen te pakken –, onthulde ze mij, en mij alleen, de volheid van het lichaam onder de jurk, en het duurde niet lang of haar strakke niet-knipperende ogen beantwoordden mijn eigen onverbloemde, uitpuilende gapen. Mooie Dilly – want als we alleen waren en ze haar haar losmaakte, als ze haar bril afnam om blind naar me te knipperen met die fascinerende, diepliggende, afwezige ogen, dan openbaarde zich haar ware schoonheid – keek ze haar nieuwe leerling lang en doordringend aan, en zuchtte ze.

'Tien jaar oud, men,' zei ze zachtjes toen we voor het eerst alleen waren. 'Man-welp, je bent het achtste wonder en geen vergissing.' En daarna herinnerde ze zich haar didactische taak en begon haar eerste les door me de zeven antieke en de zeven moderne wereldwonderen van buiten te laten leren – te 'pompificeren', zoals wij het noemden –, daarbij verwijzend naar de curieuze coïncidentie dat op de Malabar Hill ikzelf ('jongeheer Colossus') en de Hangende Tuinen aanwezig waren – alsof de Wonderen zich hier ophoopten en Indiase vormen aannamen.

Achteraf denk ik dat mijn lerares juffrouw Hormuz in mijn jongere ik, in dat afschuwelijke monster waaruit de geest van een kind verward naar buiten gluurde door de portalen van een mooi jongemannenlichaam (want ondanks mijn hand, mijn zelfverachting en behoefte aan troost, zal Dilly schoonheid in me hebben gezien; schoonheid, de vloek van onze familie!), een soort persoonlijke bevrijding vond, omdat ze begreep dat ze me kon commanderen als was ik een kind en ook – hier begeef ik me op glad ijs – me kon aanraken, en zich door me kon laten aanraken, als was ik een man.

Ik weet niet meer hoe oud ik was (hoewel ik zeker mijn Vascoïde knevel al had afgeschoren) toen Dilly ophield mijn fysiek alleen maar te bewonderen en het, eerst schuchter en daarna steeds vrijmoediger, begon te strelen. Innerlijk was ik op een leeftijd dat dergelijke liefkozingen onschuldige blijken waren van de liefde waar ik als een wolf naar hongerde; uiterlijk was mijn lichaam inmiddels in staat tot volledig volwassen reacties. Veroordeel haar niet, want ik kan dat ook niet; ik was een wonder van haar wereld, en zij was eenvoudigweg overweldigd.

Bijna drie jaar lang kreeg ik les op *Elephanta*, en in die duizend en één dagen legden de plaats van handeling en de angst op heterdaad te worden betrapt, ons beperkingen op. Vraagt u me alstublieft niet hoe ver onze liefkozingen gingen; verplicht me niet om, in mijn herinnering, opnieuw te stoppen bij die grenzen waar we geen paspoort voor hadden! De herinnering aan die tijd blijft een adembenemend verlangen, doet mijn hart bonzen, is een wond die niet heelt; want mijn lichaam wist wat ik niet wist, en hoewel het kind half-verbijsterd gevangenzat in de kerker van zijn vlees, begonnen mijn lippen, mijn tong, mijn leden onder haar bedreven handen helemaal onafhankelijk van mijn geest te werken; en op sommige gelukzalige dagen, als we ons veilig voelden of onze drang zo groot werd dat we het risico vergaten, gaven haar handen, haar lippen, haar borsten die over mijn kruis streken, me een een dosis hete en desperate verlichting.

Op sommige dagen pakte ze mijn gehavende hand en legde die dan hier en daar. Zij was het eerste menselijke wezen dat me, op die steelse momenten, het gevoel gaf heel te zijn... en wat haar lichaam ook deed met het mijne, de meeste tijd hield ze een gestage stroom van informatie op gang. We deden niet aan verliefde praat; de slag van Srirangapatnam en de belangrijkste uitvoerprodukten van Japan waren al waarover we minnekoosden. Terwijl onder haar vlinderende vingers mijn lichaamstemperatuur tot ondraaglijke hoogten steeg, hield ze de zaak onder controle door me de tafel van dertien op te laten dreunen, of de valenties van de elementen in het periodiek systeem. Dilly was een meisje dat heel wat te vertellen had, en ze besmette me met kwebbelziekte, iets dat tot op de dag van vandaag voor mij een sterke erotische lading heeft. Als ik erop los klets of ten prooi val aan de babbelzucht van anderen, vind ik dat – hoe zal ik het zeggen? – opwindend. In het vuur van de *bavardage* moet ik vaak mijn handen op mijn schoot leggen om de bewegingen aldaar te verhullen voor de ogen van mijn gezelschap, dat die opwinding maar vreemd zou vinden; of, wat waarschijnlijker is, vermakelijk. Tot nog toe heb ik niet de behoefte gevoeld de bron van dat vermaak te worden. Maar nu moet, en zal, alles gezegd worden; nu nadert mijn levensverhaal, dat weefsel van erectiele praatlust, zijn einde.

Toen ik Dilly Hormuz leerde kennen, was ze een oude vrijster van misschien vijfentwintig en toen ik haar voor het laatst zag, was ze halverwege de dertig. Ze woonde bij haar piepkleine, bejaarde en stekeblinde moeder, die de hele dag op een balkon spreien zat te naaien, waarbij haar naaistersvingers het allang zonder hulp van haar ogen konden stellen. Hoe kon zo'n kleine, tengere vrouw zo'n grote, voluptueuze dochter hebben voortgebracht, vroeg ik me af toen ik op mijn dertiende oud genoeg werd geacht om voor mijn lessen naar Dilly's huis te gaan, omdat het me goed zou doen eens buitenshuis te zijn. Op sommige dagen liet ik de auto staan, wuifde de chauffeur weg en liep – huppelde in feite – de heuvel af naar haar toe, kwam voorbij de fraaie oude apotheek aan de Kemp's Corner – dit was lang voordat die veranderde in de geestelijke woestijn van viaduct-annex-boetiek die het nu is – en de Royal Barber Shop (waar een meesterbarbier met een gespleten verhemelte naast zijn gewone werk ook besnijdenissen deed). Dilly woonde in de duistere, afbladderende krochten van een oud, grauw parsihuis, een en al balkons en krullen, aan de Gowalia Tank Road, een paar deuren verwijderd van de Vijay Stores, dat goddelijke allegaartje van een zaak waar je zowel *Time* kon kopen, om je houten meubels mee te boenen, als *Hope*, om je kont mee af te vegen. Wij Zogoiby's noemden het altijd Jaya Stores, alsof het was genoemd naar onze zuurpruim van een *ayah*, juffrouw Jaya Hé, die daar haar kleine pakjes *Life*, met eucalyptushouten tandenstokers, en *Love*, waarmee ze haar haar hennakleurig verfde, kocht... Met zingend hart en met een gevoel dat veel weghad van extase, betrad ik Dilly's huis, die kleine flat van verarmde, maar nog altijd smaakvolle chic. De kleine vleugel in de voorkamer met daarop foto's in zilveren lijsten, portretten van patriarchen met bloempothoeden met kwastjes eraan en van een vlotte jonge societyschoonheid die de oude mevrouw Hormuz zelf bleek te zijn, getuigden van de betere tijden die haar familie ooit had gekend; net als Dilly's kennis van het Latijn en het Frans. Ik ben mijn Latijn grotendeels kwijt, maar wat ik nog weet van het Frans – taal, literatuur, kussen, toeren; de zweterige namiddaggeneugten van het *cinq à sept* – Dilly, ik heb het allemaal van jou geleerd... Maar nu waren de twee vrouwen veroordeeld tot een leven van privé-onderwijs en spreien. Dit verklaart misschien waarom Dilly zozeer hunkerde naar een man dat ze genoegen nam met een uit zijn krachten gegroeide jongen; waarom ze met gespreide benen op mijn schoot sprong en in mijn onderlip beet, fluisterend: 'Ik heb mijn bril afgezet, men; nu zie ik alleen mijn minnaar, alleen maar.'

≈

Ze was weliswaar mijn eerste geliefde, maar ik denk niet dat ik van haar hield. Ik weet dat omdat ze me blij maakte met mijn toestand, blij dat ik uiterlijk ouder was dan mijn jaren mogelijk zouden hebben gemaakt. Ik was nog een kind; dus wilde ik omwille van haar zo snel mogelijk naar de volwassenheid razen. Ik wilde een man voor haar zijn, een echte man en niet de schijn van een man, en als dat betekende dat ik nog meer van mijn al verkorte tijdsspanne moest opofferen, had ik harentwille met alle plezier dat duivelspact gesloten. Maar toen lang na Dilly de echte liefde, het grote grandioze je ware zich aandiende, hoe hartgrondig haatte ik toen mijn lot! Hoe smartelijk en hartstochtelijk verlangde ik er toen naar het te snelle tikken van mijn onbekommerde inwendige klok te vertragen! Dilly Hormuz heeft het kinderlijke geloof in mijn onsterfelijkheid nooit aan het wankelen gebracht, wat verklaarde waarom ik zo luchthartig mijn kinderjaren wilde vergooien. Maar Uma, mijn Uma, liet me toen ik van haar hield, horen hoe de Dood met bliksemsnelle voetstappen op me af rende; toen, ja toen, hoorde ik iedere dodelijke zwaai van zijn zeis.

≈

Ik groeide op tot man onder Dilly Hormuz' zachte, vaardige hand. Maar – en dit is een moeilijke bekentenis, misschien wel mijn moeilijkste tot nu toe – ze was niet de eerste vrouw die me aanraakte. Dat is me althans verteld, al moet gezegd dat de getuige – onze ayah, juffrouw Jaya Hé, de bazige vrouw van mankepoot Lambajan – een leugenaarster en een dievegge was.

De kinderen van de rijken worden opgevoed door de armen, en aangezien allebei mijn ouders totaal opgingen in hun werk, waren de chowkidar en de ayah vaak mijn enige gezelschap. En al was juffrouw Jaya venijnig als een klauw, met lippen zo scherp als krassen en ogen zo smal als spleten, al was ze dun als ijs en bazig als een tante, ik was en ben haar dankbaar, want in haar vrije tijd was ze een soort trekvogel, ze zwierf graag door de stad om die te bekritiseren, haar tong klakkend, haar lippen tuitend en haar hoofd schuddend over alles wat niet door de beugel kon. Dus het was met juffrouw Jaya dat ik in de B.E.S.T.-trams en -bussen reed, en terwijl zij klaagde dat ze te vol waren, genoot ik heimelijk van al die opeengepakte mensen, zo dicht op elkaar geperst dat je geen privacy meer had en de grenzen van je ik begonnen op te lossen, het gevoel dat we alleen kennen wanneer we ons in mensenmassa's bevinden of verliefd zijn. En met juffrouw Jaya stortte ik me in het fantastische gedrang van de Crawford Market met de fries van de hand van Kiplings pa, met de venters van kippen zowel levend als van plastic, en met juffrouw Jaya drong ik door in de rumholen van Dhobi Talao en waagde ik me in de *chawls*, de huurkazernes, van Byculla (waar ze me mee naartoe nam voor een bezoek aan haar arme – eigenlijk moet ik zeggen *armere* – verwanten die haar met nog-armer-makende koude dranken en koeken ontvingen als een koningin), en met haar at ik watermeloen aan de Apollo Bunder en *chaat* aan de waterkant in Worli, en op al die plekken en hun luidruchtige bewoners, op al die waren en hun opdringerige verkopers, op mijn onuitputtelijke Bombay van de overvloed, raakte ik tot over mijn oren en voor altijd verliefd, ook al gaf juffrouw Jaya zich graag over aan haar buitensporige spotlust, ook al strooide ze met vonnissen waartegen geen beroep mogelijk was: 'Te duur!' (Kippen.) 'Te walgelijk!' (Donkere rum.) 'Te verkrot!' (Chawl.) 'Te droog!' (Watermeloen.) 'Te heet!' (Chaat.) En als we thuiskwamen, wendde ze zich steevast naar mij, met een felle, verbolgen blik: 'Jij, baba: te gelukkig! Dank je gelukkige gesternte.'

Op een dag in mijn achttiende levensjaar – het was in de begintijd van de Noodtoestand, herinner ik me – ging ik met haar naar de Zaveri Bazaar, waar juweliers als de apen Horen, Zien en Zwijgen in piepkleine winkeltjes van een en al spiegel en glas zaten en antiek zilver bij het gewicht kochten en verkochten. Toen juffrouw Jaya een stel zware armbanden te voorschijn haalde en ze aan de taxateur overhandigde, zag ik meteen dat het armbanden van mijn moeder waren. Juffrouw Jaya's blik doorboorde me als een speer; ik voelde mijn tong droog worden en kon niets zeggen. De koop was snel gesloten en we gingen de juwelierswinkel uit de drukte van de straat in, ontweken de handkarren volgeladen met katoenbalen in jutezakken en vastgebonden met metalen strips, de kraampjes met pisangs, mango's, tropenjasjes, filmbladen en riemen, de koelies met enorme manden op hun hoofd, de scooters, de fietsen, de waarheid. We gingen weer terug naar *Elephanta*, en pas nadat we uit de bus waren gestapt, sprak de ayah. 'Te veel,' zei ze. 'In het huis. Zo-veel te-veel dingen.'

Ik antwoordde niet. 'Mensen ook,' zei juffrouw Jaya. 'Die komen. Gaan. Ontwaken. Slapen. Eten. Drinken. In zitkamers. In slaapkamers. In alle kamers. Te veel mensen.' Wat, naar ik begreep, betekende dat, aangezien Aurora moeilijk iemand uit haar vriendenkring kon gaan verdenken, niemand ooit de dader zou kunnen aanwijzen; tenzij ik mijn mond opendeed.

'Jij houdt je mond,' zei juffrouw Jaya, haar troefkaart uitspelend. 'Voor Lambajan. Om hem.'

≈

Ze had gelijk. Ik zou Lambajan niet kunnen verraden; hij leerde me boksen. Hij zorgde ervoor dat mijn vaders desperate voorspelling uitkwam. *Met zo'n vuist ga je de hele wereld tegen de grond slaan.*

In de tijd dat Lambajan twee benen had en geen papegaai, in de tijd voor dat hij Long John Silvervent was geworden, had hij zijn vuisten gebruikt om zijn karige matrozenloon aan te vullen. In de gokstegen van de stad, waar kemphanen en opgehitste beren het publiek in de stemming moesten brengen, had hij enige naam gemaakt als blote-vuistbokser. Oorspronkelijk had hij worstelaar willen worden, want in Bombay kon een worstelaar een grote ster worden, zoals de beroemde Dara Singh, maar na een reeks nederlagen stapte hij over naar de rauwere, ruwere wereld van de straatvechters en kreeg hij bekendheid als een man die kon incasseren. Zijn staat van dienst was heel behoorlijk; hij had al zijn tanden verloren, maar was nooit buiten westen geslagen.

In mijn hele jeugd kwam hij éénmaal per week naar de tuinen van *Elephanta* met lange repen stof waarmee hij mijn handen verbond, om vervolgens naar zijn harige kin te wijzen: 'Daar, baba,' commandeerde hij. 'Laat je superbom maar neerkomen.' Zo kwamen we erachter dat mijn invalide rechterhand iets was om rekening mee te houden, een torpedo, een vuist der vuisten. Eénmaal per week sloeg ik Lamba zo hard ik kon en in het begin week de tandeloze lach niet van zijn gezicht. '*Bas?*' plaagde hij me. 'Dat veerkriebeltje maar? Dat kan mijn vriend de papegaai hier ook.' Maar na een tijd grijnsde hij niet meer. Hij bood nog steeds zijn kin aan, maar nu zag ik dat hij zich schrap zette voor de klap, al de oude reserves uit zijn proftijd mobiliseerde... Op mijn negende verjaardag haalde ik uit en fladderde Totah lawaaierig de lucht in terwijl de chowkidar neerging.

'*Gestampte witte olifanten!*' krijste de papegaai. Ik rende naar de tuinslang. Ik had de arme Lamba bewusteloos geslagen.

Toen hij bijkwam, trok hij zijn mondhoeken vol eerbiedig ontzag omlaag, ging rechtop zitten en porde in zijn bloedende tandvlees. 'Raak, baba,' prees hij me. 'Nu is het tijd om te leren.'

We hingen een met rijst gevulde peluw aan een tak van een plataan en als Dilly Hormuz klaar was met haar onvergetelijke lessen, kreeg ik les van Lambajan. De volgende acht jaar oefenden we. Hij leerde me strategie, bokskunst zonder ring. Hij scherpte mijn positiegevoel en bovenal mijn verdediging. 'Denk niet dat je nooit geraakt zult worden, baba, en zelfs met die vuist kun je niet slaan als je sterretjes ziet.' Lambajan was een trainer wiens bewegingsvrijheid maar al te duidelijk beperkt was; maar met welk een herculische wilskracht probeerde hij zijn handicap te overwinnen! Als we sparden, gooide hij zijn kruk van zich af en stuiterde in het rond als een menselijke springstok.

Naarmate ik ouder werd, werd mijn wapen steeds machtiger. Ik merkte dat ik me moest inhouden, mijn stoten intomen. Ik wilde Lambajan niet te vaak of te hard buiten westen slaan. Ik zag een beeld voor me van een versufte chowkidar die brabbelend sprak en mijn naam vergat, en ik ging zachter slaan.

Tegen de tijd dat juffrouw Jaya en ik naar de Zaveri Bazaar gingen, was ik zo goed geworden dat Lambajan fluisterde: 'Baba, als je echte actie wilt, hoef je maar te kikken.' Dit was opwindend, beangstigend. Durfde ik dat? Mijn boksbal sloeg tenslotte niet terug, en Lambajan was een sparringpartner die ik al heel lang kende. Wat als een tweebenige tegenstander, bestaande uit vlees en bloed in plaats van rijst en jute, tweevoetige kringetjes rond me danste en me bont en blauw sloeg? 'Je vuist is klaar,' zei Lambajan schouderophalend. 'Maar of je hart het ook is, weet ik niet.'

En dus kikte ik, uit pure bloeddorst, en gingen we voor de eerste keer naar die naamloze stegen in Bombay Central. Lamba stelde me eenvoudigweg voor als 'De Moor', en omdat hij bij me was, ontmoette ik minder minachting dan ik had verwacht. Maar toen hij zei dat ik een beginnende bokser was van boven de zeventien, ging er een bulderend gelach op, want voor alle toeschouwers was ik duidelijk een man van in de dertig die al grijs begon te worden, waarschijnlijk een of andere kerel op zijn laatste benen die bij wijze van gunst door de eenbenige Lamba werd getraind. Maar behalve sneren klonken er ook stemmen vol misplaatste bewondering. 'Misschien is hij wel goed,' zeiden die stemmen, 'want hij is na al die jaren nog steeds mooi.' Toen kwamen ze met mijn tegenstander, een Sikh *salah* met loshangend haar die minstens zo groot was als ik, en ze merkten terloops op dat deze klerenkast net twintig was maar al twee kerels had vermoord in dit soort partijen en gezocht werd door de politie. De moed zonk me in de schoenen en ik keek naar Lambajan, maar die gaf slechts een kalm knikje en spoog op zijn rechterpols. Dus spoog ik op de mijne en liep naar de moordenaar. Hij kwam recht op me af, boordevol zelfvertrouwen, want hij dacht dat hij een voordeel van veertien jaar op me had en dit oudje in een mum zou hebben ingemaakt. Ik dacht aan de rijstpeluw en haalde uit. De eerste keer dat ik hem raakte, ging hij naar de grond en bleef daar heel wat langer dan tien tellen. En wat mij betreft, al na die ene klap kreeg ik tranend en piepend een astma-aanval, en wel zo ernstig dat ik ondanks mijn overwinning begon te twijfelen of er in deze branche een toekomst voor me was weggelegd. Lambajan lachte me uit op weg naar huis. 'Ik heb veel jongens de stuipen zien krijgen en schuimbekkend zien neervallen na hun eerste keer, gewonnen of verloren. Je weet niet half wat je in je hebt, baba,' voegde hij er verrukt aan toe. 'Niet alleen een knalharde stoot maar ook te veel snelheid. Kloten ook.' Ik had geen schrammetje, merkte hij op, en bovendien hadden we een aardig stapeltje zakgeld te verdelen.

Dus ik kon Lamba's vrouw natuurlijk niet van diefstal beschuldigen, zodat ze beiden ontslagen zouden worden. Ik kon mijn manager niet verliezen, de man die me op mijn talent had gewezen... En toen juffrouw Jaya eenmaal zeker was van haar macht over mij, begon ze die uit te spelen, onze spullen te stelen terwijl ik toekeek, ervoor oppassend dat ze het niet te vaak deed of te veel stal – nu eens een jaden doosje, dan weer een kleine gouden broche. Er waren dagen dat ik Aurora en Abraham hoofdschuddend naar een lege plek zag staren, maar juffrouw Jaya bleek het goed te hebben gezien: ze voelden de bedienden aan de tand, maar lieten nooit de politie komen, want ze wilden hun huispersoneel de zachte behandeling van de Bombayse politie besparen en hun vrienden niet in verlegenheid brengen. (En ik vraag me ook af of Aurora zich herinnerde hoe ze zelf lang geleden op Cabral Ganesha beeldjes stal en liet verdwijnen. Van *te-veel-olifanten* naar *Elephanta* was een lange weg geweest; kreeg ze verwijten van haar jongere ik, zodat ze zelfs wat sympathie voor de dief voelde, wat solidariteit?)

In deze periode van dieverij vertelde juffrouw Jaya me het verschrikkelijke geheim van mijn vroegste jeugd. We liepen op het Scandal Point, aan de overkant van het grote Chamchawala-huis, en ik denk dat ik iets had gezegd – de Noodtoestand was nog maar pas uitgeroepen, herinner ik me – over de ongezonde verhouding tussen mevrouw Indira Gandhi en haar zoon Sanjay. 'De hele natie betaalt voor dat moeder-zoon-probleem,' zei ik. Juffrouw Jaya, die tong-klakkend haar afkeuring liet blijken van de jonge geliefden die hand in hand langs de zeewering liepen, snoof vol afschuw. 'Moet jij nodig zeggen,' zei ze. 'Jouw familie. Pervers stelletje. Je zusters en moeder ook. In je babytijd. Hoe ze met je speelden. Te walgelijk.'

Ik wist niet, heb nooit geweten, of ze de waarheid zei. Juffrouw Jaya Hé was een mysterie voor me, een vrouw zo boos op haar levenslot dat ze in staat was tot de meest bizarre wraak. Het was dus een leugen, dan; ja, het was vermoedelijk een gemene leugen; maar wat wel waar is – laat me dit onthullen nu ik in de stemming ben voor onthullingen –, is dat ik ben opgegroeid met een ongebruikelijke *laissez-faire*-houding ten opzichte van mijn primaire geslachtsorgaan. Ik mag u mededelen dat mensen het van tijd tot tijd hebben vastgegrepen – jawel! – of anderszins, zowel zachtzinnig als dwingend, zijn diensten hebben geëist, of me hebben geïnstrueerd hoe, waar, met wie en voor hoeveel het aan te wenden, en over het algemeen heb ik volgaarne mijn medewerking verleend. Is dat wel normaal? Ik denk van niet, *begums* en *sahibs*... Gebruikelijker is het dat ditzelfde orgaan bij andere gelegenheden zelf instructies heeft gegeven, en ook die heb ik – wat mannen eigen is – zo mogelijk proberen uit te voeren; met rampzalige gevolgen. Als juffrouw Jaya niet loog, valt dit gedrag misschien te verklaren uit die vroege liefkozingen waarop zij zo hatelijk zinspeelde. En als ik eerlijk ben, kan ik me dergelijke taferelen ook wel voorstellen, lijken ze me volstrekt geloofwaardig: mijn moeder die met mijn *soo-soo* speelt terwijl ze me de borst geeft, of mijn drie zusjes die zich rond mijn wieg verdringen en aan mijn bruine kettinkje trekken. *Pervers stelletje. Te walgelijk.* Aurora, dansend boven de Ganpati-menigten, had het over de grenzeloosheid van de menselijke perversiteit. Het kan dus waar zijn geweest. Het kan. Het kan.

Mijn god, wat waren we voor familie, zoals we samen de Waterval van de Ondergang indoken? Ik heb gezegd dat ik het *Elephanta* van die tijd als een paradijs beschouw, en dat is ook zo – maar misschien kunt u zich voorstellen dat het voor een buitenstaander veel meer weghad van de hel.

≈

Ik weet niet zeker of mijn oudoom Aires da Gama echt een buitenstaander kan worden genoemd, maar toen hij op tweeënzeventigjarige leeftijd voor het eerst in Bombay kwam opdagen, was hij zo'n jammerlijk hoopje mens dat Aurora Zogoiby hem alleen herkende aan de buldog Jawaharlal aan zijn zijde. Het enige rudiment van de opgeblazen anglofiele dandy van weleer was een zekere elegante indolentie in woord en gebaar, die ik, de geneugten der traagheid cultiverend in mijn nietaflatende strijd tegen mijn te-hoge-toerental-lot, uit alle macht trachtte te imiteren. Hij zag er ziek uit – holle ogen, ongeschoren, ondervoed – en het zou me niet hebben verbaasd als zijn oude ziekte was weergekeerd. Maar hij was niet ziek.

'Carmen is dood,' zei hij. (Dat was de hond natuurlijk ook, al tientallen jaren. Aires had Harrewar laten opzetten en onder zijn poten waren zwenkwieltjes geschroefd, zodat zijn baas hem aan een riem kon blijven meetrekken.) Aurora had medelijden met hem en zette alle oude familieressentimenten opzij, installeerde hem in de meest luxueuze logeerkamer, met de zachtste matras en sprei en het mooiste uitzicht op zee, en verbood ons allemaal te giechelen als Aires tegen Jawaharlal praatte alsof die nog leefde. De eerste week was oudoom Aires heel zwijgzaam aan tafel, alsof hij liever niet de aandacht op zich vestigde uit angst dat dit zou resulteren in een hervatting van de oude vijandelijkheden. Hij at maar weinig, al leek hij dol op de nieuwe limoen- en mangopickles van Braganza Brand die de stad de laatste tijd stormenderhand hadden veroverd; we probeerden niet te kijken, maar uit onze ooghoeken zagen we hoe de oude heer langzaam zijn hoofd van links naar rechts draaide, alsof hij op zoek was naar iets wat hij had verloren.

Op zijn reizen naar Cochin had Abraham Zogoiby korte, geforceerde beleefdheidsbezoekjes gebracht aan het huis op Cabral, zodat we wel iets wisten van de verbijsterende ontwikkelingen in die praktisch afgehakte tak van onze twistzieke clan; en in de loop van de tijd vertelde oudoom Aires ons het hele treurige, prachtige verhaal. De dag dat Travancore-Cochin de staat Kerala werd, had Aires da Gama afstand gedaan van zijn geheime visioen dat de Europeanen ooit naar de Malabar Coast zouden terugkeren en zich teruggetrokken in een isolement waarin hij zijn levenslange filisterij afzwoer om alle Engelse klassieken te gaan lezen, zich troostend met het beste van de oude wereld als tegenwicht voor de stuitende grillen van de geschiedenis. De andere polen van die ongewone huiselijke driehoek, oudtante Carmen en Prins Hendrik de Zeevaarder, waren steeds meer op elkaar aangewezen en werden goede vrienden, die tot diep in de nacht kaartten om hoge, zij het nominale inzetten. Na enige jaren pakte Prins Hendrik het notitieboekje waarin hij de stand bijhield en deelde Carmen mee, met slechts een half lachje, dat zij hem nu haar hele fortuin schuldig was. Op dat moment kwamen de communisten aan de macht, waarmee Camoens' droom in vervulling ging, en Prins Hendriks ster steeg met die van de nieuwe regering. Hij had zich, met zijn goede connecties in de haven van Cochin, kandidaat gesteld en was met een verpletterende meerderheid in het parlement van de staat gekozen zonder dat hij campagne had hoeven voeren. Op de avond dat hij haar vertelde van zijn nieuwe loopbaan, won Carmen, geïnspireerd door het nieuws, haar verloren fortuin tot op de laatste roepie terug in een marathon-pokerspel dat culmineerde in één enkele gigantische pot. Prins Hendrik had Carmen altijd laten merken dat ze zo zwaar verloor omdat ze nooit wilde passen, maar ditmaal was hij het die verstrikt raakte in haar web, door de vier vrouwen in zijn hand verleid zijn inzet te verhogen tot duizelingwekkende hoogten. Toen ze hem ten slotte haar vier heren kon laten zien, begreep hij dat ze in al de jaren dat ze alleen maar verloor, stilletjes had geleerd te sjoemelen; dat hij het slachtoffer was geworden van de langste zwendel in de geschiedenis van het kaarten. Weer arm geworden prees hij haar achterbakse hand.

'De armen zullen nooit zo sluw zijn als de rijken, dus zullen ze het uiteindelijk altijd afleggen,' zei ze poeslief tegen hem. Prins Hendrik stond op van de kaarttafel, kuste haar op haar hoofd en wijdde de rest van zijn werkende leven, in of buiten de regering, aan het onderwijsbeleid van de Partij, want alleen door onderwijs zouden de armen ooit Carmen da Gama's uitspraak kunnen ontkrachten. En de alfabetiseringsgraad van de nieuwe staat Kerala werd inderdaad de hoogste in heel India – Prins Hendrik bleek een snelle leerling –, en toen begon Carmen da Gama een krant voor de nieuwe massa lezers in de vissersdorpen aan de kust en ook de rijstdorpen aan de binnenwateren vol hyacinten. Ze ontdekte dat ze een waar talent als participerend eigenaar bezat en haar krant werd een groot succes bij de armen, tot grote woede van Prins Hendrik, omdat de krant weliswaar pretendeerde een rechtgeaarde radicale koers te volgen, maar de mensen op de een of andere manier van de Partij wist te vervreemden, en toen de macht in de staat werd overgenomen door de anticommunistische coalitie, weet Prins Hendrik dat evenzeer aan de achterbakse, met gespleten tong sprekende krant van stechelende Carmen als aan de inmenging van de centrale regering in Delhi.

In 1974 maakte Aires da Gama's ex-minnaar (want hun verhouding was allang verleden tijd) een tocht naar de Spice Mountains om een bezoek te brengen aan het florerende olifantenreservaat waarvan hij beschermheer was geworden, en verdween. Carmen hoorde het nieuws op haar zeventigste verjaardag en werd hysterisch. De koppen in haar krant werden moddervet en spraken van kwade opzet. Maar er werd nooit iets bewezen; het lichaam van Prins Hendrik werd nooit gevonden en na een fatsoenlijk geachte wachttijd werd de zaak gesloten. Na het verlies van de man die haar beste vriend en vriendelijkste rivaal was geworden, was

Carmen niet meer zichzelf, en op een nacht droomde ze dat ze aan een door beboste heuvels omringd meer stond en dat Prins Hendrik, gezeten op een wilde olifant, haar wenkte. 'Ik ben niet vermoord,' vertelde hij haar. 'Het was gewoon tijd om te passen.' De volgende morgen zaten Aires en Carmen voor de laatste maal in hun eilandtuin, en Carmen vertelde haar man de droom. Aires boog het hoofd, hij had de betekenis van het visioen begrepen, en keek pas weer op toen hij het porseleinen theekopje van zijn vrouw uit haar levenloze handen hoorde vallen.

≈

Ik probeer me voor te stellen wat voor indruk *Elephanta* moet hebben gemaakt op oudoom Aires toen hij arriveerde met een opgezette hond en een gebroken hart, de verbijstering die het in zijn verzwakte geest moet hebben gewekt. Wat zal hij na het vrijwel volledige isolement van Cabral niet hebben gedacht van de dagelijkse heibel *chez nous*, van Aurora's reusachtige ego en de perioden van hevige werkdrift die haar dagen achtereen aan het oog onttrokken, totdat ze scheel van honger en vermoeidheid haar atelier uit wankelde; van mijn drie getikte zusters en Vasco Miranda, van de stelende juffrouw Jaya en de eenbenige Lambajan en Totah en Dilly Hormuz' bijziende begeerte? Wat van míj?

En dan was er het constante komen en gaan van schilders en verzamelaars en galerielui en kijklustigen en modellen en assistentes en maîtresses en naakten en fotografen en inpakkers en steenhandelaren en penseelverkopers en Amerikanen en leeglopers en verslaafden en professoren en journalisten en beroemdheden en critici en het eindeloze gezwets over *het probleem van het Westen* en *de mythe van de authenticiteit* en *de logica van de droom* en de *weke contouren* van Sher-Gils figuratie en de aanwezigheid van zowel *vervoering* als *kritiek* in het werk van B.B. Mukherjee en de valse *progressiviteit* van Souza en de *centraliteit van het magische beeld* en de *spreuk* en het verband tussen *gebaar* en *geopenbaarde motieven*, om nog maar te zwijgen van verhitte discussies over *hoe-veel* en *voor-wie* en *groepsexposities* en *eenmanstentoonstellingen* en *New York* en *Londen*, en de komende en gaande stoeten schilderijen, schilderijen en nog eens schilderijen. Want het was alsof iedere schilder in het land behoefte had de pelgrimstocht naar Aurora's voordeur te maken om haar zegen over hun werk af te smeken – die ze gaf aan de ex-bankier met zijn lichtende verindiaaste *Laatste avondmaal* en bruusk onthield aan de talentloze egotripper uit New Delhi met zijn mooie echtgenote de danseres, met wie Aurora wegging om haar Ganpati-nummer te oefenen, de schilder alleenlatend met zijn afschuwelijke doeken... Was deze grandioze te-veelheid gewoonweg te veel voor de arme oude Aires? – In welk geval onze eerdere veronderstelling dat het paradijs van de ene jongen andermans hel kan zijn, misschien overtuigend bewezen is.

Helaas voor dat soort hypothesen! De waarheid was heel anders. Laat me meteen zeggen dat oudoom Aires op *Elephanta* meer dan een toevluchtsoord vond. Tot zijn en ieders verbazing vond hij er een moment van late, gelukzalige kameraadschap. Niet liefde misschien. Maar 'iets'. Het 'iets' dat veel, veel beter is dan 'niets', zelfs aan het einde van al onze half-bevredigde dagen.

Veel schilders die aan de voeten van de grote Aurora kwamen zitten, verdienden de kost met ander werk en binnen onze muren heetten ze – om er slechts enkelen te noemen – de Dokter, de Vrouwelijke Dokter, de Radioloog, de Journalist, de Professor, de Sarangi-speler, de Toneelschrijver, de Drukker, de Conservator, de Jazz-zanger, de Advocaat en de Boekhouder. Het was deze laatste – de kunstenaar die zonder twijfel de fakkel van Aurora heeft overgenomen – die zich over Aires ontfermde: een sluikharige veertiger was hij toen, met een enorme bril met de omvang en vorm van draagbare tv's en daarachter zo'n volmaakt onschuldige blik dat je onmiddellijk dacht in het ootje genomen te worden. Binnen enkele weken was hij mijn oudooms beste vriend. In dat laatste jaar van zijn leven werd oudoom Aires het vaste model van de Boekhouder, en ik denk ook zijn minnaar. Je hoeft maar naar de schilderijen te kijken, vooral het uitzonderlijke *Je kunt niet altijd krijgen wat je wilt*, 114 × 114 cm, olieverf op doek, met een druk Bombays straattafereel – misschien de Muhammad Ali Road – dat vanaf een balkon op de eerste verdieping wordt bekeken door de naakte figuur van Aires da Gama, ten voeten uit afgebeeld, rank-en-slank als een jonge god, maar met de onvervulde, onvervulbare, onuitgesproken, onuitsprekelijke verlangens van de ouderdom in iedere penseelstreek van zijn geschilderde gestalte. Aan zijn voeten zit een oude buldog; en misschien is het alleen mijn verbeelding, maar onder hem in de menigte – ja, precies daar! – die twee minuscule figuurtjes op de olifant met de Vimtoreclame op zijn flanken geschilderd! – zijn dat misschien – ja vast! – Prins Hendrik de Zeevaarder en Carmen da Gama, die oudoom wenken om met hen te gaan?

(Er waren eens twee figuren in een boot, één in een bruidsjurk, één niet, en een derde figuur alleen achtergelaten in haar huwelijksbed. Aurora heeft dat pijnlijke tafereel vereeuwigd; en hier, in het werk van de Boekhouder, ging het ongetwijfeld om dezelfde drie figuren. Alleen waren ze anders gerangschikt. De dans was doorgegaan; was een dodendans geworden.)

Kort na de voltooiing van *Je kunt niet altijd krijgen wat je wilt* overleed Aires da Gama. Aurora, en ook Abraham, reisden naar het zuiden om hem te begraven. In weerwil van de gewoonte in de tropen, waar mensen haastig naar hun rustplaats gaan om met hun talmen de wereld niet in een kwade reuk achter te laten, belde mijn moeder de begrafenisonderneming, Firma Mahalaxmi BezorgeLijk (motto: 'Lijk is hier? U wilt het daar? Geen gemier! We staan voor u klaar!') en liet Aires op ijs leggen voor de reis, om hem naast Carmen bij te zetten in de gewijde grond van het familiegraf op Cabral, waar Prins Hendrik de Zeevaarder, als hij ooit besloot op zijn olifant uit de Spice Hills af te dalen, hem zou kunnen vinden. Toen Aires arriveerde op zijn laatste bestemming en ze zijn aluminium Bezorgtank openden om hem in zijn kist te leggen, zag hij eruit – zoals Aurora ons vertelde – als een 'grote blauwe ijslolly'. Zijn wenkbrauwen zaten vol rijp en hij was kouder dan het graf. 'Geeft niet, oom,' prevelde Aurora tijdens de begrafenisdienst, waar zij en Abraham de enige aanwezigen waren. 'Waar u heengaat, zullen ze u snel opwarmificeren.'

Maar haar hart was er niet bij. De ruzies van het verleden waren allang vergeten. Het huis op Cabral was als een fossiel, een futiliteit. Zelfs de kamer die Aurora als wonderkind in de tijd van haar 'huisarrest' had volgeschilderd, interesseerde haar niet meer, want ze had zich nog vaak met die thema's beziggehouden, was obsessief weergekeerd naar de mythisch-romantische schilderwijze waarin geschiedenis, familie, politiek en fantasie elkaar verdrongen zoals de mensenmassa's op het V.T. en Churchgate Station; en was ook weergekeerd naar die studie van een alternatieve visie op India-als-moeder, niet de sentimentele dorpsmoeder van Nargis maar een moeder van steden, even harteloos en beminnelijk, schitterend en duister, veelvoudig en eenzaam, aantrekkend en afstotend, bezwangerd en leeg, oprecht en bedrieglijk als de mooie, wrede, onweerstaanbare metropool zelf. 'Mijn vader dacht dat dit een meesterwerk was,' zei ze tegen Abraham toen ze in de beschilderde kamer stonden. 'Maar zoals je ziet, zijn het niet meer dan de eerste stapjes van een kind.'

Aurora liet het oude huis voorzien van stoflakens en vergrendelen. Ze is nooit meer teruggegaan naar Cochin en zelfs toen ze dood was, bespaarde Abraham haar de vernedering om als een ingevroren vis naar het zuiden te worden gevlogen. Hij verkocht de oude villa en het werd een vervallen, niet te duur hotel voor jeugdige rugzaktoeristen en Indiase oudgedienden die met een karig pensioen terugkwamen voor een laatste blik op hun verloren wereld. Uiteindelijk is het, althans dat heb ik gehoord, ingestort. Ik vind het jammer; maar aan de andere kant ben ik, denk ik, de enige in onze familie die iets om het verleden geeft.

Toe oudoom Aires stierf, hadden we allemaal het gevoel dat we een keerpunt hadden bereikt. Op ijs gelegd, blauw, markeerde hij het einde van een generatie. Nu was het onze beurt.

≈

Ik besloot niet langer met juffrouw Jaya mee te gaan op haar uitstapjes door de stad. Maar het bleek ook niet voldoende er afstand van te nemen; de gebeurtenissen in de Zaveri Bazaar bleven me dwarszitten. Dus uiteindelijk wendde ik me tot Lambajan bij de poort en vertelde hem, diep blozend in de wetenschap dat ik hem vernederde, wat ik wist. Toen ik klaar was, keek ik hem met angst en beven aan. Ik had immers nooit eerder een man verteld dat zijn vrouw een dievegge was. Zou hij met me willen vechten om zijn familie-eer, me ter plekke doden? Lambajan zei niets, en zijn stilte straalde van hem af, dempte het getoeter van taxi's, de kreten van de sigarettenverkoper, het gegil van straatjochies die vechtvliegerden, hoepelden en verkeertje-pestten, en de harde muziek die klonk uit het Iraanse restaurant 'Sorrygeen' heuvelopwaarts (zo genoemd vanwege het reusachtige bord bij de ingang met het opschrift *Sorry, Geen Alcoholische Dranken, Geen Antwoord op Vragen naar Adressen in Omgeving, Geen Haren Kammen, Geen Rundvlees, Geen Pingelen, Geen Water Tenzij Bij Bestelling van Eten, Geen Nieuws- of FilmKrant, Geen Samen Delen van Vloeibare Substanties, Geen Gerook, Geen Lucifer, Geen Feletoon Gesprekken, Geen Binnenkomen met Eigen*

Etenswaren, Geen Gepraat over Paarden, Geen Sigret, Geen Tijdverspilling in Zaak, Geen Stemmen Verheffen, Geen Wisselgeld, en een zeer belangrijk laatste paar: *Geen Zachter Zetten van Geluid – Het Is Zoals We Willen*, en *Geen Verzoeknummers – Alle Gekozen Liedjes zijn Smaak van Eig*). Zelfs de teringpapegaai leek geïnteresseerd in het antwoord van de chowkidar.

'In mijn werk, baba,' zei Lambajan uiteindelijk, 'zie je veel waarvoor je op je hoede moet zijn. Een man komt met goedkope edelstenen, de dames van het huis moeten worden beschermd. Een andere persoon komt met slechte horloges aan zijn arm, ik moet hem wegjagen. Bedelaars, *badmashes*, *lafanga's*, allemaal. Beter dat ze hier weggaan en zo doe ik mijn werk. Ik sta met mijn gezicht naar de straat en wat die vraagt, daar geef ik antwoord op. Maar nu hoor ik dat ik ook ogen in mijn achterhoofd moet hebben.'

'Oké, laat maar zitten,' zei ik onhandig. 'Je bent boos. Vergeet de hele zaak maar.'

'Je weet het niet, baba, maar ik ben een godvrezend man,' vervolgde Lamba, alsof ik niets had gezegd. 'Ik sta voor dit goddeloze huis op wacht en hou mijn mond. Maar in de Walkeshwar Tank en de Mahalaxmi-tempel kennen ze mijn arme gezicht. Nu moet ik offer gaan brengen aan Lord Ram en vragen om extra achterogen. Ook om dove oren, zodat ik die zo-erge te-erge dingen niet kan horen.'

Nadat ik juffrouw Jaya had beschuldigd, hield het stelen op. Er werd geen woord tussen ons gewisseld, maar Lamba had gedaan wat nodig was en haar jatterstijd was voorbij. Ook iets anders was ten einde: Lambajan was niet langer mijn bokstrainer, hinkte niet langer de tuin rond, roepend: 'Kom op, meneer papegaai; wil je me kriebelen met een veer? Geef me je hardste klap!', wenste me niet langer mee te nemen naar de straatboksersssteeg om een vuist te maken tegen de grootse schurken van de stad. De vraag of mijn bokstalent gefnuikt zou worden door mijn ademhalingsproblemen, moest nog jaren op een antwoord wachten. Onze relatie was zeer gespannen en herstelde zich eigenlijk pas weer na mijn eigen grote val. En in de tussentijd intrigeerde juffrouw Jaya Hé en nam zij met succes wraak.

Dat was mijn tijd in het paradijs: een vol leven, maar zonder vrienden. Omdat ik niet naar school mocht, miste ik leeftijdgenoten; en in deze wereld waarin schijn werkelijkheid wordt en we moeten zijn wat we lijken, werd ik snel een volwassene in naam, door iedereen als zodanig aangesproken en behandeld, buitengesloten uit mijn eigen wereld. Wat droomde ik van onschuld! – van kinderdagen met cricketen op de Cross Maidan, tochtjes maken naar het strand van Juhu of Marvé of de Aarey Milk Colony, visselippen trekken tegen de klipvissen in het Taraporevala Aquarium en samen met je vriendjes zalig mijmeren over de vraag hoe je ze moest eten; van korte broeken, riemen met slangengespen, de verrukking van pistache-*kulfi*, Chinees eten halen en de eerste onhandige zoenen van de jeugd; van zwemlessen op zondagochtend in de Willingdon Club met de instructeur die zijn leerlingen graag de stuipen op het lijf joeg door plat op de bodem van het zwembad te gaan liggen en alle lucht uit zijn longen te laten ontsnappen. Het meer-dan-levensgrote kinderleven, de achtbaanhoogten en -diepten, de bondgenootschappen en ontrouw, het jongensachtige stoeien-met-schaafwonden, dat alles werd me ontnomen door mijn lengte en uiterlijk. Mijn Eden was een wetend Eden. Toch was ik er gelukkig.

– *Waarom? – Waarom? – Waarom?* –

– *Da's gemakkelijk: omdat het thuis was.* –

Dus, ja, ik was er gelukkig, te midden van de wilde volwassen levens, de beproevingen van mijn zusters en de ouderlijke bizarriteiten die alledaags waren gaan lijken, en dat in zekere zin nog steeds zijn, die me nog steeds doen denken dat juist het idee van de norm bizar is, de gedachte dat menselijke wezens *normale, alledaagse* levens leiden... Neem een kijkje in een willekeurig huishouden, wil ik maar zeggen, en je vindt een macaber wonderland dat even ongetemd is als dat van onszelf. En misschien heb ik gelijk; of misschien maakt ook die mentaliteit deel uit van mijn klacht, misschien is ook die – wat? – opgefokte afwijkende manier van denken helemaal mijn moeders schuld.

Mijn zusters zouden dat vermoedelijk beamen. O mijn Ina, Minnie, Mynah zo lang geleden! Wat moeilijk voor ze om hun moeders meisjes te zijn. Ze waren mooi, maar zij was nog mooier. De toverspiegel aan haar slaapkamerwand had nooit een voorkeur voor de jongere vrouwen. En ze was slimmer, en getalenteerder, en had er een handje van iedere jonge vrijer die haar dochters aan haar durfden voor te stellen, in te palmen en zo diep in haar ban te brengen dat ze de kansen van de meisjes voorgoed bedierf; de jongens, verblind door de moeder, zagen arme Eeny-Meenie-Miney helemaal niet meer... En dan was er ook nog haar scherpe tong en haar gebrek aan een schouder om op uit te huilen en haar bereidheid hen in hun jeugd tijdenlang achter te laten in de knokige, vreugdeloze klauwen van juffrouw Jaya Hé... Aurora verloor hen allemaal, moet u weten, ze vonden allemaal een manier om haar te verlaten, al hielden ze bitter veel van haar, hartstochtelijker dan zij van hen kon houden, sterker dan ze bij gebrek aan haar wederliefde ooit van iemand anders konden houden.

Ina, de oudste, de Ina van de gehalveerde naam, was de mooiste van het drietal, en ook, ben ik bang, wat haar zusters wel 'het Familiesuffie' noemden. Aurora, altijd de lieve en loyale mama, kon op de luisterrijkste bijeenkomsten luchtig in Ina's richting wenken en tegen haar gasten zeggen: 'Zij-tho is alleen om naar te kijkificeren, niet om tegen te prato-en. Het arme kind heeft een beperkt stel hersenen.' Op achttienjarige leeftijd raapte Ina al haar moed bijeen om gaatjes in haar oren te laten maken bij Jhaveri Bros, de juwelierszaak aan de Warden Road, en ze zag haar moed helaas beloond met een infectie; aan de achterkant van haar oren verschenen grote etterende knobbels die alleen maar erger werden doordat ze uit ijdelheid besloot ze open te houden en de pus weg te vegen. Uiteindelijk moest ze poliklinisch worden behandeld in het ziekenhuis, en de hele treurige episode, die drie maanden duurde, gaf haar moeder een nieuw wapen tegen haar in handen. 'Je had ze beter kunnen laten afsnijdo-en,' beet Aurora haar toe. 'Misschien zouden ze dan niet meer dichtzitten. Want ze zitten wel dicht, hè? Met oorsmeer of een prop. Buitenkant is fantastisch, maar er gaat nooit iets in.'

Ongetwijfeld stopte ze haar oren dicht tegen haar moeder en beconcurreerde ze haar op de enige manier die ze kende: met haar uiterlijk. Ze bood zich aan als model bij de ene na de andere mannelijke kunstenaar uit Aurora's kring – de Advocaat, de Sarangi-speler, de Jazzzanger – en als ze in hun atelier haar buitengewone lichaamsbouw onthulde, zoog de gravitatie daarvan hen direct bij haar naar binnen; als uit hun baan geraakte satellieten maakten ze noodlandingen op haar zachte glooiingen. Na iedere verovering zorgde ze ervoor dat haar moeder een liefdesbriefje of pornografische schets vond, als was ze een Apachekrijger die scalps toonde aan het grote opperhoofd in zijn tent. Behalve met kunst ging ze zich ook bezighouden met commercie en ze werd de eerste Indiase mannequin en covergirl – *Femina, Buzz, Celebrity, Patakha, Debonair, Bombay, Bombshell, Ciné Blitz, Lifestyle, Gentleman,*

Eleganza, Chic-uitgesproken-als-chick – wier faam die van de Bollywood-filmsterren naar de kroon stak. Ina werd een zwijgende seksgodin, bereid de meest exhibitionistische kleding te dragen, ontworpen door de nieuwe generatie radicale jonge ontwerpers in de stad, kleding zo onthullend dat veel topmeisjes zich ervoor schaamden. Ina, die geen schaamtegevoel had, met haar heupwiegende supergang, stal steeds de show. Haar gezicht op een tijdschriftomslag verhoogde naar schatting de verkoop met een derde; maar ze gaf geen interviews, weigerde haar intiemste geheimen prijs te geven, zoals de kleur van haar slaapkamer of haar favoriete film-*heero* of het liedje dat ze het liefst neuriede als ze in bad zat. Ze gaf schoonheidsadviezen noch handtekeningen. Ze bleef gereserveerd: op-en-top de deftige dame van de Malabar Hill liet ze de mensen denken dat ze alleen 'voor het genoegen' als model werkte. Haar zwijgen maakte haar alleen maar interessanter; het gaf mannen de kans hun eigen versie van haar te fantaseren en stelde vrouwen in staat zich te verplaatsen in haar sandaaltjes en krokodilleleren schoenen. Op het hoogtepunt van de Noodtoestand, toen in Bombay alles min of meer zijn normale gang ging, behalve dat iedereen de trein miste omdat ze op tijd waren gaan rijden, toen de pestkiemen van het communale fanatisme zich nog verspreidden en de ziekte nog niet was uitgebroken in de metropool – in die vreemde tijd werd mijn zuster Ina door de jonge, tijdschriftlezende vrouwen van de stad gekozen tot Rolmodel nummer 1 en ze versloeg daarmee mevrouw Indira Gandhi met twee tegen één.

Maar mevrouw Gandhi was niet de rivale die ze probeerde te verslaan, en haar triomfen verloren iedere betekenis doordat Aurora niet toehapte en haar losbandigheid en exhibitionisme veroordeelde; totdat het Ina ten slotte lukte haar beroemde moeder het epistolaire bewijs van een affaire te sturen – een heimelijk weekend, zo bleek, in het Lord's Central House te Matheran – met Vasco Miranda. Dat deed het 'm. Aurora ontbood haar oudste dochter, schold haar uit voor nymfomane hoer en dreigde haar uit huis te zetten. 'U hoeft me geen zet te geven,' antwoordde Ina trots. 'Maakt u zich maar geen zorgen meer; ik-tho spring wel.'

Nog geen vierentwintig uur later was ze ervandoor naar Nashville, Tennessee, met de jonge playboy en enige erfgenaam van wat resteerde van het Cashondeliveri-familiefortuin nadat Abraham de vader en oom had uitgekocht. Jamshedjee Jamibhoy Cashondeliveri genoot in Bombays nachtclubs bekendheid als zanger, onder het pseudoniem 'Jimmy Cash', van wat hij 'Country&Eastern'-muziek noemde, nasale liedjes over ranches en treinen en liefde en koeien, met een typisch Indiase inslag. Nu hadden hij en Ina de benen genomen naar het wilde Westen, waren met hun liefde aan de zwier. Ze noemde zich nu Gooddy (dat wil zeggen, 'Snoezige') Gama – het gebruik van een deel van haar moeders familienaam suggereerde dat Aurora nog steeds invloed had op de gedachten en daden van haar dochter – en er was nog een andere ontwikkeling. Zij die legendarisch was geworden door te zwijgen, opende nu haar mond en zong. Ze was leadzangeres met een uit drie personen bestaand achtergrondkoortje en de naam van hun groep, waarmee ze akkoord ging ondanks de ongelukkige hippische klank, was 'Jimmy Cash en de Ju-Ju's'.

Ina kwam een jaar later met hangende pootjes naar huis. We waren allemaal geschokt. Ze had vet haar en onverzorgde kleren en was meer dan dertig kilo aangekomen: niet-zo-Gooddy Gama nu! De douane kon amper geloven dat zij de jonge vrouw van de foto in haar pas was. Haar huwelijk was voorbij, en hoewel ze zei dat Jimmy een monster was gebleken en dat 'we geen idee hadden' wat hij allemaal had gedaan, werd in de loop van de tijd ook duidelijk dat haar omnivore seksuele honger naar jodelende glittercowboys en steeds grotere drang tot exhibitionisme niet goed waren gevallen bij de moralistische platenbonzen in Tennessee en trouwens ook niet bij haar echtgenoot Jamshed; en daarbij zong ze met een stem als de doodskrijs van een gewurgde gans. Ze had even gretig met geld gesmeten als genoten van de Amerikaanse keuken en haar driftbuien waren meegegroeid met de rest van haar lichaam. Ten slotte was Jimmy van haar weggelopen en had hij de Country&Eastern-muziek opgegeven om rechten te gaan studeren in Californië. 'Ik moet hem terugkrijgen,' smeekte ze ons. 'Jullie moeten me helpen met mijn plan.'

Thuis is waar je altijd kunt terugkeren, onder welke pijnlijke omstandigheden je ook bent vertrokken. Aurora zei niets over hun jarenlange onmin en sloot het verloren kind in haar armen. 'We zullo-en die rotzak leren,' troostte ze de huilende Ina. 'Zeg maar wat we moeten doen.'

'Ik moet hem hier zien te krijgen,' huilde ze. 'Als hij denkt dat ik doodga, komt hij wel terug. Stuur een telegram dat er een vermoeden is van weet ik wat. Iets wat niet besmettelijk is. Hartaanval.'

Aurora onderdrukte een grijns. 'Wat dacht je van,' opperde ze terwijl ze haar sinds kort corpulente kind tegen zich aan drukte, 'de een of andere soort *vermageringsziekte*?'

Ina ontging de sardonische toon. 'Nee, dommerd,' zei ze tegen Aurora's schouder. 'Hoe kan ik zo snel al dat gewicht verliezen? Genoeg van die slechte ideeën. Zeg hem,' en daarbij klaarde ze geweldig op, '*kanker*.'

≈

En Minnie: in het jaar dat Ina weg was, vond ze haar eigen ontsnappingsroute. Helaas moet ik u mededelen dat onze lieve Inamorata, de zachtaardigste der jonge vrouwen, dat jaar amoureuze gevoelens ging koesteren voor niemand minder dan Jezus van Nazareth in eigen persoon; voor de Mensenzoon, en ook de zoon van zijn heilige moeder. Muisje Minnie, altijd de zus die het snelst geschokt was, altijd de zus die op de beatnik-losbandigheid van ons gezin had gereageerd met jeetjes en hand-voor-de-mond-ontsteltenis, onze naïeve, onschuldige mini-Minnie die een verpleegstersopleiding had gevolgd bij de nonnen van de Altamount Road, kondigde aan dat ze Aurora, haar vleselijke moeder, wilde verruilen voor Maria Gratiaplena, de Moeder van God, haar zusterschap wilde opgeven voor het Zusterschap en de rest van haar leven niet meer op *Elephanta* wilde doorbrengen maar in het huis van, en zich koesterend in de liefde van...

'Jezus!' vloekte Aurora, bozer dan ik haar ooit had gezien. 'Dat is dus onze beloning voor alles wat we hebbo-en gedaan.'

Minnie kreeg een kleur, en je zag dat ze haar moeder wilde zeggen de naam van de Heer niet ijdel te gebruiken, maar ze beet op haar lip tot die bloedde en ging in hongerstaking. 'Laat haar maar doodgaan,' zei Aurora onvermurwbaar. 'Beter een lijk dan een non.' Zes dagen lang at noch dronk kleine Minnie, totdat ze begon flauw te vallen en steeds moeilijker bij te brengen was. Onder druk van Abraham gaf Aurora toe. Ik heb mijn moeder niet vaak zien huilen, maar op die zevende dag huilde ze, met tranen die uit haar werden gewrongen en bovenkwamen in harde, hortende snikken. Zuster Johannes van het nonnenklooster Gratiaplena werd erbij geroepen – de Zuster Johannes die had geholpen bij al onze geboorten – en ze kwam met de ongenaakbare autoriteit van een zegevierende koningin, als was ze koningin Isabella van Spanje die het

Alhambra in Granada binnenging om de overgave van Boabdil de Moor te aanvaarden. Ze was een groot oud slagschip van een vrouw met witte zeilen rond haar hoofd en zachte golven vlees onder haar kin. Alles aan haar kreeg die dag een symbolische lading; ze leek het vaartuig waarin onze zuster zou wegzeilen. Op haar bovenlip zat een knoestige boomstronk van een wrat – een teken van de weerbarstigheid van het ware geloof – en daaruit staken als pijlen – verwijzend naar het lijden van de ware gelovige – een vijftal haarnaalden. 'Gezegend is dit huis,' zei ze, 'want het schenkt Christus een bruid.' Aurora Zogoiby had al haar zelfbeheersing nodig om haar niet ter plekke te vermoorden.

Zo werd Minnie novice, en toen ze ons bezocht in Audrey Hepburns kostuum uit *Nun's Story*, noemden de bedienden haar – uitgerekend – Minni *mausi.* Moedertje, bedoelden ze, maar ik vond het toch een beetje griezelig klinken, alsof Vasco Miranda's Disney-figuren op onze kinderkamerwanden op de een of andere wijze verantwoordelijk waren voor Minnies metamorfose. Deze nieuwe Minnie, deze bedaarde, gereserveerde, zelfverzekerde Minnie met de Mona Lisa-glimlach en de devote glans in haar op de eeuwigheid gefixeerde ogen, deze Minnie was me even vreemd als een lid van een andere soort: een engel of een marsvrouwtje of een tweedimensionale muis. Haar oudere zus deed echter alsof er niets was veranderd in hun verhouding, alsof Minnie – ook al was ze ingelijfd in een ander leger – nog steeds Grote Zus moest gehoorzamen.

'Praat met je nonnen,' droeg Ina haar op. 'Zorg dat ik een bed krijg in hun verpleeghuis.' (De Gratiaplena-nonnen van de Altamount Road waren gespecialiseerd in de twee uitersten van het leven, hielpen mensen in en uit dit zondige leven.) 'Daar moet ik zijn als mijn Jimmy Cash terugkomt.'

Waarom deden we het? – Want we werkten allemaal mee aan Ina's komplot, moet u weten; Aurora stuurde het kankergram en Minnie overtuigde de Altamount-zusters dat ze een bed moesten vrijmaken uit barmhartigheid, want alles wat een huwelijk, dat hoge sacrament, kon redden, was geoorloofd in de ogen van God. En toen het telegram werkte en Jamshed Cashondeliveri naar de stad kwam gevlogen, speelde iedereen mee. Zelfs Mynah, de derde en sterkste van mijn zusters, die kortgeleden was toegelaten als advocaat in Bombay en die we destijds steeds minder zagen, kwam opdagen.

We waren een obstinaat stelletje, wij Da Gama-Zogoiby's, elk van ons moest zo nodig een andere richting inslaan, aanspraak maken op een eigen territorium. Na Abrahams zaken en Aurora's kunst kwamen Ina's professionalisering van haar seksualiteit en Minnies overgave aan God. Wat Philomina Zogoiby betreft – het 'Mynah' liet ze vallen zo snel ze kon en het toverkind dat vogelgeluiden imiteerde, was allang verdwenen, al bleven we haar, steeds als ze ons bezocht, met de hardnekkigheid een familie eigen ergeren door de gehate bijnaam te gebruiken –, zij had besloten een carrière te maken van datgene wat iedere jongste dochter moet doen om aandacht te krijgen; dat wil zeggen, protesteren. Ze was nog niet afgestudeerd als advocaat of ze vertelde Abraham dat ze lid was geworden van een radicale vrouwengroep van activisten, filmmakers en juristen die het dubbele schandaal van de onzichtbare mensen en onzichtbare wolkenkrabbers waar hij zo goed aan had verdiend, wilden onthullen. Ze daagde Kéké Kolatkar en zijn maatjes van het stadsbestuur voor de rechtbank, in een historische zaak die vele jaren duurde en het oude gebouw van de F.W. Stevens Corporation – 'Hoe oud?' – 'Oud. Uit de oude tijd.' – op zijn grondvesten deed wankelen. Jaren later wist ze de gewetenloze oude Kéké in de gevangenis te krijgen; Abraham Zogoiby ontsprong echter de dans: na onderhandelingen met de belastingautoriteiten bood het hof hem tot woede van zijn dochter een schikking aan. Hij betaalde opgewekt een grote boete, getuigde tegen zijn oude bondgenoot, werd in ruil daarvoor vrijgesteld van vervolging en kocht een paar maanden later voor een appel en een ei de prachtige K.K. Chambers uit de failliete ontwikkelingsmaatschappij van de gevangengezette politicus. En Mynah leed nog een andere nederlaag; want al was het haar gelukt het bestaan van de onzichtbare gebouwen te bewijzen, de realiteit van de onzichtbare mensen die ze hadden gebouwd, kon ze niet aantonen. Ze bleven geclassificeerd als fantomen, zich als schimmen door de stad bewegen, behalve dat dit de schimmen waren die de stad draaiende hielden, de huizen bouwden, goederen vervoerden, afval opruimden en dan simpelweg een vreselijke dood stierven, stuk voor stuk, ongezien, terwijl hun geestenbloed uit hun spookachtige monden stroomde midden op de al-te-echte onverschillige straten van de heksenstad.

Toen Ina haar toevlucht had gezocht in het verpleeghuis van de Altamount-nonnen om op de terugkeer van Jimmy Cash te wachten, verraste Philomina ons allen door bij haar zuster op bezoek te gaan. Er was een liedje van Dory Previn dat je destijds veel hoorde – we liepen soms een beetje achter – waarin ze haar minnaar verweet dat hij bereid was te sterven voor volmaakte vreemden, maar niet met haar wilde leven... Nou, zo dachten we ongeveer over onze Philomina. Daarom was haar belangstelling voor arme Ina zo'n verrassing.

Waarom deden we het? Ik denk omdat we begrepen dat er iets kapot was gegaan, dat dit Ina's laatste worp met de dobbelstenen was. Ik denk omdat we altijd hadden geweten dat, hoewel Minnie kleiner en Mynah jonger was, Ina de kwetsbaarste was, dat ze er nooit meer helemaal bij hoorde sinds haar ouders haar naam in tweeën hadden gehakt en dat ze met haar nymfomanie en alles al jaren op instorten stond. Ze was dus aan het verdrinken en klampte zich vast aan strohalmen, zoals ze zich altijd had vastgeklampt aan mannen, en gesjochten Jimmy was de laatste strohalm voorhanden.

Mynah bood aan Jamshed Cashondeliveri van het vliegveld af te halen, omdat hij met zijn nieuwe leven als rechtenstudent en alles haar misschien het gemakkelijkst in vertrouwen zou nemen. Hij zag er heel bang en heel jong uit toen hij aankwam, en om hem op zijn gemak te stellen begon ze op weg naar de stad te kletsen over haar eigen werk, 'haar strijd tegen de fallocratie', over de kwestie van de onzichtbare wereld en ook over de pogingen van haar vrouwengroep voor de rechtbank de Noodtoestand aan te vechten. Ze sprak over het klimaat van angst dat in een groot deel van het land heerste en het belang van de strijd voor democratie en mensenrechten. 'Indira Gandhi,' zei ze, 'heeft het recht verloren zich vrouw te noemen. Ze heeft een onzichtbare pik ontwikkeld.' Ze ging zo op in haar eigen interesses en was zo overtuigd van haar gelijk dat ze niet merkte dat Jimmy met de minuut zenuwachtiger werd. Hij was geen intellectueel – de rechtenstudie bleek een ware worsteling – en, nog belangrijker, hij had geen druppel politieke radicaliteit in zijn bloed. Zo was Mynah de eerste van ons die een spaak in Ina's wiel stak. Toen ze hem vertelde dat zij en haar collega's nu iedere dag konden worden gearresteerd, overwoog hij serieus om uit de auto te springen en linea recta naar het vliegveld terug te keren voor hij zich medeplichtig maakte door omgang met zo'n verdachte schoonzuster.

'Ina sterft van verlangen naar je,' zei Mynah aan het slot van haar monoloog en bloosde om de keuze van haar beeldspraak. 'Ik bedoel niet echt,' verbeterde ze zichzelf vlug, waarmee ze het alleen maar erger maakte. Er viel een stilte. 'Ach wat, we zijn er trouwens,' zei ze even later. 'Ga zelf maar kijken.'

Minnie wachtte hen op bij de deur van het verpleeghuis Maria Gratiaplena, meer dan ooit op Audrey Hepburn lijkend, en sprak de hele weg naar de kamer waar Ina als een treurige ballon lag te wachten, over hel en verdoemenis en tot-de-dood-ons-scheidt met een engelachtige stem zo scherp als brekend glas. Jimmy probeerde haar duidelijk te maken dat hij en Ina niet het echte, kerkelijke door-dik-en-dun-contract hadden getekend, maar hadden gekozen voor een Midnight Special van vijftig dollar, een burgerlijke trouw-en-danspartij in country-stijl, gesloten in een 'Wip-In' te Reno, dat ze in de echt verbonden waren op muziek van Hank Williams sr. in plaats van gezangen, oud of nieuw, en niet voor een altaar maar bij een 'Paardenpaal'; dat er geen priester was die de mis opdroeg maar een man met een cowboyhoed op en aan allebei zijn heupen een revolver met handvatten van paarlemoer, en dat er op het moment dat ze man en vrouw werden verklaard, een rodeocowboy met een leren overbroek en gestippelde halsdoek achter hen was komen staan, een geweldig *jahoe* uitstotend, en een lasso stevig om hen heen had geslagen, waarbij hij Ina's bruidsboeket van gele rozen op haar borst had platgedrukt. De doornen prikten zo diep in haar boezem dat die was gaan bloeden.

Mijn zuster was niet onder de indruk van dergelijke vrijzinnige smoezen. 'Die cowboy,' verkondigde ze, 'was – snap je dat dan niet? – de Boodschapper van God.'

De ontmoeting met Minnie versterkte de vluchtreflex die door Mynahs monoloog al was opgewekt; en daarna, zo moet ik bekennen, droeg ik onbedoeld ook mijn steentje bij. Toen Minnie en Jimmy bij Ina's kamer arriveerden, stond ik tegen de gangmuur geleund te dagdromen. Afwezig, omdat ik in gedachten een reusachtige jonge Sikh op me af zag komen in een drukke steeg, spoog ik op mijn misvormde rechterhand. Jamshed Cashondeliveri deinsde verschrikt achteruit, tegen Mynah aan botsend, en ik besefte dat ik eruitzag als de wrekende broer, een twee meter lange reus die aanstalten maakte de man die zijn zuster zoveel ellende had bezorgd, neer te slaan. Ik probeerde nog geruststellend mijn handen op te steken, maar dat zag hij aan voor een bokshouding, en hij dook Ina's kamer in met een uitdrukking van pure angst op zijn gezicht.

Hij kwam al glijdend tot stilstand op een paar centimeter van Aurora Zogoiby zelf. Achter mijn moeder, op het bed, was Ina begonnen aan haar nummertje steunen en kreunen; maar Jimmy had alleen ogen voor Aurora. De beroemde dame was destijds een vrouw van in de vijftig, maar de tijd had haar alleen maar nog bekoorlijker gemaakt; Jimmy bevroor als een stom dier gevangen in de koplampen van haar macht, ze richtte de verblindende lichtbundel van haar aandacht op hem, zonder een woord te zeggen, en maakte hem tot haar slaaf. Naderhand, toen die tragische farce voorbij was, zei ze tegen me – gaf ze feitelijk toe – dat ze het niet had moeten doen, dat ze zich afzijdig had moeten houden om het uit elkaar gegroeide stel nog iets te laten maken van hun ellendige levens. 'Wat moest ik doen?' vertelde ze me (ik was toen haar model en zij maakte een praatje onder het werk). 'Ik wilde alleen maar zien of een oud wijf als ik nog vat had op een jonge kerel.'

Ik kon er niets aan doen, bedoelde mijn schorpioen van een moeder. *Het ligt in mijn aard.*

Ina, achter haar, verloor snel haar greep op de situatie. Ze had het pathetische plan Jimmy's liefde terug te winnen door hem te vertellen dat haar vooruitzichten slecht waren, dat de kanker zich had uitgezaaid, levensbedreigend was, agressief, dat de lymfeklieren waren aangetast, en dat het vermoedelijk te laat ontdekt was. Als hij eenmaal door de knieën was gegaan en om vergeving had gesmeekt, zou ze hem een paar weken in de rats laten zitten terwijl zij zogenaamd chemotherapie onderging (ze was bereid om voor haar liefde honger te lijden, zelfs haar haar uit te dunnen). Ten slotte zou ze op de proppen komen met een wonderbaarlijke genezing en ze zouden nog lang en gelukkig leven. Al deze plannetjes werden tenietgedaan door de mallotige blik van adoratie waarmee haar echtgenoot naar haar moeder keek.

Op dat moment sloeg Ina's panische behoefte aan hem om in gekte. In haar paniek beging ze de onherstelbare fout haar plan versneld uit te voeren. 'Jimmy,' gilde ze, 'Jimmy, het is een wonder, men. Nu je hier bent, ben ik weer beter, ik weet het, ik zweer het, laat ze me maar onderzoeken, dan zul je het zien. Jimmy, je hebt mijn leven gered, Jimmy, alleen jij kon dat, het is de macht van de liefde.'

Toen nam hij haar eens nauwkeurig op en we zagen allemaal de schellen van zijn ogen vallen. Hij keek ons allemaal stuk voor stuk aan en zag de samenzwering naakt op onze gezichten geschreven staan, zag de waarheid die we niet langer konden verbergen. De verslagen Ina barstte los in een schuimbekkenende waterval van verdriet. 'Wat een familie,' zei Jamshed Cashondeliveri. 'Ik zeg het je. Totaal verknipt.' Hij verliet het verpleeghuis Gratiaplena en heeft Ina nooit meer gezien.

≈

Jimmy's laatste woord was een voorspelling: Ina's vernedering was de knip in onze familiegeschiedenis. Na die dag en het hele jaar daarop was ze gek, beleefde een soort tweede jeugd. Aurora gaf haar weer Vasco's kinderkamer, waar zij en wij allemaal waren begonnen; toen haar krankzinnigheid verergerde, kreeg ze een dwangbuis en werden de wanden gecapitonneerd, maar Aurora liet niet toe dat ze in een inrichting werd opgenomen. Nu het te laat was, nu Ina gebroken was, werd Aurora de tederste moeder ter wereld, ze voerde haar, waste haar als een baby, koesterde en zoende haar zoals ze nooit was gekoesterd en gezoend toen ze gezond was – dat wil zeggen, ze gaf haar oudste dochter de liefde die haar, als ze die eerder had gekregen, misschien de kracht had gegeven om de ramp die haar geest had verwoest te overwinnen.

Niet lang na het einde van de Noodtoestand stierf Ina aan kanker. De lymfeklierkanker had een snel verloop en slokte haar lichaam op als was het een bedelaar aan een banket. Alleen Minnie, die haar noviciaat had voltooid en herboren was als Zuster Floreas – 'klinkt als Flora Fountain,' hoonde Aurora verbitterd – had de moed te zeggen dat Ina de ziekte over zichzelf had afgeroepen, dat ze 'zich zelf naar God had laten roepen'. Aurora en Abraham spraken nooit over Ina's dood, die ze gedachten in stilzwijgen, het zwijgen dat Ina ooit tot gevierde schoonheid had gemaakt en dat nu het zwijgen van het graf was.

Dus Ina was dood, en Minnie was weg, en Mynah zat korte tijd in de gevangenis – want ze werd vlak voor het einde van de Noodtoestand gearresteerd, maar na de verkiezingsnederlaag van mevrouw Gandhi al snel weer vrijgelaten, nu met een veel grotere reputatie. Aurora wilde haar jongste dochter zeggen hoe trots ze op haar was, maar op de een of andere manier kwam ze daar nooit toe, op de een of andere manier wist Philomina Zogoiby's koele, bitse houding bij ieder contact met haar ouders haar moeders tedere tong te stoppen. Mynah kwam weinig op *Elephanta*; waarmee ik overbleef.

≈

Er was nog één persoon die werd weggeknipt. Dilly Hormuz was ontslagen. Juffrouw Jaya Hé, die zich in het gezin had ontwikkeld van *ayah* tot huishoudster, had van haar positie gebruik gemaakt om nog één laatste slag te slaan. Ze stal uit Aurora's atelier drie houtskoolschetsen van mij als jongetje, schetsen waarin mijn gehavende hand een wonderbaarlijke metamorfose onderging, afwisselend een bloem, penseel en zwaard was geworden. Juffrouw Jaya bracht die schetsen naar de woning van mijn Dilly en zei dat ze een geschenk van de 'jonge sahib' waren. Vervolgens vertelde ze Aurora hoe ze had gezien dat de lerares ze pikte, *en neem me niet kwalijk, Begum Sahib, maar de houding van die vrouw tegenover onze jongen is niet kuis.* Aurora ging nog dezelfde dag bij Dilly langs, en de prenten, die de lieve vrouw in de zilveren lijsten op de piano had gezet zodat haar eigen familieportretten erachter schuilgingen, waren voor mijn moeder voldoende bewijs van de schuld van de lerares. Ik probeerde Dilly te verdedigen, maar als mijn moeders geest eenmaal dicht was, kon geen macht ter wereld hem meer open krijgen. 'Trouwens,' zei ze, 'je bent nu te oud voor haar. Je kunt niets meer van haar lerificeren.'

Na haar ontslag wees Dilly al mijn toenaderingspogingen af – mijn telefoontjes, brieven, bloemen. Ik liep nog een laatste maal de heuvel af naar het huis bij de Vijay Stores en toen ik daar aankwam, wilde ze me niet binnenlaten. Ze opende de deur ongeveer tien centimeter en weigerde opzij te gaan. Die lange reep Dilly, omlijst door teakhout, die recalcitrante kaak en bijziend knipperende ogen, waren de enige beloning voor mijn zweterige tocht. 'Ga je eigen wegen, jij arme jongen,' zei ze. 'Ik wens je het beste op je zware reis.'

Dat was juffrouw Jaya Hé's wraak.

13

De zogenaamde 'Moor-schilderijen' van Aurora Zogoiby kunnen worden verdeeld in drie verschillende perioden: de 'vroege' schilderijen, gemaakt tussen 1957 en 1977, dat wil zeggen tussen het jaar van mijn geboorte en dat van de verkiezingen waarin mevrouw G. haar macht verloor, en van Ina's dood; de 'grote' of 'hoge' jaren, 1977-1981, waarin ze de zinderende, diepzinnige werken schiep waarmee haar naam het meest in verband wordt gebracht; en de zogenaamde 'donkere Moren', de schilderijen van verbanning en verschrikking die ze na mijn vertrek maakte en waartoe ook haar laatste, onvoltooide, ongesigneerde meesterwerk behoorde: *De laatste zucht van de Moor* (170 × 247 cm, olieverf op doek, 1987), waarin ze zich eindelijk bezighield met dat ene onderwerp dat ze nog nooit rechtstreeks had aangepakt – haar verwerking, in die grimmige weergave van het moment dat Boabdil uit Granada wordt verdreven, van de wijze waarop ze haar enige zoon had behandeld. Het was een schilderij dat, ondanks de grote afmeting, was teruggebracht tot de wrange essentie, alle elementen geconcentreerd op het gezicht in het hart van het werk, het gezicht van de Sultan waar angst, zwakheid, verlies en verdriet van afdropen als de duisternis zelf, een gezicht in een toestand van existentiële nood die deed denken aan Edvard Munch. Een groter verschil tussen dit schilderij en Vasco Miranda's sentimentele versie van hetzelfde thema was niet voorstelbaar. Maar het was ook een mysterieschilderij, dat 'verloren werk' – en wat opmerkelijk dat zowel Vasco's als Aurora's versie van dit onderwerp al binnen een paar jaar na mijn moeders dood zouden verdwijnen, de ene gestolen uit de particuliere verzameling van C.J. Bhabha, de andere uit het Zogoiby-legaat zelf! Heren, heressen: sta me toe uw nieuwsgierigheid te prikkelen door te onthullen dat het een schilderij was waarin Aurora Zogoiby, in haar bewogen laatste dagen, een voorspelling van haar dood had verborgen. (En ook Vasco's lot was verbonden met de geschiedenis van deze doeken.)

Terwijl ik mijn herinneringen aan mijn aandeel in die schilderijen opteken, ben ik me er natuurlijk van bewust dat zij die als model voor een kunstwerk dienen, op zijn hoogst een subjectieve, vaak gegriefde, soms rancuneuze verkeerde-kant-van-het-doek-versie van het voltooide werk kunnen geven. Wat kan de nederige klei nu voor nuttigs te berde brengen over de handen die hem kneedden? Misschien gewoon dit: *ik was erbij.* En dat ik in de jaren van poseren ook een soort portret van haar maakte. Ze keek naar mij, en ik keek terug.

Dit is wat ik zag: een lange vrouw in een met verf bespatte eenvoudige *kurta* tot op de kuiten boven een donkerblauwe zeildoeken lange broek, blote voeten, met opgestoken wit haar waaruit penselen piekten, wat haar een excentriek Madame Butterfly-uiterlijk gaf, Butterfly zoals Katharine Hepburn of – ja! – Nargis in een idiote Indiase bewerking, *Titli Begum*, haar gespeeld kon hebben: niet langer jong, niet langer opgedirkt en opgemaakt, en zeker niet langer geïnteresseerd in de terugkeer van een pathetische Pinkerton. Ze stond voor me in een allesbehalve luxe atelier, zonder zelfs maar een gemakkelijke stoel, en 'non-airco', zodat het er warm en vochtig was als in een goedkope taxi, met lui draaiend in de lucht één trage plafondventilator. Aurora liet nooit merken dat ze zich iets aantrok van het weer; dus ik natuurlijk ook niet. Ik zat waar en hoe ze me zette en klaagde nooit over de pijnen van mijn in verschillende standen geschikte ledematen totdat ze eraan dacht me te vragen of ik wilde pauzeren. Op deze manier sijpelde iets van haar legendarische onverzettelijkheid, haar wilskracht door het doek naar mij toe.

Ik was het enige kind dat ze de borst had gegeven. Het maakte een verschil: want hoewel haar scherpe tong mij niet bespaard bleef, gedroeg ze zich jegens mij iets minder destructief dan jegens mijn zusters. Misschien was het mijn 'toestand', die niemand van haar een 'ziekte' mocht noemen, die haar milder stemde. De artsen gaven mijn ongeluk eerst één naam, daarna weer een andere, maar wanneer we in haar atelier zaten als kunstenaar en model, hield Aurora me steeds voor dat ik mezelf niet moest beschouwen als het slachtoffer van ongeneeslijke vroegtijdige veroudering, maar als een magisch kind, een reiziger door de tijd. 'Maar vierenhalve maand in de baarmoeder,' herinnerde ze me. 'Jongetje van me, je bent al meteen te snel begonnen. Misschien zul je gewoon opstijgen en direct uit dit leven naar een andere ruimte en tijd schieten. Misschien – wie weet? – een betere.' Meer heeft ze nooit laten blijken van een geloof in het hiernamaals. Ze had kennelijk besloten te vechten tegen de angst – zowel die van haar als die van mij – door dergelijke speculatieve strategieën te omhelzen, door van mijn lot een privilege te maken, en mij aan mijzelf en aan de wereld te tonen als een bijzonder iemand, iemand met een zin, een bovennatuurlijk Wezen dat niet echt thuishoorde op deze plaats, in dit moment, maar wiens aanwezigheid bepalend was voor de levens van degenen om hem heen en van de tijd waarin ze leefden.

En ik geloofde haar. Ik had behoefte aan troost en was blij met alles wat me werd geboden. Ik geloofde haar en het hielp. (Toen ik hoorde van de ontbrekende nacht na de Lotus in Delhi viereneenhalve maand voor mijn conceptie, vroeg ik me af of Aurora een ander probleem wegmoffelde; maar ik denk het niet. Ik denk dat ze probeerde mijn half-leven heel te maken, door de kracht van de moederliefde.)

Ze gaf me de borst en de eerste Moor-schilderijen ontstonden terwijl ik aan haar boezem lag: houtskoolschetsen, aquarellen, pasteltekeningen en ten slotte grote werken in olieverf. Aurora en ik poseerden, enigszins blasfemisch, als een goddeloze madonna en kind. Mijn klomphand was een stralend licht geworden, de enige lichtbron in het schilderij. De stof van haar vormeloze kamerjas viel in plooien met diepe schaduwen. De lucht was helder kobaltblauw. Het was misschien waar Abraham Zogoiby op had gehoopt toen hij Vasco bijna tien jaar eerder de opdracht had gegeven een schilderij van haar te maken; nee, het was meer dan Abraham zich ooit had kunnen voorstellen. Het toonde de waarheid over Aurora, zowel haar vermogen tot diepe en onzelfzuchtige hartstocht als haar gewoonte zichzelf te verheerlijken; het onthulde de grandeur, de pracht van haar vervreemding van de wereld, en haar voornemen de onvolkomenheden ervan te transcenderen en op te heffen door de kunst. Tragedie vermomd als fantasie en weergegeven in de mooiste, stralendste kleuren en lichtschakeringen die ze kon creëren: het was een mythomaan juweel. Ze noemde het *Een licht om de duisternis te verlichten.* 'Waarom niet?' zei ze schouderophalend, als bijvoorbeeld Vasco da Gama om uitleg vroeg. 'Het idee om religieuze schilderijen te maken voor mensen zonder god gaat me steeds meer aanstaan.'

'Hou dan een vliegticket voor Londen gereed,' adviseerde hij haar.

'Want in dit godverrotte oord weet je maar nooit wanneer je moet vluchten.'

(Maar Aurora lachte om zulke raad; en uiteindelijk was het Vasco die vertrok.)

Toen ik opgroeide, bleef ze me als onderwerp gebruiken, en ook deze continuïteit was een teken van liefde. Omdat ze niet kon voorkomen dat ik 'te snel ging', schilderde ze me de onsterflijkheid in, gaf me het geschenk deel te zijn van wat van haar zou overblijven. Dus laat me haar net als de gezangenschrijver prijzen met een blij gemoed, want ze was goed. *Want vol is zij van genade*... En, eerlijk, als ik mijn vinger – mijn hele van de geboorte af verminkte hand – moet leggen op de bron van mijn overtuiging dat ik, ondanks versnelling, handicap en gebrek aan vrienden, een gelukkige jeugd in het paradijs had, dan zou ik die uiteindelijk toch hier leggen, ik zou zeggen dat mijn levensvreugde voortkwam uit onze samenwerking, de intimiteit van die uren samen, als zij praatte over alles onder de zon, in gedachten verzonken, alsof ik haar biechtvader was, en ik de geheimen van zowel haar hart als haar geest leerde kennen.

Zo kwam ik te weten hoe ze voor mijn vader viel: over de grote zinnelijkheid die op een dag uit mijn ouders was gebarsten in een goedang in Ernakulam, die hen in elkaars armen dreef, het onmogelijke mogelijk maakte, bestaansrecht opeiste. Wat me het liefst was in mijn ouders, was deze hartstocht voor elkaar, het eenvoudige feit dat die er ooit was geweest (hoewel het in de loop van de jaren steeds moeilijker werd om de jonge minnaars die ze ooit waren, te zien in het steeds verder uiteengroeiende paar dat ze werden). Omdat zij zo'n grote liefde hadden gekend, wilde ik voor mijzelf ook zo'n liefde, ik hunkerde ernaar; en ook als ik me verloor in de verrassende tederheid en lenigheid van Dilly Hormuz, wist ik dat zij niet datgene was wat ik zocht; O, ik wilde, wilde die *asli mirch masala,* waardoor je parels van koriander zweette en hete-pepervlammen uitademde door je brandende lippen. Ik wilde hun peperliefde.

En toen ik die vond, dacht ik dat mijn moeder het zou begrijpen. Toen ik hemel en aarde moest bewegen voor de liefde, dacht ik dat mijn moeder me zou helpen.

Helaas voor ons allemaal: ik vergiste me.

≈

Ze wist natuurlijk van Abrahams tempelmeisjes, al van het begin af aan. 'Man die geheimen wil bewaren, moet niet in zijn slaap kletsen,' mompelde ze op een dag vaag. 'Ik kreeg zo genoeg van je pappies nachtelijk gebazel dat ik uit zijn slaapkamer ben getrokken. Een dame heeft haar rust nodig.' En als ik terugdenk aan die trotse, bezige vrouw, hoor ik hoe ze me iets anders duidelijk maakte met die terloopse zinnen – hoor ik haar toegeven dat zij, die van geen compromis wilde weten en zich nergens in schikte, Abraham accepteerde ondanks de zwakheden des vlezes waardoor hij de verleiding niet kon weerstaan de goederen die hij uit het zuiden importeerde te keuren. 'Oude mannen,' snoof ze een andere keer, 'altijd kwijlen bij *bachchis*. En die met veel dochters zijn het ergste.' Een tijdlang was ik jong en onschuldig genoeg om deze mijmeringen te zien als onderdeel van het proces waarin ze zich inleefde in de figuren op haar schilderijen; maar tegen de tijd dat mijn eigen lust was gewekt door de hand van Dilly Hormuz, begon ik het te begrijpen.

Ik had me altijd verwonderd over de kloof van acht jaar tussen Mynah en mij, en toen het begrip over mijn jong-oude kind-ik neerdaalde als een tong van vuur, kon ik – die het gezelschap van kinderen had moeten ontberen en daardoor al op jonge leeftijd een volwassen vocabulaire gebruikte zonder de kiesheid of beheersing van een volwassene – het niet nalaten mijn ontdekking eruit te flappen: 'Jullie hielden op met baby's maken,' schreeuwde ik, 'omdat hij vreemdging.'

'Ik zal je een *chapat* geven,' beloofde ze, 'die de tanden in je brutale kop breekificeert.' Maar de klap die volgde, veroorzaakte geen langdurige gebitsproblemen. Dat hij zo zacht was, zei me voldoende.

Waarom sprak ze Abraham nooit aan op zijn ontrouw? Ik vraag u te bedenken dat Aurora Zogoiby, ondanks haar vrijzinnige levensstijl, ergens diep in haar hart nog steeds een vrouw van haar generatie was, een generatie die dergelijk gedrag van een man aanvaardbaar, zelfs normaal vond; een generatie met vrouwvolk dat verdriet van zich afschudde, begroef onder clichés over *de aard van het beestje* en zijn behoefte zo nu en dan *te krabben waar het jeukt.* Omwille van de familie, dat grote absolute in naam waarvan alles mogelijk was, wendden vrouwen hun ogen af en bewaarden zij hun verdriet in de knoop aan het uiteinde van een *dupatta*, opgeborgen in een zijden beursje, als kleingeld en de huishoudsleutels. En misschien was het ook omdat Aurora wist dat ze Abraham nodig had, ze hem nodig had voor het regelen van de zaken zodat zij vrij was voor de kunst. Misschien was het wel zo simpel en banaal, een kwestie van inschikkelijkheid.

(Een uitweiding over 'inschikkelijkheid': in mijn bespiegelingen over Abrahams besluit naar het zuiden te reizen toen Aurora naar het noorden ging voor haar laatste ontmoeting met Nehru en het schandaal van de Lotus, verdacht ik mijn vader ervan de inschikkelijke echtgenoot te spelen. Was het wederkerigheid die aan zijn keuze ten grondslag lag, dit voze open huwelijk, dit witgepleisterde graf, deze schijnvertoning? – O, Moor, blijf kalm, blijf kalm. Hun valt beiden niets meer te verwijten; deze kwaadheid leidt tot niets, al zou ze de aarde op haar grondvesten doen trillen.)

Wat moet ze zichzelf gehaat hebben dat ze met het lot zo'n laf, door financiële overwegingen ingegeven duivelspact had gesloten! Want – haar generatie of niet – de moeder die ik kende, de moeder die ik leerde kennen op al die dagen in haar Spartaanse atelier, was niet iemand die iets in het leven over haar kant liet gaan. Ze was een vechtster, een betaald-zetster, een uitpraatster. Maar geconfronteerd met de ruïne van de grote liefde van haar leven, en voor de keuze gesteld van een eerlijke oorlog en een onwaarachtige baatzuchtige vrede, deed ze een slot op haar mond en sprak nooit een kwaad woord tegen haar man. Dit zwijgen tussen hen werd tot een beschuldiging; hij praatte in zijn slaap, zij mopperde in haar atelier en ze sliepen in aparte kamers. Even, toen zijn hart het bijna begaf op de trappen naar de Lonavla-grotten, herinnerden ze zich weer wat er ooit was geweest. Maar daarna keerde de werkelijkheid al snel terug. Soms denk ik dat ze allebei mijn verminkte hand, mijn veroudering, als een straf zagen – een misvormd kind geboren uit een beknotte liefde, een half leven geboren uit een huwelijk dat niet meer heel was. Als er maar een schijn van kans was geweest dat ze zich zouden verzoenen, heeft mijn geboorte die illusie verjaagd.

Eerst aanbad ik mijn moeder, daarna haatte ik haar. Nu, aan het eind van al onze verhalen, kijk ik terug en voel ik – althans bij vlagen – iets van medelijden. Wat een soort genezing is, zowel voor haar zoon als voor haar eigen rusteloze schim.

Sterke begeerte dreef Abraham en Aurora samen, zwakke lust dreef hen uiteen. In deze laatste dagen, terwijl ik mijn verslag schreef van Aurora's arrogantie, haar scherpte en felheid, hoorde ik achter het rauwe drama deze droevere tonen van gemis. Ze vergaf Abraham dat hij haar ooit, in Cochin, had teleurgesteld, toen Flory Zogoiby als een Repelsteeltje een poging deed om een nog ongeboren zoon in handen te krijgen. In Matheran probeerde ze – en met dat proberen schiep ze mij – hem een tweede keer te vergeven. Maar hij verbeterde zijn levenswandel niet, en er was geen derde vergeving... toch bleef hij. Zij die voor de liefde haar wereld had doen wankelen, onderdrukte nu haar opstandigheid en ketende zichzelf aan een steeds liefdelozer huwelijk. Geen wonder dat ze een scherpe tong kreeg.

En Abraham: als hij naar haar was teruggekeerd, alle anderen had opgegeven, had zij dan kunnen voorkomen dat hij zou wegzakken in de Mogambo-onderwereld van Kéké en Scar en de zwaardere misdadigers die nog zouden volgen? Zou hij met de gezegende ballast van hun liefde niet in die kuil zijn weggezakt?... Het heeft geen zin het leven van je ouders te herschrijven. Het is al moeilijk genoeg om het op te schrijven; om over mijn eigen leven maar te zwijgen.

≈

In de 'vroege Moren' werd mijn hand getransformeerd in een reeks wonderen; vaak was ook mijn lichaam wonderbaarlijk veranderd. Op één schilderij – *Balts* – was ik Moor-de-pauw, spreidde mijn veelogige staart; ze schilderde haar eigen hoofd op een slonzig pauwinnelichaam. Op een ander schilderij (gemaakt toen ik twaalf was en eruitzag als vierentwintig) keerde Aurora onze verhouding om, schilderde zichzelf als de jonge Eleanor Marx en mij als haar vader Karl. *Moor en Tussy* was een tamelijk schokkend idee – mijn moeder meisjesachtig, adorerend, en ik in een patriarchale handen-aan-de-revers-pose, gerokt en besnord, als een voorspelling van de al te nabije toekomst. 'Als je tweemaal zo oud was als je eruitzag, en ik was half zo oud als ik ben, zou ik je dochter kunnen zijn,' legde mijn veertig-plus-moeder uit, en in die tijd was ik te jong om meer te horen dan de luchtigheid waarmee ze de vreemdere dingen in haar stem placht te maskeren. Bovendien was dit niet ons enige dubbele of dubbelzinnige portret; want er was nog *Te sterven door een kus,* waarin ze zichzelf portretteerde als de vermoorde Desdemona op haar bed, terwijl ik de neergestoken Othello was, in suïcidaal berouw naar haar toe vallend terwijl ik mijn laatste adem uitblies. Mijn moeder beschreef deze doeken vol zelfspot als 'charade-schilderijen', bedoeld voor vermaak in huiselijke kring: het frivole equivalent van gekostumeerde feesten. Maar Aurora was – zoals in de episode van haar beruchte cricketschilderij, waarover ik dadelijk zal vertellen – vaak het meest iconoclastisch, het meest *épatante,* als ze het luchthartigst was; en de intense erotiek van al deze werken, die ze tijdens haar leven niet exposeerde, creëerde een postume schokgolf die alleen niet tot een levensgrote vloedgolf uitgroeide omdat zij, de uitgesproken erotica, er niet meer was om fatsoenlijke mensen te provoceren door te weigeren zich te verontschuldigen of zelfs maar het kleinste beetje spijt te betuigen.

Na het Othello-schilderij veranderde de serie echter van richting en begon ze te onderzoeken hoe ze een herverbeelding van het oude Boabdil-verhaal – 'niet geautoriseerde versie, maar geauroriseerde versie', zoals ze me vertelde – kon plaatsen in een locale omgeving, waarin ik een nieuw soort Bombay-mix van de laatste der Nasriden speelde. In januari 1970 plaatste Aurora Zogoiby het Alhambra voor de eerste keer op de Malabar Hill.

Ik was dertien jaar, en in de roes van mijn vervoering met Dilly Hormuz. Terwijl Aurora de eerste 'ware', de *echte* Moren, schilderde, vertelde ze me een droom. Ze had in een Spaanse nacht op de 'achterveranda' van een gammele oude trein gestaan, met mijn slapende lichaam in haar armen. Plotseling wist ze – zoals je in dromen weet, zonder dat het je wordt verteld, maar met absolute zekerheid – dat als ze me zou weggooien, me zou opofferen aan de nacht, ze voor de rest van haar leven veilig, onkwetsbaar, zou zijn. 'Echt waar, jochie, ik heb er heel hard over nagedacht.' Toen weigerde ze het aanbod van de droom en bracht me terug naar mijn bed. Je hoefde geen bijbelkenner te zijn om te weten dat ze zichzelf de rol van Abraham had toebedacht, en op mijn dertiende was ik, in dat huis vol kunstenaars, al vertrouwd met afbeeldingen van de *Pietà* van Michelangelo, dus ik begreep het, althans in grote trekken. 'Hartstikke bedankt, mam,' zei ik tegen haar. 'Geen dank,' antwoordde ze. 'We lusten ze rauw.'

Deze droom kwam uit, zoals zoveel dromen; maar op haar echte Abraham-moment maakte Aurora niet de keuze die ze had gedroomd...

Toen de rode burcht van Granada eenmaal in Bombay was gearriveerd, ging het snel op Aurora's ezel. Het Alhambra was algauw een niet-helemaal-Alhambra; elementen van India's eigen rode burchten, de paleis-forten van de mogols in Delhi en Agra, hun luister vermengd met de Moorse gratie van de Spaanse gebouwen. De Hill werd een niet-Malabar dat uitkeek over een niet-helemaal-Chowpatty, en de schepselen van Aurora's verbeelding begonnen het te bevolken – monsters, olifantgodheden, geesten. De waterrand, de scheidslijn tussen twee werelden, werd in veel van deze schilderijen haar hoofdthema. Ze vulde de zee met vis, verdronken schepen, zeemeerminnen, schatten, koningen; en op het land was er een stoet van plaatselijk schuim – zakkenrollers, pooiers, dikke hoeren die hun sari's ophijsen voor de golven – en andere figuren uit de geschiedenis of de fantasie of het actuele leven of uit het niets, naar het water drommend als de Bombayers uit het werkelijke leven die op het strand hun avondwandeling maken. Aan de waterrand glibberden samengestelde wezens heen en weer over de grens tussen de elementen. Vaak schilderde ze de waterlijn zodanig dat het was of je keek naar een onafgemaakt schilderij, dat half een ander bedekte. Maar was het een waterwereld die was geschilderd over de wereld van lucht of andersom? Onmogelijk te zeggen.

'Noem het Mooristan,' zei Aurora me, 'Deze kust, deze heuvel met de burcht erop. Watertuinen en hangende tuinen, wachttorens en ook torens der stilte. Plaats waar werelden botsen, in en uit elkaar vloeien en wegspoelificeren. Plaats waar een man van de lucht kan verdrinken in water, of anders kieuwen kan ontwikkelen; waar een waterwezen dronken kan worden, maar ook kan stikkificeren, in lucht. Eén heelal, één dimensie, één land, één droom, die op elkaar stoto-en, of onder liggen, of boven. Noem het Palimpstina. En boven alles, in het paleis, jij.'

(De rest van zijn leven zou Vasco Miranda ervan overtuigd zijn dat ze het idee van hem had; dat zijn schilderij-over-een-schilderij de oorsprong van haar palimpsestkunst was, en dat zijn larmoyante Moor de inspiratiebron was voor haar droogogige voorstellingen van mij. Ze bevestigde noch ontkende dit. 'Niets nieuws onder de zon,' zei ze altijd. En in haar visioen van de tegenstelling en vermenging van land en water was iets van het Cochin van haar jeugd, waar het land deed of het een deel van Engeland was, maar waar een Indiase zee tegenaan klotste.)

Ze was niet te stoppen. Rondom de figuur van de Moor in zijn hybride burcht weefde ze haar visioen, dat eigenlijk een visioen van *weven* was, of preciezer gezegd, verweven. In zekere zin waren dit polemische schilderijen, in zekere zin waren ze een poging een romantische mythe van de pluriforme, hybride natie te scheppen; ze gebruikte Arabisch-Spanje om India te herverbeelden, en dit land-zeegezicht waarin het land vloeibaar en de zee kurkdroog kon zijn, was haar metafoor – geïdealiseerd? sentimenteel? vermoedelijk wel – van het heden en van de toekomst waar ze op hoopte. Dus, inderdaad, er lag een moraal in besloten, maar dankzij het levendige surrealisme van haar beelden, de ijsvogelpracht van haar kleuren en de dynamische versnelling van haar penseel was het gemakkelijk de preek te negeren, je over te geven aan de kermis zonder te luisteren naar de klantenlokker, te dansen op de muziek zonder aandacht te schenken aan de boodschap.

Figuren – zo talrijk buiten het paleis – begonnen nu binnen de muren ervan te verschijnen. Boabdils moeder, de oude dragonder Ayxa, dook natuurlijk op met Aurora's gezicht; maar in deze vroege schilderijen was nog nauwelijks iets te zien van de sombere toekomst, de herveroverende legers van Ferdinand en Isabella. Op één of twee doeken zag je aan de horizon een piek met wapperend vaandel uitsteken; maar in mijn jeugd probeerde Aurora een gouden eeuw te schilderen. Joden, christenen, moslims, parsi, sikhs, boeddhisten, jains bevolkten de gekostumeerde bals van haar geschilderde Boabdil, en de sultan zelf was steeds minder naturalistisch weergegeven, verscheen steeds vaker als een gemaskerde, bonte harlekijn, een lappendeken van een man; of vertoonde zich, terwijl zijn oude huid van hem afviel als bij de pop van een prachtige vlinder met vleugels die een wonderbaarlijk samenstel van alle kleuren ter wereld vormden.

Terwijl de Moor-schilderijen zich verder ontwikkelden in deze fantastische richting, werd duidelijk dat ik nauwelijks meer voor mijn moeder hoefde te poseren; maar ze wilde me bij zich hebben, ze zei dat ze me nodig had, ze noemde me haar *gelukstalismoor.* En ik was blij dat ik bij haar mocht zijn, want het verhaal dat zich ontvouwde op haar doeken, leek meer mijn autobiografie dan het echte verhaal van mijn leven.

≈

In de jaren van de Noodtoestand, toen Aurora's dochter Philomina ten strijde trok tegen de tirannie, bleef Aurora in haar tent en werkte: en misschien was ook dit een stimulans voor de Moor-schilderijen van die periode, misschien zag Aurora het werk als haar eigen antwoord op de wreedheden van de tijd. Ironisch genoeg deed een oud schilderij van mijn moeder, door Kekoo Mody argeloos opgenomen in een verder weinig opzienbarende expositie van schilderijen met sportieve thema's, echter meer stof opwaaien dan Mynah ooit kon. Het schilderij, daterend van 1960, heette *Abbas Ali Baig gekust,* en was gebaseerd op een waar gebeurd voorval tijdens de derde testmatch tegen Australië in het Brabourne Stadion van Bombay. De stand van de serie was 1-1 gelijk, en de derde partij ging niet zoals India het wilde. In de tweede slagbeurt stelde Baigs vijftig runs – zijn tweede van de match – de thuisclub in staat een gelijkspel te forceren. Toen hij de vijftig bereikte, kwam een knappe jonge vrouw uit de gewoonlijk nogal bezadigde en chique noordtribune gerend en kuste de slagman op zijn wang. Acht runs later werd Baig, misschien een beetje van slag, 'uitgevangen' (uitvanger Mackay werper Lindwall), maar tegen die tijd was de wedstrijd binnen.

Aurora hield van cricket – in die tijd voelden steeds meer vrouwen zich aangetrokken tot die sport, en jonge sterren als A.A. Baig werden even populair als de halfgoden van de Bombay-film – en toevallig was ze aanwezig op de dag van de adembenemende, schandaleuze kus, een kus tussen mooie vreemden, op klaarlichte dag en in een bomvol stadion, en dat in een tijd waarin geen bioscoop in de stad het publiek een dergelijk obsceen prikkelend beeld mocht tonen. Nou! Mijn moeder was geïnspireerd. Ze haastte zich naar huis en in één onafgebroken explosie voltooide ze het schilderij, waarin de 'echte' verlegen kus, een gestolen zoen, werd getransformeerd in een complete Western-omhelzing. Het was Aurora's versie – snel tentoongesteld door Kekoo Mody en vaak gereproduceerd in de nationale pers – die iedereen zich herinnerde; zelfs degenen die er die dag bij waren geweest begonnen – met veel afkeurend hoofdschudden – te spreken van de vochtige wellust, de ongeremde kronkelingen van die eindeloze kus die, zo bezwoeren ze, *uren* had geduurd, tot de scheidsrechters het stel uit elkaar haalden en de slagman herinnerden aan zijn plicht jegens het team. 'Alleen in Bombay,' zeiden de mensen met die cocktail van opwinding en afkeuring die alleen een schandaal goed kan mixen & schudden. 'Wat een losbandige stad, *yaar,* verdomd waar.'

Op Aurora's schilderij had het Brabourne Stadion in zijn opwinding de twee smakkers ingesloten, de gapende tribunes hadden zich om en over hen heen gekromd, zodat de lucht bijna niet meer te zien was, en in het publiek bevonden zich filmsterren met uitpuilende ogen – van wie er een paar echt aanwezig waren geweest – en kwijlende politici, koel observerende wetenschappers en industriëlen die zich op de dijen sloegen en schunnige grappen maakten. Zelfs de beroemde Gewone Man van cartoonist R.K. Laxman,  stond in de opeengepakte menigte op de onoverdekte oosttribune en keek geschokt op zijn sullige, wereldvreemde manier. Dus het was een toestand-van-India-schilderij geworden, een opname van het moment dat cricket zich nestelde in de kern van het nationale bewustzijn, en, in meer controversiële zin, een generatie een schreeuw van seksuele rebellie slaakte. De expliciete overdrijving van de kus – een verstrengeling van vrouwelijke ledematen met de beenbeschermers en het witte tenue van de cricketspeler die herinnerde aan de erotiek van het tantristische beeldhouwwerk in de Chandela-tempels van Khajuraho – werd door een progressieve kunstcriticus beschreven als 'de roep van de Jeugd om Vrijheid, een daad van verzet pal onder de neuzen van de Status Quo', en in een behoudender redactioneel commentaar als 'een obsceniteit die in het openbaar verbrand zou moeten worden'. Abbas Ali Baig werd gedwongen openlijk te ontkennen dat hij het meisje had teruggezoend; de populaire cricketcolumnist 'A.F.S.T.' nam het voor hem op in een geestig stuk waarin hij stelde dat doodgewone kunstenaars voortaan hun lange penselen niet meer moesten steken in de echte belangrijke dingen des levens, zoals cricket; en na een poos leek het schandaaltje met een sisser te zijn afgelopen. Maar in de volgende serie, tegen Pakistan, scoorde de arme Baig slechts 1, 13, 19 en 1; hij moest het veld uit en heeft haast nooit meer voor India gespeeld. Hij werd het mikpunt van een kwaadaardige jonge tekenaar van politieke spotprenten, Raman Fielding, die – als parodie op Aurora's oude Chipkali-werk – zijn karikaturen signeerde met een kikkertje, dat meestal in de rand van de lijst een hatelijke opmerking maakt. Fielding – al beter bekend, als *Mainduck* naar de kikker, – was zo doortrapt de onkreukbare en zeer begaafde Baig er valselijk van te beschuldigen dat hij in de wedstrijd tegen Pakistan zijn wicket met opzet had weggegeven omdat hij een moslim was. 'En dit is de man die het lef heeft onze patriottische hindoemeisjes te kussen,' mopperde de gespikkelde kikker in de hoek.

Aurora, geschrokken door de aanval op Baig, pakte het schilderij in en borg het weg. Ze liet het vijftien jaar later weer exposeren, omdat ze het was gaan beschouwen als een curieus gedateerd werk. De slagman in kwestie was allang gestopt met de sport en kussen was niet langer zo'n schandelijke activiteit als destijds, in die slechte ouwe tijd. Wat ze niet had voorzien was dat Mainduck – inmiddels een full-time-partijpoliticus, een van de stichters van 'Mumbai's As', de partij van hindoenationalisten genaamd naar de moedergodin van Bombay die onder de armen snel aan populariteit won – op de aanval zou terugkomen.

Hij tekende niet langer cartoons, maar in de vreemde dans van aantrekking en afstoting die hij naderhand zou dansen met mijn moeder – die, bedenk dat wel, het woord 'cartoonist' onveranderlijk als belediging gebruikte – kon je altijd nog dat oude ressentiment ontwaren. Hij leek niet te weten of hij op zijn knieën moest vallen voor de beroemde kunstenares en grande van de Malabar Hill, of dat hij haar omlaag moest trekken in de modder waarin hij leefde; en ongetwijfeld was het ook deze tweeslachtigheid die de grote Aurora in hem aantrok, in die *motukalu*, die zware-zwarte kerel die bijna alles vertegenwoordigde wat zij zo diep verafschuwde. Veel familieleden van mij gingen graag stappen in achterbuurten.

Raman Fieldings naam stamde, volgens de verhalen, van een cricketgekke vader, een gewiekste Bombayse schooier die rondhing bij het sportterrein van Bombay, smekend om een kans: 'Alsjeblieft babuji's, geef deze arme *chokra* één slagbeurt? Eéntje maar? Goed, goed – dan *alleen maar één fielding?*' Hij bleek een waardeloze cricketer, maar toen in 1937 het Brabourne Stadion werd geopend, kreeg hij er een baan als bewaker, en in de loop der jaren werd zijn vaardigheid in het snappen en uitzetten van indringers opgemerkt door de onsterflijke C.K. Nayudu, die hem herkende van vroeger dagen op het Gymkhana en grapte: 'Zo, mijn kleine maar-één-fielding – je hebt wel vakkundig leren vangen.' Nadien stond de man altijd bekend als M.E. Fielding, wat hij trots als eigennaam aannam.

Zijn zoon leerde een andere les van het cricket (tot verdriet, zo heette het, van zijn vader). Voor hem niet de nederige democratische vreugde van het eenvoudigweg deelhebben, hoe ondergeschikt, hoe marginaal ook, aan die fel begeerde wereld. Nee: als jongeman in de rumkroegen van Bombay Central oreerde hij tegen zijn vrienden over de oorsprong van het Indiase spel in de rivaliteit tussen de gemeenschappen. 'Van het begin af aan hebben de parsi en moslims geprobeerd ons het spel af te nemen,' verklaarde hij. 'Maar toen wij Hindoes onze ploegen formeerden, bleken we te sterk. Zo moeten we het ook buiten het veld aanpakken. Want we hebben te lang op onze krent gezeten en ons laten ringeloren door on-Indiase types. We hoeven alleen maar onze krachten te bundelen en wat kan ons dan nog tegenhouden?' In zijn bizarre idee van cricket als een fundamenteel communale sport, in wezen hindoeïstisch maar daarin voortdurend bedreigd door de andere verraderlijke gemeenschappen van het land, lag de oorsprong van zijn politieke filosofie en van de 'Mumbai's As' zelf. Er was zelfs een moment dat Raman Fielding overwoog zijn nieuwe politieke beweging naar een beroemde Hindoese cricketspeler te noemen – 'Ranji's Leger' misschien, of 'Mankads Meesters' – maar uiteindelijk koos hij voor de godin – ook bekend als Mumba-Ai, Mumbadevi, Mumbabai – aldus het regionale en religieuze nationalisme verenigend in zijn machtige, explosieve nieuwe groepering.

Cricket, de meest individualistische van alle teamsporten, werd ironisch genoeg de basis voor de streng hiërarchische, neostalinistische structuur van 'Mumbai's As' of de M.A., zoals ze al snel heette: want – zo kwam ik naderhand uit de eerste hand te weten – Raman Fielding stond erop zijn toegewijde kader in 'elftallen' te verdelen en elk van deze kleine pelotons had een 'aanvoerder' aan wie absolute trouw gezworen moest worden. De partijraad van de M.A. heet tot op de dag van vandaag de 'Eerste XI'. En Fielding zelf wilde van het begin af aan 'Captain' worden genoemd.

Zijn oude bijnaam uit de cartoontijd werd nooit gebruikt in zijn aanwezigheid, maar door de hele stad was zijn beroemde kikkersymbool – *Stem op Mainduck* – te zien, op muren geschilderd en op de zijkanten van auto's geplakt. Vreemd genoeg voor zo'n succesvolle populistische leider was hij wars van familiariteit. Dus was het altijd Captain in zijn gezicht en Mainduck achter zijn rug. En in de vijftien jaar tussen zijn twee aanvallen op *Abbas Ali Baig gekust* was hij, net als iemand die op zijn huisdier gaat lijken, waarachtig veranderd in een reusachtige versie van die allang niet meer gebruikte kikker. Onder een *gulmohr*-boom in de tuin van zijn villa van twee verdiepingen in de voorstad Lalgaum van Bandra East, omringd door assistenten en vleiers, hield hij hof naast een vijver met waterlelies en te midden van letterlijk tientallen beelden van Mumbadevi, groot en klein; goudgele bloesems zweefden omlaag en zalfden de hoofden van de beelden en dat van Fielding. Meestal was hij een broedende stilte, maar af en toe, in een reactie op een onbezonnen opmerking van een bezoeker braakte hij woorden, schunnig, angstaanjagend, dodelijk. En in zijn lage rotanstoel met zijn geweldige buik als een dievenzak over zijn knieën hangend, met zijn kwakende kikkerstem die door zijn dikke kikkerlippen barstte en zijn kleine pijltje van een tong die langs de randen van zijn mond likte, met zijn halfgeloken kikkerachtige ogen die begerig gluurden naar de *beedi*-rolletjes geld waarmee zijn bevende smekelingen hem gunstig probeerden te stemmen en die hij zinnelijk tussen zijn dikke vingertjes rolde tot er ten slotte langzaam een enorme, roodgetandvleesde lach op zijn gezicht kwam, zag hij er inderdaad uit als een Kikkerkoning, een Mainduck Raja die geen tegenspraak duldde.

Tegen die tijd had hij besloten zijn vaders levensgeschiedenis te herschrijven, het verhaal van maar-één-fielding van zijn repertoire te wissen. Hij was buitenlandse journalisten gaan vertellen dat zijn vader een ontwikkelde, verfijnde, welopgevoede, belezen man was geweest, een internationalist die de naam 'Fielding' had aangenomen als eerbetoon aan de schrijver van *Tom Jones*. 'Jullie noemen me bekrompen en kleinsteeds,' verweet hij de journalisten. 'Kwezelig en preuts, zo hebben jullie me ook genoemd. Maar van mijn jeugd af aan waren mijn intellectuele horizonten weids en open. Ze waren – om zo te zeggen – *picaresk*.'

Aurora hoorde voor het eerst dat haar werk opnieuw de toorn van deze machtige amfibie had gewekt toen Kekoo Mody enigszins in paniek opbelde vanuit zijn galerie op de Cuffe Parade. De M.A. had aangekondigd naar Kekoo's kleine expositieruimte te marcheren, omdat daar op een schandelijke, pornografische wijze een aanranding van een onschuldige hindoemaagd door een islamitische sportman werd getoond. Raman Fielding zelf zou de mars aanvoeren en de menigte toespreken. De politie was aanwezig, maar niet in voldoende sterkte; er was een reëel gevaar van geweld, zelfs van brandstichting in de galerie. 'Wacht maar,' zei mijn moeder tegen Kekoo. 'Die kleine kikkerkop, ik weet hoe ik die moet aanpakken. Geef me dertig tellen.'

Binnen een half uur was de mars afgelast. Op een haastig belegde persconferentie verklaarde een vertegenwoordiger van de Eerste XI van de M.A. dat in verband met de komende Gudhi Padwa, het Maharastriaanse Nieuwe Jaar, het pornografieprotest was opgeschort om te voorkomen dat een uitbarsting van geweld – wat God verhoede! – de blijde dag zou verstoren. Bovendien had de Mody Galerie uit respect voor de volkswoede toegestemd het aanstootgevende schilderij aan het oog te onttrekken. Zonder *Elephanta* te verlaten had mijn moeder een crisis voorkomen.

Maar moeder: het was geen overwinning. Het was een nederlaag.

Dit allereerste gesprek tussen Aurora Zogoiby en Raman Fielding was kort en zakelijk geweest. Ditmaal had ze Abraham niet gevraagd haar smerige karweitjes op te knappen. Ze belde zelf. Ik weet het: ik was erbij. Jaren later kwam ik te weten dat de telefoon op het bureau van Raman Fielding een speciaal toestel was, uit Amerika geïmporteerd; de hoorn zag eruit als een felgroene plastic kikker en kwaakte in plaats van te rinkelen. Fielding moet de kikker tegen zijn gezicht hebben gedrukt en mijn moeders stem uit de kikkerlippen hebben horen komen.

'Hoeveel?' had ze gevraagd.

En Mainduck noemde zijn prijs.

≈

Ik heb het hele verhaal van *Abbas Ali Baig gekust* opgeschreven omdat het moment dat Fielding in ons leven kwam, niet van belang was ontbloot; en omdat dit crickettafereel een tijdlang het schilderij was waardoor Aurora Zogoiby – laten we zeggen – te bekend werd. De dreiging van geweld nam enigszins af, maar het werk moest verborgen blijven – kon slechts gered worden door een van de vele onzichtbaarheden van de stad te worden. Een principe was geërodeerd; een steentje rolde een heuvel af: rinkeldekinkeldekinkel. In de jaren die volgden, zou er nog veel meer eroderen, en de rollende steen zou gezelschap krijgen van heel wat grotere stenen. Maar Aurora heeft nooit hoog opgegeven – wat principe of kwaliteit betreft – van *Ali Baig;* voor haar was het een grapje, snel bedacht, luchtig uitgevoerd. Het werd echter een blok aan haar been, en ik zag dat het haar tegenstond het steeds maar weer te moeten verdedigen en dat ze kwaad was dat deze 'moesson in een theekop' de aandacht had afgeleid van haar echte werk. In de pers moest ze zwaarwichtig spreken van 'onderliggende motieven' terwijl het slechts opwellingen waren geweest, morele uitspraken doen waar slechts ('slechts'!) sprake was van spel en gevoel en de onverbiddelijke logica van penseel en licht. Ze was verplicht zich te verweren tegen verschillende 'deskundigen' die haar maatschappelijke onverantwoordelijkheid verweten en mopperde chagrijnig dat maatschappelijk engagement van kunstenaars nooit iets had opgeleverd: tractorkunst, hofkunst, romantische rotzooi. 'Maar, wat me nog het meest tegenstaat in deze Ologen die omhoogschietificeren als draketanden,' zei ze verwoed schilderend tegen mij, 'is dat ze me dwingen zelf te veel een Oloocherd te worden.'

Plotseling werd ze omschreven – door M.A.-stemmen, maar niet alleen daardoor – als een 'christelijke kunstenares', en bij één gelegenheid zelfs als 'die christelijke vrouw, getrouwd met een jood'. Eerst moest ze om die formuleringen lachen; maar al snel zag ze dat ze niet leuk waren. Hoe gemakkelijk kon een individu, een leven van werk, activiteit, verwantschap en oppositie, door zo'n aanval worden weggespoeld! 'Het is alsof,' zei ze tegen me, toevallig vervallend in een cricketbeeld, 'ik geen runs heb op het rottige score-bord.' Of, een andere keer: 'Het is alsof ik godverdomme niet mijn sporen heb verdiend.' Vasco's waarschuwingen indachtig reageerde ze op een typerend onvoorspelbare manier. Op een dag in die donkere tijd halverwege de jaren zeventig – jaren die in je herinnering op de een of andere manier donkerder lijken omdat er zo weinig te zien was van hun tirannie, want op de Malabar Hill was de Noodtoestand even onzichtbaar als de illegale wolkenkrabbers en de rechteloze armen – gaf ze mij aan het eind van een lange sessie in het atelier een envelop met een vliegticket enkele-reis naar Spanje en mijn paspoort voorzien van een Spaans visumstempel. 'Zorg dat het altijd geldig blijft,' zei ze tegen me. 'Je kunt het ticket ieder jaar vernieuwificeren, en het visum ook. Ik-tho zal nergens heen vluchten. Als die Indira, die mij altijd kapot heeft gehaat, me wil komen halen, weet ze waar ze me kan vinden. Maar misschien komt de dag dat jij Vasco's raad moet opvolgificeren. Ga alleen niet naar de Engelsen. Die zijn we zat. Ga Palimpstina zoeken; ga eens naar Mooristan.'

En voor Lambajan aan de poort had ze ook een cadeau: een zwartleren patroongordel waaraan een politieholster met een klep hing, en in de holster een geladen pistool. Ze liet hem schietlessen nemen. Wat mij betreft, ik stopte haar geschenk weg; en nadien heb ik, bijgelovig als ik ben, altijd gedaan wat ze gezegd had. Ik hield mijn achterdeur open en zorgde ervoor dat er een vliegtuig op de startbaan stond. Ik wist het niet meer. We wisten het allemaal niet meer. Na de Noodtoestand begonnen mensen de dingen met andere ogen te bekijken. Vóór de Noodtoestand waren we Indiërs. Erna waren we christelijke joden.

Rinkeldekinkeldekinkel.

≈

Er gebeurde niets. Er kwam geen meute naar de poort, er arriveerden geen arrestatieteams om de rol van Indira's wraakengelen te spelen. Lamba's pistool bleef in de holster. Mynah werd wel in hechtenis genomen, maar slechts voor een paar weken, en ze werd met grote hoffelijkheid behandeld en mocht bezoek, boeken en etenswaren in haar cel ontvangen. De Noodtoestand werd opgeheven. Het leven ging voort.

Er gebeurde niets, en alles. Er was beroering in het paradijs. Ina overleed, en na haar begrafenis kwam Aurora thuis en schilderde ze een Moor-schilderij waarin de scheidslijn tussen land en zee niet langer een doordringbare grens was. Nu schilderde ze hem als een scherp afgetekende zigzagbarst waar het land samen met de zee in stroomde. De kauwers van mango en *singhani*, de drinkers van helblauwe siropen zo zoet dat je gebit gevaar liep kwam door er alleen al naar te kijken, de kantoormensen in hun opgerolde broeken met hun goedkope schoenen in hun handen en alle blootsvoetse minnaars die langs de versie van de Chowpatty Beach aan de voet van het paleis van de Moor wandelden, schreeuwden terwijl het zand onder hun voeten hen de kloof inzoog, samen met de beurzensnijders, de neonverlichte kraampjes van de snackverkopers en de getrainde apen in soldatenuniform die sterven-voor-hun-vaderland hadden gespeeld om de flanerende menigte te vermaken. Zij allen stortten in de getande duisternis, samen met de braamvissen, kwallen en krabben. De avondlijke boog van de Marine Drive zelf, de Marine Drive met zijn ordinaire kunstparelsnoer van lichtjes, was vertekend weergegeven; de boulevard werd naar de leegte getrokken. En in zijn paleis op de heuvel keek de harlekijnmoor neer op de tragedie, machteloos, zuchtend en oud voor zijn tijd. De dode Ina stond doorschijnend aan zijn zijde, de Ina van vóór Nashville, afgebeeld op het hoogtepunt van haar voluptueuze schoonheid. Dit schilderij, *Moor en Ina's schim kijken in de afgrond*, werd naderhand beschouwd als het eerste werk in de 'hoge periode' van de Moor-reeks, die intense apocalyptische doeken waarin Aurora al haar verdriet over de dood van een dochter legde, alle moederliefde die te lang onuitgedrukt was gebleven; maar ook haar grote, profetische, zelfs cassandraanse angsten voor het land, haar intense verdriet over de bitterheid van wat eens, althans in een gedroomd India, zoet was geweest als rietsuikersap. Dat alles zat in de schilderijen, ja, en haar jaloezie ook.

– *Jaloezie? – opwat, opwie, opwelke?* –

Alles gebeurde. De wereld veranderde. Uma Sarasvati kwam.

14

De vrouw die mijn leven veranderde, verhief en verwoestte, kwam dat leven binnen op de Mahalaxmi-renbaan eenenveertig dagen na Ina's dood. Het was een zondagmorgen aan het begin van het koele seizoen in het najaar en volgens oud gebruik – 'Hoe oud?' vraagt u, en ik antwoord op de Bombayse manier: *'Antiek*, men. Uit de *antieke* tijd' – waren de deftigste burgers van de stad vroeg opgestaan en hadden ze de plaatsen van de nerveuze lokale volbloedrossen ingenomen, zowel in de paddock als op de baan. Er stonden geen rennen op het programma; alleen de schimmen van afwezige jockeys in hun bont gestreepte hemden, de fantoomecho's van hoeven uit verleden en toekomst en de wegstervende klanken van het dampende paardengehinnik, alleen het rollende geritsel van oude, weggeworpen exemplaren van Cole's raceprogramma's – O onschatbare gidsen van de vorm! – waren zichtbaar voor de ogen en oren van de verbeelding, als de vaag doorschijnende sporen van een overschilderd schilderij onder dit wekelijkse *rus in urbe*-tafereel, deze parasolprocessie van de bevoorrechte klasse. Snel op hun loopschoenen en in korte broek met hun baby's op hun rug gebonden, of langzaam rondkuierend met wandelstokken en panamahoeden op het hoofd, kwamen ze aan, de edellieden in vis en staal, de graven in stof en scheepvaart, de heren in geldwezen en onroerend goed, de vorsten van land en zee en de machthebbers van de lucht, en hun dames ook, piekfijn opgedoft in zijde en behangen met goud, of in trainingspak en met paardestaart, met roze hoofdbanden als koninklijke diademen rond atletische voorhoofden. Er waren er die langs furlongmarkeringen renden, stopwatch in de aanslag; anderen die traag langs de oude tribune gleden, als oceaanstomers die de haven binnenlopen. Het was een tijd voor ontmoetingen, zowel legale als il-; voor transacties en het drukken van handen op het sluiten ervan; voor het stedelijk matriarchaat om zijn jeugd te monsteren en zijn toekomstige echtverbintenissen te beramen, en voor jonge mannen en vrouwen om blikken te wisselen en eigen keuzen te maken. Het was een tijd voor familiereünies en voor ontmoetingen tussen de machtigste clans van de metropool. Macht, geld, verwantschap, begeerte: dat was, verborgen onder de simpeler voordelen van een gezond uurtje wandelen op de oude racebaan, de ware aanleiding voor de Mahalaxmi Weekend Constitutional, een race zonder paarden met uitgelezen deelnemersveld, een derby zonder startpistool of fotofinish, maar waarin vele prijzen te behalen waren.

Die zondag, zes weken na Ina's dood, deden we een poging de jammerlijk uitgedunde rijen van de familie te sluiten. Aurora, in een elegante lange broek en een witte linnen blouse met open hals gaf een duidelijke demonstratie van familiesaamhorigheid door gearmd te lopen met Abraham, met zijn witte manen en indrukwekkend rechte rug op zijn vierenzeventigste op-en-top de geklede en gelaarsde patriarch, niet langer een provinciaal tussen de grandes, maar de grootste van hen allemaal. De ochtend was echter niet voorspoedig begonnen. Op weg naar Mahalaxmi hadden we Minnie opgepikt – Zuster Floreas –, die bij wijze van uitzondering de ochtenddienst in het Maria Gratiaplena-klooster mocht overslaan. Ze zat in haar nonnenhabijt met kap naast me op de achterbank aan haar rozenkrans te friemelen en weesgegroetjes te prevelen, eruitziend – vond ik – als een versie van de Hertogin in *Alice in Wonderland*, veel knapper natuurlijk, maar even boos, of als een kaartspel-koningin – Lachebek ontmoet de Schoppenvrouw. 'Ik zag Ina vannacht,' deelde ze plompverloren mee. 'Ik moet jullie van haar zeggen dat ze gelukkig is in de hemel en dat de muziek heel mooi is.' Aurora liep paars aan, perste haar lippen samen en klemde haar kaken op elkaar. Minnie had de laatste tijd visioenen, al was Aurora daar niet zeker van. De mening van de Hertogin over haar kleine zoon gold, enigszins vrij weergegeven, ook voor mijn heilige hertogin van een zuster: *Ze plaagt en treitert u gewoon en doet wat ze verkiest.*

Abraham zei: 'Maak je moeder niet van streek, Inamorata,' en nu was het Minnies beurt om te fronsen, want die naam hoorde bij haar verleden, hij had niets van doen met de persoon die ze aan het worden was, het wonder van de Gratiaplena-nonnen, de meest ascetische van alle gelovigen, de meest lijdzame werkster, de hardst schrobbende vloerenschrobster, de zachtzinnigste en meest toegewijde verpleegster en –

als wilde ze boeten voor een leven van luxe – de draagster van de ruwste en prikkendste onderkleren van de orde, die ze zelf had genaaid van oude, naar kardemom en thee stinkende jutezakken en die vreselijke striemen op haar tere huid hadden veroorzaakt, totdat de moederoverste haar waarschuwde dat excessieve zelfkastijding ook een vorm van ijdelheid was. Na die berisping droeg Zuster Floreas niet langer boetekleren op haar huid, en begonnen de visioenen.

Alleen, in haar cel op haar houten plank (ze had het bed al snel weggedaan) werd ze bezocht door een geslachtloze engel met een olifantskop die uitbarstte in een scheldkanonnade over de losse zeden van de Bombayse burgers, die hij vergeleek met Sodomieten en Gomorranen en dreigde met overstromingen, droogten, explosies en branden, straffen die zouden worden verspreid over een periode van ongeveer zestien jaar; en door een sprekende zwarte rat die voorspelde dat de Pest zelf zou terugkeren als laatste van alle plagen. Het visoen met Ina was iets veel persoonlijkers, en terwijl de vroegere manifestaties Aurora vooral hadden doen vrezen voor haar dochters geestelijk evenwicht, maakte deze nieuwe verschijning haar witheet van woede, misschien niet in de laatste plaats omdat Ina's geest kortgeleden in haar eigen werk was verschenen; maar ook omdat ze sinds haar dochters dood in het algemeen het gevoel had dat ze werd achtergevolgd, een gevoel dat veel mensen kenden in deze paranoïde, wisselvallige tijden. Er verschenen spoken in ons gezinsleven, ze overschreden de grens tussen de artistieke metaforen en de waarneembare feiten van het dagelijkse leven, en een verwarde Aurora zocht haar toevlucht tot haar woede. Maar vandaag was de dag voor familieeenheid, en dus, tegen haar gewoonte in, verbeet mijn moeder zich.

'Ze zegt dat het eten ook goed is,' merkte Minnie meedeelzaam op. 'Zoveel ambrozijn, nectar en manna als je maar wilt en je komt nooit aan.' Gelukkig was de Mahalaxmi-renbaan maar enkele minuten rijden van de Altamount Road.

En nu liepen Abraham en Aurora gearmd, wat ze al vele lange jaren niet meer hadden gedaan, en trippelde Minnie, onze bloedeigen cherubijn, vlak achter hen aan, terwijl ik een stukje nakwam, mijn hoofd naar de grond gericht om de blikken van de mensen te vermijden, mijn rechterhand diep in mijn broek gepropt en uit schaamte tegen het gras schoppend; want natuurlijk hoorde ik het gefluister en gegiechel van de matriarchen en jeugdige schonen van Bombay, wist ik dat ik, ondergetekende, twintig-met-het-uiterlijk-van-veertig, als ik te dicht bij Aurora ging lopen – die op haar drieënvijftigste ondanks haar witte haar niet ouder dan vijfenveertig leek – voor de toevallige omstander te oud leek om haar kind te kunnen zijn. *O moet je die zien... misvormd... bizar... een of andere ziekte... ik hoor dat ze hem opgesloten houden... zo'n schande voor de familie... zo goed als idioot, zeggen ze... en de enige zoon van zijn arme vader.* Zo oliede de gladde tong van de roddel het wiel van het schandaal. Ons volk reageert niet fijnzinnig op lichamelijke afwijkingen. En trouwens ook niet op geestelijke.

In zekere zin hadden ze misschien wel gelijk, die renbaanroddelaars. In zekere zin was ik een soort maatschappelijke idioot, door mijn toestand afgesneden van het leven van alledag, door het lot tot een vreemde gemaakt. Een studiehoofd ben ik in ieder geval nooit geweest. Als gevolg van mijn ongewone en (volgens de normen) hopeloos te kort schietende scholing was ik een soort informatie-ekster geworden die allerlei blinkende flintertjes feit en fictie en boeken en kunstgeschiedenis en politiek en muziek en film bij elkaar scharrelde en ook een zekere vaardigheid ontwikkelde deze povere brokken zo te manipuleren en rangschikken dat ze glinsterden en licht vingen. Klatergoud of kostelijke klompjes goud, gedolven uit de rijke, excentrieke groeve van mijn bijzondere jeugd? Laat anderen maar daarover oordelen.

Wel bleef ik me om buitenschoolse redenen veel langer dan nodig vastklampen aan Dilly. Bovendien was er geen sprake van dat ik naar de universiteit zou gaan. Ik poseerde wat voor mijn moeder, en mijn vader verweet me mijn leven te vergooien en wilde dat ik in het familiebedrijf zou komen. Het was al lang niet meer voorgekomen dat iemand – Aurora uitgezonderd – zich durfde te verzetten tegen Abraham Zogoiby. Halverwege de zeventig was hij zo sterk als een os, fit als een worstelaar, en afgezien van zijn toenemende astma zo gezond als de in trainingspak gestoken joggers op de renbaan. Zijn betrekkelijk lage komaf was vergeten en het oude C-50-bedrijf van Camoens da Gama was opgegaan in het enorme concern dat in zakenkringen bekend stond als 'Siodi Corp'. 'Siodi' stond voor C.O.D., Cashondeliveri, en Abraham moedigde het gebruik van deze bijnaam sterk aan. Het verdreef het oude – de herinnering aan het in verval geraakte en overgenomen imperium van de Cashondeliveri-grandes – en haalde het nieuwe binnen. In een profielschets in de economische bijlage van een krant werd hij omschreven als

'Mister Siodi' – de briljante nieuwe ondernemer achter de firma Cashondeliveri, en daarna waren sommige zakenpartners hem bij vergissing 'Siodi Sahib' gaan noemen. Abraham nam niet altijd de moeite hen te corrigeren. Zo begon hij een nieuwe laag over zijn eigen verleden heen te schilderen... en ook bij hem als vader had de leeftijd een palimpsestbeeld geschilderd over de herinnering aan de man die mijn pasgeboren hoopje had geknuffeld en in tranen getroost. Nu was hij ontzagwekkend, afstandelijk, gevaarlijk, koud geworden, en was het onmogelijk hem niet te gehoorzamen. Ik boog het hoofd en accepteerde zijn aanbod onderop te beginnen op de afdeling marketing, verkoop en reclame van de Firma Baby Softo Talkpoeder Company (Private) Limited. Voortaan moest ik mijn werk met Aurora inpassen in mijn kantoorverplichtingen. Maar over poseren en baby's aanstonds meer.

Wat de kwestie van een bruid betreft, mijn gehavende hand – een handicap in de handicapvrije zone – was wel degelijk een soort schrikbeeld van de huwelijksmarkt, het deed jonge dames kieskeurig huiveren, herinnerde hen aan de lelijkheid van het leven terwijl zij, dames als ze waren, alleen de schoonheid ervan wilden zien. Jesses! Het was een geduchte vuist. (Over de toekomst van die vuist op de lange termijn volsta ik met te zeggen dat Lambajan me weliswaar iets van de ware kracht van mijn knotsharde rechterknuist had getoond, maar dat ik mijn roeping nog niet had ontdekt. Mijn rechtse sluimerde nog.)

Nee, ik hoorde niet thuis tussen die raspaarden. Hoewel ik mijn omzwervingen met onze diefachtige huishoudster Jaya Hé had gestaakt, was ik een vreemde in hun stad – een Caspar Hauser, een Mowgli. Ik wist weinig van hun levens, en (wat erger was) ik wilde niet meer weten ook. Want ik mocht dan een eeuwige outsider zijn tussen dat renbaanras, in mijn twintig jaar had ik wel in zo'n hoog tempo ervaring opgedaan, dat de tijd in mijn omgeving net als mijn eigen tijd dubbel zo snel leek te gaan. Ik voelde me niet langer een jonge man gevangen in een oude – of, om het in het taaltje van de Bombayse textielindustrie te zeggen, 'geantiquiseerde', 'kunstmatig verouderde' – huidbedekking. Mijn uiterlijke, schijnbare leeftijd was eenvoudigweg mijn leeftijd geworden.

Dat dacht ik althans: totdat Uma me de waarheid toonde.

Jamshed Cashondeliveri, die door de dood van zijn ex-vrouw onverwacht in een diepe depressie was geraakt en al snel daarna de rechtenstudie had opgegeven, voegde zich op Mahalaxmi bij ons, zoals Aurora had geregeld. Niet ver van de renbaan ligt de Great Breach of Breach Candy, ofwel de Grote Breuk, waar vroeger in bepaalde seizoenen de zee doorheen stroomde en de laaggelegen Flats daarachter blank zette; zoals de Hornby Vellard, een dam, was gebouwd om de Grote Breuk te dichten (volgens betrouwbare bronnen voltooid omstreeks 1805), zo zou de breuk tussen Jimmy en Ina postuum worden geheeld, althans, dat had Aurora besloten, door de dam van haar onverzettelijke wil. 'Hai, oom, tantetje,' zei Jimmy Cash, die schutterig stond te wachten bij de finish en een scheve grijns wist te produceren. Toen veranderde zijn gezicht. Zijn ogen werden groot, de kleur trok weg uit zijn toch al bleke wangen, zijn mond viel open. 'Ben je van je knol gevallen?' vroeg Aurora verbaasd. 'Je ziet eruit of je net een spook hebt gezien.' Maar de aan de grond genagelde Jimmy antwoordde niet en bleef stom staan gapen.

'Hallo, familie,' zei Mynahs sardonische stem achter onze rug. 'Hopelijk vinden jullie het niet erg, luitjes, maar ik heb een vriendin meegebracht.'

≈

Elk van ons die die ochtend met Uma Sarasvati over de Mahalaxmi-renbaan wandelde, kreeg een ander beeld van haar. Een paar dingen stonden vast: ze was twintig jaar en een veelbelovende studente aan de kunstacademie van Baroda, waar haar al veel lof was toegezwaaid door de kunstenaars van de zogenaamde 'Baroda-groep' en de bekende criticus Geeta Kapur zich gedwongen had gevoeld een laaiend enthousiast stuk te schrijven over haar gigantische steensculptuur van Nandi, de beroemde stier uit de hindoe-mythologie, gemaakt in opdracht van de gelijknamige effectenhandelaar en financier, de miljardair V.V. Nandy – niemand minder dan 'Nandy Krokodil'. Kapur had het werk vergeleken met dat van de anonieme meesters van het achtste-eeuwse monolithische wonder van Parthenon-afmetingen, de Kailash-tempel, de beroemdste van alle Ellora-grotten; maar toen Abraham Zogoiby terwijl we zo voortkuierden over het beeld hoorde, barstte hij uit in een merkwaardig stierachtig bulkend gelach. 'Dat jonge krokobilletje van een V.V. schaamt zich nergens voor,' bulderde hij. 'Een Nandi-stier, hè? Had een van die blinde krokkies van de rivieren in het noorden moeten zijn.'

Uma had zich, met een introductie van een vriendin van de Gujaratse afdeling van het Verenigd Vrouwenfront tegen Prijsstijgingen, aangediend op het piepkleine, overvolle kantoortje in een verwaarloosd gebouw van drie verdiepingen bij het Centraal Station van Bombay, vanwaaruit Mynahs groep vrouwelijke activisten tegen corruptie en voor burger- en vrouwenrechten – bekend als het WMDHB-comité, naar zijn bekendste leuze: *Weg met die helse bajes*, maar door de spotters ook wel 'Wij meiden delen het bed' genoemd – slag leverde tegen een zestal Goliaths. Ze had met haar gesproken over haar waardering voor Aurora's werk, maar ook over het belang van sterk gemotiveerde groepen als die van Mynah, die het kwaad van de weduwenverbranding aan de kaak stelden, vrouwenbrigades tegen verkrachting organiseerden en nog op een tiental andere terreinen actief waren. Haar geestdrift en kennis hadden indruk gemaakt op mijn anders zo nuchtere zuster; vandaar haar aanwezigheid bij onze kleine familiereünie op de Mahalaxmirenbaan.

Tot zover wat buiten kijf stond. Echt opmerkelijk was dat de nieuwkomer het tijdens ons ochtendwandelingetje op Mahalaxmi klaarspeelde met ieder van ons een paar minuutjes onder vier ogen te spreken en dat ieder van ons nadat ze was vertrokken – met de bescheiden mededeling dat ze onze familiebijeenkomst al te lang had verstoord – een ondubbelzinnige mening over haar had en dat deze meningen volkomen tegenstrijdig en onverenigbaar waren. Voor Zuster Floreas was Uma een rivier van spiritualiteit; ze was sober en beheerst, een grote geest die de uiteindelijke eenheid van alle godsdiensten voorzag omdat de verschillen zouden oplossen in de heilige glans van het goddelijke licht; terwijl ze in Mynahs ogen spijkerhard was – uit de mond van onze Philomina een groot compliment – en een fervent secularistisch-marxistisch-feministe met een onvermoeibare strijdbaarheid die Mynahs eigen vechtlust weer had aangewakkerd. Abraham Zogoiby deed beide opinies af als 'pure onzin' en prees Uma's haarscherpe financiële inzicht en haar kennis van de allermodernste transactiemethoden en overnametheorieën. En Jamshed Cashondeliveri, die van het lodderoog en de hangende kaak, bekende op gedempte toon dat ze de levende reïncarnatie van wijlen de verrukkelijke Ina was, de Ina zoals ze was geweest voordat de burgers van Nashville haar ondergang werden, 'alleen is zij', flapte hij eruit, idioot als hij altijd was geweest, 'als een Ina die kan zingen, en nog hersenen heeft ook'. Hij wilde net gaan uitleggen dat Uma en hij zich even hadden teruggetrokken achter de tribune, waar het jonge meisje voor hem had gezongen met de mooiste Country&Eastern-stem die hij ooit had gehoord; maar Aurora Zogoiby had er genoeg van. 'Iedereen is hier knetter vandaag,' tierde ze. 'Maar Jimmy jongen, jij hebt het te bont gemaakt. Wegwezen jij! Vooruit *ek-dum* en waag het niet nog een voet over onze drempel te zetten.'

We lieten Jimmy achter in de paddock, waar hij ons met een glazige visseblik nakeek.

Aurora had het van begin af niet op Uma begrepen; ze was de enige die de renbaan verliet met een sceptische trek op haar mond. Ik wil nadrukkelijk stellen dat ze de jongere vrouw nooit een kans heeft gegeven, hoewel Uma steeds bescheiden was over haar eigen artistieke capaciteiten, vol eerbied voor mijn moeders genie, en nooit gunsten vroeg. Integendeel, na haar triomf op de Dokumenta van 1978 in Kassel, toen de meest gerenommeerde Londense en Newyorkse kunsthandelaars met haar aan de haal gingen, belde ze Aurora helemaal uit Duitsland en schreeuwde door de internationale ruis heen: 'Ik heb Kasmin en Mary Boone laten beloven uw werk ook te exposeren. Anders mochten ze het mijne niet exposeren.'

Als een godin uit de machine verscheen ze onder ons, ons diepste wezen toesprekend. Alleen de goddeloze Aurora hoorde niets. Twee dagen later kwam Uma timide naar *Elephanta*, en Aurora deed de deur van haar atelier op slot. Wat – zacht gezegd – volwassen noch beleefd was. Om mijn moeders botheid goed te maken, bood ik aan Uma een rondleiding door de tent te geven en zei hartstochtelijk: 'Je bent altijd welkom in ons huis.'

Wat Uma tegen mij zei op Mahalaxmi, vertelde ik aan niemand. Wel voor iedereen hoorbaar had ze lachend gezegd: 'Nou, als dit een renbaan is, dan wil ik rennen ook,' ze schopte haar *chappals* uit, nam ze in haar linkerhand en stoof weg over de baan, haar lange haar in een sliert achter haar aan wapperend als snelheidslijntjes in een striptekening en de lucht achter haar markerend als condensstrepen aan de hemel. Ik was haar natuurlijk achterna gerend; ze verwachtte niet anders. Ze kon hard rennen, harder dan ik, en uiteindelijk moest ik het opgeven omdat mijn borst begon te zwoegen en piepen. Hijgend leunde ik tegen het witte hek, beide handen tegen mijn longen gedrukt om de kramp te onderdrukken. Ze liep naar me terug en legde haar handen op de mijne.

Terwijl ik op adem kwam, streelde ze zachtjes mijn mismaakte rechterhand en zei op haast onhoorbare toon: 'Deze hand zou alles kunnen neerslaan wat hem in de weg komt. Met zo'n hand in de buurt zou ik me heel veilig voelen.' Toen keek ze me in mijn ogen en voegde eraan toe: 'Er zit een jonge vent daarbinnen. Ik zie dat hij naar me kijkt. Wat een combinatie, *yaar*. Jeugdige-geest, plus dit uiterlijk van een oudereman waar ik, eerlijk gezegd, al mijn hele leven voor val. Te gek, *men*, verdomd waar.'

Dit is het dan, zei ik verwonderd tegen mezelf. Deze prikkende tranen, dit brok in de keel, het verhitte bloed. Mijn transpiratie had een peperige geur gekregen. Ik voelde mijn ik, mijn ware ik, de geheime identiteit die ik zo lang had verborgen dat ik bang was dat ze niet meer bestond, te voorschijn komen uit de hoeken van mijn wezen en mijn midden vullen. Nu was ik van niemand en ook, onherroepelijk en voor eeuwig, van haar.

Ze nam haar handen weg; en liet een verliefde Moor achter.

≈

De ochtend van Uma's eerste bezoek had mijn moeder besloten me naakt te schilderen. Naaktheid was niets bijzonders in onze kring; door de jaren heen hadden veel schilders en hun vrienden in hun blootje voor elkaar geposeerd. Nog niet zo lang geleden had Vasco Miranda in het gastentoilet op *Elephanta* een muurschildering aangebracht van hemzelf en Kekoo Mody, slechts gekleed in een bolhoed. Kekoo was lang en mager als altijd, maar het succes en de jaren van brassen en slempen hadden Vasco, die ook nog eens een stuk kleiner was, doen uitdijen. Het interessante van de schildering lag in het opvallende feit dat de twee mannen van penis leken te hebben gewisseld. De pik bij Vasco was verbluffend lang en dun, als een witte salamiworst, terwijl Kekoo een gedrongen, donker orgaan met een ontzagwekkende doorsnee en omtrek droeg. Maar beide mannen zwoeren dat ze niet verwisseld waren. 'Ik heb het penseel en hij de rol bankbiljetten,' verklaarde Vasco. 'Beter kon toch niet?' Het was Uma Sarasvati die de schildering de naam gaf waaronder ze voortaan bekend zou blijven. 'Net Laurel en Harde,' giechelde ze, en het beklijfde.

Na ons bezoek aan Laurel en Harde beschreef ik Uma de geschiedenis van de Moorschilderijen en het nieuwe project van een *Naakte Moor.* Ze luisterde ernstig terwijl ik trots vertelde over mijn artistieke samenwerking met mijn moeder, en toen verzengde ze me met die geweldige lach, met de flitsen uit haar straalpistool die ze kon afvuren uit haar lichtgrijze ogen. 'Je zou op jouw leeftijd niet naakt voor je mammieji moeten staan,' zei ze afkeurend. 'Als we elkaar beter hebben leren kennen, zal ìk degene zijn die je schoonheid beeldhouwt in geïmporteerd Carrara-marmer. Zoals bij de David met zijn te-grote hand zal ik van jouw grote oude knots het mooiste lichaamsdeel ter wereld maken. Alstublieft, meneer Moor, spaar uzelf tot dan voor mij.'

Al snel ging ze weer weg, om de grote schilderes niet te storen in haar werk. Ondanks dit bewijs van haar fijngevoeligheid had mijn egocentrische moeder geen goed woord voor onze nieuwe vriendin over. Toen ik haar zei dat ik niet kon poseren voor haar nieuwe schilderij omdat ik lange uren moest maken voor mijn nieuwe baan op het Baby Softo-kantoor in Worli, explodeerde ze. 'Softo me neus,' gilde ze. 'Dat vissersvrouwtje heeft je aan de haak en net als een stomme vis denk je dat ze alleen maar wil spelen. Zo heeft ze je uit het water gehaald en zal ze je bakkificeren in *ghee* met gember-knoflook, *mirch-masala,* komijnzaad en misschien nog wat frietjes erbij.' Ze smeet de atelierdeur dicht, sloot me voorgoed buiten; ze heeft me nooit meer gevraagd om voor haar te poseren.

Het schilderij, *Moeder-naakte Moor aanschouwt de komst van Chimène,* was net zo formeel als Velázquez' *Las Meninas,* een schilderij waar het wat het zichtlijnen-spel betreft enigszins door was geïnspireerd. In een zaal van Aurora's fictieve Malabar-Alhambra, tegen een wand met ingewikkelde geometrische patronen, stond de Moor naakt met het technicolor in ruitenpatroon van zijn huid. Achter hem, in een schelpvormig venster, stond een gier uit de Toren der Stilte en tegen de wand naast dit macabere raam stond een sitar, met een muis die zich een weg knabbelde door de gelakte meloenvormige klankkast. Links van de Moor was zijn geduchte moeder, koningin Ayxa-Aurora, in een golvend zwart gewaad, die een manshoge spiegel voor zijn naaktheid hield. Het spiegelbeeld was prachtig naturalistisch – dat was geen harlekijn, geen zogenaamde Boabdil; gewoon ik. Maar de geruite Moor keek niet naar zichzelf in de spiegel, want in de deuropening rechts van hem stond een mooie jonge vrouw – Uma natuurlijk, Uma geromantiseerd, verspaanst, als deze 'Chimène', Uma met bepaalde elementen van Sophia Loren in *El Cid*, gepikt uit het verhaal van Rodrigo de Vivar en zonder verklaring opgenomen in het hybride universum van de Moor, en tussen haar uitgespreide, uitnodigende handen bevonden zich vele wonderen – gouden hemellichamen, met juwelen getooide vogels, minuscule homunculi – magisch zwevend aan de lichtende hemel.

In haar moederlijke jaloezie op de eerste ware liefde van haar zoon had Aurora deze schreeuw van verdriet geschapen, waarin de pogingen van een moeder haar zoon de simpele waarheid over zichzelf te tonen, tot mislukken waren gedoemd door de begoochelende kunsten van een tovenares; waarin muizen de kans op muziek wegknaagden en gieren geduldig wachtten op hun middageten. Sinds Isabella Ximena da Gama op haar sterfbed de figuren van de Cid Campeador en zijn Chimène in zichzelf had verenigd, zag ook haar dochter Aurora, die Belles gevallen fakkel had overgenomen, zich als held en heldin tegelijk. Dat ze nu deze scheiding aanbracht – dat de geschilderde Moor de rol van Charlton Heston kreeg en een vrouw met Uma's gezicht een verfranste versie van mijn grootmoeders middelste naam kreeg – was al bijna een overgave, een verwijzing naar de sterfelijkheid. Nu was het niet Aurora, als de oude douairière Ayxa, die in de spiegel-spiegel keek; nu was het Boabdil-Moor die erin weerspiegeld werd. Maar de echte toverspiegel was die in zijn (mijn) ogen; en in die raadselachtige spiegels was ongetwijfeld de tovenares in de deuropening de allerschoonste.

Het schilderij, dat net als veel van de latere Moren in lagen geschilderd was, op de wijze van de oude Europese meesters, en van kunsthistorisch belang is omdat het de Chimène-figuur in de Moor-cyclus introduceerde, leek mij een bewijs dat kunst uiteindelijk niet het leven was; dat wat een kunstenaar waarachtig leek – bijvoorbeeld dit verhaal over boosaardige usurpatie, over een mooie heks die een moeder komt scheiden van haar zoon –, geen enkele relatie met gebeurtenissen, gevoelens en mensen in de echte wereld hoefde te hebben.

Uma was een vrije geest; ze kwam en ging wanneer ze wilde. Het verscheurde mijn hart als ze in Baroda was, maar ze wilde niet dat ik haar bezocht. 'Je mag mijn werk niet zien tot ik klaar ben voor jou,' zei ze. 'Ik wil dat je voor *míj* valt, niet voor wat ik doe.' Want tegen iedere waarschijnlijkheid in en met de superieure grilligheid van de schoonheid had zij, die het voor het kiezen had, haar zinnen gezet op deze mismaakte jong-oude dwaas, en fluisterend in mijn oor had ze me toegang beloofd tot de hof der aardse lusten. 'Wacht nog even,' zei ze me. 'Wacht nog even, onschuldige schat, want ik ben de godin die je hartsgeheimen kent en ik zal je alles geven wat je wilt, en meer.' *Wacht nog een poosje*, smeekte ze zonder te zeggen waarom, maar mijn verwondering verdween door de vurige opwinding van haar beloften. *En dan zal ik tot aan de dood je spiegel zijn, je andere ik, je gelijke, je meesteres en je slavin.*

Het verbaasde me wel te horen dat ze een aantal malen in Bombay was zonder contact met me op te nemen. Minnie belde me uit Gratiaplena om me met trillende stem te vertellen dat Uma bij haar was geweest om te vragen hoe een niet-christen een leven in Christus kon gaan leiden. 'Ik denk echt dat ze tot Jezus zal komen,' zei Zuster Floreas, 'en ook tot zijn Heilige Moeder.' Waarschijnlijk maakte ik een snuivend geluid, waarop Minnie's stem een vreemde klank kreeg. 'Ja,' zei ze, 'Uma, dat gezegende kind, heeft me gezegd dat ze bang is dat de duivel je in zijn wurggreep heeft.'

Ook Mynah – Mynah die nooit opbelde! – belde me nu op om te vertellen over stimulerende ontmoetingen met mijn geliefde in de voorste linies van een politieke demonstratie die tijdelijk had voorkomen dat de onzichtbare hutten van de onzichtbare armen die kostbare ruimte innamen binnen gezichtsafstand van de wolkenkrabbers op de Cuff Parade, werden gesloopt. Uma scheen de demonstranten en hutbewoners te hebben aangevoerd met de bezielende leuze: *Wij zijn een beweging, waar zijn we bang voor?* Plompverloren vertrouwde Mynah me toe – Mynah die nooit iemand iets toevertrouwde! – dat Uma volgens haar beslist lesbisch was. (Philomina Zogoiby had niemand de geheimen van haar eigen seksuele geaardheid onthuld, maar het was algemeen bekend dat ze nog nooit was gaan stappen met een man; nu ze de dertig naderde, gaf ze opgewekt toe dat ze 'niet meer aan de man zou raken – ik word een oude vrijster'. Maar nu was Uma Sarasvati misschien meer te weten gekomen.) 'We zijn dik bevriend geraakt – weet je?' bekende Mynah me tot mijn verrassing, met een vreemde mengeling van meisjesachtigheid en bravoure. 'Eindelijk iemand om eens gezellig mee samen te kruipen en de hele nacht te roddelen bij een fles rum en een paar pakjes saffies. Aan mijn rotzussen heb ik nooit een moer gehad.'

Welke nachten? Wanneer? En op Mynahs kamers was niet eens ruimte voor een extra stoel, laat staan een extra matras; dus waar had dat 'gezellig samenkruipen' dan plaatsgevonden? 'Ik hoor trouwens dat je je tong uit de mond laat hangen,' zei mijn zusters stem in mijn oor, en kwam het alleen door de overgevoeligheid van de liefde of werd me echt de wacht aangezegd? 'Klein broertje, laat me je een tip geven: geen kans. Ga achter een ander kippetje aan. Deze heeft liever hennen.'

Ik wist niet wat ik van die telefoontjes moest denken, te meer daar Uma's telefoon in Baroda nooit werd opgenomen. Bij de opname van een reclamespotje voor Baby Softo werd ik, te midden van het gekir van zeven flink getalkte baby's, zozeer afgeleid door mijn innerlijke roerselen dat ik de eenvoudige taak die me was opgedragen – met behulp van een stopwatch ervoor zorgen dat de sterke jupiterlampen om de vijf minuten nooit langer dan één minuut op de baby's waren gericht – verwaarloosde en pas uit mijn dromerij werd wakker geschud door een boze cameraploeg, het gegil van de moeders en het gekrijs van de baby's die borrelend en blaartrekkend begonnen te verbranden. Ik vluchtte beschaamd en verward de studio uit en trof Uma, die op de stoep op me zat te wachten. 'Laten we *dosa* gaan halen, yaar,' zei ze. 'Ik ben uitgehongerd.'

En onder de lunch had ze natuurlijk een volmaakt logische verklaring voor alles. 'Ik wilde je leren kennen,' zei ze, haar ogen vol tranen, 'ik wilde je laten merken hoe hard ik mijn best deed om alles te weten te komen wat er te weten is. Ik wilde ook dicht bij je bloedverwanten zijn, zo dicht als bloed of nog dichter. Jij weet ook wel dat onze arme Minnie een beetje geplaagd wordt door God; uit vriendschap heb ik haar vragen gesteld en zij, arme vrome schat, heeft mij totaal verkeerd begrepen. Ik een non! Laat me niet lachen, meneer. En dat over de duivel was gewoon een grap. Ik bedoelde, als Minnie in het vromenlegioen zit, zitten jij en ik en ieder normaal mens toch in de duivelsbrigade?' En de hele tijd wiegde ze mijn gezicht in haar handen, streelden haar handen de mijne zoals bij onze eerste ontmoeting; was haar gezicht vol van zoveel liefde, zoveel verdriet dat ik aan haar had getwijfeld... en *Mynah*? – ik bleef aandringen hoewel het vreselijk wreed leek zo'n teder, toegewijd wezen te blijven ondervragen – 'Natuurlijk ben ik bij haar op bezoek geweest. Voor haar heb ik me aangesloten bij haar strijd. En omdat ik kan zingen, heb ik gezongen. Wat dan nog?' En *gezellig samenkruipen*? 'Mijn hemel. Als je wilt weten wie de damesdame is, jij stuk onbenul, moet je naar je keiharde zus kijken, niet naar mij. Samen in één bed slapen zegt toch niets, op de academie doen wij meisjes het altijd. Maar gezellig samenkruipen is jouw Philomina's natte droom, sorry dat ik het eerlijk zeg. Ja, eerlijk gezegd ben ik goed kwaad. Probeer ik vrienden te maken, beweren jullie allemaal dat ik een kwezel en een leugenaar ben en zelfs dat ik het met je zuster doe. Hoe komen jullie zo hatelijk? Snap je dan niet dat ik alles heb gedaan uit liefde?' De grote spetters van tranen spatten van haar lege bord. Het verdriet had haar eetlust niet bedorven.

'Hou op, hou op, alsjeblieft,' smeekte ik verontschuldigend. 'Ik zal nooit – nooit meer...'

Haar lach brak door haar tranen heen, zo stralend dat ik bijna een regenboog verwachtte.

'Misschien is het tijd,' zei ze met hese stem, 'om je te bewijzen dat ik zo hetero ben als de hel.'

≈

En ze werd gezien met Abraham Zogoiby in eigen persoon, terwijl ze club-sandwiches zat te bunkeren bij het zwembad van de Willingdon Club alvorens bij het golfen hoffelijk te verliezen van de oude man. 'Ze was een wonder, die Uma van jou,' zei hij me jaren later, hoog in zijn I.M. Pei-Eden. 'Zo goed op de hoogte, zo origineel en zo vol aandacht kijkend met die zwembad-ogen van haar. Nooit meer zulke ogen gezien sinds ik voor het eerst naar het gezicht van je eigen moeder staarde. God weet wat ik er niet allemaal heb uitgeslagen! Mijn eigen kinderen hadden geen belangstelling voor me – jij bijvoorbeeld, mijn enige zoon! – en een oude man moet met iemand kunnen praten. Ik had haar ter plekke in dienst genomen, maar ze zei dat haar kunst voorging. En mijn God, wat een tieten. Tieten zo groot als jouw hoofd.' Hij zat walgelijk te kakelen en verontschuldigde zich plichtmatig, zonder moeite te doen een beetje oprecht te klinken. 'Wat zal ik je zeggen, jongen, vrouwen zijn altijd mijn zwakke punt geweest.' Plotseling betrok zijn gezicht. 'We hebben allebei je geliefde moeder verloren omdat we naar andere meisjes keken,' mompelde hij.

Wereldwijde corrupte bankoperaties, beursmanipulaties op super-gigantisch Mogambo-niveau, multi-miljarden-dollar-transacties in de wapenhandel, duistere praktijken inzake nucleaire technologie waaraan gestolen computers en Maldivische Mata Hari's te pas kwamen, export van oudheden zoals het symbool van de natie zelf, de vierkoppige Leeuw van Sarnath... hoeveel van deze 'zwarte' wereld, hoeveel van zijn grootse plannen heeft Abraham onthuld aan Uma Sarasvati? Hoeveel, bijvoorbeeld, over bepaalde speciale exportzendingen van Baby Softopoeder? Toen ik het hem vroeg, schudde hij alleen zijn hoofd. 'Niet veel, denk ik. Ik weet het niet. Alles. Ik schijn te praten in mijn slaap.'

≈

Maar ik loop op mezelf vooruit. Uma vertelde me over het partijtje golf dat ze met mijn vader had gespeeld, hoe goed hij sloeg – 'zonder te trillen, en dat op zijn leeftijd!' – en hoe gul hij was voor een meisje dat pas naar de stad was gekomen. We troffen elkaar nu regelmatig in een reeks niet al te dure hotelkamers in Colaba of Juhu (de vijf-sterrententen van de stad waren te riskant; te veel telelens-ogen en lange-afstandsoren). Maar onze favoriete plekken waren de stationsrustkamers op het V.T. en Bombay Central: in die koele, propere anonieme ruimten met hun hoge plafonds en blinden begon mijn reis naar hemel en hel. 'Treinen,' zei Uma Sarasvati. 'Al die zuigers-sjuigers. Winden ze je niet op?'

Ik praat niet graag over onze vrijpartijen. Nu nog steeds en ondanks alles doet de herinnering me huiveren van verlangen naar wat voorbij is. Ik kan de ongedwongenheid en tederheid, de openbaring ervan niet vergeten; alsof in het lichaam een deur openging waardoor een onvermoed vijfdimensionaal universum stroomde, met zijn geringde planeten en kometenstaarten. Zijn wervelende sterrenstelsels. Zijn exploderende zonnen. Maar niet in woorden te vatten, niet in taal uit te drukken was de *pure lichamelijkheid* ervan, het bewegen van handen, het spannen van billen, het krommen van ruggen, het rijzen en dalen, dat wat alleen zichzelf betekende, wat alles betekende; die kortstondige dierlijke daad waarvoor alles – alles – geoorloofd is. Ik kan me niet voorstellen – nee, nog steeds gaat het mijn verbeeldingskracht te boven – dat die hartstocht, die wezenlijkheid, kon worden geveinsd. Ik geloof niet dat ze daar, boven de af en aan rijdende treinen, zo tegen me loog. Ik geloof het niet; ik geloof het; ik geloof van niet; van wel; van niet; van niet; van wel.

Er is één pijnlijk detail. Uma, mijn Uma, prevelde toen we de Everest van onze extase bereikten, de Zuidcol van de lust, in mijn oor dat iets haar triest maakte. 'Ik aanbid je mammieji; maar zij-tho mag mij niet.'

En ik, naar adem snakkend en bezig met iets anders, troostte haar. *Ja, ze mag je wel.* Maar Uma – zwetend, hijgend, haar lichaam op het mijne werpend – zei nog eens dat het haar droevig stemde. 'Nee, mijn liefste jongen. Ze mag me niet. *Bilkul* niet.' Ik moet toegeven dat ik op dat verheven moment geen zin had in die praat. Er ontschoot me onwillekeurig een obsceniteit. *Naai haar dan.* 'Wat zei je daar?' – *Ik zei, naai haar. Naai mijn moeder. O.* – Waarop ze het onderwerp liet vallen en zich concentreerde op de zaak die ze onder handen had. Haar lippen bij mijn oor spraken van andere dingen. Wil je dit mijn schat en dit, dit doen, doe dat maar als je het wilt, als je wilt. *O God ja ik wil me laten ja ja O...*

Je kunt beter aan dit soort babbelpraat meedoen dan het horen, dus meer zal ik niet opschrijven. Maar ik moet bekennen – en dat doet me blozen – dat zij, Uma, telkens weer terugkwam op mijn moeders vijandigheid, totdat het leek te gaan horen bij wat haar opwond. – Ze haat me haat me zeg me wat ik moet doen. – En ik moest dan antwoorden en, vergeef me, in de greep van de begeerte antwoordde ik wat ze wilde. *Neuk haar*, zei ik. *Neuk haar suf het suffe kreng.* En Uma: hoe? Lieveling, mijn lieveling, hoe? – *Naai haar. Naai haar van achter en ook van opzij.* O, dat kun je, mijn enige lief, als je het wilt, als je alleen zegt dat je het wilt. – *God ja. Dat wil ik. Ja. O God.*

Op het ogenblik van mijn grootste vreugde stortte ik dus het zaad van de ondergang: mijn ondergang, die van mijn moeder en de ondergang van ons vermaarde geslacht.

≈

We waren in die tijd allemaal, op één na, verliefd op Uma, en zelfs Aurora, die niet verliefd was, liet zich vermurwen; want Uma's aanwezigheid in ons huis bracht ook mijn zusters weer thuis, en bovendien zag ze de verrukking op mijn gezicht. Hoe nonchalant ze als moeder ook was geweest, ze bleef een moeder, en dus werd ze milder. Bovendien nam Aurora haar werk serieus, en nadat Kekoo Mody in Baroda was geweest en razend enthousiast over de stukken van de jonge vrouw terugkeerde, smolt de grote Aurora nog verder. Uma was eregast bij een van mijn moeders nu zeldzame soirees op *Elephanta.* 'Het genie,' verklaarde ze, 'moet alles vergeven worden.' Uma leek gestreeld en verlegen. 'En de tweederangs,' voegde Aurora daaraan toe, 'mag niets worden gegeven – nog geen *paisa* , nog geen *kauri*, nog geen ene moer. Ohé, Vasco – wat heb je daar op te zeggen?' Vasco Miranda, inmiddels in de vijftig, was niet meer zo vaak in Bombay; als hij kwam opdagen, verspilde Aurora geen tijd aan plichtplegingen en ging tegen zijn 'vliegveldkunst' te keer met een zelfs voor die scherpgebekte vrouw ongebruikelijk venijn. Aurora's eigen werk had nooit 'gereisd'. Enkele belangrijke Europese musea – het Stedelijk, de Tate – hadden werk aangekocht, maar Amerika wilde haar niet, met uitzondering van de familie Gobler in Fort Lauderdale, Fla., zonder wier verzamelwoede veel Indiase kunstenaars brodeloos zouden zijn gebleven; dus mogelijk had afgunst mijn moeders tong gescherpt. 'Hoe gaat het me je Vertrekhal-attracties, hé, Vasco?' wilde ze weten. 'Is het je opgevallen dat reizigers op de Roltrottoirs nooit eens blijven staan om je rotzooi te bekijken? En jet-lag! Is die goed voor de kritische vermogens?' Vasco lachte bij deze beledigingen zwakjes en boog het hoofd. Hij had een gigantisch fortuin in buitenlandse valuta vergaard en kort tevoren zijn woonhuizen en ateliers in Lissabon en New York opgegeven om op een heuvel in Andalusië een folly te laten bouwen, waaraan hij volgens de geruchten meer uitgaf dan alle Indiase kunstenaars bij elkaar ooit in hun leven hadden verdiend. Dit verhaal, dat hij niet probeerde te ontkennen, maakte hem in Bombay alleen maar nog impopulairder en Aurora Zogoiby's aanvallen nog vinniger.

Zijn taille was opgebold, zijn snor was een daliësk dubbel uitroepteken, zijn vettige haar had een scheiding vlak boven zijn linkeroor en was over zijn kale, van Brylcreem glimmende knikker geplakt. 'Geen wonder dat je nog steeds vrijgezel bent,' pestte Aurora hem. 'Eén reserveband vinden de dames tot daar aan toe, maar tjongejonge, je hebt de hele Michelinfabriek leeggekocht.' Ditmaal sloot de meerderheid zich aan bij Aurora's hoon. De tijd, die zo goed was geweest voor Vasco's banksaldo, was hard geweest voor zijn reputatie in India en zijn lichaam. Ondanks zijn talloze opdrachten bevond de koers van zijn werk zich op dat moment in vrije val, het werd afgedaan als oppervlakkig en voos, en hoewel in de begintijd een aantal stukken was aangekocht voor de rijkscollectie, was dat al jaren niet meer voorgekomen. Geen enkele aankoop was op dat moment te zien. Voor de felste critici en de jongere kunstenaarsgeneratie had V. Miranda afgedaan. Naarmate Uma's ster rees, daalde die van Vasco; maar als Aurora hem te grazen nam, slikte hij zijn antwoorden in.

Van de Picasso-Braque-samenwerking tussen Vasco en Aurora was nooit iets gekomen: de beperking van zijn talent inziend was ze haar eigen weg gegaan, en ze liet hem zijn atelier op *Elephanta* alleen aanhouden om wat er ooit geweest was, en misschien omdat ze hem graag in de buurt had om hem in de maling te kunnen nemen. Abraham, die altijd een afkeer van Vasco had gehad, toonde Aurora nieuwe kranteknipsels uit het buitenland waaruit bleek dat hij meer dan eens was beschuldigd van gewelddadig gedrag en slechts op het nippertje was ontkomen aan uitwijzing uit zowel de Verenigde Staten als Portugal; en dat hij langdurige gedwongen behandelingen had ondergaan in psychiatrische inrichtingen, ontwenningsklinieken voor alcohol en drugs over heel Europa en Noord-Amerika. 'Zorg dat je deze ijdele oude oplichter kwijtraakt,' smeekte hij.

Wat mijzelf betreft, ik herinnerde me hoe aardig Vasco voor me was geweest toen ik nog een jong en bang kind was en hield daarom nog steeds van hem, maar ik kon zien dat zijn demonen hun strijd tegen zijn lichte zijde hadden gewonnen. De Vasco die ons bezocht op Uma's avond, die opgeblazen clown uit een komische opera, vormde een wel erg treurig schouwspel.

Tegen het einde van de avond, toen de alcohol zijn verdediging had gesloopt, sloeg hij door. 'Naar de hel met jullie allemaal,' schreeuwde hij. 'Ik ben binnen de kortste keren weer in mijn Benengeli, en als ik ook maar een beetje slim ben, kom ik nooit meer terug.' Toen barstte hij uit in een vals liedje. '*Ta*bee, Flora *Foun*tain,' begon hij. '*Vaar*wel, Hutatma Chowk.' Hij hield op, knipperend met zijn ogen, en schudde zijn hoofd. 'Nee. Klopt niet. Tabee, Marine *Dri-ive*, Vaarwel, Netaji-Subhas-Chandra-Bose-Road!' (Vele jaren later, toen ik ook naar Spanje ging, herinnerde ik me Vasco's onvoltooide deuntje en zong ik er zelfs stilletjes een versie van.)

Uma Sarasvati liep naar deze treurige, gênante figuur toe, legde haar handen op zijn schouders en kuste hem op de mond.

Wat een verrassende uitwerking had. In plaats van dankbaar te zijn – menigeen in die salon, ook ik, had maar al te graag zo'n kus gekregen – viel Vasco tegen haar uit. 'Judas,' zei hij tegen haar. 'Ik ken jou. Volgeling van Onze Heer Judas Christus de Verrader. Ik ken jou, juffie. Ik heb je in die kerk gezien.' Uma werd vuurrood en trok zich terug. Ik nam het voor haar op. 'Stel je niet aan,' zei ik tegen Vasco, die naar buiten schreed, neus-in-de-lucht, en een moment later met veel kabaal in het zwembad viel.

'Prima, dat was dat,' zei Aurora kortweg. 'Laten we *Drie personen, zeven zonden* gaan spelen.'

Het was haar favoriete gezelschapsspel. Geslacht en leeftijd van drie denkbeeldige 'personen' werden willekeurig bepaald door het opgooien van een munt en met papiertjes uit een hoed werd de doodzonde gekozen waaraan elk van de drie 'schuldig' was. Het hele gezelschap moest dan een verhaal verzinnen met de drie zondaren. In dit geval waren de personen: *Oude Vrouw*, *Jonge Vrouw* en *Jonge Man*; en hun zonden waren respectievelijk *Toorn*, *Hoogmoed* en *Lust*. De keuzen waren nog niet bepaald of Aurora riep, alert als altijd en wellicht meer aangedaan door Vasco's laatste kleine orkaan dan ze deed voorkomen: 'Ik heb er een.'

Uma klapte bewonderend in haar handen. 'Laat horen, *na*.'

'Oké, hier komt ie,' zei Aurora, haar jonge eregast recht aankijkend. 'Een toornige oude koningin ontdekt dat haar wellustige dwaas van een zoon is verleid door haar jonge en hoogmoedige aartsrivale.'

'Geweldig verhaal,' zei Uma, haar gezicht een en al sereniteit. '*Wahwah*! Heel wat om het lijf, dat verhaal. Nou en of.'

'Jouw beurt,' zei Aurora, even breed lachend als Uma. 'Wat gebeurt er dan? Wat moet de Toornige Oude Koningin doen? Moet ze de geliefden misschien voorgoed verbannen – moet ze ze gewoon laten begaan en uit haar ogen verdrijven?'

Uma dacht na. 'Niet goed genoeg,' zei ze. 'Ik denk zo dat een meer duurzame oplossing nodig is. Want een dergelijke tegenstander – zoals deze Hoogmoedige Jonge Troonpretendente – als zij niet werd afgemaakt, en ik bedoel totaal *gefuntoosht* – zou vast en zeker de Toornige Oude Koningin willen kapotmaken. Absoluut! Ze zou de Wellustige Jonge Prins helemaal voor zich alleen willen hebben, en het koninkrijk ook; en ze zou te trots zijn om de troon te delen met zijn ma.'

'Wat stel je dan voor?' vroeg Aurora, poeslief in de plotseling stilgevallen kamer.

'Moord,' zei Uma schouderophalend. 'Het is duidelijk een moordverhaal. Er moet iemand sterven, hoe dan ook. Witte Koningin neemt Zwarte Pion, anders promoveert Zwarte Pion, wordt een Zwarte Koningin en neemt dan de Witte Koningin. Ik althans zie geen ander einde.'

Aurora leek onder de indruk. 'Uma, dochter, je bent een achterbakse tante. Waarom heb je me niet gezegd dat je dit spelletje al vaker hebt gespeeld?'

≈

Je bent een achterbakse tante... Mijn moeder kon het idee niet van zich afzetten dat Uma iets te verbergen had. 'Ze komt uit het niets en *chipkoot* naar onze familie,' bedacht Aurora zich bezorgd – terwijl ze zich, het moet gezegd, vroeger nooit zorgen had gemaakt over Vasco Miranda's al even twijfelachtige verleden. 'Maar wie zijn haar mensen? Waar zitten haar vrienden? Wat heeft ze voor leven geleid?' Ik bracht deze twijfels over aan Uma terwijl de schaduwen van een plafondventilator in een rustkamer haar naakte lichaam streelden en de luchtstroom van de fan haar droogwreef. 'Jouw familie moet niet over geheimen praten,' zei ze. 'Neem me niet kwalijk, zeg. Ik zeg niet graag iets slechts over je dierbaren maar ik heb geen gekke zuster die al dood is, een andere die sprekende ratten ziet in een nonnenklooster en een derde die haar vriendins pyjamakoord probeert los te maken. En zeg nou zelf: wiens vader zit tot zijn nek in smerige zaakjes en minderjarige hoertjes? En wiens moeder – vergeef me, mijn lieveling, maar je moet het weten – heeft momenteel niet één, niet twee, maar drie verschillende liefdesaffaires?'

Ik ging rechtop in bed zitten. 'Met wie heb jij gepraat?' schreeuwde ik. 'Wie heeft jou dit slangegif laten slikken om het nu te spuien?'

'De hele stad praat erover,' zei Uma, haar armen om me heen slaand. 'Arme softo. Voor jou is ze een godin of zoiets. Maar het is algemeen bekend. Nummer één die parsi-malloot Kekoo Mody, nummer twee Vasco Miranda de vette verlakker, en de ergste is nummer drie: die M.A.-klootzak Mainduck. Raman Fielding! Die *bhaenchod.* Sorry, maar de dame heeft geen smaak. Er wordt zelfs gefluisterd dat ze haar eigen zoon heeft verleid – ja! mijn arme onnozele jongen, je weet niet half hoe de mensen zijn! –, maar ik zeg ze dat er grenzen zijn, het is niet waar, daar kan ik voor instaan. Dus je ziet dat ik je goede naam nu in handen heb.'

Het was de eerste keer dat we echt ruzie maakten, maar terwijl ik Aurora verdedigde, voelde ik in mijn hart dat Uma's beschuldigingen klopten. Kekoo was beloond om zijn hondetrouw en nu bleek eindelijk, gezien tegen de achtergrond van een zij het nog zo verziekte 'verhouding' waarom Aurora Vasco zo lang tolereerde en tegelijkertijd voor schut zette. Waar moest Aurora soelaas vinden, nu zij en Abraham niet langer het bed deelden? Haar genie en grandeur hadden haar in een isolement gebracht; mannen laten zich afschrikken door sterke vrouwen, en maar weinig mannen in Bombay durfden haar het hof te maken. Dat verklaarde Mainduck. Hij was grof, fysiek sterk, meedogenloos, een van de weinige mannen in de stad die niet bang was voor Aurora. Hun confrontatie in de kwestie van *Abbas Ali Baig gekust* zou voor hem een uitdaging zijn geweest; hij had haar smeergeld aangenomen en zou haar – dat nam ik althans aan – in ruil daarvoor hebben willen veroveren. En ik kon me indenken hoe ze tegelijk werd afgestoten en aangetrokken door deze rioolrat met echte potentie, deze wilde, deze wandelende hoop stront. Als haar echtgenoot de voorkeur gaf aan de kooimeisjes van de Falkland Road boven haar, dan zou zij, Aurora de Grote, wraak nemen door haar lichaam uit te leveren aan Fieldings geklauw en gestoot; ja, ik begreep wel dat dit haar opwond, dat het haar eigen drift kon ontketenen. Misschien had Uma gelijk; misschien was mijn moeder Mainducks hoer.

Geen wonder dat ze een beetje paranoïde begon te worden, bang was dat ze werd achtergevolgd; een geheim leven dat zo gecompliceerd was, en zoveel te verliezen als dat aan het licht kwam! Kunstminnaar Kekoo, de steeds meer verwesterde persoon van V. Miranda en de communalistische pad; voeg daar Abraham Zogoiby's onzichtbare wereld van geld en zwarte markten aan toe en je krijgt een beeld van de dingen waar mijn moeder echt van hield, de streken van haar innerlijke kompas, onthuld door haar mannenkeuze. In dit licht leek haar werk meer op een vlucht voor de harde waarheden van haar persoonlijkheid, op een statige mantel over de troebele modderpoel van haar ziel.

In mijn verwarring merkte ik dat ik begon te huilen en tegelijk een erectie kreeg. Uma duwde me terug op het bed en ging schrijlings op me zitten, de tranen weg kussend. 'Weet iedereen het behalve ik?' vroeg ik haar. 'Mynah? Minnie? Wie nog meer?'

'Niet aan je zusters denken,' zei ze, traag en troostend bewegend. 'Arme man, jij houdt van iedereen, jij wilt alleen maar liefde. Als zij nou net zoveel om jou gaven als jij om hen. Maar je moest eens horen wat ze tegen mij over je zeggen. Zo erg! Je weet niet hoe ik met ze geruzied heb om jou.'

Ik hield haar tegen. 'Wat zeg je? Wat zeg je me nou?'

'Arm jochie,' zei ze terwijl ze zich als een lepel tegen me aan nestelde. Wat was ik gek op haar; wat was ik dankbaar dat ik in deze verraderlijke wereld kon bouwen op haar volwassenheid, haar sereniteit, haar wereldwijsheid, haar kracht, haar liefde.

'Arme, ongelukkige Moor. Van nu af aan zal ik je familie zijn.'

15

De schilderijen werden steeds minder kleurrijk, totdat Aurora alleen nog in zwart, wit en soms een tint grijs werkte. De Moor was nu een abstracte figuur, een patroon van zwarte en witte diamanten bedekte hem van hoofd tot voeten. De moeder, Ayxa, was zwart; en de geliefde, Chimène, was stralend wit. Veel van deze schilderijen waren liefdestaferelen. De Moor en zijn dame bedreven de liefde tegen vele achtergronden. Ze verlieten hun paleis om door de straten van de stad te gaan. Ze zochten goedkope hotels en lagen naakt in geblindeerde kamers boven af en aan rijdende treinen. Ayxa de moeder was altijd ergens aanwezig in deze schilderijen, achter een gordijn, gebukt bij een sleutelgat, tegen het raam van hun liefdesnest vliegend. De zwart-witte Moor wendde zich tot zijn witte geliefde en keerde zich af van zijn zwarte moeder; toch waren beiden deel van hem. En nu formeerden legers zich aan de verre horizonnen van de schilderijen. Paarden stampten, lansen schitterden. De legers kwamen in de loop der jaren dichterbij.

Maar het Alhambra is onoverwinnelijk, *zei de Moor tegen zijn geliefde.* Ons bolwerk zal – net als onze liefde – nooit vallen.

Hij was zwart en wit. Hij was het levende bewijs van de verenigbaarheid der tegengestelden. Maar Ayxa de Zwarte trok hem de ene kant op en Chimène de Witte de andere. Ze begonnen hem doormidden te scheuren. Zwarte diamanten, witte diamanten vielen uit de wonde, als tranen. Hij trok zich los van zijn moeder, klampte zich vast aan Chimène. En toen de legers bij de voet van de heuvel kwamen, toen die grote witte legermacht zich verzamelde op de Chowpatty Beach, glipte een figuur in een zwarte cape met capuchon de burcht uit en de heuvel af. In haar verradershanden was de sleutel van de poort. De eenbenige wacht zag haar en groette. Het was de cape van zijn meesteres. Maar aan de voet van de heuvel liet de verraadster de cape vallen. Ze stond in stra-

lend wit met de sleutel van Boabdils nederlaag in haar trouweloze hand. Ze gaf hem aan de belegeraars en haar witheid loste op in de hunne. Het paleis viel. Het beeld loste op; in wit.

≈

Op haar vijfenvijftigste stond Aurora Kekoo Mody toe een grote overzichtstentoonstelling van haar werk te organiseren in het Prince of Wales Museum – de eerste keer dat die instelling een levende kunstenaar deze eer gunde. Jade, porselein, beeldhouwwerk, miniaturen en antieke weefsels schoven eerbiedig opzij voor Aurora's schilderijen. Het was een belangrijke gebeurtenis in het leven van de stad. Overal hingen banieren die de expositie aankondigden. (Apollo Bunder, Colaba Causeway, Flora Fountain, Churchgate, Nariman Point, Civil Lines, Malabar Hill, Kemp's Corner, Warden Road, Mahalaxmi, Hornby Vellard, Juhu, Sahar, Santa Cruz. O, gezegende mantra van mijn verloren stad! De plekken zijn me voor altijd ontvallen; al wat ik nog van ze bezit, zijn herinneringen. Vergeef me, alstublieft, als ik toegeef aan de verleiding ze voor mijn afwezige ogen op te roepen door ze te noemen. Thacker's Bookstore, Bombelli's Cakes, Eros Cinema, Pedder Road. *Om mani padmé hum...)* Het speciaal ontworpen symbool 'A.Z.' was onontkoombaar; het stond op de alomtegenwoordige aanplakbiljetten en in alle kranten en tijdschriften. De opening – waarop niemand van belang in de stad ontbrak, want die gebeurtenis missen zou een maatschappelijke dood betekenen – leek meer op een kroning dan op een kunsttentoonstelling. Aurora werd met slingers getooid, geprezen en bedolven onder een regen van bloemblaadjes, vleierijen en geschenken. De stad boog voor haar en raakte haar voeten aan.

Zelfs Raman Fielding, de machtige M.A.-baas, kwam opdagen, knipperend met zijn paddeogen en maakte een eerbiedige *pranam*. 'Laat iedereen vandaag zien wat-wat wij doen voor minderheden,' zei hij luid. 'Is het een hindoe die deze eer te beurt valt? Is het een van onze grote hindoekunstenaars? Maakt niet uit. In India heeft iedere gemeenschap zijn plaats, zijn vrijetijdsbesteding – kunst etcetera – alles. Christenen, parsi, jains, sikhs, boeddhisten, joden, mogols. We accepteren dit. Ook dit hoort bij de ideologie van Ram Rajya, de heerschappij van Lord Ram. Alleen als andere gemeenschappen onze hindoeplekken in bezit nemen, als een minderheid probeert de meerderheid de wet voor te schrijven, dan zeggen wij dat de kleinen ook moeten buigen en opzij gaan voor de groten. In de kunst geldt dat ook. Ikzelf was oorspronkelijk kunstenaar. Daarom zeg ik met enig gezag dat kunst en schoonheid eveneens het nationale belang moeten dienen. Madame Aurora, ik feliciteer u met uw bevoorrechte tentoonstelling. Welke kunst zal overleven, exclusief-elitair-intellectueel of geliefd-bij-de-massa, edel of ontaard, zelfverheerlijkend of ingetogen, diep-bezielde of slapend-in-de-goot, spiritueel of pornografisch, u zult moeten toegeven' – en hier lachte hij om aan te geven dat er een grap kwam – 'dat-tho de *Times* alleen het zal leren.'

De volgende morgen stonden in *The Times of India* (Bombay-editie) en iedere andere krant in de stad prominente verslagen van de gala-opening en uitgebreide kritieken over het werk. In deze kritieken werd de lange en eminente carrière van Aurora da Gama-Zogoiby zo goed als vernietigd. Vertrouwd als ze door de jaren heen was geworden met grote lof, maar ook met esthetische, politieke en morele aanvallen, met beschuldigingen variërend van arrogantie, obsceniteit, gebrek aan bescheidenheid en authenticiteit, tot zelfs – in de op *Manto* geïnspireerde *Uper de gur gur de annexe de baai dhayana de mung de dal van de laltain* – heimelijke Pakistaanse sympathieën, was mijn moeder een gehaaide tante met een dikke huid; niets had haar echter voorbereid op het idee dat ze gewoonweg niet meer meetelde. Maar in een van die desoriënterende maar ook radicale verschuivingen waarmee een veranderende maatschappij plotseling toont dat er een nieuwe wind waait, keerden de tijgers van de kritische broederschap zich, fel en angstwekkend eensgezind, tegen Aurora en ze kraakten haar af als een 'society-kunstenares', uit de toon vallend en zelfs 'schadelijk' voor de tijdgeest. Op dezelfde dag was het hoofdartikel op iedere voorpagina gewijd aan de ontbinding van het parlement na het uiteenvallen van de anti-Indira-regeringscoalitie van na de Noodtoestand; en een aantal redactionele commentaren wees op het verschil in de levensloop van de twee oude rivalen. *Aurora in duisternis gedompeld,* luidde de kop boven de opiniepagina van de *Times, maar voor Indira weer een nieuwe dageraad.*

Elders in de stad, in de Gandhy's Chemould Gallery, werd het werk van de jonge beeldhouwster Uma Sarasvati voor het eerst in Bombay tentoongesteld. Het *pièce de résistance* op de tentoonstelling was een groep van zeven min of meer ronde, metershoge stenen met bovenin een kleine holte gevuld met poeders in warme kleuren – scharlakenrood, ultramarijn, saffraan, smaragd, paars, oranje, goud. Dit werk, getiteld *Veranderingen in/ Herwinning van de essentie van het moederschap in de post-secularistische periode,* was in het jaar daarvoor de topper op de Dokumenta in Duitsland geweest en nu pas terug, na exposities in Milaan, Parijs, Londen en New York. Thuis verwelkomden de critici die Aurora Zogoiby hadden afgemaakt, Uma als India's nieuwe ster in de kunst – jong, mooi en gedreven door haar diep-religieuze overtuiging.

Dit waren sensationele gebeurtenissen; maar voor mij had de schok van de twee tentoonstellingen een meer persoonlijk karakter. Mijn eerste kennismaking met Uma's werk – want tot dat ogenblik had ik haar nog steeds niet in haar atelier in Baroda mogen bezoeken – was voor mij ook de eerste aanwijzing dat ze op enigerlei wijze religieus was. Dat ze nu in interviews begon te verklaren dat ze Lord Ram vereerde, was zacht gezegd verbijsterend. Nog dagen na de opening beweerde ze dat ze het 'druk' had, maar ten slotte stemde ze toe me te ontmoeten in de rustkamers boven de Victoria Terminus, en ik vroeg haar waarom ze zo'n belangrijk deel van haar geest voor mij verborgen had gehouden.

'Je hebt Mainduck zelfs een klootzak genoemd,' herinnerde ik haar. 'En nu staan de kranten vol met georakel van jou dat hem als muziek in de oren zal klinken.'

'Ik heb het je niet verteld omdat religie een privé-zaak is,' zei ze. 'En zoals je weet, ben ik misschien te zeer een privé-persoon. Bovendien denk ik dat Fielding een *goonda* en een *salah* en een slang is, want hij probeert van mijn liefde voor Ram een wapen te maken om uit te halen naar de "mogols", dat wil zeggen, wat-anders-dan-moslims. Maar mijn lieve jochie,' – ze bleef dergelijke jeugdige koosnamen gebruiken ook al was ik, in 1979, al tweeëntwintig jaar en mijn lichaam vierenveertig – 'jij moet weten dat net zoals jij afkomstig bent van een piepkleine minderheid, ik een kind ben van de gigantische hindoenatie, en als kunstenaar moet ik daar rekening mee houden. Ik moet zelf de confrontatie met mijn herkomst aangaan, zelf tot een vergelijk komen met mijn eeuwige waarheden. En het gaat jou gewoon niets aan, kerel, nee, helemaal niet. En bovendien, als ik zo'n fanatiekeling ben, meneer, wat doe ik dan hier met jou?' Wat een redelijk argument was.

Aurora, die zich volledig had teruggetrokken op *Elephanta*, was een andere mening toegedaan. 'Sorry hoor, maar dat meisje van jou is de meest ambitieuze persoon die ik ooit heb ontmoet,' zei ze me. 'Niemand uitgezonderd. Ze ziet hoe de wind aan het draaificeren is en de meningen die ze in het openbaar verkondigt, waaien met die wind mee. Wacht maar af; over twee minuten staat ze op M.A.-podia te gillificeren van de haat.' Toen betrok haar gezicht. 'Je denkt dat ik niet weet hoeveel ze gedaan heeft om mijn tentoonstelling te dwarsbomificeren?' zei ze zacht. 'Je denkt dat ik niet heb ontdekt dat ze connecties heeft met de mensen die die laster hebben geschreven?'

Dit was te veel; het was onwaardig. In haar lege atelier – want alle Moren waren in het Prince of Wales Museum – keek Aurora me met holle ogen aan over een onaangeraakt doek waarbij de penselen uit haar opgestoken haar vielen, als pijlen die hun doel misten. Ik stond in de deuropening, ziedend. Ik was gekomen om ruzie te maken – want haar tentoonstelling had ook mij een grote schok bezorgd; tot de opening had ik de monochrome doeken waarop haar geruite Moor en zijn sneeuwwitte Chimène de liefde bedreven terwijl de zwarte moeder toekeek, niet te zien gekregen. Aurora's schimpscheuten over Uma – die niet mals waren, tierde ik inwendig, voor iemand die in het geheim de maîtresse van Mainduck was! – gaven me de kans uit te halen. 'Het spijt me dat je tentoonstelling is afgekraakt,' gilde ik. 'Maar zelfs al wilde Uma de kritieken beïnvloeden, mammieji, hoe moest ze dat dan doen? Besef je niet dat het haar niet lekker zat geprezen te worden ten koste van jou? Arme meid bloost zo erg dat ze niet hierheen durft te komen! Van het begin af aan heeft ze je aanbeden, en je hebt haar beloond door vuil te spuiten. Jouw paranoia is uit de hand gelopen! En wat het ontdekken van connecties betreft, hoe denk je dat ik me voelde toen ik je op die schilderijen zag gluren naar ons in onze kamer? Hoe lang heb je zitten snuffelen en spioneren?'

'Ontdoe je van die vrouw,' zei Aurora kalm. 'Ze is een gek en nog een leugenaarster ook. Ze is een bloedzuigende hagedis die uit is op je bloed, niet op jouzelf. Ze zal je leegzuigen als een mango en de pit weggooien.'

Ik was ontzet. 'Je bent ziek,' schreeuwde ik naar haar. 'Ziek, ziek in het hoofd.'

'Niet ik, mijn zoon,' antwoordde ze, nog zachter. 'Maar er is wel een zieke vrouw – ziek of kwaadaardig. Gek of slecht, of beide. Ik weet het niet. En als je denkt dat ik mijn neus in jouw zaken steek, dan heb je daar gelijk in. Sinds enige tijd laat ik Dom Minto de waarheid uitzoeken over je mysterieuze vriendin. Zal ik je vertellen wat hij heeft ontdekt?'

'Dom Minto?' Bij die naam spitste ik mijn oren. Ze had net zo goed 'Hercule Poirot' of 'Sam Spade' kunnen zeggen. Ze had net zo goed 'inspecteur Ghote' of 'inspecteur Dhar' kunnen zeggen. Iedereen kende de naam, iedereen kende *Minto's Mysteries,* detectiveromannetjes waarin de loopbaan van de beroemde Bombayse speurneus te boek was gesteld. In de jaren vijftig waren enkele films over hem gemaakt, de laatste over zijn betrokkenheid bij de vermaarde moordzaak (want, inderdaad, er had ooit een 'echte' Minto bestaan die ook 'echt' detective was geweest) waarin de ambitieuze Indiase marinekapitein Sabarmati zijn vrouw en haar minnaar had neergeschoten; de man werd gedood en de vrouw raakte ernstig gewond. Het was Minto die het overspelige paar was gevolgd naar hun liefdesnest en de furieuze kapitein het adres had gegeven. Zwaar aangeslagen door de schietpartij en door het onsympathieke beeld dat van hem werd gegeven in de film gebaseerd op de zaak, had de oude man – want hij was toen al stokoud en invalide – zijn werk opgegeven, en de fantasten hadden het overgenomen, ze schiepen de heldhaftige superspeurder van de goedkope pockets en radioseries (en sinds kort *remakes,* gemaakt als big-budget-superstarvehikels, van de oude B-films uit de jaren vijftig), die hem veranderden van een oud fossiel in een mythe. Wat deed deze *masala*-fictie van een vent in mijn levensverhaal?

'Ja, de echte,' zei Aurora niet onvriendelijk. Hij is nu over de tachtig. Kekoo heeft hem gevonden.' *O, Kekoo, nog een van je lievelingetjes. O, die schat van een Kekoo heeft hem gevonden, en hij is gewoon te schattig, dat lieve schattige oudje. Ik heb hem direct aan het werk gezet.*

'Hij was in Canada,' zei Aurora. 'Gepensioneerd, woonde bij kleinkinderen, verveelde zich, maakte de jeugd het leven zuur. Dan blijkt dat kapitein Sabarmati uit de gevangenis is en het heeft bijgelegdificeerd met zijn vrouw. En wat denk je? Laat ze nu in Toronto nog lang en gelukkig leven. Daarna had Minto, volgens Kekoo, geen wroeging meer over zijn oude wandaad, hij kwam terug naar Bombay en ging ondanks zijn gevorderde leeftijd meteen weer aan de slag, *fut-a-fut.* Kekoo is een grote fan van hem; ik ook. Dom Minto! Destijds was hij echt de beste.'

'Prachtig!' zei ik, zo sarcastisch mogelijk. Maar mijn hart, zo moet ik bekennen, mijn detectiveromannetjeshart bonsde. 'En wat heeft deze Bollywood-Sherlock Holmes me te vertellen over de vrouw die ik bemin?'

'Ze is getrouwd,' zei Aurora plompverloren. 'En op het moment houdt ze het niet met één, niet met twee, maar met drie minnaars. Wil je foto's? Die stomme Jimmy Cash van je arme zuster Ina; je stomme vader; en mijn stomme pauw, jij.'

≈

'Luister dan, want ik zeg het je maar één keer,' had ze geantwoord op mijn aanhoudende vragen naar haar achtergrond. Ze was afkomstig uit een fatsoenlijke – maar allerminst welgestelde – brahmaanse familie uit Gujarat, maar al op jonge leeftijd wees geworden. Haar moeder, een depressieve vrouw, had zich verhangen toen Uma twaalf was en haar vader, een leraar, was gek geworden door de tragedie en had zichzelf in brand gestoken. Uma was van de armoede gered door een aardige 'oom' – geen echte oom, maar een collega van haar vader – die haar opleiding betaalde in ruil voor seksuele gunsten (dus ook niet 'aardig'). 'Vanaf mijn twaalfde,' zei ze, 'tot pas geleden. Als ik mijn hart volgde, zou ik hem een mes in het oog drijven. In plaats daarvan heb ik de god gevraagd hem te vervloeken en hem eenvoudigweg de rug toegekeerd. Dus misschien begrijp je waarom ik liever niet over mijn verleden spreek. Begin er nooit weer over.'

Dom Minto's versie, zoals verteld door mijn moeder, was heel anders. Volgens hem kwam Uma niet uit Gujarat, maar uit Maharashtra – de andere helft van de gespleten persoonlijkheid van de voormalige staat Bombay – en was ze opgegroeid in Poona, waar haar vader een hoge politiefunctionaris was. Al op jonge leeftijd gaf ze blijk van een buitengewoon artistiek talent en werd ze aangemoedigd door haar ouders, zonder wier steun ze waarschijnlijk nooit het vereiste niveau had bereikt voor een beurs aan de M.S. University, waar ze algemeen gold als een uitzonderlijk veelbelovende jonge vrouw. Al snel begon ze echter tekenen te vertonen van een bijzonder gestoorde geest. Nu ze beroemd werd, wilden of durfden de mensen niets ten nadele van haar te zeggen, maar na geduldig speurwerk had Dom Minto ontdekt dat ze zich bij drie gelegenheden had laten behandelen met zware medicijnen tegen haar geestesstoornissen, maar in alle drie de gevallen had ze de behandeling direct weer gestaakt. Ze bezat een uitzonderlijk vermogen om in gezelschap van verschillende mensen een totaal andere persoonlijkheid aan te nemen – te worden wat ze dacht dat een bepaalde man of vrouw (maar meestal man) het aantrekkelijkst zou vinden, maar dit was een acteertalent dat de grens van de waanzin had bereikt, en overschreden. Bovendien verzon ze kleurrijke, gedetailleerde persoonlijke geschiedenissen en hield daar koppig aan vast, zelfs als ze werd geconfronteerd met innerlijke tegenstrijdigheden in haar zottenklap, of met de waarheid. Mogelijk bezat ze geen duidelijke 'authentieke' identiteit meer die losstond van dit gedrag en had deze existentiële verwarring zich verspreid over de grenzen van haar eigen ik en al degenen met wie ze in contact kwam besmet, als een ziekte. In Baroda stond ze erom bekend dat ze gemene en doortrapte leugens vertelde, bijvoorbeeld over sommige faculteitsleden met wie ze absurd hitsige liefdesaffaires zou hebben gehad, waarbij ze uiteindelijk hun vrouwen brieven schreef met expliciete details van hun seksuele ontmoetingen die in meer dan één geval tot verwijdering en scheiding hadden geleid. 'De reden dat jij niet op haar college mocht komen,' zei mijn moeder, 'is dat iedereen daar de pest aan haar heeft.'

Toen Uma's ouders van haar geestesziekte hoorden lieten ze haar in de steek; geen ongebruikelijke reactie, zoals ik maar al te goed wist. Ze hadden zich niet verhangen en zichzelf evenmin iets aangedaan – deze wrede verzinsels waren voortgekomen uit de (tamelijk gerechtvaardigde) woede van hun afgewezen dochter. En wat de geile 'oom' betreft, volgens Aurora en Dom Minto had Uma na haar verstoting door haar familie – niet op twaalfjarige leeftijd, zoals ze had gezegd! – al snel aangepapt met een oude kennis van haar vader uit Baroda, Suresh Sarasvati, een gepensioneerde plaatsvervangend commissaris van politie. Deze melancholieke oude weduwnaar werd door de jonge schoonheid moeiteloos tot een snel huwelijk verlokt in een tijd dat ze, als onterfde vrouw, wanhopig behoefte had aan de respectabiliteit van de gehuwde staat. Niet lang na hun huwelijk was de oude kerel hulpbehoevend geworden door een beroerte ('En wat was de oorzaak daarvan?' vroeg Aurora. 'Moet ik het voor je uitspellificeren? Moet ik het voor je uittekenen?'), en hij leidde nu een vreselijk schemerleven, stom en verlamd, slechts verzorgd door een bekommerde buur. Zijn jonge vrouw was ervandoor gegaan met alles wat hij bezat en had hem geen gedachte meer waardig geacht. En nu, in Bombay, versleet ze de ene partner na de andere. Haar charme en overtuigingskracht waren op hun hoogtepunt. 'Je moet haar magie doorbreken,' zei mijn moeder. 'Of je bent er geweest. Ze is als een *rakshasa* uit de Ramayana, en zal je vast en zeker te grazen nemificeren.'

Minto had zijn werk grondig gedaan; Aurora toonde me documenten – geboorte- en huwelijksakte, vertrouwelijke medische rapporten verkregen door het gebruikelijke smeren van toch al glibberige handpalmen enzovoort – die er weinig twijfel over lieten bestaan dat zijn verslag in alle belangrijke details accuraat was. Toch weigerde mijn hart het te geloven. 'Je begrijpt haar niet,' protesteerde ik tegen mijn moeder. 'Oké, ze heeft gelogen over haar ouders. Ik zou over dat soort ouders ook liegen. En misschien is die ex-smeris Sarasvati wel niet zo'n engel als jij ervan maakt. Maar kwaadaardig? Een duivel in mensengedaante? Mammieji, ik denk dat er wat persoonlijke factoren meespelen.'

Die avond zat ik alleen op mijn kamer, niet in staat te eten. Het was duidelijk dat ik moest kiezen. Als ik voor Uma koos, zou ik moeten breken met mijn moeder, waarschijnlijk voorgoed. Maar als ik Aurora's bewijs aanvaardde – en in de beslotenheid van mijn eigen vier wanden moest ik toegeven dat het verpletterend was –, dan veroordeelde ik mijzelf naar alle waarschijnlijkheid tot een leven zonder partner. Hoeveel jaar had ik nog? Tien? Vijftien? Twintig? Kon ik mijn vreemde, duistere lot alleen aan, zonder geliefde aan mijn zijde? Wat was belangrijker: liefde of waarheid?

Maar als ik Aurora en Minto moest geloven, hield ze niet van me, was ze eenvoudigweg een geweldige actrice, een hartenjaagster, een oplichtster. Plotseling besefte ik dat mijn negatieve mening over mijn familie voor een groot deel gebaseerd was op dingen die Uma had gezegd. Mijn hoofd tolde. De bodem zonk weg onder mijn voeten. Was het waar van Aurora en Kekoo, van Aurora en Vasco, van Aurora en Raman Fielding? Was het waar dat mijn zusters me achter mijn rug zwart maakten? En zo niet, dan moest het waar zijn dat Uma – O mijn dierbaarste geliefde! – bewust had geprobeerd me op te zetten tegen degenen die me het meest na stonden, om zichzelf tussen mij en mijn familie te plaatsen. Je eigen beeld van de wereld opgeven en volkomen afhankelijk worden van dat van een ander – was dat geen goede omschrijving voor het proces van, letterlijk, buiten zinnen raken? En in dat geval – om Aurora's tegenstelling te gebruiken – was ik gek. En mooie Uma: slecht.

Geconfronteerd met de mogelijkheid dat het kwaad bestond, dat zuivere kwaadaardigheid mijn leven was binnengedrongen en me ervan had overtuigd dat het liefde was, geconfronteerd met dit verlies van al wat ik van het leven verlangde, viel ik flauw. En droomde duistere dromen vol bloed.

≈

De volgende morgen zat ik op het terras van *Elephanta* naar de schitterende baai te kijken. Mynah kwam me bezoeken. Op verzoek van Aurora had ook zij Dom Minto bijgestaan in zijn naspeuringen. Het bleek dat niemand in de Baroda-afdeling van het Verenigd Vrouwenfront tegen Prijsstijgingen Uma Sarasvati ooit had ontmoet of iets wist van enige betrokkenheid van haar bij welke acties dan ook. 'Dus zelfs haar introductie was vals,' zei ze. 'Pas maar op, broertjelief, dit keer zit mammieji goed.'

'Maar ik hou van haar,' zei ik hulpeloos. 'Ik kan er niet mee ophouden. Ik kan het gewoon niet.'

Mynah ging naast me zitten en pakte mijn linkerhand. Ze sprak met zo'n vriendelijke, zo'n on-Mynah-achtige stem dat het me opviel. 'Ik mocht haar ook te graag,' zei ze. 'Maar toen ging het fout. Ik wilde het je niet vertellen. Niet mijn taak. Je had er toch niet naar geluisterd.'

'Naar wat geluisterd?'

'Op een keer kwam ze naar mij nadat ze bij jou was geweest,' zei Mynah, in de verte turend. 'Ze vertelde me iets over hoe het was. Over wat jij. Ach. Hoe dan ook. Ze zei dat ze het niet fijn vond. Ze zei nog meer, maar wat dondert het. Het doet er niet meer toe. Toen zei ze me iets over mij. Dat wil zeggen: dat ze me wilde. Ik heb haar weggestuurd. Sindsdien praten we niet meer met elkaar.'

'Ze zei dat jij het was, ' zei ik dof. 'Die achter haar aanzat, bedoel ik.'

'En jij geloofde haar,' snauwde Mynah, en zoende me toen vlug op mijn voorhoofd. 'Natuurlijk geloofde je haar. Wat weet je nou van mij? Wie ik mag, wat ik nodig heb? En je was stapelverliefd. Arme sul. Ik zou nu maar snel wakker worden, jij.'

'Moet ik haar laten vallen? Zomaar?'

Mynah stond op, stak een sigaret aan, hoestte: een diep, ongezond, raspend geluid. Haar harde frontlinie-stem was weer terug, haar bestuurlijke-corruptie-bestrijdende advocaten-verhoorstem, haar strijd-tegen-de-moord-op-meisjesbaby's-stem, weg-met-het-suttiïsme-stem en weg-met-de-verkrachtingen-megafoon Ze had gelijk. Ik wist helemaal niet wat het was om haar te zijn, voor welke keuzen zij stond, in welke armen zij troost zocht of waarom mannenarmen geen genot maar angst betekenden. Ze was dan misschien mijn zus, maar wat dan nog? Ik noemde haar zelfs niet bij haar juiste naam. 'Waar zit je over in?' zei ze schouderophalend, zwaaiend met een assige sigaret toen ze wegging. 'Dit opgeven is moeilijker. Geloof me maar. Je moet gewoon afkicken op dat kreng en je gelukkig prijzen dat je niet ook nog rookt.'

≈

'Ik wist dat ze zouden proberen ons uit elkaar te halen. Ik wist het van het begin af aan.'

Uma was verhuisd naar een appartement op de achttiende verdieping met uitzicht op zee aan de Cuffe Parade, in een torenflat naast het President Hotel en niet ver van de Mody Gallery. Ze stond, dramatisch door verdriet overmand, op een balkonnetje tegen een bijpassend theatraal decor van in de wind schuddende kokospalmen en plotselinge plensbuien; en daar was, wat anders, het trillen van de sensueel volle onderlip, daar waren haar hoogst persoonlijke waterwerken. 'Dat je eigen moeder je dat vertelt – dat van je váder! – nou, het spijt me, maar ik walg ervan. *Chhi!* En Jimmy Cashondeliveri! Die stomme gitaarwallah met zijn ontbrekende snaar! Je weet donders goed dat hij vanaf de eerste dag op de renbaan dacht dat ik een avatar van je zus was. Sindsdien volgt hij me als een hond met zijn tong uit de bek. En ik zou met hèm naar bed gaan? God, met wie nog meer? V. Miranda, misschien? De eenbenige *chowkidar*? Heb ik dan verdomme geen enkele schaamte?'

'Maar wat je zei over je familie. En de "oom".'

'Wat geeft je het recht alles van me te weten? Je dramde maar door en ik wilde het je niet vertellen. *Bas.* Meer niet.'

'Maar het was niet waar, Uma. Je ouders leven nog en de oom is een echtgenoot.'

'Het was een metafoor. Ja! Een metafoor van mijn miserabele leven, van mijn ellende. Als je van me hield, zou je dat begrijpen, Als je van me hield, zou je me niet een derdegraads geven. Als je van me hield, zou je niet meer met je arme vuist schudden, dan zou je hem hier stoppen, en je zou je lieve mond houden en hem hier brengen, en je zou doen wat geliefden doen.'

'Het was geen metafoor, Uma,' zei ik achteruitdeinzend. 'Het was een leugen. En het angstige is dat jij het verschil niet kent.' Ik liep achteruit haar voordeur door en sloot die, me voelend alsof ik zojuist van haar balkon in de wilde palmen was gesprongen. Zo voelde het: als een val. Als een zelfmoord. Als een dood.

Maar ook dat was een illusie. De grote klap zou nog twee jaar op zich laten wachten.

≈

Ik hield het maanden uit. Ik woonde thuis, ging naar mijn werk, leerde de kunst van het marketen en promoten van Baby Softo Talkpoeder en werd zelfs door een trotse vader benoemd tot marketing-manager. Ik kwam de lege kalender der dagen door. Er waren veranderingen op *Elephanta.* Na het debâcle van de overzichtstentoonstelling had Aurora eindelijk besloten Vasco eruit te gooien. Dat gebeurde op een ijskoude manier. Aurora had gezegd dat ze steeds meer behoefte had om alleen te zijn en Vasco had met een koele buiging toegezegd zijn atelier te ontruimen. Als dit het einde van een affaire was, dacht ik, dan ging het heel waardig en discreet; al deed de ijzigheid me huiveren, zo moet ik bekennen. Vasco kwam me vaarwel zeggen, en we gingen samen naar de al lange tijd onbewoonde strip-kinderkamer waar alles was begonnen. '"*That's all, folks,*"' zei hij. 'Tijd voor V. Miranda om naar het westen te gaan. Moet een kasteel in de lucht bouwen.' Hij ging schuil in de golven van zijn eigen vlees, hij zag eruit als een padachtig lachspiegelbeeld van Raman Fielding en zijn mond was verwrongen van verdriet. Zijn stem was beheerst, maar het vuur in zijn ogen ontging me niet.

'Ze was mijn obsessie, dat moet je hebben geraden,' zei hij, de schreeuwerige wanden strelend (*Pow! Zap! Splat!*). 'Zoals ze de jouwe was, is en zal zijn. Misschien zul je dat op een dag onder ogen zien. Kom dan naar mij. Kom voordat de naald mijn hart raakt.' Ik had in geen jaren gedacht aan Vasco's verdwenen pin, zijn ijssplinter van de Sneeuwkoningin; en bedacht nu ik dat het hart van deze veranderde, opgezwollen Vasco traditionelere aanvallen te wachten stond dan van naalden.

Hij verliet India kort daarna om naar Spanje te gaan, en keerde nooit weerom.

Aurora ontsloeg ook haar kunsthandelaar. Ze deelde Kekoo mee dat ze hem persoonlijk verantwoordelijk hield voor het public-relations-fiasco van haar tentoonstelling. Kekoo vertrok met veel misbaar en kwam een maand lang iedere dag naar de poort om Lambajan te smeken hem binnen te laten (wat werd geweigerd), stuurde bloemen en cadeaus (die werden geretourneerd) en schreef eindeloze brieven (die ongelezen werden weggegooid). Aurora had hem gezegd dat ze niet meer van plan was haar werk te exposeren en dus ook niet langer een galerie nodig had. Maar de pathetische Kekoo had de pathetische overtuiging dat ze hem verruilde voor zijn grote rivalen van de Chemould. Hij bad en smeekte haar over de telefoon (die Aurora niet aannam als hij belde), in telegrammen (die ze vol minachting verbrandde), zelfs via Dom Minto (die een bijziende oude heer bleek met blauwe brilleglazen en de grote paardetanden van de Franse komiek Fernandel en van Aurora orders kreeg zijn boodschappen niet langer over te brengen). Onwillekeurig piekerde ik over Uma's beschuldigingen. Als deze twee vermeende minnaars waren afgedankt, hoe zat het dan met Mainduck? Was Fielding ook geloosd of was hij nu de enige die een plaats in haar hart had?

Uma, Uma. Ik miste haar zo. Er waren onthoudingsverschijnselen: 's nachts voelde ik haar fantoomlichaam bewegen onder mijn gehavende hand. Als ik in slaap viel (ondanks mijn ellende sliep ik vast!) zag ik voor mijn geestesoog de scène uit een oude Fernandel-film waarin hij omdat hij het Engelse woord voor 'vrouw' niet weet, met zijn handen de weelderige contour van een vrouw aangeeft.

Ik was de andere man in de droom. 'O,' knikte ik. 'Een flesje cola?'

Uma liep heupwiegend langs ons. Fernandel loerde als een krankzinnige en priemde zijn duim in de richting van haar verdwijnende derrière.

'Mijn flesje cola,' zei hij, met begrijpelijke trots.

≈

Het gewone leven. Aurora schilderde iedere dag, maar ik mocht haar atelier niet meer in. Abraham werkte lange uren, en als ik hem vroeg waarom ik mocht verkommeren in de wereld van de babybillen – ik, met mijn tijdtekort! – antwoordde hij: 'Te veel in jouw leven is te snel gegaan. Zal je goeddoen om een poosje langzaam aan te doen.' Uit stilzwijgende solidariteit was hij opgehouden met Uma Sarasvati te golfen. Misschien miste ook hij haar veelzijdige charmes.

Stilte in het paradijs: stilte en een zeer. Mevrouw Gandhi kwam weer aan de macht, met Sanjay als haar rechterhand, dus bleek dat er geen absolute ethiek ten grondslag lag aan staatszaken, maar slechts Relativiteit. Ik herinnerde me Vasco Miranda's 'Indiase variatie' op het thema van Einsteins Algemene Theorie: *Alles is relatie. Niet alleen licht is gekromd, maar alles. In deze relatietheorie kunnen we een punt krom maken, de waarheid krom maken, arbeidsvoorwaarden krom maken, de wet krom maken. D is gelijk aan mc-kwadraat, waarbij D staat voor dynastie, m voor massa's relaties, en c natuurlijk voor corruptie, de enige constante in het heelal – want in India is zelfs de snelheid van het licht afhankelijk van stroomverdeling en de luimen van de energievoorziening.* Ook door Vasco's vertrek werd het stiller in huis. De grillige oude villa was als een onttakeld toneel, waarop als ritselende schimmen een uitgedunde troep acteurs rondzwierf die geen tekst meer hadden. Of misschien acteerden ze nu op andere podia en was alleen dit huis donker.

Het ontging me niet – en een tijdlang hield het me zelfs de meeste van mijn wakende uren bezig – dat het gebeurde in zekere zin een nederlaag voor de pluralistische filosofie was waarmee we allemaal waren grootgebracht. Want in de kwestie van Uma Sarasvati was het de pluralistische Uma, met haar veelvuldige persoonlijkheden, haar hoogst inventieve toewijding aan de oneindige plooibaarheid van de werkelijkheid, haar modernistisch provisorische gevoel van waarheid, die de rotte appel was gebleken; en Aurora had er moes van gemaakt – Aurora, die haar hele leven had gepleit voor het vele tegen het ene, had met behulp van Minto enige fundamentele waarheden ontdekt, en had daarom gelijk gehad. Zo werd het verhaal van mijn liedesleven een bittere parabel, met een ironie waarvan Raman Fielding zou hebben genoten, want de polariteit tussen goed en kwaad werd erin omgekeerd.

Die lege tijd aan het begin van de jaren tachtig kwam ik door dankzij Ezechiël, onze leeftijdloze kok. Alsof hij aanvoelde dat onze huishouding moest worden opgevrolijkt, begon hij aan een gastronomisch programma waarin hij nostalgie combineerde met vernieuwing, en daar een flinke scheut hoop doorheen deed. Voor mijn vertrek naar Baby Softo-land en na mijn thuiskomst werd ik meer en meer naar de keuken getrokken, waar hij gehurkt, grauwgekaakt en tandvlezig grijnzend optimistisch *paratha's* in de lucht gooide. 'Vreugde!' kakelde hij wijs. '*Baba sahib*, ga maar zitten en we zullen de gelukkige toekomst koken. We zullen de kruiden ervan fijnstampen en de knoflooktenen ervan pellen, we zullen de kardemoms uittellen en de gember hakken, we zullen de ghee van de toekomst verhitten en de *masala* ervan bakken om het aroma te laten vrijkomen. Vreugde! Succes in zijn ondernemingen voor de sahib, genie in haar schilderijen voor de mevrouw, en een mooie bruid voor u! We zullen ook het verleden en heden koken, en dat levert morgen op.' Zo leerde ik Meat Cutlass bereiden (kruidig lamsgehakt in een aardappelpasteitje) en Chicken Country Captain; mij werden de geheimen van garnalen-*padda*, *ticklegummy*, *dhope* en *ding-ding* geopenbaard. Ik werd een meester in *balchow* en leerde een keurig *kaju*-balletje draaien. Ik leerde de kunst van Ezechiëls 'Cochin speciaal', een pikante rode bananenchutney die je het water in de mond deed lopen. En toen ik door de aantekenboeken van de kok reisde, dieper en dieper die privé-kosmos van papaja en kaneel en kruiden in, monterde ik inderdaad op; niet in de laatste plaats omdat ik dankzij Ezechiël na een lange onderbreking weer aansluiting kreeg bij het verhaal van mijn verleden. In zijn keuken werd ik teruggevoerd naar een sinds lang achtergelaten Cochin waar de patriarch Francesco droomde van Gama-stralen en Solomon Castile naar zee verdween en weerkeerde op blauwe synagogetegels. Tussen de regels van zijn aantekenboeken met smaragdgroene omslag las ik over Belles worsteling met de boeken van het familiebedrijf, en in de geuren van zijn culinaire magie rook ik een goedang in Ernakulam waar een jong meisje verliefd was geworden. En het was alsof Ezechiëls voorspelling uitkwam. Met gisteren in mijn buik zagen mijn vooruitzichten er een stuk beter uit.

'Goed eten,' grinnikte Ezechiël, een slurpgeluid met zijn tong makend. 'Eten waar je dìk van wordt. Tijd om een pensje te kweken. Een man zonder buik heeft geen trek in het leven.'

≈

Op 23 juni 1980 probeerde Sanjay Gandhi een looping boven New Delhi en maakte een duikvlucht naar zijn dood. In de periode van instabiliteit die daarop volgde, belandde ook ik in een rampzalige situatie. Een paar dagen na Sanjay's dood hoorde ik dat James Cashondeliveri was omgekomen bij een auto-ongeluk op de weg naar het Powai Lake. Zijn medereiziger, die op wonderbaarlijke wijze aan de dood was ontsnapt en ervanaf kwam met wat ongevaarlijke snijwonden en een hersenschudding, was de briljante jonge beeldhouwster Uma Sarasvati, aan wie de overledene naar verluidde een huwelijksaanzoek had willen doen op het beroemde mooie plekje. Achtenveertig uur later kwam het bericht dat mejuffrouw Sarasvati uit het ziekenhuis was ontslagen en door vrienden naar huis was gebracht. Ze leed begrijpelijkerwijs nog zwaar onder het verdriet en de schok.

Het nieuws van Uma's verwonding ontketende alle gevoelens voor haar die ik zo lang had proberen in te tomen. Ik verkeerde twee dagen in tweestrijd, maar toen ik hoorde dat ze terug was op de Cuffe Parade, verliet ik het huis met de boodschap aan Lambajan dat ik naar de Hangende Tuinen ging voor een wandeling, en nam een taxi zodra ik uit zijn blikveld verdwenen was. Uma deed de deur open in een zwarte maillot en een losjes dichtgebonden Japans hemd. Ze keek paniekerig, opgejaagd. Het was alsof haar innerlijke gravitatie was verminderd. Ze zag eruit als een gammele verzameling deeltjes die ieder moment uit elkaar kon spatten.

'Ben je zwaar gewond?' vroeg ik haar.

'Doe de deur dicht,' antwoordde ze. Toen ik me weer naar haar omdraaide, had ze haar hemd losgemaakt en laten vallen. 'Kijk zelf maar,' zei ze.

Daarna waren we niet meer te houden. Wat er tussen ons was, leek tijdens onze scheiding alleen maar sterker geworden. 'Mijn god,' prevelde ze toen ik haar streelde met mijn verwrongen rechterhand. 'O ja, dat. Mijn god nog aan toe.' En naderhand: 'Ik wist wel dat je nog van me hield. Ik hield ook nog van jou. Ik zei tegen mezelf: dood aan onze vijanden. Wie ons in de weg staat, zal ten val komen.'

Haar echtgenoot, zo biechtte ze, was overleden. 'Als ik zo'n gemene vrouw ben,' zei ze, 'waarom heeft hij me dan alles nagelaten? Na zijn ziekte herkende hij niemand meer, hij dacht dat ik het dienstmeisje was. Dus heb ik ervoor gezorgd dat hij in goede handen was en ben vertrokken. Als dat slecht is, ben ik slecht.' Ik gaf haar direct absolutie. Nee, niet slecht, mijn liefste, mijn leven, jij niet.

Ze had nog geen schrammetje. 'Stomme kranten,' zei ze. 'Ik zat niet eens in die stomme auto. Ik had mijn eigen wagen genomen omdat ik nog plannen had. Dus hij zat in zijn stomme Mercedes' – hoe charmant sprak ze het woord verkeerd uit: *Murs'diez!* – 'en ik in mijn nieuwe Suzuki. En op die slechte weg wil die getikte playboy gaan racen. Op een weg waar vrachtwagens en bussen rijden met bestuurders onder de dope en ezelskarren en kamelenkarren en god weet wat niet al.' Ze huilde; ik droogde haar tranen. 'Wat moest ik doen? Ik reed gewoon als een verstandige vrouw en gilde naar hem, nee, niet doen, nee. Maar Jimmy mankeerde altijd al iets in zijn bovenkamer. Wat moet ik zeggen. Hij keek niet, hij bleef aan de verkeerde kant van de weg om in te halen, er kwam een bocht, er zat een koe, hij probeerde die te ontwijken, hij kon niet naar de andere kant want daar was mijn auto, hij ging van de weg aan de rechterkant en daar stond een populier. *Khalaas.*'

Ik probeerde medelijden met Jimmy te voelen, maar dat lukte niet. 'In de kranten stond dat jullie gingen trouwen.' Ze keek me furieus aan. 'Je hebt me nooit begrepen,' zei ze. 'Jimmy was niets. Jij was het altijd voor mij.'

We ontmoetten elkaar zo vaak we konden. Ik hield onze afspraakjes geheim voor mijn familie, en kennelijk maakte Aurora niet meer gebruik van Dom Minto's diensten, want ze kwam er niet achter. Een jaar ging voorbij; meer dan een jaar. De gelukkigste vijftien maanden van mijn leven. 'Dood aan onze vijanden!' Uma's rebelse leus werd onze welkomst- en afscheidsgroet.

Toen overleed Mynah.

Mijn zuster stierf aan – wat anders? – een tekort aan adem. Ze was in een chemische fabriek in het noorden van de stad om onderzoek te doen naar de slechte behandeling van de grote schare vrouwelijke arbeiders – voornamelijk vrouwen uit de sloppen van Dharavi en Parel – toen er in haar directe nabijheid een kleine explosie plaatsvond. De 'integriteit' van een verzegeld vat gevaarlijke chemicaliën was, om in de geanestheseerde taal van het officiële rapport te spreken, 'gecompromitteerd'. Het praktische gevolg van dit verlies aan chemische integriteit was dat er een substantiële hoeveelheid van het gas methylisocyanaat vrijkwam. Mynah, die door de klap van de explosie haar bewustzijn had verloren, ademde een dodelijke dosis van het gas in. Het officiële rapport maakte geen melding over het te laat inroepen van medische hulp, hoewel het wel zevenenveertig punten opsomde waarin de fabriek de veiligheidsvoorschriften niet in acht had genomen. Ook de gekwalificeerde mensen van de eerstehulpdienst ter plekke kregen een berisping omdat ze zo laat bij Mynah en haar gezelschap arriveerden. Ondanks de injectie met natriumthiosulfaat die ze in de ambulance kreeg toegediend, overleed Mynah voor ze het ziekenhuis bereikten. Ze stierf een marteldood, met uitpuilende ogen, kokhalzend en naar adem happend terwijl het gif haar longen wegvrat. Twee van haar collega's van de WMDHB stierven ook; drie andere bleven in leven, zwaar gehandicapt. Er werd nooit enige schadevergoeding betaald. Het onderzoek concludeerde dat het incident een welbewuste aanval op Mynah's organisatie was geweest, gepleegd door 'ongeïdentificeerde daders van buitenaf', en de fabriek viel derhalve niets te verwijten. Nog maar een paar maanden daarvoor was het Mynah eindelijk gelukt Kéké Kolatkar in de gevangenis te krijgen wegens zijn onroerend-goedzwendel, maar een spoor dat de politicus met de moord in verband bracht, werd nooit gevonden. En Abraham kwam er, zoals vermeld, van af met een boete... hoor eens, Mynah was zijn *dochter.* Zijn *dochter.* Oké?

Oké.

'Dood aan onze...' Uma hield bij het zien van de blik in mijn ogen midden in de zin op toen ik na de begrafenis van Philomina Zogoiby bij haar langs ging. 'Hou daarmee op,' zei ik snikkend. 'Hou op over die dood, alsjeblieft.'

Ik lag op bed met mijn hoofd in haar schoot. Ze streelde mijn witte haar. 'Je hebt gelijk,' zei ze. 'Tijd om de dingen te vereenvoudigen. Je mammie-pappie moeten ons accepteren, ze moeten zich neerleggen bij onze liefde. Dan kunnen we trouwen en simsalabim. Dan leven we nog lang en gelukkig, en nog een kunstenaar in de familie bovendien.'

'Ze zal niet...' begon ik, maar Uma legde een vinger op mijn lippen. 'Ze moet.'

Uma in deze bui was onweerstaanbaar. Onze liefde was eenvoudigweg een gebod, stelde ze; ze eiste en had recht van bestaan. 'Als ik dat aan je moeder en vader uitleg, zullen ze wel bijtrekken. Twijfelen ze aan mijn goede trouw? Prima. Voor onze liefde zal ik naar ze toegaan – vanavond nog! – en ze bewijzen dat ze ongelijk hebben.'

Ik protesteerde, maar zwakjes. Het was te snel. Hun hart was nog vol van Mynah, wierp ik tegen, en er was geen plaats voor ons. Ze schoof al mijn argumenten terzijde. Geen hart of het had plaats voor liefdesverklaringen, zei ze; zoals er ook geen schaamte was die niet door de ware liefde werd uitgewist – en nu meneer Sarasvati niet meer was, welke smet lag er dan op onze liefde behalve dat ze al eens getrouwd was geweest en geen maagdelijke bruid meer was? De bezwaren van mijn ouders waren niet redelijk. Hoe konden ze het geluk van hun enige zoon in de weg staan? Een zoon die vanaf de dag dat hij geboren werd zo'n zware last had moeten dragen? 'Vanavond,' herhaalde ze onverbiddelijk. 'Wacht jij maar hier. Ik ga ze overtuigen.' Ze sprong op en begon zich aan te kleden. Terwijl ze wegging, klemde ze een walkman aan haar riem en deed de koptelefoon om. 'Fluit onder het werk,' grinnikte ze, terwijl ze er een cassette in stopte. Ik was doodsbenauwd. 'Veel geluk,' zei ik luid. 'Kan niets horen,' zei ze en vertrok. Toen ze weg was, vroeg ik me nog af wat ze met die walkman moest terwijl ze toch een uitstekende geluidsinstallatie in de auto had. Waarschijnlijk kapot, dacht ik. Niets in dit verdomde land doet het lang.

Ze kwam na middernacht terug, vol liefde. 'Ik denk echt dat het goed komt,' fluisterde ze. Ik lag wakker in bed; de spanning had mijn lichaam veranderd in strengen staal. 'Weet je het zeker?' zei ik, bedelend om meer. 'Het zijn geen kwade mensen,' zei ze zacht terwijl ze naast me schoof. 'Ze hebben alles aangehoord en ik weet zeker dat ze het begrepen hebben.'

Op dat moment had ik het gevoel dat mijn leven nog nooit zo volmaakt was geweest, had ik het gevoel dat de verwrongen massa van mijn rechterhand zich ontwarde, zich herschikte tot palm, knokkels en gelede vingers en duim. In mijn verrukking had ik zelfs kunnen dansen. Goddomme, ik hèb gedanst: en gegild en gezopen en wild gevreeën uit blijdschap. Zij was waarlijk mijn wonderdoenster en had het onmogelijke bereikt. In elkaars lichaam gewikkeld gleden we naar de slaap. De vergetelheid nabij mompelde ik vaag: 'Waar is de walkman?'

'O, dat stomme ding,' fluisterde ze. 'Verknoeit altijd mijn bandjes. Ben onderweg gestopt om hem in een vuilnisbak te kwakken.'

≈

Toen ik de volgende morgen thuiskwam, stonden Abraham en Aurora in de tuin op me te wachten, schouder aan schouder met sombere gezichten.

'Wat is er?' vroeg ik.

'Vanaf nu,' zei Aurora Zogoiby, 'ben jij onze zoon niet meer. Alle stappen om je te onterven zijn genomen. Je hebt één dag om je bezittingen te pakkificeren en te vertrekken. Je vader en ik willen je nooit meer zien.'

'Ik sta volledig achter je moeder,' zei Abraham Zogoiby. 'Wij walgen van je. Verdwijn uit onze ogen.'

(Er vielen nog meer harde woorden; luider en grotendeels van mij. Ik wil ze niet neerschrijven.)

≈

'Jaya? Ezechiël? Lambajan? Kan iemand me vertellen wat er is gebeurd? Wat is er aan de hand?' Niemand zei iets. Aurora's deur was op slot. Abraham was afwezig en zijn secretaresses mochten geen van mijn telefoontjes doorverbinden. Ten slotte verwaardigde juffrouw Jaya Hé zich drie woorden te zeggen.

'Ga maar pakken.'

≈

Er werd niets uitgelegd – niet het feit van mijn verstoting noch de wrede wijze waarop. Zo'n zware straf voor zo'n klein 'misdrijf'! – Het 'misdrijf' waanzinnig verliefd te worden op een vrouw die niet mijn moeders goedkeuring had! Van de stamboom gehakt te worden, als een dode tak, om zo'n onbeduidende – nee, zo'n heerlijke – reden... het was niet genoeg. Het sloeg nergens op. Ik wist dat andere mensen – de meeste mensen – in dit land onder dit soort ouderlijk absolutisme leefden; en in de wereld van de *masala*-film kwamen deze ik-wil-je-nooit-meer-zien-scènes om de haverklap voor. Maar wij waren anders; en dit oord van strenge hiërarchieën en oeroude morele zekerheden was zeker niet mijn land geweest, dit soort materiaal stond zeker niet in het draaiboek van ons leven! – Maar het was duidelijk dat ik me vergiste, want verdere discussie was niet mogelijk. Ik belde Uma op om haar het nieuws te vertellen, en omdat ik geen andere keuze had, legde ik me er vervolgens bij neer. De poort van het paradijs ging open en Lambajan wendde zijn ogen af. Ik strompelde erdoorheen, duizelig, gedesoriënteerd, verloren.

Ik was niemand, niets. Niets van wat ik ooit had geweten, kon me nog helpen, noch kon ik langer zeggen dat ik het wist. Ik was leeggehaald, ontkracht; ik was, om een afgezaagd maar plotseling toepasselijk woord te gebruiken, *geruïneerd.* Ik was uit de gratie geraakt, en de verschrikking sloeg de wereld aan scherven, als was het een spiegel. Ik voelde me alsof ik zelf ook aan scherven lag, alsof ik naar de aarde viel; niet als mijzelf, maar als duizend en één gefragmenteerde beelden van mijzelf, gevangen in scherven glas.

Na de val: ik arriveerde bij Uma Sarasvati met een koffer in mijn hand. Toen ze de deur opendeed, waren haar ogen rood, zat haar haar in de war en gedroeg ze zich vreemd. Een Indiaas melodrama oude-stijl explodeerde boven het oppervlak van onze bedrieglijk geavanceerde levensstijl, als de waarheid die door een dun vernislaagje zoete leugens heen barst. Uma brak uit in schrille verontschuldigingen. Haar innerlijke gravitatie was dramatisch afgenomen; nu viel ze echt uiteen. 'O god – als ik ooit had geweten – maar hoe konden ze, het is iets uit de prehistorie – *uit de antieke tijd* – ik dacht dat het zulke beschaafde mensen waren – ik dacht dat wij religieuze mafketels zo deden, maar niet jullie moderne wereldse types – o god, ik ga weer naar ze toe, nu meteen, ik zal zweren dat ik je nooit meer zal zien...'

'Nee,' zei ik, nog steeds verdoofd door de schok. 'Ga alsjeblieft niet. Je moet niets meer doen.'

'Dan zal ik het enige doen wat je niet kan verbieden,' jammerde ze. 'Ik zal mezelf ombrengen. Ik doe het nu, vanavond. Ik doe het uit liefde voor jou, om jou je vrijheid te geven. Dan moeten ze je wel terugnemen.' Ze moest zichzelf sinds mijn telefoontje hebben zitten opjutten. Nu was ze één en al melodrama.

'Uma, doe niet zo gek,' zei ik.

'*Ik ben niet gek,*' schreeuwde ze naar me, als een gek. 'Zeg niet dat ik gek ben. Je hele familie zegt dat ik gek ben. Ik ben niet gek. Ik ben verliefd. Een vrouw doet alles voor de liefde. Een verliefde man zou hetzelfde voor mij doen, maar dat vraag ik niet. Ik verwacht niet alles van jou, van geen enkele man. Ik ben niet gek, alleen gek op jou. Zeg dat ik gek van liefde ben. En – in godsnaam! – doe die verdomde deur dicht.'

≈

Gloedvol, met bloeddoorlopen ogen, begon ze te bidden. Bij de kleine schrijn van Lord Ram in de hoek van de woonkamer deed ze een lichtje aan en bewoog die in zenuwachtige kringen door de lucht. Ik stond daar in de toenemende duisternis met een koffer aan mijn voeten. Ze meent het, dacht ik. Dit is geen spelletje. Dit gebeurt echt. Het is mijn leven, ons leven, en dit is de vorm ervan. De ware vorm, de vorm achter alle vormen, de vorm die zichzelf pas openbaart op het moment van de waarheid. Op dat moment kwam een diepe wanhoop over me die me verpletterde onder zijn gewicht. Ik begreep dat ik geen leven had. Het was me ontnomen. De illusie van de toekomst die Ezechiël de kok me had teruggeven in zijn keuken, bleek een hersenschim. Wat moest ik doen? Werd het de goot voor mij, of een laatste, hoogste moment van waardigheid? Had ik de moed om voor de liefde te sterven, en daarmee onze liefde onsterfelijk te maken? Kon ik het doen voor Uma? Kon ik dat doen voor mezelf?

'Ik doe het,' zei ik hardop. Ze zette haar lamp neer en draaide zich naar me toe.

'Ik wist het wel,' zei ze. 'De god zei me dat je het zou doen. Hij zei dat je een dapper man was en van me hield en me dus vanzelfsprekend zou vergezellen op mijn reis. Je zou geen lafaard zijn die mij alleen liet gaan.'

≈

Ze had altijd geweten dat ze niet sterk aan het leven hechtte, dat er een tijd kon komen waarin ze bereid was het op te geven. Dus had ze sinds haar jeugd haar dood met zich gedragen, als een krijger die ten strijde trekt. Voor het geval ze gevangen werd genomen. Liever het leven dan je eer verliezen. Ze kwam met dichtgeknepen vuisten uit haar boudoir. In elke vuist zat een witte tablet. 'Vraag niets,' zei ze. 'Het huis van een politieman herbergt vele geheimen.' Ze verzocht me naast haar neer te knielen voor het portret van de god. 'Ik weet dat je niet gelovig bent,' zei ze. 'Maar voor mij zul je niet weigeren.' We knielden. 'Om je te tonen hoe oprecht ik altijd van je heb gehouden,' zei ze, 'om je eindelijk te bewijzen dat ik nooit heb gelogen, zal ik hem eerst slikken. Als jij ook oprecht bent, volg me dan meteen, want ik wacht, O mijn enige geliefde.'

Op dat moment veranderde er iets in mij. Er was weerstand. 'Nee,' riep ik, en greep naar de tablet in haar hand. De tablet viel op de grond. Met een schreeuw dook ze ernaar, net als ik. Onze hoofden botsten. 'Au,' zeiden we tegelijk. 'Oioioi, aiai. *Au.*'

Toen ik weer enigszins bij mijn positieven kwam, lagen allebei onze tabletten op de grond. Ik graaide ernaar; maar in mijn verdoofde pijn kon ik er slechts één te pakken krijgen. Uma pakte de andere tablet en staarde ernaar met ogen wijder dan normaal, in de ban van de een of andere nieuwe, persoonlijke ontzetting, alsof haar onverwacht een weerzinwekkende vraag was gesteld en ze niet wist hoe te antwoorden.

Ik zei: 'Niet doen, Uma, niet doen. Het is verkeerd. Het is gek.'

Het woord stak haar opnieuw. 'Zeg niet "gek",' gilde ze. 'Als je wilt leven, blijf dan leven. Maar het bewijst dat je nooit van me hebt gehouden. Het bewijst dat jíj de leugenaar bent geweest, de charlatan, de meester van de metamorfose, de manipulator, de samenzweerder, de bedrieger. Niet ik: jij. Jij bent de rotte appel, de kwade genius, de duivel. Kijk maar! Mijn appel is gaaf.'

Ze slikte de pil.

Er was een moment waarop een uitdrukking van immense en oprechte verrassing op haar gezicht verscheen, direct gevolgd door berusting. Toen viel ze op de grond. Ik knielde in paniek naast haar neer, en de geur van bittere amandelen vulde mijn neus. Haar stervende gezicht leek duizend veranderingen te ondergaan, alsof de bladzijden van een boek werden omgedraaid, alsof ze al haar talloze persoonlijkheden een voor een opgaf. En toen een lege bladzijde, en ze was helemaal niemand meer.

Nee, ik zou niet sterven, dat had ik al besloten. Ik stopte de andere tablet in mijn broekzak. Wie of wat ze ook was geweest, goed of kwaad of geen van beide of allebei, ik heb haar onmiskenbaar liefgehad. Sterven zou die liefde niet onsterfelijk maken, maar van haar waarde beroven. Dus zou ik blijven leven, om de vaandeldrager van onze hartstocht te zijn; zou met mijn leven aantonen dat liefde meer waard was dan bloed, dan schaamte – meer zelfs dan de dood. *Ik zal niet voor je sterven, mijn Uma, maar voor je leven. Hoe hard dat leven ook zal zijn.*

De bel ging. Ik zat met Uma's dode lichaam in het donker. Er werd gebonsd. Nog steeds reageerde ik niet. Een luide stem riep. *Doe open. Polis.*

Ik stond op en opende de deur. Het portaal wemelde van de kortgebroekte blauwe uniformen, donkere, magere benen met knobbelige knieën en handen om zwaaiende wapenstokken geklemd. Een inspecteur met platte pet richtte een pistool op mijn gezicht.

'Jij bent Zogoiby, hè?' vroeg hij met luide stem.

Ik zei dat het zo was.

'*Te weten,* Shri Moraes Zogoiby, marketing-manager bij de Baby Softo Talkpoeder Private Limited?'

Wat u zegt.

'Dan arresteer ik u op grond van mij bekende gegevens wegens narcoticasmokkel en beveel ik u in naam der wet rustig met mij mee te gaan naar het voertuig beneden.'

'Narcotica?' herhaalde ik hulpeloos.

'Tegenspraak verboden,' bulderde de inspecteur, zijn pistool dichter tegen mijn gezicht duwend. 'Arrestant volgt onvoorwaardelijk instructies van de bevelvoerder. Voorwaarts mars.'

Ik stapte gedwee in de knobbelige massa. Op dat moment zag de inspecteur voor het eerst het lichaam van de dode vrouw op de vloer van het appartement liggen.

III
BOMBAY CENTRAL

16

In een straat waar ik nog nooit van had gehoord, stond ik met handboeien om voor een gebouw dat ik nog nooit had gezien, een gebouw zo immens groot dat mijn hele blikveld werd ingenomen door één ononderbroken muur waarin ik iets rechts van mij een piepklein ijzeren deurtje ontwaarde – althans, een deur die in die afgrijselijk grauwe steenmassa klein leek, klein als een muizegat. Ik werd voortgepord door de stok van de politieman die me had gearresteerd en liep gehoorzaam van het raamloze voertuig vandaan waarin ik was weggevoerd van het macabere toneel van de dood van mijn geliefde. Ik stak die lege en stille hoofdweg verbaasd over, want straten in Bombay zijn nooit stil en nooit, maar dan ook nooit leeg – hier is geen 'holst van de nacht', dat had ik tenminste altijd gedacht. Toen ik de deur naderde, zag ik dat die in werkelijkheid heel groot was en boven me uit torende als de ingang van een kathedraal. Hoe gigantisch moest die muur dan wel niet zijn! Van dichtbij spreidde ze zich boven en opzij van ons uit en onttrok de smerige maan aan het gezicht. De moed zonk me in de schoenen. Ik kon me maar bitter weinig van de tocht herinneren. Vastgebonden in het donker had ik kennelijk ieder gevoel voor richting en tijd verloren. Wat was dit voor oord? Wie waren deze mensen? Waren het echte politieagenten; werd ik werkelijk beschuldigd van drugshandel en was ik nu ook nog verdacht van moord; of was ik per ongeluk doorgeschoten van één pagina in het ene boek des levens naar een andere pagina in een ander boek – was mijn lezende vinger in mijn ellendige, gedesoriënteerde toestand misschien uit de regel van mijn eigen verhaal doorgeschoten naar deze andere bizarre, onbegrijpelijke tekst die daar toevallig net onder lag? Ja: er was iets doorgeschoten. 'Ik ben geen misdadiger,' riep ik uit. 'En ik hoor hier ook niet, in deze Onderwereld. Er is een vergissing in het spel.'

'Geef deze valse fiducie maar op, jij schurk,' antwoordde de inspecteur. 'Hier verandert menige Onderwereld-*bhoot*, menige vervaarlijke schoft in een vergeten schim. Geen vergissing, jij opgeblazen knurft! Naar binnen! Binnen heerst schrikkelijke rottenis.'

De grote deur ging krakend en kreunend open. Meteen was er een hels gejammer te horen. 'Oooh! Hai-hai! Groeoeh! Oi-yoi-yoi! *Jaroeoe!*' Inspecteur Singh gaf me een ruwe duw. 'Links-rechts links-rechts een-twee een-twee!' schreeuwde hij. 'Haast je, Beëlzebuil! Je Hiernamaals wacht.'

Ik werd door schemerige gangen, stinkend naar poep en pijn, geween en geweld, gevoerd door zweep-klappende mannen met, naar het me voorkwam, koppen van beesten en tongen als giftige slangen. De inspecteur was ofwel vertrokken ofwel veranderd in een van deze hybridische monsters. Ik probeerde de monsters iets te vragen, maar hun communicatie beperkte zich tot het lichamelijke. Klappen, stompen, zelfs het uiteinde van een zweep die gloeiend schrijnde op mijn enkel: dat was de strekking van wat ze te zeggen hadden. Ik zei niets meer en liep steeds dieper de gevangenis in.

Na een poos werd mijn weg versperd door een man met – ik kneep mijn ogen dicht tot spleetjes en tuurde – de kop van een bebaarde olifant en in zijn hand een ijzeren sikkel druipend van de sleutels. Ratten trippelden eerbiedig rond zijn voeten. 'Naar dit oord sturen we goddeloze mannen als jij,' zei de olifantman. 'Hier zul je boeten voor je zonden. We zullen je vernederen op manieren die je zelfs niet hebt kunnen dromen.' Ik moest mijn kleren uittrekken. Naakt, huiverend in de hete nacht, werd ik een cel in gegooid. Een deur – een heel leven, een heel begrip van het leven – ging achter me dicht. Ik stond verloren in de duisternis.

Eenzame opsluiting. De warmte versterkte de strontlucht. Muggen, stro, vochtplassen en overal in het duister kakkerlakken. Toen ik ging lopen, knerpten ze onder mijn blote voeten. Toen ik stil bleef staan, kropen ze langs mijn benen omhoog. In paniek vooroverbuigend om ze van me af te slaan voelde ik mijn haar langs de wanden van mijn donkere cachot strijken. Kakkerlakken krioelden over mijn hoofd en langs mijn rug omlaag. Ik voelde ze op mijn buik, naar mijn schaamstreek vallen. Ik begon te schokken als een marionet, gillend mezelf te slaan. Iets – een ontluistering – was begonnen.

’s Morgens was er wat licht dat zijn weg naar de cel vond en trokken de kakkerlakken zich terug tot het weer donker werd. Ik had niet geslapen; mijn gevecht tegen die onderkruipsels had me uitgeput. Ik plofte op de berg stro die mijn enige bed was, en ratten schoten weg door gaten in de muur. Een raampje in de celdeur ging open. ‘Binnenkort vang je die knisperende kakkies om op te eten,’ lachte de cipier. ‘Zelfs vegetarische bajesklanten vallen er uiteindelijk voor; en jij-tho, denk ik zo, bent beslist geen vegetariër van huis uit.’

De illusie van de olifantskop, zag ik nu, was veroorzaakt door de kap van een mantel (de flappende oren) en een *hookah* (voor de slurf). Deze kerel was geen mythologische Ganesha, maar een gemene, sadistische bruut. ‘Waar ben ik hier?’ vroeg ik hem. ‘Ik heb dit gebouw nooit eerder gezien.’

‘Jullie *laad-sahibs*,’ zei hij en lanceerde vol minachting een helderrode fluim naar mijn blote voeten. ‘Jullie wonen in de stad en weten niets van de geheimen, het hart van de stad. Voor jou is het onzichtbaar, maar nu ben je gedwongen het te zien. Je bent in de nor van Bombay Central. Het is de buik, de darm van de stad. Dus vanzelf dat er veel stront is.’

‘Ik ken Bombay Central wel,’ protesteerde ik. ‘Spoorwegstations, *dhabas*, bazaars. Ik heb nooit iets gezien wat hierop lijkt.’

‘Een stad vertoont zich niet aan iedere klootzak, zuster-neuker, moeder-neuker,’ riep de olifantman voordat hij het raam dichtsmeet. ‘Je was blind, maar nu zul je eens zien.’

Strontemmer, papemmer, het snelle afglijden naar de totale verloedering; ik zal u de details besparen. Mijn voorzaten Aires en Camoens da Gama, en ook mijn moeder, hadden in Brits-Indiase gevangenissen gezeten; maar deze *made-in-India*-inrichting van na de Onafhankelijkheid was veel erger dan ze zich in hun verschrikkelijkste fantasieën hadden kunnen voorstellen. Dit was niet zomaar een gevangenis: het was een leerschool. Honger, uitputting, wreedheid en wanhoop zijn goede leermeesters. Ik leerde hun lessen snel – ik was schuldig, minderwaardig, in de steek gelaten door iedereen die ik de mijne had kunnen noemen. Ik verdiende niet beter. We krijgen allemaal wat we verdienen. Ik hurkte tegen een muur met mijn voorhoofd op mijn knieën en mijn armen om mijn schenen geklemd, en liet de kakkerlakken komen en gaan. ‘Dit is nog niets,’ troostte de cipier me. ‘Wacht maar tot de ziektes beginnen.’

Hoe waar, dacht ik. Weldra zouden trachoom, binnenoorontsteking, rachitis, dysenterie, urinebuisontsteking toeslaan. Malaria, cholera, tbc, tyfus. En ik had gehoord van een nieuwe dodelijke ziekte, iets wat nog geen naam had. Hoeren stierven eraan – veranderden in levende geraamten en gaven dan de geest, ging het gerucht – en de pooiers van Kamathipura probeerden het stil te houden. Niet dat er veel kans was dat ik in aanraking kwam met een hoer.

Met die kruipende kakkerlakken en stekende muggen had ik inderdaad het gevoel dat mijn huid losliet van mijn lichaam, zoals ik lang geleden had gedroomd. Maar in deze versie van mijn droom waren met mijn bladderende huid alle elementen van mijn persoonlijkheid verdwenen. Ik was een niemand, een niets aan het worden; of liever, ik was aan het worden wat van me gemaakt was. Ik was wat de cipier zag, wat mijn neus rook aan mijn lichaam, wat de ratten steeds gretiger maakte. Ik was uitschot.

Ik probeerde me vast te klampen aan het verleden. In mijn bittere wanhoop probeerde ik de schuld geleidelijk te verdelen over iedereen; en de grootste schuld kreeg mijn moeder, tegen wie mijn vader nooit nee kon zeggen. – Want welke moeder zou om zo'n onbenullige reden haar kind willen vernietigen – haar enige zoon? – Een monster, natuurlijk! Ach, een tijdperk van monsters is over ons gekomen. Kalyug, als scheel-ogige, rood-tongige Kali, onze zottemoer onder ons rondwaart en dood en verderf zaait. – En bedenk wel, O Beowulf, dat Grendels moeder geduchter was dan Grendel zelf... Ach, Aurora, wat nam je snel je toevlucht tot kindermoord – met wat voor kille gretigheid besloot je de laatste ademtocht van je eigen vlees en bloed te smoren, hem te verstoten uit de kring van je liefde naar de luchtloze diepten van de ruimte, om hem daar een gruwelijke verstikkingsdood te laten sterven, met uitpuilende ogen en gezwollen tong! – Ik wilde dat je me als baby had vermorzeld, voor ik zo oud-jong werd met mijn knots. Je deed het maar wat graag – stompen en trappen, knijpen en slaan. Kijk, door je klappen krijgt de donkere huid van het kind de regenboogkleuren van blauwe plekken en olievlekken. Ach, wat huilt het! De maan zelf verduistert door zijn gekrijt. Maar jij bent meedogenloos, onvermoeibaar. En als hij gevild is, als hij een vorm zonder omtrekken is, een wezen zonder wanden, dan sluiten je handen zich om zijn hals en knijpen en knevelen; lucht spuit zijn lichaam uit door alle mogelijke openingen, hij perst zijn leven als een scheet uit zich, zoals jij, zijn moeder, hem ooit als een scheet het leven in hebt geperst... en nu heeft hij nog maar één ademteug over, één laatste trillende bel van hoop...

'*Wah, wah*,' schreeuwde de cipier, die me deed opschrikken uit mijn mijmering vol zelfbeklag en beseffen dat ik hardop had gepraat. 'Hou je grote oren erbuiten, olifantman,' gilde ik. 'Noem me wat je wilt,' antwoordde hij minzaam. 'Je lot staat al geschreven.' Ik kwam ineenkrimpend tot bedaren en begroef mijn hoofd in mijn handen.

'Getuigenis à charge heb je gegeven,' zei de cipier. 'Heel sterk, *bhai*. Verdomd sterk. Maar à décharge? Een moeder moet worden verdedigd, niet? Wie moet haar dan vertegenwoordigen?'

'Dit is geen rechtbank,' antwoordde ik, in de greep van het weeë gevoel van leegte dat overblijft wanneer boosheid is weggeëbd. 'Als zij een andere versie heeft, mag ze die laten horen waar ze maar wil.'

'Oké, oké,' zei de cipier, alsof hij me wilde sussen. 'Houen zo. Voor mij is je amusementswaarde op het moment numero uno. Puik. Een pluim, meneer. Een pluim.'

En ik dacht aan de verdwaasde liefde, aan alle *amours fous* in alle generaties Da Gama en Zogoiby. Ik dacht aan Camoens en Belle, en Aurora en Abraham, en de arme Ina die ervandoor ging met haar Country&Eastern-vrijer Cashondeliveri. Ik dacht zelfs aan Minnie-Inamorata-Floreas die extase vond in Jezus Christus. En natuurlijk dacht ik – onophoudelijk, als een kind dat aan een wond krabt – aan Uma en mijzelf. Ik probeerde me vast te klampen aan onze liefde, aan het bestaan ervan, ook al waren er stemmen in me die me uitlachten omdat ik me zo grandioos in haar had vergist. *Laat haar gaan*, adviseerden de stemmen. *Na dit alles moet je redden wat er te redden valt.* Maar ik wilde nog steeds geloven wat verliefden geloven: dat de liefde zelf beter is dan al het andere, ook al is ze onbeantwoord, gefnuikt of waanzinnig. Ik wilde me vastklampen aan het beeld van de liefde als vermenging van geesten, als melange, als de triomf van het onzuivere, hybridische, dat het beste in ons samenvoegt ten koste van het eenzelvige, het afzijdige, het strenge, het dogmatische, het zuivere in ons; van de liefde als democratie, als de overwinning van het niemand-is-een-eiland-en-alleen-is-maar-alleen-Vele op het reine, vileine apartheids-Ene. Ik probeerde liefdeloosheid te zien als hoogmoed – want alleen de liefdelozen konden toch geloven dat ze universeel, alziend en alwijs waren? Liefhebben is het verliezen van almacht en alwetendheid. Onbezonnen worden wij allemaal verliefd; want het is een soort sprong in het duister. Met gesloten ogen springen we van die klif in de hoop op een zachte landing. En die is niet altijd zacht; maar toch, zo hield ik mezelf voor, toch komt zonder die sprong niemand tot leven. De sprong zelf is een geboorte, ook als hij eindigt in de dood, in een worsteling om witte tabletten en de geur van bittere amandelen op de ademloze mond van je geliefde.

Nee, zeiden mijn stemmen. *De liefde heeft jou evenzeer als je moeder te gronde gericht.*

Mijn eigen adem kwam moeilijk; de astma scheurde en rochelde. Toen het me lukte in slaap te sukkelen, had ik een vreemde droom over de zee. Tot nu toe had ik nog nooit buiten gehoorsafstand van de golven geslapen, van de botsing tussen de sferen van lucht en water, en mijn dromen smachtten naar dat bruisende geluid. Soms was de zee in de dromen droog, of van goud. Soms was het een oceaan van doek, bij de rand van het strand stevig vastgenaaid aan het land. Soms was het land als een gescheurde bladzijde en de zee een glimp van de verborgen bladzijde eronder. Deze dromen lieten me zien wat ik liever niet zag: dat ik de zoon van mijn moeder was. En op een dag ontwaakte ik uit zo'n zeedroom waarin ik, vluchtend voor anonieme achtervolgers, op een lichtloze onderaardse stroom stuitte en van een in een doodskleed gehulde vrouw te horen kreeg dat ik moest *zwemmen voorbij mijn ademgrens,* want dan pas zou ik de enige kust ontdekken waarop ik misschien voor altijd veilig was, *de kust van de Verbeelding zelf*; en ik gehoorzaamde haar vol geestdrift, ik zwom uit alle macht naar mijn longcollaps; en toen mijn longen ten slotte bezweken en de oceaan over me heen golfde, werd ik naar adem snakkend wakker en zag ik voor me de onbestaanbare figuur van een eenbenige man met een papegaai op zijn schouder en een schatkaart in zijn hand. 'Kom, *baba*,' zei Lambajan Chandiwala. 'Tijd om je geluk te zoeken, waar dat ook moge zijn.'

≈

Het was geen schatkaart, maar de goudschat zelf, dat wil zeggen, een document met het bevel tot mijn onmiddellijke invrijheidsstelling. Niet het paspoort van een gelukszoeker, maar een ongezochte gelukstreffer. Het bracht me schoon water en schone kleren. Er klonken sleutels die in sloten draaiden en jaloerse woedekreten van mijn medegevangenen. De cipier, de olifanteske meester van dit rattenpension, dit overbevolkte kakkerlakkenmotel, vertoonde zich niet; kruiperige, onderdanige kontlikkers bedienden me op mijn wenken. Onderweg naar buiten waren er geen demonen met dierekoppen die met hun gaffels naar me staken of met hun slangetongen naar me joelden. De deur was open, en van gewone afmetingen; de muur waar de deur in zat, was een gewone muur. Er wachtte buiten geen tovermachine – nee, niet eens onze oude chauffeur Hanuman met zijn gevleugelde Buick! – maar een ordinaire geel-zwarte taxi, met op het zwarte dashboard in witte lettertjes geschilderd *Onderpand van Khazana Bank International Limited.* We kwamen in vertrouwde straten waarboven de vertrouwde reclames voor Metro-schoenen en Stayfree-maandverband opdoemden; Rothmans- en Charminarsigaretten, Breeze- en Rexonazeep, Time-boenwas, Hope-toiletpapier, Life-muggenstiften en Love-henna verwelkomden me op schuttingen en in neon. Want ik twijfelde er niet aan dat ik op weg was naar de Malabar Hill, en als er een wolkje was aan mijn verder zonnige lucht, kwam dat omdat ik me verplicht voelde de oude argumenten over berouw en vergeving nog eens te overdenken. Het was duidelijk dat mijn ouders me hadden vergeven; moest ik hun als thuiskomstgeschenk mijn berouw tonen? Maar de Verloren Zoon had het vetgemeste kalf – liefde – gekregen zonder ooit te hoeven zeggen dat het hem speet. En de bittere pil van het berouw bleef in mijn keel steken; net als al mijn familieleden had ik te veel koppigheid in mijn bloed. Verdomme, dacht ik fronsend, waar moest ik berouw over hebben? – Ongeveer op dat moment in mijn bespiegelingen drong tot me door dat we naar het noorden reden – niet naar de ouderlijke schoot, maar er juist vandaan; dit was dus geen terugkeer naar het paradijs, maar een volgende fase in mijn val.

In paniek sloeg ik er van alles uit. *Lamba, Lamba, zeg die vent.* Lambajan kalmeerde me. Rust eerst maar wat uit, *baba.* Na alles wat je hebt meegemaakt, is het normaal dat je gespannen bent. Maar als tegenwicht voor Lamba was er papegaaiespot. Totah zat op de hoedenplank zijn diepe minachting uit te krijsen. Ik liet me omlaagglijden in mijn stoel, sloot mijn ogen en ging terug in mijn herinnering. De inspecteur onderzocht Uma's lichaam en ook ik werd gefouilleerd. Uit mijn broekzak kwam een wit blokje te voorschijn. 'Wat is dat?' wilde de inspecteur weten terwijl hij dicht bij me kwam staan (hij was bijna een kop kleiner dan ik) en zijn snor tegen mijn kin duwde. 'Frisse-adem-pepermunt?' En meteen stond ik hulpeloos te snotteren over zelfmoordafspraken. 'Kraan dicht!' commandeerde de inspecteur, het tablet in tweeën brekend. 'Zuig dit maar op en dan zien we wel.'

Dat bracht me tot bezinning. Ik durfde nauwelijks mijn lippen te openen; de inspecteur stak de halve tablet naar mijn mond. *Maar het zal mijn dood zijn, geachte heer, het zal me koud naast mijn dode geliefde doen belanden.* 'In welk geval we twee dode personen hebben aangetroffen,' zei de inspecteur, alsof het de normaalste zaak van de wereld was. 'Triest verhaal van stukgelopen liefde.'

Lezer: ik deed niet wat hij vroeg. Handen grepen me bij mijn armen benen haren. In een oogwenk lag ik op de vloer niet ver van de dode Uma, wier lijk weinig zachtzinnig werd aangepakt door de overenthousiaste korte-broekenbrigade. Ik had gehoord van mensen die stierven in wat eufemistisch 'confrontaties met de politie' werden genoemd. De hand van de inspecteur greep mijn neus en kneep... Ademnood eiste al mijn aandacht. En toen ik toegaf aan het onvermijdelijke, floep! Daar ging de fatale pil naar binnen.

Maar – zoals u wel zult hebben geraden – ik ging niet dood. De halve tablet was niet bitter als amandelen, maar zoet als suiker. Ik hoorde de inspecteur zeggen: 'De onmens gaf de vrouw de dodelijke dosis terwijl hij zelf een snoepje vrat. Dus is het moord! De zonneklaarheid is verschrikkelijk.' En met de gedaanteverwisseling van de inspecteur in Hurree Jamset Ram Singh, Bunters Donkere Nabob van Bhanipur, veranderden de korte-broekenmannnen in een bende schooljongens, de schrik van de brugklas. En een schrik bezorgden ze me, want ze sleurden me naar de lift. En toen die sterke pil begon te werken – met dubbele kracht wegens mijn versnelde gestel – begon alles te veranderen. 'Jaroeh, lui,' riep ik, stuiptrekkend in de steeds sterkere greep van de hallucinogenen. 'Ooh, toe nou – *hou op*.'

Achter een wit konijn aanzittend dat langs hobbelpaardevliegen naar Wonderland tuimelde, moest een jong meisje eet-mij-drink-mij-keuzen maken; vraag het aan Alice, heet het in het oude liedje. Maar mijn Alice, mijn Uma, had haar keuze gemaakt, en dat was niet eenvoudigweg een kwestie van afmeting; en was dood en kon niet antwoorden. *Stel me geen vragen, dan vertel ik je geen leugens.* Zet dat op haar grafsteen. Wat moest ik denken van deze twee pillen die dood en dromen brachten? Was het de bedoeling van mijn geliefde geweest om te sterven en mij na een poos van visioenen te laten overleven; of naar mijn dood te kijken door de transcendente ogen van de drug? Was ze een tragische heldin; of een moordenares; of op een nog ondoorgrondelijke wijze beide tegelijk? Uma Sarasvati had een geheim dat ze had meegenomen in haar graf. In die onderpand-taxi bedacht ik dat ik haar nooit had gekend en nooit zou kennen. Maar ze was dood, dood met de schrik op haar gezicht, en ik had het overleefd, was herboren in een nieuw leven. Ze verdiende dat ik haar nagedachtenis in ere hield, haar het voordeel van de twijfel gunde en haar alle sympathie gaf die ik maar kon opbrengen. Ik opende mijn ogen. Bandra. We waren in Bandra. 'Wie heeft dit gedaan?' vroeg ik Lambajan. 'Wie heeft die goocheltruc uitgehaald?'

'Sst, *baba*,' suste hij. 'Nog even, dan zul je het zien.'

Raman Fielding, in de lommerrijke tuin met *gulmohr*-bomen bij zijn villa in Lalgaum, droeg een strohoed, zonnebril en wit crickettenue. Hij transpireerde hevig en had een zwaar slaghout in zijn hand. 'Prima,' zei hij met die schorre kwaakstem van hem. 'Borkar, goed gedaan.' Wie was deze Borkar? vroeg ik me af, en toen zag ik Lambajan salueren en besefte dat ik de echte naam van die gewonde zeeman sinds lang vergeten was. Dus Lamba was een geheim M.A.-kader. Hij had me gezegd dat hij godsdienstig was en ik herinnerde me vaag dat hij afkomstig was uit een dorp ergens in Maharashtra, maar het werd me nu beschamend duidelijk gemaakt hoe weinig ik van hem wist en hoe weinig belangstelling ik voor hem had gehad. Mainduck liep op ons af en gaf Lambajan een schouderklopje. 'Een echte Mahratta-krijger,' zei hij, beteldampen in mijn gezicht blazend. '*Mooi Mumbai, Marathi Mumbai*, hè, Borkar?' grinnikte hij, en Lambajan, zo stram in de houding staand als maar mogelijk was met een kruk, stemde in. 'M'neer captain m'neer.' Fielding moest lachen om het ongeloof op mijn gezicht. 'Wiens stad denk je dat dit is?' vroeg hij. 'Op de Malabar Hill drinken jullie whiskysoda en praten over democratie. Maar onze mensen bewaken jullie poorten. Jullie denken dat je ze kent, maar ze hebben ook een eigen leven en vertellen jullie niets. Jullie goddeloze Hill-types kunnen ons gestolen worden. *Sukha lakad ola zelata.* Jullie spreken geen Marathi. "Als de droge stok brandt, gaat alles in vlammen op." Er komt een dag dat de stad – mijn mooie naar de godin genoemde Mumbai, niet dit smerige Angelsaksische Bombay – in vuur en vlam staat voor onze ideeën. Dan zal de Malabar Hill branden en zal Ram Rajya komen.'

Hij wendde zich tot Lambajan. 'Op jouw advies heb ik veel gedaan. Aanklacht wegens moord is ingetrokken en uitspraak zelfmoord is overeengekomen. Wat narcoticakwestie betreft zijn de autoriteiten verwezen naar de grote *badmashes* in plaats van dit kleine visje. Nu maak jij mij duidelijk waarom ik het heb gedaan.'

'M'neer captain m'neer.' En daarop draaide de oude *chowkidar* zich naar mij. 'Sla me, baba,' zei hij uitnodigend.

Ik was overrompeld. 'Pardon?' Fielding klapte ongeduldig in zijn handen. 'Doof of zo?'

Lambajans gezicht stond bijna smekend. Ik begreep toen dat hij zich voor mij had uitgesloofd, zich kwetsbaar had gemaakt, om mij uit de gevangenis te halen; dat hij alles op het spel had gezet om Mainduck zover te krijgen om bergen voor mij te verzetten. Nu was, zo leek het, de beurt aan mij en moest ik hèm redden door te laten zien dat hij niet had overdreven. 'Baba, net als vroeger,' fleemde hij. 'Sla me daar, daar.' Dat wil zeggen, op de punt van de kin. Ik haalde adem en knikte. 'Oké.'

'M'neer permissie papegaai opzij te zetten m'neer.' Fielding wuifde ongeduldig met zijn hand en installeerde zich als een deeghomp in een buitenmodel – maar toch nog steunende – oranje rieten stoel bij de lelievijver. Mumbadevi-beelden dromden om hem heen om naar de demonstratie te kijken. 'Pas op voor je tong, Lamba,' zei ik en haalde uit. Hij ging neer als een blok en lag bewusteloos aan mijn voeten.

'Tjonge,' kwaakte Mainduck, onder de indruk. 'Hij zei dat die mismaakte vuist van jou een bruikbare hamer was. En kijk aan. Lijkt nog waar ook.' Lambajan kwam langzaam bij zijn positieven, een hand aan zijn kin. 'Geen zorgen, baba,' waren zijn eerste woorden. Plotseling barstte Mainduck uit in een van zijn befaamde tirades. 'Weet je waarom het oké is dat je hem hebt geslagen?' schreeuwde hij. 'Omdat ik het heb gezegd. En waarom is dat oké? Omdat ik zijn lichaam en ook zijn ziel bezit. En hoe kom ik daaraan? Omdat ik voor zijn familie heb gezorgd. Jij-tho weet niet eens hoeveel verwanten hij in zijn dorp heeft. Maar ik zorg al jaren dat kindertjes naar school kunnen en dat problemen met gezondheid en hygiëne worden opgelost. Abraham Zogoiby, de oude man Tata, C.P. Bhabha, Nandy Krokodil, Kéké Kolatkar, Birlas, Sassoons, zelfs Moeder Indira – zij denken dat ze de touwtjes in handen hebben, maar ze doen niets voor de Gewone Man. Binnen niet al te lange tijd zal dat kleine ventje ze leren dat ze zich vergissen.' Zijn gejeremieer verveelde me al snel, tot hij een vertrouwelijker toon aansloeg. 'En jij, mijn vriend Hamer,' zei hij. 'Ik heb jou uit de dood gewekt. Jij bent nu mijn zombie.'

'Wat wil je van me?' vroeg ik, maar ik was nog niet uitgesproken of ik wist niet alleen de vraag maar ook mijn antwoord. Iets wat mijn hele leven opgesloten had gezeten, was vrijgekomen toen ik Lambajan k.o. sloeg; mijn hele vroegere bestaan leek onvervuld, reactief, zwalkend in allerlei opzichten, en nu was het alsof ik mijn persoonlijke vrijheid had hervonden. Op dat moment wist ik dat ik niet langer een voorlopig leven, een leven-in-afwachting, hoefde te leiden; ik hoefde niet langer te zijn wat afkomst, opvoeding en ongeluk me hadden opgelegd, maar kon ten langen leste ingaan in mezelf – mijn ware zelf, waarvan het geheim besloten lag in dat misvormde lichaamsdeel dat ik al te lang diep in mijn kleren had weggestopt. Afgelopen! Nu zou ik er trots mee rondzwaaien. Voortaan zou ik mijn vuist zijn; een Hamer, niet een Moor.

Fielding praatte, de woorden kwamen snel en hard. *Weet je wie je pappieji is, hoog in zijn Siodi Toren? Deze man, die zijn enige mannelijke kind heeft verstoten van zijn schoot, kun je je voorstellen hoe diep zijn zondigheid, hoe groot zijn harteloosheid is? Wat weet jij van de mohammedaanse bendeleider die bekend staat als Scar?*

Ik erkende dat ik er niets van wist. Mainduck maakte een wegwerpend gebaar met zijn hand. 'Je zult er wel achter komen. Drugs, terrorisme, muzelman-mogols, computers voor lanceerinrichtingen, schandalen van de Khazana Bank, atoombommen. *Hai Ram*, hoe jullie minderheden elkaar de hand boven het hoofd houden. Hoe jullie heulen tegen de hindoes, hoe goedhartig wij zijn dat we niet zien wat voor gevaarlijke bedreiging jullie vormen. Maar nu heeft je vader je naar me toe gestuurd en zul je alles te weten komen. Ik zal je zelfs vertellen over de robots, de produktie van hoog-technologische minderheidsrechten-cybermensen om hindoes aan te vallen en te vermoorden. En over baby's, de opmars van minderheidsbaby's die onze gezegende zuigelingen uit hun wiegjes duwen en hun heilige eten inpikken. Dat zijn hun plannen. Maar die zullen niet doorgaan. *Hindoe-stan*: het land der Hindoes! We zullen de Scar-Zogoiby-as verslaan, koste wat het kost. We zullen ze op hun machtige knieën krijgen. Mijn zombie, mijn hamer: ben je voor of tegen ons, zul je rechtsvaardig of linksvaardig zijn? Nou: ben je met of zonder ons?'

Onverschrokken aanvaardde ik mijn lot. Zonder me ook maar een moment af te vragen welk verband er kon bestaan tussen Fieldings anti-Abrahamische uitval en zijn vermeende intimiteit met mevrouw Zogoiby; uit vrije wil; gretig, blij zelfs, waagde ik de sprong. *Waar je me naartoe hebt gestuurd, moeder – de duisternis in, uit je gezichtsveld – daar verkies ik te gaan. Dat wat je me hebt genoemd – verstoten, verworpen, onaanraakbaar, weerzinwekkend, laag – druk ik tegen mijn boezem en maak ik tot het mijne. De vloek die je over me hebt uitgesproken, zal mijn zegen zijn, en de haat die je me in mijn gezicht hebt geplensd, zal ik in één teug opdrinken als een liefdesdrank. In ongenade gevallen zal ik mijn schande dragen en haar trots noemen – haar dragen, grote Aurora, als een brandmerk op mijn borst. Nu stort ik je heuvel af, maar ik ben geen engel, ik. Mijn val is niet die van Lucifer, maar van Adam. Ik tuimel naar mijn volwassenheid. Ik ben gelukkig dat ik zo val.*

'M'neer rechtsvaardig m'neer.'

Mainduck slaakte een geweldige kreet van vreugde en kwam met moeite uit zijn stoel omhoog. Lambajan – Borkar – schoot toe om te helpen. 'Zo, zo,' zei Fielding. 'Mooi, die hamer van jou komt uitstekend van pas. Nog andere talenten overigens?'

'M'neer koken m'neer,' zei ik, denkend aan gelukkige tijden in de keuken met Ezechiël en zijn aantekenboeken. 'Anglo-Indiase mulligatawny, Zuidindiaas vlees met kokosmelk, Mughlai kormas, Kashmirse shirmal, reshmi kababs, vis op Goanese wijze, Hyderabadse brinjal, gestoomde rijst, Bombay club-style, alles. Als u ervan houdt, dan zelfs roze, zoute *numkeen chai.*' Fieldings verrukking kende geen grenzen. Hij was duidelijk iemand die van eten hield. 'Je bent dus een echte allrounder,' zei hij met een stomp in mijn rug. 'Laten we eens zien of je echte Testmatch-klasse bent, of je die allerbelangrijkste nummer-zesplaats kunt innemen en vasthouden. R.J. Hadlee, K.D. Walters, Ravi Shastri, Kapil Dev.' (De Indiase cricketers waren toen op tournee in Australië en Nieuw-Zeeland.) 'Altijd plaats voor zo'n vent in mijn ploeg.'

≈

Mijn tijd in dienst van Raman Fielding begon met wat hij een 'kennismakingsgastplaats' in zijn keuken noemde, dit tot groot ongenoegen van zijn vaste kok, Chhaggan Vijf-in-een-Hap, een reus met stompjes van tanden, alsof zijn enorme mond een overbevolkt kerkhof was. 'Chhagga-baba is een woesteling,' zei Fielding vol bewondering en hij legde uit hoe de kok aan zijn bijnaam kwam toen hij ons aan elkaar voorstelde. 'Op een keer heeft hij in een worstelpartij de tenen van zijn tegenstander afgebeten, allemaal in één klap.' Chhaggan loerde naar me – een uit de toon vallende slonzige, door het koken getekende vogelverschrikkersfiguur in die overigens smetteloze keuken – en begon grote messen te slijpen en onheilspellend te mompelen. 'Maar nu is hij honingzoet,' brulde Fielding. 'Of niet, Chhaggo? Nu ophouden met mokken. Gastkok moet als broer worden verwelkomd. Of misschien ook niet,' voegde hij eraan toe terwijl hij zich met halfgeloken ogen naar mij wendde. 'Het was zijn broer die de worstelwedstrijd verloor. Die tenen, verdomd waar! Waren net koftaballetjes, op de vuile nagels na.' Ik herinnerde me Lambajans oude sage over een fabelolifant die zijn been eraf had gebeten en vroeg me af hoeveel van die sterke verhalen over ledematenverlies de ronde deden in de stad en zich aan amputeur of geamputeerde hechtten. Ik complimenteerde Chhaggan met zijn brandschone keuken en zei tegen het personeel dat ik geen daling van het niveau verwachtte. Zin voor properheid was iets wat ik gemeen had met die ouwe zerkenbek, verzekerde ik, zonder te zinspelen op de enigszins rommelige persoonlijke stijl van Vijf-in-een-Hap; en ook, zo voegde ik er in mezelf aan toe, een oorlogswapen. Zijn snijtanden en mijn hamer; aan elkaar gewaagd, dat dacht ik althans. Ik trakteerde hem op mijn vriendelijkste glimlach. 'M'neer geen probleem m'neer,' zei ik gevat tegen mijn nieuwe meester. 'Wij tweeën zullen het goed met elkaar kunnen vinden.'

In die dagen dat ik voor Mainduck kookte, leerde ik iets van 's mans gecompliceerde persoonlijkheid kennen. Ja, ik weet dat memoires van dit soort Hitler-knechten tegenwoordig in de mode zijn, en veel mensen zijn ertegen, zeggen dat we het onmenselijke niet moeten vermenselijken. Maar het punt is dat ze niet onmenselijk zijn, deze Hitlertjes à la Mainduck, en juist in hun menselijkheid moeten we onze collectieve schuld zoeken, de schuld van de mensheid aan de wandaden van menselijke wezens; want als het alleen maar monsters zijn – als het alleen maar een kwestie is van King Kong en Godzilla die dood en verderf zaaien totdat vliegtuigen ze uit de weg ruimen –, dan gaat de rest van ons vrijuit.

Ikzelf wens niet vrijuit te gaan. Ik heb mijn keuze gemaakt en mijn leven geleefd. Afgelopen! Voorbij! Ik wil verder met mijn verhaal.

Een van Fieldings vele on-hindoese voorkeuren was dat hij van vlees hield. Lamsvlees (dat schapevlees was), schapevlees (dat geitevlees was), keema, kip, kababs: kreeg er nooit genoeg van. Bombays vleesetende parsi, christenen en moslims – voor wie hij in zoveel andere opzichten niets dan minachting voelde – prees hij vaak om hun niet-vegetarische keuken. En dit was niet de enige tegenstrijdigheid in het karakter van deze felle, onlogische man. Hij was iemand die de schijn van filisterij ophield en zorgvuldig koesterde, maar zijn huis was vol antieke Ganesha's, Shiva Nataraja's, bronzen Chandela-beelden en miniaturen uit Rajput en Kashmir, die een oprechte belangstelling voor de Indiase cultuur verrieden. De gewezen karikaturist was ooit op de kunstacademie geweest en dat was nog altijd te merken, al zou hij dat nooit in het openbaar hebben toegegeven. (Ik heb Mainduck nooit over mijn moeder gevraagd, maar als ze zich inderdaad tot hem aangetrokken voelde, boden zijn wanden me nieuw voedsel voor die veronderstelling. Al boden ze ook nog iets anders, namelijk het tegenbewijs van de gedachte dat kunst de mens zou verheffen. Mainduck had beelden en schilderijen, maar hij had geen moraal, een feit dat hem, als hij erop attent was gemaakt, vermoedelijk een gevoel van trots had gegeven.)

Wat de chic van de Malabar Hill betreft, hij interesseerde zich ook voor hen, en meer dan hij wilde toegeven. Mijn eigen familieachtergrond streelde zijn ego: het was een aangename gedachte dat hij een persoonlijke Hamerman had gemaakt van Moraes Zogoiby, de enige zoon van de grote Abraham, ook al had die hem onterfd. Ik werd ondergebracht in het huis in Bandra en altijd behandeld met net dat vleugje vriendelijke verwennerij dat geen enkel ander personeelslid ten deel viel; waarbij hij zich zo nu en dan het vormelijke Hindi 'u', de beleefdheidsvorm *aap*, liet ontvallen, in plaats van het gebiedende 'jij' te gebruiken. Het siert mijn collega's dat ze zich niet leken te storen aan deze voorkeursbehandeling en het siert mij niet, denk ik, dat ik het me allemaal liet aanleunen: regelmatig gebruik van de badkamer met warm en koud stromend water, geschenken als *lungi's* en *kurta-pajamas*, biertjes. Een slappe opvoeding laat een bezinksel van slapheid achter in het bloed.

Het was fascinerend hoezeer de blauwbloeden van de stad zich voor Fielding interesseerden. Er kwam een constante stroom bezoekers uit Everest Vilas en Kanchenjunga Bhavan, uit Dhaulagiri Nivas, Nanga Parbat House, Manaslu Mansion en alle andere superbegeerlijke superhoge wolkenkrabbers van de Hill-Himalaya. De jongste, glanzendste, hipste jonge tijgers in de stadsjungle slopen rond op zijn territorium in Lalgaum, en allemaal waren ze hongerig, maar niet naar mijn feestmalen: ze hingen aan Mainducks lippen en verslonden ieder woord van hem. Hij was tegen vakbonden, voor het breken van stakingen, tegen werkende vrouwen, voor *sati*, tegen armoede en voor rijkdom. Hij was tegen 'immigranten' in de stad, dat wil zeggen, allen die geen Marathi spraken, ook al waren ze er geboren, en voor de 'natuurlijke bewoners', ook al waren het net uit de bus gestapte Marathi-taligen. Hij was tegen de corruptie van de Congrespartij (Indira) voor 'directe actie', dat wil zeggen, paramilitaire activiteiten ter ondersteuning van zijn politieke doeleinden, en de instelling van een eigen smeergeldsysteem. Hij hoonde de marxistische analyse van de maatschappij als klassenstrijd en propageerde de door hindoes geprefereerde eeuwige voortzetting van het kastensysteem. Wat de nationale vlag betrof was hij voor de kleur saffraan en tegen de kleur groen. Hij had het over de gouden eeuw van 'voor de invasies', toen goede hindoe-mannen en -vrouwen konden gaan en staan waar ze wilden. 'Nu is onze vrijheid, onze dierbare natie, begraven onder de dingen die de indringers hebben gebouwd. Deze ware natie moeten we onder lagen van vreemde rijken vandaan halen.'

Onder het opdienen van mijn gerechten aan Mainducks tafel hoorde ik voor het eerst van een lijst met heilige plaatsen waar de islamitische veroveraars van het land opzettelijk moskeeën hadden gebouwd op de geboorteplaatsen van allerlei hindoe-goden – en niet alleen op hun geboorteplaatsen, maar ook op hun landhuizen en liefdesnesten, om nog maar te zwijgen van hun favoriete winkels en geliefde eethuizen. Waar moest een god naartoe voor een fatsoenlijk avondje uit? Al de beste plekjes waren ingepikt door minaretten en uivormige koepels. Dat kon niet! Ook de goden hadden rechten en ze moesten hun oude levensstijl terugkrijgen. De indringers moesten worden verdreven.

De enthousiaste jongelui van de Malabar Hill waren het daar hartgrondig mee eens. Ja, dat was het, een campagne voor godenrechten! Wat was wijzer, *gaver*? – Maar als ze gierend van de lach begonnen af te geven op de cultuur van de Indiase islam, die als een palimpsest over het gezicht van Moeder India lag, kwam Mainduck overeind en ging tegen hen tekeer tot ze ineenkrompen op hun stoel. Dan zong hij *ghazals* en declameerde uit zijn hoofd Urdu-poëzie – Faiz, Josh, Iqbal – en sprak hij over de luister van Fatehpur Sikri en de maanverlichte pracht van de Taj. Een gecompliceerde kerel, ja.

Er waren vrouwen, maar die waren onbelangrijk. Ze werden 's nachts aangevoerd en hij deed weeïg tegen hen, maar hij leek nooit echt geïnteresseerd. Hij had eerder machtsdrift dan geslachtsdrift en vrouwen verveelden hem, hoe ze ook probeerden zijn aandacht te trekken. Ik moet zeggen dat ik nooit een spoor van mijn moeder heb gezien, en wat ik wel zag, deed vermoeden dat een eventuele verhouding tussen haar en mijn nieuwe werkgever een erg kortstondige aangelegenheid moest zijn geweest.

Hij gaf de voorkeur aan mannelijk gezelschap. Er waren avonden dat hij, in het gezelschap van een groep M.A.-Jongeren met saffraankleurige hoofdbanden om, een soort spontane, macho mini-olympiade hield. Dan waren er partijtjes armworstelen en matworstelen, opdrukken en huiskamerboksen. Gesmeerd door het bier en de rum bereikte het verzamelde gezelschap een stadium van zweterige, bakkeleiende, rauwe en ten slotte uitgeputte naaktheid. Op die momenten leek Fielding echt gelukkig. Zijn gebloemde *lungi* afwerpend drentelde hij dan rond tussen zijn kaders, jeukend, krabbend, boerend, winden latend, op billen slaand en dijen kloppend. 'Nu kan niemand meer tegen ons op!' brulde hij terwijl hij verzonk in een staat van Dionysische gelukzaligheid. 'Verdomd nog aan toe! Nu zijn we één.'

Ik deed mee als me dat werd gevraagd, en tijdens die avondlijke bokspartijen groeide de faam van de Hamer. De geoliede transpirerende lijven van de naakte Jongeren gingen neer en werden uitgeteld. (De verzamelde olympiërs, die zich min of meer in een vierkant om ons verdrongen, telden in koor af: 'Negen!... Tien!... *Ka-Oo*!'). En Vijf-in-een-Hap was onze worstelkampioen.

Ik ontken heus niet dat Mainduck in velerlei opzicht diepe weerzin en walging bij me opriep, maar ik leerde om me daaroverheen te zetten.

Ik had mijn lot aan het zijne verbonden. Ik had het oude verworpen, want dat had mij verworpen, en het had geen zin mijn oude mentaliteit mee te nemen in mijn nieuwe leven. Ik zou ook zo worden, nam ik me voor; ik zou deze man worden. Ik bestudeerde Fielding grondig. Ik moest zeggen wat hij zei, doen wat hij hij deed. Hij was de nieuwe weg, de toekomst. Ik zou hem leren kennen, als een route.

Er gingen weken voorbij, en toen maanden. Ten slotte liep mijn proeftijd ten einde; ik was geslaagd voor de een of andere onzichtbare test. Mainduck ontbood me op zijn kantoor, dat met de groene kikkerfoon. Toen ik er binnenging, stond ik tegenover zo'n angstaanjagende, zo'n bizarre gedaante, dat in één klap het gruwelijke besef tot me doordrong dat ik nooit echt was vertrokken uit die spookstad, dat andere Bombay Central of Central Bombay waarin ik was beland na mijn arrestatie op de Cuffe Parade en waaruit Lambajan me, zoals ik in mijn naïveteit geloofde, had gered in de onderpand-taxi van mijn gezegende rit naar de vrijheid.

Het was de gedaante van een man, maar een man met metalen onderdelen. Een grote stalen plaat was op de een of andere manier met bouten in de linkerkant van zijn gezicht bevestigd en ook een van zijn handen was glimmend en glad. De ijzeren borstplaat was, zo drong langzaam tot me door, geen onderdeel van zijn lichaam maar alleen show, een uitdagende versiering van het enge cyberbeeld gecreëerd door de metalen wang en hand. Het was *mode.* 'Zeg *namaskar* tegen Sammy Hazaré, onze beroemde Blikken-man,' zei Mainduck, gezeten achter zijn bureau. 'Hij is de captain van jouw XI. Het is tijd dat je je koksmuts afzet, je witte tenue aantrekt en het veld op gaat.

≈

De 'Moor in ballingschap'-cyclus – de controversiële 'donkere Moren' die waren ontsproten uit een hartstochtelijke, onder verdriet verpletterde ironie en later ten onrechte veroordeeld als 'negatief', 'cynisch', zelfs 'nihilistisch' – vormde het belangrijkste werk uit de latere jaren van Aurora Zogoiby. Hierin verliet ze niet alleen de motieven van het heuvelpaleis en de kust van de vroegere schilderijen, maar ook het idee van het 'zuivere' schilderen zelf. Haast ieder werk bevatte collage-elementen en in de loop van de tijd werden deze elementen overheersend. De verbindende figuur van de Moor als verteller/vertelde was meestal nog wel aanwezig, maar werd steeds vaker weergegeven als afval en omringd door kapotte en weggegooide voorwerpen, veelal 'gevonden' objecten, stukken van kratten of *vanaspati*-blikken, op het werk bevestigd en overschilderd. Aurora's versie van 'sultan Boabdil' ontbrak echter opvallend genoeg in wat bekend werd als het 'overgangsschilderij' in de lange Moor-cyclus: een tweeluik getiteld *De dood van Chimène*, waarvan de centrale figuur – een vrouwenlijk, vastgebonden aan een houten bezem – in het linkerpaneel door een grote blije menigte ten hemel werd gedragen, als een beeld van de op ratten rijdende Ganesha die zich op de dag van het Ganpati-feest naar het water begeeft. Op het tweede paneel, rechts, had de menigte zich verspreid en bestond de compositie alleen uit een stuk strand en water waarin tussen kapotte beelden, lege flessen en doorweekte kranten de dode vrouw lag, vastgebonden aan haar bezemsteel, blauw en opgeblazen, ontdaan van iedere schoonheid en waardigheid, tot afval teruggebracht.

Toen de Moor weer verscheen, was dat in een uiterst fantastische omgeving, een soort menselijke vuilnisbelt geïnspireerd op de *jopadpatti*-hutten en -afdakken van de stoepslapers en de in elkaar geflanste bouwsels van de grote sloppenwijken en *chawls* van Bombay. Hier was alles collage, de krotten gemaakt van het ongewenste puin van de stad, roestend golfplaat, stukken van kartonnen dozen, delen verweerd drijfhout, deuren van autowrakken, de voorruit van een voorbije vaart; en de huurkazernes gebouwd uit giftige rook, uit waterkranen die dodelijke gevechten tussen wachtende vrouwen hadden veroorzaakt (bijvoorbeeld Hindoes tegen 'Bene-Issack'-joden), uit petroleumzelfmoorden en de onbetaalbare huren met veel geweld geïnd door Bhaiyya's en Pathanen uit de onderwereld; en onder de druk die alleen voelbaar is op de bodem van een berg waren de levens van de mensen ook montages geworden, al evenzeer in elkaar geflanst als hun huizen, gemaakt van stukjes kleine criminaliteit, scherven prostitutie en brokken bedelarij, of in het geval van mensen met meer zelfrespect, van schoenpoets, papieren slingers, oorringen, rieten manden, één-paisa-per-naad-hemden, kokosmelk, op auto's passen en stukken carbolzeep. Maar Aurora, voor wie louter registreren nooit genoeg was geweest, had haar visioen een aantal stappen verder gedreven; in haar werk waren de mensen zelf van afval gemaakt, collages van dingen die de metropool niet wilde hebben:

verloren knopen, kapotte ruitewissers, gerafelde lappen, verbrande boeken, belichte fotorolletjes. Ze schooiden zelfs hun eigen ledematen bij elkaar: ontdekten grote bergen losse lichaamsonderdelen en stortten zich op wat hun ontbrak, en daarbij waren ze niet veeleisend, ze konden zich niet veroorloven kieskeurig te zijn, zodat velen eindigden met twee linkervoeten of hun zoektocht naar billen staakten en een stel volle, geamputeerde borsten op de plek van hun ontbrekende achterwerk zetten. De Moor was de onzichtbare wereld binnengegaan, de wereld van schimmen, van mensen die niet bestonden, en Aurora volgde hem in die wereld, dwong die zichtbaar te worden door de kracht van haar artistieke wil.

En de figuur van de Moor: alleen nu, moederloos, verzonk hij in onsterfelijkheid en werd hij weergegeven als een schaduwwezen, ontaard in losbandigheid en misdaad. Op deze laatste schilderijen leek hij zijn vroegere metaforische rol als vereniger van tegenstellingen, vaandeldrager van het pluralisme, te hebben verloren, niet meer te fungeren als symbool – zij het nog zo vaag – van de nieuwe natie, maar te veranderen in een semi-allegorisch beeld van verval. Aurora was kennelijk tot de slotsom gekomen dat de ideeën van onzuiverheid, culturele vermenging en melange – die het grootste deel van haar creatieve leven voor haar het dichtst de notie van het Goede hadden benaderd – geperverteerd konden worden, behalve licht ook duisternis in zich droegen. Deze 'zwarte Moor' was een nieuwe verbeelding van het idee van de hybride, een baudelaireaanse bloem – zou een niet al te vergezochte vergelijking zijn – van het kwaad:

> *... Aux objets répugnants nous trouvons des appas;*
> *Chaque jour vers l'Enfer nous descendons d'un pas,*
> *Sans horreur, à travers des ténèbres qui puent.*

En van de zwakheid: want hij werd een gekwelde figuur, omfladderd door de fantomen van zijn verleden die hem kwelden, hoewel hij ze op zijn knieën smeekte te verdwijnen. Daarna veranderde hij langzaam zelf in een fantoom, een Wandelend Spook en verzonk in abstractie, beroofd van zijn ruiten en juwelen en de laatste resten van zijn glorie; gedwongen een soldaat in het leger van de een of andere kleine krijgsheer te worden (interessant genoeg bleef Aurora hier voor één maal dicht bij de historisch vaststaande feiten over sultan Boabdil), teruggebracht tot de status van huurling waar hij ooit koning was geweest, werd hij al snel een samengesteld wezen, even meelijwekkend en anoniem als de wezens om hem heen. Vuilnis stapelde zich op, en hij raakte eronder bedolven.

De tweeluik-vorm keerde herhaaldelijk terug, en op het tweede paneel van deze werken schonk Aurora ons die smartelijke, magistrale, ontstellend onthullende reeks zelfportretten met iets van Goya en iets van Rembrandt, maar veel meer nog van wilde erotische wanhoop waarvan in de hele kunstgeschiedenis maar weinig voorbeelden zijn. Aurora/Ayxa was op deze panelen alleen afgebeeld, zittend naast de helse kroniek van haar zoons teloorgang, en liet geen traan. Haar gezicht werd gevoelloos, keihard zelfs, maar in haar ogen gloeide een onnoemelijke ontzetting – alsof ze naar iets keek wat haar raakte tot in het diepst van haar ziel, iets wat voor haar stond, op de plaats van de beschouwer van de schilderijen –, alsof de menselijke soort zelf haar geheimste en angstwekkendste gezicht aan haar had getoond en haar daarmee had doen verstenen, haar oude vlees in steen had veranderd. Deze 'Portretten van Ayxa' zijn onheilspellende, sombere werken.

Op de Ayxa-panelen keerde ook het tweeledige thema van de dubbelgangers en geesten terug. Een Ayxa-spook achtervolgde de afval-Moor; en achter Ayxa/Aurora zweefden soms de ijle doorschijnende beelden van een vrouw en een man. Hun gezicht was niet ingevuld. Was de vrouw Uma (Chimène) of was het Aurora zelf? En was ik – of liever 'de Moor' – de mannenschim? En als ik het niet was, wie dan wel? In deze 'geest'- of 'dubbelganger'-portretten heeft de figuur van Ayxa/Aurora een opgejaagde blik – of verbeeld ik me dat? –, zoals Uma toen ik haar ging opzoeken na het nieuws van Jimmy Cash's ongeluk. Ik verbeeld het me niet. Ik ken die blik. Ze ziet eruit alsof het met haar gedaan is. Ze ziet eruit alsof ze wordt achtervolgd.

≈

Zoals ze, in die schilderijen, mij achtervolgde. Als een heks op een rots die naar me keek in haar kristallen bol, met naast haar een gevleugelde aap. Want het was waar: ik bewoog me door die duistere plaatsen, over de maan, achter de zon, die ze in haar werk schiep. Ik bevolkte haar verzinsels en het oog van haar verbeelding zag me scherp. Althans bijna:

want er waren dingen die zij niet kon bedenken, die zelfs haar doordringende oog niet kon zien.

Wat ze in zichzelf niet herkende was het snobisme dat sprak uit haar minachtende woede, haar angst voor de onzichtbare stad, haar Malabarheid. Wat zou de radicale Aurora, de koningin van de nationalisten, daar een hekel aan hebben gehad! Te moeten horen dat ze in haar latere jaren gewoon een van de deftige dames van de Hill was, thee nippend en met opgetrokken neus neerkijkend op de arme man aan haar poort... en wat ze in mij niet herkende, was dat ik in dat surreële milieu, met een blikken man, een kieskeurige vogelverschrikker en een laffe kikker als gezelschap (want Mainduck was wel degelijk een lafaard – al het vuile werk liet hij aan anderen over), voor de eerste maal in mijn kort-lange leven het gevoel had normaal te zijn, niets bijzonders, het gevoel onder verwante geesten te zijn, onder mensen-zoals-ik, wat een thuis tot thuis maakt.

Raman Fielding wist iets, iets wat de geheime bron van zijn macht was: mensen verlangen niet naar burgerlijke fatsoensnormen, maar naar het buitensporige, het buitengewone, het barbaarse – verlangen naar wat de woeste kracht in ons kan ontketenen. We hunkeren onverhuld naar toestemming om ons geheime ik te worden.

Dus, moeder: terwijl ik in dat verschrikkelijke gezelschap verkeerde, die verschrikkelijke daden beging, vond ik, zonder tovermuiltjes nodig te hebben, mijn weg naar huis.

≈

Ik geef het toe: ik ben iemand die veel klappen heeft uitgedeeld. Ik heb in menig huis geweld gebracht, zoals de postbode de post brengt. Ik heb smerige dingen gedaan zoals en wanneer ze van me gevraagd werden – ik heb ze gedaan en er plezier in geschept. Heb ik u niet verteld met hoeveel moeite ik linkshandigheid heb aangeleerd, hoe onnatuurlijk het voor me was? Welnu: eindelijk kon ik rechtshandig zijn, in mijn nieuwe leven vol actie kon ik mijn geduchte hamer uit mijn zak halen en vrijlaten om het verhaal van mijn leven te schrijven. Hij kwam me uitstekend van pas, mijn knots. Al snel behoorde ik tot de top van de M.A.-knokploegen, samen met Blikken-man-Hazaré en Chhaggan-Vijf-in-een-Hap (ook een soort all-rounder, wat niemand zal verbazen, met talenten waar geen keuken groot genoeg voor was). Hazarés XI – waarvan de acht andere gangsters in alle opzichten even dodelijk waren als wij drie – heersten tien jaar lang als de onbetwiste Ploeg der Ploegen van de M.A. Dus behalve de zuivere schoonheid van onze ontketende kracht waren er de vruchten van de topprestaties en de mannelijke geneugten van kameraadschap en allen-voor-één.

Kunt u zich voorstellen hoe verzaligd ik me in de eenvoud van mijn nieuwe leven wentelde? Want zo was het: ik genoot ervan. Eindelijk een beetje oprechtheid, zo zei ik tegen mezelf; eindelijk ben je datgene waarvoor je in de wieg bent gelegd. Wat was ik opgelucht dat ik niet meer normaal hoefde te zijn, iets wat ik mijn levenlang vruchteloos had geprobeerd, wat was ik blij dat ik de wereld mijn supernatuur kon openbaren! Kunt u zich voorstellen hoeveel woede zich in mij had opgehoopt door de beperkingen en de emotionele verwarring van mijn vorige bestaan – hoeveel wrok over de afwijzingen van de wereld, het gegiechel van de vrouwen dat me niet ontging, de hatelijkheden van de leraren, hoeveel onderdrukte boosheid tegen de eisen van mijn beschermde, noodzakelijkerwijze teruggetrokken leven zonder vrienden, dat uiteindelijk werd geruïneerd door mijn moeder? Het was die mensenlevenlange razernij die uit mijn vuist begon te barsten. *Bhaamm! Bhoemm!* O, zeker, heren & *begums*, ik wist hoe ik een pak slaag moest uitdelen en had ook een idee waarom. U hoeft uw neus niet op te halen. Doe dat maar waar de zon niet schijnt. Ga maar eens in een bioscoop zitten, dan zult u merken dat de jonge minnaar of de held niet meer het meest wordt toegejuicht, maar de vent met de zwarte hoed die stekend schietend kickboksend een spoor van vernieling achterlaat in de film. O *jongen*. Geweld is tegenwoordig *in*. Het is wat de mensen *willen*.

Mijn eerste jaren besteedde ik aan het breken van de grote staking in de textiel. Ik moest meevechten in Sammy Hazarés onofficiële vliegende brigade van gemaskerde wrekers. Als de autoriteiten met knuppels en traangas een demonstratie uiteensloegen – en in die jaren waren er acties in elk deel van de stad, georganiseerd door dr. Datta Samant, zijn politieke partij Kamgar Aghadi en zijn vakbond van textielarbeiders Maharashtra Girni Kamgar –, kozen de eliteploegen van de M.A. individuele, willekeurige demonstranten en achtervolgden die, en we gaven pas op als we hen in het nauw hadden gedreven en hun een pak slaag hadden gegeven dat ze nooit meer zouden vergeten. We hadden diep en lang nagedacht over de maskers die we zouden dragen en ten slotte besloten niet de gezichten van de toenmalige Bollywoodsterren te gebruiken, maar kozen voor de meer historische Indiase volksoverlevering van rondtrekkende *bahupuri*-spelers, van wie we de koppen van leeuwen, tijgers en beren overnamen. Het bleek een goede beslissing, want de stakers zagen ons als mythologische wrekers. We hoefden ons maar te vertonen of de arbeiders vluchtten gillend de donkere sloppen in, waar we ze grepen om hen te confronteren met de gevolgen van hun daden. Een interessante bijkomstigheid van dit werk was dat ik hele nieuwe delen van de stad leerde kennen: in '82 en '83 moet ik in iedere steeg van Worli, Parel en Bhiwandi zijn geweest, op jacht naar vakbondswallahsuitschot, actievoerdersuitvaagsel en communistenschuim. Ik gebruik deze termen niet in pejoratieve zin, maar in, als ik het zo mag stellen, technische zin. Want alle industriële processen produceren afval dat moet worden afgekrabd, weggegooid, gezuiverd, zodat kwaliteit overblijft. De stakers waren dergelijk afval. We verwijderden hen. Aan het einde van de staking waren er zestigduizend banen minder in de fabrieken dan aan het begin en konden de industriëlen eindelijk hun bedrijven moderniseren. We schepten het vuil af en zorgden voor een sprankelende, moderne, volledig gemechaniseerde weefindustrie. Zo heeft Mainduck het me persoonlijk uitgelegd.

Ik sloeg, terwijl anderen liever schopten. Met mijn blote hand knuppelde ik op mijn slachtoffers in, gemeen, als een metronoom – als waren het vloerkleden, muilezels. Als was het de tijd. Ik zei niets. Het slaan was zelf een taal en maakte zich vanzelf wel verstaanbaar. Ik sloeg mensen overdag en 's nachts, nu eens kort, hen bewusteloos meppend met één enkele hamerslag, dan weer trager, met mijn rechterhand hun wekere delen bewerkend en inwendig grijnzend om hun geschreeuw. Het was een kwestie van trots om neutraal, koel, onbewogen te blijven kijken. Degenen die we sloegen, keken ons niet aan. Als we hen een poosje onder handen hadden genomen, maakten ze geen geluid meer; ze leken vrede te hebben met onze vuisten laarzen knuppels. Ook zij kregen een uitdrukkingsloze, lege blik in hun ogen.

Iemand die goed in elkaar is geslagen, wordt (zoals de dromende Morris d'Ode lang geleden had aangevoeld) onherroepelijk een ander mens. Zijn verhouding tot zijn eigen lichaam, tot zijn geest, tot de wereld buiten hemzelf, verandert even subtiel als onmiskenbaar. Een zeker zelfvertrouwen, een zeker gevoel van vrijheid is er voorgoed uit geslagen; althans als de ranselaar zijn vak verstaat. Vaak is het onthechting die erin wordt geslagen. Het slachtoffer – hoe vaak heb ik dit niet gezien! – onthecht zich van de gebeurtenis en laat zijn bewustzijn boven zich in de lucht zweven. Het is alsof hij op zichzelf neerkijkt, op zijn eigen lichaam dat stuiptrekt en misschien bezwijkt. Daarna zal hij nooit meer helemaal in zichzelf terugkeren, en uitnodigingen deel te nemen aan een grotere, collectieve entiteit – een vakbond, bijvoorbeeld – worden onmiddellijk afgeslagen.

Slagen op bepaalde delen van het lichaam werken op bepaalde delen van de ziel. Langdurige slagen op de voetzolen, bijvoorbeeld, werken op het lachen. Wie zo geslagen is, lacht nooit meer.

Alleen wie zijn lot aanvaardt, wie berust in de aframmeling, die ondergaat als een man – alleen wie zijn handen omhoog heft, schuld bekent, zijn mea culpa zegt – peurt misschien iets van waarde, iets positiefs, uit de ervaring. Alleen hij kan zeggen: 'Ik heb tenminste mijn les geleerd.'

Wat de ranselaar betreft: ook hij is veranderd. Iemand slaan is een soort vervoering, een openbaring die vreemde poorten naar het universum opent. Tijd en ruimte raken in de war, raken los. Er gapen afgronden. Je krijgt glimpen te zien van wonderbaarlijke dingen. Soms zag ik het verleden en ook de toekomst. Het was moeilijk deze herinneringen vast te houden. Na afloop van het werk vervaagden ze. Maar ik herinnerde me wel dat er iets was gebeurd. Dat er visioenen waren. Dat was waardevol nieuws.

Uiteindelijk wisten we de staking te breken. Ik moet toegeven dat het me verbaasde hoe lang het duurde, hoe trouw de arbeiders waren aan uitvaagsel, schuim en uitschot. Maar, zoals Raman Fielding ons zei, de fabrieksstaking was een test voor de M.A., scherpte ons, maakte ons klaar. Bij de volgende gemeenteraadsverkiezing verwierf dr. Samants partij een handjevol zetels en won de M.A. er meer dan zeventig. De trein was gaan rollen.

En zal ik u nog vertellen hoe we – op uitnodiging van de plaatselijke feodale landeigenaar – een dorp bezochten bij de grens van Gujarat, waar de pas geoogste rode pepers kleurige en kruidige hoopjes vormden rond de huizen, en we er een opstand van vrouwelijke arbeiders neersloegen? Maar nee, misschien niet; uw gevoelige maag zou van streek raken door zoveel pittigheid. Zal ik het hebben over onze campagne tegen die kasteloze ongelukkigen, onaanraakbaren of Harijans of Dalits, noem ze zoals u wilt, die zo ijdel waren te denken dat ze zich aan het kastenstelsel konden onttrekken door zich tot de islam te bekeren? Zal ik beschrijven met welke maatregelen we hen terugdreven naar hun plaats buiten de maatschappelijke orde? – Of zal ik het hebben over de tijd dat Hazarés XI de naleving van het oude gebruik van *sati* afdwongen en uitweiden over de wijze waarop we in een bepaald dorp een jonge weduwe overhaalden de brandstapel van haar man te beklimmen?

Nee, nee. U hebt genoeg gehoord. Na zes jaren van hard werken in het veld was onze oogst rijk. De M.A. had het bestuur van de stad in handen; het was nu burgemeester Mainduck. Zelfs in de meest afgelegen plattelandsgebieden, waar ideeën als die van Fielding nooit eerder wortel hadden geschoten, begonnen de mensen nu te spreken over het komende koninkrijk van Lord Ram en te zeggen dat de 'mogols' van het platteland hetzelfde lesje geleerd moest worden als de fabrieksarbeiders zo pijnlijk hadden geleerd. En ook gebeurtenissen op een hoger plan speelden hun rol in het bloedige spel van gevolgen waar onze geschiedenis altijd op uit schijnt te draaien. Een gouden tempel bood onderdak aan gewapende mannen en werd aangevallen, en de gewapende mannen werden omgebracht; met als gevolg dat gewapende mannen de premier vermoordden; met als gevolg dat meutes, gewapend en ongewapend, de hoofdstad afstroopten en onschuldige mensen vermoordden, mensen die alleen maar een tulband met de gewapende mannen gemeen hadden; met als gevolg dat mannen als Fielding, die het hadden over de noodzaak de minderheden van het land te temmen, alles en iedereen te onderwerpen aan de harde-liefdevolle hand van Ram, een steun in de rug, een extra kracht kregen.

... En ik hoor dat mijn moeder Aurora Zogoiby op de dag van de dood van mevrouw Gandhi – dezelfde mevrouw Gandhi die ze had gehaat en die het compliment enthousiast had teruggekaatst – in een vloed van tranen uitbarstte...

Overwinnen is overwinnen: in de verkiezingen die Fielding aan de macht brachten, steunden de organisaties van fabrieksarbeiders de M.A.-kandidaten. Je moet de mensen laten zien wie de baas is...

... En als ik soms moest braken zonder aanwijsbare reden, als al mijn dromen een hel waren, wat dan nog? Als ik voortdurend en steeds sterker het gevoel had dat ik werd achtergevolgd, ja, misschien door wraak, dan zette ik dergelijke gedachten opzij. Ze hoorden bij mijn oude leven, dat geamputeerde lichaamsdeel; ik wilde nu niets meer weten van die twijfels, die zwakheden. Ik ontwaakte zwetend van de angst uit een nachtmerrie, bette mijn voorhoofd en sliep verder.

Het was Uma die me achtervolgde in mijn dromen, dode Uma, angstwekkend gemaakt door de dood, Uma met wilde haren, witte ogen, gespleten tong, Uma veranderd in de engel der wrake, die een helleveeg van een Dis-demona speelde voor mijn Moor. Op de vlucht voor haar rende ik dan een immense burcht in, gooide de deuren dicht, draaide me om – en merkte dat ik weer buiten stond en dat zij in de lucht zweefde, boven me en achter me, Uma met vampiertanden zo groot als de slagtanden van een olifant. En weer stond ik voor een burcht, met open deuren, die me toevlucht bood; en weer rende ik, gooide de deur dicht en bevond me nog steeds in de open lucht, weerloos, aan haar overgeleverd. 'Je weet hoe de Moren bouwden,' fluisterde ze naar me. 'Ze hadden een mozaïekarchitectuur met in elkaar overlopende binnen- en buitenruimten – tuinen omgeven door paleizen omgeven door tuinen enzovoort. Maar jij – jou veroordeel ik van nu af aan tot buitenruimten. Voor jou zijn er geen veilige paleizen meer; en in deze tuinen zal ik op je wachten. Door deze oneindige buitenruimten zal ik op je jagen.' Dan kwam ze op me af en opende ze haar gruwelijke mond.

Naar de hel met die bang-in-het-donker-kinderachtigheid! Althans, dat verweet ik mezelf als ik uit deze verschrikkingen ontwaakte. Ik was een man, zou me gedragen als een man, mijn weg zoeken en de consequenties dragen. En als Aurora Zogoiby en ik in die jaren soms het gevoel hadden dat we achtervolgd werden, dan kwam dat – een banalere verklaring is niet mogelijk! – omdat het waar was. Zoals ik na de dood van mijn moeder zou ontdekken, had Abraham Zogoiby ons allebei jarenlang laten volgen. Hij was iemand die graag over informatie beschikte. En terwijl hij Aurora wel haast alles zei wat hij van mijn activiteiten wist – waarmee hij de bron voor haar 'ballingschap'-schilderijen werd; dus niks kristallen bollen! –, vond hij het niet nodig te zeggen dat hij ook haar gangen liet nagaan. Op hun oude dag was hun verwijdering zo compleet dat ze bijna buiten gehoorsafstand van elkaar waren, en ze wisselden nauwelijks een overbodig woord. Hoe dan ook,

Dom Minto, inmiddels haast negentig maar opnieuw aan het hoofd van het toonaangevende particuliere detectivebureau in de stad, had ons in opdracht van Abraham laten schaduwen. Maar Minto moet nog even wachten in de achtergrond. Juffrouw Nadia Wadia staat te popelen in de coulissen.

≈

Ja, er waren vrouwen, ik zal het niet proberen te ontkennen. Kruimels van Fieldings tafel. Ik herinner me onder anderen een Smita, een Shobha, een Rekha, een Urvashi, een Anju en een Manju. Bovendien een opmerkelijk groot aantal niet-hindoese dames: lichtelijk bezoedelde Dolly's, Maria's en Gurinders, die geen van allen lang meegingen. Soms ook voerde ik op verzoek van de Captain 'opdrachten' uit: dat wil zeggen, ik werd er als een escort op uit gestuurd om de een of andere rijke verveelde matrone in haar toren te behagen, persoonlijke gunsten aan te bieden in ruil voor giften aan partijkassen. Ik accepteerde ook geld als het me werd aangeboden. Het maakte me niet uit. Fielding feliciteerde me met mijn 'onmiskenbare aanleg' voor dat werk.

Maar Nadia Wadia heb ik nooit aangeraakt. Nadia Wadia was anders. Ze was een schoonheidskoningin – Miss Bombay en Miss India 1987, en later in datzelfde jaar Miss World. In meer dan één tijdschrift werd deze nieuwelinge van amper zeventien jaar vergeleken met wijlen Ina Zogoiby, mijn zuster, op wie ze sterk zou lijken. (Ik zag dat niet; maar wat gelijkenissen betreft was ik nooit zo alert. Toen Abraham Zogoiby opperde dat Uma Sarasvati iets weghad van de jonge Aurora, die imponerende vijftienjarige op wie de voorbeschikking hem verliefd had doen geworden, was dat nieuw voor mij.) Fielding wilde Nadia – de lange walkure Nadia met de stap van een soldaat en een stem als een obsceen telefoontje, de serieuze Nadia die een percentage van haar prijzengeld aan kinderziekenhuizen gaf en die dokter wilde worden als ze het beu was de mannen van de planeet ziek van begeerte te maken – wilde haar meer dan wat dan ook ter wereld. Ze bezat wat hij miste en wat hij, zo wist hij, in Bombay nodig had om zijn programma compleet te maken. Ze had glamour. En op een officiële receptie had ze hem recht in zijn gezicht voor 'pad' uitgemaakt; ze had lef en moest getemd worden.

Mainduck wilde Nadia bezitten, haar als een trofee aan zijn arm hangen; maar Sammy Hazaré, zijn trouwste luitenant – afzichtelijke Sammy, half man, half pan, maakte de grote fout stapelverliefd op haar te worden.

Ikzelf, ik had mijn belangstelling voor de liefde van vrouwen verloren. Echt waar. Na Uma was er iets in mij geknapt, een zekering doorgebrand. Ik had genoeg aan de niet weinig bestuurlijke kliekjes van mijn werkgever en de 'opdrachten', zo-gewonnen-zo-geronnen als ze waren. Bovendien was er het probleem van mijn leeftijd. Toen ik dertig werd, werd mijn lichaam zestig, en niet bepaald een jeugdige zestig. De ouderdom overstroomde mijn afbrokkelende *dammen* en nam bezit van de laaglanden van mijn wezen. Ik had nu zulke grote ademhalingsproblemen dat ik mijn werk voor de vliegende brigade op moest geven. Het was gedaan met de achtervolgingen door stegen in sloppenwijken en op trappen van smerige huurkazernes. Ook lange zinnelijke nachten waren er niet meer bij; in die tijd was ik hoogstens goed voor één enkel nummertje. Fielding was zo aardig me werk op zijn persoonlijke secretariaat aan te bieden, plus zijn courtisane die het minst van gymnastische toeren hield... Maar Sammy, in jaren tien jaar ouder dan ik maar van lichaam twintig jaar jonger, Sammy de Blikken-man droomde nog steeds. Geen sprake van ademhalingsmoeilijkheden bij hem; tijdens Mainducks nachtelijke olympiades wonnen hij of Chhaggan Vijf-in-een-Hap steeds de spontane wedstrijden in longkracht (adem inhouden, kleine pijltjes blazen met een lange metalen blaaspijp, kaarsen uitblazen).

Hazaré was een christelijke Maharishtriaan en had zich veeleer om regionalistische dan om religieuze redenen bij Fieldings mannen aangesloten. Ach, we hadden allemaal onze redenen, persoonlijke of ideologische. Er zijn altijd redenen. Je vindt redenen in iedere *chor-bazaar*, op iedere rommelmarkt, redenen bij bosjes, tien duppies per dozijn. Redenen zijn goedkoop, even goedkoop als antwoorden van politici, ze buitelen van de tong: *ik deed het om het geld, het uniform, de saamhorigheid, de familie, het ras, de natie, de god.* Maar wat ons echt drijft – waardoor we slaan en trappen en moorden, waardoor we onze vijanden en angsten overwinnen –, ligt niet besloten in die op een bazaar gekochte woorden. Onze motors zijn vreemder en gebruiken duisterder brandstof. Sammy Hazaré werd bijvoorbeeld gedreven door bommen. Explosieven, die hem al een hand en een halve kaak hadden gekost, waren zijn eerste liefde, en de redevoeringen waarin hij – tot dusverre zonder succes – Fielding probeerde te overtuigen van het politieke nut van een bommencampagne in Ierse stijl, hield hij met de hartstocht van Cyrano die zijn Roxane het hof maakt. Maar als bommen de eerste liefde van de Blikken-man waren, was Nadia Wadia zijn tweede.

Fieldings Bombayse gemeentebestuur had een grootscheeps afscheid georganiseerd toen hun meisje naar de finale van het schoonheidsconcours in Granada in Spanje reisde. Op het feest had Nadia, nonconformistische parsi-schoonheid als ze was, de reactionaire, radicale Mainduck afgewezen voor het oog van de camera's ('Shri Raman, naar mijn persoonlijke mening bent u niet zozeer een kikker als wel een pad, en als ik u zou kussen, zou u vast niet in een prins veranderen,' antwoordde ze luid op zijn onhandig geprevelde uitnodiging voor een tête-à-tête), en om haar woorden kracht bij te zetten richtte ze haar charmes doelbewust op zijn enigszins metalen persoonlijke lijfwacht. (Ik was de andere; maar bleef gespaard.) 'Zeg eens,' teemde ze naar de aan de grond genagelde, zwetende Sammy, 'denk je wel dat ik kan winnen?'

Sammy kon geen woord uitbrengen. Hij werd pimpelpaars en maakte een zwak gorgelend geluid. Nadia Wadia knikte ernstig, alsof haar een waarachtige wijsheid deelachtig was geworden.

'Toen ik meedeed aan Miss Bombay Verkiezing,' klaagde ze, terwijl Sammy stond te trillen, 'zei mijn vriend tegen me, O, Nadia Wadia, kijk die zo-zo mooie dames eens, ik denk wel niet dat je kunt winnen. Maar toch, moet je weten, heb ik gewonnen!' Sammy wankelde onder het geweld van haar lach.

'Toen ik dan meedeed aan de Miss India-verkiezing,' fluisterde Nadia hees, 'zei mijn vriend tegen me: "O, Nadia Wadia, kijk die zo-zo mooie dames eens, ik denk wel niet dat je kunt winnen." Maar weer, moet je weten, heb ik gewonnen!' De meesten van ons in die zaal verwonderden zich over die majesteitsschennis van die afwezige vriend en keken er niet van op dat hij niet was gevraagd Nadia Wadia te vergezellen naar deze receptie. Mainduck probeerde een beleefd gezicht op te zetten na zoëven een pad te zijn genoemd; en Sammy – tja, Sammy probeerde gewoon niet flauw te vallen.

'Maar nu is het Miss Wereld-verkiezing,' pruilde Nadia. 'En ik kijk in het tijdschrift naar de kleurenfoto's van al die zo-zo mooie dames, en ik zeg tegen mezelf: "Nadia Wadia, ik denk wel niet dat je zult winnen."'

Ze keek smachtend naar Sammy, snakkend naar een geruststellend woord van de Blikken-man, terwijl Raman Fielding veronachtzaamd en wanhopig aan haar elleboog stond.

Sammy brak los in een toespraak. 'Maar mevrouw, geen zorg!' flapte hij eruit. 'U krijgt sociëteitsklasse rondreis naar Europa en ziet zoveel beroemde dingen en ontmoet de beroemde mensen van de wereld. U zult het er prima van afbrengen en onze nationale vlag met ere dragen. Jawel! Wis en zeker. Dus, mevrouw, vergeet dit winnen. Wie is die jurysjurie? Voor ons – voor volk van India – bent u al en altijd de winnares.' Het was de beste toespraak van zijn leven.

Nadia Wadia veinsde ontzetting. 'O,' kreunde ze, zijn hart brekend terwijl ze zich verwijderde. 'Dus dan denkt u ook wel niet dat ik kan winnen.'

Er was een liedje over Nadia Wadia nadat ze de wereld had veroverd:

Nadia Wadia wat een triomfia
Heel India is gekvania

Hele wereld bracht je van de wijsia
Versloeg al hun meisjes want jij was meisia

Ik koop een gloednieuw jacht vooria
Dan word ik je lijfwachtia

Ik hou van Nadia Wadia hardia
Hardia, Nadia Wadia, hardia.

Niemand kon ophouden het te zingen, zeker de Blikken-man niet. *Dan word ik je lijfwachtia...* de regel scheen hem een boodschap van de goden, een lotsbeschikking. Ook hoorde ik een toonloze versie van het liedje achter Mainducks kantoordeuren neuriën; want Nadia Wadia werd na haar overwinning een symbool van de natie, net als het Vrijheidsbeeld of de Marianne werd ze de belichaming van onze trots en ons zelfvertrouwen. Ik zag wat voor invloed dit had op Fielding, wiens aspiraties te groot werden voor de stad Bombay en de staat Maharashtra; hij liet het burgemeestersambt over aan een M.A.-partijgenoot en begon te dromen van het bestijgen van het nationale podium, liefst met Nadia

Wadia aan zijn zijde. *Hardia, Nadia Wadia...* Raman Fielding, die afschuwelijk gedreven man, had zich een nieuw doel gesteld.

Het was bijna Ganpati-feest. Het was de veertigste verjaardag van de Onafhankelijkheid en het door de M.A. gedomineerde gemeentebestuur probeerde de indrukwekkendste Ganesha Chaturthi sinds mensenheugenis te maken. Gelovigen en hun beeltenissen werden bij duizenden op vrachtwagens aangevoerd uit de omliggende gebieden. Overal in de stad hingen saffraankleurige M.A.-spandoeken. Er werd in een zijstraat van de Chowpatti, naast de voetbrug, een speciale VIP-tribune gebouwd; en Raman Fielding nodigde de nieuwe Miss Wereld uit als eregast, en uit eerbied voor de plechtige dag aanvaardde ze de uitnodiging. Zo was het eerste deel van zijn fantasie uitgekomen en stond hij naast haar terwijl de straatvechterskaders voorbijreden in hun M.A.-trucks, met gebalde vuisten zwaaiend en bloemblaadjes in de lucht gooiend. Fielding antwoordde met een stijve arm en gestrekte hand; en toen Nadia Wadia de nazi-groet zag, wendde ze haar hoofd af. Maar Fielding verkeerde die dag in een soort roes; en terwijl het kabaal van Ganpati bijna ondraaglijk werd, wendde hij zich naar mij – ik stond vlak achter hem met Sammy de Blikken-man tegen de achterkant van de overvolle kleine tribune gedrukt – en brulde hij uit alle macht: 'Nu is het tijd om je vader aan te pakken. Nu zijn we sterk genoeg voor Zogoiby, voor Scar, voor wie dan ook. *Ganpati bappa morya!* Wie durft het nu nog tegen ons op te nemen?' En in zijn wellustige plezier greep hij de lange, slanke hand van de ontzette Nadia Wadia en kuste die op de palm. 'Kijk, ik kus Mumbai, ik kus India!' schreeuwde hij. 'Voorwaar, ik kus de wereld!'

Nadia Wadia's antwoord was niet hoorbaar, overstemd door het gejuich van de menigte.

≈

Die avond hoorde ik op het nieuws dat mijn moeder naar haar dood was gevallen terwijl ze haar jaarlijkse dans tegen de goden danste. Het was als een bekrachtiging van Fieldings zelfvertrouwen; want haar dood maakte Abraham zwakker, en Mainduck was sterk geworden. In de radio- en tv-verslagen bespeurde ik een berouwvolle verontschuldigende toon, alsof de verslaggevers, necrologen en critici beseften dat die grote, trotse vrouw een afschuwelijk onrecht was aangedaan – dat zij verantwoordelijk waren voor het trieste isolement van haar laatste jaren. En in de dagen en maanden na haar dood rees haar ster van de weeromstuit hoger dan ooit, haastte men zich haar werk te herwaarderen en te prijzen met een lijkenpikkersmentaliteit die me vreselijk kwaad maakte. Als ze die woorden nu verdiende, had ze ze eerder ook verdiend. Nooit heb ik een sterkere vrouw gekend, noch een vrouw die scherper besefte wie ze was en wat ze was, maar ze was gekwetst, en deze woorden – die haar misschien hadden kunnen helen als ze waren uitgesproken toen ze ze nog kon horen – kwamen te laat. Aurora da Gama Zogoiby, 1924-1987. De getallen hadden zich boven haar gesloten als de zee.

En het schilderij dat ze aantroffen op haar ezel, ging over mij. In dat laatste werk, *De laatste zucht van de Moor*, gaf ze de Moor zijn menselijkheid terug. Dit was geen abstracte harlekijn, geen collage van schroot. Het was een portret van haar zoon, verloren in de onderwereld als een dolende schim: een portret van een ziel in de hel. En achter hem zijn moeder, niet langer op een apart paneel, maar herenigd met de getormenteerde sultan. Ze hoonde hem niet – *huil maar als een vrouw* – maar keek bang en strekte haar hand uit. Ook dit was een verontschuldiging die te laat kwam, een vergeving waar ik niets meer aan had. Ik had haar verloren, en het schilderij maakte de pijn van het verlies alleen maar groter.

O, moeder, moeder. Ik weet nu waarom je me hebt verstoten. O, mijn grote dode moeder, mijn bedrogen verwekster, mijn dwaas.

17

Recalcitrant, verdorven, overheersend: Abraham Zogoiby, de kakelende opperheer van de Bovenwereld in zijn hangende tuin in de lucht, rijker dan de rijkste man in zijn rijkste dromen, deed op zijn vierentachtigste een greep naar de onsterfelijkheid, langvingerig als de dageraad. Hoewel hij altijd bang was geweest voor een vroege dood, had hij oude botten gekregen; in plaats daarvan was Aurora gestorven. Zijn eigen gezondheid was met de jaren vooruitgegaan. Hij liep nog steeds mank, er waren nog steeds ademhalingsmoeilijkheden, maar zijn hart was sinds Lonavla sterker dan ooit, zijn gezicht beter, zijn gehoor scherper. Eten smaakte hem alsof hij het voor het eerst at en bij zakelijke transacties rook hij direct of er onraad was. Gezond, alert, seksueel actief, hij bezat al elementen van de godheid – hij was al ver boven de kudde uitgestegen, en natuurlijk ook boven de wet. Niet voor hem, die kronkelige woordketens, die verplichte processen, die papieren beperkingen. Nu, na de val van Aurora, besloot hij de dood volledig te ontkennen. Soms, als hij schrijlings op de hoogste naald van het reusachtige stralende speldenkussen aan de zuidpunt van de stad zat, verwonderde hij zich over zijn lot, schoot zijn gemoed vol, keek hij neer over het nachtwater dat glinsterde in het maanlicht en leek hij onder het masker daarvan zijn vrouw te zien liggen, gebroken tussen de klauwende krabben, klevende schelpen en de glanzende messen van vissen, hele slagordes van couverts die haar fatale zee fileren. Niet voor mij, *protesteerde hij.* Ik ben net begonnen te leven.

Ooit, aan een zuidelijke kust, had hij zichzelf gezien als een deel van de Schoonheid, als één helft van een tovercirkel, rondgemaakt door dat eigenzinnige briljante meisje. Hij was bang geweest dat het lelijke in de aarde, de zee en onszelf het mooie zou overwinnen. Wat was dat lang geleden! Twee dochters en een vrouw dood, een derde meisje naar Jezus ge-

gaan en de jong-oude jongen naar de hel. Wat was het lang geleden dat hij mooi was, dat schoonheid hem tot een samenzweerder in de liefde had gemaakt! Wat was het lang geleden dat niet-ingezegende beloften wettig werden door de kracht van hun begeerte, als steenkool door zware eonen geplet tot een gefacetteerd juweel. Maar ze had zich van hem afgekeerd, zijn geliefde, zich niet aan haar deel van de afspraak gehouden, en hij verloor zichzelf in zijn deel. In wat werelds was, wat van de aarde en in de aard der dingen was, vond hij troost voor het verlies van wat hij had aangeraakt, door haar liefde, van het transcendente, het transformationele, het onmetelijke. Nu ze weg was, hem had achtergelaten met de wereld in zijn hand, wikkelde hij zich in zijn macht als in een gouden mantel. Oorlogen dreigden; hij zou ze winnen. Nieuwe kusten kwamen in zicht; hij zou ze stormenderhand veroveren. Hij zou haar val niet imiteren.

Ze kreeg een staatsbegrafenis. Hij stond bij haar open kist in de kathedraal en zijn gedachten gingen naar nieuwe winststrategieën. Van de drie pijlers van het leven, God, gezin en geld, had hij er slechts één, en hij had er minstens twee nodig. Minnie kwam haar moeder vaarwelzeggen, maar leek eigenlijk te blij. De gelovigen verheugen zich in de dood, *dacht Abraham*, ze denken dat het de deur naar Gods kamer van hemelse heerlijkheid is. Maar dat is een lege kamer. De eeuwigheid is hier op aarde en valt niet met geld te kopen. Onsterfelijkheid is dynastie. Ik heb mijn verstoten zoon nodig.

≈

Toen ik een boodschap van Abraham Zogoiby vond, keurig weggestopt onder het kussen van mijn bed in het huis van Raman Fielding, begreep ik voor het eerst hoe groot zijn macht was geworden. 'Weet je wie je Pappieji is, hoog in zijn toren?' had Mainduck me gevraagd, alvorens uit te barsten in een krankzinnige tirade over anti-hindoerobots en wat al niet. Door het briefje onder mijn kussen ging ik me afvragen wat er nog meer waar of niet waar zou kunnen zijn, want daar, in de heiligdommen der Onderwereld, had deze achteloze demonstratie van de reikwijdte van mijn vaders macht me duidelijk gemaakt dat hij een geduchte tegenstander zou zijn in de komende oorlog der werelden, Onder versus Boven, gewijd versus profaan, god versus mammon, verleden versus toekomst, goot versus hemel: die strijd tussen twee lagen van macht waartussen ik, en Nadia Wadia, en Bombay en ook India zelf gevangen zouden raken, als stof tussen verflagen.

Renbaan, stond er op het briefje, geschreven in zijn eigen handschrift. *Paddock. Voor de derde race.* Er waren veertig dagen verstreken sinds mijn moeder zonder mij ten grave was gedragen, met kanonnen die saluutschoten afvuurden. Veertig dagen en nu dit als door toverij afgeleverde, maar uiterst banale bericht, deze verdorde olijftak. Natuurlijk ging ik niet, dacht ik eerst in voorspelbare opwelling van gekrenkte trots. Maar even voorspelbaar en zonder Mainduck in te lichten ging ik toch.

Kinderen op de Mahalaxmi speelden *ankh micholi*, verstoppertje, tussen en buiten de menigte van volwassen benen. Zo staan we tegenover elkaar, dacht ik, verdeeld door generaties. Begrijpen dieren in het oerwoud de ware natuur van de bomen waartussen hun dagelijkse bestaan zich afspeelt? In het woud van ouders, te midden van die machtige stammen, schuilen en spelen we; maar of de bomen gezond of aangetast zijn, of ze demonen of goede geesten herbergen, weten we niet. En bovendien kennen we het allergrootste geheim niet: dat op een dag ook wij even arboreaal als zij worden. En de bomen, waarvan we de bladeren eten, de bast wegknagen, herinneren zich treurig dat ook zij ooit dieren waren, dat ze klommen als eekhoorns en huppelden als herten, tot ze op een dag bleven staan en hun poten in de aarde groeiden, daar bleven steken en zich spreidden, en er gebladerte aan hun wuivende hoofden ontsproot. Ze herinneren het zich als een feit; maar de doorleefde werkelijkheid van hun faunajaren, het hoe-het-voelde van die chaotische vrijheid, is onherroepelijk verloren. Ze herinneren het zich als een geruis in hun bladeren. *Ik ken mijn vader niet,* dacht ik bij de paddock voor de derde race. *We zijn vreemden voor elkaar. Hij herkent me niet als hij me ziet, en zal nietsziend voorbijlopen.*

Iets – een pakje – werd me in de hand geduwd. Iemand fluisterde snel: 'Ik moet een antwoord hebben voor we verder kunnen.' Een man in een wit pak, met een witte panamahoed op, drong zich het menselijke woud in en was verdwenen. Kinderen gilden en vochten aan mijn voeten. *Tien. Wie niet weg is is gezien.*

Ik scheurde het pakje in mijn hand open. Ik had dit ding eerder gezien, aan Uma's riem geklemd. Deze koptelefoon had ooit haar mooie hoofd getooid. *Verknoeit altijd mijn bandjes. Ben onderweg gestopt om hem in een vuilnisbak te kwakken.* Nog een leugen; nog een spelletje verstoppertje. Ik zag haar van me wegrennen, het menselijk struikgewas in duikend met een huiveringwekkende konijnachtige schreeuw. Wat zou ik vinden als ik haar vond? Ik zette de koptelefoon op, hem uitschuivend tot de oordopjes pasten. Daar was de knop met *play.* Ik wil niet spelen, dacht ik. Ik hou niet van dit spelletje.

Ik drukte op de knop. Mijn eigen stem, druipend vergif, vulde mijn oren.

Kent u die mensen die beweren dat ze door buitenaardse wezens gevangen zijn genomen en afgrijselijke experimenten en martelingen hebben ondergaan – onthouden van slaap, amputeren zonder verdoving, onafgebroken kietelen onder de oksels, rode pepers in de anus stoppen, te lang blootstellen aan marathonuitvoeringen van de Chinese Opera? Ik moet u zeggen dat ik me na het afluisteren van het bandje in Uma's walkman voelde alsof ik in de klauwen van precies zo'n onaards monster was gevallen. Ik stelde me een kameleonachtig wezen voor, een koudbloedige hagedis van de andere kant van de kosmos, dat een menselijke gedaante kon aannemen, naar believen man of vrouw, alleen maar om zoveel mogelijk moeilijkheden te veroorzaken, want moeilijkheden waren zijn dagelijkse kost – zijn rijst, zijn linzen, zijn brood. Beroering, ontwrichting, ellende, rampspoed, verdriet: dit alles stond op de lijst van zijn lievelingsgerechten. Het kwam onder ons – *zij* (in dit geval) kwam onder ons – als een onrustzaaier, een oorlogshitser, en beschouwde mij (O dwaas! O driedubbel overgehaalde ezel!) als een vruchtbare akker voor haar pestilente zaad. Vrede, sereniteit, vreugde waren woestijnen voor haar – want als haar verdorven oogsten mislukten, zou ze verhongeren. Ze voedde zich met onze verdeeldheid en werd sterk door onze ruzies.

Zelfs Aurora – Aurora die haar al van het begin af aan had doorgrond – was uiteindelijk bezweken. Ongetwijfeld was het Uma's eer te na geweest; als het grote roofdier dat ze was, had ze niets liever gewild dan de lastigste prooi te verschalken. Met haar eigen woorden had ze mijn moeder niet kunnen misleiden. Daarom had ze de mijne gebruikt – mijn kwade, walgelijke, door lust ingegeven obsceniteiten. Ja, ze had alles opgenomen, zo ver was ze gegaan; en hoe geraffineerd had ze me langs die weg geleid, me de fatale woorden ontlokt door me te laten denken dat ze die wilde horen! Ik pleit mezelf niet vrij. Maar omdat ik van haar hield en mijn moeders weerstand kende, sprak ik aanvankelijk in woede, daarna om te bevestigen dat de romantische liefde belangrijker is dan de moeder-zoonversie; afkomstig uit een huis waar de conversatieschotels altijd gepeperd en gekruid waren geweest met obsceniteiten, schrok ik niet terug voor neuken, kut en naaien. En ging dan door met dit duistere gefluister, want onder het vrijen had zij, mijn geliefde, me gevraagd – hoe vaak had ze me dat niet gevraagd! – haar die dingen te zeggen om – O, wat vals! O, wat een vuile valsheid en valse vuilheid! – haar gewonde zelfvertrouwen en trots te helen. Uw geliefde vraagt, midden in het liefdesspel, om haar wil te doen; ze wil dat u, zegt ze, het ook wilt: weigert u dat? Tja, als dat zo is, dan zij het zo. Ik ken uw geheimen niet en hoef ook niet meer te weten. Maar misschien weigert u niet. Ja, zegt u, O mijn liefste, ja, ik wil het ook, ik wil het.

Ik sprak in de intimiteit en medeplichtigheid van de liefdesdaad. Die eveneens onderdeel was van Uma's bedrog, een noodzakelijk middel om haar doel te bereiken.

Aan elke kant vijfenveertig minuten bewerkte hoogtepunten van onze vrijpartijen stonden op die trieste cassetteband, en door het gebonk en gekreun heen het weerzinwekkend leidmotief. *Neuk haar. Ja, dat wil ik. God ja. Neuk mijn moeder. Naai haar. Naai dat klotekreng.* En iedere grove lettergreep dreef een spies door mijn moeders gebroken hart.

Toen Aurora al diep geschokt was, door Mynah's recente dood, zag het wezen haar kans schoon, vermomde ze haar boodschap van haat als een pelgrimage voor de liefde. Ze gaf mijn ouders die avond het bandje, ze ging erheen met dat en geen ander doel, en ik kan slechts raden naar hun ontzetting en pijn, kan slechts mijn eigen beeld van het tafereel scheppen – Aurora ineengezakt op de pianokruk in haar oranje-met-gouden salon, de oude Abraham hulpeloos en handenwringend tegen een wand, en door een overschaduwde deuropening een glimp van angstige bedienden, die als zenuwachtige handen aan de randen van de lijst fladderden.

En de volgende morgen, toen ik uit Uma's bed stapte, moet ze geweten hebben wat me thuis te wachten stond – de grimmig grauwe gezichten in de tuin, de hand die naar de poort wijst: *ga, ga heen om nooit weer te komen.* En toen ik radeloos naar haar flat terugkwam, wat overtrof ze toen zichzelf! Wat een opvoering gaf ze die dag ten beste! – Maar nu wist ik alles. Geen voordeel van de twijfel meer. Uma, mijn beminde verraadster, je was bereid het spel helemaal ten einde te spelen; mij te vermoorden en mijn sterven te aanschouwen terwijl de drugs je high maakten. Naderhand zou je ongetwijfeld mijn tragische zelfmoord bekend hebben gemaakt: 'Zo'n trieste familieruzie, arme teerhartige man, hij kon het niet verdragen. En ook nog een zuster overleden.' Maar een klucht gooide roet in het eten, een klap, een slapstickachtig botsen van koppen, en toen, als de grote toneelspeelster en gokster die je was, speelde je het tafereel helemaal uit; en de gok bleek verkeerd uit te pakken. Zelfs het absolute kwaad heeft een mooie kant. Dame, petje af; en nu welterusten.

Weer die konijneschreeuw; hij hangt in de lucht en sterft weg. Als het een of andere oude kwaad, dat het licht der waarheid niet kan verdragen, tot stof vergaat... maar nee, ik sta mezelf dergelijke fantasieën niet toe. Ze was een vrouw, geboren uit een vrouw. Zo moet ze ook gezien worden... *Gek of slecht?* Ik zit niet langer met die vraag. Zoals ik alle bovennatuurlijke theorieën heb verworpen (buitenaardse indringers, vampiers die schreeuwen als konijnen), zo gun ik het haar ook niet om gek te zijn. Ruimtehagedissen, bloedzuigende vampiers en mensen zonder geestelijke sanitas onttrekken zich aan een moreel oordeel, en Uma verdient het geoordeeld te worden. *Insaan*, Hindi voor 'menselijk wezen'. Ik ben overtuigd van Uma insaaniteit.

Ook dat is zoals we zijn. Ook wij zijn zaaiers van winden en oogsters van stormen. Er zijn er onder ons – niet buitenaards maar insaan – die leven van vernietiging; die niet kunnen gedijen zonder een portie ellende op zijn tijd. Mijn Uma was zo iemand.

Zes jaar! Zes jaar van Aurora, twaalf van de Moor, verloren. Mijn moeder was drieënzestig toen ze stierf; ikzelf zag eruit als zestig. We zouden broer en zus hebben kunnen zijn. We zouden vrienden hebben kunnen zijn. 'Ik moet een antwoord hebben,' had mijn vader gezegd op de renbaan. Ja, hij moest een antwoord krijgen. Het moest de naakte waarheid zijn; alles over Uma en Aurora, Aurora en mij, mij en Uma Sarasvati, mijn heks. Ik zou het hem allemaal zeggen en me neerleggen bij zijn vonnis. Zoals Yul Brynner, in farao-stijl (dat wil zeggen, een tamelijk leuk kort rokje), zo graag mocht zeggen in *De tien geboden*: 'Aldus zij geschreven. Aldus zij gedaan.'

≈

Er was een tweede briefje geweest, door een onzichtbare hand onder mijn kussen gelegd. Er waren instructies geweest, en een loper voor een bepaalde onbewaakte dienstingang aan de achterkant van de Cashondeliveri Tower, en ook voor de deur naar de privé-lift die direct naar het penthouse op de eenendertigste verdieping voerde. Er was een verzoening geweest, een verklaring aanvaard, een zoon aan zijn vaders boezem gedrukt, een verbroken band hersteld.

'O, mijn jongen je leeftijd, je leeftijd.'

'O, mijn vader en de uwe ook.'

Er was een heldere nacht, een hoge tuin, een gesprek zoals we nooit eerder hadden gehad. 'Mijn jongen, je moet niets voor me verbergen. Ik weet alles al. Ik heb ogen die zien en oren die horen en ik ken je daden en wandaden.'

En voor ik een poging kon doen me te rechtvaardigen, was daar een opgeheven hand, een grijns, een giechel. 'Het doet me goed,' zei hij. 'Je ging bij me weg als een jongen en bent teruggekomen als een man. Nu kunnen we als mannen praten over mannelijke dingen. Ooit hield je meer van je moeder. Ik neem het je niet kwalijk. Ik was net zo. Maar nu is je vader aan de beurt; beter gezegd, nu is het onze beurt. Nu kan ik je vragen of jij met mij wilt samenwerken en hoop ik vrijuit te kunnen spreken over veel verborgen zaken. Op mijn leeftijd is er de kwestie van vertrouwen. Ik heb behoefte mijn hart te luchten, mijn ketenen te ontketenen, mijn mysteries te onthullen. Er staan grote dingen te gebeuren. Die Fielding, wie is dat? Een mier. Op zijn hoogst een Pluto van de Onderwereld en we kennen Pluto van Miranda's kinderkamer. Een stomme hond met een halsband. Of nu, kun je misschien beter zeggen, een kikker.'

Er was een hond. In een speciale hoek van dit hoog oprijzende atrium, een opgezette buldog op wielen. 'Je hebt hem bewaard', zei ik verbaasd. 'Aires' oude Jawaharlal.'

'Omwille van vroeger. Soms pak ik deze riem en ga met Harrewar in dit tuintje uit wandelen.'

Nu werd het gevaarlijk.

Nadat ik mijn vader had beloofd voor hem te gaan werken, te weten wat hij wist en hem te helpen bij zijn ondernemingen, beloofde ik ook dat ik nog een tijd bij Fielding in dienst zou blijven. Dus om mijn meester te verraden aan mijn vader keerde ik terug naar mijn meesters huis. En ik vertelde Mainduck – want die was niet gek – iets van de waarheid. 'Het is goed om een familieruzie bij te leggen, maar het heeft geen invloed op mijn keuzes.' Wat Fielding, me vriendelijk gezind wegens mijn zes jaar trouwe dienst, aanvaardde; en wantrouwde.

Voortaan zou hij me altijd in de gaten houden, wist ik. Mijn eerste fout zou mijn laatste zijn. Ik maak deel uit van het slagveld, dacht ik, en het is een bloedige oorlog.

Toen mijn teamgenoten – mijn oude wapenbroeders – het blijde nieuws hoorden:

Haalde Chhaggan zijn schouders op. Als wilde hij zeggen: 'Je bent nooit een van ons geweest, rijkeluiszoontje. Geen hindoe en geen Mahratta. Gewoon een kok van deftige afkomst en een vuist. Je kwam hier om die hamer bot te vieren. Verknipt figuur. Weer zo'n neuroot die eens lekker wilde matten – onze zaak kon je geen snars schelen. En nu is jouw klasse, je bloed, je komen terughalen. Hier blijf je niet lang meer. Waarom zou je ook? Je bent te oud geworden om te vechten.'

Maar Sammy Hazaré, de Blikken-man, nam me op. Zo aandachtig dat ik meteen wist wiens hand de briefjes onder mijn kussen had gestopt, wie voor mijn vader werkte. Sammy de christen verleid door Abraham de jood.

O Moor, wees op je hoede, mompelde ik in mijzelf. Het conflict nadert, en de toekomst zelf is de prijs. Pas op dat je in die strijd niet je domme hoofd verliest.

≈

Naderhand vertelde Abraham me in zijn hoge wolkenkrabbertuin hoe vaak Aurora al die jaren een vergevende hand had willen uitsteken om me – het gebaar waarmee ze me had verbannen ongedaan makend – naar huis had willen wenken. Maar dan herinnerde ze zich mijn stem, mijn onuitsprekelijke woorden die niet ongesproken konden worden gemaakt, en verhardde zich haar moederhart. Toen ik dit hoorde, begonnen de verloren jaren me te achtervolgen, me dag en nacht bezig te houden. In mijn slaap vond ik tijdmachines uit waarmee ik kon terugreizen over de grens van haar dood; en als ik wakker werd, was ik woest dat de reis slechts een droom was.

Na enkele gekwelde maanden te hebben rondgelopen met deze frustratie, herinnerde ik me Vasco Miranda's portret van mijn moeder en besefte ik dat ik zo althans iets van haar zou kunnen terugkrijgen: in de duurzame kunst, als het dan niet in het vluchtige leven was. Natuurlijk telde haar eigen oeuvre heel wat zelfportretten, maar het verdwenen portret van Miranda, overschilderd en verkocht, ging op de een of andere manier mijn verloren moeder, Abrahams verloren vrouw, vertegenwoordigen. Konden we het maar weer te voorschijn halen! Het zou als de wedergeboorte van haar jongere ik zijn; een overwinning op de dood! Opgewonden vertelde ik mijn vader over mijn idee. Hij fronste. 'Dat schilderij.' Maar zijn bezwaren waren met de jaren weggeëbd. Ik zag het verlangen op zijn gezicht komen. 'Maar het is lang geleden vernietigd.'

'Niet vernietigd,' corrigeerde ik hem. 'Overschilderd. "De kunstenaar als Boabdil, de Ongelukkige (el-Zogoybi), de laatste sultan van Granada, bij zijn vertrek uit het Alhambra." Of: "De laatste zucht van de Moor". Dat sentimentele huilende-ruiter-schilderij dat mammieji zelfs nog erger vond dan het geknoei van een bazaarschilder. Dat verwijderen zou geen verlies betekenen. En dan zouden we haar terughebben.'

'Verwijderen, zeg je.' Ik zag dat het idee een Miranda te ruïneren, met name de Miranda waarin Vasco onze eigen familielegenden had geplunderd, de oude Abraham in zijn hol wel aanstond. 'Is dat mogelijk?'

'Vast wel,' zei ik. 'Er zullen wel deskundigen zijn. Als je wilt, ga ik er achterheen.'

'Maar het schilderij is van Bhabha', zei hij. 'Denk je dat die ouwe klootzak het verkoopt?'

'Voor de juiste prijs,' antwoordde ik. En als uitsmijter voegde ik eraan toe: 'Wat voor grote klootzak hij ook is, zo'n grote klootzak als jij is hij nooit.'

Abraham giechelde en nam de telefoon op. 'Zogoiby,' zei hij tegen de kruiper aan het andere eind van de lijn. 'Is C.P. er?' En een ogenblik later: '*Arré*, C.P. Waarom hou je je schuil voor je maten?' Dan – bijna blaffend – een paar onderhandelende woorden waarin het harde staccato van de toon opvallend contrasteerde met de woorden die hij bezigde, zachte, sierlijke woorden vol vleierei en eerbied. Toen een plotseling stilvallen, als een automotor die onverwacht afslaat; en Abraham legde de hoorn op de haak met een verwonderde uitdrukking op zijn gezicht. 'Gestolen,' zei hij. 'Pas enkele weken geleden. Gestolen uit zijn woonhuis.'

≈

Uit Spanje kwam het bericht dat de oudgediende (en in toenemende mate excentrieke) in India geboren schilder V. Miranda, thans woonachtig in het Andalusische dorp Benengeli, gewond was geraakt bij de raadselachtige onderneming een volwassen olifant van onderaf te schilderen. De olifant, een ondervoed circusdier dat tegen excessief hoge kosten voor een dag was gehuurd, moest op een betonnen helling klimmen die speciaal voor het doel was gebouwd door de beroemde (maar onberekenbare) Señor Miranda zelf, en vervolgens gaan staan op een plaat onwaarschijnlijk versterkt glas waaronder de oude Vasco zijn ezel had opgesteld. Journalisten en televisieploegen verdrongen zich in Benengeli om deze curieuze stunt te verslaan. Isabella de olifant was weliswaar gewend aan allerlei malligheid over drie pistes, maar wel zo fijngevoelig om te weigeren mee te werken aan wat sommige plaatselijke commentatoren een 'vernederend nummer' van 'onderbuik-voyeurisme' hadden genoemd, dat kenmerkend leek voor de lichtzinnige verkwisting, behaagzieke amoraliteit en ultieme zinloosheid van alle kunst. De kunstenaar kwam uit zijn palazzo met zijn snorpunten in de houding. Hij was gekleed – met een absurditeit die misschien opzettelijk ongerijmd of anders eenvoudigweg gestoord was – in Tiroler korte broek en geborduurd hemd, en op zijn hoed stak een selderijstengel. Isabella was halverwege de helling blijven staan en alle inspanningen van haar oppassers ten spijt niet meer in beweging te krijgen. De kunstenaar klapte in zijn handen. 'Olifant! Gehoorzaam!' Op welk bevel Isabella, vol verachting achterwaarts de helling afgaand, op Miranda's linkervoet trapte. De meer behoudende dorpelingen in de menigte die zich had verzameld om het spektakel te aanschouwen, hadden het onfatsoen te applaudisseren.

Nadien liep Vasco mank, net als Abraham, maar in alle andere opzichten bleven hun wegen uiteenlopen, althans, zo moet het voor buitenstaanders geleken hebben. De mislukking van zijn olifantavontuur had geen enkele negatieve invloed op de doldwaze bevliegingen van zijn oude dag en dankzij een aanzienlijke liefdadige schenking aan de gemeentescholen kreeg hij al snel toestemming om ter ere van Isabella een enorme en afzichtelijke fontein op te richten met kubistische olifanten die als ballerina's op hun linkerachterpoot staand water uit hun slurven spoten. De fontein kwam midden op het plein voor Vasco's zogenaamde 'Klein Alhambra' te staan, en het plein werd tot woede van de bevolking herdoopt in 'Het Olifantenplein'. Verzameld in een nabijgelegen bar, La Carmencita, genaamd naar de dochter van de vroegere dictator, herinnerden de oude bewoners zich in drank-overgoten uitbarstingen vol nostalgische verontwaardiging dat het gehavende plein tot dan toe de Plaza de Carmen Polo had geheten – naar de vrouw van de *caudillo* zelf – ter ere van haar en vereerd door haar naam, die nu was bezoedeld door deze dikhuidige associatie, dat was althans de unanieme mening van deze mopperende oudjes. Vroeger was Benengeli, zo zeiden ze tegen elkaar, het favoriete Andalusische dorp van de generalissimo geweest, maar vroeger was weggevaagd door dit aan geheugenverlies lijdende, democratische heden, waarvoor alle verleden afval was dat zo snel mogelijk moest worden opgeruimd. En dat ze werden opgezadeld met zo'n misbaksel als de olifantenfontein door een niet-Spanjaard, een Indiër – die zijn streken trouwens in Portugal had moeten uithalen, niet in Spanje, wegens de traditionele lusofilie van personen van Goanese oorsprong – nou! dat was zonder meer onaanvaardbaar. Maar wat kon je doen tegen kunstenaars die de goede naam van Benengeli te grabbel gooiden door hun vrouwen en vreemde goden en hun losbandige gedrag mee te brengen – want al beweerde deze Miranda dat hij katholiek was, iedereen wist toch dat alle Oosterlingen van binnen heidenen waren?

De oude garde hield Vasco Miranda verantwoordelijk voor de meeste veranderingen in Benengeli, en als je deze autochtonen naar het precieze moment van hun teloorgang had gevraagd, zouden ze die belachelijke dag van de olifant op de helling hebben genoemd, want deze onfraaie, potsierlijke episode die alle kranten had gehaald, had het schuim der aarde attent gemaakt op Benengeli, en binnen een paar jaar werd dat ooit zo rustige dorp, dat het favoriete vakantieoord van de gevallen dictator in het zuiden was geweest, een toevluchtsoord voor vagebonden, buitenlands gespuis en al het zwerverstuig van de wereld. De Guardia Civil-commissaris van Benengeli, Sargento Salvador Medina, een verklaard tegenstander van de nieuwe bewoners, gaf zijn mening aan iedereen die het maar horen wilde en aan velen die dat niet wilden. 'De Middellandse Zee, de Mare Nostrum van de antieken, sterft van het vuil,' meende hij. 'En nu gaat ook het land – Terra Nostra – verloren.'

Om de Guardia-commissaris voor zich te winnen stuurde Vasco Miranda hem het dubbele van het verwachte kerstpakket aan geld en alcohol, maar Medina was niet te vermurwen. Hij bracht het teveel aan contanten en drank persoonlijk bij Vasco terug en zei hem recht in zijn gezicht: 'Mannen en vrouwen die hun eigen plek verlaten, zijn minder dan menselijk. Of er ontbreekt iets in hun ziel of er is iets overtolligs in ze gekomen – een soort duivels zaad.' Na die belediging trok Vasco Miranda zich terug achter de hoge muren van zijn vesting-folly en leefde als een kluizenaar. Hij vertoonde zich nooit in de straten van Benengeli. Het personeel dat hij in dienst nam (in die tijd kwamen veel arbeidsloze jonge mannen en vrouwen uit La Mancha en Extremadura af op het zuiden van Spanje – toch al geplaagd door werkloosheid – op zoek naar werk in restaurants, hotels of particuliere huizen; dus was huishoudelijk personeel in Benengeli even makkelijk te krijgen als in Bombay), had het over zijn enge gedragspatroon, waarin perioden van volkomen afzondering en stilzwijgen werden afgewisseld met kletskanonnades over duistere, zelfs onbegrijpelijke thema's en gênante onthullingen over de intiemste details van zijn vroegere, bonte loopbaan. Er waren enorme drankorgies en wilde depressies waarin hij als een bezetene tekeerging tegen de wrede tegenslagen in zijn leven, met name zijn liefde voor een zekere 'Aurora Zogoiby' en zijn angst voor een 'verdwaalde naald' die zich naar zijn overtuiging onverbiddelijk een weg naar zijn hart baande. Maar hij betaalde goed en op tijd en hield dus zijn personeel.

Misschien verschilden de levens van Vasco en Abraham uiteindelijk niet zoveel. Na Aurora Zogoiby's dood werden ze allebei kluizenaar, Abraham in zijn hoge toren en Vasco in de zijne; probeerden ze allebei het verdriet van haar dood te begraven onder nieuwe activiteiten, nieuwe ondernemingen, hoe ondoordacht ook. En allebei beweerden ze, zo ontdekte ik, haar geest te hebben gezien.

≈

'Ze loopt hier rond. Ik heb haar gezien.' Abraham in zijn wolkenboomgaard met opgezette hond bekende dat hij een visioen had gehad – voor de eerste keer in zijn leven en na een leven van totale skepsis op dat gebied voelde hij zich gedwongen de mogelijkheid van een leven na de dood aarzelend op zijn ongelovige lippen te nemen. 'Ze wacht niet op me; ontvlucht me in de bomen.' Net als kinderen spelen geesten graag verstoppertje. 'Ze heeft geen rust. Ik weet dat ze geen rust heeft. Hoe kan ik haar vrede geven?' In mijn ogen was het Abraham die rusteloos was, die er niet aan kon wennen dat hij haar verloren had. 'Misschien als haar werk zijn rustplaats vindt,' veronderstelde hij, en toen volgde het enorme Zogoiby-legaat waarin al Aurora's werk uit haar eigen collectie – vele honderden stukken! – aan de staat werd geschonken op voorwaarde dat er in Bombay een museum werd gebouwd om het goed te kunnen bewaren en exposeren. Maar na het bloedbad van Meerut, de Hindoe-moslimrellen in Old Delhi en elders, had kunst geen prioriteit voor de overheid, en de collectie kreeg geen bestemming – op een paar meesterwerken na die tentoon werden gesteld in de National Gallery van Delhi. De gemeentelijke autoriteiten van Bombay, gedomineerd door Mainduck, waren niet bereid de fondsen te verschaffen die de minister van Financiën had geweigerd. 'Naar de hel en de maan met alle politici,' schreeuwde Abraham. 'Zelfhulp is de beste politiek.' Hij vond andere financiers die in het project wilden participeren; er was geld van de snel groeiende Khazana Bank en van de supereffectenhandelaar V.V Nandy, wiens George Soros-achtige mega-overvallen op de valutamarkten van de wereld legendarisch begonnen te worden, te meer daar ze afkomstig waren uit de Derde Wereld. 'De Krokodil wordt een postkoloniale held voor onze jeugd,' vertelde Abraham me, grinnikend over de grillen van het lot. 'Hij past bij hun dubbelprogramma van *empire-strikes-back* plus *how-to-become-a-millionaire.* Er werd een toplocatie gevonden – een van de weinige overgebleven parsi-villa's uit oude tijden op de Columbia Hill ('Hoe oud?'- 'Oud, men. Uit de *oude* tijd') – en een briljante jonge kunsttheoreticus en liefhebster van Aurora's werk, Zeenat Vakil, die al een invloedrijke studie over de *Hamza-nama*-doeken van de mogols op zijn naam had staan, werd tot conservator benoemd. Dr. Vakil begon prompt aan de samenstelling van een oeuvrecatalogus en een begeleidende kritische analyse, *Imperso-Natie en Dis/Semi/Natie: Dialogica over eclecticisme en navorsingen naar authenticiteit bij A.Z.*, die de Moor-cyclus – met inbegrip van de voorheen door niemand aanschouwde late schilderijen – zijn verdiende, centrale plaats in het oeuvre gaf en Aurora onsterfelijk maakte. Het Zogoiby-legaat ging precies drie jaar na Aurora's trieste dood open voor het publiek; er volgden de onvermijdelijke, zij het kortstondige, controverses, bijvoorbeeld over de vroege, en in de ogen van sommigen incestueuze, Moor-schilderijen – die 'charade-schilderingen' die ze lang geleden zo luchthartig had gemaakt. Maar hoog in de Cashondeliveri Tower waarde haar geest nog steeds rond.

Nu begon Abraham zijn overtuiging uit te spreken dat haar dood niet het simpele ongeluk was geweest dat iedereen had verondersteld. Een druipend oog bettend zei hij met onvaste stem dat wie omkomt door misdaad pas rust vindt nadat de rekening is vereffend. Hij leek steeds dieper vast te raken in de valstrikken van het bijgeloof, kennelijk niet in staat Aurora's dood te aanvaarden. In normale omstandigheden zou dit wegzakken in wat hij altijd abacadabra had genoemd, me diep geschokt hebben; maar ook ik zat gevangen in de steeds sterkere greep van de obsessie. Mijn moeder was dood en toch had ik de behoefte een breuk te herstellen. Als ze onherroepelijk dood was, zou er nooit een verzoening kunnen zijn, alleen deze knagende, dwingende behoefte, deze wond die niet wilde helen. Dus sprak ik Abraham niet tegen toen hij het had over schimmen in zijn hangende tuinen. Misschien hoopte ik zelfs – ja! – op een plotseling gerinkel van *jhunjhunna*-enkelringen, een werveling van gewaden achter het struikgewas. Of, nog beter, op de terugkeer van de moeder uit mijn favoriete tijd, vol verfspatten en met penselen die uit haar hoogopgestoken warrige haar staken.

Zelfs toen Abraham aankondigde dat hij Dom Minto had gevraagd het onderzoek naar haar val op particuliere basis te heropenen – Minto notabene, blind, tandeloos, in een rolstoel, doof en bij de nadering van zijn honderdste levensjaar in leven gehouden door dialysemachines, regelmatige bloedtransfusies en die onverzadigbare en onverminderde nieuwsgierigheid die hem naar de top van zijn vak had gebracht –, maakte ik geen bezwaar. Laat de oude man doen wat hij moet doen om zijn gekwelde geest te sussen, dacht ik. Bovendien, moet ik zeggen, was het niet gemakkelijk om Abraham Zogoiby, dat genadeloze geraamte, tegen te spreken. Hoe meer hij me in vertrouwen nam, zijn kasboeken, zijn geheime boekhouding en zijn hart opende, hoe banger ik werd.

'Fielding, kan niet anders,' schreeuwde hij zijn verdenking naar Minto in de boomgaard van Pei. *'Mody, die vent mist wat daarvoor nodig is. Onderzoek Fielding. Moor hier zal je alle hulp geven die je nodig hebt.'*

Mijn angst nam toe. Als Raman Fielding – schuldig of onschuldig –

ooit vermoedde dat ik hem bespioneerde met het doel hem een moord in de schoenen te schuiven, zou het slecht met me aflopen. Maar ik kon niet nee zeggen tegen Abraham, mijn pas herwonnen vader. Zenuwachtig stelde ik ten slotte toch een paar onkiese vragen: waarom zou Mainduck – met welk motief, welke drijfveer had hij?

'Jongen wil weten waarom ik die klootzak van een kikker verdenk,' gilde Abraham tussen angstaanjagende giechels in, en de afgetakelde oude Minto sloeg zich eveneens vrolijk op de dijen. *'Misschien denkt hij dat zijn mammie een heilige was en dat alleen zijn slechte pappie van het goede pad afdwaalde. Maar zij probeerde haast alles wat een broek aan had, toch? Alleen vluchtige belangstelling. Hel is niet zo gevaarlijk als een afgewezen kikkertje – q.e.-verdemde-d.'*

Twee macaber lachende oude mannen, beschuldigingen van huwelijksontrouw en moord, een wandelende geest, en ik. Ik had het niet meer. Maar ik kon nergens naartoe, me nergens verbergen. Ik kon alleen doen wat gedaan moest worden.

'Grote Baas, geen zorgen', fluisterde Minto, turend door blauw glas, even zachtjes als Abraham luid sprak. 'Die Fielding, beschouw hem als gevierendeeld, van zijn ingewanden ontdaan en opgehangen.'

≈

Kinderen hebben fantasieën over hun vader, herscheppen hem naar hun kinderlijke behoeften. De werkelijkheid over een vader is een last die weinig zonen kunnen dragen.

Het was de volkswijsheid van de tijd dat de (voornamelijk mohammedaanse) benden die de georganiseerde misdaad van de stad domineerden, allemaal met hun eigen baas of *dada*, verzwakt waren door hun traditionele probleem een duurzaam syndicaat of eenheidsfront te vormen. Mijn eigen ervaring met de M.A., die in de armste buurten van de stad werkte om vrienden en steun te winnen, suggereerde iets anders. Ik begon aanwijzingen en glimpen te zien van iets schimmigs, zo angstaanjagend dat niemand erover wilde praten – een verborgen laag onder het oppervlak van het schijnbare. Ik had tegenover Mainduck geopperd dat de benden uiteindelijk misschien eenheid hadden bereikt, dat er misschien zelfs één enkele *capo di tutti capi* à la mafia achter alle misdaad in de stad zat, maar hij lachte me smalend uit. 'Sla jij nou maar koppen in, Hamer,' sneerde hij. 'Laat de diepere zaken aan diepere geesten over. Eenheid vereist discipline, en wij hebben het monopolie op dat gebied. Die zusterneukers blijven bakkeleien tot sint-juttemis.'

Maar nu had ik met mijn eigen oren gehoord hoe Dom Minto *mijn vader* de grootste dada van allemaal noemde. Mogambo! Op het moment dat ik het hoorde, wist ik dat het waar was. Abraham was een leider van nature, een geboren onderhandelaar, de *Macher* der *Machers*. Hij gokte met de hoogste inzetten; was als jonge man zelfs bereid geweest zijn ongeboren zoon op het spel te zetten. Ja, het Opperbevel bestond wel degelijk, en de moslimbenden waren verenigd door een jood uit Cochin. De waarheid is bijna altijd uitzonderlijk, bizar, onwaarschijnlijk en bijna nooit gewoon, bijna nooit wat koele berekening zou suggereren. Uiteindelijk sluiten de mensen de allianties die ze willen. Ze volgen mannen die hen leiden naar wat ze willen. Het kwam me voor dat mijn vaders superioriteit over Scar en diens collega's een lugubere, ironische overwinning was van het diepgewortelde secularisme van India. Het karakter van deze alliantie van cynisch eigenbelang tussen de verschillende gemeenschappen logenstrafte Mainducks visioen van een theocratie waarin één specifieke variant van het hindoeïsme zou overheersen, terwijl alle andere volken van India hun geslagen hoofd zouden buigen.

Vasco had het jaren geleden gezegd: corruptie was de enige kracht waarmee we het fanatisme konden verslaan. Wat in Vasco's mond niet meer dan dronkemansspot was geweest, had Abraham Zogoiby in levende werkelijkheid veranderd, in een verbond tussen krot en wolkenkrabber, een goddeloos, gewetenloos leger dat alles wat het vromenlegioen zijn richting opstuurde, kon pareren en verslaan.

Misschien.

Raman Fielding had al de ernstige fout begaan zijn tegenstander te onderschatten. Zou Abraham Zogoiby verstandiger zijn? De eerste aanwijzingen waren niet gunstig. 'Een mier,' had hij Mainduck genoemd. 'Een stomme hond met een halsband.'

En als beide kampen een oorlog begonnen omdat ze dachten dat de vijand gemakkelijk te overwinnen was? En als beide kampen zich vergisten? Wat dan?

Armageddon?

≈

In de zaak van het Baby Softo-narcoticaschandaal was Abraham Zogoiby – zoals hij met een brede, schaamteloze grijns bevestigde tijdens onze 'informatiesessies' – van alle blaam gezuiverd door de onderzoeksautoriteiten. 'Lei schoongeveegd,' snoefde hij. 'Paar handen, ook schoon. Vijanden proberen me misschien onderuit te halen, maar dan moeten ze beter hun best doen.' 'Het stond buiten kijf dat de talkpoederexporten van het Softo-bedrijf waren gebruikt als dekmantel voor verzending naar het buitenland van lucratievere witte poeders, maar hoe de narcoticabrigades zich ook hadden ingespannen, ze konden niet aantonen dat Abraham van illegale activiteiten had geweten. Van bepaalde ondergeschikte werknemers van het bedrijf – op de verpak- en verzendafdelingen – was wel bewezen dat ze op de loonlijst van een drugssyndicaat stonden, maar daarna stuitten alle onderzoekingen eenvoudigweg op een muur. Abraham was royaal voor de gezinnen van de geïnterneerde mannen – 'Waarom moeten vrouwen-kinderen lijden onder de activiteiten van vaders?' zei hij altijd – en uiteindelijk werd de zaak gesloten zonder dat de grote jongens werden aangeklaagd, zoals aanvankelijk was rondgebazuind, vooral door Raman Fieldings M.A.-stadsbestuur. Het bleef een pijnlijke zaak dat de drugsbaron die bekendstond als 'Scar', op vrije voeten bleef. De veronderstelling was dat hij ergens aan de Perzische Golf zijn toevlucht had gezocht. Maar Abraham Zogoiby had ander nieuws voor mij. 'Wat zouden we dom zijn als we immigratie-emigratiezaken niet ook konden regelen', schreeuwde hij. 'Natuurlijk kunnen onze mensen er naar believen in en uit. En agenten van het narcoticateam zijn ook maar mensen. Met hun lage loon is het moeilijk de eindjes aan elkaar te knopen. Wat zal ik zeggen. Het is de plicht van de welgestelden gul te zijn. Filantropie is onze taak. *Noblesse oblige*.'

Abrahams overwinning in de Baby Softo-zaak was een klap voor Fielding, die me voortdurend aanspoorde mijn vader uit te horen over activiteiten die met drugs samenhingen. Maar ik hoefde hem niet uit te horen. Abraham wilde zijn hart voor me openen en vertelde me ronduit dat de Softo-overwinning op de lange termijn niet zonder kosten was. Nu de talkpoederroute gesloten was, moest snel en in weerwil van het intensieve politieonderzoek een riskantere operatie worden opgezet. 'Aanloopkosten waren belachelijk,' vertrouwde hij me toe. 'Maar wat moest ik anders? In zaken moet je een man op zijn woord kunnen vertrouwen en er waren contracten die moesten worden nagekomen.' Scar en zijn mannen waren full-time bezig geweest om een nieuwe route op te zetten, die uitmondde in de grauwe wildernis van de Rann van Kutch (waardoor zowel ambtenaren in Gujarat als in Maharashtra moesten worden omgekocht). Enkele boten zouden de 'talk' naar wachtende vrachtschepen vervoeren. De nieuwe route was langzamer, riskanter. 'Alleen een noodoplossing', zei Abraham. 'Mettertijd zullen we nieuwe vrienden bij de luchtvrachtterminal vinden.'

's Avonds ging ik altijd naar zijn hooggelegen glazen Eden en dan vertelde hij me zijn slangachtige verhalen. En in zekere zin waren het net sprookjes: koboldverhalen van de moderne tijd, legenden van het uiterst abnormale verteld op de zakelijke, prozaïsche toon van de magazijnchef die alles omzet in gewone termen. (Dus dat bedoelde mijn vervaarlijke vader met zichzelf begraven in zijn werk om zijn verlies te vergeten! Dat deed hij om zijn verdriet te verzachten!) Wapentuig speelde een belangrijke rol, maar in de openbare activiteiten van zijn grote onderneming kwam die handel niet voor. Een beroemde Noordeuropese wapenfabriek was met India in onderhandeling over de levering van een reeks in wezen fatsoenlijke, fraai ontworpen en vanzelfsprekend dodelijke produkten. De geldsommen die ermee gemoeid waren, waren te groot om betekenis te hebben, en zoals altijd bij dergelijke Karakorams van kapitaal kwamen er bepaalde perifere zwerfkeien van geld los van de grote hoop en begonnen de berg af te rollen. Er was behoefte aan een discrete methode om deze tuimelende keien zo weg te werken dat alle deelnemers aan de onderhandelingen er beter van werden. De onderhandelingspartners waren uiterst kies, zo delicaat dat ze deze brokken gewin onmogelijk konden wegwerken, zelfs niet naar hun eigen bankrekeningen. Nog niet het kleinste smetje mocht het blazoen van hun verheven namen bezoedelen! 'Dus,' zei Abraham met een vrolijk schouderophalen, 'doen wij het vuile werk, en bovendien eindigt menig steentje in onze zakken.'

Het bleek dat Abrahams 'Siodicorp' – zoals het bedrijf nu overal bekend stond – een belangrijke rol speelde in de Khazana Bank International, die wat activa en transacties betreft aan het eind van de jaren tachtig als eerste financiële instelling van de Derde Wereld kon concurreren met de grote Westerse banken. De min of meer zieltogende bank die hij had overgenomen van de gebroeders Cashondeliveri, was prachtig opgeknapt en haar connecties met de KBI hadden haar tot het wonder van de stad gemaakt. 'De dagen van een dollar-bypassoperatie voor achterlijke economieën zijn voorbij,' sprak mijn vader. 'Uit met dat slappe Zuid-Zuid-samenwerkings-*bakvaas.* Laat de grote jongens maar komen! Dollar, DM, Zwitserse frank, yen – dat ze maar komen! Nu zullen we ze op hun eigen terrein verslaan.' Maar ondanks Abraham Zogoiby's nieuwe openheid tegenover mij duurde het een aantal jaren voor hij toegaf dat achter deze aantrekkelijke monetaristische visie een verborgen laag van activiteiten schuilging: de onvermijdelijke geheime wereld die bestaat onder alles wat ik ooit heb gekend, wachtend op openbaring. – En als de werkelijkheid van ons bestaan inhoudt dat er achter Maya-sluiers van onwetendheid en illusie zoveel verhulde waarheden schuilgaan, waarom dan niet ook hemel en hel? Waarom niet God en de duivel en de godganse verdomde zooi? Waarom, bij zoveel openbaring, niet de Openbaring? – *Alstublieft.* Dit is niet het moment voor een theologische discussie. Het onderwerp ter tafel is terrorisme, en een geheim atoomwapen.

Tot de grootste klanten van de KBI behoorde een aantal heren en organisaties met namen die voorkwamen op de lijsten van meestgezochten en meest-gevaarlijken in ieder land van de vrije wereld – maar die op mysterieuze wijze konden gaan en staan waar ze wilden, lijnvliegtuigen nemen, bankfilialen bezoeken en medische behandelingen ondergaan in de landen van hun keuze, zonder angst dat ze werden gearresteerd of lastiggevallen. De schaduwrekeningen van deze klanten stonden op speciale bestanden, beschermd door een indrukwekkende batterij wachtwoorden, software-'bommen' en andere verdedigingsmechanismen, en waren theoretisch althans niet toegankelijk via de hoofdcomputer. Maar deze voorzorgsmaatregelen vielen in het niet – en deze ongure clientèle leek waarlijk engelachtig – bij de voorzorgsmaatregelen en de betrokken mankracht ter bescherming van de grootste onderneming van de KBI: de financiering en geheime fabricage van grootschalig nucleair wapentuig 'voor bepaalde olierijke landen en hun ideologische bondgenoten'. Abrahams arm was wel heel erg lang geworden. Als er een voorraad bruikbaar verrijkt uranium of plutonium te krijgen was, had de Khazana Bank een vinger in die hete pap; als er in de landen rond de voormalige Sovjetunie toevallig een langeafstands-lanceerinrichting op de markt kwam, schoof KBI-geld langs kronkelpaden, onzichtbaar, onder vloerkleden, door muren, naar de kraam van die verkoper. Zo naderde Abrahams onzichtbare stad, gebouwd door onzichtbare mensen om onzichtbare dingen te doen, uiteindelijk haar apotheose. Er werd een onzichtbare bom gemaakt.

In mei 1991 voegde een maar-al-te-zichtbare explosie in Tamil Nadu de heer Rajiv Gandhi toe aan de lijst van zijn vermoorde familieleden, en Abraham Zogoiby – wiens besluiten bij tijd en wijle zo onbegrijpelijk duister waren dat het was alsof hij echt geloofde leuk te zijn – koos die verschrikkelijke dag om mij te 'informeren' over het bestaan van een geheim waterstofbom-project. Op dat moment veranderde er iets in mij. Het was een onwillekeurige verandering, niet voortkomend uit wil of bewuste keuze maar uit de een of andere diepere, onbewuste werking van mijn persoonlijkheid. Ik luisterde goed toen hij de details besprak (het overkoepelende probleem van het project op dit moment was, merkte hij op, de behoefte aan een ultrasnelle supercomputer voor de complexe lanceerprogramma's die nodig waren om de raketten te laten raken wat ze moesten raken; in de hele wereld bestonden er nauwelijks vierentwintig van dergelijke FPS- oftewel 'Floating Point System'-computers met VAX-toegangsinstallaties waarmee ze zo'n zesenzeventig miljoen berekeningen per seconde konden maken, en twintig daarvan stonden in de Verenigde Staten, wat betekende dat één van de resterende drie of vier – en er was zo'n apparaat in Japan gelokaliseerd – ofwel bemachtigd moest worden door een mantelorganisatie die zo ondoordringbaar was dat ze de uiterst geavanceerde veiligheidssystemen bij zo'n verkoop kon misleiden, ofwel moest worden gestolen en vervolgens *onzichtbaar gemaakt,* naar de eindgebruiker gesmokkeld langs een onwaarschijnlijk complexe keten van corrupte douanebeambten, vervalste vrachtbrieven en misleide inspecties), maar terwijl ik luisterde, hoorde ik een innerlijke stem een absoluut, onverbiddelijk 'nee' uitspreken. Net zoals ik nee had gezegd tegen de dood die Uma Sarasvati voor mij had bedacht, zo geloofde ik nu dat ik de grenzen had bereikt van wat ik verplicht was aan familietrouw. Tot mijn verrassing had een andere trouw de overhand genomen. Verrassing, want tenslotte was ik opgegroeid in *Elephanta,* waar alle communale banden opzettelijk waren verbroken; in een land waar alle burgers een instinctieve dubbele loyaliteit moeten hebben jegens plaats en geloof, was ik gemaakt tot een plaats-noch-gemeenschapsman – en was daar trots op, mag ik wel zeggen. Dus ik was me scherp bewust dat ik iets onverwachts deed toen ik opstond tegen mijn ontzagwekkende, dodelijke vader.

'... En als ontdekt wordt dat we hem smokkelen,' was hij aan het zeggen, 'zouden alle hulpovereenkomsten, privileges van meest begunstigde landen en andere economische afspraken op regeringsniveau prompt worden beëindigd.'

Ik haalde adem en sprong: 'Ik denk dat u wel weet wie allemaal door deze bom aan meer stukken dan die arme Rajiv geblazen moeten worden, en waar.'

Abraham versteende. Hij was ijs en vuur. Hij was God in het paradijs en ik, zijn grootste schepping, had zojuist het verboden vijgeblad van de schaamte voorgedaan. 'Ik ben een zakenman,' zei hij. 'Wat ik moet doen, doe ik.' *JHWH. Ik ben die ik ben.*

'Tot mijn verbazing,' zei ik tegen deze schaduw-Jehova, deze anti-Almachtige, dit zwarte gat in de hemel, mijn pappieji, 'het spijt me, maar ik beschouw mezelf als een jood.'

≈

Tegen die tijd werkte ik niet meer voor Mainduck; dus Chhaggan had gelijk gehad, denk ik – het bloed in mijn aderen was dikker dan het bloed dat we samen hadden vergoten. Niet ik, maar Fielding had, niet geheel onvriendelijk, geopperd dat onze wegen zich moesten scheiden. Hij besefte waarschijnlijk dat ik niet bereid was mijn vader te bespioneren voor hem en zal wel hebben vermoed dat informatie over zijn activiteiten misschien best eens in de tegenovergestelde richting kon stromen. Bovendien had ik weinig zin in kantoorwerk; want terwijl mijn jeugdige netheid en drang niet op te vallen prima geschikt waren voor de eenvoudige mechanische taken die mij waren opgedragen, verzette mijn 'geheime identiteit' – dat wil zeggen mijn ware, ongetemde, amorele ik – zich heftig tegen de eentonigheid van de dagen. Een oude gangster, een versleten *goonda*, kon je alleen maar met pensioen sturen. 'Ga rusten,' zei Fielding tegen me, een hand op mijn hoofd leggend. 'Je hebt het verdiend.' Ik vroeg me af of ik te horen kreeg dat hij besloten had me niet te laten doden. Of het tegenovergestelde: dat het mes van de Blikken-man of de tanden van Vijf-in-één-Hap mijn keel zouden strelen. Ik nam afscheid en vertrok. Er kwamen geen moordenaars achter me aan. Toen niet. Maar het gevoel dat ik achtervolgd werd, dat bleef.

De waarheid is dat Mainducks intriges tegen 1991 veel meer te maken hadden met de religieus-nationalistische problematiek dan met het oorspronkelijke, lokale programma van Bombay-voor-de-Mahratta's waarmee hij aan de macht was gekomen. Ook Fielding sloot bondgenootschappen met gelijkgestemde nationale partijen en paramilitaire organisaties, die alfabetsoep van autoritairen, BJP, RSS, VHP. In deze nieuwe fase van M.A.-activiteit was geen plaats voor mij. Zeenat Vakil van het Zogoiby-legaat – waar ik inmiddels een groot deel van mijn tijd doorbracht, zwervend door mijn moeders droomwerelden, Aurora's herdroming van mijzelf volgend in de avonturen die ze voor mij had bedacht – slimme linkse Zeeny, wie ik niet vertelde van mijn connecties met Mainduck, had niets dan minachting voor Ram-Rajya-retoriek. 'Wat een gezwam, verdorie,' betoogde ze. 'Punt één: in een religie met duizend en één goden besluiten ze ineens dat maar één vent telt. En hoe zit het dan met Calcutta bijvoorbeeld, waar ze niet kiezen voor Ram? En Shivatempels zijn dan geen geschikte gebedshuizen meer? Belachelijk! Punt twee: het hindoeïsme heeft vele heilige boeken, en niet één, maar plotseling is het alleen nog maar Ramayan, Ramayan. Waar is dan de Gita? Waar zijn alle *Purana's*? Hoe durven ze alles zo te verdraaien? Te gek om los te lopen. En punt drie: Hindoes zijn niet verplicht tot een collectieve eredienst, maar hoe moeten deze types anders hun geliefde massa's bij elkaar krijgen? Dus plotseling is er zoiets als een massale-*puja* bedacht, en die geldt dan als de enige manier om ware, eersteklas vroomheid te tonen. Eén enkele, krijgshaftige godheid, één enkel boek en de heerschappij van het gepeupel: dat hebben ze gemaakt van de hindoecultuur, haar veelkoppige schoonheid, haar vrede.'

'Zeeny, je bent een marxiste,' merkte ik op. 'Deze toespraak over een "waar geloof, verwoest door werkelijk, bestaande verbasteringen", was altijd het vaste refrein van jullie soort. Denk je dat hindoes sikhs moslims elkaar nooit eerder hebben vermoord?'

'Post-marxistisch,' verbeterde ze me. 'En wat er ook waar of onwaar was in de kwestie van het socialisme, dit fundogedoe is echt iets nieuws.'

Raman Fielding vond veel onverwachte bondgenoten. Naast de alfabetsoepers waren er de snelle jongens van de Malabar Hill, die op hun dineetjes gekscheerden dat ze 'die minderheidgroepen wel eens een lesje zouden leren' en 'mensen op hun plaats zouden zetten'. Maar dit waren de mensen die hij al voor zich had proberen te winnen; wat als zoiets als een bonus moet zijn geweest, was dat hij, althans in de afzonderlijke kwestie van de anticonceptie, de steun kreeg van de moslims en, nog verrassender, van de nonnen van Maria Gratiaplena. Hindoes, moslims en katholieken, op de rand van het gewelddadige communale conflict, waren kortstondig verenigd in hun gemeenschappelijke haat tegen condoom, pessarium en pil. Mijn zuster Minnie – Zuster Floreas – wierp zich, dat hoeft geen betoog, vol overgave in de strijd.

Sinds de mislukte campagne voor gedwongen geboortebeperking in het midden van de jaren zeventig was gezinsplanning een heikel thema in India. Kort geleden was er echter een nieuwe actie voor kleine gezinnen gestart onder de leuze *Hum do hamaré do* ('wij twee en onze twee'). Fielding gebruikte dit om een eigen angstcampagne te beginnen. M.A.-werkers gingen huurkazernes en sloppen in om de hindoes te vertellen dat de moslims weigerden mee te werken aan het nieuwe beleid. 'Als wij met zijn tweeën zijn en er twee hebben, maar zij zijn met zijn tweeën en hebben er tweeëntwintig, dan zullen ze ons binnen de kortste keren in aantal overtreffen en de zee in drijven!' Het idee dat de driekwart miljard hindoes onder de voet gelopen konden worden door de kinderen van honderdmiljoen moslims, werd merkwaardig genoeg bevestigd door de vele islamitische imams en politieke leiders die het aantal Indiase moslims opzettelijk overdreven in een poging hun eigen belangrijkheid en het zelfvertrouwen van de gemeenschap te vergroten; en die er ook graag op wezen dat moslims veel beter vochten dan hindoes. 'Geef ons zes hindoes tegen één van ons!' schreeuwden ze op hun demonstraties. 'Dan gaan we tenminste gelijk op. Dan komt er misschien iets van een eerlijk gevecht voordat de lafaards het op een lopen zetten.' Nu kreeg deze surrealistische getallentruc een nieuwe draai. Katholieke nonnen begonnen heen en weer te lopen in de *chawls* van Bombay Central en de smerige stegen van de sloppenwijk Dharavi, luidruchtig protesterend tegen geboortebeperking. Niemand werkte langere uren of argumenteerde hartstochtelijker dan onze eigen Zuster Floreas; maar na een tijdje werd ze teruggetrokken uit de frontlinie, want een andere non had gehoord hoe ze de verschrikte sloppenbewoners uitlegde dat God zo zijn eigen manieren had om Zijn volk in aantal te beperken en dat volgens haar visioenen in de zeer nabije toekomst velen van hen toch al zouden sterven, door het geweld en de plagen die ophanden waren. 'Ikzelf zal naar de hemel gedragen worden,' verklaarde ze vriendelijk. 'O, wat kijk ik verlangend uit naar die dag.'

≈

Op nieuwjaarsdag 1992 werd ik zeventig, op de leeftijd van vijfendertig. Altijd een omineuze mijlpaal, de overschrijding van de bijbelse tijdsspanne, vooral in een land waar de levensverwachting aanmerkelijk lager ligt dan het Oude Testament toestaat; en in het geval van ondergetekende, bij wie zes maanden consequent een heel jaar schade veroorzaakten, was die gebeurtenis extra pikant. Hoe gemakkelijk 'normaliseert' de menselijke geest het abnormale, met welk een snelheid wordt het ondenkbare niet alleen denkbaar maar ook duf, niet het overdenken waard! – Zo werd mijn 'toestand', eenmaal gediagnosticeerd als 'ongeneeslijk', 'onvermijdelijk' en nog heel wat andere 'on's' die ik me niet meer kan herinneren, al snel zo'n saai onderwerp dat zelfs ik er niet al te lang over na wilde denken. De nachtmerrie van mijn gehalveerde leven was eenvoudigweg een Feit, en over een Feit valt niets anders te zeggen dan dat het een feit is. – Want mag je marchanderen met een Feit, meneer? – Geenszins! – Mag je het verdraaien, verfraaien, veroordelen, mag je het om vergiffenis vragen? Nee; althans het zou wel dwaas zijn om dat te proberen. – Hoe moeten we zo'n harde, zo'n absolute Entiteit dan aanpakken? – Meneer, het maalt er niet om of u het aanpakt of het met rust laat; het beste is dus het te aanvaarden en uws weegs te gaan. – En veranderen Feiten nooit? Moeten oude Feiten nooit vervangen worden door nieuwe, zoals gloeilampen; zoals schoenen en schepen en ieder ander godallemachtig ding? – Dus: als dat zo is, dan toont het ons alleen dit – dat het om te beginnen nooit Feiten waren, maar louter Poses, Houdingen en Voorwendsels. Het ware Feit is niet de welbekende brandende Kaars die slap ineenzakt tot een taaie plas; en ook niet de welbekende Elektrische Gloeilamp, met zo'n breekbaar gloeidraadje, die een even kort leven beschoren is als de Mot die eropaf komt. Ook is het niet gemaakt van het welbekende gewone schoenleer, noch mag het lek raken. Het schijnt! Het loopt ! Het drijft! – Jazeker! – *Voor eeuwig en voor altijd.*

Na mijn vijfendertigste of zeventigste verjaardag werd het echter onmogelijk om de waarheid over het grote Feit van mijn leven van me af te schudden met een paar dooddoeners als kismet, karma of noodlot. Het was tot me doorgedrongen na een reeks kwalen en ziekenhuisopnamen waarmee ik de teergevoelige, ongeduldige lezer niet zal lastigvallen; behalve om te zeggen dat ze me met mijn neus drukten op de werkelijkheid waarvan ik mijn ogen zo lang had afgewend. *Ik had niet zo heel lang meer te leven.* Die naakte waarheid hing steeds in vurige letters achter mijn oogleden als ik ging slapen; het was het eerste waaraan ik dacht als ik wakker werd. *Dus je hebt vandaag nog gehaald. Zul je er morgen nog zijn?* Het is waar, mijn teergevoelige, ongeduldige vriend: hoe beschamend en onheldhaftig het misschien ook is om het te zeggen, ik leefde minuut-na-minuut met angst voor de dood. Het was als kiespijn waarvoor geen verzachtende kruidnagelolie kon worden voorgeschreven.

Een van de gevolgen van mijn medische avonturen was dat ik fysiek niet meer in staat was tot datgene waar ik allang niet meer op hoopte; dat wil zeggen, zelf vader te worden, en daarmee de lasten van het zoonschap te verlichten – zo niet te ontvluchten. Deze nieuwste mislukking maakte Abraham Zogoiby, inmiddels negenentachtig en gezonder dan ooit, zo kwaad dat hij zijn ergernis niet kon verbergen onder de geringste schijn van medeleven of bezorgdheid. 'Het enige dat ik van je wilde,' sputterde hij aan mijn bed in het Breach Candy Ziekenhuis. 'Zelfs dat kun je me niet meer geven.' Sinds ik had geweigerd betrokken te raken bij de geheime operaties van de Khazana Bank, met name de produktie van de zogenaamde islamitische bom, was er in onze verhouding een zekere verkoeling opgetreden. 'Je zult wel een keppeltje nodig hebben,' sneerde mijn vader. 'En een gebedsriem. Lessen in Hebreeuws, een enkele reis naar Jeruzalem? Laat het me alsjeblieft weten. Veel van onze Cochinse joden klagen overigens over het racisme dat ze ontmoeten in jouw dierbare vaderland aan de overkant van de zee.' Abraham, de rasverrader, die op weerzinwekkende, gigantische schaal bezig was met een herhaling van de wandaad zijn moeder en stam de rug toe te keren en de jodenbuurt uit te lopen, Aurora's roomse armen in. Abraham, het zwarte gat van Bombay. Ik zag hem in duisternis gehuld, een imploderende ster die duisternis aanzoog terwijl zijn massa toenam. Geen licht ontsnapte aan de gebeurtenishorizon van zijn aanwezigheid.

Hij joeg me al lange tijd angst aan; nu wekte hij in mij een paniek en tegelijk een medelijden die in mijn armzalige woorden niet te beschrijven zijn.

Opnieuw zeg ik: ik ben geen engel. Ik hield me verre van de KBI-zaken, maar Abrahams rijk was groot, en negen tiende ervan lag onder het oppervlak der dingen. Er was genoeg te doen voor me. Ook ik werd een bewoner van de bovenste regionen van de Cashondeliveri Tower en putte niet weinig bevrediging uit de piratenpleziertjes de zoon van mijn vader te zijn. Maar na mijn medische tegenslagen werd duidelijk dat Abraham steun bij anderen zocht; en met name bij Adam Braganza, een voorlijke achttienjarige met oren zo groot als Dumbo het olifantje of tv-satellietschotels, die zo snel steeg in de rangen van Siodicorp dat hij eigenlijk had moeten sterven aan caissonziekte.

'Mijnheer Adam', zo ontdekte ik in de loop van mijn nachtelijke babbels met mijn vader – die me bleef gebruiken als een soort biechtvader voor de vele zonden van zijn lange leven – was een jonge vent met een kleurrijk verleden. Naar het schijnt was hij oorspronkelijk het onwettige kind van een Bombayse onderwereldfiguur en een reizende tovenares uit Shadipur in Uttar Pradesh, en hij was onofficieel een tijdje geadopteerd door een vermiste-vermoedelijk-omgekomen Bombayer die veertien jaar geleden op mysterieuze wijze was verdwenen, niet lang nadat overheidsfunctionarissen hem tijdens de Noodtoestand van 1974-1977 zouden hebben mishandeld. Sindsdien was de jongen opgevoed in een roze wolkenkrabber aan de Breach Candy door twee oudere christelijke dames uit Goa die rijk waren geworden met hun populaire specerijensortering, Braganza Pickles. Hij had ter ere van de oude dames de naam Braganza aangenomen, en na hun overlijden had hij de fabriek zelf overgenomen. Kort daarna, even leep en gehaaid op zijn zeventiende als heel wat tweemaal zo oude directeuren, was hij naar Siodicorp gekomen voor groeikapitaal, in de hoop de legendarische pickles en chutneys van de oude dames op de wereldmarkt te kunnen brengen onder de modieuzere merknaam *Brag's.* Op de vernieuwde verpakking die hij meenam om aan Abrahams mensen te tonen, stond de leuze: *Extra Braganza.*

Wat ook, zo leek het, gezegd kon worden voor het wonderkind zelf. In wat een oogwenk scheen had hij de zaak verkocht aan Abraham, die direct het immense exportpotentieel van het produkt zag, vooral in landen met een aanzienlijke niet-inheemse Indiase bevolking. Nu was de jonge hond financieel onafhankelijk; maar bij zijn ontmoeting met de oude reus Abraham Zogoiby zelf had hij zo veel indruk gemaakt met zijn kennis van de nieuwe communicatie- en informatietechnologieën, die een stormachtige ontwikkeling doormaakten in het Indiase bedrijfsleven, dat Abraham hem meteen vroeg 'bij de Siodi-familie te komen' op het niveau van onderdirecteur, met als speciale verantwoordelijkheid technische vernieuwing en de bedrijfscultuur. De Cashondeliveri Tower begon te gonzen van de nieuwe ideeën van de jongen, die hij klaarblijkelijk had ontwikkeld bij zijn studie van de zakenpraktijken in Japan, Singapore en de landen langs de Pacific Rim, 'de wereldhoofdstad van het Derde Millennium', zoals hij het noemde. Zijn memo's waren al snel legendarisch. 'De sleutel tot optimalisering van gebruik mankracht is het creëren van wij-gevoel,' was een karakteristiek voorbeeld. Leidinggevenden werden daarom 'aangemoedigd', dat wil zeggen, verordonneerd, om ten minste twintig minuten per week in groepjes van tien of twaalf bijeen te komen om elkaar te omarmen. Eveneens 'aangemoedigd' werd het idee dat elke werknemer maandelijks de sterke en zwakke punten van zijn collega zou 'evalueren' – waardoor het gebouw veranderde in een toren van achterbakse (in het openbaar knuffelende-snuffelende, in het geheim trappende-gappende) gluiperds. 'Wij zullen een luisterend bedrijf zijn,' zei Adam tegen ons allemaal. 'We zullen zorgvuldig nota nemen van wat jullie zeggen.' O, die oren luisterden inderdaad. Alles wat rondging aan venijn en rottigheid viel in hun peilloze diepten. 'Alle grote organisaties zijn een heterogeen mengsel van probleemmakers, probleemoplossers en gezonde mensen,' luidde een memo van Adam. 'Onze beleidsverwachting is dat de probleemmakers zich, met uw hulp, zullen *ontwikkelen.*' (Cursivering van mij.) De oude Abraham was gek op dit gedoe. 'Moderne tijd,' zei hij me. 'Daarom modern taaltje. Ik vind het gewoon enig! Dit tegendraadse groentje met zijn harde-jongenshouding. Hij laat de tent swingen.'

Mijn eigen harde-jongenshouding was anders van aard geweest; in Abrahams ogen misschien achterhaald – en hoe dan ook, dat was allemaal voorbij voor mij. Dit was niet het moment om de jonge Adam Braganza aan te pakken. Ik hield mijn mond; en glimlachte. Er was een nieuwe Adam in Eden. Mijn vader nodigde de jongeling uit in het atrium op het dak en binnen maanden – Weken! Dagen! – ging Siodicorp in de computers; om nog maar te zwijgen van kabels, optische vezels, schotels, satellieten, alle vormen van telecommunicatie; en raad eens wie de nieuwe zaak leidde? 'We gaan onze *footprint* op de wereld zetten,' straalde Abraham, trots dat hij de nieuwe connotatie van het woord kende. 'Wat een boeren zijn die inboorlingen met hun gepraat over de heerschappij van Ram! Niet Ram Rajya maar RAM Rajya – dat is de troef die we achter de hand hebben.'

Niet Ram maar RAM: ik herkende onmiddellijk de sloganstijl van de jongen. Abraham had gelijk. De toekomst was gearriveerd. Er was een generatie die wachtte om de aarde te beërven en die geen zier gaf om de belangen van oudgedienden: toegewijd aan het nieuwe, de vreemde binaire, emotieloze taal van de toekomst – een heel verschil met onze melodramatische *garam-masala*-uitroepen. Geen wonder dat Abraham, de onvermoeibare Abraham, zich tot Adam wendde. Het was de geboorte van een nieuw tijdperk in India, waarin behalve godsdienst ook geld alle ketenen van India's begeerten verbrak; een tijd voor de zinnelijken, de hongerigen, de levenslustigen, niet de uitgebluste en lege verlorenen.

Ik voelde me een fossiel, te snel geboren, verkeerd geboren, beschadigd en te snel verouderend, onderweg meedogenloos geworden. Nu was mijn blik gericht naar het verleden, naar het verlies van de liefde. Als ik vooruit keek, zag ik de Dood op me wachten. De Dood die Abraham steeds moeiteloos wist te misleiden, zou de zoon kunnen oogsten in plaats van de onsterfelijke vader.

'Kijk niet zo verdemde triest,' zei Abraham Zogoiby. Wat jij nodig hebt, is een vrouw. En goede vrouw die de frons van je hoofd veegt. Welnu: juffrouw Nadia Wadia, wat vind je van haar?'

≈

Nadia Wadia!

Het hele jaar dat ze Miss World was, had Raman Fielding achter haar aan gezeten. Hij maakte haar het hof met bloemen, draadloze telefoons, videocamera's en magnetrons. Ze stuurde ze terug. Hij nodigde haar uit op iedere officiële receptie, maar na zijn gedrag op de Ganpati-dag wees ze hem steevast af. Het volk werd op de hoogte gehouden van Fieldings verlangen naar Nadia Wadia door de beroemde roddelcolumnist van *Mid-day,* 'Waspyjee', een afstammeling van iemand die onder dezelfde schrijversnaam had geschreven over 'Gama-straling' in de *Bombay Chronicle* en daarmee een einde had gemaakt aan de schitterende loopbaan van mijn overgrootvader Francisco da Gama. Daarna werd Nadia Wadia's weigering het bezit van Mainduck te worden voor een bepaald soort Bombayer een symbool van een grotere weerstand – werd heroïsch, politiek. Er waren spotprenten. In de stad die Fielding beweerde te 'besturen als zijn privé-auto', bewees Nadia Wadia's volharding dat er nog steeds een ander, vrijer Bombay bestond. Ze gaf ook lange interviews. *Ik zou hem niet kussen al was hij de laatste kikker in de stad, zweert Nadia... Buk, Mainduck! Nadia neemt bokslessen!...* en zo ging de pret maar door.

Er gebeurden twee dingen.

Eén: Fielding, wiens geduld opraakte, overwoog om de bangmakers op de koppige schoonheidskoningin af te sturen; en zo werd hij voor het eerst tijdens zijn lange onbetwiste leiderschap van de M.A. geconfronteerd met rebellie, onder aanvoering van Sammy Hazaré en unaniem gesteund door alle 'aanvoerders' van de 'speciale operaties' van de M.A. De Blikken-man kwam aan het hoofd van een groep naar Fielding in zijn kantoor met kikkerfoon. 'M'neer, onsportief, m'neer,' was hun bondige kritiek. Mainduck haalde bakzeil, daarna bekeek hij Sammy met dezelfde blik in zijn ogen die ik had gezien toen ik hem had verteld over mijn verzoening met mijn familie. En hij had gelijk, want Sammy was veranderd. En in een niet-al-te-verre toekomst zou hij zijn levenslange bijrol moeten opgeven, door de gebeurtenissen en zijn getormenteerde hart gedwongen een onvergetelijke hoofdrol te spelen in het grote drama dat op dat ogenblik werd gerepeteerd.

Twee: Nadia Wadia was niet langer Miss World. Er kwam een nieuwe Miss India, een nieuwe Miss Bombay. Nadia Wadia werd oud nieuws. Haar liedje kwam niet meer op de radio of op de nieuwe, Indiase versie van MTV: *Masala Television* negeerde de gevallen koningin. Nadia Wadia bracht het nooit tot de medische faculteit, de vriend over wie ze het ooit had, verdween in het niets, een loopbaan als actrice kwam niet van de grond. Geld raakt snel op in Bombay. Nadia Wadia had op haar achttiende afgedaan, was blut, stuurloos, op drift. Op dat moment kwam Abraham Zogoiby in actie. Hij bood haar en haar moeder, die weduwe was, een luxe appartement aan in het zuidelijke deel van de Colaba Causeway, en daarbij een royaal salaris. Nadia Wadia was niet langer in een sterke onderhandelingspositie, maar had haar trots niet verloren. Toen ze Abraham op *Elephanta* bezocht om over zijn aanbod te praten – en wat bereikte het nieuws snel Mainducks oren, via Lambajan Chandiwala, de dubbelagent aan onze poort! Wat maakte het die gemene baas woedend! – sprak ze met waardigheid. 'Ik denk bij mezelf, Nadia Wadia, wat wil de edelmoedige heer in ruil voor deze gunst? Misschien is het iets wat Nadia Wadia niet kan geven, zelfs niet aan de grote Abraham Zogoiby.'

Abraham was onder de indruk. Hij zei haar dat een onderneming als Siodicorp een vriendelijk gezicht naar buiten nodig had. 'Kijk eens naar mij,' zei hij giechelend. 'Ben ik geen afschuwelijke oude man? Als mensen nu aan ons bedrijf denken, denken ze aan deze getikte oude dwaas. Van nu af aan zullen ze, als je dat wilt, aan je denken.' Zo kwam het dat Nadia Wadia het gezicht van Siodicorp werd: in reclameboodschappen, op affiches en in persoon, als gastvrouw op de vele prestigieuze door het bedrijf gesponsorde evenementen – modegala's, eendaagse internationale cricketwedstrijden, conventies van *Guinness Book of Record*-winnaars, de Derde Millennium Expo, de wereldkampioenschappen worstelen. Zo kwam het dat ze gered uit de goot weer de publieke beroemdheid werd die ze met haar schoonheid verdiende te zijn. Zo kwam het dat Abraham Zogoiby nog een overwinning op Raman Fielding behaalde en dat het lied van Nadia Wadia terugkeerde, opnieuw uitgebracht in een bonkende dans-*remix*, op de 'Hot-hot'-lijst van *Masala Television* en aan de top van de hitparade.

Nadia Wadia en haar moeder Fadia Wadia trokken in het appartement aan de Colaba Causeway, en aan de wand van hun woonkamer hing Abraham het enige schilderij van Aurora Zogoiby dat Zeenat Vakil nog steeds niet kon tonen in het museum op de Cumballa Hill, een schilderij waarop een mooi jong meisje een knappe jonge cricketspeler kust met een (schilderkunstige) hartstocht die ooit zoveel moeilijkheden had veroorzaakt; 'O, wat prachtig,' zei Nadia Wadia, in haar handen klappend toen Abraham persoonlijk *Abbas Ali Baig gekust* onthulde. 'Nadia Wadia en Fadia Wadia zijn dol op cricket, nietwaar, Fadia Wadia?'

'Heel waar, Nadia Wadia,' zei Fadia Wadia. 'Cricket is sport van koningen.'

'Ach, *domme* Fadia Wadia,' verweet Nadia Wadia haar. 'Sport van koningen is *paardjes*. Fadia Wadia zou *dat* moeten weten. *Nadia* Wadia weet het.'

'Geniet, dochter,' zei Abraham Zogoiby en hij kuste Nadia op haar kruin ten afscheid. 'Maar alsjeblieft: voor je moeder een beetje meer eerbied.'

Hij raakte haar nooit met een vinger aan, was nooit iets anders dan de volmaakte heer. En toen, als donderslag bij heldere hemel, bood hij haar aan mij aan, alsof hij haar kon weggeven, als een geschenk, een snoepje van de week.

Ik zei Abraham dat ik bij de Wadia's langs zou gaan om zijn voorstel te bespreken. De twee vrouwen stonden angstig op me te wachten in hun Colaba-hoogbouw. Nadia Wadia was voor de gelegenheid gekleed als een kerstcadeautje, met neusjuwelen en al.

'Uw vader is zo goed voor ons geweest,' flapte Fadia Wadia eruit, haar moederlijke gevoelens wonnen het van haar eigenbelang. 'Maar heus, geachte heer, mijn Nadia Wadia verdient kindertjes... een jongere man...'

Nadia Wadia keek me vreemd aan. 'Heeft Nadia Wadia u misschien al eerder ontmoet?' vroeg ze, zich vaag Ganpati herinnerend. Ik negeerde deze vraag en richtte me op de zaak waarvoor ik was gekomen. Het probleem was, legde ik uit, dat ze leefden onder de bescherming van een van de machtigste mannen van India. Als zij de hand van zijn enige zoon zouden weigeren, zou de oude man hoogstwaarschijnlijk zijn bescherming intrekken. Daarna zouden nog maar weinigen een hand naar hen uitstrekken uit angst de grote Zogoiby te beledigen. Wellicht zou een zekere heer die ooit als karikaturist zijn produkten signeerde met een kikkerfiguurtje, de enige nog geïnteresseerde partij zijn...

'Nooit!' gilde Nadia Wadia. 'Mevrouw Mainduck? Dat zal Nadia Wadia nooit worden. Eerder nog zal ik Fadia Wadia vragen me bij de hand te nemen, en samen zullen we van dit balkon hier springen.'

'Niet nodig, niet nodig,' stelde ik haar gerust. 'Mijn idee is iets beter, denk ik.' Wat ik voorstelde, was een verloving alleen in naam. Abraham zou zijn zin hebben, het zou uitstekend voor de public relations zijn en de verlovingstijd kon oneindig worden verlengd. Ik vertelde hun het geheim van mijn versnelde bestaan. Het was duidelijk, zei ik, dat ik niet lang meer te leven had. Na mijn dood zouden ze de aanzienlijke vruchten plukken van hun relatie met de familie Zogoiby, waarvan ik de enige erfgenaam was. Zelfs als ik zo lang in leven zou blijven dat een huwelijk onvermijdelijk werd, zou er niets veranderen aan onze platonische verhouding, zo bezwoer ik. Ik vroeg van Nadia Wadia alleen de toezegging dat ze de schijn van een echt huwelijk zou ophouden. 'De rest zal ons geheim zijn.'

'O, Nadia Wadia,' jammerde Fadia Wadia. 'Kijk eens hoe onbeleefd we zijn! Je knappe verloofde komt op bezoek en we hebben hem nog geen klein stukje taart aangeboden.'

≈

Waarom had ik het gedaan? Omdat ik wist dat het waar was wat ik zei: Abraham zou een weigering hebben opgevat als een persoonlijke belediging en hen op straat hebben geschopt. Omdat ik bewondering had voor Nadia Wadia's houding tegenover Fielding, en ook voor de manier waarop ze mijn berucht bronstige vader had aangepakt. O, omdat ze zo mooi en jong was en ik zo'n wrak. Misschien omdat ik na mijn jaren van geweld en corruptie verlossing zocht, vergeving voor mijn zonden.

Verlossing van wat? Vergeving door wie? Stel me geen moeilijke vragen. Ik deed het, daarmee uit. De verloving van Moraes Zogoiby, enige zoon van de heer Abraham Zogoiby en wijlen Aurora Zogoiby (geboren Da Gama) en juffrouw Nadia Wadia, enige dochter van de heer Kapadia Wadia, overleden, en mevrouw Fadia Wadia, allen uit Bombay, werd bekendgemaakt. En ergens in de stad hoorde een Blikken-man het nieuws en het kwaad knaagde aan zijn gebroken, harteloze hart.

Het verlovingsfeest was natuurlijk bij de Taj en het was me weer een overdadige Bombayse aangelegenheid. In de afgunstige aanwezigheid van meer dan duizend mooie, scherpgebekte en sceptisch geamuseerde vreemden, met inbegrip van mijn laatste zuster, Zuster Floreas, die met de dag meer een vreemde voor mij werd, liet ik een 'fantastische diamant' , zoals de kranten het noemden, om de lieftallige vinger van dat lieftallige meisje glijden en ik voltrok volgens 'Waspyjee' een 'verbazingwekkende, haast een opoffering te noemen verloving van het Avondrood met de Dageraad'. Maar Abraham Zogoiby – die uiterst kwaadaardige, kille oude man – had met zijn gebruikelijke zwarte humor enig venijn voor de staart van de avond bewaard. Nadat het ritueel van de openbare verloving was voltrokken en de fotografen zich te goed hadden gedaan aan Nadia's nooit-stralender schoonheid en ten slotte verzadigd waren, stapte Abraham op het podium en vroeg om stilte, want hij ging iets aankondigen.

'Moraes, enige zoon van mijn lichaam, en Nadia, lieftalligste der aanstaande schoondochters,' kraste hij, 'laat me de hoop uitspreken dat jullie deze jammerlijk uitgedunde familie een paar nieuwe leden schenken' – O vader zonder hart! – 'waarvan een oude man kan genieten. In de tussentijd echter zal ik zelf een nieuw lid introduceren.'

Veel verwarring, veel verwachting. Abraham giechelde en knikte. 'Ja, mijn Moor. Eindelijk, mijn jongen, zul je een jongere broer de jouwe kunnen noemen.'

Rode gordijnen schoven, dramatisch op het juiste ogenblik, uiteen achter het podiumpje. Adam Braganza – Kleine Flapoor zelf! – stapte naar voren. Onder de vele luide zuchten waren die van Fadia Wadia, Nadia Wadia en mij.

Abraham kuste hem op beide wangen en op de lippen. 'Van nu af aan,' zei hij tegen de jongen ten overstaan van de verzamelde elite van de stad, 'noem je je Adam Zogoiby – mijn beminde zoon.'

18

Bombay was het centrum, was dat geweest vanaf zijn creatie: het bastaardkind uit een Portugees-Engelse verbintenis en toch van alle Indiase steden de meest Indiase. In Bombay ontmoetten en vermengden zich alle India's. In Bombay ook ontmoette heel India wat niet-India was, wat van over het zwarte water onze aderen binnenstroomde. Alles ten noorden van Bombay was Noord-India, alles ten zuiden was het Zuiden. Ten oosten lag het Oosten van India en ten westen het Westen van de wereld. Bombay was het centrum; alle rivieren kwamen uit in zijn mensenzee. Het was een zee van verhalen; we waren allemaal de vertellers ervan, en iedereen praatte tegelijk.

Welk een magie werd in die *insaan*-soep geroerd, welk een harmonie steeg op uit die kakofonie! In Punjab, Assam, Kashmir, Meerut – in Delhi, in Calcutta – sneden ze van tijd tot tijd hun buren de keel af en namen een warme douche, of rood schuimbad, in al dat bruisende bloed. Ze vermoordden je omdat je was besneden en ze vermoordden je omdat je je voorhuid nog had. Lang haar kostte je je kop en kortgeknipt haar ook; lichte huid vilde donkere huid en als je de verkeerde taal sprak, kon je je kromme tong verliezen. In Bombay kwamen die dingen nooit voor. – Nooit, vraagt u? – Goed: 'nooit' is een te groot woord. Bombay was niet ingeënt tegen de rest van het land, en wat er elders gebeurde, de taalkwestie bijvoorbeeld, verbreidde zich ook naar zijn straten. Maar onderweg naar Bombay raakten de rivieren van bloed meestal verdund, er kwamen andere rivieren in uit, zodat tegen de tijd dat ze de straten van de stad bereikten, er nog maar weinig narigheid over was. – Doe ik sentimenteel? Ben ik, nu ik alles heb achtergelaten, ook nog eens mijn heldere kijk op de dingen kwijtgeraakt? – Misschien wel; maar ik sta nog steeds achter mijn woorden. Ach, Mooimakers van de Stad, zag u niet dat het mooie van Bombay juist was dat het toebehoorde aan niemand en aan allen? Zag u niet hoe zijn overvolle straten uitpuilden van de alledaagse wonderen van leven-en-laten-leven?

Bombay was het centrum. Terwijl de oude oorsprongsmythe van de natie verbleekte, werd in Bombay het nieuwe god-en-mammon-India geboren. De rijkdom van het land vloeide door zijn beursgebouwen, zijn havens. Wie India haatte, wie het wilde verwoesten, moest Bombay verwoesten: dat was één verklaring voor de dingen die gebeurden. Goed, goed, dat was misschien wel zo. En misschien was het wel zo dat wat werd ontketend in het noorden (in, om het met name te noemen, want noemen moet ik het, Ayodhya) – dat bijtende zuur van de geest, die diepe vijandigheid die de bloedbaan van de natie binnenstroomde toen de Babri Masjid viel en de plannen voor een reusachtige Ram-tempel op de zogenaamde geboorteplek van de god *snel volliepen*, zoals ze in de Bombayse bioscopen zeiden –, ditmaal zelfs te geconcentreerd was voor de verdunningskracht van de grote stad. Nu, ja; voor deze redenering valt ook iets te zeggen, het kan niet worden ontkend. Op het Zogoiby-legaat gaf Zeenat Vakil me haar gebruikelijke sardonische visie op de onlusten. 'Volgens mij komt het door verzinsels,' zei ze. 'De aanhangers van het ene verzinsel maken een andere populaire fantasie met de grond gelijk, en bingo! het is oorlog. Straks vinden ze nog Vyasa's wieg onder het huis van Iqbal, en Valmiki's rammelaar onder de plek waar Mirza Ghalib zich altijd ophield. Maar goed. Ik vecht me liever dood voor grote dichters dan voor goden.'

Ik had over Uma gedroomd – O ontrouw onbewuste! – Uma beeldhouwend aan haar vroege werk, de grote stier Nandi. Net als de stier, dacht ik toen ik wakker werd, en net als de blauwe Krishna van fluit-en-melkmeisje-roem, was Lord Ram een avatar van Vishnu; Vishnu, de god met de meeste gedaanten. De ware 'heerschappij van Ram' moest daarom wel gebaseerd zijn op de wisselende, grillige, gedaante-veranderende natuur van de mens – en niet alleen van de menselijke, maar ook van de goddelijke natuur. Wat werd verdedigd in naam van de grote god, was in strijd met zowel zijn wezen als dat van ons. – Maar als de zwerfkei van de geschiedenis begint te rollen, is niemand meer geïnteresseerd in een discussie over dergelijke nuances. De *jagannath* is los.

... En als Bombay het centrum was, wortelden de voorvallen misschien in Bombayse twisten. Mogambo versus Mainduck: het lang verwachte duel, de eenmakende zwaargewichtmatch om voor eens en altijd vast te stellen welke bende (criminele ondernemers of politieke criminelen) de stad zou regeren. Zoiets zag ik gebeuren en ik kan slechts neerschrijven wat ik zag. Verborgen invloeden? Inmenging van geheime/buitenlandse krachten? Dat moeten geleerdere analytici maar onthullen.

Ik zal u zeggen wat ik denk – wat ik ondanks een levenslange indoctrinatie tegen het bovennatuurlijke blijf geloven: Aurora Zogoiby's val was het begin – niet alleen van een vete, maar ook van een scheur in het weefsel van ons aller leven die steeds langer en breder werd. Ze wilde niet rusten, bleef ons hardnekkig achtervolgen. Abraham Zogoiby zag haar steeds vaker in zijn Pei-tuin zweven, eisend dat hij haar zou wreken. Dat is wat ik echt denk. Wat volgde, was haar wraak. Lichaamloos hing ze boven ons in de lucht, Aurora Bombayalis in volle glorie, en wat op ons neerdaalde, was haar toorn. Zoek de vrouw, zeg ik. Kijk: Aurora's schim die door de vurige hemel vliegt. En zie ook Nadia – Nadia Wadia, net als de stad waar ze echt in thuishoorde – Nadia Wadia, mijn verloofde, stond eveneens centraal in het verhaal.

Was dit dus een twist à la Mahabharata, een Trojaanse oorlog, waarin de goden partij kozen en hun rol speelden? Nee, meneer. Geen sprake van, meneer. Geen godheden uit de oude doos hier, maar nieuwkomers, ons hele groepje, Abraham-Mogambo en zijn Scars, Mainduck en zijn Vijf-in-een-Happen; wij allemaal. Aurora, Minto, Sammy, Nadia, ik. We hadden geen tragedie-status, verdienden die ook niet. Als Carmen Lobo da Gama, mijn ongelukkige oudtante Sahara, ooit om haar fortuin speelde met Prins Hendrik de Zeevaarder, hoeven we daarin geen echo te horen van Yudhisthira die zijn koninkrijk verloor na een fatale worp met de dobbelstenen. En ook al vochten mannen om Nadia Wadia, ze was Helena noch Sita. Gewoon een mooi meisje in een netelige situatie, meer niet. Tragedie lag niet in onze aard. Er speelde zich wel een tragedie af, een nationale tragedie op een grote schaal, maar degenen onder ons die er een rol in speelden, waren – om het ronduit te zeggen – clowns. Clowns! Potsierlijke paljassen, op het toneel van de geschiedenis geroepen bij gebrek aan grotere persoonlijkheden. Ooit stonden er zelfs reuzen op ons toneel; maar in het herfsttij van een tijdperk moet Juffrouw Geschiedenis roeien met de riemen die ze heeft. Jawaharlal was in deze jongste tijd niet meer dan de naam van een opgezette hond.

≈

Uit de goedheid van mijn hart zocht ik toenadering tot mijn nieuwe 'broer' en ik stelde hem een kennismakingslunch voor. Nou, beste mensen, wat een poeha. 'Adam Zogoiby' – ik heb nooit aan die naam kunnen denken zonder hem tussen aanhalingstekens te plaatsen – kreeg een acute aanval van parvenupaniek. Moesten we Polynesisch gaan eten in de Oberoi Outrigger? Nee, nee, dat was alleen een lunchbuffet, en een beetje pluimstrijkerij was nooit weg. Misschien een klein hapje in de Taj Sea Lounge? Bij nader inzien te veel ouwe gekken die op vergane glorie teerden. Wat dacht je van het Sorrygeen? Dicht bij huis en een mooi uitzicht, maar schat, die ouwe *zeur* van een eigenaar was niet te harden, toch? Een snelle zakelijke hap in een Iraanse tent – Bombay A1 of Pyrke's bij de Flora Fountain? Nee, we wilden minder herrie en om goed te praten moest je kunnen *natafelen*. Chinees dan? – Ja, maar *ondoenlijk* te kiezen tussen het Nanking en het Kamling. Het Village? Al dat namaak-rustieke themaparkgedoe, jochie, *zo* passé. Na een lange, opgewonden monoloog (ik heb alleen de geredigeerde hoogtepunten gegeven) koos – of liever gezegd, 'opteerde' – hij voor de befaamde Franse cuisine van de Society. En speelde, eenmaal daar, modieus met een blaadje sla.

'Snoesje! Poesje! Roesje! Fantastisch om jullie meisjes weer op goede voetjes te zien. – Aha, bon-sjoer, Kalidasa, mijn gewone rode wijn, zilverpleet. – Zo, Moor, schat – is 't akkoord-oké als ik je "Moor" noem? Akkoord-oké. *Geweldig*. Harish, hoe gaat-ie! Je koopt OTCEI, heb ik horen fluisteren. Goede zet! Eersteklas aandelen, zij het een tikkeltje achtergebleven op het moment. – Moor, sorry, sorry. Je hebt mijn absolute *onverdeelde*, ik zweer het. – Mon-sjoer Frah-swah! Kusje-*kusje*! – O, laat maar aanrukken wat je wilt, we leggen ons lot volledig in jouw handen. Alleen geen boter, geen gebakken bestanddeel, geen vet vlees, geen koolhydratenfestival, en laat de aubergines maar zitten. Je moet op je figuur letten, toch? – *Eindelijk*. Broer! Dat worden me tijden! Wat een super-*maza*, hè? P-R-E-D pret. Belangstelling voor nachtclubs? Vergeet Midnite-Confidential, Nineteen Hundred, Studio 29, Cavern. Die hebben het gehad, jochie. Toevallig heb ik geld gestoken in de nieuwe tent waar het allemaal gebeurt. We noemen het W-3 voor World Wide Web. Of misschien alleen het Web. Virtual-reality-plus-natte-sari-DJ's! Cyberpunk plus *bhangra-muffin*-decor! En talent, *yaar*, on-line, snap je? Het modernste-van-het-modernste is het parool. V-E-D vet.'

En als ik een wat uitgestreken, chagrijnig gezicht opzette, wat dan nog? Daar had ik recht op. Ik keek naar het non-stopvariété, het zevensluiers-stripteasenummer dat 'Adam Zogoiby' was, en keek hoe hij naar mij keek. Hij begreep al gauw dat het snelle-jongennummer niet werkte en schakelde over op een fluisterend samenzweerderstoontje. 'Hé, broer, je hebt een verdomde pittig vechtersverleden, of wat hoor ik. Verdomd ongebruikelijk voor jullie jodenjongens. Ik dacht dat jullie allemaal boekenneuzerige brillemansen in de internationale samenzwering om de wereldheerschappij waren.'

Dat viel ook al niet bijster goed. Ik mompelde iets over de joodse huursoldaten die zo'n groot aandeel hadden gehad in de vestiging van de gemeenschap op de kust van Malabar, en hij hoorde de kille toon in mijn stem. 'Hé, kom op, broertje, heb je niet door wanneer je in het ootje wordt genomen? Hé, *ik* ben het. – Madhu, Mehr, Ruchi, *hallo*. Jeetje, te gek om jullie meisjes te zien. Dit is mijn grote *bhai*. Hoor eens, dit is een moordvent, een van jullie moet met 'm aan de haal. – Moor, *men*, wat vind je ervan? Gewoon de absolute top van de mannequins en modellen van dit moment, nog groter dan onze helaas overleden zuster Ina. Zal ik je eens wat zeggen? Volgens mij vallen ze voor je. Stukken, lekkere stukken.'

Over het onderwerp 'Adam Zogoiby' stond mijn mening al snel vast. Nu veranderde hij weer, werd zakelijk, professioneel. 'Je zou je eigen financiële positie veilig moeten stellen, weet je. Onze vader is, sorry dat ik het zeg, niet meer de jongste. Op het ogenblik ben ik mijn persoonlijke situatie aan het afronden in uitvoerige gesprekken met zijn jongens.'

Dat deed het hem. Iets aan Adam had me een *déjà vu*-gevoel gegeven en nu zag ik wat het was. Zijn weigering om over het verleden te praten, zijn soepele wisseling van toon in zijn pogingen te paaien en vleien, de koude berekening waarmee hij zijn zetten deed: daar was ik al eens ingestonken, in die poppenkast, al was zij veel beter geweest in de kameleontische kunsten dan hij en had ze veel minder fouten gemaakt. Ik herinnerde me met een huivering mijn oude fantasie over het probleemvretende buitenaardse wezen dat de gedaante van een mens kon aannemen. Vorige keer een dame, deze keer een man. Het Ding was terug.

'Ik heb ooit een vrouw gekend die zo was als jij,' zei ik tegen Adam. 'En, broer, je hebt nog heel wat te leren.'

'Nou, *huh*,' snoof Adam. 'Als *een* van ons *zo* zijn *best* doet, snap ik niet waarom *een* van ons zo verrekte *agressief* moet zijn. Je hele houding bevalt me niet, Moor *bhai*. Slechte beurt. Slecht voor je carrière ook. Ik hoor dat je die lieve papaji dwarszit. En dat op zijn leeftijd! Gelukkig voor hem dat één van zijn zonen wel zijn plicht doet zonder morren of praats.'

≈

Sammy Hazaré woonde in de buitenwijk Andheri, midden tussen een mengelmoes van lichte industrie: Nazareth Zeildoek, Vajjo's Ayurvedisch Laboratorium (gespecialiseerd in *vajradanti*-gel voor het tandvlees), Thums Up Cola-Flesdoppen, Clenola Brand-Bakolie en zelfs een kleine filmstudio, voornamelijk gebruikt voor reclameprodukties, met – op een bord naast de toegangspoort – de wervende tekst 'Stunter en Stuntster Aanwezig' en 'Hand Bediende (6-Mans Ploeg) Kraan Fasliteit'. Zijn huis, een bouwvallig houten huis van één verdieping, dat al lange tijd met sloop werd bedreigd maar nog steeds overeind stond, zoals het hele Bombayse leven van willekeur aan elkaar hing, lag verscholen tussen stinkende fabrieksachterkanten en een groep lage gele arbeiderswoningen, alsof het zijn best deed aan de aandacht van de slopers te ontsnappen. Boven de hordeur hingen limoenen en groene pepers om de boze geesten af te weren. Oude kalenders met felgekleurde voorstellingen van Lord Ram en Ganesha met olifantskop waren jarenlang de enige andere versiering geweest; maar nu waren de groenblauwe wanden volgehangen met uit tijdschriften gescheurde en met plakband bevestigde foto's van Nadia Wadia. En er waren ook foto's, afkomstig van societypagina's, van de verloving van juffrouw Wadia en de heer M. Zogoiby in het Taj Hotel, en op deze afbeeldingen was mijn gezicht woest doorgekrast met een pen of weggekrabd met de punt van een mes. Op een of twee was ik compleet onthoofd. Obscene woorden waren over mijn borst gekrabbeld.

Sammy was nooit getrouwd. Hij deelde deze behuizing met een kale, haakneuzige dwerg genaamd Dhirendra, een bijrolletjesspeler die beweerde aan meer dan driehonderd speelfilms te hebben meegewerkt en als levensdoel had het *Guinness Book of Records* te halen voor de meeste filmoptredens. Dhiren de dwerg kookte en maakte schoon voor woeste Sammy en oliede zo nodig zelfs zijn blikken hand. En 's nachts, bij het licht van een petroleumlamp, hielp hij de Blikken-man met zijn stokpaardje. Brandbommen, tijdbommen, rocker-triggers en boobytraps; het hele huis – de kasten, alle hoeken en gaten, en zelfs een aantal speciale gaten die de twee mannen onder de vloer van hun eenkamerresidentie hadden gegraven en vervolgens met planken gecamoufleerd – was een privé-arsenaal geworden. 'Als ze ons plat komen gooien,' zei Sammy altijd met felle, fatalistische voldoening tegen zijn kleine handlanger, 'jongen, man, dat zal me een klapper geven.'

Er was eens een tijd dat Sammy en ik maatjes waren; met onze ongelijke handen hadden we elkaar als bloedbroeders beschouwd; een paar jaar terug waren we nog de schrik van de stad, en de ondermaatse Dhirendra bleef dan als een jaloerse echtgenote thuis om het eten te koken, dat Sammy, als hij uitgeput terugkeerde van onze arbeid, zonder een woord van dank naar binnen schrokte alvorens in slaap te vallen en de kamer met enorme boeren en scheten te vullen. Maar nu was daar Nadia Wadia, en stomme Sammy, helemaal hoteldebotel van die onbereikbare dame, mijn verloofde, stond klaar – althans dat suggereerden zijn wanden – om mijn gehate hoofd op te blazen.

Er was eens een tijd dat de Blikken-man Raman Fieldings Kader Nummer Eén was, zijn supercaptain, zijn eerste man. Maar toen had Mainduck, zelf ook bezeten van Nadia, Sammy opdracht gegeven de teef eens af te tuigen en was Hazaré in opstand gekomen. Een paar maanden lang had Mainduck Sammy bij zich in de buurt gehouden, hem gevolgd met die koude dode ogen, als de ogen die kikkers op hun zoemende prooi richten. Toen ontbood hij de Blikken-man in zijn heilige der heiligen, dat met met de kikkertelefoon, en gaf hem de zak.

'Moet je laten gaan, kerel,' zei hij. 'Het spel is het enige dat telt, nietwaar, en jij houdt je niet meer aan de regels.'

'M'neer nee captain m'neer. M'neer dames en *bachcha-log* zijn geen partij, m'neer.'

'Het spel is veranderd, Blikken-man,' zei Mainduck zacht. 'Ik merk dat je uit de hoffelijke tijd stamt. Maar Sammy jongen, het is nu totale oorlog.'

Andhera is duisternis, en in Andheri zat Sammy 'Blikken-man' Hazaré urenlang zwijgend in somberheid gehuld. In het begin van zijn Nadia-Wadia-vervoering danste hij wel eens om het huis heen met voor zijn gezicht, als een masker, een paginagrote kleurenfoto van Nadia Wadia waarin hij kijkgaten had geknipt, zodat hij de wereld door haar ogen kon zien; en dan zong hij met een meisjesachtige falsetstem de laatste filmhits. *Wat zit er onder mijn choli?* zong hij, suggestief met zijn borst schuddend. *Wat zit er onder mijn blouse?* Op een dag had Dhirendra, getergd door de voortdurende fixatie van zijn metgezel en ook diens afgrijselijke stem, teruggeschreeuwd: *Tieten! Ze heeft tieten onder d'r teringcholi, wat dacht je dan? Verdemde feestballonnen!* Maar Sammy had onverstoorbaar doorgezongen. *Liefde*, kweelde hij. *Liefde is wat er onder mijn blouse zit.*

Maar nu leek hij uitgezongen. De kleine Dhiren kaatste door de kamer, kookte en dolde, deed zijn kunststukjes – handstandjes, achterwaartse salto's, slangemensnummers – in een poging Sammy op te monteren, ging zelfs zo ver het ondeugende blouseliedje te zingen in weerwil van zijn hekel aan Nadia Wadia, die pin-up-fantasie die uit het niets te voorschijn was gekomen en binnen de kortste keren hun leven had verwoest. Kleine Dhiren keek er wel voor uit Sammy te vertellen wat hij dacht, maar Nadia Wadia was een wijf dat hij volgaarne eens persoonlijk onder handen wilde nemen.

Ten slotte vond Dhirendra het toverwoord, het Sesam-open-u, dat de droefgeestige Sammy Hazaré weer tot leven wekte. Hij sprong op een tafel, ging staan als een tuinkabouter en sprak de magische letters. 'RDX,' verkondigde hij.

Dubbele loyaliteit was voor Sammy nooit een probleem geweest; had hij niet mijn vaders geld aangenomen en Mainduck jarenlang bespioneerd? Iemand die arm is, moet zichzelf redden en het kan nooit kwaad op twee paarden te wedden. Nee, dubbele loyaliteit was oké; maar helemaal geen loyaliteit? Dat was verwarrend. En dat hele gedoe met Nadia Wadia had op de een of andere manier alle banden die de Blikken-man had, verbroken – met Fielding, met 'Hazarés XI' en de hele M.A., met Abraham en met mij. Nu speelde hij voor zichzelf. En als híj haar niet kon hebben, waarom iemand anders dan wel? En als zíjn huis niet mocht blijven staan, waarom zouden andere villa's en wolkenkrabbers dan ook niet verbrokkelen en instorten? Ja, dat was het. Hij kende geheimen en hij kon bommen maken. Daar lagen zijn talenten, de mogelijkheden die hem restten. 'Ik doe het,' zei hij hardop. Zij die hem hadden gekwetst, zouden het gewicht van de hand van de Blikken-man voelen.

'Stunter-Stuntster staan ervoor in,' zei Dhiren. 'Topklasse, en voor vaste klanten korting.' Het echtpaar-team actiescènespecialisten van de nabijgelegen filmstudio – leveranciers van onschuldige flitsen en knallen – was ook bezig, maar dan meer in de privé-sfeer, met het echte werk. Het waren natuurlijk kleine jongens, maar voor de Blikken-man al jaren het betrouwbaarste adres voor dynamiet, TNT, tijdklokken, detonators, lonten. Maar RDX-springstof! Stunter-Stuntster waren kennelijk omhooggekomen in de wereld. Voor RDX moest je een dikke portemonnee en tamelijk belangrijke connecties hebben. Het koppel van de actiescènes moest zijn gerecruteerd door een stelletje zware jongens. Als RDX in zulke grote hoevelheden Bombay binnenkwam dat de stuntisten er tersluiks een eigen handeltje in konden drijven, waren er moeilijkheden op komst.

'Hoeveel?' vroeg Sammy.

'Wie weet?' schreeuwde Dhiren terwijl hij een koprol maakte. 'Genoeg paardjes voor onze stok, dat is zeker.'

'Ik heb goud gespaard,' zei Sammy Hazaré. 'Er zijn ook contanten. Jij hebt ook een appeltje voor de dorst.'

'Het leven van een filmster is kort,' protesteerde de dwerg. 'Moet ik in de avondschemer van mijn leven verhongeren?'

'Geen avondschemer voor ons,' antwoordde de Blikken-man. 'Binnenkort zullen we vuur zijn, als de zon.'

≈

Mijn 'broer' en ik gebruikten niet meer samen de lunch. En ook voor 'onze' vader waren de jaren dat hij zich voedde met het levensbloed van het land, bijna voorbij. Mijn moeder had al een doodssmak gemaakt. Het was tijd voor de vaderlijke duik.

Het verhaal van Abraham Zogoibys diepe val van de top van het Bombayse leven is maar al te bekend geworden; de snelheid en de omvang van de catastrofe hadden daar wel voor gezorgd. En in dit trieste verhaal is één naam geheel afwezig, terwijl een andere naam telkens weer opduikt in de verschillende hoofdstukken.

Afwezig: mijn naam. De naam van mijn vaders enige natuurlijke mannelijke nakomeling.

Telkens opduikend: 'Adam Zogoiby'. Voorheen bekend als: 'Adam Braganza'. En daarvoor: 'Aadam Sinai'. En daarvoor? Als zijn biologische ouders, zoals de voortreffelijke speurneuzen van de pers ontdekten en ons naderhand meedeelden, 'Shiva' en 'Parvati' heetten en als we in aanmerking nemen dat zijn oren – vergeef me dat ik erover doorzeur – werkelijk heel erg groot waren, mag ik dan 'Ganesh' voorstellen? Al zou 'Dombo' – of 'Suffo', 'Oeno', 'Schurko' – of laten we het houden op 'Sabu' – misschien toepasselijker zijn voor de weerzinwekkende Olifantejongen.

Dat eenentwintigste-eeuwse joch, die streberige Info-*bahni*, die *I-did-it-I-way* kwelende arrivist, bleek dus niet alleen een machtsbeluste intrigant, maar ook een imbeciel – die zich ongrijpbaar achtte en daarom belachelijk gemakkelijk werd gegrepen. En een onheilsbode bovendien; sleurde de hele handel mee in zijn ondergang. Ja, Adams komst in onze familie ontketende de kettingreactie waardoor de grote magnaat van Siodicorp van zijn hoge voetstuk tuimelde. Ik zal u, zonder een zweem van leedvermaak in mijn stem te laten doorklinken, de hoogtepunten vertellen van het gigantische debâcle dat het familiebedrijf trof.

Toen superbankier V.V. 'Krokodil' Nandy werd aangehouden op grond van de buitengewone beschuldiging dat hij leden van de centrale regering had omgekocht om hem ettelijke miljoenen uit de staatskas toe te schuiven, waarmee hij de Beurs van Bombay zelf had willen 'regelen', vond tegelijkertijd de arrestatie plaats van de bovengenoemde – de zogenaamde – 'Shri Adam Zogoiby', die als koerier in deze zaak koffers met enorme bedragen aan gebruikte bankbiljetten met niet-opeenvolgende nummers naar de privé-adressen van enkele van India's meest vooraanstaande mannen zou hebben gebracht, alwaar hij ze, zoals hij het fijntjes uitdrukte in zijn getuigenis à décharge, 'per ongeluk had vergeten'.

Onderzoek naar de andere activiteiten van 'Shri Adam Zogoiby' – grondig uitgevoerd door de politie, het fraudeteam en andere diensten, onder zware druk van de sterk gecompromitteerde centrale regering en het door de M.A. gedomineerde gemeentebestuur van Bombay, dat in de woorden van de M.A.-voorzitter, de heer Raman Fielding, eiste dat 'het addernest werd schoongemaakt met Flit en Vim' – wees al snel uit dat hij bij een nog kolossaler schandaal was betrokken. Het nieuws van de enorme, wereldwijde fraude van de bazen van de Khazana Bank International, de verdwijning van haar activa in zogenaamde 'zwarte gaten', haar vermeende betrokkenheid bij terroristische organisaties en de grootschalige verduistering van splijtbaar materiaal, lanceerinstallaties en hoogtechnologische hard- en software, begon de ongelovige oren van het publiek te bereiken; en de naam van Abraham Zogoiby's aangenomen zoon dook op bij een reeks vervalste vrachtbrieven in de netelige affaire van een gestolen supercomputer die van Japan naar een niet nader genoemde locatie in het Midden-Oosten was gesmokkeld. Terwijl de Khazana Bank instortte en tienduizenden gewone burgers, van chauffeurs van verpande taxi's tot eigenaars van krantenkiosken en buurtwinkeltjes in de hele NRI-wereld, op de fles gingen, bleven details boven water komen van de nauwe betrokkenheid van Siodicorps bankpoot, het Handelshuis Cashondeliveri, met de corrupte bazen van de failliete bank, van wie er veel in Britse of Amerikaanse gevangenissen wegkwijnden. De aandelen van Siodicorp raakten in een vrije val. Abraham – zelfs Abraham – werd vrijwel weggevaagd. Tegen de tijd dat het geld-voor-wapentuig-schandaal losbrak en de zware verdenking van zijn persoonlijke betrokkenheid bij georganiseerde misdaad hem voor de rechter bracht op beschuldiging van onder meer gangsterdom, drugssmokkel, gigantische 'zwart geld'-transacties en souteneurschap, was het gedaan met het imperium dat hij had opgebouwd met het vermogen van de familie Da Gama. De inwoners van Bombay wezen met een soort rebels ontzag naar de Cashondeliveri Tower en vroegen zich af wanneer die het zou begeven, als het Huis Usher, en ter aarde zou storten.

In een gelambrizeerde rechtszaal ontkende mijn negentigjarige vader alle beschuldigingen. 'Ik ben hier niet om mee te doen aan de een of andere *masala*-film-*remake* van *The Godfather*, als een Bollywoodse Mogambo *made-in-India*,' zei hij, met uitdagend kaarsrechte rug en een ontwapenende glimlach, dezelfde glimlach die zijn moeder Flory jaren geleden had herkend als de grimas van een wanhopig man. 'Vraag wie dan ook van Cochin tot Bombay wie Abraham Zogoiby is. Hij zal u zeggen dat ik een eerzaam heer ben die in de peper-en-specerijenhandel zit. Ik zeg hier uit het diepst van mijn hart: meer ben ik in wezen niet, en ook nooit geweest. Ik heb mijn hele leven in de specerijenhandel gezeten.'

De borgsom werd bepaald op tien miljoen roepies, ondanks heftige protesten van de aanklager. 'Je stuurt een van de meest vooraanstaande burgers van de stad niet naar een gewoon cachot als zijn schuld nog niet bewezen is,' zei rechter Kachrawala, en Abraham maakte een buiging naar de rechter. Er waren nog steeds een paar plekken tot waar zijn macht zich uitstrekte. Voor de borgsom moesten de eigendomsbewijzen van de oorspronkelijke specerijenplantages van de familie Da Gama in onderpand worden gegeven. Maar Abraham was vrij om te gaan, terug naar *Elephanta*, terug naar zijn gedoemde Shangri-La. En, alleen in een verduisterd kantoor bij zijn luchttuin, kwam hij tot dezelfde slotsom als Sammy Hazaré in zijn gedoemde krot in Andheri: als hij ten onder moest gaan, dan zou dat gebeuren met het nodige vuurwerk. Op de radio en de tv verkneukelde Raman Fielding zich over de ondergang van de oude man. 'Het gezicht van een mooi meisje op tv zal Zogoiby niet meer redden,' zei hij, waarna hij tot ieders verbijstering in gezang uitbarstte. *Worden ze groot, dan vallen ze hardia*, kwaakte hij. *Hardia, Nadia Wadia, hardia.* Waarop Abraham een akelig nu-is-het-genoeggeluid maakte en naar de telefoon greep.

Abraham pleegde die avond twee telefoontjes en kreeg er zelf één. Uit de administratie van het telefoonbedrijf bleek dat het eerste telefoontje een nummer betrof in een van de bordelen aan de Falkland Road, beheerd door de bendeleider die bekendstond als 'Scar'. Maar er zijn geen aanwijzingen dat er vrouwen naar Abrahams kantoor of naar zijn woning op de Malabar Hill werden gestuurd. Zijn boodschap schijnt van een ander soort te zijn geweest.

Later die avond – ruim na middernacht – was het Dom Minto, inmiddels over de honderd, die als enige naar Abraham belde. Er bestaat geen woordelijk verslag van hun gesprek, maar ik heb mijn vaders versie ervan. Abraham zei dat Minto er niet zoals gewoonlijk vrolijk op los kankerde. Hij was depressief, desperaat, en sprak openlijk over de dood. 'Laat maar komen! Voor mij was het hele bestaan een pornofilm,' schijnt Minto gezegd te hebben. 'Ik heb genoeg gezien van de smerigste en schunnigste kant van het menselijk leven.' De volgende ochtend werd de oude detective dood achter zijn bureau aangetroffen. 'Er bestaat geen vermoeden,' zei de opsporingsbeambte, inspecteur Singh, 'van een strafbaar feit.'

Abrahams tweede telefoontje was naar mij. Op zijn verzoek arriveerde ik in het holst van de nacht bij de verlaten Cashondeliveri Tower en gebruikte mijn loper voor zijn privé-lift. Wat hij me in zijn verduisterde kamer vertelde, maakte mij minder zeker dan de inspecteur over de aard van Dom Minto's verscheiden. Hij vertrouwde me toe dat Sammy Hazaré – die kennelijk niet graag gezien wilde worden op plaatsen die Abraham freqenteerde – bij Minto was geweest en een eed op zijn moeders hoofd had gezworen dat de dood van Aurora Zogoiby een liquidatie was geweest, uitgevoerd door een zekere Chhaggan Vijf-in-een-Hap in opdracht van Raman Fielding.

'Maar waarom?' schreeuwde ik. Abrahams ogen glinsterden. 'Ik heb je toch over je mamaji verteld, jongen. Een hapje proeven en dan weggooien, dat deed ze niet alleen met eten maar ook met mannen. Maar in het geval van Mainduck beet ze in de verkeerde vrucht. Motief was seksueel. Seksueel. Seksuele... wraak.' Zijn stem had nog nooit zo wreed geklonken. Het was duidelijk dat de pijn van Aurora's ontrouw nog steeds aan hem vrat. De gekmakende pijn er met hun zoon over te moeten praten.

'Hoe dan?' wilde ik weten. Het antwoord was, zei hij, een injectiepijltje in de nek, ter grootte van pijltjes waarmee kleinere dieren worden verdoofd – niet olifanten, maar misschien wilde katten. Het werd afgevuurd vanaf de Chowpatty Beach tijdens het tumult van Ganpati, ze werd duizelig en viel. Op de door de branding overspoelde rotsen. De golven moesten de pijl hebben weggespoeld; en bij al die ravage zag niemand – zocht niemand – een gaatje in de zijkant van haar nek.

Ik had die dag met Sammy en Fielding op de VIP-tribune gestaan, herinnerde ik me; maar Chhaggan kon overal zijn geweest. Chhaggan die, met Sammy, de blaaspijpkampioen van Mainducks kamerolympiades was. 'Maar dit kan geen blaaspijp geweest zijn,' dacht ik hardop. 'Veel te ver. En dan ook nog eens omhoog.'

Abraham haalde zijn schouders op. 'Een injectiegeweer, dan,' zei hij. 'De details staan allemaal in Sammy's getuigenverklaring. Minto zal die morgenvroeg brengen. Je weet,' zei hij nog, 'dat we het niet hard kunnen maken voor de rechtbank.'

'Dat is niet nodig,' antwoordde ik. 'Deze zaak zal door geen jury of rechter worden beslist.'

Minto stierf voor hij Sammy's getuigenis bij Abraham kon afleveren. Het document werd niet aangetroffen tussen zijn papieren. Inspecteur

Singh had geen vermoeden van strafbare feiten; maar dat was zijn zaak. En ik, ik moest aan het werk. Ik had oude verplichtingen waaraan ik me niet kon onttrekken. Tegen iedere verwachting in zweefde mijn moeders gekwelde schim bij mijn schouder en schreeuwde om wraak. *Bloed eist bloed. Was mijn lichaam in de rode fonteinen van mijn moordenaars en laat me R.I.P.*

Moeder, dat zal ik.

≈

De moskee in Ayodhya was verwoest. Alfabetsoepisten, 'fanatici' of 'godvruchtige bevrijders van de heilige plaats' (doorhalen wat niet van toepassing is) zwermden uit over de zeventiende-eeuwse Babri Masjid en sloopten die met hun blote handen, met hun tanden, met de oerkracht die Sir V. Naipaul goedkeurend hun 'bewustwording van de geschiedenis' noemde. De politie stond er, zoals bleek uit de krantefoto's, bij en keek toe hoe de krachten van de geschiedenis hun geschied-verwoestende werk deden. Saffraankleurige vlaggen werden gehesen. Er werden talloze *dhuns* gescandeerd: 'Raghupati Raghava Raja Ram' &c. Het was een van die momenten die nog het best te omschrijven zijn als onverenigbaar: zowel heuglijk als tragisch, zowel echt als voos, zowel spontaan als geprovoceerd. Het opende en sloot deuren. Het was een einde en een begin. Het was wat Camoens da Gama lang geleden had voorspeld: de komst van de Storm-Ram.

Niemand wist zelfs zeker, zo waagden sommige commentatoren op te merken, dat de huidige stad Ayodhya in Uttar Pradesh op dezelfde plek lag als het mythische Ayodhya, woonplaats van Lord Ram in de Ramayana. En het idee dat dit Rams geboorteplaats was, de Ramjanmabhoomi, was al evenmin een oude overlevering, nog geen honderd jaar oud. In feite was het een mohammedaanse gelovige geweest die voor het eerst had beweerd dat hij in de oude Babri-moskee een visioen van Lord Ram had gezien en zo de bal aan het rollen had gebracht; bestond er een mooier beeld van religieuze tolerantie en pluraliteit? Na het visioen hadden moslims en hindoes de omstreden plaats een tijdlang zonder problemen gedeeld... maar de pot op met dat oude nieuws! Wie maalde er om die ongezonde, gekloofde haren? Het gebouw was neergehaald. Het was een tijd voor gevolgen, niet voor terugblikken:

voor wat-erna-gebeurde, niet voor wat er al dan niet aan vooraf had kunnen gaan.

Wat erna gebeurde: in Bombay vond een nachtelijke inbraak plaats in het Zogoiby-legaat. De dieven werkten snel en vakkundig; het alarmsysteem van het museum bleek hopeloos te kort te schieten en in meer dan één afdeling helemaal niet te functioneren. Er verdwenen vier schilderijen, alle vier uit de Moor-cyclus en onmiskenbaar van tevoren uitgezocht – één uit elk van de drie belangrijkste perioden, en ook het laatste, onvoltooide maar niettemin sublieme doek *De laatste zucht van de Moor*. De conservatrice, dr. Zeenat Vakil, probeerde tevergeefs radio- en tv-zenders voor het verhaal te interesseren. De gebeurtenissen in Ayodhya en hun bloedige nawerkingen hadden de ether verzadigd. Zonder Raman Fielding zou het verlies van deze nationale schatten het nieuws niet eens hebben gehaald. De M.A.-baas legde in een commentaar op Doordarshan een verband tussen de val van de moskee en de verdwijning van de schilderijen. 'Wanneer dergelijke vreemde artefacten van India's heilige bodem verdwijnen, laat dan niemand treuren,' zei hij. 'Wil de nieuwe natie geboren worden, dan moet misschien heel wat indringers-geschiedenis worden uitgewist.'

Dus wij waren nu ineens indringers? Na tweeduizend jaar hoorden we er nog steeds niet bij en zouden we zelfs spoedig worden 'uitgewist' – een 'verdelging' waarop geen spijtbetuigingen of verdriet hoefden te volgen. Mainducks belediging van Aurora's nagedachtenis maakte het me gemakkelijker om uit te voeren wat ik me had voorgenomen.

Mijn moordzuchtige stemming mag niet worden toegeschreven aan atavisme; al was dit ingegeven door mijn moeders dood, het was nauwelijks een terugkeer van kenmerken die enkele generaties hadden overgeslagen! Je zou het beter een soort *aangetrouwde erfenis* kunnen noemen; want had niet huwelijk na huwelijk geweld in de familie Da Gama gebracht? Epifania bracht haar moorddadige Menezes-clan mee, en Carmen haar dodelijke Lobo's. En Abraham bezat van begin af aan het moordenaarsinstinct, al liet hij altijd anderen zijn opdrachten uitvoeren. Alleen mijn grootouders van moederszijde, Camoens en Belle, die elkaar oprecht liefhadden, konden daar niet van beschuldigd worden.

Mijn eigen liefdesaffaires waren al niet veel beter. Lieve Dilly treft geen blaam; maar wat dacht u van Uma, die me van mijn moeders liefde beroofde door haar wijs te maken dat ik ongeoorloofde hartstochten koesterde. Wat dacht u van Uma de aspirant-moordenares, die er alleen niet in slaagde me te vermoorden vanwege een mallotige slapstickscène.

Maar uiteindelijk is het niet nodig voorouders of geliefden de schuld te geven. Mijn eigen loopbaan als een mensenranselaar – de periode van mijn verpletterende Hamer – vond haar oorsprong in een speling van de natuur die zoveel slagkracht in mijn anderszins onmachtige rechterhand had samengebald. Ik had tot dusver weliswaar nog niemand gedood, maar als je bedenkt hoe lang en zwaar ik sommige mensen heb afgeranseld, was dat meer geluk dan wijsheid. Als ik in de zaak van Raman Fielding voor rechter, jury en beul wilde spelen, kwam dat doordat het in mijn aard lag.

Beschaving is de handigheid waarmee we onze aard voor onszelf verbergen. Mijn hand, waarde lezer, was niet handig; maar ze wist wel wat ze waard was.

Bloeddorst zat dus in mijn geschiedenis, en in mijn botten. Ik twijfelde geen moment; ik zou wraak nemen – of sterven in mijn poging daartoe. Ik had de laatste tijd voortdurend over de dood nagedacht. Dit was tenminste een manier om mijn anders zwakke einde zin te geven. Ik besefte met een onaangedaan soort verbazing dat ik bereid was te sterven, mits Raman Fieldings lijk in de buurt lag. Ook ik was dus een moorddadige fanaticus geworden. (Of een bezeten wreker; wat u maar wilt.)

Geweld was geweld, moord was moord, twee kwaden maakten niet een goede: van deze waarheden was ik me ten volle bewust. Bovendien: wie zich verlaagt tot het peil van zijn tegenstander, verliest zijn morele gelijk. In de dagen na de verwoesting van Babri Masjid vernielden 'met recht woedende moslims'/'fanatieke moordenaars' (opnieuw wegstrepen al naar gelang uw hart u ingeeft) hindoetempels en vermoordden ze hindoes over heel India en ook in Pakistan. Er komt een moment in de ontwikkeling van communaal geweld waarop de vraag 'wie is begonnen?' geen zin meer heeft. De fatale kettingreacties van de dood maken iedere rechtvaardiging, laat staan gerechtigheid, onmogelijk. Ze komen in golven over ons heen, links en rechts, hindoe en moslim, mes en pistool, moorden, brandstichten, plunderen en heffen hun gebalde en bloederige vuist in de rokende lucht. Hun beider huizen zijn verdoemd door hun daden; beide zijden verspelen ieder recht zich ergens op voor te staan; ze zijn elkaars pest.

Ik sluit mezelf niet uit. Te lang ben ik een gewelddadig mens geweest en de nacht nadat Raman Fielding op tv mijn moeder beledigde, maakte ik met bruut geweld een einde aan zijn vervloekte leven. En riep daarmee een vloek af over mijn eigen leven.

≈

’s Nachts patrouilleerden rond de muren om Fieldings terrein acht koppels van topkaderleden, die steeds drie uur dienst deden; ik kende de meeste bijnamen die ze voor elkaar gebruikten. De tuin werd bewaakt door strotverscheurende Duitse herders (Gavaskar, Vengsarkar, Mankad en – om te bewijzen dat hun baas niet bevooroordeeld was – Azharuddin; deze van gedaante verwisselde cricketspelers kwamen vrolijk kwispelend op me af om zich te laten aaien. Bij de deur naar het huis zelf stonden nog meer bewakers. Ik kende deze boeven ook – een stel jonge reuzen bekend als Slechtebui en Niezo –, maar toch fouilleerden ze me van top tot teen. Ik had geen wapen bij me; althans niet een wapen dat ze me konden afnemen. ‘Hed is vaddaag det as vroeger,’ zei Niezo, de jongste, met zijn permanent verstopte neus, die – misschien ter compensatie daarvan – de meest loslippige van deze twee fouilleerders was. ‘De Blikked-bad kwab sdraks eben groeted. Ik dedk dat hij weer derug wou kobed, baar de baad id keihard.’ Ik zei dat ik het jammer vond dat ik Sammy had gemist; en hoe ging het met die oude Vijf-in-een-Hap? ‘Hij had de doed bed Hazaré,’ mompelde de jonge bewaker. ‘Ze gidged zabed weg ob zich de bezadded.’ Zijn collega gaf hem een klap tegen zijn achterhoofd en hij zweeg. ‘Hed is Haber baar,’ protesteerde hij, zette zijn duim en wijsvinger op zijn neus en snoot hard. Snot sproeide alle richtingen uit. Ik sprong achteruit.

Het was een buitenkansje, besefte ik, dat Chhaggan er niet was. Hij had een zesde, zelfs zevende zintuig voor gevaar, en mijn kans om zowel hem als Fielding te overrompelen en vervolgens te ontsnappen zonder dat er groot alarm werd geslagen, was nihil. Ik had daar niet op gerekend; deze onvoorziene afwezigheid gaf me tenminste de kans het terrein levend te verlaten.

De zwijgzame, de koppemepper, Slechtebui, vroeg me wat ik kwam doen. Ik herhaalde wat ik aan de poort had gezegd: ‘Alleen voor de captain z’n oren.’ Dat leek Slechtebui niet te bevallen. ‘Vergeet het maar.’ Ik trok een grimas. 'Dan ben jij de klos als hij erachter komt.' Hij zwichtte. 'Gelukkig voor jou werkt de captain laat wegens nationale gebeurtenissen,' zei hij giftig. 'Wacht even, dan zal ik het vragen. En na een paar tellen kwam hij terug en zwaaide met een woedende duim naar het heilige hol.

Mainduck was aan het werk bij het gele licht van één schaarlamp. Zijn grote bebrilde hoofd was half verlicht, half in de duisternis; de enorme massa van zijn lichaam versmolt met de nacht. Was hij alleen? Moeilijk te zeggen. 'Hamer, Hamer,' kwaakte hij. 'En als wat ben je vannacht gekomen? Als je vaders afgezant of als een verrader van zijn versjteerde zaak?'

'Boodschapper,' zei ik. Hij knikte. 'Laat maar horen, dan.'

'Alleen voor jouw oren bestemd,' zei ik tegen hem. 'Niet voor microfoons.' Vele jaren geleden had Fielding zijn bewondering uitgeproken voor de Amerikaanse president Nixon, die in zijn eigen kantoor afluisterapparatuur had laten plaatsen. 'Vent had gevoel voor geschiedenis,' zei hij. 'Lef ook. Alles vastgelegd.' Ik merkte op dat er mede door deze banden een einde aan zijn presidentschap was gekomen. Fielding wuifde die tegenwerping weg. 'Wat ik zeg, kan mij niet vernietigen,' beweerde hij. 'Mijn ideologie is mijn geluk! En op een dag zullen de schoolkindertjes mijn uitspraken moeten leren.'

Vandaar: *niet voor microfoons.* Hij grijnsde van oor tot oor, zodat hij in zijn lichtplas meer weghad van de Cheshire Cat dan van een kikker. 'Je herinnert je verdomme veel te veel, Hamer,' verweet hij me vriendelijk. 'Kom maar, mijn liefje. Fluister zoete woordjes in mijn oor.'

Ik was oud geworden, bedacht ik me bezorgd terwijl ik naar hem toeliep. Misschien was de oude KO-stoot *weg. Geef me kracht,* bad ik tot niets in het bijzonder: tot Aurora's geest, misschien. *Nog één keer. O, geef dat ik mijn hamerslag nog heb.* De groene kikkerfoon staarde me aan vanaf zijn bureau. God, wat haatte ik die telefoon. Ik boog naar Mainduck; die vliegensvlug uithaalde met zijn linkerhand, me bij mijn nekhaar greep en mijn mond tegen de linkerkant van zijn hoofd hengstte. Een moment uit mijn evenwicht besefte ik enigszins tot mijn schrik dat mijn rechterhand, mijn enige wapen, haar doel niet meer kon treffen. Maar terwijl ik tegen de bureaurand viel, kwam mijn linkerhand – diezelfde hand die ik mijn hele leven en tegen mijn natuur moest leren gebruiken – toevallig in botsing met de telefoon.

'De boodschap komt van mijn moeder,' fluisterde ik, en sloeg de groene kikker in zijn gezicht. Hij maakte geen geluid. Zijn vingers lieten mijn haar los, maar de kikkerfoon wilde hem blijven kussen, dus kuste ik hem ermee, zo hard ik kon, toen harder en nog harder, totdat het plastic versplinterde en het apparaat in mijn hand uiteen begon te vallen. 'Waardeloos kloteprul', dacht ik en legde hem neer.

≈

Hoe Lord Ram de ontvoerder van de schone Sita, Ravan, Koning van Lanka, doodde:

Het dubieuze gevecht duurde voort, totdat Ram in zijn woede
Zwaaide met Brahma's dodelijke wapen vlammend van hemels vuur!
Het wapen dat de held had gekregen van de heilige Agastya
Gevleugeld als de bliksemende pijl van Indra,
fataal als de hemelse schicht,
Omgeven door rook en vlammenflitsen, snellend van de ronde boog,
Doorboorde het stalen hart van Ravan,
deed de levenloze held neerstorten...
Lovende woorden uit de heldere hemel daalden neer
op Raghu's dappere zoon,
'Kampioen van de getrouwen en gerechtigen!
Uw nobele taak is volbracht!'

Hoe Achilles Hector, de moordenaar van Patroclus, doodde:

Het bewustzijn verliezend sprak Hector met de schitterende helm tot hem:
'Ik smeek je bij je eigen leven, bij je knieën en bij je vader en moeder,
laat geen honden mij verslinden in het kamp van de Grieken...'
Dreigend keek Achilles naar hem, terwijl hij sprak:
'Smeek mij niet bij mijn knieën en vader en moeder, jij hond!
Zo waarachtig als ik het in mij zou willen hebben
om stukken van je vlees te kunnen afsnijden en rauw te eten –
voor alles wat je mij hebt aangedaan – zó waarachtig
zal niemand de honden weren van jouw hoofd...
maar honden en vogels zullen je vreten tot er niets van je over is.'

U ziet het verschil. Terwijl Ram over een hemels moordtuig beschikte, moest ik het doen met een telecommunicatieve kikker. En naderhand waren er geen hemelse loftuitingen voor mijn daad. Wat Achilles betreft: ik bezat noch zijn primitieve neiging ingewanden te verslinden (wat zozeer doet denken aan, als ik dat mag zeggen, Hind van Mekka, die het hart van de dode held Hamza verorberde) noch zijn dichterlijke stijl). Maar de honden van de Grieken hadden wel hun plaatselijke tegenhangers...

... Nadat Ram Ravan had gedood, was hij zo ridderlijk een grootse begrafenis voor zijn gevallen vijand te organiseren. Achilles, verreweg de minst hoffelijke van deze verheven helden, bond Hectors lijk aan de achterkant van zijn strijdwagen en sleurde hem drie maal rond het graf van de dode Patroclus. Wat mij betreft: aangezien ik niet in heroïsche tijden leefde, eerde noch schond ik het lichaam van mijn slachtoffer; mijn gedachten waren bij mezelf, mijn kans om te overleven en weg te komen. Nadat ik Fielding had vermoord, draaide ik hem met stoel en al om, zodat zijn gezicht (al had hij geen gezicht meer) van de deur was afgewend. Ik legde zijn voeten op een boekenplank en vouwde zijn armen over de bloederige brij van zijn wonden, zodat hij in slaap gevallen leek te zijn, uitgeput van zijn werk. Vervolgens zocht ik snel, zonder geluid te maken, naar de bandrecorders – er moesten er twee zijn, voor als er een uitviel.

Ze waren niet moeilijk te vinden. Fielding had nooit een geheim gemaakt van zijn registratiedrift, en in de kasten in zijn kantoor – die niet waren afgesloten – zag ik de banden langzaam in het duister rondwentelen, als derwisjen. Ik rukte er stukken band uit en propte die in mijn zakken.

Het was tijd om te vertrekken. Ik ging de kamer uit en sloot de deur met overdreven zorg. 'Niet storen,' fluisterde ik tegen Slechtebui en Niezo. 'Captain doet dutje.' Dat zou hen voorlopig zoethouden, maar of ik tijd genoeg had om van het terrein af te komen? Ik had visioenen van geschreeuw, gefluit, schoten en vier omgetoverde cricketspelers die me luid grommend naar de keel sprongen. Mijn voeten begonnen te rennen; ik remde ze af. Gavaskar, Vengsarkar, Mankad en Azharuddin kwamen op me af en likten mijn goede hand. Ik knielde en drukte ze tegen me aan. Toen kwam ik overeind, liet honden en Mumbadevi-beelden achter me, liep door de poort en stapte in de Mercedes-Benz waarin ik van de parkeergarage van de Cashondeliveri Tower hierheen was gereden. Terwijl ik wegreed, vroeg ik me af wie me het eerst zou weten te vinden: de politie of Chhaggan Vijf-in-een-Hap. Al met al gaf ik de voorkeur aan de politie. *Een tweede lijk, meneer Zogoiby. Onvoorzichtig. Wat vreselijk slordig.*

Achter me klonk een dierlijk geluid, behalve dat geen enkel dier ooit zo hard brulde, en een reuzenhand draaide mijn auto in het rond, twee maal, en blies mijn achterruiten eruit. De Murs'diez bleef staan, met de neus naar de verkeerde kant.

De zon was te voorschijn gekomen. Het eerste waaraan ik dacht, was 'De walrus en de timmerman': 'De maan scheen droef en zeer bedrukt,/ 'De zon,' zo pruilde zij/ 'Heeft volgens mij hier niets te doen:/ De dag is nu voorbij./ 't Is bijster onbeleefd van hem,/ (tenminste volgens mij).' Mijn tweede gedachte was dat er een vliegtuig was neergestort op de stad. Er waren inmiddels hoge vlammen en er werd gegild, en nu pas besefte ik dat er iets was gebeurd in huize Fielding. Ik hoorde Niezo's stem weer: 'De Blikked-bad kwab sdraks eben groeted.'

Een laatste groet. De groet van een oude krijger die de zak had gekregen. Hoe had Sammy de bommenlegger zijn spul langs de fouillerende bewakers gesmokkeld? Ik kon maar één antwoord bedenken: *in zijn metalen hand.* Wat betekende dat het heel klein moest zijn. Geen plaats voor staven dynamiet daar. Wat dan? Kneedbom, RDX, Semtex? 'Bravo, Sammy,' dacht ik. 'Miniaturisering, hè? *Wah-wah.* Alleen het beste, het modernste voor Mainduck.' Die niemand meer zo gauw de zak zou geven. Ik bedacht dat ik een dode had vermoord. Ook al leefde hij nog toen ik hem te pakken kreeg, niet ik maar Sammy had hem KO geslagen.

Het kostte me nog een paar ogenblikken voor het tot me doordrong dat er niet veel van Mainduck over zou zijn. Daar zou Sammy wel voor hebben gezorgd. Het was dus best mogelijk dat ik helemaal niet onder verdenking zou komen te staan. Al zou ik als laatste die Raman Fielding in leven had gezien, ongetwijfeld enige vragen moeten beantwoorden. De auto startte gehoorzaam bij de eerste poging. De lucht was vergeven van een afschuwelijke rook en een maar al te herkenbare stank. Er waren veel hollende mensen. Het was tijd te vertrekken. Terwijl ik achterwaarts de straat uit reed, verbeeldde ik me dat ik het blaffen van hongerige honden hoorde, die onverwacht grote brokken vlees toegeworpen hadden gekregen, merendeels nog met bot. Dat, en het klapwieken van gieren.

≈

'Wegwezen,' zei Abraham Zogoiby. 'Doe het meteen. En blijf weg.' Het was mijn laatste wandeling met hem in zijn hemelse bongerd. Ik had verslag gedaan van de fatale gebeurtenissen in Bandra. 'Hazaré is dus een ongeleid projectiel,' zei mijn vader. 'Geeft niet. Bijzaak. De een of andere leverancier handelt in het geniep, daar moet iets aan worden gedaan. Maar dat is jouw zaak niet. Op het ogenblik houdt niemand je tegen. Daarom, het beste. Vertrek. Ga weg nu je nog kunt.'

'En hier dan?'

'Je broer zal wegrotten in de gevangenis. Alles loopt ten einde. Ook ik ben er geweest. Maar mijn einde: dat is nog niet begonnen.'

Ik nam een rijpe appel uit een mand en stelde hem mijn laatste vraag. 'Ooit,' zei ik, 'heeft Vasco Miranda u gezegd dat dit geen land voor ons is. Destijds zei hij tegen u wat u nu tegen mij zegt. "Macaulays Notamannen, wegwezen." Dus hij had gelijk? Opsodemieteren, naar het westen? En basta?'

'Je papieren zijn in orde?' Abraham, zijn macht gebroken, leek voor mijn ogen ouder te worden, als een onsterfelijke die uiteindelijk gedwongen wordt uit de magische portalen van Shangri-La te stappen. Maar, ja, ik knikte, mijn papieren waren in orde. Die steeds hernieuwde reispapieren voor Spanje, mijn moeders nalatenschap aan mij. Dat venster op een andere wereld.

'Ga het hem dan zelf vragen,' zei Abraham met zijn wanhopige glimlach, terwijl hij van mij vandaan naar de bomen liep. Ik liet de appel vallen, draaide me om en liep weg.

'Ohé, Moraes,' riep hij me achterna, schaamteloos, grijnzend, verslagen. 'Verdemde idioot die je bent. Wie anders dan je geschifte Miranda heeft die schilderijen laten stelen? Ga ze toch zoeken, jongen. Ga je dierbare Palimpstina toch zoeken. Ga eens naar Mooristan.' En zijn laatste bevel, een groter blijk van genegenheid heeft hij me nooit gegeven: 'Neem die verdemde fik mee.' Ik verliet die hemeltuin met Jawaharlal onder mijn arm. De zon ging bijna op. Er was een rode rand rond de planeet, die ons scheidde van de lucht. Het zag eruit alsof iemand, of iets, had gehuild.

≈

Bombay ontplofte. Dit is wat ik heb gehoord: er was driehonderd kilogram RDX-explosieven gebruikt. Later werd nog eens tweeënhalfduizend kilo in beslag genomen, een deel in Bombay, een ander deel in een vrachtwagen bij Bhopal. Ook tijdklokken, detonators, de hele rambam. Dit was ongekend in de geschiedenis van de stad. Zoiets meedogenloos, moedwilligs, wreeds. *Bhhaamm!* Een bus vol kinderen. *Bhhaamm!* Het Air-India-gebouw. *Bhhaamm!* Treinen, huizen, *chawls*, havens, filmstudio's, fabrieken, restaurants. *Bhhaamm! Bhhaamm! Bhhaamm!* Koopmansbeurzen, kantoorgebouwen, ziekenhuizen, de drukste winkelstraten in de binnenstad. Overal lagen stukken lichaam; menselijk en dierlijk bloed, ingewanden en botten. Gieren waren zo dronken van het vlees dat ze scheef op daken zaten te wachten tot ze weer trek kregen.

Wie deed het? Veel vijanden van Abraham werden getroffen – politiemensen, M.A.-kaders, rivalen in de misdaad. *Bhhaamm!* In het uur van zijn ondergang pleegde mijn vader een telefoontje en de metropool begon te exploderen. Maar kon zelfs iemand als Abraham, met zijn onmetelijke middelen, zo'n arsenaal hebben aangelegd? Een bendeoorlog kon toch niet de verklaring zijn voor die massa's onschuldige doden? Zowel Hindoe- als moslimwijken werden aangevallen; mannen, vrouwen, kinderen kwamen om, en niemand kon hun dood nog de waardigheid van een zin geven. Welke wrekende demon zat schrijlings op de horizon en liet vuur regenen op onze hoofden? Was de stad gewoon zichzelf aan het vermoorden?

Abraham trok ten strijde en liet zijn gesel neerkomen waar hij maar kon. Dat was een deel van het verhaal. Het was niet genoeg; het was niet alles. Ik weet niet alles. Ik vertel u wat ik weet.

Dit is wat ìk wil weten: wie doodde *Elephanta*, wie vermoordde mijn huis? Wie heeft het opgeblazen, en 'Lambajan Chandiwala' Borkar, juffrouw Jaya Hé en Ezechiël van de magische aantekenboeken, samen met de bakstenen en de mortel? Was het de wraak van de dode Fielding of de freelancer Hazaré, of was er een meer verborgen stroming in de geschiedenis, dieper onder het oppervlak, waar zelfs diegenen van ons die lang in de Onderwereld hadden doorgebracht het niet konden zien?

Bombay was het centrum, was dat altijd geweest. Zoals de fanatieke 'Katholieke Koningen' Granada hadden belegerd en de val van het Alhambra hadden afgewacht, zo stond nu de barbarij aan onze poorten. O Bombay! *Prima in Indis! Poort van India! Ster van het Oosten met het gezicht naar het Westen!* Net als Granada – het al-Garnath der Arabieren – was je de trots van je tijd. Maar er kwam een donkerder tijd voor jou, en zoals Boabdil, de laatste sultan der Nasriden, te zwak was om zijn grote schat te verdedigen, zo bleken ook wij te kort te schieten. Want de barabaren stonden niet alleen aan onze poorten, maar zaten ook onder onze huid. We waren onze eigen houten paarden, ieder van ons vervuld van ons noodlot. Misschien ontstak Abraham Zogoiby de lont, of Scar: deze fanatici of gene, onze gekken of die van jullie; maar de explosies barstten uit onze eigen lichamen naar buiten. We waren bommengooiers en bommen tegelijk. De explosies waren ons eigen kwaad – zinloos een verklaring in het buitenland te zoeken, al was en is het kwaad niet alleen binnen maar ook buiten onze grenzen. We hebben onze eigen benen afgehakt, onze eigen val bewerkstelligd. En kunnen, nu het einde daar is, slechts huilen om iets wat we niet meer konden verdedigen omdat we er te zwak, te corrupt, te klein, te verachtelijk voor waren.

– Neemt u me deze uitbarsting alstublieft niet kwalijk. Liet me meeslepen. Oude Moor zal niet meer zuchten. –

≈

Dr. Zeenat Vakil kwam om in de vuurbal die door het museum van het Zogoiby-legaat op de Cumballa Hill raasde. Geen enkel schilderij bleef gespaard; waarmee mijn moeder Aurora werd verwezen naar een domein dicht bij het rijk van de voorgoed verloren oudheid – naar de periferie van die helse tuin vol machteloze schimmen van degenen – nu net als hun beelden zonder hoofd en armen – van wie het levenswerk spoorloos is verdwenen. (Ik denk aan Cimabue, ons slechts bekend van een handvol werken.) *Het schandaal* bleef gespaard. Het Legaat had het in permanente bruikleen gegeven aan het National Museum in Delhi en daar is het nog steeds, uitdagend hangend tegenover Amrita Sher-Gil. Er zijn nog een paar andere doeken over. Vier vroege Chipkali-tekeningen: *Uper de gur gur...* en de schrijnende, pijnlijke *Moedernaakte Moor*, die allemaal toevallig uitgeleend waren, in India of het buitenland. Bovendien, zo wil de ironie, de gecompliceerde cricketfantasie die aan de wand in de zitkamer van de dames Wadia hing, *Abbas Ali Baig gekust*. Plus het schilderij in het Stedelijk, dat in de Tate, de collectie Gobler. Een paar schilderijen uit de 'rode periode' in particuliere collecties. (Hoe ironisch dat ze daarvan de meeste zelf had vernietigd!)

Meer overgebleven werk dan van Cimabue dus; maar slechts een fractie van de totale produktie van die produktieve vrouw.

En de vier gestolen Aurora's vormden nu een belangrijk bestanddeel van haar overgebleven werk.

≈

Op de ochtend van de explosies ging juffrouw Nadia Wadia zelf naar de voordeur, want de bediende was 's morgens vroeg boodschappen gaan doen en niet teruggekeerd. Voor haar stond een stel karikaturen: een dwerg in kaki en een man met een metalen gezicht en hand. Een gil en een giechel botsten in haar keel; maar voor ze enig geluid kon maken, had Sammy Hazaré een dolk geheven en haar twee japen over haar gezicht gegeven, twee parallelle lijnen van rechtsboven naar linksonder, vakkundig de ogen ontziend. Ze viel flauw op de deurmat en toen ze weer bijkwam, lag haar hoofd in de schoot van haar radeloze moeder, had ze haar eigen bloed op haar lippen en waren haar onbekende belagers verdwenen, om nooit meer terug te keren.

≈

De mahaguru Khusro kwam om bij de bomaanslagen; de roze wolkenkrabber aan de Breach Candy, waar 'Adam Zogoiby' was grootgebracht, werd ook in puin gelegd. Het lichaam van Chhaggan 'Vijf-in-een-Hap' werd gevonden in een goot in Bandra; zijn hals was opengereten met een dolk. Dhabas in Dhobi Talao, bioscopen met Cinemascope-*remakes* van de oude klassieke film *Gai-Wallah*, het Sorrygeen en het Pioneer Café: ze waren allemaal weg. En Zuster Floreas, mijn enige echte nog levende zuster, bleek zich in de toekomst te hebben vergist; het verpleeghuis en het klooster van Gratiaplena vielen ten offer aan het bommengeweld, en Minnie bevond zich onder de doden.

Bhhaamm! Bhhaamm! Niet alleen zusters, vrienden, schilderijen en favoriete plekjes, maar ook het gevoel zelf werd opgeblazen. Als het leven zo weinig waard werd, als hoofden over de *maidans* rolden en hoofdloze lichamen in de straten dansten, moest je je dan nog druk maken over één enkel voortijdig heengaan? Moest je je dan nog druk maken over je eigen dreigende heengaan? Na iedere wandaad volgde een nog grotere wandaad; als echte verslaafden leken we een steeds grotere dosis nodig te hebben. De stad was verslaafd aan de catastrofe, en we waren allemaal gebruikers, zombies, levende lijken. Ontheemd en – om dat misbruikte woord nu eens met recht te gebruiken – geschokt raakte ik in een onthechte en godgelijke staat. De stad die ik kende, was stervende. Het lichaam waarin ik huisde, idem. Wat dan nog? *Que sera sera...*

En zie, wat moest geschieden, geschiedde. Sammy 'de Blikken-man' Hazaré, met de kleine Dhirendra vastberaden aan zijn zijde trippelend, marcheerde de hal van de Cashondeliveri Tower in. Aan hun borst, benen en rug waren explosieven bevestigd. Dhirendra droeg twee detonators; Sammy zwaaide met zijn zwaard. De bewakers van het gebouw zagen dat de oogleden van de bommengooiers zwaar waren van de heroïne die ze hadden genomen om moed te verzamelen, dat hun lichamen popelden, en deinsden in paniek terug. Sammy en Dhiren namen de directe lift naar de eenendertigste verdieping. Het hoofd van de bewaking belde Abraham Zogoiby om waarschuwingen te krijsen en zichzelf vrij te pleiten. Abraham onderbrak hem kortaf. 'Evacueer het gebouw.' Dit zijn de laatste woorden die van hem bekend zijn.

De werknemers in de Tower renden als razenden de straat op. Maar zestig seconden later knalde het grote atrium op de Cashondeliveri Tower als vuurwerk de lucht in en begon het glazen messen te regenen die de hollende werknemers in de nek rug dij staken en hun dromen, hun liefdes, hun hoop doorboorden. En na de glazen messen volgden moessonregens. Veel mensen waren door de explosie vast komen te zitten in de toren. Liften werkten niet, trappenhuizen waren ingestort, er waren branden en wolken ravezwarte rook. Sommigen gaven de hoop op, sprongen uit de ramen en stortten naar hun dood.

Ten slotte regende Abrahams tuin als een zegening naar beneden. Geïmporteerde aarde. Engels gazongras en buitenlandse bloemen – krokussen, narcissen, rozen, stokrozen, vergeet-me-nieten – daalden neer op de Backbay Reclamation; ook uitheems fruit. Hele bomen stegen gracieus ten hemel alvorens als gigantische sporen naar de aarde te dwarrelen. Nog dagen zweefden de veren van on-Indiase vogels door de lucht.

Peperkorrels, komijnzaadjes, pijpjes kaneel, kardemoms vermengden zich met de geïmporteerde flora en vogels, roffelden rikketik als geparfumeerde hagel op de straten en stoepen. Abraham had altijd zakken met specerijen uit Cochin in de buurt staan. Soms, als hij alleen was, maakte hij ze open en dompelde hij zijn nostalgische armen in hun geurige diepten. Fenegriek en nigella, korianderzaden en duivelsdrek vielen op Bombay; maar vooral zwarte peper, het Zwarte Goud van Malabar waarop een eeuwigheid en een dag geleden een jonge magazijnchef en een meisje van vijftien een peperliefde voor elkaar hadden opgevat.

≈

Om een klasse te vormen, schreef Macaulay in de Onderwijsnota uit 1835, *... van personen, Indiaas van bloed en huidkleur, maar Engels van ideeën, zeden en intellect.* En waarom, als ik vragen mag? O, om dienst te doen als *tolken tussen ons en de miljoenen over wie we heersen.* Wat zou, en moest, een dergelijke klasse dankbaar zijn! Want in India waren de dialecten *pover en grof*, en *één enkele plank van een goede Europese bibliotheek woog op tegen de hele inheemse literatuur.* Geschiedenis, wetenschap, geneeskunde, astronomie, geografie, religie werden op dezelfde wijze afgedaan. *Zou nog te min zijn voor een Engelse hoefsmid... zou de lachlust wekken van Engelse kostschoolmeisjes.*

Een klasse van 'Macaulay's Notamensen' zou dus het beste van India haten. Vasco had ongelijk. Wij waren niet die klasse, waren dat ook nooit geweest. Het beste en het slechtste zaten ìn ons, streden in ons zoals ze in het gehele land streden. In sommigen van ons overwon het slechtste; maar toch konden we zeggen – en naar waarheid zeggen – dat we van het beste hadden gehouden.

Toen mijn vliegtuig wegdraaide boven de stad, zag ik zuilen van rook opstijgen. Er was niets meer dat me nog aan Bombay bond. Het was niet langer mijn Bombay, niet langer bijzonder, niet langer de stad van gemixt, hybridisch plezier. Iets was ten einde (de wereld?) en wat restte, wist ik niet. Ik verheugde me op Spanje – op Elders. Ik ging naar het land waaruit we eeuwen geleden waren verstoten. Misschien zou het wel mijn verloren huis blijken, mijn rustplaats, mijn beloofde land. Misschien zou het wel mijn Jeruzalem zijn.

'Nietwaar, Jawaharlal?' Maar het opgezette mormel op mijn schoot had niets te zeggen.

Ik vergiste me echter in één ding: het einde van een wereld is niet het einde van de wereld. Mijn ex-verloofde Nadia Wadia verscheen enkele dagen na de aanslagen op de tv, toen de littekens op haar gezicht nog vers waren, haar verminking duidelijk permanent. Niettemin was haar schoonheid zo roerend, haar moed zo evident dat ze op de een of andere manier nog mooier leek dan vroeger. Een interviewer probeerde haar iets te vragen over haar beproeving; maar, in een gedenkwaardig moment, draaide ze zich van hem af en richtte ze zich direct tot de camera, en tot het hart van iedere kijker. 'Dus vroeg ik me af, Nadia Wadia, is dit voor jou het einde? Valt het doek? En een tijdlang dacht ik, *achha*, ja, 't is voorbij, *khalaas*. Maar toen vroeg ik me af, Nadia Wadia, waar heb je het over, *men*? Om op je drieëntwintigste te zeggen dat het hele leven *funtoosh* is? Wat een *pagalpan*, wat een onzin, Nadia Wadia! Meisje, kop op, oké? De stad zal overleven. Er zullen nieuwe wolkenkrabbers verrijzen. Er zullen betere tijden komen. Nu zeg ik het iedere dag. Nadia Wadia, de toekomst roept. Luister naar haar.'

IV

'DE LAATSTE ZUCHT VAN DE MOOR'

19

Ik ging naar Benengeli omdat mijn vader me had gezegd dat Vasco Miranda, een man die ik al veertien jaar – of achtentwintig, volgens mijn persoonlijke kalender in marstempo – niet meer had gezien, mijn dode moeder daar gevangen hield; of misschien niet mijn moeder, maar wel het beste deel dat van haar restte. Ik denk dat ik hoopte die gestolen spullen terug te krijgen en daarmee iets in mij te helen voor ik zelf aan mijn einde kwam.

Ik had nog nooit in een vliegtuig gezeten, en het vliegen door wolken – ik was uit Bombay vertrokken op een van de zeldzame bewolkte dagen – leek zo griezelig veel op de beelden van het hiernamaals in films, schilderijen en sprookjesboeken dat ik huiverde. Was ik op weg ik naar het land van de doden? Ik verwachtte half en half de paarlen hemelpoorten op de wollige cumulusvelden achter mijn raampje, en een man met een grootboek van goed en kwaad. De slaap kwam over me heen gerold, en in mijn allereerste droom in de hoogte had ik het land der levenden inderdaad al verlaten. Misschien was ik opgehouden te bestaan bij de bomaanslagen, net als zoveel mensen en plaatsen die mij dierbaar waren. Toen ik ontwaakte, bleef het gevoel dat ik door een sluier was gegaan. Een vriendelijke jonge vrouw vroeg of ik iets wilde eten en drinken. Ik wilde beide. Het flesje rode Rioja was heerlijk, maar te klein. Ik vroeg om meer.

'Ik heb het gevoel dat ik ben doorgeschoten in de tijd,' zei ik even later tegen stewardess. 'Maar ik weet niet of het naar de toekomst of het verleden is.'

'Veel passagiers hebben dat gevoel,' stelde ze me gerust. 'Ik vertel ze dat geen van beide het geval is. We brengen het grootste deel van ons leven in verleden en toekomst door. Wat u in feite heeft in deze kleine microkosmos van ons, is het desoriënterende gevoel een paar uur naar het heden te zijn doorgeschoten.' Ze heette Eduvigis Refugio en had psychologie gestudeerd aan de Complutense Universiteit van Madrid. Uit een zekere vrijheidsdrang had ze haar studie opgegeven om dit reizende leven te gaan leiden, vertrouwde ze me ongevraagd toe, terwijl ze een paar minuten in de lege stoel naast me ging zitten en Jawaharlal op haar schoot nam. 'Shanghai! Montevideo! Alice Springs! Wist u dat plaatsen hun geheimen, hun diepste mysteries, alleen prijsgeven aan hen die slechts op doorreis zijn? Net zoals je een volkomen vreemde die je op een busstation ontmoet – of aan boord van een vliegtuig – intimiteiten kunt toevertrouwen waarvan je al ging blozen als je er alleen maar op zinspeelde in je eigen omgeving. Wat een lieve opgezette hond, trouwens! Ik zelf heb een verzameling kleine opgezette vogels; en van de Stille Zuidzee een echt verschrompeld hoofd. Maar de eigenlijke reden waarom ik reis,' en nu boog ze dicht naar me toe, is dat ik zo promiscue als de pest ben, en in een katholiek land als Spanje kom ik maar moeilijk aan mijn trekken.' Nog steeds begreep ik niet – zo groot was mijn innerlijke turbulentie tijdens de vlucht – dat ze me haar lichaam aanbood. Ze moest het met zoveel woorden zeggen. 'Op deze vlucht helpen we elkaar,' zei ze. 'Mijn collega's staan op de uitkijk en zorgen dat we niet gestoord worden.' Ze nam me mee naar een klein toilethokje en we vrijden heel kort: zij bereikte haar orgasme in enkele snelle bewegingen terwijl ik er helemaal niet aan toekwam, vooral omdat ze iedere belangstelling voor me leek te verliezen zodra ze zelf bevredigd was. Ik aanvaardde de situatie gelaten – want gelatenheid had me in haar greep – en allebei brachten we onze kleren op orde en gingen kwiek onze eigen weg. Een poosje later voelde ik een enorme drang om nog wat met haar te praten, al was het maar om haar gezicht en stem in mijn geheugen te prenten, waaruit ze al vervaagden, maar toen ik op een knopje met een symbooltje van een menselijk wezen drukte en het lichtje ging branden, verscheen er een andere vrouw. 'Ik wilde Eduvigis,' verklaarde ik, en de nieuwe jonge vrouw fronste. 'Neemt u me niet kwalijk. Zei u "Rioja"?' Geluid klinkt anders in een vliegtuig en misschien had ik binnensmonds gesproken, dus herhaalde ik heel duidelijk: 'Eduvigis Refugio, de psychologe.'

'U moet hebben gedroomd, meneer,' zei de jonge vrouw met een eigenaardige glimlach. 'Er is op deze vlucht geen stewardess met die naam.' Toen ik volhield dat die er wel was en mogelijk mijn stem verhief, kwam een man met goudkleurige banden om de mouwen van zijn blazer aansnellen. 'Mond dicht en zitten blijven,' commandeerde hij me ruw, met een duw tegen mijn schouder. 'En dat op jouw leeftijd, opa, en met jouw misvorming! Je moest je schamen om fatsoenlijke meisjes oneerbare voorstellen te doen. Jullie Indiase mannen denken allemaal dat onze Europese vrouwen hoeren zijn.' Ik was verbijsterd; maar nu ik naar de tweede jonge vrouw keek, zag ik dat ze haar ooghoeken met een zakdoek bette. 'Het spijt me dat ik zoveel last heb veroorzaakt,' excuseerde ik me. 'Hierbij verklaar ik dat ik al mijn verzoeken ondubbelzinnig intrek.'

'Zo mag ik het horen,' knikte de man in de blazer met de banden. 'Aangezien u uw vergissing inziet, zullen we het hierbij laten.' En hij ging weg met de tweede vrouw, die nu helemaal opgemonterd leek; toen ze over het gangpad verdwenen, hadden ze samen zelfs dikke pret, en ik had de indruk dat ze om me lachten. Ik kon niet verklaren wat er gebeurd was en viel weer in een diepe, ditmaal droomloze slaap. Ik heb Eduvigis Refugio nooit meer gezien. Ik verbeeldde me dat ze een soort luchtschim was, opgeroepen door mijn eigen begeerten. Ongetwijfeld zweefden er dergelijke *hoeri's* op deze hoogte, boven de wolken. Ze konden door de wanden van het vliegtuig gaan als ze dat wilden.

U merkt dat ik in een vreemde gemoedsstemming was gekomen. De plaats, taal, mensen en gewoonten die ik kende, waren me allemaal ontnomen door het simpele feit dat ik in dit vliegende ding was gestapt; en voor de meesten van ons zijn dit nu juist de vier plechtankers van de ziel. Als je daar de, voor een deel vertraagde, nawerkingen van de verschrikkingen van de laatste dagen bij telt, begrijpt u misschien waarom ik het gevoel had dat alle wortels van mijn persoonlijkheid waren losgerukt als die van de vliegende bomen uit Abrahams atrium. De nieuwe wereld die ik binnenging, had me een raadselachtige waarschuwing gegeven, een schot voor mijn boeg. Ik moest beseffen dat ik niets wist, niets begreep. Ik was alleen in een mysterie. Maar er was tenminste een zoektocht; daar moest ik me aan vastklampen. Dat was mijn doel, en door dat doel zo energiek mogelijk na te streven zou ik deze surreële vreemdheid, waarvan ik de betekenissen nog lang niet kon ontcijferen, mettertijd misschien begrijpen.

In Madrid stapte ik over op een ander vliegtuig, opgelucht dat ik die vreemde bemanning achter me had gelaten. In het veel kleinere vliegtuig naar het zuiden bemoeide ik me nergens mee, hield Jawaharlal tegen me aan gedrukt en beantwoordde iedere vraag of ik iets wilde eten of drinken, met een kort, ontkennend hoofdschudden. Tegen de tijd dat ik in Andalusië aankwam, was de herinnering aan mijn intercontinentale vlucht aan het vervagen. Ik kon me de gezichten of stemmen van de drie bemanningsleden niet meer voor de geest halen; ik was er nu van overtuigd dat ze hadden samengespannen om me een poets te bakken, en ongetwijfeld hadden ze mij uitgekozen omdat het mijn eerste vliegreis was, iets wat ik misschien aan Eduvigis Refugio had verteld – ja, inderdaad, nu ik erover nadacht, wist ik het zeker. Blijkbaar waren vliegreizen niet half zo stimulerend als Eduvigis had voorgegeven; wie was veroordeeld tot eindeloze, steeds wisselende uren in de lucht, moest zijn leven wel een beetje jeu geven, een beetje erotische spanning, door spelletjes te spelen met maagden als ik. Nou, ik wens ze veel succes! Ze hadden me geleerd met beide benen op de grond te blijven, mijn afgeleefde staat in aanmerking genomen gold ieder aanbod van seks tenslotte zonder meer als een daad van naastenliefde.

Uit het tweede vliegtuig stapte ik in zonneschijn en intense hitte – niet de 'weeïge hitte', zwaar en vochtig, van mijn geboortestad, maar een verkwikkende, droge hitte die mijn verwoeste, lawaaierige longen veel beter bekwam. Ik zag bloeiende mimosa en heuvels bespikkeld met olijfbomen. Maar ik was mijn gevoel van vreemdheid nog niet kwijt. Het was alsof ik nog niet helemaal was aangekomen, of nog niet alles van me; of misschien was de plaats waar ik was geland, niet precies de juiste plaats – bijna, maar niet helemaal. Ik voelde me duizelig, doof, oud. In de verte blaften honden. Ik had hoofdpijn. Ik droeg een lange leren jas en zweette hevig. Ik had tijdens de vlucht wat water moeten drinken.

'Een vakantie?' vroeg een man in uniform toen ik aan de beurt was.

'Ja.'

'Wat gaat u bekijken? Tijdens uw verblijf moet u onze beroemde bezienswaardigheden bekijken.'

'Ik hoop wat schilderijen van mijn moeder te bekijken.'

'Wat een verrassende hoop. Hebt u in uw eigen land niet veel schilderijen van uw moeder?'

'Ja, van de hand van.'

'Dat begrijp ik niet. Waar is uw moeder? Is ze hier? In deze plaats of in een andere plaats? Bent u op familiebezoek?'

'Ze is dood. We waren uit elkaar gegroeid en nu is ze dood.'

'De dood van een moeder is iets vreselijks. Iets vreselijks. En nu hoopt u haar te vinden in een vreemd land. Dit is ongewoon. Misschien heeft u geen tijd voor toerisme.'

'Nee, misschien niet.'

'U moet tijd maken. U moet onze beroemde bezienswaardigheden bekijken. Absoluut! Het is noodzakelijk. Begrijpt u?'

'Jawel. Ik begrijp het.'

'Wat is de hond? Waarom is de hond?'

'Het is de vroegere premier van India, in de gedaante van een hond.'

'Laat maar zitten.'

Ik sprak geen Spaans, zodat ik niet kon afdingen bij de taxichauffeurs. 'Benengeli,' zei ik, en de eerste schudde zijn hoofd en liep weg, uitgebreid spugend. De tweede noemde een getal dat me niets zei. Ik was beland in een oord waar ik de namen van dingen of de beweegredenen van mensen niet kende. Het was een ongerijmde wereld. Ik kon niet 'hond' of 'waar?' of 'ik ben een man' zeggen. Bovendien zat mijn hoofd dicht, net dikke soep.

'Benengeli,' herhaalde ik terwijl ik mijn koffer achter in de derde taxi gooide en met Jawaharlal onder mijn arm volgde. De chauffeur grijnsde, een brede lach vol gouden tanden. Voor zover zijn tanden niet van goud waren, waren ze tot vervaarlijke driehoeken gevijld. Maar hij leek niet onsympathiek. Hij wees op zichzelf. 'Vivar.' Hij wees naar de bergen. 'Benengeli.' Hij wees op zijn auto. 'Okay, pardner. We smeren 'm.' We waren beiden wereldburgers, besefte ik. Onze gemeenschappelijke taal was het koeterwaals van verschrikkelijke Amerikaanse films.

Het dorp Benengeli ligt in de Alpujarras, een uitloper van de Sierra Morena tussen Andalusië en La Mancha. Terwijl we die heuvels in reden, zag ik heel wat honden die kris-kras overstaken. Naderhand ontdekte ik dat buitenlanders zich hier een tijdje met hun gezin en huisdieren vestigden en dan weer, wispelturig en ontworteld als ze zijn, vertrokken, hun honden aan hun lot overlatend. De streek stikte van de uitgehongerde, teleurgestelde Andalusische honden. Toen ik dat hoorde, begon ik Jawaharlal op ze te wijzen. 'Je mag je wel gelukkig prijzen,' zei ik dan. 'Dank God dat jij niet zo bent.'

We reden het stadje Avellaneda binnen, beroemd om zijn driehonderd jaar oude arena, en Vivar de chauffeur gaf gas. 'Stad van dieven,' verklaarde hij. 'Linke soep.' Het volgende oord was Erasmo, een kleiner plaatsje dan Avellaneda, maar groot genoeg om te kunnen bogen op een flink schoolgebouw met boven de ingang het opschrift *Lectura – locura.* Ik vroeg de chauffeur of hij het kon vertalen, en na enige aarzeling vond hij de woorden. 'Lezen, *lectura. Lectura*, lezen,' zei hij trots.

'En *locura*?'

'Is waanzin, pardner.'

Een vrouw in het zwart, met een *rebozo* om, wierp ons een achterdochtige blik toe toen we over de straatkeien van Erasmo hobbelden. Onder een breed uitwaaierende boom op een plein vond de een of andere gepassioneerde bijeenkomst plaats. Overal hingen leuzen en spandoeken. Een paar daarvan schreef ik over. Ik had verwacht dat het politieke uitspraken waren, maar ze bleken veel ongewoner te zijn. 'De waanzin van de mens is zo onontkoombaar dat het, door een verdere speling van de waanzin, krankzinnig zou zijn om zelf niet waanzinnig te zijn,' luidde één spandoek. Een ander zei: 'Alles in het leven is zo divers, zo strijdig, zo duister, dat we van geen enkele waarheid zeker kunnen zijn.' En een derde, kernachtiger: 'Alles is mogelijk.' Het was alsof een groep filosofiestudenten van een nabijgelegen universiteit het idee had opgevat om in dit dorp bij elkaar te komen, vanwege de naam, om te discussiëren over onder andere de radicale sceptische ideeën van Blaise Pascal, de oude zotheidlover Erasmus zelf en Marsilio Ficino. De bezieling van de filosofen was zo groot dat er massa's mensen opaf kwamen. De dorpelingen van Erasmo vonden het leuk om partij te kiezen in de debatten. – Ja, de wereld was wat het geval was! Nee, dat was ze niet! – Ja, de koe stond in de wei ook als je niet keek! – Nee, iemand kon gemakkelijk het hek open hebben laten staan! – Item, de persoonlijkheid was homogeen en mensen waren verantwoordelijk voor hun daden! – Integendeel juist: we waren zulke tegenstrijdige entiteiten dat bij nauwgezet onderzoek het concept persoonlijkheid zelf zijn betekenis verloor! – God bestond! – God was dood! – Je kon, of zelfs moest, gerust spreken van de eeuwigheid van eeuwige waarheden: van de absoluutheid van absolute waarheden – Nee maar, dat was je reinste geklets; relatief gesproken, natuurlijk! – En over de vraag hoe een heer zich moet verhouden in zijn ondergoed, hebben alle toonaangevende autoriteiten geconcludeerd dat hij links moet dragen. – Belachelijk! Iedereen weet dat voor de ware moraalfilosoof alleen rechtschapenheid telt. – De brede kant van het ei is het best! Absurd, meneer! Altijd de smalle kant! – 'Omhoog!' zeg ik. – Maar het is zo duidelijk als wat, mijn waarde heer, dat de enig juiste stelling 'Omlaag' is. – Goed, dan, 'In!' – 'Uit!' – 'In!'...

'D'r wonen me wat vreemde lui in dit godvergeten oord,' meende Vivar terwijl we de plaats uitreden.

Volgens mijn kaart was Benengeli het volgende dorp; maar toen we Erasmo verlieten, ging de weg bergaf in plaats van bergop. Ik begreep van Vivar dat er sinds de Franco-tijd, toen Erasmo voor de republiek was en Benegenli voor de falangisten, een niet-aflatende haat tussen de inwoners van Erasmo en van Benengeli had bestaan, een haat zo diep dat ze geen weg tussen de twee dorpen hadden laten aanleggen. (Toen Franco overleed, had de bevolking van Erasmo een feest gehouden, maar de Benengeli's waren in diepe rouw gedompeld, met uitzondering van de grote gemeenschap 'parasieten' of buitenlanders, die pas wisten wat er aan de hand was toen er bezorgde telefoontjes van vrienden thuis kwamen.)

We moesten dus een heel stuk de heuvel van Erasmo afrijden en een heel stuk de volgende op. Op de plek waar de weg van Erasmo uitkwam op de veel bredere vierbaanssnelweg naar Benengeli, stond een groot, mooi landhuis omringd door granaatappelbomen en bloeiende jasmijn. Kolibri's hingen in de poort. In de verte was het aangename geplok van tennisballen te horen. Op het bord boven de poort stond *Pancho Vialactada Campo de Tenis.*

'Die Pancho, tjonge,' zei Vivar, gebarend met zijn duim, 'da's een belangrijke hombre.'

Vialactada, Mexicaan van geboorte, was een van de groten uit de tijd voor de open kampioenschappen, die met Hoad, Rosewell en Gonzalez in het profcircuit had gespeeld en daarom werd uitgesloten van de Grand Slam-wedstrijden, waar hij zeker gedomineerd zou hebben. Hij was een soort illustere schim, zwevend aan de rand van de schijnwerpers terwijl mindere goden de grote trofeeën omhooghielden. Hij was een paar jaar geleden gestorven aan maagkanker.

Dus hier is hij geëindigd, service-en-volley lerend aan rijke matrones, dacht ik: ook een limbo. Dit was het eindpunt van zijn pelgrimstocht over de wereld: wat zou het eindpunt van de mijne zijn?

Hoewel ik de tennisballen hoorde, was er op de rode gravelbanen geen speler te bespeuren. Er moesten buiten ons gezichtsveld nog meer banen zijn, besloot ik. 'Van wie is de club nu?' vroeg ik Vivar, en hij knikte heftig, lachte zijn monstrueuze glimlach naar me.

'Ja, Vialactada, natuurlijk,' beweerde hij. 'Ies Pancho's terrein. Van hemzelf.'

≈

Ik probeerde me dit landschap voor te stellen in de tijd dat mijn verre voorouders er hadden geleefd. Er hoefde niet zoveel te worden weggedacht uit het landschap – de weg, het zwarte silhouet van een Osbornestier die vanaf een hoogte op me neerkeek, een paar hoogspanningsmasten en telefoonpalen, een paar Seats en Renault-busjes. Benengeli, een lint van witte muren en rode daken, lag boven ons op zijn helling, min of meer zoals het er eeuwen geleden zou hebben uitgezien. *Ik ben een jood uit Spanje, net als de filosoof Maimonides*, zei ik tegen mezelf om te zien of de woorden waarachtig klonken. Ze klonken hol. Maimonides' geest lachte me uit. *Ik ben als de gekatholiseerde moskee van Cordoba*, probeerde ik. *Een stuk oosterse architectuur met een barokke kathedraal er middenin gezet.* Dat klonk ook fout. Ik was een niemand die nergens vandaan kwam, zoals een niet-iemand die nergens bijhoorde. Dat klonk beter. Dat leek waar. Al mijn banden waren verbroken. Ik had een anti-Jeruzalem bereikt: geen thuis, maar een wegzijn. Een plek die niet bond, maar ontbond.

Ik zag Vasco's folly, met de rode muren die de heuvelkam boven het plaatsje domineerden. Ik was vooral getroffen door de hoge, hoge toren, die eruitzag als iets uit een sprookje. Hij was bekroond met een gigantisch reigersnest, al zag ik geen enkele van deze trotse, majestueuze vogels. Ongetwijfeld had Vasco de ambtenaren van de plaatselijke planologische dienst omgekocht om hem iets te laten bouwen wat zo contrasteerde met de lage, witgekalkte koelheid van de andere huizen in de streek. Het bouwwerk was even hoog als de twee torens die de kerk van Benengeli tooiden; Vasco had zich opgeworpen als Gods rivaal, en ook dit had hem, zo ontdekte ik, veel vijanden bezorgd in het plaatsje. Ik zei Vivar de taxichauffeur me naar het 'Klein Alhambra' te brengen en hij zocht zijn weg door de kronkelige straatjes van het dorp, die verlaten waren, waarschijnlijk omdat het siësta was. Maar de lucht was vol geluiden van verkeer en voetgangers – geschreeuw, claxons, gierende remmen. Om iedere hoek verwachtte ik een mensenmenigte of een verkeersopstopping, of beide. Maar op de een of andere manier leken we dat gedeelte van het dorp te omzeilen. Sterker nog, we waren verdwaald. Toen we een bepaalde bar, La Gobernadora, voor de derde keer waren gepasseerd, besloot ik de taxi te betalen en verder te gaan lopen, ondanks mijn vermoeidheid en het gonzende, pijnlijke hoofdsuizen van de *'jet lag'*. De taxichauffeur was kwaad dat hij zo bruusk werd afgedankt, en misschien heb ik in mijn onwetendheid over de plaatselijke geldwaarde en gewoonten hem te weinig fooi gegeven.

'Ik hoop dat u nooit vindt wat u zoekt,' riep hij me achterna in uitstekend Engels, zijn linker middelvinger opstekend. 'Ik hoop dat u verdwaald blijft in dit helse doolhof, in dit dorp der verdoemden, voor duizend en één nacht.'

Ik ging La Gobernadora in om de weg te vragen. Mijn ogen, die ik had dichtgeknepen tegen de messcherpe schittering van het licht dat van Benengeli's witte muren terugkaatste, hadden een ogenblik nodig om zich aan te passen aan de duisternis in de bar. Een barman met een witte schort voor stond glas te poetsen. Er waren een paar gedaanten van oude mannen achter in de smalle, diepe ruimte. 'Spreekt iemand Engels?' vroeg ik. Het was alsof ik niets had gezegd. 'Neem me niet kwalijk,' zei ik, naar de barman toelopend. Hij keek dwars door me heen en keerde zich af. Was ik onzichtbaar geworden? Nee, zeker niet, ik was maar al te zichtbaar geweest voor de slechtgehumeurde Vivar, net als mijn geld. Ik raakte geïrriteerd en boog over de bar om de barman op zijn rug te tikken. 'Huis van Señor Miranda,' formuleerde ik zorgvuldig. 'Welke weg?'

De man, een dikbuikige vent met een wit overhemd, een groen vest en glad achterovergekamd zwart haar, liet een soort gegrom horen – verachting? luiheid? weerzin? – en kwam achter zijn bar vandaan. Hij ging in de deuropening staan en wees. Nu zag ik, tegenover de ingang van de bar, een smalle steeg tussen twee huizen en aan het eind van de steeg hordes snel af en aan lopende mensen. Dat was vast de mensenmassa die ik had gehoord; maar hoe kwam het dat ik die steeg niet eerder had gezien? Kennelijk was ik er nog slechter aan toe dan ik al had gedacht.

Met mijn koffer die steeds zwaarder werd en Jawaharlal aan zijn riem meetrekkend (zijn wielen ratelden en hobbelden over de ongelijke keien) liep ik de steeg door en kwam terecht in een uiterst on-Spaanse hoofdstraat, een tot voetgangersgebied gemaakte straat vol niet-Spanjaarden – de meerderheid iets ouder, zij het onberispelijk gekleed, en de minderheid jong en bestudeerd slordig op de wijze van de modebewuste klassen – die kennelijk geen boodschap hadden aan de siësta of andere plaatselijke gewoonten. Aan deze hoofdstraat, die, zoals ik later zou ontdekken, bij de plaatselijke bevolking bekend stond als de Straat der Parasieten, lag een groot aantal dure boutiques – Gucci, Hermès, Aquascutum, Cardin, Paloma Picasso – en ook eethuizen, van Scandinavische gehaktballenverkopers tot een in de Amerikaanse vlag gestoken Chicago Rib Shack. Ik stond midden in een menigte die zich in beide richtingen langs me heen drong en mijn aanwezigheid volledig negeerde, meer zoals stedelingen dan dorpelingen dat doen. Ik hoorde Engels, Amerikaans, Frans, Duits, Zweeds, Deens, Noors en wat Nederlands of Afrikaans kon zijn. Maar dit waren geen bezoekers; ze hadden geen camera's bij zich en gedroegen zich als mensen in hun eigen omgeving. Dit van zijn karakter ontdane deel van Benengeli was van hun geworden. Er was niet één Spanjaard te zien. 'Misschien zijn deze buitenlanders de nieuwe Moren,' dacht ik. 'En ben ik toch een van hen, hierheen gekomen op zoek naar iets wat alleen mij aangaat en misschien hier blijvend om te sterven. Misschien beraamt de plaatselijke bevolking in een andere straat een herovering en zullen we uiteindelijk, net als onze voorgangers, in de haven van Cádiz in schepen worden gedreven.'

'Merk op dat de straat weliswaar vol mensen is, maar dat de ogen van die mensen leeg zijn,' zei een stem bij mijn schouder. 'Misschien vindt u het moeilijk medelijden te hebben met deze verdoemde zielen in krokodilleleren schoenen en poloshirts met krokodilletjes op hun tepels, maar deernis is hier wel op zijn plaats. Vergeef ze hun zonden, want deze bloedzuigers zitten al in de hel.'

De spreker was een lange, elegante, zilverharige heer in een crèmekleurig linnen pak en met een permanent sardonische uitdrukking op zijn gezicht. Het eerste dat mij aan hem opviel, was zijn enorme tong, waarvoor zijn mond te klein leek. Die likte steeds zijn lippen op een verdacht spottende manier. Hij had prachtige felle blauwe ogen die zeker niet leeg waren; ze leken zelfs boordevol kennis en ondeugd. 'U ziet er moe uit, meneer,' zei hij vormelijk. 'Mag ik u een kop koffie aanbieden en, indien u dat wenst, als uw vertaler en gids optreden?' Zijn naam was Gottfried Helsing, hij sprak twaalf talen – 'ach, het gebruikelijke dozijn,' zei hij luchtig, alsof het oesters betrof – en hoewel hij zich gedroeg als een Duitse aristocraat, zag ik dat hij de middelen miste om de vlekken op zijn pak te laten verwijderen. Vermoeid aanvaardde ik zijn aanbod.

'Het is moeilijk om het leven de kracht te vergeven waarmee de grote machines van wat-is inwerken op de ziel van degenen-die-zijn,' zei hij achteloos toen we in de schaduw van een parasol aan een cafétafel zaten met twee kopjes sterke zwarte koffie en twee glazen Fundador. 'Hoe de wereld haar schoonheid te vergeven die slechts haar lelijkheid verbergt; haar vriendelijkheid die slechts haar wreedheid verhult; haar illusie van continuïteit, naadloosheid, zoals de nacht volgt op de dag, om zo te zeggen – terwijl het leven in werkelijkheid uit een reeks brute breuken bestaat, die als slagen van de houthakkersbijl neerkomen op onze weerloze hoofden?'

'Neemt u me niet kwalijk, meneer,' zei ik, voorzichtig mijn woorden kiezend om hem niet te beledigen. 'Ik zie dat u geneigd bent tot het contemplatieve leven. Maar ik heb een lange reis achter de rug, en die is nog niet ten einde; zoals ik er nu voorsta, kan ik me niet de luxe permitteren te gaan zitten kletsen...'

Opnieuw had ik het gevoel niet te bestaan. Helsing praatte gewoon door, zonder de indruk te wekken ook maar een woord van wat ik gezegd had te hebben gehoord. 'Ziet u die man?' zei hij, wijzend naar een oude en onverwacht Spaans uitziende vent die bier zat te drinken in een bar aan de overkant van de straat. 'Vroeger was hij de burgemeester van Benengeli. Maar tijdens de Burgeroorlog koos hij de kant van de republikeinen, samen met de mannen van Erasmo – kent u Erasmo?' Hij wachtte niet op mijn antwoord. 'Na de oorlog werden mannen als hij, vooraanstaande burgers die zich hadden verzet tegen Franco, bijeengedreven in de school van Erasmo of in de arena in Avellaneda, en doodgeschoten. Hij besloot onder te duiken. In zijn huis was een kleine alkoof achter een klerenkast, en daar bracht hij zijn dagen door. 's Avonds sloot zijn vrouw de luiken en kwam hij te voorschijn. Alleen zijn vrouw, dochter en broer kenden zijn geheim. Zijn vrouw liep altijd helemaal de heuvel af om eten te kopen zodat haar dorpsgenoten niet zagen dat ze eten kocht voor twee. Ze konden geen geslachtsgemeenschap hebben want als gelovige katholieken mochten ze geen anti-conceptiemiddelen gebruiken en als ze zwanger raakte, was dat fataal voor hen beiden. Dit duurde dertig jaar, tot de algemene amnestie.'

'Dertig jaar ondergedoken!' barstte ik uit, ondanks mijn vermoeidheid gegrepen door het verhaal. 'Wat een kwelling moet dat zijn geweest!'

'Het was nog niets vergeleken bij wat er gebeurde nadat hij te voorschijn kwam,' zei Helsing. 'Want toen werd zijn geliefde Benengeli het domein van dit internationale uitschot; en bovendien waren zijn generatiegenoten voor zover ze nog leefden allemaal falangist geweest en weigerden ze ook maar een woord met hun oude tegenstander te wisselen. Zijn vrouw overleed aan de griep, zijn broer aan een tumor en zijn dochter trouwde en verhuisde naar Sevilla. Uiteindelijk restte hem niets anders dan hier tussen de Parasieten te zitten, want onder zijn eigen mensen was geen plaats meer voor hem. Dus u ziet dat hij ook een ontwortelde vreemdeling is geworden. Dat is de beloning voor zijn principes.'

Er viel een korte stilte in Helsings monoloog terwijl hij nadacht over het verhaal van de burgemeester, en ik nam de gelegenheid te baat om hem de weg naar het huis van Vasco Miranda te vragen. Hij keek naar me met iets van verbazing in zijn ogen, alsof hij niet helemaal begreep wat ik zei, en nam toen, met een licht schouderophalen, de draad van zijn verhaal weer op.

'Ik heb eenzelfde soort beloning gekregen,' mijmerde hij. 'Ik ontvluchtte mijn land toen de nazi's aan de macht kwamen en reisde een aantal jaren door Zuid-Amerika. Ik ben fotograaf van mijn vak. In Bolivia maakte ik een boek over de verschrikkingen van de tinmijnen. In Argentinië fotografeerde ik Evita Perón één keer tijdens haar leven en nog eens na haar dood. Ik ben nooit naar Duitsland teruggegaan omdat ik de bezoedeling van mijn cultuur ten gevolge van wat daar gebeurd is, te zeer voelde. Ik voelde de afwezigheid van de joden als een diepe kloof; ook al ben ik geen jood.

'Ik ben half joods,' zei ik dwaas. Helsing sloeg geen acht op me.

'Uiteindelijk kwam ik in behoeftige financiële omstandigheden naar Benengeli, omdat ik hier een eenvoudig leven kon leiden van mijn pensioentje. Toen de Parasieten hoorden dat ik een Duitser was die in Zuid-Amerika is geweest, gingen ze me "de Nazi" noemen. Dat is mijn naam nu. Dus mijn beloning voor een leven van verzet tegen bepaalde kwaadaardige ideeën is dat ik ze op mijn oude dag om mijn nek heb hangen. Ik praat niet meer met de Parasieten. Ik praat met niemand meer. Wat een buitenkansje voor mij dat ik u heb, meneer, om mee te converseren! De oude mannen hier waren ooit de kleine boosdoenersvan de wereld: tweederangs mafiabazen, derderangs stakingsbrekers, vierderangs racisten. De vrouwen zijn van het soort dat opgewonden raakt van kaplaarzen en is teleurgesteld door de komst van de democratie. De jongeren zijn allemaal tuig: verslaafden, leeglopers, plagiators, hoeren. Ze zijn allemaal dood, de oude en de jonge, maar omdat hun pensioenen en uitkeringen doorbetaald worden, weigeren ze in hun graf te gaan liggen. Dus lopen ze de straat op en neer en eten en drinken en roddelen ze over de stuitende futiliteiten van hun leven. U moet eens opletten, er zijn hier geen spiegels. Als die er wel waren, zou geen van deze gevangen schimmen erin weerspiegeld worden. Toen ik doorkreeg dat dit hun hel was, zoals zij de mijne zijn, kreeg ik medelijden met ze.

Dat is Benengeli, mijn thuis.'

'En Miranda...' herhaalde ik zwakjes, bedenkend dat ik Helsing maar beter niet te veel moest vertellen over mijn eigen moreel weinig verheffende leven.

'Er bestaat niet de geringste kans dat u Señor Vasco Miranda, onze beroemdste en vreselijkste inwoner, ooit zult ontmoeten,' zei Helsing met een fijn glimlachje. 'Ik hoopte dat u de wenk begreep toen ik niet inging op uw aanhoudende gevraag, maar aangezien dat niet zo is, moet ik u onomwonden zeggen dat u hersenschimmen najaagt. Zoals Don Quichot het zou zeggen, u zoekt naar vogels van dit jaar in nesten van vorig jaar. Maandenlang krijgt niemand Miranda te zien, zelfs zijn personeel niet. Er was pas een vrouw die naar hem vroeg – aardig ding! – maar ze kreeg niets klaar en taaide af naar God weet waar. Ze zeggen...'

'Welke vrouw?' onderbrak ik hem. 'Hoe lang geleden? Hoe weet u dat ze er niet in kwam?'

'Gewoon een vrouw.' antwoordde hij, zijn lippen likkend. 'Hoe lang geleden? – *Niet* lang. *Een poosje* maar. – En ze kwam er niet in omdat niemand erin komt. Luistert u niet? Ze zeggen dat alles in dat huis is blijven stilstaan: alles. Ze draaien de klokken op, maar de tijd beweegt niet. De grote toren is al jaren afgesloten. Niemand gaat daar naar boven, behalve misschien de ouwe gek zelf. Ze zeggen dat het stof in de torenkamers tot je knieën komt, want hij laat de bedienden er niet in om schoon te maken. Ze zeggen dat een hele vleugel van dat enorme paleis is overwoekerd door creosootstruiken, *la gobernadora.* Ze zeggen...'

'Het kan me niet schelen wat ze zeggen,' riep ik, begrijpend dat het tijd was voor een hardere opstelling. 'Ik moet hem zien. Ik zal hem bellen vanuit het café.'

'Doe niet zo stom,' zei Helsing. 'Hij heeft zijn telefoon al jaren geleden laten afsluiten.'

≈

Twee knappe Spaanse vrouwen van in de veertig met witte schorten over zwarte jurken waren naast me opgedoken. 'We konden het niet helpen dat we uw gesprek hebben gehoord,' sprak de eerste serveerster in uitstekend Engels. 'En, als u het niet erg vindt dat ik u onderbreek, ik moet u erop wijzen dat deze nazi volkomen ongelijk heeft. Vasco heeft zowel een telefoon met een antwoordapparaat als een fax, al beantwoordt hij geen enkele boodschap. Maar de eigenaar hier, een gierige Deen genaamd Olé, wil onder geen beding dat de cafégasten de telefoon gebruiken.'

'Hellevegen! Vampiers!' schreeuwde Helsing plotseling furieus. 'Er moeten staken door jullie hart gedreven worden!'

'U moet echt geen minuut langer in het gezelschap van deze oude oplichter en malloot blijven,' zei de andere serveerster, die zo mogelijk nog zuiverder Engels sprak dan haar metgezellin en die ook iets fijnere trekken had. 'Hij staat bij ons allemaal bekend als een verbitterde, getikte fantast, die zijn levenlang fascist is geweest en nu doet alsof hij tegenstander van het fascisme was, en die vrouwen lastigvalt die hem allemaal afwijzen en vervolgens bij iedere gelegenheid beledigingen naar het hoofd geslingerd krijgen. Hij zal u ongetwijfeld allerlei verhalen op de mouw gespeld hebben, over zichzelf en over ons mooie dorp. Als u wilt, kunt u met ons meegaan; onze dienst zit erop en we kunnen iets doen aan de foute indruk die hij bij u gewekt zal hebben. Helaas hebben zich in Benengeli heel wat fantasten gevestigd, die zich in leugens hullen als waren het wintersjaals.'

'Mijn naam is Felicitas Larios, en zij is mijn halfzuster Renegada,' zei de eerste serveerster. 'Als u Vasco Miranda zoekt, moet u weten dat wij al zijn huishoudsters zijn vanaf de tijd dat hij hier kwam. We zijn niet echt serveersters in Olé's bar; we hebben hem vandaag alleen uit de brand geholpen omdat zijn eigen meisjes ziek waren. Niemand kan u meer vertellen over Vasco Miranda dan wij.'

'Zeugen! Krengen!' schreeuwde Helsing. 'Ze houden u goed voor de gek, weet u. Ze hebben hier al die jaren voor een hongerloontje gewerkt, gebukt en geschuurd, gewassen en geveegd, en de eigenaar is overigens geen Deen genaamd Olé, maar een gepensioneerde Donau-schipper die Uli heet.'

Ik had mijn bekomst van Helsing. Vasco's vrouwen hadden hun schort afgedaan en in de grote rieten manden die ze droegen, gestopt; ze wilden duidelijk zo snel mogelijk weg. Ik stond op en verontschuldigde me. 'En is alles wat ik voor u gedaan heb u zo weinig waard?' zei de ellendige kerel. 'Ik ben uw mentor geweest, en dit is uw dank.'

'Geef hem niets,' adviseerde Renegada Larios. 'Hij probeert vreemdelingen altijd geld af te troggelen, als een ordinaire bedelaar.'

'Ik zal in ieder geval voor onze consumpties betalen,' zei ik en legde een bankbiljet neer.

'Ze zullen je hart opvreten en je ziel in een glazen fles stoppen,' waarschuwde Helsing woest. 'Zeg nooit dat u niet gewaarschuwd was. Vasco Miranda is een kwade genius en dit zijn zijn beschermgeesten. Pas op! Ik heb ze zien veranderen in vleermuizen...'

Hoewel Gottfried Helsing hard praatte, besteedde niemand in de drukke straat ook maar enige aandacht aan hem. 'We zijn hier aan hem gewend,' zei Felicitas. 'We laten hem tekeergaan en lopen in een boog om hem heen. Om de zoveel tijd sluit de Sargento van de Guardia Civil, Salvador Medina, hem een nacht op, en dat koelt hem af.'

≈

Ik moet toegeven dat Jawaharlal, de opgezette hond, betere tijden had gekend. Sinds ik hem met me meetrok, had hij het grootste deel van een oor verloren en ontbraken er een paar tanden. Niettemin prees Renegada, de tengerste van mijn twee nieuwe kennissen, hem uitbundig en ze vond allerlei manieren om me aan te raken, mijn arm of mijn schouder, om haar gevoelens te onderstrepen. Felicitas Larios zei niets, maar ik had de indruk dat ze deze momenten van lichamelijk contact afkeurde.

We gingen een klein rijtjeshuisje van twee verdiepingen binnen aan een steile straat met de naam Calle de Miradores, ook al waren de gebouwen veel te bescheiden om te kunnen bogen op de beglaasde balkons waaraan de straat haar onwaarschijnlijke naam ontleende. Maar het straatbordje (witte letters op koningsblauwe achtergrond) was onverbiddelijk. Het was een bewijs te meer dat Benengeli een oord van dromers en geheimen was. In de verte, helemaal boven aan de weg, ontwaarde ik de contouren van een grote, afzichtelijke fontein. 'Dat is het Olifantenplein,' zei Renegada warm. 'Daar is de hoofdingang van Miranda's villa.'

'Maar het heeft geen zin te kloppen of bellen, want niemand doet open,' kwam Felicitas met een bezorgde frons tussenbeide. 'U kunt beter binnenkomen en wat uitrusten. U ziet eruit als een vermoeid en, neemt u me niet kwalijk, onwel man.'

'Doe ons een plezier,' zei Renegada, 'en trek uw schoenen uit.' Ik begreep dit tamelijk religieuze verzoek niet, maar deed wat ze vroeg, en ze ging me voor naar een piepklein kamertje waarvan vloeren, plafond en wanden bedekt waren met Delfts blauwe tegels met talloze kleine afbeeldinkjes. 'Geen twee gelijk,' zei Renegada trots. 'Er wordt gezegd dat het alles is wat nog rest van de oude joodse synagoge van Benengeli, die werd verwoest na de laatste verdrijving. Er wordt gezegd dat ze je de toekomst kunnen laten zien, als je de ogen hebt om die te zien.'

'Kletskoek,' lachte Felicitas, die van de twee niet alleen het zwaarst gebouwd was met grove trekken en een grote ongelukkige moedervlek op de kin, maar ook het minst romantisch. 'Van de tegels gaan er dertien in een dozijn, niks oud; dit Hollandsachtige blauw wordt hier in de buurt al sinds jaar en dag gebruikt. En wat het toekomstvoorspellen betreft, dat is allemaal larie. Dus hou op met je hocus-pocus, beste Renegada, en gun deze vermoeide heer wat slaap.'

Dat hoefde ze geen tweede keer te zeggen! – slapeloosheid is nooit, zelfs niet in de ergste tijden, mijn probleem geweest! – en ik wierp me volledig gekleed op het smalle bed in de betegelde kamer. In de paar momenten voor ik insliep, vielen mijn ogen toevallig op een bepaalde tegel dicht bij mijn hoofd, en daar was mijn moeders portret dat met een uitdagend lachje naar me terugstaarde. Het duizelde me en ik verloor het bewustzijn.

Toen ik wakker werd, had ik geen kleren meer aan en was er een lang nachthemd over mijn hoofd getrokken. Onder dit nachthemd was ik spiernaakt. De twee huishoudsters waren een vrijpostig stel, dacht ik; en wat moest ik diep geslapen hebben! – Een ogenblik later herinnerde ik me het wonder van de tegel, maar hoe ik ook zocht, ik kon niets vinden dat zelfs maar enigszins leek op de afbeelding die ik stellig meende gezien te hebben voordat ik indutte. 'De geest flikt je rare kunstjes als je in slaap valt,' bracht ik mezelf in herinnering en stapte uit bed. Het was dag en uit de grootste kamer van het huisje kwam een sterke, onweerstaanbare geur van linzensoep. Felicitas en Renegada zaten aan tafel en er was voor een derde gedekt, waar al een grote dampende kom was klaargezet. Ze keken goedkeurend toe terwijl ik lepel na lepel naar binnen werkte.

'Hoe lang heb ik geslapen?' vroeg ik, en ze wisselden een snelle blik.

'Een hele dag,' zei Renegada. 'Het is nu morgen.'

'Onzin,' wierp Felicitas tegen. 'U heeft maar een paar uurtjes gedut. Het is nog steeds vandaag.'

'Mijn halfzus plaagt maar,' zei Renegada. 'Ik wilde u namelijk niet laten schrikken en daarom heb ik minder gezegd. De waarheid is dat u minstens twee etmalen heeft geslapen.'

'Eerder twee tellen,' zei Felicitas. 'Renegada, maak die arme man niet in de war.'

'We hebben uw kleren gereinigd en geperst,' zei haar halfzus, van onderwerp wisselend. 'Ik hoop dat u het niet erg vindt?'

De nawerking van de reis was nog niet verdwenen, zelfs niet na mijn rust. Maar als ik echt helemaal tot overmorgen had gesnurkt, was een zekere desoriëntatie begrijpelijk. Ik concentreerde me op wat me te doen stond.

'Dames, ik ben u zeer dankbaar,' zei ik beleefd. 'Maar nu moet ik u dringend om raad vragen. Vasco Miranda is een oude vriend van de familie en ik moet hem zien wegens belangrijke familieaangelegenheden. Sta me toe me voor te stellen. Moraes Zogoiby, uit Bombay, India, tot uw dienst.'

Hun adem stokte.

'Zogoiby!' mompelde Felicitas, ongelovig met haar hoofd schuddend.

'Ik had nooit gedacht die gehate, gehate naam van andermans lippen te horen,' zei Renegada Larios diep blozend.

Ik wist het volgende verhaal uit hen los kon krijgen.

Toen Vasco Miranda naar Benengeli kwam, als schilder van wereldfaam, hadden de halfzusters (destijds jonge vrouwen halverwege de twintig) hem hun diensten aangeboden, en ze werden prompt aangenomen. 'Hij zei dat hij ingenomen was met onze beheersing van het Engels, onze huishoudelijke vaardigheden, maar vooral met onze stamboom,' zei Renegada tot mijn verbazing. 'Onze vader, Juan Larios, was zeeman en Felicitas' moeder was Marokkaans, terwijl de mijne uit Palestina kwam. Dus Felicitas is half Arabisch en ik ben joods van moeders kant.'

'Dan hebben u en ik iets gemeen,' vertelde ik haar. 'Want ik ben ook vijftig procent in die richting.' Renegada keek buitensporig verheugd.

Vasco had hun gezegd dat zij in zijn 'Klein Alhambra' de legendarische culturele diversiteit van het oude al-Andalus zouden herstellen. Ze zouden meer een familie zijn dan meester en bedienden. 'We vonden hem een beetje gek, natuurlijk,' zei Felicitas, 'maar dat zijn alle kunstenaars, nietwaar, en het loon dat hij bood, was ruim boven het gemiddelde.' Renegada knikte. 'En het was trouwens toch een illusie. Alleen maar woorden. Het was altijd baas en ondergeschikten tussen ons. En toen werd hij steeds gekker, dirkte zich op als een sultan uit de oude tijd en gedroeg zich zelfs nog erger dan een van de absolutistische, heidense despoten van Moren.' Nu gingen ze er iedere morgen heen en maakten er schoon zo goed en zo kwaad als dat ging. De tuinlieden waren ontslagen en de watertuin, ooit een schitterend miniatuur-Generalife, was zo goed als kapot. Het keukenpersoneel was al lang verdwenen en Vasco liet voor de dames Larios boodschappenlijsten en geld achter. 'Kaas, worst, wijn en koek,' zei Felicitas. 'Ik denk niet dat er dit jaar zelfs maar een ei is gekookt in dat huis.'

Sinds de dag van Salvador Medina's belediging, meer dan vijf jaar geleden, had Vasco zich teruggetrokken. Hij bracht zijn dagen door opgesloten in zijn hoge torenappartement, waarin zij zich niet mochten wagen, op straffe van ontslag op staande voet. Renegada zei dat ze een stel doeken in zijn atelier had gezien, godslasterlijke werken waarin Judas Christus' plaats aan het kruis had overgenomen; maar deze 'Judas Christus'-schilderijen stonden daar al maanden, halfvoltooid, kennelijk opgegeven. Aan iets anders leek hij niet te werken. Ook reisde hij niet meer, zoals vroeger, om in opdracht wandschilderingen te maken in de vertrekhallen van vliegvelden en hotellobby's over de hele wereld. 'Hij heeft massa's high-tech-apparatuur gekocht,' vertrouwde ze me toe. 'Opnameapparaten en zelfs een van die röntgendingen. Met de opnameapparaten maakt hij vreemde banden, een en al gekrijs en gebonk, geschreeuw en gedreun. Avant-gardetroep. Hij draait het op volle sterkte af in zijn toren en heeft daarmee de reigers van hun nest verdreven.' En het röntgenapparaat? 'Dat weet ik niet. Misschien gaat hij kunst maken van die doorkijkfoto's.'

'Het is niet gezond,' zei Felicitas. 'Hij ziet niemand, niemand.'

Al meer dan een jaar had Felicitas noch Renegada hun werkgever gezien. Maar soms, op een maanverlichte nacht, was zijn in een cape gehulde gedaante zichtbaar vanuit het dorp, lopend over de hoge kantelen van zijn folly, als een trage, dikke schim.

'En wat is dat over mijn "gehate naam"?' vroeg ik.

'Er was een vrouw,' zei Renegada ten slotte. 'Neemt u me niet kwalijk. Misschien uw tante?'

'Mijn moeder,' zei ik. 'Een schilderes. Nu overleden.'

'Moge zij rusten in vrede,' kwam Felicitas tussenbeide.

'Vasco Miranda is zeer verbitterd over deze vrouw,' zei Renegada gejaagd, alsof ze er alleen zo over kon praten. 'Ik denk dat hij heel veel van haar heeft gehouden, niet?'

Ik zei niets.

'Neemt u me niet kwalijk. Ik zie dat het moeilijk voor u is. Het is iets moeilijks. Een zoon, een moeder. U kunt haar niet verraden. Maar hij was vast haar, haar, haar.'

'Haar minnaar,' zei Felicitas koud. Renegada bloosde.

'Neemt u me niet kwalijk, als u het niet wist,' zei ze, haar hand op mijn linkerarm leggend.

'Ga alstublieft verder,' antwoordde ik.

'Toen heeft ze hem harteloos behandeld en afgedankt. Sindsdien is er een soort wrok in hem gegroeid. Ik zag het steeds duidelijker. Het is een obsessie.'

'Het is niet gezond,' zei Felicitas weer. 'Haat verteert de ziel.'

'En nu u,' zei Renegada. 'Ik denk niet dat hij ooit uw moeders zoon wil ontmoeten. Ik geloof dat de naam die u draagt, te veel voor hem zal zijn.'

'Hij heeft stripdieren en superhelden op de wanden van mijn kinderkamer geschilderd,' zei ik. 'Hij moet me ontvangen. En hij zal me ontvangen.'

Felicitas en Renegada keken elkaar weer aan; een wetende ik-geef-het-op-blik.

'Dames,' zei ik. 'Ook ik heb een verhaal te vertellen.'

≈

'Er is een tijdje geleden een pakket gekomen,' zei Renegada toen ik uitverteld was. 'Misschien was het één schilderij. Ik weet het niet. Misschien was het dat schilderij met het schilderij van uw moeder eronder. Hij moet het hebben meegenomen naar de toren. Maar vier grote schilderijen? Nee, zoiets is niet gekomen.'

'Het is mogelijk nog te vroeg,' zei ik. 'De inbraak was kortgeleden. U moet het voor me in de gaten houden. En zoals de zaken er voorstaan, begrijp ik nu, kan ik me maar beter niet overhaast aan zijn deur vertonen. Anders laat hij de schilderijen niet hiernaartoe komen. Dus u moet het alstublieft in de gaten houden, en ik moet wachten.'

'Als u in dit huis wilt logeren,' zei Felicitas behulpzaam, 'kunnen we misschien iets regelen. Als u dat wenst.' Waarop Renegada haar gezicht afwendde.

'Het is een grote pelgrimage die u hierheen heeft gebracht,' zei ze, haar gezicht nog steeds afgewend. 'Een zoon op zoek naar de schatten van zijn verloren moeder, op zoek naar genezing en vrede. Het is onze plicht als vrouw zo'n man te helpen vinden wat hij zoekt.'

Ik bleef meer dan een maand onder hun dak. In die tijd werd ik goed verzorgd en genoot ik van hun gezelschap; maar over hun leven kwam ik niet veel meer te weten. Hun ouders waren kennelijk dood, maar ze waren niet genegen daarover te praten, dus roerde ik het onderwerp natuurlijk niet aan. Ze schenen familie noch vrienden te hebben. Er waren geen minnaars. Toch leken ze onafscheidelijk en volmaakt gelukkig. 's Ochtends vertrokken ze hand in hand naar hun werk en ze kwamen ook weer samen terug. Er waren dagen dat ik in mijn eenzaamheid een halfslachtige begeerte jegens Renegada Larios koesterde, maar ik was geen moment alleen met haar, dus ik kon op dat punt niets uitrichten. Elke avond na het eten trokken de halfzusters zich boven terug in het bed dat ze deelden en hoorde ik hen tot laat in de avond mompelen en woelen; maar ze waren altijd eerder op dan ik.

Uiteindelijk werd mijn nieuwsgierigheid me te machtig en vroeg ik hun onder het avondeten waarom ze nooit waren getrouwd. 'Omdat alle mannen in deze streek vanaf hun hals naar boven dood zijn,' repliceerde Renagada, met een felle blik naar haar zus. 'En van de hals naar beneden ook.'

'Mijn halfzuster heeft zoals gewoonlijk weer te veel fantasie,' zei Felicitas. 'Maar we zijn inderdaad niet zoals de mensen hier. Dat was niemand in onze familie. De anderen zijn nu dood en we willen elkaar niet verliezen aan zomaar een echtgenoot. Wij hebben een hechtere band. Weet u, de meeste lui in Benengeli begrijpen ons niet. Zo zijn wij blij dat het Franco-regime voorbij is en dat de democratie weer terug is. En, persoonlijk gesproken, wij houden niet van tabak of baby's en hier is iedereen gek op allebei. Rokers zagen maar door over de sociale geneugten van hun pakjes Fortuna of Ducados, over de intieme sensualiteit die het heeft om de sigaret van een vriend aan te steken; maar wij vinden het afschuwelijk wakker te worden met die walglijke stank in je kleren of te gaan slapen met die verschaalde wolk rook om ons haar. Wat kinderen betreft, je wordt geacht te denken dat je er nooit te veel van kunt hebben, maar wij hebben geen zin vast te zitten aan een nest springende, krijsende handenbindertjes. En als ik het mag zeggen, we vinden uw huisdier nou juist zo leuk omdat hij opgezet is en dus geen aandacht van ons vraagt.'

'Toch hebben jullie mij vorstelijk verzorgd,' wierp ik tegen.

'Dit is zakelijk,' antwoordde Felicitas. 'U bent een betalende gast.'

'Er zijn vast wel mannen die van jullie houden om jullie zelf, zonder een gezin te willen stichten,' hield ik aan. 'En als de mannen in Benengeli politiek fout zijn, waarom gaan jullie dan niet naar Erasmo, bijvoorbeeld? Ik heb gehoord dat ze daar anders zijn.'

'Aangezien u zo impertinent bent een antwoord te eisen,' antwoordde Felicitas, 'ik ben nog nooit een man tegengekomen die een vrouw kon zien als haarzelf. En wat Erasmo betreft: er gaat van hier geen weg naar Erasmo.'

Ik zag een vreemde blik in Renegada's ogen. Misschien was ze het niet eens met alles wat haar zuster had gezegd. Na dat gesprek veroorloofde ik me tijdens mijn eenzame nachten de fantasie dat de deur ieder moment kon opengaan en Renegada Larios naast me in mijn ledikant zou schuiven, naakt onder haar lange witte nachtpon... maar het gebeurde nooit. Ik lag alleen, luisterend naar het geschuif en gemompel precies boven mijn wakende hoofd.

≈

Gedurende mijn maand van wachten zwierf ik door de straten van Benengeli – soms met Jawaharlal achter me aan rollend, maar vaker alleen – in de greep van een verlammende verveling die het me op de een of andere manier onmogelijk maakte stil te staan bij het verleden. Ik vroeg me af of ik dezelfde lege blik had gekregen als zovelen van de zogenaamde Parasieten, die de hele dag niets anders leken te doen dan zich te verdringen in 'hun' Straat, kleren kopen, in restaurants eten en in cafés drinken, de hele tijd verwoed pratend met een vreemde afstandelijkheid die suggereerde dat de onderwerpen van gesprek hun volkomen koud lieten. Maar Benengeli was kennelijk in staat zijn betovering zelfs op mensen zonder doffe blik over te brengen, want iedere keer als ik die oude slijmer Gottfried Helsing passeerde, gaf hij me een stralende knipoog, wuifde vrolijk naar me en schreeuwde met een veelbetekenende twinkeling in zijn ogen: 'We moeten binnenkort beslist nog eens zo'n uitstekend gesprek hebben!' alsof we de beste vrienden waren. Ik veronderstelde dat ik in een oord terecht was gekomen waar de mensen naartoe kwamen om zichzelf te vergeten – of, preciezer gezegd, om zich te verliezen in zichzelf, te leven in een soort droom van wat ze hadden kunnen of willen zijn – of, als ze niet meer wisten wat ze ooit waren, om zichzelf stilletjes te distantiëren van wat ze waren geworden. Dus ze waren ofwel leugenaars, zoals Helsing, of halve catatonielijders, zoals de 'honoraire Parasiet', de ex-burgemeester, die van 's ochtends tot 's avonds roerloos op een barkruk buiten zat en nooit een woord sprak; alsof hij nog was blijven hangen in de duistere eenzaamheid van een alkoof, verborgen achter een grote houten kast in het huis van zijn overleden vrouw. En de geheimzinnige sfeer van de plaats was in feite een atmosfeer van niet-weten; wat een raadsel leek, was in feite een leegte. Deze ontwortelde zwervers waren uit vrije wil menselijke automaten geworden. Ze konden menselijk leven simuleren, maar niet meer leven.

De plaatselijke bevolking was – dat dacht ik althans – minder bedwelmd door de narcotische eigenschappen van de stad dan de Parasieten; maar de overheersende stemming van wezenloze vervreemding en apathie had haar tot op zekere hoogte wel beïnvloed. Ik moest Felicitas en Renegada drie keer vragen naar de jonge vrouw die volgens Gottfried Helsing kort geleden in Benengeli was geweest en naar Vasco Miranda had geïnformeerd. De eerste twee keer hadden ze hun schouders opgehaald en me eraan herinnerd dat Helsing niet te vertrouwen was; maar toen ik op een avond op het onderwerp terugkwam, keek Renegada op van haar naaiwerk en barstte ze uit: 'O, ja, mijn hemel, nu ik eraan denk, er was inderdaad een vrouw – een bohémiennetype, een of andere kunstspecialiste uit Barcelona, een schilderijenrestauratrice of zoiets. Ze is niet ver gekomen met haar flirterige manier van doen; en inmiddels zal ze weer veilig en wel in Catalonië zitten, waar ze thuishoort.' Opnieuw had ik sterk het gevoel dat Felicitas de indiscretie van haar halfzuster afkeurde. Ze krabde aan haar moedervlek en tuitte verontwaardigd haar lippen, maar zei niets. 'Dus die Catalaanse vrouw heeft Vasco toch ontmoet?' zei ik, opgewonden bij de gedachte. 'Dat hebben we niet gezegd,' snauwde Felicitas. 'Het heeft geen zin hier nog verder over te praten.' Renegada boog haar hoofd onderdanig en keerde terug naar haar naaiwerk.

Op mijn omzwervingen ontmoette ik soms de zwaar transpirerende commandant van de Guardia, Salvador Medina, die me onveranderlijk fronsend opnam en zijn pet afzette om zijn bezwete krullen te krabben, alsof hij zich probeerde te herinneren wie voor de drommel ik wel was. We wisselden nooit een woord, deels omdat mijn Spaans nog te slecht was, al ging het langzaam vooruit, omdat ik 's avonds studeerde en omdat ik dagelijks les kreeg van de gezusters Larios in ruil voor een extra bedrag op mijn wekelijkse rekening voor kost en inwoning; en deels omdat de Engelse taal aan al Salvador Medina's pogingen die onder de knie te krijgen, was ontsnapt, zoals een meesterboef die de wet altijd twee stappen voor blijft.

Ik was blij dat Medina niet in me geïnteresseerd was en me zo gemakkelijk vergat, want het wees erop dat de Indiase autoriteiten geen belang stelden in mijn verblijfplaats. Ik herinnerde mezelf eraan dat ik kort geleden een moord had begaan; en bedacht dat de explosie in het huis van mijn slachtoffer kennelijk mijn daad had uitgewist. Het grotere geweld van de bom was geschilderd over het tafereel waaraan ik had deelgenomen en dat voor eeuwig aan het oog van de rechercheurs werd onttrokken. Verdere bevestiging dat ik niet onder verdenking stond, kwam van mijn bankrekeningen. Tijdens mijn jaren in mijn vaders toren had ik aanzienlijke sommen naar banken in het buitenland gesluisd, op rekeningen onder nummer in Zwitserland (dus u ziet dat ik niet alleen maar de schurk en het 'uilskuiken' was waar Adam Zogoiby me voor hield!). Voor zover ik wist, had niemand zich de laatste tijd met mijn zaken bemoeid, terwijl zoveel onderdelen van de failliete Siodicorp werden onderzocht en zoveel bankrekeningen onder toezicht van een curator waren geplaatst of geblokkeerd.

Maar het was vreemd dat mijn misdaad – moord, per slot van rekening; de vuigste moord en de eerste en enige moord waarvoor ik ooit verantwoordelijk was – zo snel naar de achtergrond van mijn geest was verdwenen. Misschien had mijn onbewuste ook het hogere gezag geaccepteerd, de waarlijk overstelpende werkelijkheid van de bommen, en mijn morele lei schoongeveegd. Of misschien was dit ontbreken van schuldgevoelens – deze morele schijndood – een geschenk van Benengeli aan mij.

Ook lichamelijk voelde ik me als in een soort interregnum, in een of andere tijdloze zone onder het teken van een zandloper waarin het zand stilstond, of een clepsydra waarvan het kwik niet meer stroomt. Zelfs mijn astma was minder erg; wat een geluk voor mijn borst, dacht ik, dat ik de twee enige niet-rokers van de stad tegen het lijf ben gelopen – want overal waar ik kwam, rookte de mensen inderdaad als gekken. Om de sigarettenstank te vermijden zwierf ik langs slingers van worsten in straten met bakkerijen en kaneelwinkeltjes, waar ik de heerlijke geuren van vlees en gebak en versgebakken brood rook en me overgaf aan de cryptische wetten van de stad. De dorpssmid, gespecialiseerd in de vervaardiging van kettingen en boeien voor de gevangenis van Avellaneda, knikte naar me zoals hij naar alle voorbijgangers knikte en riep in het Spaans met het zware accent van de streek: 'Nog ummer vrie, wah? Op inge daag, gauw, gauw,' waarna hij met zijn zware kettingen ratelde en bulderde van het lachen. Naarmate mijn Spaans beter werd, zwierf ik steeds verder weg van de Straat der Parasieten en kreeg een paar glimpen te zien van Benengeli's andere kant, dat dorp, verslagen door de geschiedenis, waar jaloerse mannen in stijve pakken hun verloofden achtervolgden, zeker van de ontrouw van die kuise maagden, en waar je 's nachts hoeven van de paarden van lang overleden vrijers over de keien kon horen galopperen.

Ik begon te begrijpen waarom Felicitas en Renegada Larios 's avonds thuis bleven, met de luiken gesloten en met gedempte stem tegen elkaar pratend terwijl ik in de beslotenheid van mijn piepkleine kamer Spaans leerde.

≈

Op de woensdag van mijn vijfde week in Benengeli keerde ik naar mijn logies terug na een wandeling waarop een lompe jonge eenbenige vrouw me een knullig gedrukt pamflet in mijn onwillige hand drukte met de anti-abortuseisen van 'Laat de kinderkens tot mij komen, de revolutionaire kruistocht voor ongeboren christenen', en me uitnodigde voor een bijeenkomst. Ik wees haar bot af, maar werd overvallen door herinneringen aan Zuster Floreas, die de pro-levenoorlog voerde in de meest overbevolkte delen van Bombay en die naar een plaats was gegaan waar ongewenste zwangerschappen vermoedelijk geen probleem meer waren; lieve, fanatieke Minnie, dacht ik, ik hoop dat je nu gelukkig bent... en ik dacht ook aan mijn vroegere boxcoach, de al even mankpotige Lambajan Chandiwala Borkar, en aan Totah – die papegaai die ik altijd had gehaat en die na de Bombayse bomaanslagen was verdwenen en nooit meer werd gezien. Toen ik aan de verdwenen vogel dacht, werd ik overmand door nostalgie en verdriet en ik begon midden op straat te huilen, tot consternatie en verlegenheid van de jonge activiste, die zich weghaastte om zich bij haar LKTMK-collega's in hun hol te voegen.

De Moor die terugkeerde naar het huisje van de dames Larios aan de Calle de Miradores, was dan ook een ander mens, een die bij toeval was teruggezet op de wereld van gevoelens en verdriet. Emoties, zo lang verdoofd, stroomden als een stortvloed om me heen. Maar voordat ik deze ontwikkeling kon uitleggen aan mijn hospita's, begonnen ze enthousiast te praten, elkaar onderbrekend in hun haast me te vertellen dat de gestolen schilderijen inderdaad, zoals verwacht, waren gearriveerd op het 'Klein Alhambra'.

'Er was een bestelwagen...' begon Renegada.

'... in het holst van de nacht; die ging pal voorbij onze deur...' voegde Felicitas daaraan toe.

'... dus sloeg ik mijn *rebozo* om me heen en rende naar buiten...'

'... en ik rende ook naar buiten...'

'... en we zagen de poort van het grote huis opengaan en de bestelwagen...'

'... reed erdoorheen...'

'... en vandaag was er allemaal goedkoop hout in de open haarden...'

'... als krattenhout... u weet wel...'

'... hij moet de hele nacht zijn opgebleven om het aan stukken te hakken!...'

'... en bij het afval lagen bergen van dat plastic spul...'

'... dat kinderen zo leuk vinden om te laten knappen...'

'... noppenfolie, dat is het...'

'... ja, noppenfolie en golfkarton en ook metalen banden...'

'... dus er zaten grote pakketten in die bestelwagen, en wat zouden het anders kunnen zijn?'

Het was geen bewijs, maar ik wist dat ik in dit dorp van onzekerheid niet dichter bij de waarheid kon komen. Ik begon me voor het eerst een voorstelling te maken van mijn ontmoeting met Vasco Miranda. Ooit was ik een kind dat graag aan zijn voeten had gezeten; nu waren we allebei oude mannen, die vochten om dezelfde vrouw, zou je kunnen zeggen, en het gevecht zou niet minder zwaar zijn omdat de dame in kwestie dood was.

Het was tijd om de volgende stap te plannen. 'Als hij me niet wil zien, zullen jullie me naar binnen moeten smokkelen,' zei ik tegen de gezusters Larios. 'Ik zie geen andere mogelijkheid.'

De volgende morgen heel vroeg, toen de zon nog slechts een gerucht was dat langs de kam van verre bergen ging, begeleidde ik Renegada Larios naar haar werk. Felicitas, de zwaarst gebouwde en dikkere van de twee vrouwen, had me haar wijdste zwarte rok en blouse gegeven. Aan mijn voeten droeg ik onbestemde rubberen sandalen, gekocht in het Spaanse deel van de stad. In de holte van mijn rechterelleboog droeg ik een mand met mijn eigen kleren, verstopt onder een assortiment stofdoeken, sponzen en spuitbussen; mijn rechterhand en hoofd gingen schuil achter een *rebozo* die stevig op zijn plaats werd gehouden door mijn linkerhand. 'U bent maar een povere imitatie van een vrouw,' zei Felicitas Larios, me opnemend met haar altijd kritische oog. 'Maar gelukkig is het nog donker en hoeven jullie niet zo ver. Loop een beetje gebukt en neem kleine pasjes. Wegwezen! We zetten ons levensonderhoud voor u op het spel, ik hoop dat u dat beseft.'

'Voor een dode moeder,' corrigeerde Renegada haar halfzuster. 'Wij hebben ook een dode moeder. Daarom begrijpen we het.'

'Ik vertrouw mijn hond toe aan uw hoede,' zei ik tegen Felicitas. 'Hij zal u geen last bezorgen.'

'Daar hebt u helemaal gelijk in,' zei ze gemelijk. 'Zodra u weg bent, gaat hij direct die kast in en denk niet dat hij eruit komt voordat u terugbent. In dit huis zijn we niet zo gek om met een opgezette hond te gaan wandelen.'

Ik zei vaarwel tegen Jawaharlal. Ook hij had een lange reis gemaakt en hij verdiende een beter einde dan een bezemkast in een vreemd land. Maar een bezemkast moest het zijn. Ik ging op weg naar mijn confrontatie met Vasco Miranda, en uiteindelijk was Jawaharlal de zoveelste verlaten Andalusische hond geworden.

≈

Mijn eerste ervaring met het dragen van vrouwenkleren herinnerde me aan het verhaal van Aires da Gama die zijn vrouws bruidsjurk aantrok en wegging voor een wilde nacht in het gezelschap van Prins Hendrik de Zeevaarder; maar wat een achteruitgang was dit, hoe eenvoudig waren deze donkere stoffen in vergelijking met Aires' prachtige japon, en hoe ongeschikt was ik voor een dergelijke dracht! Toen we op weg gingen, zei Renegada Larios me dat de ex-burgemeester van het dorp – dezelfde kerel die nu, zonder naam en zonder vrienden, koffie zat te drinken in de Straat der Parasieten – ooit gekleed als zijn eigen grootmoeder door deze straten had moeten lopen, omdat zijn huis aan het eind van zijn onderduikperiode op de nominatie stond te worden gesloopt en de familie moest verhuizen. Dus ik had zowel lokale als familiale voorgangers van mijn vermomming.

Het was de eerste keer dat Renegada en ik samen waren, zonder Felicitas als chaperonne, maar hoewel ze me een reeks duidelijk veelbetekenende blikken toewierp, was ik (door mijn vrouwenkleding en ook door mijn zenuwen omdat ik niet wist wat me te wachten stond) te geremd om erop in te gaan. We bereikten de dienstingang van het Klein Alhambra ongemerkt, voor zover ik had gezien, al kon je onmogelijk zeggen of er geen nieuwsgierige ogen toekeken uit de verduisterde ramen van de Miradoresstraat toen we die afliepen naar Vasco's weerzinwekkende en detonerende olifantenfontein. Ik ving een glimp op van een felgroene flard die over de follymuren vloog. 'Zijn er papegaaien in Spanje?' fluisterde ik tegen Renegada, maar ik kreeg geen antwoord. Misschien mokte ze omdat ik deze zeldzame kans op een flirt niet wilde grijpen.

Er zat een klein elektronisch toetsenbord naast de deur, in de terracottarode muur, en Renegada drukte snel vier cijfers in. De deur klikte open en we gingen Miranda's schuilplaats in.

Meteen had ik een sterk *déjà vu*-gevoel, en het duizelde me. Toen ik weer enigszins bij mijn positieven kwam, zag ik met verbazing hoe kunstig Miranda het interieur van zijn folly had gemodelleerd naar Aurora Zogoiby's Moor-schilderijen. Ik stond in een onoverdekte binnenhof, bestaande uit een in schaakbordpatroon betegeld middenplein met rondom arcaden, en door de ramen aan de overkant zag ik een vlakte die zich glinsterend in het ochtendlicht uitstrekte, als een zee. Een paleis gevormd door een luchtspiegeling van de zee; deels Arabisch, deels in de stijl van de mogols, en met iets van De Chirico, was het precies de plek die Aurora me ooit had beschreven, 'waar werelden botsen, in en uit elkaar vloeien en wegspoelificeren. Plaats waar een man van de lucht kan verdrinken in water of anders kieuwen ontwikkelen; waar een waterwezen dronken kan worden, maar ook kan stikkificeren, in de lucht.' Ook al verkeerde het nu in een enigszins verwaarloosde staat en was de tuin vervallen, ik had waarlijk Mooristan gevonden.

Kamer na lege kamer vond ik de decors van Aurora's schilderijen tot leven gebracht, en ik verwachtte half dat haar figuren zouden binnenkomen en hun trieste verhalen opvoeren voor mijn ongelovige ogen, verwachtte half dat mijn eigen lichaam zou veranderen in die geruite veelkleurige Moor wiens tragedie – de tragedie van de veelvormigheid vernietigd door de eenvormigheid, de overwinning van het Ene op het Vele – het verenigende principe van de serie was geweest. En misschien zou mijn verfomfaaide hand ieder moment kunnen gaan bloeien, oplichten of branden! Vasco, die altijd had geloofd dat Aurora het idee voor de Moor-schilderijen had gegapt van zijn kitscherige portret van een ruiter in tranen, had er kapitalen in gestoken, en het soort energie dat voortkomt uit de diepste obsessie, om zich haar visioen toe te eigenen. Was dit huis uit liefde of uit haat gebouwd? Als ik de verhalen die ik had gehoord moest geloven, was het een waar Palimpstina, waarin de herinnering aan een oude, verloren zoetheid en liefde werd bedorven door zijn huidige bittere wrok. Want de briljante navolging had iets wrangs, iets van jaloezie; en toen de eerste schok der herkenning wegebde, en het lichter werd, begon ik de fouten in het grootse werk te zien. Vasco Miranda was nog steeds dezelfde vulgaire proleet, en wat Aurora zo levendig en subtiel had verbeeld, was door Vasco weergegeven in kleuren die, zoals in het helder wordende daglicht te zien was, er net naast zaten, die kleine, maar wezenlijke fractie die het verschil uitmaakte tussen wat goed getroffen is en deerlijk te kort schiet. Ook de verhoudingen van het gebouw deugden niet, en de contouren waren verkeerd. Nee, het was uiteindelijk toch geen wonder; mijn eerste indrukken waren een illusie geweest en die illusie was al vervaagd. Ondanks de grootte en grandeur was het 'Klein Alhambra' geen Nieuw Moorusalem, maar een lelijk, opzichtig huis.

Ik had geen spoor gezien van de gestolen schilderijen, noch van de apparatuur waarover Renegada en Felicitas het hadden gehad. De deur naar de hoge toren was stevig afgesloten. Vasco moest daarboven zijn met zijn spullen en gestolen geheimen.

'Ik wil me omkleden,' zei ik tegen Renegada. 'Ik kan de oude zak niet zo onder ogen komen.'

'Ga je gang, verkleed je maar,' antwoordde ze brutaal. 'Je hebt niets wat ik niet al gezien heb.' In feite was ik niet de enige die een gedaanteverandering onderging; sinds we in het 'Klein Alhambra' waren, had ze zich een bazige, aanmatigende houding aangemeten. Ongetwijfeld had ze opgemerkt hoe ik – na een paar aanvankelijke uitroepen van verrukking – met groeiende weerzin het gebouw had geïnspecteerd dat zij tenslotte vele jaren had onderhouden. Het zou niet vreemd zijn als zij zich ergerde aan mijn gebrek aan enthousiasme voor het huis. Niettemin was dit een impertinente, schaamteloze opmerking die ik me niet zou laten welgevallen.

'Pas op met wat u zegt,' waarschuwde ik haar en verdween in een aangrenzende kamer voor enige privacy, zonder me iets aan te trekken van haar boze blik. Terwijl ik me verkleedde, werd ik me bewust van een lawaai dat van enige afstand kwam. Het was een hels kabaal – een mengeling van vrouwengekrijs, vervormd door gillende echo's, gejammer van onbestemd geslacht, door een computer voortgebracht gejank en gedreun met in de achtergrond gekletter en gerammel dat me deed denken aan een keuken tijdens een aardbeving. Dit moest de genoemde 'avant-gardemuziek' zijn. Vasco Miranda was wakker.

Renegada en Felicitas hadden me heel duidelijk gezegd dat ze hun in afzondering levende baas al ruim een jaar lang niet hadden gezien, dus toen ik uit mijn kleedkamer kwam, was ik stomverbaasd de omvangrijke figuur van de oude Vasco zelf te zien, die me in de schaakbordhof opwachtte met zijn huishoudster aan zijn zijde; en ze stond niet alleen aan zijn zijde, maar kietelde hem speels met een plumeau terwijl hij giechelde en gierde van verrukking. Hij droeg inderdaad een Moors kostuum, zoals hij volgens de halfzusters vaak deed, en in zijn wijde pofbroek en geborduurde vest, openhangend over een opbollend kraagloos overhemd, zag hij eruit als een lillende berg Turkse *rahat lacoum*. Zijn snor was geslonken – de stalagmieten van met was opgestreken haar waren helemaal verdwenen – en zijn hoofd was zo kaal en pokdalig als het oppervlak van de maan.

'Hi, hi,' gniffelde hij, Renegada's plumeau wegslaand. 'Hola, *namaskar, salaam*, Moor, mijn jongen. Je ziet er verschrikkelijk uit: of je ieder moment het loodje-sjoodje kan leggen. Hebben mijn twee dames je niet genoeg te eten gegeven? Was dit vakantietje niet naar je zin? Hoe lang is dat nou geleden? O, jee – veertien jaar. Tjé! Die zijn voor jou niet mild geweest.'

'Als ik had geweten dat je zo... benaderbaar was,' zei ik, kwaad naar de huishoudster kijkend, 'dan had ik deze stomme verkleedpartij achterwege kunnen laten. Maar die verhalen over je afzondering zijn kennelijk zwaar overdreven.'

'Weze verhalen?' vroeg hij schijnheilig. En toen: 'Nou, misschien wel, maar alleen in een paar kleine details,' zei hij op verzoenende toon, Renegada gebarend weg te gaan. Ze legde de plumeau zonder iets te zeggen neer en trok zich terug in een hoek van de binnenhof. 'Het klopt dat wij in Benengeli prijs stellen op onze privacy – net als jij overigens, als ik zie hoe moeilijk je net deed om je in afzondering te kunnen verkleden! Renegada daar lachte zich dood. – Maar waar had ik het over? O, ja. Is je niet opgevallen dat Benengeli wordt bepaald door wat het mist – dat het in tegenstelling tot het grootste deel van deze streek, zeker in tegenstelling tot de hele Costa, verschoond is gebleven van uitwassen als Coco Loco-nachtclubs, koetstochtjes, ezeltjestaxi's, wisselkantoortjes en verkopers van strooien sombrero's? Onze voortreffelijke Sargento, Salvador Medina, verdrijft al dergelijke verschrikkingen door in de vele donkere steegjes van het dorp nachtelijke aframmelingen uit te delen aan iedere ondernemer die dat soort dingen wil beginnen. Overigens, Salvador Medina heeft een vreselijke hekel aan me, zoals hij een hekel heeft aan alle nieuwkomers, maar net als alle ingeburgerde immigranten – zoals de grote meerderheid van de Parasieten – juich ik zijn afschrikkingsbeleid jegens de nieuwe golf indringers toe. Nu wij binnen zijn, is het maar wat goed dat iemand de deur achter ons dichtgooit.

Vind je het niet prachtig, mijn Benengeli?' ging hij voort, met een vaag armgebaar in de richting van de luchtspiegelingzee die door zijn vensters te zien was. 'Dag smerigheid, vuil, ziekte, corruptie, fanatisme, kastenpolitiek, karikaturisten, hagedissen, krokodillen, playback-muziek en vooral familie Zogoiby! Dag Aurora de grote en wrede – vaarwel, gewetenloze, spotzieke Abe!'

'Niet echt,' wierp ik tegen. 'Want ik zie dat je hebt geprobeerd – met weinig succes, als ik het zeggen mag – je te omringen met de wereld van mijn moeders verbeelding, die te gebruiken als een vijgeblad voor je eigen onvermogen; en dan is er nog deze resterende Zogoiby en een kleinigheid omtrent gestolen schilderijen.'

'Die zijn boven,' zei Vasco met een schouderbeweging. 'Je zou blij moeten zijn dat ik ze heb laten gappen. Wat een raak-fortuin voor ze! Je zou me op je knieën moeten bedanken. Zonder mijn bende beroepsboeven waren het nu verbrande tosti's.'

'Ik wil ze nu meteen zien,' zei ik resoluut. 'En daarna kan Salvador Medina me misschien van dienst zijn. Misschien kan je huishoudster Renegada hem gaan halen, misschien kunnen we zelfs opbellen.'

'Laten we naar boven gaan en een kijkje nemen,' zei Vasco, die zich niet druk leek te maken. 'Maar loop alsjeblieft langzaam, want ik ben dik. Wat de rest betreft, zul je vast niet op een drif-draf naar de politie willen. Wat is in jouw kringen beter: incognito of uitcognito? In-, ongetwijfeld. Bovendien zal mijn geliefde Renegada mij nooit verraden. En – heeft niemand je dat gezegd? – de telefoon is al jaren afgesloten.'

≈

'"Mijn geliefde Renegada", zei je?'

'En ook mijn geliefde Felicitas. Ze zouden me voor geen goud willen schaden.'

'Dan hebben deze halfzusters een gemeen spelletje met me gespeeld.'

'Het zijn geen halfzusters, arme Moor. Het zijn geliefden.'

'Elkaars geliefden?'

'Al vijftien jaar. En al veertien jaar de mijne. Hoeveel jaar heb ik niet moeten horen hoe jullie soort blaat-praat uitkraait over eenheid in verscheidenheid en al dat soort flauwekul. Maar nu heb ik, Vasco, met mijn meisjes die nieuwe maatschappij geschapen.'

'Je zaakjes voor het slapengaan interesseren me niet. Dat ze op je stuiteren als op een slappe matras! Wat gaat het mij aan? Wat me kwaad maakt is je bedriegerij.'

'Maar we moesten toch wachten op de schilderijen? Dat was geen bedrog. En toen moesten we je hierheen krijgen zonder dat iemand het wist.'

'Waarom?'

'Nou, wat denk je? Om me te ontdoen van alle Zogoiby's waar ik de hand op kan leggen, vier schilderijen en een persoon – de laatste van het hele vervloekte geslacht, toevallig – met een boem-boem-kedoem; of, anders gezegd, vijf in een hap.'

'Een revolver? Vasco, meen je het? Je richt een revolver op me?'

'Een kleintje maar. Maar hij bevindt zich in mijn hand. Wat mijn grote raak-fortuin is; en jouw mis-.'

≈

Ik was gewaarschuwd. *Vasco Miranda is een kwade genius en dit zijn zijn beschermgeesten. Ik heb ze zien veranderen in vleermuizen.*

Maar ik was al van het begin af aan in zijn web gevangen. Hoeveel dorpelingen speelden met hem onder één hoedje, vroeg ik me af. Salvador Medina niet, zoveel leek zeker. Gottfried Helsing? Had gelijk over de telefoons, maar verder een warhoofd. En de rest? Hadden ze allemaal tegen mij samengespannen in deze pantomime, op Vasco's dwingende bevel? Waren ze allemaal leden van de een of andere occulte vrijmetselaarsorganisatie – Opus Dei of zoiets? – En hoe ver ging de samenzwering terug? – Tot aan de taxichauffeur Vivar, de douanebambte, de vreemde vliegtuigbemanning op de vlucht uit Bombay? – *Vijf in een hap,* zei Vasco. Dat zei hij. Reikten de tentakels van deze gebeurtenis dan echt zo ver terug als de gebombardeerde villa in Bandra en was dit de wraak van de slachtoffers? Ik voelde dat mijn hoofd op hol sloeg en onderdrukte mijn speculaties, ongefundeerd en waardeloos als ze waren. De wereld was een mysterie, onkenbaar. Het heden was een raadsel dat moest worden opgelost.

≈

'Dus de Lone Ranger en Tonto zijn terechtgekomen in een doodlopende vallei, omsingeld door vijandige Indianen,' zei Vasco Miranda, die achter me puffend de trap opliep. 'En de Lone Ranger zegt: "Het heeft geen zin, Tonto. We zitten in de val." En Tonto antwoordt: "Hoe bedoel je *wij*, blanke man?"'

Hoog boven ons was de bron van de gierende, krijsende echo die ik had gehoord. Het was een griezelig, gekweld – of liever gezegd kwellend – kabaal, sadistisch, emotieloos, afstandelijk. Ik had erover geklaagd aan het begin van onze klim en Vasco had mijn bezwaren terzijde geschoven. 'In sommige delen van het Verre Oosten,' lichtte hij me in, 'geldt dergelijke muziek als uiterst erotisch.' Tijdens de klim moest Vasco harder praten om zich hoorbaar te maken. Mijn hoofd begon te bonzen.

'Dus de Lone Ranger en Tonto zetten hun kamp op voor de nacht,' schreeuwde hij. '"Maak vuur, Tonto." "Ja, *kemo sabay.*" "Haal water uit het beekje, Tonto." "Ja, *kemo sabay.*" "Maak koffie, Tonto." En zo maar door. Maar plotseling schreeuwt Tonto het uit van walging. De Lone Ranger vraagt: "Wat is er aan de hand?" "Getver," antwoordt Tonto, naar de zolen van zijn mocassins kijkend. "Ik denk dat ik in een grote hoop *kemo sabay* heb getrapt."'

Ik herinnerde me vaag hoe de taxichauffeur Vivar, de westerngek met de naam van een middeleeuwse, geharnaste cowboy, Spanjes op één na grootste dolende ridder – El Cíd, ik bedoel, Rodrigo de Vivar, niet Don Quichot – me voor Benengeli waarschuwde met een lijzige tongval die half John Wayne in alles, half Eli Wallach in *The Magnificent Seven* was. 'Wees voorzichtig pardner – dat daorrr iess Indianengebied.'

Maar had hij dat echt gezegd? Was het een valse herinnering of halfvergeten droom? Ik was nergens meer zeker van. Behalve misschien dat dit inderdaad Indianengebied was, dat ik was omsingeld en diep in de *kemo sabay* zat.

In zekere zin was ik al mijn hele leven in Indianengebied geweest, ik had geleerd de tekens te lezen, de sporen te volgen, genoten van de uitgestrektheid, de onuitputtelijke schoonheid, gevochten om terrein, rooksignalen omhooggestuurd, de trommels geslagen, de grenzen verlegd, me een weg door de gevaren gebaand, gehoopt vrienden te maken, de wreedheid gevreesd, naar de liefde verlangd. Zelfs een Indiaan was niet veilig in Indianengebied; in elk geval niet als hij de verkeerde soort Indiaan was – die de verkeerde soort hoofdtooi had, de verkeerde taal sprak, de verkeerde dansen danste, de verkeerde goden aanbad, in het verkeerde gezelschap reisde. Ik vroeg me af of die krijgers die de gemaskerde man met de zilveren kogels omsingelden, wel consideratie zouden hebben gehad met diens bevederde kameraad. Indianengebied was geen plaats voor een man die niet bij een stam wilde horen, die ervan droomde weg te gaan, zijn huid af te pellen, zijn geheime identiteit te onthullen – dat wil zeggen, het geheim van de identiteit van alle mensen – en voor de met oorlogskleuren beschilderde krijgers te staan om de ontvelde en naakte eenheid van het vlees te openbaren.

≈

Renegada was niet met ons meegegaan naar de toren. De kleine verraadster was waarschijnlijk teruggerend in de armen van haar geliefde met de moedervlek om zich erover te verkneukelen dat ik in de val was gelopen. Een spookachtig licht sijpelde de wenteltrap binnen door smalle, sleufachtige ramen. De muren waren minstens een meter dik, zodat het koel bleef in de toren, zelfs fris. De transpiratie langs mijn ruggegraat droogde op en ik huiverde een beetje. Vasco zweefde achter mij omhoog, puffend en blazend, een bolrond fantoom met een revolver. Hier op Kasteel Miranda zouden deze twee ontheemde geesten, de laatste der Zogoiby's en zijn krankzinnige tegenhanger, de ultieme passen van hun schimmendans opvoeren. Iedereen was dood, alles was verloren, en in het schemerdonker was slechts nog tijd voor dit laatste spookverhaal. Zaten er zilveren kogels in de revolver van Vasco Miranda? Ze zeggen dat je zilveren kogels nodig hebt om een bovennatuurlijk wezen te doden. Dus als ook ik een geest was geworden, zouden ze hun uitwerking op mij niet missen.

We kwamen voorbij wat Vasco's atelier moest zijn geweest, en ik zag een glimp van een onvoltooid werk: een gekruisigde man die van het kruis was afgenomen en over de schoot van een wenende vrouw lag, terwijl zilverlingen – ongetwijfeld dertig – uit zijn gestigmatiseerde handen vielen. Deze anti-*pietà* moest een van de 'Judas Christus'-schilderijen zijn geweest waarover ik had gehoord. Ik heb maar een heel korte blik kunnen werpen, maar het goedkope, imitatie-El-Greco-karakter van het schilderij maakte me misselijk en deed me hopen dat Vasco het project definitief had opgegeven.

Op de volgende verdieping gebaarde hij me een kamer binnen te gaan, waarin ik terwijl mijn hart een sprongetje maakte een onvoltooid schilderij van een heel ander kaliber zag: Aurora Zogoiby's laatste werk, haar gekwelde verklaring van een moederliefde die de vermeende wandaden van haar geliefde kind transcendeerde en vergaf, *De laatste zucht van de Moor.* In de kamer stond ook een groot toestel dat naar ik begreep een röntgenapparaat was; en op een grote batterij lichtbakken aan één wand hing een aantal röntgenfoto's. Kennelijk was Vasco de gestolen schilderijen segment voor segment aan het onderzoeken, alsof hij door onder het oppervlak te kijken ter elfder ure het geheim van Aurora's genie kon ontdekken en stelen. Alsof hij naar een toverlamp zocht.

Vasco sloot de deur en ik hoorde de oorverdovende muziek niet langer. Het was duidelijk dat de kamer voor veel geld geluiddicht was gemaakt. Maar het licht in die kamer – de sleuframen waren bedekt met zwarte stof, zodat er slechts het verblindend witte licht was dat uit de lichtbakken aan de wand straalde – was bijna net zo ondraaglijk als de muziek. 'Wat doe je hier?' vroeg ik Vasco, opzettelijk zo onbeleefd mogelijk klinkend. 'Leer je schilderen?'

'Ik merk dat je de scherpe tong van de Zogoiby's hebt gekregen,' antwoordde hij. 'Maar het is onvoorzichtig om een man met een geladen revolver te bespotten; een man, bovendien, die jou de dienst heeft bewezen het raadsel van je moeders dood op te lossen.'

'Ik ken de oplossing van dat raadsel,' zei ik. 'En dit schilderij heeft er niets mee te maken.'

'Jullie zijn een arrogant stelletje, jullie Zogoiby's,' ging Vasco Miranda verder, mijn opmerkingen negerend. 'Hoe slecht jullie iemand ook behandelen, jullie denken altijd dat hij van jullie blijft houden. Je moeder dacht dat van mij. Ze heeft me geschreven, wist je dat? Niet lang voor ze stierf. Na veertien jaar zwijgen, een schreeuw om hulp.'

'Je liegt,' zei ik tegen hem. 'Je had haar nooit met iets kunnen helpen.'

'Ze was bang,' zei hij, me weer negerend. 'Iemand probeerde haar te vermoorden, zei ze. Iemand was kwaad, en jaloers en wreed genoeg om haar te laten ombrengen. Ze verwachtte ieder moment vermoord te worden.'

Ik probeerde mijn façade van minachting overeind te houden, maar hoe kon ik onberoerd blijven bij het beeld van mijn moeder in zo'n ontzetting – zo'n diep isolement – dat ze hulp had gevraagd aan deze uitgespeelde figuur, deze sinds lang vervreemde gek? Hoe kon ik niet haar van angst verwrongen gezicht voor me zien? Ze ijsbeerde handenwringend door haar atelier en schrok bij ieder geluid, alsof het haar verdoemenis aankondigde.

'Ik weet wat er met mijn moeder is gebeurd,' zei ik kalm. Vasco ontplofte.

'Zogoiby's zeggen altijd dat ze alles weten! Maar je weet niets! Helemaal niets! Ik ben het – ik, Vasco – de Vasco die jullie allemaal uitlachten, die vliegveldkunstenaar die het niet waard was de zoom van je beroemde moeders kleed te kussen, Vasco de commerciële kunstenaar, Vasco de verdemde nar – dit keer ben ik het die het weet.'

Zijn silhouet stond afgetekend tegen de batterij lichtbakken, röntgenbeelden rechts en links van hem. 'Als ze vermoord werd, zei ze, wilde ze dat de moordenaar zijn gerechte straf zou ondergaan. Dus had ze een portret van hem verborgen onder het werk waaraan ze bezig was. Maak een röntgenfoto van het schilderij, zei ze tegen me, en je ziet het gezicht van mijn moordenaar.' Hij hield de brief in zijn hand. Dus daar was eindelijk, in deze tijd van luchtspiegelingen, dit oord van begoocheling, een simpel feit. Ik nam de brief aan en mijn moeder sprak tot me uit het graf.

'Kijk dan.' Vasco zwaaide met de revolver naar de röntgenbeelden. Met de mond vol tanden deed ik wat me gezegd was. Het leed geen twijfel dat het doek een palimpsest was. In de negatieve beelden onder het schilderij aan de oppervlakte tekende zich een portret ten voeten uit af. Maar Raman Fielding was iemand van Vasco's corpulentie geweest, en de man van het spookbeeld was lang en slank.

'Dat is Mainduck niet,' zei ik, waarbij de woorden als vanzelf kwamen.

'Precies! Absolute raak-slag' zei Vasco. 'Een kikker kan geen kwaad. Maar deze vent? Ken je hem niet? Ga af op je instincten en uitstincten! Hier is hij misschien incognito, maar je hebt hem uitcognito gezien!

Kijk, kijk – de chef-schurk zelf. Blofeld, Mogambo, Don Vito Corleone: herken je het heerschap niet?'

'Het is mijn vader,' zei ik, en dat was zo. Ik zeeg neer op de koude stenen vloer.

≈

In koelen bloede: de uitdrukking was op niemand beter van toepassing dan op Abraham Zogoiby. – Van een nederig begin (een weerspannige zeekapitein aan het varen krijgen) steeg hij tot paradijselijke hoogten; vanwaar hij als een ijskoude godheid dood en verderf zaaide onder de gewone stervelingen beneden; maar ook, en hierin verschilde hij van de meeste godheden, onder zijn eigen vrienden en verwanten. – Onsamenhangende observaties vroegen om mijn aandacht en oordeelskracht; of wat u maar wilt. – Net als Superman had ik de gave van de röntgenblik gekregen; anders dan Superman was me geopenbaard dat mijn vader de slechtste man was die ooit had bestaan. Overigens, als Renegada en Felicitas geen halfzusters waren, wat waren dan hun achternamen? Lorenço, Del Toboso, De Malindrania, Carculiambro? – Maar mijn vader, ik had het over mijn vader Abraham, degene die het onderzoek naar het mysterie van Aurora's dood was begonnen; die haar niet met rust kon laten en haar geest zag rondwaren in zijn tuin in de lucht – en was het zijn schuldgevoel dat hem parten speelde of was het een onderdeel van zijn grootse, koelbloedige plan? Abraham, die mij vertelde dat Sammy Hazaré een schriftelijke getuigenis had afgelegd voor Dom Minto, een getuigenis die nooit boven water is gekomen, maar op grond waarvan ik wel een man was gaan doodknuppelen. En Gottfried Helsing? Kende hij misschien niet de waarheid over de zogenaamde 'gezusters Larios' – of kon het hem allemaal zo weinig schelen dat hij het niet nodig vond mij te informeren; hadden de Parasieten van Benengeli nog maar zo weinig menselijk mededogen dat ze geen greintje verantwoordelijkheid meer voelden voor het lot van hun naaste? – Ja, knuppelen, zeg ik, knuppelen. Op zijn gezicht timmeren tot er geen gezicht meer was. En ook Chhaggan werd in de goot gevonden; Sammy Hazaré werd van de misdaad verdacht, maar misschien was er een onbekende hand aan het werk geweest. – Wacht eens, wat waren verdomme de namen van de acteurs die de gemaskerde man en de Indiaan speelden? A-B-C-D-E-F-Jay, dat is het, Jay, en niet zilveren kogels maar zilveren sporen. Opperhoofd Jay Silverheels en Clayton Moore. – O Abraham! Hoe gemakkelijk heb je je zoon geofferd op het altaar van je gramschap! Wie heb je ingehuurd om de giftige pijl te blazen? Was er wel zo'n pijl, of zijn er glibberiger middelen gebruikt – een beetje vaseline zou het moordzuchtige kunstje al hebben geflikt, gewoon een likje op de juiste plaats, zo gemakkelijk gemorst, zo gemakkelijk verwijderd; waarom zou ik eigenlijk een woord van dat Minto-verhaal geloven? O, ik was verstrikt in verzinsels, en moord was overal om ons heen. Mijn wereld was krankzinnig, en ik was krankzinnig in die wereld; hoe kon ik Vasco beschuldigen terwijl de Zogoiby's elkaar en hun ellendige tijd die waanzin aandeden? En Mynah, mijn zuster Mynah, gedood in een eerdere explosie; Mynah die een frauduleuze politicus de gevangenis in stuurde en haar vader op hoge kosten joeg! Zou ook de dochter kunnen zijn, gedood door de hand van de vader – zou het voor onze pappie de generale repetitie zijn geweest voor de latere liquidatie van zijn vrouw? – En Aurora: was ze onschuldig of schuldig? Ze dacht dat ik schuldig was, en dat was niet zo; moest ik deze identieke valstrik niet vermijden? Had ze Abraham door haar ontrouw echt grond gegeven voor zijn jaloerse woede – zodat hij na een levenlang in haar schaduw, toegevend aan haar grillen (terwijl hij in de rest van zijn leven een monster werd, almachtig, duivels), haar ombracht en daarna het mysterie van haar dood gebruikte om mijn geest te manipuleren, zodat ik ook zijn vijand zou ombrengen? – Hoe kun je als het verleden er niet meer is, als alles is ontploft en aan flarden ligt, de schuld verdelen? Hoe moet je zin vinden in de ruïnes van het leven? – Eén ding was zeker: het lot en mijn ouders waren mij te slim af. – Deze vloer is een koude vloer. Ik zou van deze vloer moeten opstaan. Er staat daar nog steeds een dikke kerel en hij houdt een revolver op mijn hart gericht.

20

Ik ben de tel kwijt van de dagen die zijn verstreken sinds ik aan mijn gevangenisstraf in de bovenste torenkamer van Vasco Miranda's waanzinnige burcht in het Andalusische bergdorp Benengeli begon, maar nu die voorbij is, moet ik mijn herinneringen aan die verschrikkelijke opsluiting vastleggen, al was het alleen om eer te doen aan de heldhaftige rol van mijn medegevangene, zonder wier moed, inventiviteit en zelfbeheersing ik mijn verhaal zeker niet had kunnen navertellen. Want, zoals ik ontdekte op die dag dat ik zoveel dingen ontdekte, ik was niet het enige slachtoffer van Vasco Miranda's krankzinnige obsessie met wijlen mijn moeder. Er was een tweede gijzelaar.

Nog geschokt tot op de grondvesten van mijn bestaan door de onthullingen in de röntgenkamer, moest ik van Vasco verder naar boven gaan. Zo belandde ik in de ronde cel waarin ik zo'n lange tijd zou wegkwijnen, verdoofd door de afschuwelijke geluiden uit de hoog op de wanden aangebrachte luidsprekers, zeker van mijn komende dood en slechts getroost door die wonderbaarlijke vrouw die als een baken oplichtte in mijn duistere tijd. Ik klampte me aan haar vast en ben daardoor niet gezonken.

In het midden van deze kamer stond ook nog een schilderij op een ezel: Vasco's eigen Boabdil, de huilende ruiter, was ook in tranen naar Spanje gegaloppeerd, had het huis van zijn koper, C.P. Bhabha, verlaten en was weergekeerd naar zijn maker. Wat was gemaakt in *Elephanta,* was neergestreken in Benengeli – moord, wraakzucht en kunst. Vasco's eerste werk op doek en Aurora's laatste, zijn nieuwe begin en haar trieste einde: twee gestolen schilderijen, beide met hetzelfde thema en elk met één van mijn ouders eronder verscholen. (De andere gestolen 'Moren' heb ik nooit gezien. Vasco beweerde dat hij ze aan stukken had gehakt en samen met de kisten waarin ze zaten verbrand; hij had ze alleen laten stelen, zei hij, om te verhullen dat het hem alleen maar om *De laatste zucht van de Moor* ging.)

Röntgenstralen wezen Abraham Zogoiby aan als schuldige in een lagere kring van deze opklimmende hel, maar voor de verborgen Aurora waren foto's niet genoeg. Vasco's Moor werd vernietigd, werd schilfertje voor schilfertje weggepeld; het beeld van mijn moeder toen ze jong was, die blootborstige Madonna-zonder-kind die Abraham ooit zo kwaad had gemaakt, kwam te voorschijn uit haar lange gevangenschap. Maar ze verkreeg haar vrijheid ten koste van haar bevrijder. Ik ontdekte al gauw dat de vrouw die aan de ezel verfschilfertjes van het doek stond te plukken en op een bord legde, was geketend – bij haar enkel! – aan de rode natuurstenen muur.

Ze was van Japanse origine, maar had een groot deel van haar loopbaan als schilderijenrestauratrice in de grote Europese musea gewerkt. Toen was ze getrouwd met een Spaanse diplomaat, een zekere Benet, en met hem door de wereld getrokken tot hun huwelijk spaak liep. Plotseling had Vasco Miranda haar gebeld op de Fondació Joan Miró in Barcelona – slechts met de mededeling dat ze hem 'sterk was aanbevolen' – en haar uitgenodigd naar Benengeli te komen voor onderzoek en advies inzake bepaalde palimpsestschilderijen die hij niet lang geleden had aangeschaft. Hoewel ze geen bewonderaarster van zijn werk was, meende ze dat ze hem niet kon weigeren zonder hem te beledigen; en bovendien wilde ze wel eens een kijkje nemen achter die hoge muren van zijn legendarische folly, en misschien ontdekken wat er onder het masker van de notoire kluizenaar zat. Toen ze bij het Klein Alhambra arriveerde met haar gereedschap, zoals hij haar expliciet had gevraagd, toonde hij haar zijn eigen *Moor* en de röntgenfoto's van het schilderij eronder; en vroeg haar of het mogelijk zou zijn het bedolven schilderij aan het licht te brengen door de bovenste laag te verwijderen.

'Het is gevaarlijk, maar misschien wel mogelijk, ja,' zei ze na een eerste onderzoek. 'Maar u wilt toch zeker niet uw eigen werk vernietigen?'

'Dat is wat ik u gevraagd heb hier te doen,' zei hij.

Ze had geweigerd. Ondanks haar afkeer van Vasco's *Moor*, een schilderij dat volgens haar weinig waard was, stond het vooruitzicht van weken, misschien wel maanden moeizame arbeid aan de vernietiging in plaats van conservering van een kunstwerk, haar niet aan. Haar weigering was beleefd en kies, maar maakte Miranda woest. 'Je wilt grof geld, is dat het?' vroeg hij, en bood haar zo'n absurd bedrag dat het haar bezorgdheid om zijn geestesgesteldheid rechtvaardigde. Bij haar tweede weigering had hij een revolver te voorschijn gehaald en was haar opsluiting begonnen. Ze zou pas vrijkomen als ze haar taak had voltooid; als ze weigerde die uit te voeren zou hij haar neerknallen 'als een hond'. Zo was haar beproeving begonnen.

Toen ik haar cel binnenkwam, verwonderde ik me over haar ketenen. Wat een volgzame smid moest dat zijn, dacht ik, om dergelijke dingen zo maar in een particuliere woning te installeren. Toen herinnerde ik me zijn schreeuw – *Nog ummer vrie, wah? Op inge daag, gauw, gauw* – en de gedachte aan een grote samenzwering kwam weer bij me op en knaagde aan me.

'Gezelschap voor je,' zei Vasco tegen de vrouw en verklaarde toen tegen mij dat hij op grond van onze oude vriendschap en zijn eigen goedmoedige grillige aard mijn executie een tijdje zou uitstellen. 'Laten we samen de oude tijden nog eens overdoen,' stelde hij vrolijk voor. 'Als Zogoibys van het aangezicht der aarde verwijderd moeten worden – als de ongerechtigheden van de vader, jawel, en ook van de moeder, worden bezocht aan de zoon – laat dan de laatste Zogoiby hun verdorven sage vertellen.' Nadien bracht hij me iedere dag potlood en papier. Hij had een Scheherazade van me gemaakt. Zolang mijn verhaal hem boeide, zou hij me laten leven.

Mijn medegevangene gaf me een goed advies. 'Spin het uit,' zei ze. 'Dat doe ik ook. Iedere dag dat we in leven blijven, maken we meer kans te worden gered'. Zij had een vol leven – werk, vrienden, een thuis – en haar verdwijning zou argwaan wekken. Vasco wist dit, en dwong haar brieven en kaarten te sturen, vrij te nemen op haar werk en haar vrienden uit te leggen dat het verblijf in de geheime wereld van de beroemde V. Miranda haar 'fascineerde'. Dit zou navraag uitstellen, maar niet voor altijd, want ze had opzettelijke fouten in de brieven verwerkt, bijvoorbeeld de minnaar of het huisdier van een vriendin bij de verkeerde naam genoemd; en vroeg of laat zou iemand onraad ruiken. Toen ik dit hoorde werd ik vreselijk opgewonden, want ik was zo moedeloos na Vasco's röntgenonthullingen dat ik wanhoopte over mijn redding. Nu kreeg ik weer hoop en ik kwam in een roes van optimisme. Meteen zette ze me weer met beide voeten op de grond. 'Het is maar een gok,' zei ze. 'Mensen zijn weinig alert, over het algemeen. Ze lezen niet zorgvuldig, maar oppervlakkig. Ze verwachten geen boodschappen in code, en misschien zien ze die dus ook niet.' Ter verduidelijking vertelde ze me een verhaal. In 1968, tijdens de 'Praagse Lente', was een Amerikaanse collega van haar met een groep studenten in Tsjechoslowakije. Ze waren op het Wenzeslasplein toen de eerste Russische tanks de stad binnenrolden. In de daaropvolgende rellen was de Amerikaanse docent een van degenen die het slachtoffer werden van willekeurige arrestaties door de oproerpolitie en hij zat twee dagen in de gevangenis voordat de Amerikaanse consul hem vrij kreeg. In deze dagen had hij een in de muur van zijn cel gekraste klopcode opgemerkt en was hij driftig boodschappen gaan versturen naar de persoon die aan de andere kant van de muur zat. Maar nadat hij ongeveer een uur had geklopt, vloog zijn celdeur open en kwam een geamuseerde cipier zijn cel binnengeslenterd om hem in afschuwelijk gebroken Engels te vertellen dat hij van zijn buurman zijn 'bek moest houden', want helaas had 'niemand hem die klotecode gegeven'.

'En bovendien,' vervolgde ze kalm, 'zelfs als er hulp komt – zelfs als politiemannen de poorten van deze verschrikkelijke plek gaan rammen – weet je nooit of Miranda ons levend zal laten gaan. Op dit moment leeft hij helemaal in het heden – hij heeft de ketenen van de toekomst losgelaten. Maar als die dag komt en hij die onder ogen moet zien, verkiest hij misschien de dood, zoals zo'n sekteleider waarvan je de laatste tijd steeds vaker hoort, en naar alle waarschijnlijkheid zal hij ons mee willen nemen – juffrouw Renegada, juffrouw Felicitas en mij, en jou ook.'

We ontmoetten elkaar zo dicht bij het eind van onze verhalen dat ik haar geen recht kan doen. Tijd en ruimte ontbreken me om haar de eer te doen, haar, als het ware, ten voeten uit weer te geven; hoewel ook zij haar geschiedenis had, ze had bemind en was bemind, ze was een menselijk wezen en niet slechts een gevangene in die gehate ruimte met haar dikke muren waar we de nachten huiverend van de kou doorkwamen, ook al kropen we bij elkaar voor warmte, gewikkeld in mijn leren overjas. Ik kan niet beginnen aan haar verhaal – kan slechts hulde brengen aan de gulhartige kracht waarmee ze mij door die eindeloze nachten sleepte terwijl ik de Dood voelde naderen en bibberde. Ik kan slechts vertellen van haar geprevel in mijn oor, hoe ze voor me zong en grapjes maakte. Ze had andere, vriendelijker muren gekend, had door andere ramen gekeken dan deze messcherpe spleten waardoorheen iedere dag gevangenisspijlen van licht in onze kooi vielen en waaruit geen hulpgeroep een goedgezind oor kon bereiken. Ze moest uit die gelukkiger ramen hebben geroepen, naar familie en vrienden; dat kon ze hier niet.

Dit kan ik wel zeggen. Haar naam is een wonder van klinkers. Aoi Uë: de vijf grondklanken van de taal, aldus gerangschikt ('auw-ie oeee'), vormden haar. Ze was klein, tenger, bleek. Haar gezicht was een glad, ongerimpeld ovaal, waarop twee vegen van wenkbrauwen, ongewoon hoog, haar een permanente uitdrukking van lichte verbazing gaven. Het was een leeftijdloos gezicht. Ze zou dertig of zestig geweest kunnen zijn, en alles daartussen. Gottfried Helsing had het gehad over een 'aardig ding' en Renegada Larios – of hoe haar echte naam ook was – over een 'bohémiennetype'. Beide omschrijvingen zaten er enigszins naast. Ze was geen jonge meid maar een geweldig evenwichtige vrouw – haar zelfbeheersing zou in de buitenwereld misschien zelfs een beetje verontrustend zijn geweest, maar binnen de begrenzing van onze fatale cirkel werd deze mijn steunpilaar, mijn voeding overdag en mijn kussen 's nachts. En ze was evenmin de lichtzinnige alternatieveling, maar juist een uitzonderlijk ordelijke geest. Haar vormelijkheid en haar precisie maakten een oude persoonlijkheid in mij wakker, herinnerden me eraan hoezeer ikzelf in mijn kinderjaren gesteld was op orde en netheid voor ik gehoor ging geven aan de drang van mijn brute, verwrongen vuist. In de afschuwelijke omstandigheden van ons geketende bestaan zorgde zij voor de onontbeerlijke discipline, en ik volgde haar voorbeeld zonder vragen.

Zij gaf onze dagen vorm, maakte een dagindeling, waar we ons nauwgezet aan hielden. We werden iedere ochtend vroeg gewekt door een uur van die 'muziek' die Miranda per se 'Oosters' wilde noemen, zelfs 'Japans', maar als de Japanse vrouw die hij gevangen hield, dergelijke benamingen beledigend vond, gaf ze Vasco nooit de voldoening dat ze haar ergernis uitte. Het kabaal was een kwelling en deed pijn aan je oren, maar onderwijl deden wij, op Aoi's suggestie, onze dagelijkse behoeften. Om beurten draaide elk van ons de blik af, ging met het gezicht naar de muur liggen, terwijl de ander deed wat gedaan moest worden in een van de twee latrine-emmers die Vasco, die opperste nachtmerrie van een cipier, ons had gegeven; en de herrie die onze oren teisterde, bespaarde ons elkaars geluiden. (Elk van ons kreeg van tijd tot tijd een paar velletjes grof bruin papier waarmee we ons moesten schoonmaken, en deze koesterden en verdedigden we als draken hun schat.) Daarna wasten we ons met behulp van de aluminium kommen en kannen water die een van de 'gezusters Larios' eenmaal per dag boven kwam brengen. Felicitas en Renegada vertrokken geen spier bij deze bezoeken, weigerden ieder verzoek, negeerden alle protesten en en beledigingen. 'Hoe ver gaan jullie?' schreeuwde ik naar hen. 'Hoe ver, voor die vette gek? Zo ver als moord? Helemaal tot het end? Of stappen jullie een halte eerder uit?' Onder een dergelijk spervuur bleven ze onvermurwbaar, onverschillig, doof. Aoi Uë leerde me dat je in zo'n situatie alleen door te zwijgen het nodige zelfrespect kon behouden. Daarna liet ik Miranda's vrouwen komen en gaan zonder een woord te zeggen.

Als de muziek voorbij was, gingen we aan het werk: zij aan haar verfschilfers, ik aan deze bladzijden. Maar naast deze verplichte taken namen we tijd voor gespreksuren waarin we, volgens afspraak, over alles praatten behalve over onze situatie; en iedere dag korte 'zakengesprekken' waarin we onze kansen afwogen en voorzichtig over ontsnapping praatten; en tijden van lichaamsoefening; en ook tijden van eenzaamheid, waarin we niet praatten, maar alleen zaten en onze eigen, aftakelende persoonlijkheden op peil probeerden te houden. Zo klampten we ons vast aan de menselijkheid en weigerden we ons te schikken in onze gevangenschap. 'Wij zijn groter dan deze gevangenis,' zei Aoi. 'We moeten niet krimpen om binnen de kleine muren te passen. We moeten niet de geesten worden die in dit stomme kasteel rondspoken.' We deden spelletjes – woordspelletjes, geheugenspelletjes, handjeklap. En vaak hielden we elkaar vast, zonder seksuele bedoeling. Soms stond ze zichzelf toe te beven en huilen, en ik liet haar, liet haar begaan. Vaker bewees ze mij die dienst. Want ik voelde me oud en uitgeblust. Mijn ademhalingsproblemen waren teruggekeerd, erger dan ooit; ik had geen medicijnen en kreeg die ook niet. Duizelig, pijn lijdend, begreep ik dat mijn lichaam me een eenvoudige, onmiskenbare boodschap gaf: het spel was bijna uit.

Eén gedeelte van de dag was niet te plannen. Dat was Miranda's bezoek, als hij Aoi's vorderingen kwam inspecteren, mijn dagelijkse bladzijden haalde en me indien nodig van nieuwe vellen en potloden voorzag; en zich op allerlei manieren vrolijk maakte ten koste van ons. Hij had zijn troetelnamen voor ons, verklaarde hij, want waren wij niet zijn troeteldieren, aan de riem en in het hok, veranderd in reu en teef?

'Tja, Moor is natuurlijk Moor,' zei hij, 'Maar jij, liefje, moet voortaan zijn Chimène zijn.'

Ik vertelde Aoi Uë over mijn moeder, die zij opwekte uit de dood, en over de serie werken waarin een andere Chimène een andere Moor had ontmoet, bemind en bedrogen. Zij zei: 'Ik hield van een man, weet je; mijn echtgenoot, Benet. Maar hij bedroog me, vaak en in veel landen, hij kon niet anders. Hij hield van me en bedroog me terwijl hij van me hield. Uiteindelijk was ik degene die niet meer van hem hield en hem verliet, niet omdat hij me bedroog – daar was ik aan gewend geraakt – maar omdat bepaalde gewoonten van hem, die me altijd al hadden geïrriteerd, mijn liefde gewoon uitholden. Heel onbelangrijke onhebbelijkheden. De overgave waarmee hij in zijn neus peuterde. De tijd die hij nodig had in de badkamer terwijl ik in bed op hem lag te wachten. Zijn onwil mij met een liefdevolle glimlach aan te kijken als we in gezelschap waren. Banale dingen; of misschien niet? Wat vind jij – misschien was mijn bedrog groter dan het zijne, of even groot? Het maakt niets uit. Ik kan alleen zeggen dat onze liefde nog steeds de belangrijkste gebeurtenis in mijn leven is. Een nederlaag van de liefde blijft een kostbaar goed, en zij die voor de liefdeloosheid kiezen, hebben al helemaal geen overwinning behaald.'

Nederlaag van de liefde... O hartverscheurende echo's van het verleden! Op mijn tafeltje in die dodencel beminde de jonge Abraham Zogoiby zijn specerijenerfgename en vormde hij met liefde en schoonheid een front tegen de krachten van de lelijkheid en haat; en was dat waar of zette ik Aoi's woorden in mijn vaders gedachtenwolkje? Net zoals ik 's nachts nog steeds droomde dat ik werd gevild; dus toen ik Morris D'Odes vergelijkbare visioenen of de masturbatiegedachten van Carmen da Gama lang geleden optekende, toen ze op mijn bevel en in de intimiteit van haar eigen verbeelding ernaar verlangde te worden gevild en tenietgedaan, wat was ze anders dan een schepping van mijn geest? – Zoals ze allemaal zijn; zoals ze moeten zijn, omdat ze alleen bestaan door mijn woorden. En ook ik kende de nederlaag van de liefde. Ooit had ik van Vasco Miranda gehouden. Ja, dat was waar. De man die mij wilde vermoorden, was iemand van wie ik had gehouden... maar ik had zelfs een nog grotere nederlaag geleden dan dat.

Uma, Uma. 'En als de persoon van wie je houdt, helemaal niet heeft bestaan?' vroeg ik aan Aoi. 'Als ze zichzelf nu eens had geschapen uit haar idee van jouw behoeften – als ze de bedrieglijke rol speelde van de persoon die jij niet kon weerstaan, nooit kon weerstaan, je droomgeliefde; als ze ervoor zorgde dat jij van haar ging houden *zodat zij je kon bedriegen* – als bedrog niet de nederlaag van de liefde was, maar van het begin af aan het doel van de hele onderneming?'

'Toch heb je van haar gehouden,' zei Aoi. 'Je speelde geen rol.'

'Ja, maar...'

'Dus, zelfs dan,' zei ze beslist. 'Zelfs dan, zie je wel.'

≈

Vasco zei: 'Hé, Moor. Ik lees in de krant dat een paar kerels in Frankrijk een wondermedicijn hebben ontwikkeld. Het vertraagt het verouderingsproces, *men*, moet je nagaan! Huid blijft elastischer, botten bottiger, hart hartiger en algemeen welbevinden en geestelijke alertheid bij ouderen worden bevorderd. Klinische proeven met vrijwilligers beginnen binnenkort. Jammer, te laat voor jou.'

'Vast wel,' zei ik. 'Dank je voor je medeleven.'

'Lees zelf maar,' zei hij en overhandigde me het kranteknipsel. 'Klinkt als het levenselixer. Tjonge, wat moet jij balen.'

≈

En 's nachts waren er kakkerlakken. We sliepen op een strozak van jute en in de duisternis kwamen de beesten eruit, ze wrongen zich door haarscheurtjes in het universum, zoals kakkerlakken dat doen, en we voelden ze als smerige vingers over ons lichaam bewegen. Aanvankelijk huiverde ik en sprong overeind, ik stampte en maaide in het wilde weg om me heen, ik huilde hete fobische tranen. Mijn ademhaling iade als een ezel onder het huilen. 'Nee, nee,' stelde Aoi me gerust als ik lag te schokken in haar armen. 'Nee, nee, je moet dit leren te vergeten. Vergeet de angst, de schaamte.' Zij, die veeleisende vrouw, gaf het goede voorbeeld, trilde noch klaagde, demonstreerde een ijzeren discipline, zelfs als de kakkerlakken zich in haar haar probeerden te nestelen. En langzaam leerde ik van haar.

Als ze mijn lerares was, deed ze me denken aan Dilly Hormuz; bij haar werk was ze de gereïncarneerde Zeenat Vakil. Dankzij het vernis was haar werk mogelijk, legde ze uit: die dunne laag die het vroegere schilderij van het latere scheidde. Op haar ezel stonden twee werelden gescheiden door iets onzichtbaars dat hun uiteindelijke scheiding mogelijk maakte. Maar in die scheiding zou het ene schilderij volkomen vernietigd worden en kon het andere gemakkelijk beschadiging oplopen. 'O, gemakkelijk,' zei Aoi, 'en als mijn hand beeft van angst, dan is het gebeurd.' Ze was goed in het vinden van praktische redenen om geen angst te hebben.

Mijn eigen wereld had in brand gestaan. Ik had geprobeerd eraan te ontsnappen, maar was in het vuur terechtgekomen. Maar haar leven, dat van Aoi, had deze climax niet verdiend. Ze was een zwerfster geweest, had haar deel aan pijn gehad, maar wat leek ze op haar gemak in haar ontworteldheid, wat straalde ze een innerlijke rust uit. Dus was het denkbaar dat het 'zelf' uiteindelijk toch autonoom was en dat Popeye the sailor-man – samen met Jehova – min of meer gelijk had gehad. *I yam what I yam an' that's what I yam,* en naar de hel met wortels en schmortels. Gods naam, *Yam,* bleek ook die van onszelf te zijn. *I am,* ik ben. *Zeg ze dat I AM me tot u gezonden heeft.*

Hoe onverdiend haar lot ook was, ze aanvaardde het. En lange tijd heeft ze Vasco haar angst niet getoond.

Wat maakte Aoi Uë bang? Lezer: ik. Ik was het. Niet door mijn uiterlijk of mijn daden. Ze werd bang van mijn woorden, van wat ik op papier zette in dat dagelijkse, stille schrijven voor mijn leven. Als ze las wat ik had geschreven voordat Vasco het me ontfutselde, en de volle waarheid vernam van het verhaal waarin zij zo onrechtvaardig was verstrikt, trilde ze. Haar afgrijzen van wat wij elkaar door de eeuwen heen hadden aangedaan, was des te groter omdat ze eruit begreep waartoe we nu nog steeds in staat waren; jegens onszelf en jegens haar. Op de ergste momenten van het verhaal begroef ze haar gezicht in haar handen en schudde ze haar hoofd. Ik, die haar kalmte nodig had, die zich vastklampte aan haar zelfbeheersing als was het mijn reddingsboei, was bedroefd dat ik verantwoordelijk was voor deze paniek.

'Was het dan zo'n slecht leven?' vroeg ik haar zielig, als een kind dat zich beklaagt bij zijn schoolhoofd. 'Was het echt zo vreselijk, vreselijk slecht?'

Ik zag de episoden aan haar geestesoog voorbijtrekken – de brandende specerijenvelden, Epifania stervend in de kapel terwijl Aurora toekeek. Talkpoeder, bedrog, moord. 'Natuurlijk,' antwoordde ze met een doordringende blik. 'Jullie allemaal... verschrikkelijk, verschrikkelijk.' Toen, na een stilte: 'Hadden jullie allemaal niet gewoon... tot bedaren kunnen komen?'

Dat was ons verhaal in een notedop, onze tragedie opgevoerd door clowns. Schrijf het op onze grafstenen, fluister het in de wind: die Da Gama's! Die Zogoiby's! *Ze konden gewoon niet tot bedaren komen.*

We waren medeklinkers zonder klinkers: grillig, vormloos. Misschien als we haar hadden gehad om ons te rangschikken, onze vrouwe van de klinkers. Misschien dan. Misschien zou ze in een ander leven bij een wegsplitsing op ons af komen en zouden we allemaal gered worden. Er zit in ons, in ons allemaal, een zekere neiging tot het lichte, de mogelijkheid. We beginnen daarmee, maar ook met haar donkere tegenkracht, en deze twee vechten ons hele leven met elkaar, en als we geluk hebben, blijft de strijd onbeslist.

Ik? Ik heb nooit de juiste hulp gehad. Noch heb ik, tot op dit moment, mijn Chimène gevonden.

Tegen het einde trok ze zich in zichzelf terug, zei ze dat ze niet verder wilde lezen; maar ze las het toch en raakte iedere dag vervuld van een beetje meer afschuw, een beetje meer walging. Ik smeekte haar om vergiffenis. Ik zei haar (tot het bittere einde verkeerde ik in kathjoodnood!) dat ik haar absolutie nodig had. Ze zei: 'Ik zit niet in die branche. Zoek maar een priester.' Daarna was er een afstand tussen ons.

En naarmate onze taken hun voltooiing naderden, hing onze angst dichter boven ons en sijpelde hij in onze ogen. Ik had langdurige hoestbuien waarbij ik kokhalzend en met lopende ogen hoopte op een einde als dit, zodat Miranda zijn buit alsnog ontging. Mijn hand beefde boven het papier en ook Aoi moest vaak stoppen met werken en zich met rinkelende kettingen naar een muur slepen om daartegen gehurkt weer tot zichzelf te komen. Nu was ook ik met afschuw vervuld, wat het was inderdaad afschuwelijk om die sterke vrouw zwakker te zien worden. Maar toen ik haar probeerde te troosten in die laatste dagen, weerde ze mijn arm af. En natuurlijk zag Miranda het allemaal, haar verzwakking en onze verwijdering; hij genoot van onze aftakeling en hoonde: 'Misschien doe ik het vandaag. – Ja, ja! – Nee, bij nader inzien morgen.' Mijn beschrijving van hem kon hem niet bevallen, en bij twee gelegenheden zette hij zijn revolver tegen mijn slaap en haalde de trekker over. Beide keren was de patroonkamer leeg en gelukkig waren mijn darmen dat ook; want anders had ik zeker een ontluistering in mijn broek gehad.

'Hij doet het niet,' herhaalde ik steeds. 'Hij doet het niet, hij doet het niet, hij doet het niet.'

Aoi Uë stortte in. 'Natuurlijk doet ie het, klootzak,' schreeuwde ze tegen me, hikkend van angst en woede. 'Hij is gek, gek als een s-slang en steekt n-naalden in zijn armen.'

Ze had natuurlijk gelijk. Deze geesteszieke Vasco in zijn latere periode was een zware gebruiker geworden. De Miranda van de zoekgeraakte naald had vele nieuwe gevonden. Dus als hij aan het einde ons zou komen halen, zou hij zich heel wat moed hebben ingespoten. Plotseling herinnerde ik me met een diepe hijgende huivering hoe hij eruit had gezien de dag nadat hij het stuk over Abraham Zogoiby's project in de babyverzorgingsindustrie had gelezen; ik zag weer die scheve grijns op zijn gezicht toen hij zich over ons verkneukelde en hoorde – met een vreselijk nieuw begrip – zijn stem, toen hij de trap afdaalde, zingen:

Baby Softo, zing het luid,
Softo-pofto voor iedere huid,
De liefste baby's krijgen een
Softere Baby Softo.

Natuurlijk zou hij ons doden. Ik stelde me voor dat hij tussen onze lijken zou zitten, door geweld van de haat genezen, en naar mijn moeders onthulde portret zou staren: eindelijk verenigd met zijn geliefde. Hij zou bij Aurora wachten tot ze hem kwamen halen. Dan zou hij misschien één laatste zilveren kogel voor zichzelf gebruiken.

≈

Er kwam geen hulp. De codes werden niet gebroken, Salvador Medina vermoedde niets, de 'gezusters Larios' bleven hun meester trouw. Was dit een talkpoedertrouw, vroeg ik me af, waren zij ook te vinden voor dit soort naaldwerk?

Mijn verhaal was tot Benengeli gekomen en mijn moeder, die niets wiegde, keek naar mij vanaf de ezel. Aoi en ik spraken nauwelijks meer;

en iedere dag verwachtten we het einde. Soms, onder het wachten, vroeg ik in stilte het portret om antwoorden op de grote vragen van mijn leven. Ik vroeg haar of ze echt de geliefde van Miranda was geweest, of van Raman Fielding, of van iemand anders; ik vroeg haar om een bewijs van haar liefde. Ze glimlachte en antwoordde niet.

Vaak keek ik langs het portret naar de werkende Aoi Uë. Deze vrouw die zowel vertrouwd als vreemd was. Ik droomde dat ik haar later, als we aan dit lot waren ontsnapt, zou ontmoeten bij de opening van een tentoonstelling in een vreemde stad. Zouden we op elkaar af vliegen of doorlopen en doen alsof we elkaar niet kenden? Zouden we na de bevende, verstrengelde nachten en de kakkerlakken alles voor elkaar betekenen of niets? Misschien erger dan niets: de een zou de ander herinneren aan de ergste tijd van ons leven. Dus zouden we elkaar haten en ons woedend afwenden.

≈

O, ik zit onder het bloed. Er zit bloed op mijn trillende handen en op mijn kleren. Bloed bevlekt deze woorden terwijl ik ze opschrijf. O, de banaliteit, de schreeuwerige onmiskenbaarheid van bloed. Hoe opzichtig is het, hoe dun... Ik denk aan kranteverslagen van geweld, aan kleurloze klerken ontmaskerd als moordenaars, aan rottende lijken, ontdekt onder vloerplanken van slaapkamers of graszoden van tuinen. Het zijn de gezichten van de nabestaanden die ik me herinner. De vrouwen, buren, vrienden. 'Gisteren was ons leven rijk en afwisselend,' zeggen de gezichten tegen me. 'Toen gebeurde de gruweldaad; en nu zijn we alleen maar deel daarvan, we spelen een bijrolletje in een verhaal waarin we niet thuishoren. Waarin we zelfs in onze dromen niet thuishoorden. We zijn geslagen; verlaagd.'

Veertien jaar is een generatie; of voldoende voor een regeneratie. In veertien jaar had Vasco de verbittering uit zich kunnen laten sijpelen, zou hij zijn grond hebben kunnen reinigen van gif en nieuwe gewassen hebben kunnen kweken. Maar hij had zich in de modder laten zakken van wat hij had achtergelaten, zich gemarineerd in wat hem had versmaad, en in zijn gal. Ook hij was een gevangene in dit huis, zijn grootste folly, dat hem had verstrikt in zijn eigen ontoereikendheid, zijn onvermogen om Aurora's hoogten te benaderen; hij zat vast in een gillende echo van het geheugen, krijsende herinneringen die steeds hoger klonken, totdat de dingen begonnen te verbrijzelen. Trommelvliezen; glas; levens.

Waar we bang voor waren, geschiedde. Geketend wachtten we; en het kwam. Toen ik om twaalf uur 's middags met mijn verhaal bij de röntgenkamer was aanbeland en Aurora door de wenende ruiter heenbarstte, kwam hij naar ons toe in zijn sultanspak, een zwarte muts op zijn hoofd, sleutelring rinkelend aan zijn riem, met zijn revolver in zijn hand, een talkpoederliedje neuriënd. Het is een Bombay-*remake* van een cowboyfilm, dacht ik. Een duel op het heetst van de dag, behalve dat één van ons ongewapend is. *Het heeft geen zin, Tonto. We zijn omsingeld.*

Zijn gezicht stond duister, vreemd. 'Alstublieft, doe het niet,' zei Aoi. 'U zult er spijt van krijgen. Alstublieft.'

Hij keerde zich naar mij. 'Vrouwe Chimène smeekt om haar leven, Moor,' zei hij. 'Rijd je er niet opuit om haar te redden? Verdedig je haar niet tot je laatste snik?'

Strepen zonlicht vielen over zijn gezicht. Zijn ogen hadden een roze tint en zijn arm was onvast. Ik wist niet waar hij het over had.

'Ik kan me niet verdedigen,' zei ik. 'Maar maak mijn ketens los en leg je revolver neer en jazeker: ik zal met je vechten voor ons leven.' Mijn adem balkte, zette me weer eens voor ezel.

'Een echte Moor,' antwoordde Vasco, 'zou de belager van zijn dame aanvallen, ook al betekende dat een wisse dood.' Hij hief zijn revolver.

'Alsjeblieft,' zei Aoi, met haar rug tegen de roodstenen muur. 'Moor, alsjeblieft.'

Eén maal eerder had een vrouw me gevraagd voor haar te sterven, en ik had voor het leven gekozen. Nu werd het mij opnieuw gevraagd; door een betere vrouw, van wie ik minder hield. Hoe klampen we ons vast aan het leven! Als ik me op Vasco wierp, zou dat haar leven met niet meer dan een ogenblik verlengen; maar hoe kostbaar leek dat ogenblik, hoe oneindig lang, hoe verlangde ze ernaar en haatte ze het dat ik haar die eeuwigheid onthield!

'Moor, in Godsnaam, alsjeblieft.'

Nee, dacht ik. Nee, ik doe het niet.

'Te laat,'zei Vasco Miranda vrolijk. 'O valse en laffe Moor.'

Aoi gilde en rende doelloos de kamer rond. Er was een moment dat haar bovenlichaam schuilging achter het schilderij. Vasco vuurde, één keer. Er verscheen een gat in het doek, boven Aurora's hart; maar het was Aoi Uë's borst die was doorboord. Ze viel zwaar tegen de ezel, greep zich eraan vast; en een moment – stelt u zich voor – gulpte haar bloed door de wond in mijn moeders borst. Toen viel het portret naar voren, het raakte met de rechterbovenkant de grond en maakte een salto om met het gezicht naar boven neer te komen, bevlekt met het bloed van Aoi. Aoi Uë echter lag met haar gezicht naar beneden, roerloos.

Het schilderij was beschadigd. De vrouw was gedood.

Dus ik was het die dat ogenblik had gewonnen, vooraf zo eeuwig, achteraf zo kort. Ik wendde mijn betraande ogen af van Aoi's gevallen gedaante. Ik zou mijn moordenaar in het gezicht kijken.

'"*Huil maar als een vrouw*",' zei hij me, '"*om wat je niet kon verdedigen als een man.*"'

Toen ontplofte hij eenvoudigweg. Er was een gegorgel in hem, er werd aan hem getrokken door onzichtbare touwen, en de vloedgolven van zijn bloed barstten los, ze stroomden uit zijn neus, zijn mond, zijn oren, zijn ogen. – Ik zweer het! – Bloedspatten verspreidden zich over de voor- en achterkant van zijn Moorse broek en hij viel op zijn knieën, plonsde in zijn eigen dodelijke plassen. Er was bloed en meer bloed, Vasco's bloed dat zich met dat van Aoi vermengde, bloed dat aan mijn voeten klotste en onder de deur doorstroomde, de trap afdroop om Abrahams röntgenfoto's het nieuws te vertellen. – Een overdosis, zegt u. – Eén naald te veel in de arm, waardoor het beschadigde lichaam op een tiental plekken lek sprong. – Nee, dit was iets ouders, een oudere naald, de naald van de vergelding die in hem was geplant voordat hij zelfs maar een misdaad had begaan; of, en, het was een naald van de fabel, het was de ijssplinter die in zijn aderen was achtergebleven door zijn ontmoeting met de Sneeuwkoningin, mijn moeder, van wie hij had gehouden en die hem gek had gemaakt.

Toen hij stierf, lag hij op zijn portret van mijn moeder, en zijn laatste levensbloed verduisterde het doek. Ook zij was onherroepelijk verdwenen, en ze heeft nooit meer tegen me gesproken, nooit gebiecht, nooit teruggegeven wat ik nodig had, de zekerheid van haar liefde.

En ik, ik ging terug naar mijn tafel en schreef het slot van mijn verhaal.

≈

Het grove gras op de begraafplaats is hoog en stekelig geworden en als ik ga zitten op deze zerk, lijk ik te rusten op de gele punten van het gras, gewichtloos, vrij van lasten zwevend, gedragen door wonderbaarlijk sterke sprieten. Ik heb niet lang meer. Mijn ademteugen zijn, als de jaren van de antieke wereld, achterwaarts genummerd en de aftelling naar nul is al flink gevorderd. Ik heb mijn laatste krachten gebruikt voor deze pelgrimstocht; want toen ik bij zinnen kwam, toen ik me had bevrijd van de ketenen met behulp van de sleutels aan Vasco's ring, toen ik mijn geschrift had voltooid om de twee die daar dood lagen de gepaste eer en oneer te bewijzen – toen werd me mijn laatste doel in het leven duidelijk. Ik trok mijn overjas aan en vond, na mijn cel te hebben verlaten, de rest van mijn tekst in Vasco's atelier en propte de dikke bundel papier in mijn zakken, samen met een hamer en wat spijkers. De huishoudsters zouden de lichamen snel genoeg vinden en dan zou Medina met zijn onderzoek beginnen. Hij moet me maar vinden, dacht ik, hij moet niet denken dat ik niet gevonden wil worden. Hij moet maar alles weten wat er te weten valt en deze kennis delen met wie hij maar wil. En zo liet ik het verhaal achter, als een doodsspoor in het landschap gespijkerd. Ik heb wegen gemeden, ondanks deze longen die niet langer doen wat ik wil, ben ik door woest gebied gestrompeld en door droge waterbeddingen gelopen, omdat ik vastbesloten was mijn doel te bereiken voordat ik werd gevonden. Doornen, takken en stenen haalden mijn huid open. Ik sloeg geen acht op deze wonden; als mijn huid eindelijk van me af zou vallen, was ik blij van die last verlost te zijn. En zo zit ik hier in het laatste licht, op deze steen, tussen deze olijfbomen, uit te kijken over een vallei naar een verre heuvel; en daar staat het, de glorie van de Moren, hun triomfantelijke meesterwerk en hun laatste redoute. Het Alhambra, Europa's rode burcht, zuster van die van Delhi en Agra – het paleis van geschakelde vormen en geheime wijsheid, van lusthoven en watertuinen, dat monument van een verloren kans dat niettemin nog overeind staat, lang nadat zijn veroveraars zijn gevallen; als een getuigenis van een verloren maar allerzoetste liefde, van de liefde die standhoudt ondanks nederlaag, ondanks vernietiging, ondanks wanhoop; van de verslagen liefde die groter is dan hetgeen haar verslaat, van die allerdiepste behoefte in ons, van onze behoefte samen te vloeien, scheidslijnen op te heffen, de muren rondom het zelf te laten vallen. Ja, ik heb het gezien aan de overkant van een immense vlakte, al is het mij niet vergund in zijn luisterrijke hoven rond te lopen. Ik kijk toe hoe het oplost in de schemer, en dit oplossen brengt tranen in mijn ogen.

Boven aan deze grafsteen staan drie verweerde letters; mijn vingertoppen lezen ze voor me. R.I.P. *Uitstekend: ik zal rusten en hopen op vrede. De wereld is vol slapers die op het moment van hun wederkeer wachten: Arthur slaapt in Avalon, Barbarossa in zijn grot. Finn MacCool ligt in de Ierse heuvels en de Worm Ouroboros op de bedding van de Gespleten Wateren. De voorouders van Australië, de Wandjina, nemen hun gemak ervan onder de grond, en ergens, in een wirwar van doornen, wacht een schoonheid in een glazen kist op de kus van een prins. Kijk: hier is mijn kruik. Ik drink wat wijn; en dan, als een eigentijdse Rip Van Winkle, ga ik liggen op deze grafsteen, leg mijn hoofd onder deze letters* R.I.P. *en sluit mijn ogen, overeenkomstig de oude gewoonte van onze familie om in slaap te vallen in tijden van moeilijkheden, en hoop herboren en vreugdevol wakker te worden in een betere tijd.*

VERANTWOORDING

De door de resident gesproken woorden op p. 49 zijn grotendeels afkomstig uit 'Upon the City Wall' in de verhalenbundel *In Black and White* van Rudyard Kipling (heruitgegeven door Penguin, 1993).

De cursieve passage op p. 65 is grotendeels overgenomen uit de roman *Waiting for the Mahatma* van R.K. Narayan (Heinemann, 1955).

De brief van Jawaharlal Nehru aan Aurora Zogoiby op p. 126-127 is gebaseerd op een bestaande brief die de heer Nehru op 1 juli 1945 aan Indira Gandhi schreef en die is gepubliceerd als 'Letter 274' in *Two Alone, Two Together: Letters Between Indira Gandhi and Jawaharlal Nehru 1940-64*, bezorgd door Sonia Gandhi (Hodder & Stoughton, 1992).

De illustratie van de 'Gewone man' op p. 236 is van de hand van R.K. Laxman.

Het fragment uit de *Ilias* op p. 376 is afkomstig uit de vertaling van dr. Jan van Gelder, 1962.

Voor citaten van *Alice's Adventures in Wonderland* en *Through the Looking-Glass* hebben de vertalers gebruik gemaakt van de vertaling van C. Reedijk en Alfred Kossmann uit 1966; voor die uit *The Merchant of Venice* en *Hamlet* van *De werken van William Shakespeare*, vertaald door dr. L.A.J. Burgersdijk; en voor het citaat uit *Othello* van de vertaling van Gerrit Komrij uit 1993.

VERKLARENDE WOORDENLIJST

aap	u (Hindi)
abba	pappa
achha	goed, prima, oké
arré	hé
asli mirch masala	echt hete peper
ayah	kindermeisje
Ayurveda, ayurvedisch	de oude kunst der hindoes van genezing en levensverlenging
baap-ré	allé
baba	baasje, mannetje
babuji	grootvadertje
bachcha-log	mensenkinderen
bachchis	kinderen
badmash	lefgozer
bahni	meisje
bahurupi	vele gedaanten aannemend
bakvaas	gepraat
bapu	vader
bas	genoeg, basta
baysharram	schaamteloos
beedis	rookwaar, opgerolde tabaksbladeren
begum	dame
bewaqoof	stomkop
bhaenchod	zusterneuker
bhai	broer
Bhaiyya's	broertjes
bhangra-muffin	Bengaalse popmuziek
Bharat-mata	Moeder India
bhoot	kwade geest
bilkul	helemaal
carrot-halva	zoetigheid van wortelen en melk
chaat	salade met kruiden
channa	kekererwten

chapat	klap
chappals	sandalen
charpoy	bed
charrakh-choo	soort draaimolen
chawl	huurkazerne
chhatri	parasol, baldakijn
chi	smerig
chhi-chhivrouwen	smerige vrouwen
chipko	vastkleven
chhota peg	borrel
chokra	jongetje, kindje
choli	soort blouse onder sari
chooridar pajama's	nauwsluitende broek
chor bazaar	dievenmarkt
chowkidar	portier
crore	tien miljoen
crorepati	miljonair
dada	gangster
darshan geven	gelegenheid tot aanbidding geven
dhaba	straatkraampje
dhun	deun, ritme
doordarshan	televisie
dosa	grote pannekoek met rijst en linzen
dupatta	sjaal
ek-dum	vooruit, helemaal
elaichees	kardemom
funtoosh	foetsie
fut-a-fut	op stel en sprong, vliegensvlug
Ganesha Chaturthi	feest van Ganesha
Ganpati Bappa morya	Leve Vadertje Ganesha
garam-masala	kruidenmengsel
ghazal	mohammedaans strijdlied van de ghazi (strijder tegen ongelovigen)
ghee	geklaarde boter
goonda	schurk
gulmohrboom	sierlijke boom met gele bloemen in Kashmir
Hai Ram	Ram zij geloofd
hartal	boycot
Hindustan-hamara	ons Hindoestan
hola	goedendag (Spaans)
hookah	oosterse waterpijp
idli	Zuidindiaas gerecht

insaan	levend wezen
jagannath	Krishna-beeld op enorme processiewagen, waaronder gelovigen zich zouden hebben laten verbrijzelen
jhunjhunna	rinkeldekinkel
jibba	soort kaftan
jopadpatti	krotten
Karakoram	bergketen in Pakistan
kauri	soort schelpmunt, betaalmiddel
kedgeree	rijstgerecht
khaddar-kleren	handgeweven kleren
khalaas	afgelopen!
khansama-gerecht	specialiteit van de kok
khazana	harem
kulfi	ijs
kurta	bovenkleed
kurta-pajama's	bovenstuk en wijde broek
laad-sahib	deftige heren
lafanga	schooier
lathi	wapenstok
lungi	lendendoek
maidan	open terrein, soort malieveld
mamasan	matrone
masala-movie	gekruid
maya	kracht, als van god, om illusies te scheppen
maza	plezier, lol
motu-kalu	dik en zwart
mynah	beo
namaskar	goedendag
nangka	jackfruit, verwant aan broodvrucht
nautch	Indiase dansshow
nimbu-pani	water met citroen
NRI	Non-resident Indian
numkeen chai	thee
Obeah, jadoo, fo, fum	winti, toverij enz.
Om mani padme hum	boeddhistisch mantra, 'prijs het geschenk in het hart van de lotus'
paans	betelnoot in blaadje
pagalpan	gekte
paisa	muntje, een honderdste deel van een roepie
Panchatantra	Vijfde Tantra

paratha	in olie gebakken pannekoek
Pathanen	volksstam, onderwereldfiguren (beruchte boeven)
pranam	buiging
puja	vereringsritueel, ziel
punga	waaierventilator
Purana's	religieuze verhalen
rahat lacoum	Turks fruit
Rajputana	oude naam voor Rajastan
rakshasa	vrouwelijke geest
Ram(a)	een van de drie avatars van Vishnu
rutputty	bouwvallig
saag-saga	spinazie-verhaal
sahib	heer, mijnheer (gebruikt voor Europeanen)
sahibzadas	zonen van sahibs; hier iets als dames en heren
salah en goonda	klootzak, zwager (negatief bedoeld), boef
sambar	Zuidindiaas gerecht
samjao	aan het verstand brengen
sarangi	Noordindaas vioolachtig snaarinstrument
sati (= suttee)	weduwenverbranding
sepoy	Indisch soldaat, in het bijzonder in het Brits-Indische leger van vóór 1947
Shiva-lingam	fallisch symbool van Shiva
Shri	mijnheer
Shri Raman	Lord Ram
surahi	kan met lange tuit
suttïisme	weduwenverbanding
tamasha	spektakel
tata-bata	goedendag (in peutertaal)
vajradanti	tandpasta
vanaspati	bakolie
wah-wah	bravo, prachtig, fantastisch
wallah	man, persoon
yaar	vriend
yahoody	jood
Yam(a)	god van de dood, koning der voorouders en spoken
zakenbabus	zakenman